Méfie-toi de nous

JULIETTE BONTE

Méfie-toi de nous

ROMAN

&H

HARPERCOLLINS FRANCE
83-85, boulevard Vincent-Auriol, 75646 PARIS CEDEX 13.

www.harlequin.fr

ISBN 978-2-2804-1939-0 — ISSN 2271-0256

LIVRE 1

Chapitre 1

Mackenzie

La prestance de Camelia Davis est saisissante. J'ignore ce qui, de son port altier ou de son chignon serré, lui donne cet air autoritaire, mais il est clair que personne n'oserait se frotter à elle. Son physique est parfaitement assorti à l'austérité de son bureau en bois précieux.

En revanche, il détonne avec son métier.

— À combien s'élève leur nombre, cette semaine ?

Elle rajuste ses lunettes aux montures dorées et plonge son regard inflexible dans le mien.

— Neuf ou dix, environ.

Le silence s'étend entre nous, le temps qu'elle inscrive le chiffre approximatif dans son carnet. Je me suis toujours demandé si elle en avait un pour chaque patient, ou si toutes nos confessions étaient compilées à l'intérieur de celui-ci.

— Connaissez-vous la cause de cette soudaine augmentation ?

— Oui. Je retourne en cours lundi matin.

— À la Mercy High School ?

Je confirme d'un signe de tête, ce qui ne la fait pas réagir. C'est un tic de psy : quoi que vous leur racontiez, quelle que soit la passion ou l'apathie que vous mettez dans votre discours, ils demeurent impassibles. De véritables statues.

— Vous avez donc décidé de reprendre vos études ?

— J'ai manqué les examens, l'an dernier. Je n'ai pas le choix.

— Nous avons toujours le choix, Mackenzie.

— Pas sur ce coup-là, non.

À dix-huit ans, je devrais déjà découvrir les joies de la faculté. Si les événements s'étaient déroulés selon le bon programme, je résiderais actuellement sur le campus de l'université de San Francisco. Peut-être aurais-je une colocataire un peu dingue, et des professeurs tortionnaires. Ou alors une colocataire complètement fade et des professeurs fascinants. Je ne sais pas. Je ne peux pas le savoir, puisque je suis condamnée à revivre mon année de *senior*[1].

Camelia m'examine avec intensité.

— Pourquoi avoir décidé de rester là-bas ? N'avez-vous pas tenté de faire accepter votre dossier autre part ?

— Parce que je n'ai pas le choix, répété-je.

Nous sommes mi-octobre, les cours ont débuté il y a plusieurs semaines. Mes parents ont bien contacté les proviseurs des lycées environnants, mais, sans grande surprise, tous ont dit que le délai tardif ne me permettait pas de « jouir d'une place dans leur établissement ». C'est la façon polie de me claquer la porte au nez.

Je suis donc cantonnée à la Mercy High School. Mon ancien lycée. Le seul qui veuille bien m'accueillir, et ce, pour une raison consternante : la directrice a eu pitié de ma situation.

— À votre avis, à quoi est due l'amplification de vos crises ? Est-ce lié à votre ochlophobie ? A-t-elle un rapport avec Harper ?

Je ferme les yeux à l'évocation de mon amie, et suis soudain prise d'une poussée d'agacement ; Camelia connaît déjà la réponse. Je hais cette manière sournoise de mettre les pieds dans le plat. De me ramener aux souvenirs. À ce que j'ai perdu et à ce que je suis devenue.

— Les deux, vous le savez très bien.

Ma froideur ne la décourage pas, au contraire. Mes émotions lui donnent matière à réfléchir. Ses neurones doivent certainement mouliner afin de préparer une autre question qui me poussera dans mes retranchements. Son but est que j'explose. Enfin, elle appelle ça « s'exprimer ». Si elle ne nuançait pas ses propos, personne ne la paierait cent vingt dollars de l'heure.

— Non, Mackenzie. Vous devez faire la distinction entre vos peurs, nous en avons déjà discuté. Le lycée a été le théâtre de votre amitié avec

1. Équivalent de la terminale, dans les lycées américains.

Harper, vous y avez bâti des histoires et des souvenirs. Devoir arpenter les couloirs avec son fantôme peut alimenter votre anxiété.

Un fantôme ? Harper lui aurait craché au visage pour cette comparaison. Elle passait son temps à se dorer la pilule en plein soleil, justement pour ne pas ressembler à un « putain de cachet d'aspirine ».

Après réflexion, je crois qu'elle l'aurait simplement insultée. À l'âge de onze ans, après avoir regardé *Titanic*, Harper et moi avons voulu reproduire la scène du concours de crachats entre Rose et Jack. Elle était tellement mauvaise qu'elle n'a réussi qu'à décorer ses Converse avec sa propre bave. Je me rappelle encore le fou rire que j'ai eu en voyant sa mine dégoûtée, j'en avais des crampes au ventre.

Elle adorait ses Converse.

— Votre ochlophobie nourrit également votre anxiété, mais d'une manière différente, poursuit-elle. Vous avez la peur de vous confronter à vos souvenirs d'un côté, et la peur de la foule de l'autre. Quelle est celle qui domine, selon vous ?

Je ne peux m'empêcher d'émettre un léger soupir ; je n'aime pas le fait qu'elle tente de me mettre dans des cases. Ni moi, ni mes problèmes.

La peur me provoque des attaques de panique. Point.

Je ne suis pas là pour être catégorisée mais pour être soignée.

— C'est à vous d'y répondre, non ?

Elle arbore un minuscule sourire, ce que je considère comme un mauvais signe. Je commence à la connaître.

Je la consulte une fois par semaine, depuis sept mois. Sa thérapie est censée traiter mes troubles anxieux. Je ne sais honnêtement pas où elle a eu son diplôme, je doute même de la véracité du CV hallucinant qu'elle met en avant sur son site Internet ; avec moi, en tout cas, elle n'arrive à rien.

— Vous seule êtes capable d'apporter les réponses à vos questions, Mackenzie.

— À quoi servez-vous, dans ce cas ? dis-je, irritée par son air imperturbable.

— Je vous montre les différents chemins praticables. J'élargis votre point de vue. Mon but est identique au vôtre : je souhaite que vous alliez mieux.

— En appelant ma meilleure amie un « fantôme » ? Tout ce que vous faites, c'est appuyer là où ça fait mal.

— Pourquoi notre discussion vous fait-elle souffrir ?

Je lève les yeux au ciel. Ça aussi, c'est une manie de psy : passer l'heure entière à interroger son patient, sans jamais lui apporter la moindre réponse. Poser des questions et répondre par d'autres questions. Tourner en rond.

— Si vous voulez que je le dise, soyez plus directe.

Au lieu de prendre ma remarque en considération, elle baisse la tête et se met à écrire un pavé sur son carnet. C'est rageant. J'ai l'impression d'être un vulgaire cas d'étude, et non un être humain. Camelia Davis ne se soucie pas de ma douleur, elle ne l'entend pas. Elle agit selon le schéma qu'on lui a enseigné pendant ses études. Je ne suis ni plus ni moins qu'un problème à résoudre. Un numéro dans son classeur.

Et ça m'exaspère.

— Vous mettez un terme précipité à la séance ? dit-elle quand je me lève.

J'attrape mon sac sans lui accorder un regard. Harper me l'a offert l'an dernier, et j'admets qu'il est d'une laideur à faire peur. Je ne comprends pas l'association du tissu jaune poussin avec des pompons roses. C'est une abomination visuelle.

Je n'ai jamais osé l'utiliser de son vivant. Bizarrement, depuis qu'elle n'est plus là, je ne le quitte plus.

— Nous nous reverrons la semaine prochaine, Mackenzie.

— Avec joie !

La porte de son cabinet se claque sur mon cynisme.

Comme chaque fois que je laisse Camelia, mes émotions sont retournées dans tous les sens.

J'en veux toujours à la mort de me l'avoir prise. Elle n'avait que dix-sept ans. Le pire que l'on subit à cet âge-là, ce sont des peines de cœur. Elle aurait dû venir pleurer sur mon épaule parce qu'un imbécile l'avait embrassée puis rejetée. On aurait bu de l'alcool à cinq dollars, acheté avec une fausse carte d'identité, et on aurait fini par danser sur de la musique pop des années 1990, en se jurant de broyer toutes les paires de testicules qu'on croiserait.

On aurait ri.

Elle était tellement drôle quand elle riait.

Sa bouche se déformait étrangement, elle ressemblait à une grand-mère shootée au Botox. Je donnerais tout pour pouvoir me moquer encore une fois de ses lèvres tordues et recevoir un coup à l'épaule parce que je suis « une amie monstrueuse ».

Maussade, je retrouve l'extérieur du bâtiment. Le brouillard, récurrent à San Francisco, opacifie le paysage. La rue est plongée dans une brume blanchâtre et humide. Un bel écho à mon humeur.

— Eh !

Je relève la tête, interpellée par le cri. Deux hommes en uniforme pénètrent dans mon champ de vision. Je me fige en les voyant foncer dans ma direction.

— Arrête-toi !

C'est à moi qu'ils parlent ? Le temps de me sentir stupide puisqu'il n'y a aucune raison que la police en ait après moi, quelqu'un me percute violemment.

Je vacille en arrière, me rattrape in extremis au mur et accuse la douleur au niveau de ma clavicule.

Le responsable est déjà loin quand je me redresse.

— Vous allez bien, mademoiselle ?

Tandis qu'un policier file à vive allure dans le brouillard, l'autre vient à ma rencontre. Il est si essoufflé que je lui retournerais volontiers sa question.

— J'ai juste été bousculée, dis-je en frottant la zone endolorie.

Il opine et pose les mains sur ses genoux, la respiration hachée ; j'ai un mal fou à ravaler mon sourire. Avec ses joues écarlates et ses traits plissés, il semble à bout. Comme sa carrure est plutôt athlétique, j'en déduis que le fuyard possède une belle endurance.

— Tenez.

Il ramasse une casquette et me la met entre les mains. Le temps que je prenne conscience de son geste, il est déjà parti.

— Attendez ! Ce n'est pas à moi !

J'agite l'objet au-dessus de ma tête, ce qui s'avère totalement inutile.

Délestée des cent vingt dollars de ma séance, je suis néanmoins l'heureuse propriétaire d'une casquette noire à la visière tachée. Intriguée, j'observe les empreintes de doigts, faites à la peinture argentée, qui en parsèment le bord. On dirait qu'elle a été uniquement manipulée à cet endroit.

Ne me voyant pas la jeter par terre, je la fourre dans mon sac ; si je croise un sans-abri, il sera peut-être content d'avoir quelque chose pour se protéger le crâne.

Au pas de course, je traverse le passage piéton et avale le kilomètre qui me sépare de ma voiture. Mission District, le quartier où je me trouve, n'est pas réputé pour ses parkings. Je n'ai jamais réussi à trouver une place à moins de cinq cents mètres du cabinet de Camelia Davis.

J'appuie sur la clé pour déverrouiller la portière du côté conducteur.

— Tu as quelque chose qui m'appartient.

L'effet de la voix implacable est immédiat ; un shoot d'adrénaline se répand depuis la racine de mes cheveux jusqu'à mes orteils. En moins d'une seconde, mon corps estime qu'il est en danger.

Il est dans mon dos. Je le sens.

Je prends instantanément peur.

D'instinct, je tire sur la poignée, mais à peine la portière s'entrouvre-t-elle qu'une main se pose à plat sur la vitre pour la refermer. En risquant un œil, je remarque de la peinture sur l'index. Uniquement sur ce doigt-là.

Elle est argentée, comme celle sur la visière de la casquette.

Respire, Mackenzie.

— Rends-moi ce que tu as mis dans ton sac.

Il est d'un calme olympien, son intonation n'exprime aucune menace. C'est d'autant plus effrayant ; je préfère les gens qui hurlent à ceux qui couvent leur colère.

Mon cœur fait une embardée, quand mon cerveau nous ordonne, à mon corps et à moi, de nous retourner. Je prends soin de serrer le sac contre ma poitrine, histoire de créer un rempart entre nous. Puis je pivote. Un hoquet de surprise se bloque alors dans ma gorge.

Je rencontre le regard le plus étrange qu'il m'ait été donné de voir.

Vert d'eau. Bleu acier. Brun noisette. Les trois couleurs se mélangent. Je suis incapable de définir la teinte de ses iris, c'est un véritable kaléidoscope. Son œil gauche est même différent du droit. J'en perds littéralement la parole — que je n'avais pas, cela dit.

Mon interlocuteur me scrute en silence, visiblement moins bouleversé que moi. Il n'a pas la moindre expression. Rien. Son visage demeure impassible.

— Ma casquette.

Je ne réagis pas immédiatement. Sa particularité me subjugue ; il n'a pas les yeux totalement vairons, mais la tache plus sombre sous sa pupille gauche donne cette impression. Une force surhumaine m'est nécessaire pour m'arracher à ce spectacle, et ma raison reprend ses droits.

La police le poursuivait il y a encore cinq minutes.

Mes veines s'imbibent d'acide et mes poumons se contractent sous la panique ; est-ce un voleur ? Un braqueur ? Est-il dangereux ? Armé ? Capable de frapper une fille ? Les hypothèses se bousculent dans ma tête, et une seule chose en ressort : le stress.

Détends-toi. Calme-toi. Ce n'est pas le moment de partir en vrille.

Plusieurs boules de chaleur éclatent dans ma poitrine, les unes à la suite des autres. Encore et toujours cette adrénaline. J'ai l'impression que des fourmis voyagent à l'intérieur de mon torse, avec des aiguilles en guise de pattes.

Tandis que je perds pied peu à peu, il continue de me dévisager. Sa main n'a pas quitté la vitre. Je me sens minuscule, prise au piège, et incapable d'agir convenablement. Pourquoi ne fait-il rien ? Il aurait eu le temps de m'étrangler au moins dix fois.

Alors, sans que j'en saisisse le sens, il se décroche de ma Ford et agite ses deux mains. Ses lèvres se mettent à remuer, sauf qu'aucun mot n'en sort. Je crois qu'il est en train de signer. Ça y ressemble, en tout cas. Pense-t-il que je suis sourde ? Ou muette ?

— Non, je…

Il cesse tout mouvement. Je déglutis et plonge une main dans mon sac. Elle tremble lorsque je lui tends sa casquette.

— Je n'avais pas l'intention de te la voler, reprends-je. Elle était par terre, le policier l'a ramassée et a cru qu'elle m'appartenait.

Bon sang. Je suis pathétique. Je ferme les yeux en me concentrant sur les battements anarchiques de mon cœur ; l'idée de faire une crise d'angoisse face à un inconnu accentue justement les symptômes de la crise. Encore un peu et je finirai par appliquer les exercices de respiration abdominale devant lui.

Quand j'étire les paupières, il est encore là et sa casquette se trouve toujours entre mes doigts. Je ne pourrais pas avoir plus l'air d'une imbécile, avec mon bras tendu, et le torse qui s'agite au rythme de mon souffle rapide.

— Tu la récupères ou pas ?

Il faut qu'il s'en aille. Maintenant. Mais, au lieu d'écouter mes implorations silencieuses, il dévie ses yeux des miens. Je sens distinctement où son attention se porte, ma peau grésille sous son intérêt. Je devrais partir en courant ou hurler pour que les policiers reviennent sur leurs pas, mais la panique me paralyse.

— Comment te l'es-tu faite ?

Je fronce les sourcils, perdue, jusqu'à ce qu'il trace un trait imaginaire avec son majeur, sur sa lèvre inférieure.

Il imite ma cicatrice.

Elle n'est pas très visible, il faut vraiment s'attarder sur ce carré de peau pour la remarquer. Malheureusement pour moi, il a une bonne vue.

Cette petite balafre me rappelant un mauvais souvenir, je ne lui réponds pas.

— Ta casquette, insisté-je, en l'agitant devant son nez.

Il l'attrape enfin. Ses phalanges se déploient à l'exact endroit des empreintes, et, d'un mouvement souple, il la place sur ses cheveux ébouriffés.

J'aurais une tonne de questions à lui poser, depuis la police jusqu'à cette histoire de langue des signes ou bien de peinture argentée, mais ma curiosité refuse de prendre la parole.

D'abord, parce que je tente de maîtriser la montée d'angoisse sans qu'il puisse le percevoir — et ce n'est pas une mince affaire. Ensuite, parce que des silhouettes, derrière son épaule, fendent le brouillard.

— Va-t'en.

Je reviens à lui, moi-même surprise de l'ordre qui vient de s'échapper de mes lèvres.

— Les flics, précisé-je. Barre-toi.

Il me considère encore quelques instants, et je sens comme une coulée de lave me désintégrer la poitrine. Ses yeux, si uniques, me transpercent avec une puissance inouïe.

Il ne me remercie pas, ne me sourit pas. Il se contente de m'observer intensément, avant d'enfoncer la visière, et de disparaître à l'opposé des costumes bleu nuit qui arpentent la route.

Je m'adosse à la portière, et prends une longue goulée d'air. Puis une seconde. Une troisième. Je pose la paume sur mon plexus et m'oblige à réguler ma respiration.

Je viens d'aider un garçon que je ne connais pas à s'enfuir. Si ça se trouve, il est réellement nocif. Peut-être qu'il découpe des gens et qu'il peint leurs morceaux de chair en couleur argent, qui sait ? Pourquoi ne l'ai-je pas laissé se faire prendre ? Qu'est-ce qui ne tourne pas rond chez moi ?

Si Harper était là, elle aurait ri à gorge déployée, tout en approuvant gaiement ma bêtise. De nous deux, c'était elle, l'irresponsable.

Chapitre 2

Wade

Un mois plus tard

— C'est le paradis, je t'avais prévenu.

Une moue scandaleuse aux lèvres, Jax suit du regard la fille qui passe devant nous. Son obsession m'a toujours impressionné, je n'ai jamais connu un type aussi dépendant à la gent féminine que lui. Malheureusement, l'objet actuel de son attention l'occulte dès qu'elle m'aperçoit.

Elle rougit en m'offrant un sourire faussement timide.

Je la fixe, impassible, jusqu'à ce qu'elle soit réellement gênée. Les gens ne supportent pas qu'on les dévisage sans exprimer la moindre émotion, ça les fait douter de nos intentions.

— Arrête de la regarder comme ça, tu vas la faire…

Elle disparaît dans le flot compact d'élèves.

— … fuir, termine Jax, dépité. Mec, j'ai une réputation, ici ! Tu vas devoir te montrer un peu plus sociable !

Ce n'est pas dans ma nature.

Je pourrais donner l'impression d'être quelqu'un de facile à vivre, c'est vrai. Sauf que l'image que je renvoie me laisse indifférent. Je ne cherche ni à être apprécié ni à me rendre intéressant. Si les gens entretiennent des relations les uns avec les autres, c'est uniquement afin d'appartenir à un groupe. Le pouvoir vient avec la meute, et certains en ont besoin pour survivre. Pas moi.

— Je me fais une session à Tenderloin, ce week-end. Tu passes ?

Il soupire, tandis que j'enfonce la casquette sur ma tête.

— Tu es sérieux ? J'essaie de t'intégrer dans mon lycée, et tu me parles de session ?

J'attends patiemment qu'il réponde à ma question ; je n'en pose pas souvent, et il le sait.

— Oui, je viendrai, Wade. On peut revenir au sujet de base, maintenant ?

Une autre fille longe le couloir, lui faisant instantanément oublier la conversation. Je crois sincèrement que Jaxton Cole a un trouble de l'attention. Sa difficulté à se concentrer, dès qu'un corps féminin entre dans son périmètre, est stupéfiante.

Depuis que je suis arrivé, j'ai recensé plus d'une trentaine de bugs de sa part. Et je ne suis ici que depuis une demi-heure.

Il lui sourit avec sa tête de petit snob des beaux quartiers, puis recouvre son sérieux presque aussi vite.

— Tu n'obtiendras rien en jouant à l'homme des cavernes, me dit-il, un ton plus bas. Tu es là pour une raison bien précise, Wade. Fais un effort.

Si je devais le définir, je dirais que Jax est un ami. Un bon ami. L'unique personne en qui j'ai confiance. C'est pour cette raison qu'il est au courant de mes motivations.

Je n'ai plus grand-chose à faire avant de sortir la tête de l'eau. Je dois simplement respecter ma part du contrat, et c'est ici que j'y parviendrai ; la Mercy High School compte plus de 2 000 élèves. C'est un détail notable. Quand Jax m'en a parlé, j'y ai immédiatement vu mon ticket pour la liberté.

Cela dit, c'est étrange de retrouver l'ambiance d'un lycée. J'ai quitté le chemin traditionnel pour suivre des cours par correspondance il y a deux ans, et je ne m'imaginais pas effectuer un retour en arrière.

— Je n'ai pas besoin d'être hypocrite, Jax.

— Parce que tu as une belle gueule et que ça t'ouvre les portes naturellement, oui. Mais ce ne sont pas les filles que tu dois amadouer.

Il s'adosse aux casiers, à mes côtés.

— Je n'ai pas envie d'apprendre à la télé qu'un petit imbécile a été retrouvé avec une balle entre ses yeux vairons.

J'émets un rare sourire.

— Ce n'est pas leur mode opératoire.

— Le résultat sera le même, quelle que soit la méthode, non ? Si tu veux sortir de là, bouge-toi. Je suis sur un plan, en ce moment. Elle s'appelle Terry. Elle organise une soirée samedi, viens avec moi.

Je décline.

— La session, dis-je en guise de piqûre de rappel.

— Tu pourras la faire après. Ta vie compte plus que ce passe-temps, frère !

Jax et moi avons la même passion. Pour lui, c'est un moyen d'avoir son quota d'adrénaline régulier. Un moment détaché de sa réalité. De mon côté, c'est beaucoup plus important.

Je n'aurais plus rien à quoi me raccrocher sans ces sessions. Elles sont l'unique activité qui me brûle encore la poitrine. Elles me raniment, me font bouillonner le sang et me donnent l'impression de dominer le monde. J'en ai besoin. Viscéralement.

— Ma vie, *c'est* ce passe-temps.

Il lève les yeux au ciel, mais me connaît assez bien pour ne pas en rajouter une couche ; il pourrait avancer tous les arguments possibles, je ne lâcherais pas.

On se rend sous le préau, pour fumer, avant la fin de la pause. À plusieurs reprises, on m'empêche d'inhaler la nicotine, m'accaparant pour me poser des tonnes de questions auxquelles je ne réponds pas.

Je suis nouveau. Par définition, je suis le centre de l'attention. On veut savoir d'où je viens, pourquoi je passe mon année de *senior* à la MHS, si j'ai été viré de mon ancien lycée… Comme par hasard, personne n'a de feu. Tout le monde m'aborde avec l'excuse merdique du briquet manquant.

À l'inverse de mon antipathie, Jax est dans son élément. Il étudie ici depuis plusieurs années. Il connaît la plupart des têtes et s'est lié d'amitié avec pas mal d'entre elles. Il discute même avec ceux qui portent le blouson de l'équipe de natation du lycée. *Putain de cliché.*

J'enfonce ma casquette plus profondément sur mon crâne, à la fois pour qu'on me fiche la paix et pour masquer mes yeux — c'est un sujet de conversation récurrent.

— Mate un peu.

Deux nageurs observent le parking. Une silhouette frêle s'extirpe de la vieille Ford. Les bourrasques maltraitent sa coupe au carré. Elle se bat avec les pans de son manteau, sa portière, puis avec son sac.

— C'est la nana qui se tape des phases, non ? lance le roux.

— Ouais. Elle a un nom en *z*, un truc qui ressemble à « Mac n'Cheese ».

— Mackenzie ?

— Je crois. Elle est dans mon cours d'anglais. Elle est flippante… Elle ne parle à personne. Je lui ai balancé des boulettes de papier et elle n'a rien dit.

Le roux éclate de rire.

— Faut que t'arrêtes de faire ça, Tate, t'as plus douze ans !

— Elle ne bougeait pas ! se défend-il. Enfin, jusqu'au moment où je suis passé au capuchon de stylo. Tu aurais dû voir la scène, un truc de film… Elle s'est levée d'un coup, elle a pris ses affaires et elle s'est cassée, limite en courant. Il lui manque une case.

Je tire une latte de ma cigarette, écoutant à moitié leur discussion. Leurs paroles ne me font rien ressentir, à part de l'irritation, peut-être. Leurs voix grésillent comme le son d'un moustique qui vole trop près des oreilles ; je n'aime pas le bruit.

Ma fumée forme un nuage opaque quand je l'expire. Les volutes se déforment avec les courants d'air, s'éloignant de moi pour rejoindre la petite brune. Elle file entre les voitures et se retrouve bientôt au niveau du préau.

C'est là qu'un sentiment familier me saisit.

Mes yeux cherchent aussitôt une cicatrice. Le fin trait blanchâtre qui balafre sa lèvre. C'est la première chose qui m'a interpellé chez elle : ce défaut. De ma position, je ne parviens pas à l'apercevoir, je me rabats alors sur son visage.

Cheveux bruns, iris chocolat, petit nez et joues plutôt rondes… Malgré ces traits banals, je suis persuadé de la reconnaître. Le sac jaune à pompons roses, qu'elle cale sur son épaule, me le confirme.

La fille de Mission District.

Celle que j'ai percutée devant le cabinet d'un psy, et qui m'a évité un passage au commissariat.

J'imbibe mes poumons de fumée une nouvelle fois. Nos yeux se trouvent lorsque je souffle.

Elle se fige brutalement, et j'en connais la raison : ma façon de regarder dérange. Je ne prends pas de pincettes, je ne m'encombre pas de délicatesse. Si je veux considérer quelqu'un, je le fais sans faux-semblant. Je ne cille pas, je ne me détourne pas. Je ne plie jamais.

Ses iris chauds s'ancrent aux miens. Une connexion étrange, incompréhensible, nous relie pendant cette brève seconde. J'ai l'impression que quelque chose circule entre nous, sans être capable de le nommer pour autant.

Puis je me souviens que nous sommes au lycée. Techniquement, je suis dans *son* lycée. Elle doit se demander ce que je fais là.

— T'as vu un fantôme ou quoi ?

Le sarcasme du nageur détourne son attention de moi. Elle lui jette un regard haineux, mais ne rétorque pas. Je distingue pourtant les flammes de colère qui embrasent ses iris.

Elle reprend sa marche en lâchant un « sale con » qui n'échappe à personne.

— T'as dit quoi, là ?

Ses épaules se resserrent. Même sans la connaître, je peux prédire qu'elle ne se retournera pas. Elle va laisser l'autre con prendre l'ascendant sur elle et j'en devine la cause : elle est trop frileuse pour entrer dans un conflit. Pour preuve, elle a perdu ses moyens face à moi, il y a quelques semaines.

C'est effectivement ce qui se passe.

— C'est ça, va-t'en ! ricane-t-il en mimant un lancer de boules de papier.

Il contribue tristement à l'image du sportif dénué de neurones.

Je fais pivoter ma nuque calmement et exhale ma dernière bouffée en plein sur son visage.

— Putain ! Crache ailleurs, mec !

Je balance mon mégot sur sa chaussure. Dommage qu'il fasse humide, voir ses baskets de marque prendre feu aurait presque pu m'arracher un sourire.

— T'es un grand malade !

Il secoue sa jambe tout en me fusillant du regard. Jax, qui a assisté à la scène, soupire profondément. Je réponds à son avertissement silencieux par l'impassibilité la plus totale.

Contrairement à ce qu'il pense, je n'ai pas besoin d'être aimé pour mener ma mission à bien. Les gens viendront vers moi, quoi qu'il advienne. C'est une simple question d'offre et de demande.

Chapitre 3

Mackenzie

Cinq semaines.

Cinq longues semaines que j'ai retrouvé les joies du lycée.

Cinq interminables semaines, qui me rappellent à quel point j'étais mieux à la maison.

J'ai hérité d'un casier en plein milieu du couloir du troisième étage, celui qui relie les salles d'informatique à celles de langues. Autrement dit, l'un des endroits les plus peuplés de l'établissement. *Ma veine.*

J'ai rapidement retenu les heures de pointe, et je me débrouille toujours pour les éviter afin de ne pas donner de grain à moudre à mes manifestations phobiques.

Quelque part, je suis contente de ne pas être agoraphobe. J'ai cru avoir ce problème, avant que Camelia me définisse comme une « ochlophobique ». La frontière entre les deux est mince, mais elle explique pourquoi je parviens à ne pas paniquer en classe.

Les agoraphobes ont peur des grands espaces, des endroits où ils craignent de ne pouvoir s'échapper. Moi, j'ai du mal avec la densité humaine. Avec la foule compacte et écrasante. Je me sens nauséeuse quand il y a trop de gens autour de moi. Je n'ai donc pas de difficultés à rester dans une salle avec une vingtaine d'élèves, mais je perds tout contrôle lorsque les couloirs sont bondés et oppressants.

Je m'efforce de ne pas penser à Harper. Je m'en veux de l'escamoter, j'ai l'impression de la trahir, mais je serais incapable de subir plusieurs heures ici si elle flirtait dans ma tête.

Tout me la rappelle.

Les miroirs des toilettes, où elle vérifiait si un bouton n'avait pas décidé de venir lui dire bonjour ; le recoin de la cour, où elle s'asseyait en tailleur, puisque, de là, elle avait une vue plongeante sur le préau, qui réunissait tous les « garçons canon », selon elle ; la 207 A, la salle de littérature anglaise qu'elle adorait, car le prof la laissait finir sa nuit ; le carreau du sol au rez-de-chaussée, près du placard à balais, celui qu'elle a abîmé avec sa première paire de chaussures à talons…

Elle est partout.

Personne ne le voit, mais Harper est partout. Et elle me manque.

Je dépose mes livres dans le casier, puis bloque la porte avec mon cadenas. À peine me suis-je retournée qu'un regard étourdissant me saisit.

Je l'avais oublié.

Je déglutis, tente de me reprendre, mais mes jambes vacillent sans mon consentement ; je ne suis pas habituée à sa présence, et encore moins à l'intérêt troublant qu'il me porte.

Il s'appelle Wade. Tout le monde a fini par connaître son prénom. Je n'ai pas mis longtemps à faire le lien entre « le nouveau aux yeux vairons qui incendie ma culotte » et lui.

Le regard de Wade est un sujet de conversation obsessionnel, je l'entends à tout bout de champ. Il attise également la curiosité à cause de son comportement.

Ou de son manque de comportement.

Ce garçon est un véritable mystère. Il ne parle pas. Il ne sourit pas. Il traîne parfois sous le préau, mais il ne se mêle pas à la foule. Il semble porter plus d'attention à la fumée de sa cigarette qu'à tous les êtres humains qui gravitent autour de lui. On dirait qu'il erre dans une autre dimension et qu'il a été amené ici contre sa volonté.

Les filles gloussent souvent quand il traverse la cour. Elles le regardent en chuchotant ou en minaudant, tout dépend du degré de confiance en soi. Elles émettent des hypothèses sur sa personnalité en fonction de sa coiffure — qui n'existe pas puisqu'il passe sa vie avec une casquette — ou de ses vêtements.

Il n'en a abordé aucune.

Je n'ai jamais vu un élève à la fois prêter aussi peu d'intérêt à son image et être aussi apprécié. Généralement, quand tu dénotes de la normalité, tu finis fiché avec les indésirables. On te colle une étiquette sur la tête et tu te la traînes comme un boulet à ton pied. Avec Wade, c'est différent.

Probablement parce qu'il est séduisant, et que la beauté est un critère de sélection essentiel chez l'être humain.

Son charisme a fait vriller le cerveau de la plupart de mes congénères. On ne tarit pas d'éloges sur ses cheveux bruns et « excitants », sur ses épaules bâties et « sexy », ou sur sa mâchoire trop carrée pour un garçon de notre âge.

Je suis d'accord, son physique n'est pas désagréable. Mais, personnellement, ce ne sont pas ses atouts qui me rendent muette.

Il me regarde. Tout le temps. Dans le couloir. Devant les toilettes. Sur le parking. J'ai croisé ses yeux très souvent et, à chaque fois, j'ai l'impression qu'il m'observe depuis des heures. Le plus dérangeant, c'est qu'il ne se détourne jamais ; quand je le surprends, il ne cille pas et redouble d'intensité. Je baisse toujours la tête la première, parce que la force qu'il dégage est suffocante.

Comme en ce moment.

Le pied appuyé contre les casiers faisant face au mien, il m'étudie, une cigarette derrière l'oreille et la casquette noire posée sur son crâne. Il ne bouge pas d'un centimètre, je me demande même s'il respire. Cette attention silencieuse me trouble. Vraiment.

Se souvient-il de moi ? De Mission District ?

Probablement. C'est la seule explication plausible.

Peut-être essaie-t-il de m'intimider pour que je ne cancane pas à son sujet. Peut-être a-t-il peur que je raconte à qui veut l'entendre que la police lui court aux trousses en dehors des heures de cours. Là-dessus, il n'a pas de craintes à avoir, je suis la dernière des commères. Et, de toute façon, je n'ai pas d'oreille attentive à qui me confier.

— Boulette !

Quelque chose cogne ma tempe. Je tourne le visage et découvre le sourire insupportable de Tate, l'imbécile de mon cours d'anglais. L'un des Black Dolphins, l'équipe de natation du lycée. Un plaisantin qui explose de rire quand il entend le mot « pipi ». C'est vrai que c'est drôle. Pipi. Hilarant.

J'inspire profondément en voyant la boulette de papier à mes pieds. C'est difficile de croire qu'on en est encore à des inepties de ce genre à dix-huit ans, mais j'ai arrêté de chercher à comprendre les gens. Depuis que je suis de retour au lycée, j'ai assisté à des disputes pour un mascara, des montées en pression pour une couleur de cheveux, et des blagues potaches en rapport avec une banane. Je ne suis plus à une boulette de papier près.

— Comment va ? me lance-t-il avec un clin d'œil.

— Bien, jusqu'à maintenant.

Il ricane avec plusieurs de ses amis. Tous portent leur signe de ralliement, ce blouson bleu et noir dont le dos est floqué du corps courbé d'un dauphin.

Je piétine la boulette et les dépasse, la tête haute ; je suis quelqu'un de phobique et de stressé, mais ce n'est pas pour autant que je me laisse marcher sur les pieds. Tate s'est trompé de victime.

— Est-ce que c'est vrai, ce qu'on raconte ?

Je soupire.

— Qu'est-ce qu'on raconte, Tate ?

— Cette histoire avec une fille, qui serait ton amie…

Je n'entends plus que des murmures, sans savoir si mon imagination me joue un tour ou si les personnes présentes sont vraiment pendues aux lèvres du nageur.

Je suis ici depuis plus d'un mois. Je me doutais que Harper arriverait à un moment ou à un autre sur le tapis. Par contre, j'aurais préféré qu'on l'évoque ailleurs que dans un couloir où des dizaines d'oreilles sont tendues, avides de potins.

Je m'arrête, serre un poing et régule ma respiration comme je le peux.

— Ce ne sont pas tes affaires.

— Quoi ? Parle plus fort, Boulette, je n'entends rien.

Je me retourne vivement et m'active avant que la panique m'envahisse.

Parce que je sais qu'elle va le faire, c'est certain. Le monde qui m'entoure y contribue.

— Boulette vient de te dire de te mêler de ce qui te regarde, connard.

De nouveaux rires éclatent, entre les « hou » de ses copains.

Tate arque un sourcil amusé et se rapproche assez pour que je perçoive son chuchotement.

— Après « sale con », ça commence à faire beaucoup.

— À force de me répéter, ça entrera peut-être dans ton crâne.

Il sourit jusqu'aux oreilles, parfaitement sûr de lui, puis il incline légèrement la tête sur le côté.

— Tu es plus mignonne de près.

J'avance mon nez près de son visage et plisse les yeux, tout en reniflant.

— C'est quoi, ton parfum ?

Cet idiot prend ma question au premier degré, je le vois dans son regard.

— Eau sauvage, de Dior. Tu aimes ?

Je me force à étirer les lèvres.

— J'adore. Ça sent l'absence de neurones, avec une petite touche de suffisance. Parfait pour donner envie de vomir. Il te va comme un gant.

Cette fois, il comprend. Son expression se ternit et il recule d'un pas. À la manière dont il me jauge, je n'ai pas vraiment d'incertitude quant à la suite des événements : j'ai ouvert les hostilités.

Je m'en fiche. Je préfère subir les blagues stupides de Tate jusqu'à la fin de l'année plutôt qu'il s'intéresse à Harper. Je refuse qu'on lance des rumeurs à son sujet, que les gens salissent sa mémoire ou la fassent passer pour ce qu'elle n'était pas.

— Ne te mesure pas à plus fort que toi, ma jolie, dit-il d'un ton faussement mielleux.

— Quand on a besoin de sa meute pour emmerder une fille, on évite de sortir ce genre de conneries.

Ce n'est pas moi qui lui ai répondu.

Choquée, j'observe Wade nous supplanter et se diriger tranquillement vers les marches. C'est la deuxième fois que je l'entends parler, et je dois dire que sa voix a autant d'effet que son aura ; en une seconde, un silence de mort s'abat dans le couloir.

— Il a une langue, le nouveau ? raille Tate.

Il n'a aucune réaction, à part poser la cigarette au coin de sa bouche, avant de descendre les escaliers. Cette indifférence totale achève de ridiculiser Tate.

— Je ne comprends vraiment pas que Jax traîne avec ce paumé !

Tout le monde rit bêtement. Je m'échappe avant qu'ils ne déteignent sur mon humeur. Tate, occupé à tailler le costard de Wade, accapare suffisamment l'attention pour que personne ne remarque ma disparition.

Une fois dehors, je jette un œil vers le préau.

Il est bien là. Dans son jean déchiré au genou et son sweat à capuche. La fumée forme un nuage épais dès qu'elle sort de sa bouche. Il est l'incarnation du je-m'en-foutisme.

Comme s'il sentait que je le regarde, nos yeux finissent par se croiser. Fatalement, mon ventre fait un bond.

J'aimerais aller lui parler, mais, le problème, c'est que je ne sais pas quoi lui dire. Il est à la fois intrigant et intimidant. Trop différent des schémas traditionnels pour que je sache comment l'aborder. De fait, je me dirige vers ma voiture en silence. Et un peu frustrée…

… Jusqu'à ce qu'une idée perce dans le brouillard de mon esprit.

Je tape à la hâte sur mon portable et trouve ce que je cherche sur YouTube. La vidéo ne dure que vingt secondes. Je la regarde à deux reprises, mémorise le geste, et pivote sur mes talons. Heureusement, il continue à m'observer. Je pose alors mes doigts sur le menton et termine le mouvement afin de signer un « merci ».

Il paraît surpris, et j'en exploserais de joie : il n'a jamais été aussi expressif.

J'aimerais lui expliquer que je lui suis reconnaissante d'avoir pris ma défense et que, même s'il a l'air de se moquer de tout, j'ai apprécié son intervention. Sauf qu'aucune vidéo YouTube ne pourrait m'apprendre à signer tout cela en moins d'une minute. Par conséquent, je me contente de lui sourire.

Lentement, il cale la cigarette entre ses lèvres et, les yeux cadenassés aux miens, bouge ses deux mains. Il y a beaucoup trop de gestes pour que ça ressemble à un « de rien ». Pour garder la face, je lève mon pouce, synonyme d'un « super ! », puis je me fustige intérieurement ; il aurait pu signer n'importe quoi. Peut-être a-t-il dit « je mange des enfants au petit déjeuner » ou « j'aime faire des tresses avec mes poils de fesses ».

Et je lui rétorque un superbe « c'est génial, Wade ! » avec une moue béate. *Achevez-moi.*

Il inspire la fumée et la recrache par le nez tout en repositionnant la cigarette entre ses doigts. Un instant, je pense le voir sourire, mais c'est extrêmement furtif.

Chapitre 4

Wade

— C'est pas donné.

Le garçon me lance un air dépité, probablement destiné à m'attendrir. S'il est venu me trouver, il savait à quoi s'attendre. Je ne baisserai pas les tarifs pour un ado qui se sert dans le porte-monnaie de ses parents.

Je pose l'arrière de mon crâne contre le mur et le regarde de haut. Rien de présomptueux dans mon attitude, il mesure juste deux têtes de moins que moi. Vu sa silhouette, il doit faire partie de ces gens qui s'acharnent dans un sport depuis la naissance. Qui se dépensent à un rythme effréné pendant leur croissance et grandissent moins vite que les autres. Je ne serais pas surpris qu'il vise une médaille aux JO, dans le futur.

Ce n'est pas avec ce qu'il s'apprête à acheter qu'il y parviendra, mais je ne lui ferai pas part de mes pensées. J'ai tout intérêt à persuader, et non à dissuader.

— On peut négocier ?

Je le fixe assez longtemps pour qu'il comprenne que non, je ne suis pas un négociateur. C'est complètement résigné qu'il extirpe l'argent de sa poche. On se serre ensuite la main et l'échange s'effectue entre nos deux paumes ; nous avons tous les deux ce que nous voulions.

Je me décroche du mur, range le billet dans mon jean et m'éloigne sans un regard en arrière. Je ne connais même pas son prénom mais j'ai fait l'effort de retenir sa physionomie, et je sais que c'est un *senior*. Ce sont deux éléments suffisants pour lui mettre la main dessus, si jamais il y a un problème.

Le bruit m'assaille de nouveau les tympans quand je retrouve le couloir du troisième étage. Ce lycée est constamment rempli de monde, à n'importe quelle heure de la journée. Je ne devrais pas m'en plaindre puisque le business est florissant, mais, pour quelqu'un qui apprécie le silence, c'est une torture d'errer ici.

Je fais le code de mon cadenas et jette mes affaires dans le casier. Puis j'attends. Mackenzie passe toujours au sien à 11 h 45.

C'est presque ironique que mon casier se trouve juste en face du sien ; nous n'avons aucun cours en commun, aucun moyen de nous croiser. On ne se voit jamais, à part au troisième étage du bâtiment B de la Mercy High School.

Cette fille m'intrigue. Je ne saurais pas l'expliquer rationnellement, mais la regarder fait partie des activités les plus passionnantes que j'ai trouvées ici. J'ai eu le temps de la détailler avec précision, au point de pouvoir redessiner ses traits les yeux fermés.

Un grain de beauté au-dessus du sourcil gauche. La déviation discrète de son nez. La pigmentation plus prononcée de sa joue droite. L'épi de cheveux qu'elle n'arrive pas à dompter. La cicatrice de sa lèvre inférieure. La fossette de son menton. Le naturel désarmant de son sourire.

Elle m'a souri, l'autre jour. J'ai encore ce visage fendu de gentillesse en mémoire. L'hésitation avec laquelle elle a signé était rafraîchissante, et son « merci » m'a permis de voir qu'elle ne connaissait absolument pas la langue des signes.

Je n'ai pas signé depuis plusieurs années, si on omet l'épisode à Mission District. Ça me fait bizarre de retrouver de vieux automatismes, j'ai l'impression de retourner dans le passé…

Je ne sais pas si ça me plaît. Il y avait quelque chose d'intime à communiquer de cette manière. L'employer avec quelqu'un d'autre s'apparente à une sorte de trahison.

Pourtant, je ne regrette pas de l'avoir fait avec Mackenzie. Peut-être parce qu'elle ne comprend rien à ce monde ; elle a quand même levé le pouce quand je lui ai dit qu'une araignée était en train de pondre des œufs sur son crâne.

Telle une horloge parfaitement réglée, elle débarque dans le couloir et s'empare immédiatement de son cadenas. Je sais qu'elle m'a vu, parce que je ne me cache pas.

Elle récupère des livres, en laisse d'autres, puis replace l'anse du sac jaune poussin sur son épaule. Je m'étonne à peine du « bonjour » qu'elle m'offre, en langue des signes.

Je me retiens de sourire. Elle essaie de communiquer avec moi. Quelque part, elle s'y prend bien ; j'aime le silence, et elle me le donne.

J'imite son geste, ce qui relève un coin de sa bouche. Son visage est joli quand elle arbore cette expression. Je comprends pourquoi Tate la cherche constamment.

Je sens venir de loin les mecs qui tentent d'attirer l'attention des filles. Il la positionne volontairement dans un rôle de victime pour que personne ne comprenne qu'il l'apprécie. Il fait semblant de la détester pour cacher la vérité. Il peut duper qui il veut, mais ça ne fonctionne pas avec moi ; à force d'observation, j'ai fini par saisir l'essence des gens sans qu'ils aient besoin d'ouvrir la bouche.

Comme d'habitude, elle pivote et longe le couloir. Alors, comme d'habitude, je suis sa silhouette des yeux.

Son sac ne lui ressemble absolument pas. Je me demande si elle en a fait l'acquisition sur un coup de tête ou si c'est un cadeau. Elle n'a pas l'air du genre à se prendre de passion pour des objets aussi tapageurs. Il tranche également avec ses tenues : elle est abonnée aux pulls larges à grosses mailles, aux leggings et aux tennis. Toujours dans des tons neutres. Passe-partout.

Je suis parti dans mes réflexions quand elle cesse soudain de marcher. Elle semble hésiter une seconde, puis revient sur ses pas, pour finir face à moi.

— Tu as peur que je parle, n'est-ce pas ?

Elle enchaîne sans me laisser le temps de répondre. Je n'aurais pas su quoi dire, de toute façon. Son changement de programme me surprend.

— Tu ne veux pas qu'on sache à quoi tu occupes ton temps libre ? C'est pour ça que tu me regardes sans cesse ?

Elle n'y est pas du tout. Ses yeux cherchent une explication dans les miens, et je la vois rougir ; mon mutisme l'embarrasse.

— Tu ne sais pas ce que je fais de mon temps libre, Kenzie.

Je présume que c'est le surnom qui la fait tiquer. Ou alors elle s'étonne que je connaisse son prénom. Ou bien que je vienne de lui répondre avec une phrase comportant un sujet et un verbe.

Ses doigts se resserrent nerveusement autour de l'anse de son sac. Mais, loin de se démonter, elle continue de m'étudier avec curiosité.

— J'imagine que ça n'a rien de légal, Wade.

Bien. Elle a également eu vent de mon prénom. On est ex aequo.

Je cale mon pied contre le casier et sors machinalement une cigarette de mon paquet. Je n'ai pas envie de fumer, mais ces mouvements me donnent une certaine contenance ; elle s'engage sur une pente glissante et ça m'amuse. Je voudrais voir comment elle se débrouille avec un interlocuteur aussi merdique que moi.

— Tu t'es déjà forgé ton propre avis, fais-je en tournant la cigarette entre mes doigts.

— Disons que de te voir poursuivi par la police a orienté mon avis, corrige-t-elle subtilement.

— Les flics se sont peut-être trompés de proie.

— On ne fuit pas quand on n'a rien à se reprocher.

— On n'aide pas un fuyard à s'enfuir si on pense qu'il est en tort.

Elle opine doucement, amusée, elle aussi.

— Parfois, on manque de discernement. On fait des choses stupides.

Sa repartie parvient à m'arracher un léger sourire. Elle n'en a pas conscience, mais je lui offre une démonstration d'intérêt hallucinante ; mes expressions sont comptées et difficiles à faire naître. Elle me trouble par la simplicité avec laquelle elle donne vie à l'une d'entre elles.

— Qu'est-ce que tu faisais, ce jour-là ? s'enquiert-elle. Pourquoi ont-ils voulu t'attraper ?

— Tu t'attends à une explication ?

Elle secoue négativement la tête.

— Je sais que tu ne me la donneras pas. Ça fait cinquante secondes que tu me laisses entendre le son de ta voix. Ce sont cinquante secondes de trop pour quelqu'un qui ne parle pas. Je suppose que j'ai déjà dépassé le quota de curiosité autorisé.

— Alors pourquoi me poses-tu la question ?

Elle m'aurait préféré plus communicatif, je le remarque dans la façon qu'a son corps de se refermer sur lui-même. Je l'intimide réellement et je suis convaincu qu'elle prend sur elle pour me tenir tête.

Honnêtement ? C'est adorable.

— Parce que je fais des choses stupides, finit-elle par rétorquer, un peu plus froide.

L'ambiance plutôt légère se détériore en un claquement de doigts. Je ne m'en préoccupe pas vraiment, ce que les gens ressentent ne perce pas mes barrières. J'ai érigé des murs assez épais pour que les états d'âme des autres ne me touchent pas. Pour m'atteindre, il faudrait briser plusieurs couches de titane, et ça n'est pas près d'arriver.

Elle s'éloigne de nouveau et, cette fois, ne fait pas marche arrière. Je retrouve alors mon habitude, et la regarde.

Elle est différente, et tout à fait banale en même temps. Rien ne peut expliquer mon obsession pour cette fille, et, pourtant, j'ai constamment besoin de l'avoir en visu.

La semaine passe à une lenteur infernale. Le seul avantage que je tire des heures au lycée, ce sont les rumeurs qui se propagent ; petit à petit, je commence à entrer dans les têtes. J'ai laissé mon numéro de portable à deux ou trois personnes, sachant pertinemment qu'il ferait le tour des intéressés. Par contre, je n'avais pas prévu qu'on le récupérerait pour me harceler de SMS.

Installé derrière le volant de mon pick-up, j'ouvre le sixième message de Terry.

Je prends ton silence pour un oui ;)

Je le supprime sans répondre, comme les fois précédentes. Jax, qui fume un joint sur le siège passager, hausse un sourcil moqueur.

— Terry ? suppose-t-il.

J'acquiesce.

— Elle voulait quoi ?

— Me faire venir à sa soirée.

Il ricane et souffle sa fumée par l'interstice de la fenêtre.

— Tu devrais lui répondre, elle devient insistante quand elle n'obtient pas ce qu'elle désire.

— Parole de connaisseur ?

Il bouge la tête en rythme avec *The Message*, le son de Nas qui est diffusé dans les enceintes, en souriant doucement.

— Elle a eu ce qu'elle voulait avec moi sans devoir travailler pour, précise-t-il. Les mecs normaux ne remballent pas la joueuse la plus attirante de l'équipe de softball, frère.

Il me passe le joint, duquel je tire une latte avant de le lui rendre.

— Pourquoi tu ne joindrais pas l'utile à l'agréable ? poursuit-il. Tu vas rester ici jusqu'à la fin de l'année, alors autant profiter. Tu ne rencontreras aucune barrière avec elle, en plus : tu es devenu son sujet de discussion préféré.

Il désigne mes yeux du doigt et bombe le torse en avant, mimant manifestement une poitrine.

— Ses yeux ! Rien que ses yeux me font de l'effet ! Il est ma chasse gardée, personne n'y touche ! dit-il d'une voix haut perchée en gesticulant sur le siège.

Je secoue la tête, incapable de contenir mon sourire.

— Elle te prend pour son prochain jouet, assure-t-il de son vrai timbre. Et on accepte toujours d'être le jouet de Terry.

— Je ne suis le jouet de personne.

Les filles ne m'intéressent pas. Jax pense que j'ai un problème. Il a émis une hypothèse selon laquelle j'aurais un pénis défaillant et on m'aurait abreuvé de nourriture réductrice de testostérone depuis la naissance.

— Quel gâchis, soupire-t-il.

Malgré la vitre légèrement baissée, l'habitacle est rapidement inondé de fumée ; même si Jax tape dans la plus grande partie du joint, j'aurai les yeux aussi rouges que les siens.

— Tu aurais peut-être dû te garer plus en retrait, souligne-t-il en fixant le préau, où quelques personnes scrutent ma voiture.

— Tu pouvais attendre avant de fumer.

— J'ai un module de maths avancé, ce qui me demande de la concentration. Alors, non, ça ne pouvait pas attendre.

L'excuse aurait pu tenir la route si je ne savais pas qu'il s'en roule un avant chaque début de journée, et ce, quelle que soit la matière à venir.

La musique passe à *Black Helicopters*, de Non Phixion. Je monte le son et m'affale sur le dossier ; c'est ce dont j'ai besoin pour affronter une matinée entière entre ces murs. Encore quelques heures et je pourrai souffler dans mon véritable univers.

Je prends deux ou trois taffes, Jax passe en mode loque humaine, et on quitte le pick-up avec l'air de deux coupables qui se moquent absolument de l'être.

— Alerte bombe.

Il me balance un coup de coude dans les côtes.

— Ton mollusque fonce droit sur nous.

Je ne saisis pas bien le rapport entre un mollusque et la fille qui arrive dans un grand sourire, mais je laisse le parallèle de Jax de côté ; voir Terry me sape le moral, déjà bien amoché par la perspective de subir un autre vendredi ici.

— Salut, les gars !

Elle nous dévisage, perplexe, puis son regard s'illumine à nouveau.

— Vous auriez dû me dire que vous vous amusiez ! Il vous en reste ?

Jax esquisse un sourire charmeur.

— Tout est là, dit-il en désignant sa bouche. Si tu respires mon air, tu auras peut-être une chance de ressentir quelque chose.

Le plus accablant, c'est que sa technique d'approche est efficace. Terry entre beaucoup trop facilement dans son jeu. Ils échangent un regard complice avant qu'elle se tourne vers moi.

— Tu viens, demain soir, alors ? Ne t'en fais pas pour l'alcool, je me charge…

J'ai déjà pris le chemin de l'entrée quand je l'entends demander à Jax :

— Il a un problème avec moi ?

— Ta beauté l'intimide, il n'ose pas te parler en face.

Quel con.

Je retrouve le troisième étage du bâtiment B, un peu dans le coaltar — j'aurais dû manger un morceau. Afin de dissimuler mes yeux, je sors la casquette de mon sac et la cale sur mon crâne, tout en sachant qu'on m'ordonnera de la retirer une fois en cours, et que ça m'agacera prodigieusement.

Kenzie n'est pas seule, aujourd'hui.

Je jette un œil furtif à Tate, qui a l'épaule collée contre le casier et le visage à quelques centimètres du sien ; si j'en crois leurs positions respectives, elle rêverait de l'envoyer paître et lui crèverait de la mettre dans son lit.

Les gens sont plus honnêtes avec les gestes qu'avec les mots. À la voir raide comme la justice tandis qu'il cherche par tous les moyens à attirer son attention, ça se confirme.

Je prends des affaires dans mon casier. N'importe lesquelles. J'occupe juste mes mains pour donner l'illusion d'être accaparé par autre chose que la scène qui se déroule dans mon dos.

Pourquoi ça m'intéresse ? Parce que j'ai de l'herbe dans le sang, et que l'herbe atomise mon flegme habituel. C'est pour cette raison que je fume rarement. Je n'aime pas perdre le contrôle. Je me sens vulnérable quand mes émotions font surface.

Mes yeux me brûlent et mes oreilles bataillent pour écouter la discussion, à quelques mètres. Le fait de ne rien entendre m'irrite.

Je referme le casier et me retourne. Perdus dans leurs messes basses, ni l'un ni l'autre ne remarquent mon arrivée.

Je ne devrais pas intervenir. Mais il lui parle. Elle lui répond. Et j'ai fumé. Le cumul des trois explique l'irrationalité de mon comportement.

Mon épaule se pose sur le casier face à celui où Tate est installé, je suis dans la même position que lui. Kenzie se retrouve en sandwich et, au vu de l'air dérouté qu'elle arbore, elle n'y était pas préparée.

— Wade, dit Tate en guise de bonjour.

Je réponds d'un bref signe de tête et me focalise à nouveau sur elle. Elle évite sciemment mon regard, ce que je ne peux lui reprocher ; elle agit de cette façon depuis lundi. Elle n'a pas vraiment apprécié ma manière de lui parler.

— Tu nous interromps.

Kenzie claque la porte de son casier et jette un regard noir à son interlocuteur.

— Il n'interrompt rien du tout, à part ton monologue insipide. Je crois que j'ai eu ma dose d'égocentrisme pour la journée, Tate. Tu peux t'en aller.

Il masque à peine son sourire. Ce mec adore qu'on lui résiste, et il semble avoir trouvé de quoi s'occuper avec elle. De là à comprendre pourquoi cette réflexion me porte sur les nerfs, c'est une autre histoire. *Putain d'herbe.*

— Tu as quelque chose à me dire ? me demande-t-elle ensuite.

— Tu veux toujours savoir ?

Elle plisse le front, incertaine. Je mime alors avec les doigts une personne qui court, et son visage s'éclaire.

Je vais totalement à l'encontre de mes principes. Mis à part Jax, je n'ai jamais amené quiconque à une session. Ces moments sont sacrés, ce sont ceux où je peux être moi-même. Je n'aime pas penser que quelqu'un interfère dans ma passion ; inviter Kenzie est donc purement et simplement un coup de folie.

Elle finit par acquiescer. C'était inutile, je connaissais déjà sa réponse.

Tate, qui n'a pas l'air désireux de la lâcher, me regarde en biais. Je perçois nettement la compétition qu'il tente d'instaurer, et qui n'a pourtant pas lieu d'être : je ne veux pas de Kenzie comme lui. Là, à cet instant précis, mon seul but est qu'il arrête de lui parler et qu'il s'en aille. Point barre.

— On n'a jamais vraiment fait les présentations, tous les deux, me dit-il avec un sourire en coin.

Je penche la tête vers ses baskets à trois cents dollars. S'il n'est pas trop bête, il devrait saisir l'allusion. Encore que…

— Ce n'est pas ce que j'appelle des présentations, Wade.

Sur ce, il me tend la main. Il se croit impressionnant. Ou dominateur. S'il savait de quoi je suis capable, il aurait remballé sa tête de vainqueur depuis longtemps.

Son audace est presque touchante. De fait, je prends sa main calleuse dans la mienne ; sans grande surprise, il tente de me broyer les os, tout en conservant une expression amicale.

— Tu ne sais pas dans quoi tu t'embarques, Tate ! s'exclame Jax.

Il rit en arrivant à notre niveau, en compagnie de Terry. Cette dernière jauge la poignée de main, puis s'attarde sur Kenzie. J'ignore duquel d'entre nous émanent les mauvaises ondes, mais l'air en est soudain saturé.

Le seul qui semble heureux, c'est Jax — Tate se retient de m'insulter, on dirait que Terry a vu un fantôme, je suis agacé sans raison valable et Kenzie semble mal à l'aise.

Cette dernière s'écarte d'ailleurs du groupe et s'éloigne rapidement. Cette fois, je ne la laisserai pas partir — je n'ai pas eu le loisir de lui donner toutes les informations concernant la session.

J'abandonne Tate et les autres, et je dois pratiquement trotter pour la rejoindre. J'allais lui demander de me passer son portable pour y entrer mon numéro, mais l'irrégularité de sa respiration me coupe dans mon élan.

Elle n'a pas l'air bien. Elle ne se rend pas compte de l'existence de la fille qu'elle bouscule ni de ma présence à ses côtés.

— Laisse-moi, Wade.

Rectification. Elle a remarqué ma présence.

La cloche annonçant le début des cours retentit, et je me retrouve à devoir jouer des coudes dans la masse d'élèves. Ce troisième étage est vraiment une abomination. Pire que la rue la plus passante du centre-ville pendant les fêtes de fin d'année.

Kenzie peine à avancer, et plus on l'empêche de se frayer un chemin, plus sa cage thoracique s'agite. L'irritation s'empare de son visage, ainsi qu'autre chose… une espèce de peur contenue.

Elle resserre le sac contre son torse et déglutit lourdement. C'est dingue, comme ses émotions sont lisibles ; si je suis une statue de cire impassible, elle est un vrai livre ouvert.

Elle finit par pousser le garçon qui lui bloque la route, avec tellement de force que celui-ci jure. En une fraction de seconde, je comprends qu'il ne lui permettra pas de s'en sortir aussi facilement.

Alors qu'il lève une main pour attraper son bras, je la saisis au vol.

— Je te le déconseille.

Il se retourne vivement et s'apprête à m'injurier, mais, à la seconde où il me reconnaît, sa fougue se tarit. C'est le sportif avec qui j'ai échangé en début de semaine.

Il n'a aucun intérêt à me chercher. C'est le plus gros souci de ceux qui viennent à ma rencontre : je détiens un de leurs secrets. Je pourrais les achever sans même lever la main.

Le petit blond en est parfaitement conscient.

La mâchoire serrée, il attend que je libère son poignet. C'est ce que je fais. Puis je repars à la poursuite de Kenzie.

Je la retrouve au rez-de-chaussée, toujours en train de batailler contre la densité humaine.

Elle respire mal. Très mal. C'est hallucinant que personne ne le voie. Soit les gens sont aveugles, soit ils sont égoïstes. Si même moi je saisis qu'un truc ne va pas, ça donne une idée du degré d'indifférence de mes camarades.

— Qu'est-ce que tu fuis ?

Le regard qu'elle m'envoie est furtif mais brutal. J'ai rarement vu quelqu'un d'aussi désemparé qu'elle l'est à cet instant. Dans ses prunelles, tout se mélange : la crainte, l'impatience, le malaise, le mal-être. Elle transpire tellement la peur que ça pourrait m'atteindre si je n'étais pas armé contre.

Elle masque un tremblement qui ne m'échappe pas et se détourne.

— Laisse-moi tranquille.

Elle entreprend de pousser d'autres corps pour parvenir à la sortie, mais je la retiens par le coude.

Des éclairs passent dans ses yeux quand elle sent mon entrave.

— Lâche-moi, Wade ! m'ordonne-t-elle d'une voix sourde, à la fois menaçante et fragile.

Elle est beaucoup trop sensible. À fleur de peau. Elle réagit mal à ma présence. *Trop mal* pour que j'en sois le responsable.

C'est alors que je comprends.

Contre son gré, je la tire et l'embarque avec moi.

Ce qui a déclenché son anxiété est un mystère, mais la crise de panique qui s'amorce, elle, ne fait aucun doute.

Chapitre 5

Mackenzie

Quatre secondes d'inspiration. Quatre secondes de retenue. Quatre secondes d'expiration.

J'effectue les exercices de respiration abdominale recommandés par Camelia, en espérant qu'ils calment l'incendie irrationnel ayant élu domicile dans ma poitrine.

La cloche a sonné. Le monde est opaque. Je me retrouve dans un cauchemar, piégée dans ce couloir. Mon cœur est parti dans un sprint qui finira par me provoquer une attaque. Des fourmis remontent par vagues le long de mes membres. Mes poumons n'accueillent pas assez d'air.

J'étouffe.

J'ai mal.

J'ai peur.

Il faut que je m'éloigne, c'est ce que la psy m'a préconisé : si je ne me sens pas de taille à affronter la situation, trouver la paix dans un endroit sûr.

En l'occurrence, l'endroit sûr, c'est ma voiture. Là-bas, je pourrai respirer et laisser libre cours à ma panique, jusqu'à ce qu'elle daigne se dissiper. Je redouble de peur en constatant que la sortie du lycée m'échappe.

J'entends une porte claquer. Puis du silence. Je voudrais insulter Wade, lui hurler de me lâcher, de m'oublier, mais le stress me rend impuissante.

— Arrête, dis-je, suppliante.

Au détour d'une minuscule cage d'escalier, j'aperçois un panneau lumineux « sortie de secours ». Je ne me suis jamais rendue dans cette partie de l'établissement, et ça m'étonnerait que l'accès en soit autorisé, mais, pour l'instant, je m'en contrefiche.

Mon cœur est douloureux. C'est absurde, j'en suis consciente. Quelque part, je sais que je ne souffre pas vraiment. Je connais les symptômes d'une crise, et la sensation de faire un infarctus qui va avec.

Quatre secondes d'inspiration. Quatre secondes de retenue. Quatre secondes d'expiration.

La main sur la poitrine, je déglutis de toutes mes forces et colle mon dos au mur pour avoir un appui. Ma gorge se resserre en accueillant ma salive. Ma glotte semble aspirée dans un siphon. Mes poumons se compriment à tel point qu'ils en deviennent deux noix complètement inutiles.

— Ça ne va pas, m'entends-je dire.

Quelque chose de froid englobe mon menton et je me retrouve plongée dans son regard intransigeant.

— Ça va très bien.

— Non, je t'assure que…

— C'est juste de l'angoisse, Kenzie. Il ne t'arrivera rien.

Malgré la violence de la tempête qui fait rage dans mon organisme, je m'immobilise, stupéfaite. Comment sait-il ? Mes symptômes peuvent s'apparenter à beaucoup de problèmes différents.

J'inspire de nouveau avec difficulté et je considère brièvement la porte, qu'il a bloquée avec son épaule.

— Personne ne vient ici, chuchote-t-il. Ce sont les escaliers de secours, on ne peut pas te voir.

J'accuse le choc une seconde fois. Wade doit lire dans les pensées, ce n'est pas possible autrement.

Peu de gens savent qu'il est gênant d'être aperçu dans cet état pathétique. Dans ces moments-là, le regard des autres a encore plus de poids, il intensifie les effets de la crise de manière exponentielle.

La chose sur mon menton bouge légèrement, et je réalise que ce sont ses doigts. Ils sont congelés, mais cette fraîcheur m'aide à me reconnecter avec la réalité ; quand je stresse, j'ai besoin de froid, de vent, d'eau gelée à ingurgiter. Ils font office de claque…

Ici, je n'ai rien de tout ça, alors je me cramponne à cette main, dont la température est largement en dessous de la mienne.

Quatre secondes d'inspiration. Quatre secondes de retenue. Quatre secondes d'expiration.

La crise desserre petit à petit son étreinte. La toile qui m'emprisonne se troue sous l'effet de mon regain d'assurance, de chaque molécule d'oxygène que j'inspire, que je retiens et que j'expire.

Et de la présence silencieuse qui me dévisage calmement.

Plus je me détends, plus les détails me parviennent. Il a retiré la casquette qu'il portait il y a quelques minutes ; ses cheveux partent dans tous les sens, comme s'il avait fourragé dedans ; ses yeux sont plus rouges que d'habitude ; la finesse de ses lèvres est incroyable… N'ayant jamais été aussi proche de son visage, je n'y avais pas prêté attention.

Je crois rêver quand l'une de ses commissures se relève. Sa peau pourrait se craqueler tant cet infime mouvement lui est étranger.

— Tu es en train de sourire ? dis-je, abasourdie.

Ma question accentue son expression.

— Ta façon de me regarder est amusante.

Il décroche ses doigts mais ne s'écarte pas de moi pour autant. Je prends alors conscience que le périmètre de sécurité n'a pas été respecté : nos corps sont, eux aussi, extrêmement proches l'un de l'autre.

Mon rythme cardiaque continue de ralentir tandis qu'il incline la tête sur le côté.

— Tu en fais souvent ?

Ses yeux flânent sur ma peau, comme je viens de le faire à l'instant avec lui. Il attend ma réponse en me considérant avec curiosité.

— Je « fais souvent » quoi ?

— Des crises d'angoisse.

Il revient à mes prunelles, l'air sincèrement intéressé. C'est déroutant. Disons que, jusqu'ici, Wade n'a pas franchement été le plus loquace des garçons que j'ai croisés.

— Ça m'arrive, acquiescé-je, en comptant de nouveau au rythme de ma respiration.

— À quoi c'est dû ?

Mes faiblesses me font honte, et celle-ci appartient au sommet de la liste. Je bataille pour la garder secrète.

Sauf qu'il m'observe intensément, et que ses pupilles magnétiques agissent sur moi comme un sérum de vérité.

— La foule. Je perds mes moyens quand il y a trop de monde autour de moi.

— Tu n'aimes pas en parler, constate-t-il avec justesse.

— Je préférerais que ça reste entre toi et moi, oui.

— Je ne suis pas quelqu'un de bavard.

— J'avais remarqué.

De la complicité passe entre nous à cet instant. Je la ressens, et elle me réchauffe de l'intérieur. Mieux encore, elle m'aide à relâcher la pression.

— Merci, murmuré-je.

— Pour ?

Je jurerais que son visage s'est de nouveau rapproché du mien. Ce n'est pas tant le fait que je l'entende mieux qui le confirme, mais plutôt la vague de fourmillements qui me foudroie.

Notre proximité me fait de l'effet, c'est indéniable.

— L'attaque de panique que tu m'as permis d'avoir loin des autres.

— Elle n'est pas passée, tu trembles encore, fait-il remarquer.

En me concentrant sur mes réactions, je sens effectivement quelques soubresauts involontaires. Pour être honnête, je ne suis pas certaine qu'ils soient dus à des résidus de crise d'angoisse : je suis vraiment troublée par ce garçon.

La deuxième sonnerie, qui indique la reprise des cours, entraîne un nouveau sursaut. J'en aurais presque oublié que nous sommes au lycée.

— Je vais être en retard.

Il hausse un sourcil moqueur.

— Tu l'es déjà.

— Toi aussi. On ferait mieux d'y aller.

Il ne bouge pas d'un millimètre, son épaule confortablement appuyée contre la porte.

— Wade, ce lycée est à cheval sur le respect des règles. Si tu ne veux pas finir avec une heure de colle, tu as tout intérêt à…

J'interromps soudain ma phrase.

Qu'en a-t-il à faire, d'une heure de colle, lui qui se fait courser par la police, et qui, j'en suis convaincue, a fumé du cannabis — l'odeur et ses yeux le trahissent ? C'est peut-être pour cette raison que son comportement diffère de celui qu'il m'offre d'ordinaire.

— À ? insiste-t-il.

— À rien, dis-je dans un soupir. Décale-toi, s'il te plaît.

Bien entendu, il ne m'écoute pas. Je passe alors mon bras entre la porte et son flanc, dans le but d'agripper la poignée, mais je n'arrive pas à l'atteindre. À force d'avancer, je finis à quelques centimètres de lui.

La logique voudrait qu'il recule.

Il n'en fait rien.

— Tu ne sortiras pas d'ici tant que tu ne seras pas complètement remise, se justifie-t-il, presque inaudible.

Son souffle parcourt ma peau et je regrette d'y être aussi réceptive ; la chair de poule est là. Indésirée, mais présente. Mon corps apprécie Wade et ne parvient pas à le masquer.

— Je suis remise.

C'est la vérité. Le stress me paraît loin. Je ne bataille plus contre ma crise, mais contre l'animation de mes terminaisons nerveuses. Contre cette électricité qui vient d'ailleurs et qui me frappe brusquement. Contre la force du plaisir que je ressens à l'effleurer.

Il baisse la tête, pour m'offrir la douceur de son regard bicolore ; cette beauté surréaliste dépasse l'entendement. Je n'exagère pas. On pavoise toujours face à des yeux de la couleur d'un océan, on couine pour une teinte claire. On tombe sous le charme d'iris ténébreux. Sombres et insondables. Il est normalement impossible de posséder les deux.

Wade est une exception.

— Tu veux bien t'écarter ?

Sans un mot, il effleure ma lèvre inférieure de son pouce, à l'endroit où se dessine ma cicatrice. Mon cœur en rate un battement.

— Viens sur Crisp Road cette nuit, vers minuit. Mets des vêtements confortables. Sombres, de préférence.

Il rompt le contact dans un sourire. C'est le deuxième. Ou le troisième. Dans tous les cas, il a largement dépassé le quota habituel.

— Pardon ?

— Crisp Road. Minuit. Je t'attendrai.

Il fait un pas en arrière et attrape la poignée. Je pensais qu'il allait partir et me laisser seule avec mes questions, mais il recommence à me dévisager avec une moue mystérieuse.

D'un coup, il remue sa main gauche, et plus précisément son pouce ; bien que le geste soit indéchiffrable, je présume qu'il vient de signer.

— Qu'est-ce que ça signifie ?

— Rien d'important, mais garde-le en tête. Si jamais tu es en public et qu'un début de crise te prend, reproduis-le. Je comprendrai.

Sur ce, il ouvre la porte.

— Attends !

Je désigne sa main du doigt.

— Tu veux bien le refaire ?

Il n'hésite pas. Je mémorise alors le mouvement, plutôt simple, et l'exécute afin de m'assurer que je ne me trompe pas.

— Tu es OK, dit-il avec un clin d'œil. À ce soir.

Chapitre 6

Wade

— Je me les pèle !

Jax, assis sur le rebord du trottoir, se frictionne vigoureusement.

— Il est minuit vingt. On peut peut-être décoller, non ?

Je tire sur ma cigarette en inspectant la rue. Crisp Road fait partie des lieux traîtres ; à cette heure-ci, tout semble calme et paisible, il n'y a pas âme qui vive, pas un seul bruit suspect. Ça, c'est l'image que cette artère du quartier de Hunters Point renvoie. En vérité, tu dois avoir des yeux partout, parce que tu as 99 % de chances qu'on soit en train de t'observer. Et pas forcément pour les bonnes raisons.

Normalement, je ne m'attarde pas. Mais j'ai assuré à quelqu'un que je l'attendrais, alors je tiens parole.

— Wade ! s'impatiente-t-il.

— Quelqu'un doit arriver.

Il plisse le regard, incertain. Je ne peux pas lui en vouloir : je n'ai jamais inclus de tierce personne dans nos sessions et il n'a jamais eu envie de partager nos soirées avec d'autres gens.

— « Quelqu'un » comme dans « j'ai une transaction de prévue » ?

— « Quelqu'un » tout court.

— Attends… on va poser avec un type ? Tu as ramené un type dans nos sessions ?

C'est plus un reproche qu'une question. Il reprend :

— Tu plaisantes… Il fait partie d'un *crew* que je connais, au moins ?

— Ça m'étonnerait.

— Tu ne t'es pas renseigné ?

— Je serais surpris qu'elle soit dans un *crew*, expliqué-je.

— « Elle » ?

J'expire la fumée tout en acquiesçant, tandis qu'il blêmit.

— Une fille ? Une nana ? Un être humain avec un vagin et une paire de seins ?

— Oui. Et elle est au lycée.

Il me jette un regard incrédule.

— Tu déconnes complètement… Elle est charmante à quel point, pour que tu perdes la tête ?! Oh non… Ne me dis pas que tu as succombé à Terry… C'est une excellente idée, mais, pitié, si tu pouvais éviter de la mêler à nos affaires… Rien que de te voir respirer la met dans tous ses états, tu n'avais pas besoin de l'amener dans ton monde pour la séduire.

— Ce n'est pas Terry.

— Personne n'est plus irrésistible que Terry.

Je passe une main sur mon menton, amusé. Il fait une véritable fixette sur elle.

— Elle est transparente, réfuté-je.

— Retire cette insulte immédiatement.

— Tu la trouves belle parce qu'elle t'attire, Jax. Elle n'a rien de plus que les autres.

— Elle ne m'attire pas. Tu sais quoi ? Tu as un grave problème. Tu regretteras longtemps de n'avoir passé aucun moment avec elle. Quelques heures ou quelques minutes. Quand tu t'en apercevras, ne viens pas te plaindre.

Il inspire une bouffée de nicotine et fixe le regard au loin.

— Il y a réellement une fille plus ravissante que Terry au lycée ? Dans *mon* lycée ?

Je ne réponds pas. Je ne parlerai pas du physique de Kenzie ni du fait qu'elle dégage quelque chose de singulier.

Je la trouve spéciale.

Cette façon qu'elle a d'avoir peur. Cette curiosité qui illumine ses yeux quand elle m'observe. Cette opposition de forces entre sa timidité et sa repartie… Elle n'est pas comme les autres.

Elle, elle est intéressante.

— Sara ? C'est vrai que ses cheveux sont dingues, mais elle est trop renfermée sur elle-même. Grace ? Celle qui est en cours d'histoire avec nous ? Son côté intello est plutôt sympa, j'ai un truc avec les filles à lunettes. Ou Anastasia ? Anastasia n'est pas mal ! Elle est *cheerleader*, ses entraînements l'ont dotée de sacrés avantages…

Il continue de citer des noms qui ne m'évoquent rien. Tout ce que je retiens, c'est qu'il est attiré par la moitié de son lycée, et qu'il a probablement satisfait ses envies avec le tiers.

L'image qu'il se donne n'est pas fidèle à ce qu'il est. On pourrait croire que Jax est un pénis ambulant mais, comme chez tout un chacun, la véritable nature est dissimulée sous une montagne de faux-semblants. Il montre ce qu'il veut, et ce ne sont pas forcément ses qualités.

— … niaise. Je ne suis même pas sûr qu'elle est capable de faire une soustraction de tête. Mais sa silhouette vaut le coup d'œil. Si on doit faire un classement, je place la courbure de ses reins en deuxième position, juste après celle d'Aria. Tu as prêté attention aux reins d'Aria ?

Il dessine la courbure en question avec les mains, tandis qu'une ombre fend la nuit.

Je sais que c'est elle.

Sa présence ne m'échappe jamais ; si elle est dans un couloir, sur le parking ou aux abords du préau, je le perçois. Je serais incapable de donner une explication rationnelle à cela, puisque moi-même je ne comprends pas pourquoi. C'est un fait, voilà tout.

Quand Kenzie entre dans mon champ de vision, mon instinct s'éveille.

Ma cigarette se consume au rythme de ses pas. Elle n'a pas l'air sereine. Sa tête ne cesse de tourner, à gauche et à droite. Elle ressent les mauvaises ondes de Hunters Point. Un instant, je me demande pour quelle raison elle a décidé de me rejoindre.

Une personne normale aurait refusé de se retrouver dans l'un des quartiers les plus craignos de la ville à une heure aussi tardive. Sa présence est une preuve de confiance, d'inconscience. Ou de folie.

— Mackenzie… J'aurais dû m'en douter.

Il me gratifie d'un sourire en coin dont je connais la cause : il m'a vu la poursuivre, ce matin. Or, il n'est pas dans mes habitudes de courir après une fille.

— Elle a redoublé, me dit-il, tandis qu'elle vérifie la route avant de traverser. Je me souviens vaguement d'elle, elle traînait toujours avec une petite blonde. Du jour au lendemain, les deux ont arrêté de venir en cours.

Il jette son mégot et fronce les sourcils.

— Il y a pas mal de rumeurs à ce sujet. Les gens se demandent pourquoi sa copine n'étudie plus à la MHS. Certains pensent que Mackenzie a un problème psychologique, qu'elle aurait fait du mal à la fille.

Il scrute attentivement ma réaction.

— Tu attends que je renchérisse ?

— Tu as forcément un avis sur la question.

— Aucun, non.

Je ne me fonde pas sur les on-dit. La seule chose que j'ai retenue de mon passé, c'est qu'on ne juge pas avant d'avoir les preuves en main. Les rumeurs sont, pour la plupart, mensongères. Et elles peuvent causer de gros dégâts.

— OK. Donc tu amènes une fille à Hunters Point sans te soucier de sa santé mentale ? Et si elle parlait ? Et si, je ne sais pas, elle avait apporté un pied-de-biche dans le but de nous fracasser le crâne ?

— Les os de la tête se fissurent plus facilement avec un bon coup de marteau.

Kenzie s'arrête en face de nous, le visage impassible.

— Par contre, le pied-de-biche est efficace sur les tissus mous, plus particulièrement au niveau du ventre : si on vise bien, la victime peut mourir d'une hémorragie interne.

Elle se détourne de Jax pour me consacrer son attention.

— Je suis désolée pour le retard, je vis encore chez mes parents. Le poison que j'ai mis dans leur dîner a mis plus de temps que prévu à faire effet.

Un blanc s'éternise entre nous, jusqu'à ce que Jax intervienne.

— Ton humour est flippant.

— Qui te dit que je plaisante ?

Très franchement, si le sourire ne cherchait pas à étirer sa bouche, on pourrait presque y croire.

Jax l'observe un bon moment, puis son visage finit par s'éclairer ; il se lève et époussette son jean en la désignant du menton.

— Je sens que je vais bien t'aimer.

Ils échangent un regard complice, ce qui ne me surprend pas. Jax est tout sauf quelqu'un qui juge. Il a le contact facile et tisse des liens avec aisance. Kenzie fera partie de sa liste d'amis, qu'elle le veuille ou non, je ne me fais aucun souci là-dessus.

Nous bifurquons dans une ruelle plus reculée, tandis qu'il cherche à la connaître. Je ne participe pas à la conversation, mais j'apprends — entre autres — qu'elle habite Sunset District, ou encore qu'elle déteste le chocolat.

— C'est une blague ? Qu'est-ce qui ne va pas chez toi ?

— Je n'aime pas son amertume, avoue-t-elle avec un petit rire. Si tu suces un carré de chocolat assez longtemps, c'est immangeable. Concentre-toi sur le deuxième goût, celui qui vient après, tu verras que j'ai raison.

Il argumente, et elle rit de plus belle. Je devrais lui demander de se faire plus discrète : même si nous ne sommes pas en terrain hostile, mieux vaut ne pas nous faire remarquer.

Sauf que son rire est agréable à entendre. Je me surprends à en apprécier le naturel et la douceur.

Elle est tellement à l'aise avec lui qu'elle en oublie le chemin. Ça n'est qu'au moment où les bâtiments délabrés fendent le paysage qu'elle réagit.

— On a le droit d'être ici ?

— Pas vraiment, répond Jax. Tu n'as aucune idée de la raison de ta présence ?

— Wade n'est pas très bavard, confirme-t-elle en me jetant un regard équivoque.

— Tu m'en diras tant.

On traverse le terrain gigantesque jusqu'à ce que la lumière des lampadaires disparaisse. Kenzie, entre Jax et moi, marche à notre rythme, sans chercher à nous distancer. Je ressens sa nervosité.

— C'est l'ancienne base navale… chuchote-t-elle.

Les vagues qui tapent contre le béton du rivage constituent l'unique bruit aux alentours. Ici, il n'y a plus de gens, plus de klaxons, plus aucune vie. Seulement des murs qui tiennent à peine debout et des carcasses de ferraille abandonnées, oxydées par l'air marin.

J'ai du mal à masquer mon plaisir. On entre dans mon monde.

Après plusieurs grilles, je nous arrête près du spot que j'ai repéré mardi dernier. Un container quasiment vierge.

— Joli ! approuve Jax, le regard brillant d'impatience.

Il en oublie Kenzie, fasciné par le support immense sur lequel il va pouvoir se défouler. Il attrape ensuite son sac et en sort une paire d'écouteurs, ainsi que le foulard ; il écoute toujours de la musique pendant les sessions, c'est son rituel. Il s'efface dans son trip musical.

Personnellement, j'en suis incapable. J'aime entendre les sons autour de moi, la peinture qui se diffuse sur la paroi, les gravillons qui s'écrasent sous mes pieds, les bombes qui s'entrechoquent une fois jetées au sol ; je veux que tous mes sens soient en alerte. J'ai besoin de vivre le moment pleinement. Intensément. Et, accessoirement, l'un de nous doit rester aux aguets, au cas où une sirène de police retentirait.

À mon tour, je retire deux foulards de mon sac et en tends un à Kenzie. Elle le considère avec perplexité.

— Je suis un peu perdue, là…

— Mets-le sur ton nez.

— Pour quoi faire ?

— Si tu ne veux pas tomber dans les vapes, il faut que tu protèges tes voies respiratoires.

Elle cligne des paupières et scrute Jax, qui est en train de se harnacher.

— C'est quoi, le délire ? On va entrer dans un lieu bourré d'amiante ?

Je fais non de la tête. Puis, en silence, je m'occupe de son cas ; elle a un mouvement de recul lorsque je tente de poser le foulard sur le bas de son visage.

— Sans vouloir te vexer, Wade, je te serais reconnaissante de m'expliquer les choses avant de m'empêcher de respirer.

— Il t'évite un malaise, il vient de te le dire, murmure Jax, amusé par sa réaction.

— Pourquoi je tomberais dans les pommes ?

J'aimerais qu'elle se laisse faire, parce que j'agis dans son intérêt. Sauf qu'elle n'a pas l'air prête à m'accorder sa confiance. Bien que j'apprécie cette fille, je ne suis pas du genre à insister. Soit tu me crois, soit tu continues ta route. Me justifier par A + B et y ajouter le reste de l'alphabet ne me correspond pas.

De fait, je range le foulard qui lui était destiné, et attache l'autre à l'arrière de ma tête.

La tension commence à monter. Je donnerais tout pour ressentir cette poussée d'adrénaline chaque minute de chaque journée. Mon torse subit des décharges par secousses, anticipant déjà ce qui va se produire.

— Prends-le comme tu veux, frère, mais tu es le seul mec qui arrive à me faire bander.

Mon sourire franc fait écho à celui de Jax, même s'il est masqué par le tissu. On se comprend. Il n'existe rien de plus excitant qu'une session aussi parfaite que celle-ci.

Un endroit reculé, un support juste pour nous.

On va se prendre un shoot. On le sait. Et on l'attend avec impatience.

— Droite ou gauche ? me demande-t-il.

Je pioche dans mon sac tout en lui répondant.

— Droite. Laisse-lui de la place, dis-je en jetant le menton derrière moi.

— De la place pour quoi ?

Kenzie, qui se sait incluse dans la discussion, nous dévisage tour à tour. Sans satisfaire sa curiosité, je sors alors plusieurs bombes, et dépose sur chacune le caps adapté. Son regard est attentif au moindre de mes gestes.

— Ce sont des bombes de peinture ?

— Les meilleures sur le marché, oui, s'enorgueillit Jax.

Elle n'a pas le temps de devenir livide que je balance l'une d'entre elles dans sa direction ; elle la rattrape de justesse et me jette un coup d'œil adorable. Ses joues rondes lui donnent une bouille de bébé quand elle est perdue.

— Je suis censée faire quoi avec ça ?

Je désigne la surface gondolée derrière moi.

— T'exprimer.

— Mais ne prends pas trop de place, tempère Jax. J'ai besoin d'espace pour poser ma pièce.

Elle ferme les yeux et baisse les bras.

— C'est donc ça, l'objectif ? Taguer dans un endroit illégal ? Est-ce que l'un de vous deux a conscience de l'irrationalité de tout ça ?

Elle n'obtient aucune réponse.

Elle voulait savoir pourquoi j'avais les flics aux fesses, voilà l'une des raisons. Je raconte des choses sur les murs. J'imprime mon blaze sur des façades.

Au moment où mon index se pose sur le caps, je me sens décoller. L'adrénaline refait une percée fulgurante dans mon ventre.

Le premier jet de spray émet un bruit que je reconnaîtrais entre tous. Mon monde. Mon univers. L'odeur de la peinture pénètre dans mes narines, malgré la protection. Je trace le premier trait avec le stress de me faire attraper, et l'euphorie de retrouver, enfin, la seule chose que je suis capable d'aimer.

Quelques minutes hors du temps. C'est ça, l'effet qu'a le graff sur moi.

Chapitre 7

Mackenzie

Mon corps refuse d'émettre le moindre mouvement. La bombe dans les mains, j'observe, à la fois tétanisée et fascinée, les gestes fluides des garçons.

Jax s'est complètement enfermé dès qu'il a mis ses écouteurs ; il est physiquement présent, mais sa tête semble à mille lieues de Hunters Point. Les formes qu'il dessine sur le container sont plus grandes que lui, il doit lever le bras au maximum pour en tracer le sommet.

J'ai l'impression qu'il écrit un mot, j'en suis même convaincue puisque c'est la base chez un tagueur, mais je ne parviens pas à en saisir le sens ; les lettres sont déformées, remplies de couleurs qu'il dégrade avec d'autres. Mes yeux de novice me sont inutiles.

Le tintement du fer me fait tourner la tête. La bombe que Wade vient de jeter par terre roule derrière lui. C'est la deuxième qu'il vide.

Son style diffère de celui de Jax. Malgré l'avancement de cette espèce de fresque, le rendu est indéchiffrable ; les traits sont indénombrables, les formes travaillées contiennent des dessins de flèches et de pointes. Je n'y connais rien, mais sa manière de faire me paraît plus agressive. Plus dynamique. Et infiniment plus précise… Je suppose qu'il s'entraîne depuis plus longtemps que son ami, l'inverse me semblerait surprenant.

Des *tagueurs*.

Je comprends mieux la peinture sur la casquette de Wade, ou la course-poursuite avec les policiers à Mission District. Ce qui me déstabilise, en revanche, c'est la puissance de leur excitation : elle me parvient par vagues depuis qu'ils ont commencé et irradie dans ma poitrine.

Loin de ma trouille compulsive, ils se réjouissent d'être dans leur élément.

— On ne reste pas ici toute la nuit, Kenzie.

Wade place quelque chose sur sa nouvelle bombe et fait un test de couleur sur un pan du container, avant de me regarder.

— Je ne sais pas graffer.

— Ce n'est pas ce que je te demande.

— Tu veux que je me défoule, j'ai compris, oui. Mais je n'ai rien à raconter. Encore moins à 2 heures du matin et sur une ancienne base navale de l'armée américaine.

Il me rejoint calmement. À cause du foulard qui masque la moitié de son visage, mes yeux n'ont rien d'autre à observer que les siens ; deux billes bicolores qui ont l'air de me sourire.

— Allez, chuchote-t-il avec un mouvement de tête en direction du container.

— Je n'en ai pas envie.

— Tu n'oses pas, c'est différent. On a tous des choses à dire. Des émotions enfouies, des souvenirs douloureux, des pensées secrètes.

— Pas moi.

— À d'autres.

À son intonation, je comprends qu'il fait allusion à mes crises d'angoisse. Je vois également qu'il n'abandonnera pas la partie aussi facilement. Je change alors de tactique.

— Il faut que quelqu'un surveille les alentours, non ? Vous ne pouvez pas faire votre affaire sans assurer votre sécurité.

— Je m'en charge.

— Tu n'as pas fini ton dessin.

— Ça s'appelle une « pièce », et je m'en fiche. Vas-y.

Il passe une main dans mon dos et me pousse vers l'avant. Son regard me brûle tandis que je me résigne à avancer.

Il a tort. La thérapie par les mots, je connais, et ça ne m'a pas aidée. Camelia me demande constamment de m'exprimer et, après tous les monologues que je lui ai servis, j'en suis toujours au même point. Partant de là, je ne vois pas en quoi décorer un container pourrait me faire du bien.

— Arrête de réfléchir, entends-je derrière moi.

J'appuie sur l'embout de la bombe et la pression du jet de peinture jaune me prend par surprise. La couleur est identique à celle de mon sac à main. Un instant, cette comparaison m'amuse : la tache dégoulinante est aussi immonde que le cadeau de Harper.

— Arrête de réfléchir, répète Wade.

Je lève les yeux au ciel, avant d'inscrire « tais-toi », en lettres incertaines, sur la paroi. Jax sort de sa transe artistique à ce moment-là.

Il détaille l'ordre que j'ai donné à son ami avec étonnement et enlève un écouteur.

— Sois flattée qu'il t'accorde un peu de son attention. Ce n'est pas donné à tout le monde.

Sur ce, il se place à mes côtés et écrit un mot avec sa bombe rouge carmin. *Flippante*. Je déduis sans trop de peine que cet adjectif me revient de droit, et souris. S'ensuit une bagarre de mots, où chacun tacle l'autre.

Je n'ai jamais discuté avec Jax mais je le connaissais vaguement de vue ; comme Tate, ou n'importe quel garçon qui mesure plus d'un mètre quatre-vingts, on le remarque. Harper le trouvait mignon mais refusait de lui adresser la parole puisqu'il était plus jeune qu'elle — l'âge était un de ses critères, elle le considérait comme un gamin.

C'est en pensant à ma meilleure amie que j'écris « gamin ». Il renchérit avec un « psychopathe ». On noircit petit à petit mon espace, et je prends goût à cette liberté d'expression.

C'est agréable de dire les choses sans avoir besoin de se justifier.

Avec ma psy, je dois peser chacun des mots qui sortent de ma bouche. Aux yeux de Camelia Davis, tout a un sens, une explication logique. Elle interprète et décortique mes moues. C'est insupportable. J'ai l'impression d'être constamment épiée. J'ai peur de dire quelque chose qui me ferait passer pour une folle, et donc de voir mon quota de séances revu à la hausse. Si je n'ose plus lui parler aujourd'hui, c'est parce qu'elle me juge.

Ici, je peux demander à Wade de la boucler, et il n'y a pas de conséquences. Jax lit les noms que je lui donne sans chercher à saisir un quelconque sens caché. C'est franc, c'est simple. C'est une véritable bouffée d'air frais.

Ma main trace un nouveau mot et, cette fois, Jax n'y répond pas. Il repart vers sa partie du container et poursuit le tag qu'il avait abandonné. Il a compris que je destinais ce terme à quelqu'un d'autre que lui.

À côté de « manque », j'inscris « vide ».

Une sensation étrange grossit dans ma gorge. J'observe longuement ce que je viens de créer. Et, soudain, tout explose.

Douleur. Larmes. Noir. Oubli. Bêtise. Inconscience. Vie. Impulsive. Perdue. Lien. Seconde. Eau. Froid. Cœur. Cri. Déchirement. Brûlure. Anesthésie.

La peinture ne sort plus.

— Kenzie.

Je me retourne brusquement. Wade jette une nouvelle bombe dans les airs. Je remarque alors que Jax se trouve maintenant à ses côtés ; je n'ai aucune idée du moment où il a quitté sa position pour le rejoindre.

La couleur qui jaillit du spray est désormais noire.

Mon bras semble possédé. J'ai l'impression qu'il relie cette tôle à mon cœur et que tout surgit sans la moindre cohérence.

Colère. Déception. Absence. Furie. Destruction. Reconstruction. Solitude. Injustice. Esprit. Faiblesse. Confrontation. Incapable. Tentatives.

Chaque lettre est douloureuse à écrire, mais, une fois que je la vois incrustée dans la surface, je me sens allégée. Comme si un poids invisible me quittait.

L'ivresse que je ressens me fait tourner la tête. Le sol commence à tanguer sous mes pieds et mes membres s'alourdissent. Jamais je n'avais goûté une telle sensation.

Je m'acharne encore, toujours plus éloignée de la réalité, jusqu'à ce qu'un bras s'enroule autour de mon ventre.

— Tu comprends mieux l'importance du foulard ?

La voix posée de Wade souffle sur ma tempe. Mon dos s'avachit contre son torse, et je prends conscience que mon étourdissement est en partie dû aux émanations de peinture.

— Je n'ai pas fini, Wade.

— Je sais.

Au lieu de m'éloigner de ce qui me sert de journal intime, il resserre sa prise au niveau de mon estomac et agite son autre bras. Un tissu chaud enrobe soudain la moitié de mon visage ; ses doigts agiles nouent le foulard, qui dégage une odeur boisée, sur ma nuque.

— Continue, murmure-t-il contre mon oreille.

Je ferme les yeux et me force à refouler l'étourdissement. J'ai encore besoin de me purger.

Son avant-bras sur mon ventre, je retrouve la révélation anarchique de mes sentiments. Il suit mes mouvements sans jamais m'entraver.

Je sais pourquoi il ne me lâche pas.

Mes jambes sont cotonneuses, j'ai conscience de ma faiblesse. S'il m'abandonne, je n'aurai plus de soutien. Wade l'a compris. Il me sert de bouée, le temps que mes tripes aient largué tout ce qu'elles retiennent depuis des mois.

À cet instant, j'éprouve une reconnaissance infinie envers lui.

À ce moment précis, il a toute ma confiance. Entière et totale. Je lui laisse mon corps aveuglément pour mieux m'occuper de mon esprit ravagé.

Des minutes durant, je crache le sac de nœuds qui me compresse la poitrine. Mes propos n'ont pas de sens, ce n'est ni plus ni moins qu'une diarrhée émotionnelle.

Je m'en fiche. Ça me délivre.

Et il m'accompagne, toujours dans mon dos, dans son éternel silence. Il affermit sa prise quand je faiblis. Il l'atténue lorsque je récupère du poil de la bête. Il est là, sans me dire quoi faire, m'apportant juste ce dont j'ai besoin, à la bonne dose.

Quand les mots ne me viennent plus, que je n'ai plus le courage de souffler tant je suis épuisée, je lâche la bombe. Elle percute une de ses sœurs, déjà au sol, dans un bruit métallique.

Pleurer ne fait plus partie de mes aptitudes, j'ai vidé ma réserve d'eau il y a un moment. Je crois que plus rien ne me fera monter les larmes aux yeux, c'est tout bonnement impossible. Quand bien même, ma gorge est nouée et j'ai atteint un état émotionnel particulièrement fébrile.

Mon corps tremble contre celui de Wade, dans un mélange de soulagement et de nostalgie. S'il ne me tenait pas debout, je serais en train de me délabrer, en mille morceaux, parmi les cailloux.

— Un dernier mot ?

Je fais non d'un mouvement de tête ; l'arrière de mon crâne frotte le tissu au niveau de ses pectoraux. Il respecte ma parole silencieuse et m'éloigne du container.

Il ne me pose aucune question, il ne me propose pas de regarder ce que j'ai fait. Comme à son habitude, il ne parle pas. J'aime ce silence, sa façon d'être là sans s'imposer.

C'est lorsque Wade est muet qu'il me parle. C'est dans ses blancs que je me sens connectée à lui.

— Drive-in de Burger King ?

Le visage de Jax ne trahit rien de plus qu'une envie de manger, comme si ce que je venais de faire ne s'était jamais produit. Pourtant, il regardait.

Envers lui aussi, j'éprouve de la reconnaissance.

— Me prendre un trip me donne faim, se justifie-t-il. J'ai besoin d'avaler un truc consistant.

Je retire le tissu de ma bouche et décline.

— Il faut que je rentre chez moi.

J'observe Wade en biais et remarque qu'il n'a plus son foulard. Je pensais qu'il m'avait prêté le second qu'il avait en sa possession. Comment a-t-il fait pour ne pas avoir de vertiges alors qu'il est resté avec moi pendant tout ce temps ?

— Tu nous lâches ? demande Jax.

— Le poison que j'ai donné à mes parents n'est pas mortel, ils vont finir par se réveiller.

En souriant, il désigne le chemin par lequel nous sommes arrivés.

— Alors on te raccompagne jusqu'à ta bagnole. Wade n'y verra aucun inconvénient.

Je ne saisis pas la nature du regard qu'ils se lancent, le genre que seuls deux amis proches peuvent échanger.

Sur le trajet, Jax entame une liste pour le fast-food, qui comporte trois menus, deux burgers uniques et autant de desserts. Le mythe de l'estomac extensible vient sûrement de lui ; même un sportif ne pourrait pas avaler une telle dose.

Comme promis, je retrouve ma voiture en leur compagnie. Ils allument tous les deux une cigarette. Jax s'écarte pour ne pas m'envoyer sa fumée dans la figure mais Wade reste à mes côtés.

J'attends qu'il me regarde pour lui signer un merci.

— Pas de quoi, dit-il avec ce que je considère comme un sourire.

Je me retourne pour poser la main sur la poignée de la portière et murmure :

— Si. Crois-moi, ce que tu viens de faire mérite un merci.

L'odeur de tabac me parvient. Il s'est rapproché de mon dos. À cette pensée, un grésillement naît dans le creux de ma poitrine et s'étend sournoisement dans mon organisme.

— Dans ce cas, merci à toi.

Je pivote et plonge aussitôt dans son sourire. Un vrai de vrai. Avec les lèvres étirées. Il n'a pas encore décidé de me montrer ses dents, mais cet effort est déjà considérable. Je distingue d'ailleurs une seule fossette, extrêmement profonde, sur sa joue droite… Le degré de charme qu'elle ajoute à son visage est démentiel.

— Pour… ?

— Pour être venue.

Comprenant que je n'obtiendrai rien de plus, je monte dans ma vieille Ford. Le temps que je mette le contact et démarre, il a rejoint Jax.

Clairement, Wade n'a pas conscience du bouleversement qu'il a créé en moi. Sans une parole, il a ouvert une brèche dans ma carapace de déglinguée. Aussi simplement qu'un couteau qui s'enfonce dans du beurre resté trop longtemps en plein soleil.

Je rentre à la maison un peu plus légère, délestée de quelques kilos de pensées encombrantes. Et ce n'est pas mon père, qui attend sur le canapé du salon, qui détruira ce bonheur furtif.

Les bras croisés et le visage fermé, il me dévisage.

— Où étais-tu ?

Là où ma psy n'est jamais parvenue à m'emmener, papa.

Chapitre 8

Wade

Je visse ma casquette sur mon crâne et empoigne mon sac à dos, mort de fatigue. J'ai passé plusieurs soirs dehors, or les nuits blanches et moi ne sommes pas faits pour nous entendre.

Je descends les deux étages avec la sensation de peser une tonne et sors mon paquet. Malheureusement, Crown me barre le chemin ; je vais devoir attendre avant de fumer.

La cigarette calée au coin de la bouche, je relève le menton. Son regard dévie vers mon oreille gauche.

— C'est l'autre, lui indiqué-je.

— T'es allé voir un toubib ?

Je ne réponds pas et le bouscule pour passer.

— Je t'ai posé une question, Noliar.

Je suis presque arrivé à la porte d'entrée quand mon épaule est tirée en arrière. Je n'ai pas le temps de réagir que mon dos se retrouve projeté contre la vieille tapisserie ; un coup de jus circule dans ma colonne vertébrale et le bras de Crown m'entrave la gorge.

Je regarde ma cigarette rouler au sol avec dépit. Vu l'état du carrelage, il n'est pas question qu'elle revienne dans ma bouche.

— Ne joue pas au plus con, tu sais comment ça finit.

Trois secondes sont nécessaires pour que je découvre quelle merde il a prise au petit déjeuner ; l'héroïne réveille sa violence et décuple sa force. Elle lui fait aussi croire qu'il est le maître du monde, ou que sa technique d'intimidation me fait de l'effet.

— On m'a rapporté ce qui s'est passé cette nuit, poursuit-il. Donne-moi ta version.

Voyant que je préférerais me tailler les veines plutôt que de discuter avec lui, il appuie plus fort contre ma gorge. Je déglutis difficilement, mais rien ne transparaît sur mon visage. Je ne suis pas le plus expressif des hommes, et c'est encore plus vrai dans ce genre de situation.

— Wade, la patience n'est pas mon fort. Qui a porté le premier coup ?

Je le fixe sans ciller. Il finira par me lâcher, ça ne fait aucun doute. De plus, il me connaît : je n'attaque jamais sans raison.

— Tu veux vraiment qu'on parte là-dedans ? dit-il d'une voix mauvaise. Tu vis sous mon toit. Ici, tu suis mes ordres.

Lui cracher au visage est tentant. Très tentant. Sauf que je connais les conséquences du manque de respect et je n'ai vraiment pas le courage de m'y frotter à une heure aussi matinale.

— On a un marché, tous les deux, tu te rappelles ? Alors, fais-moi le plaisir d'honorer ta part du contrat, parce que je peux tout arrêter, à n'importe quel moment.

J'ai rarement haï quelqu'un autant que lui. Ce qui me rassure, c'est que ce sentiment est réciproque. Je ne pourrais pas me regarder dans la glace si j'étais apprécié par ce connard.

Il écrase de nouveau ma gorge.

— C'est ça que tu veux ? dit-il en souriant froidement. Qu'on stoppe tout ? Moi, ça ne me dérange pas, j'ai assez d'employés à ma botte. Mais, aux dernières nouvelles, tu n'es pas du même avis.

Je serre la mâchoire au point de me faire mal. Et je le déteste un peu plus car il m'oblige à lui répondre.

— Je n'ai pas cogné le premier.

Il relâche légèrement sa prise et je respire un peu mieux.

— Bien. Maintenant, tu vas tout m'expliquer. Quel est le plomb qui a sauté dans ta cervelle pour que tu ailles faire du commerce sur un autre territoire que le nôtre ? Tu connais les codes et les règles, Noliar. On ne dépasse pas les limites.

J'en suis conscient. Mais nous n'avons pas les meilleures zones de San Francisco. Les clients des quartiers environnants sont plus voraces, plus affamés. Ils seraient capables de tuer père et mère pour avoir leur dose, et c'est de ça que j'ai besoin ; il faut que j'écoule le stock.

Si je veux sortir de là, je dois prendre des risques. C'est pour cette raison que j'ai fait quelque chose d'interdit : vendre sur le territoire des concurrents. Je me débrouillais parfaitement bien, jusqu'à ce qu'une de leurs sentinelles me voie et que tout dégénère.

— J'accélère le rythme.

Furieux, il fait claquer sa langue contre son palais.

— Tu as déconné. La branlée qu'on t'a mise était méritée, et heureusement que tu t'es seulement défendu, je pourrai redresser la situation sans qu'il y ait trop de casse. Par contre, et prends-le comme une menace parce que c'en est une : ne recommence pas.

Il me toise un bon moment, attendant sûrement une réaction de ma part. Je ne lui ferai pas ce plaisir. J'ai envie de fumer, je suis fatigué et je n'ai pas mangé. Je ne suis pas d'humeur à subir un de ses coups de sang.

— T'as fini ?

Il recule, la rage dans le regard. Dans une autre vie, ma route n'aurait jamais croisé la sienne. Crown fait partie des personnes qu'on évite. Certains, ceux pour qui tout est beau et rose, ne connaissent pas son existence. Ils ont de la chance.

De nouveau, je le pousse. Ma cigarette non entamée traîne comme une malheureuse à côté du pied de la commode. J'aurais presque pitié d'elle.

— On m'a aussi dit que ton oreille pissait le sang, lance-t-il tandis que j'ouvre la porte. Ton tympan doit être percé, va voir un docteur.

Sa pseudo-compassion, je me torche avec et il le sait. Mais, pour être certain qu'il le comprend bien, je foule le perron le majeur levé.

La pluie torrentielle s'abat sur le parking du lycée. Ma capuche est détrempée en moins de cinq secondes. Le temps est si épouvantable que le monde agglutiné sous le préau est deux fois plus dense que d'habitude.

Je rentre les épaules et change d'itinéraire pour retrouver mon pick-up. Je n'ai pas le courage de me mêler à la foule, mon mal de tête risquerait de me rendre encore plus antipathique. C'est en parvenant à quelques mètres de ma voiture que je remarque la Ford bleu marine.

Le profil de Kenzie se dessine à travers la fenêtre matraquée par la pluie.

Les yeux fermés et le crâne posé sur l'appui-tête, elle a l'air de fredonner une chanson. Je l'ai rarement vue aussi détendue, et l'apaisement qu'elle dégage me captive.

Elle a fait une percée dans ma tête, ces derniers jours. J'ai surtout pensé à elle lors de mes sorties nocturnes, et je me suis dit, à chaque fois, que j'étais content de la connaître. Sans son visage, sa voix ou sa manière approximative de signer, mon esprit n'aurait pas pu s'évader.

Je ne me l'explique pas, mais, pendant ces nuits blanches, Kenzie m'a fait du bien.

Je dévie de la route prévue et tape du poing contre son carreau ; elle sursaute brusquement et hurle un « bordel ! » tellement puissant que je l'entends. Après avoir bricolé sur son portable, elle baisse la vitre et m'assène un regard noir.

— Je dois te rappeler que je suis quelqu'un qui panique facilement ou pas ?

Du revers de la manche, elle essuie les gouttes d'eau qui viennent cogner ses joues. Mes lèvres se relèvent légèrement.

— Bonjour à toi aussi.

— Souris-moi autant que tu veux, Wade, ça ne t'excusera pas.

Elle observe mon sweat trempé d'un air circonspect avant de bloquer sur mon menton. Je mets quelques secondes à me souvenir que je me suis pris un autre coup à cet endroit-là, cette nuit.

Elle ne fait aucune remarque et se focalise de nouveau sur mes yeux. Je sais que je la trouble, ou du moins que cette différence de couleur l'interpelle ; elle s'attarde souvent sur cette partie de mon visage, comme la plupart des gens. Sauf que sa curiosité ne me dérange pas, à l'inverse de celle du reste de la planète.

Je profite de son silence pour contourner la voiture et ouvrir la portière côté passager. Mes vêtements humides dégoulinent sur le siège en tissu gris.

— Tu chantais quoi ?

Je baisse ma capuche tandis qu'elle me lance un regard interrogateur.

— Tu fredonnais avant que j'arrive, précisé-je.

La contraction de ses doigts, qui se resserrent autour de son téléphone, ne m'échappe pas.

— Je révisais mon cours de biologie à voix haute.

Elle ment aussi bien que je suis causant.

— En étant honnête, ça donnerait quoi ?

— Ça donnerait que j'ai un examen sur la photosynthèse en fin de semaine et que je m'y prépare.

Elle pose le portable sur ses cuisses. Grave erreur. Je le récupère immédiatement.

— Qu'est-ce que tu… Wade !

Par chance, elle n'a pas eu le temps de le verrouiller, et, comme je l'avais supposé, l'application musicale est la première chose qui apparaît sur l'écran.

— Wade !

Je colle mon dos à la vitre et lève le bras pour qu'elle ne puisse pas m'atteindre. La playlist Spotify est en pause, et j'ai vraiment du mal à ne pas rire en découvrant le titre qu'elle avait dans les oreilles.

— *U Can't Touch This* ? Tu écoutes du MC Hammer ?

Elle rougit violemment mais ne se démonte pas pour autant. Sa gêne se transforme même en agacement.

— Rends-moi mon portable.

Je mets la musique en route. Le rythme pop des années 1990 résonne dans tout l'habitacle et ses joues prennent une teinte encore plus cramoisie.

— Tu connais aussi la chorégraphie qui va avec ? la nargué-je.

— Wade, rends-moi ce téléphone, je ne plaisante pas.

J'observe brièvement la suite de la liste. Presque tous les morceaux datent de plus de vingt ans et pas la moindre chanteuse commerciale autotunée n'est présente.

Two Princes de Spin Doctors, *MMMBop* de Hanson… Ses goûts me surprennent, et j'apprécie sincèrement cette originalité.

— Tu as honte ? dis-je en faisant glisser le pouce sur l'écran.

Comme elle ne répond pas, je relève le nez. Elle fixe le pare-brise comme si, effectivement, elle était mal à l'aise d'aimer de la musique cent fois meilleure que les daubes qui passent à la radio.

C'est à cet instant que j'appuie involontairement sur le téléphone. Et que je retire tout le bien que je pensais d'elle.

— Mon Dieu ! dit-elle en rougissant de plus belle.

Elle agrippe fermement le volant, tandis que je reconnais *Wannabe*, des Spice Girls. J'ignore ce qui m'amuse le plus : l'horreur qui entre dans mes tympans ou son désarroi total.

— Ce groupe était populaire à une période, se défend-elle piètrement.

— Être populaire ne veut pas dire être bon.

— Les Spice Girls sont l'exception qui confirme la règle.

— C'est de la mauvaise foi.

Elle tourne la tête et plisse les yeux de mécontentement.

— Tu es dans *ma* voiture, tu es assis sur *mon* siège, tu as *mon* portable entre les mains. Ici, tu es chez moi, alors je n'autoriserai aucune critique négative de ta part. Dans ma voiture, on aime les Spice Girls, point.

— Donc tu assumes ?

— Pleinement, oui !

Elle ment encore, mais son effort est adorable. Tout est adorable à cette seconde précise, depuis ce regard chocolat qui me défie jusqu'à sa bouche pincée. Le charme de Kenzie est très subtil, il faut être attentif pour en saisir toutes les nuances, mais, une fois que c'est fait, sa beauté devient une évidence.

— Mon portable, peste-t-elle une nouvelle fois.

Je le garde à la main, alors que la playlist continue de tourner ; un autre son modifie soudain l'ambiance, la rendant plus intime. Dès que les notes me trouvent, je me fige.

Je connais le rythme par cœur. La voix féminine me prend avec une violence inouïe. J'ai entendu ce morceau pendant des jours, au point qu'il a fini par servir de bande-son à mon sommeil.

Jamais je n'avais atteint ce niveau d'obsession à l'égard d'une chanson ; je l'ai écoutée en boucle au point d'en avoir la nausée. Mais c'était le minimum nécessaire pour pouvoir la traduire.

— OK… donc même *Killing Me Softly* ne trouve pas grâce à tes yeux.

Elle m'offre un regard dépité. J'en déduis qu'elle aime ce morceau, et que l'expression que j'arbore n'est absolument pas en adéquation avec ce que je ressens vraiment.

Je ne déteste pas. Les souvenirs tapent juste là où ça fait mal. Et chez moi la douleur s'exprime par l'indifférence ; plus je souffre, moins j'en montre.

— Tu vas bien ?

Son ton préoccupé me ramène à la réalité. Je repose le téléphone sur ses cuisses, la musique jouant toujours, et ouvre la portière. J'ai un pied dehors quand elle reprend la parole.

— J'ai été punie.

Elle coupe son portable et met la radio à la place. J'aurais presque envie de pleurer en entendant ce guignol de Bruno Mars, mais la nullité de ses sons est préférable à ce qui précède.

— Mon père m'attendait après la sortie à Hunters Point. Il m'a punie comme si j'avais encore quatorze ans.

Je tourne la tête, décontenancé.

— Pourquoi tu me dis ça ?

Elle hausse les épaules.

— Il fallait que je trouve quelque chose pour que tu ne partes pas. C'est le premier truc qui m'est venu à l'esprit.

Son aveu fait naître un sourire au coin de mes lèvres. Je ferme la portière doucement et me réinstalle contre le dossier.

— N'y vois pas de sous-entendu, précise-t-elle. Je n'ai simplement pas eu le temps de te dire que je t'étais redevable.

— « Redevable » ?

Elle acquiesce.

— Hunters Point, les graffitis… J'ai conscience de te devoir quelque chose en retour.

— Je ne t'ai pas fait venir là-bas pour avoir une contrepartie, dis-je. Si tu as aimé, tant mieux. Ça s'arrête là.

— Non, Wade…

Elle se retient d'aller plus loin. Je pourrais presque voir la phrase qui essaie de sortir de sa bouche, mais qu'elle rattrape de justesse pour l'enfouir dans une boîte, fermée à double tour.

— Si tu as besoin de moi un jour, n'hésite pas. Je répondrai présente, affirme-t-elle finalement.

Je la crois sur parole, et cette confiance m'étonne. Je me laisse rarement amadouer avec une telle facilité. La façon dont cette fille s'immisce en moi est perturbante.

Je confirme d'un lent mouvement de tête.

— *Idem.*

— Je sais, murmure-t-elle.

Elle signe le mot que je lui ai appris dans la cage d'escalier. Elle n'en connaît pas la signification et je pense qu'elle ne me la demandera pas ; elle aussi me fait confiance.

Elle a raison. Je respecte toujours mes promesses, même les silencieuses.

Sans que j'en sois conscient, mes yeux dérivent vers sa bouche. Sa cicatrice, presque invisible, attire mon regard. Aujourd'hui, la trace blanchâtre n'est pas la première de mes préoccupations. Ce sont ses lèvres que j'observe. Uniquement elles. Et, indubitablement, les sensations que j'ai vécues à Hunters Point renaissent.

Je l'ai tenue contre moi pendant plus de dix minutes, à devoir jouer de force et de douceur pour la maintenir. À ce moment-là, je voulais qu'elle continue de cracher ce qu'elle avait sur le cœur. Il n'y avait aucune arrière-pensée. J'ai senti qu'il fallait qu'elle se débarrasse des parasites qui l'empêchent d'avancer. J'ai également senti ce qui se passait dans mon propre corps.

Son contact m'a atomisé les nerfs. Le courant a traversé mon bras pendant ces dix foutues minutes, et a voyagé à son gré dans mon torse. J'étais concentré sur la noirceur des mots qu'elle inscrivait avec la bombe, mais une part de moi vibrait de la sentir proche, physiquement.

Ça explique sûrement pourquoi je n'arrive pas à détacher mon regard de ses lèvres ; si dans une situation aussi chaste que celle de Hunters Point j'ai ressenti un tel frisson, l'embrasser devrait me faire carrément décoller.

Des coups brutaux portés sur la fenêtre derrière elle détournent finalement mon attention. La tête trempée de Jax apparaît au travers du rideau de pluie.

— C'est une habitude chez vous ? râle Kenzie en baissant la vitre.

Le vent glacé s'infiltre dans l'habitacle, en même temps que la voix éternellement positive de Jax.

— Je savais bien que je te trouverais là.

Il pose les coudes sur la fenêtre ouverte en me souriant, mais perd de sa superbe en auscultant mon menton ; on s'envoie régulièrement des SMS, il connaissait la raison de mon absence, mais je n'ai pas jugé nécessaire de l'informer du dérapage à Tenderloin.

— Comment pouvais-tu savoir que Wade squatterait ma voiture ? s'étonne Kenzie.

— Parce que je sais tout, la psychopathe. Mec, on a un module de maths, on devrait y être depuis dix minutes.

Kenzie glisse l'index sur son portable ; en découvrant l'heure affichée, elle s'affole.

— Mon prof va m'étriper !

Elle coupe le contact à la hâte et m'ordonne de décamper. J'obéis, puisque le regard lourd d'insinuations de Jax m'indique qu'il a des choses à me raconter. Je rabats la capuche sur mon crâne et retrouve le temps absolument merdique de San Francisco pendant cette période de l'année.

— Tu pourrais au moins me souhaiter une bonne journée ! hurle-t-il à l'adresse de Kenzie, qui s'enfuit, les bras au-dessus de la tête pour se protéger de l'averse.

— Bonne journée !

Elle grimpe les marches de l'entrée quatre à quatre, et disparaît avec les quelques retardataires à l'intérieur du bâtiment.

— Tu m'expliques ?

Nous rentrons les mains dans nos poches tout en nous dirigeant posément vers les portes.

— Il faut que ça aille plus vite, réponds-je.

— Je me doute. Mais pourquoi faire ton business là où tu sais que tu ne peux pas ? Merde, vieux ! Tu te mets en danger ! Regarde-toi : on dirait qu'on t'a greffé une couille au menton tellement il est déformé !

— Il y a plus de clients sur Hyde Street, Jax.

— Et plus de chances de te faire buter, oui.

Il frotte sa main sur son visage dégoulinant avant de reprendre.

— Je sais que tu veux sortir de là au plus vite, mais ne déconne pas. Fais les choses intelligemment. Ce lycée regorge de proies faciles, de gosses de riches qui ne savent plus comment s'amuser, prêts à tout pour tester leurs limites. Tu ne la joues pas comme il faut, frère.

Jax me connaît depuis trois ans, soit un an avant que ma vie prenne une tournure différente de celle que je prévoyais. C'est le seul qui sait tout de moi, ça explique en partie qu'il me soutienne, malgré l'immoralité de mes actes.

— Terry refait une soirée, samedi. Cette fois, tu viens. Cette fille est capable de réunir tous les amateurs de sensations fortes qu'elle croise. Ce n'est pas ton kiff, mais tu y trouveras ton compte, et sans poing dans la figure. C'est un avantage non négligeable.

Pour appuyer ses dires, il cogne mon menton ; l'onde de douleur est à la limite du supportable. C'est encore trop frais pour que je puisse rester de glace.

— Fais les bons choix.

On pénètre dans le lycée, quasiment désert.

— Maintenant, tu m'expliques l'autre sujet épineux ?

— Lequel ?

— C'est quoi, le truc, avec Mackenzie ?

J'ôte ma capuche et fourrage dans mes cheveux humides.

— Il n'y a pas de truc.

— Prends-moi pour un imbécile. Wade, je ne suis pas aveugle. Je l'ai vue signer à Hunters Point. Elle n'est ni sourde ni muette, et, à moins d'un fabuleux hasard, c'est toi qui lui as appris à parler avec les mains. Je croyais que ce langage était sacré à tes yeux.

Il l'est.

Mais pas avec elle.

— Tu lui donnes de l'importance, et les armes pour percer ta carapace, poursuit-il. Tu t'en rends compte, au moins ?

— Je ne lui donne rien du tout.

À peine ai-je fini cette phrase que j'en perçois le mensonge. Comme Jax ne rebondit pas, je suppose qu'il est arrivé à la même conclusion.

Qui est cette fille, pour réussir à contourner mes mécanismes de défense habituels, sans même avoir à faire le moindre effort ?

Chapitre 9

Mackenzie

— Mack, j'ai besoin d'aide !

Le hurlement de ma mère me fait quitter l'ordinateur. Par mesure de sécurité, je ferme toutes les pages Internet en relation avec le graffiti ; c'est une habitude que j'ai prise récemment : en apprendre un peu plus sur l'activité de Wade.

L'art urbain m'est totalement inconnu, c'est un monde auquel je n'aurais jamais songé à m'intéresser si ce brun aux yeux vairons n'était pas entré dans ma vie. Je commence d'ailleurs à apprécier les pièces que je découvre sur Google Images : certaines personnes créent de véritables œuvres d'art.

J'ai conscience que cela correspond à du vandalisme pour la plupart des gens, mais on ne peut pas en nier la dimension artistique. Une façade dévastée trouve un second souffle quand elle est recouverte de couleurs.

— Mack !

Je descends l'escalier et aperçois la silhouette de ma mère dans l'entrée, entourée de sacs plastique.

— Tu as braqué le supermarché ?

Elle pose une main sur ses reins et arque le dos avec une grimace.

— Noël se passe ici, cette année. Je suis de corvée de cuisine, il faut que je fasse des tests avant le jour J.

Je m'immobilise en bas des marches, sidérée.

— Tu vas te charger du repas ?

Elle acquiesce en soupirant, lassée d'avance.

— Il semblerait que la famille veuille passer les derniers jours de l'année la tête au-dessus d'une cuvette. Tu m'aides à porter tout ça ?

Je ramasse les sacs et dépose le tout sur le plan de travail ; en les déballant, je découvre des ingrédients dont cette maison n'avait jamais vu la couleur…

Les herbes aromatiques ne font pas partie de nos coutumes. On est plutôt du genre à sortir un plat congelé et à le mettre au micro-ondes.

— C'est du thym, pour la dinde aux marrons, m'apprend-elle.

J'arque un sourcil dubitatif.

— Non, maman. Ça, c'est du laurier.

— On ne contredit *jamais* sa mère.

Je poursuis mon incursion dans ces courses venant d'un autre monde, et sens mon estomac se rétracter : elle a même prévu de faire des sablés et une tarte aux noix de pécan.

— Qui va goûter tes tests ?

Elle m'adresse un regard sadique. Mon estomac cherche désormais, et à tout prix, à disparaître de mon corps.

Ma mère est une femme incroyable, mais ses talents culinaires se résument au néant. Une fois, elle a réussi la cuisson de ses pâtes. C'était en février dernier. Le fait que je me souvienne du mois est inquiétant.

— Je commence par la dinde farcie, ce sera pour ce soir.

— Où est-elle ?

— Qui ?

— La dinde.

Elle fait un tour sur elle-même, rouvre le frigo, puis observe le plan de travail où traînent les sachets vides.

— J'ai oublié la dinde.

Un court silence s'abat dans la pièce. Puis j'explose de rire.

— On ne se moque *jamais* de sa mère !

— Maman, comment as-tu pu l'oublier ?

— Je me suis retrouvée dans le rayon des épices, Mack ! dit-elle en écarquillant les yeux. Sais-tu seulement combien d'herbes différentes sont en vente sur le marché ? J'ai mis plus de dix minutes à trouver le thym.

— C'est du laurier.

— C'est du thym transgénique, si tu veux. Et ne m'interromps pas ! Comment voulais-tu que je pense à la dinde après cette épreuve ?

Ses traits s'adoucissent subitement. J'en comprends rapidement la cause.

— Non… Non, non et non ! m'exclamé-je, catégorique. On est samedi et il est 18 heures, le supermarché va être noir de monde. Je n'irai pas chercher la dinde que tu as oubliée.

— Ça te ferait un bon exercice. Mme Davis te demande régulièrement de te rendre dans des lieux de ce genre. Considère ça comme une thérapie.

Je plisse les yeux, à la fois amusée et déconfite. Il n'y a vraiment qu'elle pour prendre mon ochlophobie à la rigolade.

— Ne compte pas sur moi.

— D'accord. Dans ce cas, je te l'ordonne.

— Tu pourrais au moins prendre l'air autoritaire.

— Mack, va me chercher cette foutue dinde, que je lui fourre la farce dans le troufignon !

— « Troufignon » ?

— Ne change pas de sujet !

— Ce mot existe réellement ?

Elle croise les bras sur sa poitrine et son pied se met à battre la mesure de son impatience.

— OK, soupiré-je. Mais tu me revaudras ça.

— J'ai changé tes couches pendant des années. De nous deux, c'est toi qui me dois quelque chose.

Là, je ne peux pas la contrer.

Trois quarts d'heure plus tard, j'en suis à la troisième supérette. Je n'arrive pas à me résoudre à me rendre dans un espace plus grand et plus peuplé. Je n'ai pas encore l'assurance nécessaire. Malheureusement, aucune de ces boutiques de quartier ne propose ce que je recherche.

J'en suis à me demander si je pourrais reconstituer une dinde entière avec plusieurs filets de poulet, quand une voix familière m'interpelle.

— Le degré d'admiration que tu voues à ce rayon est fascinant.

Jax me sourit de toutes ses dents. La bouteille de vodka qu'il a à la main m'indique que sa soirée sera plus festive que la mienne.

— Tu as l'air au bout de ta vie, la psycho.

Dissimulant la surprise que j'éprouve à le rencontrer par hasard, et en dehors du lycée, je lui réponds.

— Je cherche une dinde.

— Pardon ?

— Une dinde, dis-je en dessinant la bête avec mes mains. J'ai besoin d'une dinde, mais il n'y a pas de dinde ici.

Il jette un œil au rayon et me montre les escalopes, face à moi.

— Si, il y en a.

— Une dinde entière, soupiré-je. Grosse, qu'on peut fourrer avec de la farce.

— Tu occupes tes samedis d'une manière assez spéciale, j'espère que tu en es consciente.

— C'est à cause de ma mère. Elle a décidé de faire un dîner de répétition de Noël, mais elle a oublié cette satanée dinde. Jax, il me faut une dinde. J'ai besoin…

— … d'une dinde, termine-t-il, moqueur. J'ai compris.

Je m'en veux d'être atterrée à ce point, et pour si peu, mais je sais très bien comment tout ça se finira : je vais devoir me rendre au supermarché, c'est inévitable. Par conséquent, je vais me taper une crise d'angoisse digne du livre des records. Rien que l'idée suffit à me stresser.

Il m'étudie rapidement puis cale la bouteille d'alcool sous son bras.

— Un type vend des poulets à deux rues d'ici. Je t'accompagne, si tu veux. Laisse-moi juste le temps de payer.

Est-ce qu'un poulet équivaut à une dinde ? Je n'en suis pas certaine. Mais, techniquement, ce sont des bestioles de la même famille. Avec un peu de chance, ma mère n'y verra que du feu.

— Ça ne te dérange pas ?

— Pas du tout, affirme-t-il. Viens.

Je le suis à la caisse — où il montre une fausse carte d'identité —, et nous retrouvons le vent froid de ce début de décembre. Même s'il ne neige jamais à San Francisco, les basses températures me vrillent les os. Je préfère amplement transpirer à cause du soleil plutôt que de trembler comme une feuille.

— Ta mère est une fanatique des fêtes de fin d'année ?

Je resserre les pans de mon manteau et fais non de la tête.

— Elle en a horreur. Mais, famille oblige, elle est forcée de faire un effort.

— Je connais ça, dit-il en riant. Ma petite sœur est une grande malade de Noël. À cause d'elle, notre baraque ressemble au repaire de Jésus pendant cette période.

— Tu as une petite sœur ?

— Dana, acquiesce-t-il avec tendresse. L'incarnation de la chieuse par excellence. Si un jour je débarque au lycée avec les cheveux bleus, tu sauras qui en est responsable.

J'esquisse un sourire ému.

— Je suis enfant unique, les relations chien et chat sont inconnues pour moi.

— Il n'y a aucune relation. Je ne peux pas la saquer, mais comme on a le même sang je me sens obligé de la tolérer dans mon espace vital.

Malgré ces paroles, je ressens l'affection qu'il éprouve envers elle. Les expressions faciales ne mentent pas.

— Donc, si un garçon lui tournait autour, tu n'en aurais rien à faire ?

On bifurque au coin de la rue et il me jette un regard amusé.

— Si le garçon en question est respectable, je lui interdirai d'approcher ma sœur. Si c'est un con, je testerai mon uppercut sur sa face. Tiens, tes poulets sont là.

Une vitrine noircie protège plusieurs broches, où des carcasses crépitent sous la chaleur. Clairement, ma mère va pester, ce n'est pas une volaille rôtie qu'elle attend.

Le vendeur sort de sa boutique et je choisis le plus imposant des spécimens. Il l'emballe dans un sac et ajoute quelques louches de la sauce qui traîne au fond de la machine ; là, c'est mon père qui va râler. Son taux de cholestérol n'acceptera jamais une telle dose de gras.

— J'aurais aimé avoir un grand frère, avoué-je, après m'être délestée d'une quinzaine de dollars.

— Dana te dirait le contraire. Je suis le diable personnifié, à ses yeux, et, crois-moi, elle me le fait payer.

— Mais tu la protèges. Tu es présent pour elle. Ça doit être agréable d'avoir quelqu'un sur qui compter. Quelqu'un qui te soutient quoi qu'il arrive et quoi que tu fasses.

On parcourt plusieurs mètres avant qu'il ne rétorque.

— Tu l'as peut-être déjà, cette personne.

— Je suis enfant unique, Jax, répété-je.

— J'ai bien entendu. Mais je ne te parle pas d'un frère. Parfois, il y a un truc qui ne s'explique pas et qui connecte deux êtres humains qui n'ont rien en commun.

— Ça s'appelle des sentiments.

J'intercepte son sourire en coin.

— Si tu le dis. Le dîner de répétition de ta mère est une obligation ou pas ?

— Comment ça ?

Il lève le bras pour me montrer la vodka.

— Il y a une soirée à Sea Cliff, chez Terry. Elle a proposé à quelques personnes du lycée d'y faire un tour. Tu devrais venir.

— Elle ne m'a pas invitée.

Je n'en ressens aucune rancœur ni quelque émotion que ce soit ; je connais Terry de réputation, personne ne peut passer à côté de la capitaine de l'équipe de softball. Cela dit, et même si elle a l'air sympathique, nous n'avons jamais discuté.

— Elle ne te refusera pas l'entrée de sa maison. Je la préviendrai de ton arrivée.

Je décline doucement.

— C'est gentil, mais le repas risque de s'éterniser.

Il m'offre l'un de ses innombrables sourires.

— Aucun souci. Je te laisse mon numéro, au cas où tu changerais d'avis.

J'entre la combinaison de chiffres dans mon répertoire, plus pour lui faire plaisir qu'autre chose ; les soirées sont généralement remplies de monde. Ce sont de véritables supermarchés miniatures, avec, en prime, des clients alcoolisés. Ça n'a jamais été une activité que j'apprécie.

On se quitte pour récupérer nos voitures respectives. Tandis que je mets le contact et que j'attends que le moteur chauffe, une question incongrue me vient à l'esprit : Wade sera-t-il là-bas ?

Je ne devrais pas m'en préoccuper puisque je ne compte pas m'y rendre. Pourtant, je ne peux pas m'empêcher de penser à lui.

Chapitre 10

Mackenzie

Une entité folle à lier a pris possession de mon corps. Je ne vois que ça. Rien d'autre ne pourrait expliquer ma présence sur ce trottoir.

Face à la maison victorienne de Terry, j'entame la liste de mes regrets :

1) Ne pas avoir mis de collants sous mon jean.

2) Ne pas avoir séché mes cheveux.

3) Avoir envoyé un texto à Jax pour lui dire que, finalement, le dîner avait été plus rapide que prévu, et que je pouvais donc venir.

4) Avoir pris ma voiture, après avoir reçu l'adresse de l'hôte de la soirée.

5) Arriver ici sans avoir pensé une seule seconde que le quartier de Sea Cliff était situé à quelques mètres de la mer.

Totalement pétrifiée, j'observe la porte sous le porche, depuis laquelle jaillissent les basses puissantes d'une musique rythmée ; j'ai vu quatorze personnes entrer depuis que je patiente comme une imbécile.

Quatorze. En l'espace de six minutes. Combien de foies imbibés d'alcool peuvent bien s'entasser actuellement à l'intérieur ? Je viens de commettre une erreur monumentale.

— Mackenzie ?

Une silhouette aux cheveux auburn apparaît sur le côté de la maison. Je reconnais le physique à la fois athlétique et féminin de Terry. Elle se dirige vers moi, un sac-poubelle à la main et une expression engageante sur le visage.

— Jax m'a dit que tu passerais sûrement dans la soirée.

Elle ouvre un container et y dépose le sac, avant de se frotter les mains.

— J'aimerais te faire une accolade, mais, sachant ce que je viens de jeter, mieux vaut pour ta santé que je reste à distance. Tu viens ?

Un filet d'adrénaline se répand insidieusement dans mes veines, et mon cerveau se met déjà à réfléchir aux excuses que je pourrais donner afin de m'échapper, si jamais ça tournait mal à l'intérieur.

Nerveuse, je l'accompagne sur le chemin de cailloux. En furetant dans le jardinet, je découvre de nombreuses plantes à fleurs, une haie parfaitement taillée, et des décorations me rappelant les terrasses bohèmes ; j'ignore qui de sa mère ou de son père s'occupe de cette maison, mais, en tout cas, ils ont bon goût.

On pénètre dans la demeure via une minuscule pièce. Sûrement l'arrière-cuisine, au vu des étagères débordant de nourriture.

— Ma mère est chef de partie dans un restaurant de la ville, me dit-elle, comme pour se justifier.

Je pense immédiatement à la mienne, qui a essayé de fourrer le troufignon du poulet déjà cuit avec de la farce au goût douteux, tout à l'heure. En fin de compte, on a mangé des lasagnes décongelées.

— Tu ne dois pas la voir souvent, dis-je, alors qu'elle ouvre le robinet pour se nettoyer les mains. C'est un métier aux horaires compliqués.

— C'est un avantage, je ne pourrais pas faire de soirée le samedi si elle bossait dans une branche plus ordinaire.

— Et ton père ?

— C'est le patron du restaurant en question. Pas là non plus, se réjouit-elle en me faisant un clin d'œil.

Après s'être essuyée avec un torchon, elle monte sur un escabeau et attrape ce qui s'avère être des canettes de bière.

— Il est un peu tard, c'est tout ce que j'ai réussi à sauver. Surtout, ne révèle à personne ma cachette secrète, les gens qui sont derrière cette porte sont des ivrognes.

Elle en ouvre une et me la tend. Je sais que je vais devoir conduire pour rentrer, mais j'accepte, histoire de survivre à ce qui m'attend.

Pendant qu'on boit, Terry mène la discussion avec une aisance et une décontraction qui expliquent son étiquette de fille sympa. C'est le genre de personne qui pourrait se lier d'amitié avec un poteau électrique. D'une certaine façon, elle me rappelle un peu Harper.

Je ris à son anecdote concernant son expérience ratée avec les mets français, quand la porte s'ouvre brusquement. Je mets quelques secondes à reconnaître l'un des nageurs de l'équipe. C'est plus compliqué lorsqu'ils ne portent pas leur blouson.

— Qu'est-ce que tu fous ? lance-t-il à l'adresse de Terry. Des gars sont en train de bouger tes meubles pour improviser une partie de bière-pong dans ton salon.

Elle lève les yeux au ciel avant de terminer sa canette d'un trait.

— Tate, je suppose ?

Il sourit, ce qui veut probablement dire oui.

— Je suis désolée, Mackenzie, le devoir m'appelle.

Et, plus bas, elle ajoute :

— N'hésite pas à te resservir à boire. Je suis contente de te rencontrer.

— Moi aussi, admets-je avec sincérité.

Elle disparaît avec le garçon — qui semble ne pas m'avoir vue. Je me retrouve alors seule dans cette salle aussi vaste qu'une remise ; une part de moi est tentée de foncer vers la sortie et de récupérer ma voiture. Une autre part, plus intrépide et sûrement portée par la bière, se dit qu'elle ne perdrait rien à constater par elle-même les dégâts du salon.

Bizarrement, c'est cette dernière qui l'emporte.

Après une nouvelle gorgée et une grande inspiration, je suis projetée dans la folie de la cuisine.

Cris. Rires. Musique. Monde. Effervescence. Odeurs. Tout se mélange et me fait tourner la tête.

Le stress, qui n'est jamais bien loin, m'envoie une nouvelle dose d'adrénaline, mais je la refoule. Ce soir, j'ai envie d'être comme les autres. Au diable les troubles phobiques aux noms imprononçables.

J'avance dans la foule compacte et animée sans que personne ne me remarque et, fait incroyable, je ne m'effondre pas. Ce simple constat constitue pour moi un immense pas en avant.

Jouant des coudes, je me fraye un chemin vers le salon. La scène est apocalyptique. Il y a même un type qui est monté sur une commode et mime un twerk en slip kangourou, un masque de Penélope Cruz sur la tête.

Pleine à craquer, la pièce déborde de gobelets, de bras levés et de corps qui se déhanchent en criant. On a peine à croire que personne ou presque n'est majeur. Je ne verrai plus jamais les élèves de la MHS de la même façon.

— Je ne t'attendais plus !

Un bras qui arrive par-derrière m'encadre soudain les épaules. Heureusement, je sais aussitôt à qui il appartient.

— Alors, ce poulet ?

— C'est devenu un sujet sensible, dis-je avec un sourire.

Je remarque le suçon violacé dans son cou, ainsi que les effluves qui flottent autour de lui. Filles et cannabis. Si l'herbe ne me surprend pas (c'est pratiquement son odeur naturelle), je suis en revanche troublée par le bleu sur sa peau ; je pensais qu'il était intéressé par Terry. En tout cas, quand il l'évoque, c'est avec un je-ne-sais-quoi dans le regard qui ne trompe pas. Or je suis restée avec elle ces trente dernières minutes.

J'aurais aimé creuser la question, mais la bousculade qui m'envoie valser sur le côté m'en empêche.

Il y a *vraiment* beaucoup de monde. C'est d'ailleurs anormal que cette maison puisse accueillir autant de fous furieux, je ne suis pas certaine que la charpente tiendra le coup.

— Wade est là, m'annonce-t-il.

Bien sûr. Si Jax est présent, Wade traîne forcément dans les parages. C'est l'évidence même. Mais alors pourquoi est-ce que je ressens cette brûlure à la poitrine ?

— Et alors ?

Il retire son bras de mes épaules, l'œil pétillant.

— Alors rien du tout. Je t'informe. Il est à l'étage, si jamais tu le cherches.

— Tu crois que je suis venue ici parce que j'espérais voir Wade ?

— Non. Tu es venue ici parce que la dinde de Noël a été mangée plus vite que prévu, c'est ce que disait ton SMS. Mais tu t'entends bien avec lui, alors j'imagine que ça te fait plaisir de savoir que vous n'êtes pas loin l'un de l'autre.

J'ignore totalement quoi répondre.

— À moins que j'aie tort, tempère-t-il.

Je bénis l'immense brun qui lui tape dans le dos à cet instant. Jax s'engage dans une conversation animée et j'en profite pour m'éloigner.

La foule dense commence à m'oppresser. Instinctivement, je cherche une échappatoire, qui se matérialise sous la forme d'une baie vitrée entrouverte, à l'autre bout de la pièce.

J'ai besoin d'air. Juste un peu.

J'avance comme je peux entre les fêtards et finis, avec soulagement, à l'extérieur. Le vent glacial me claque au visage et transperce toutes les couches de vêtements que je porte.

Je meurs de froid, à l'inverse des quelques courageux qui viennent prendre leur dose de nicotine ; leur fumée monte vers le ciel étoilé et se disperse sur l'horizon noir. Je rejoins la rambarde de la terrasse et prends conscience du panorama qui me fait face.

L'océan.

Ses vagues tapent à un rythme cadencé contre le sable. Elles explosent dans mes oreilles avec la précision et la régularité d'un métronome. Je n'arrive pas à détacher mes yeux de ce spectacle.

Je suppose que les parents de Terry ont payé une somme astronomique pour acquérir une maison aussi proche de l'eau. Vivre au bord d'une plage, c'est un rêve que peu de gens peuvent toucher du doigt… mais, même si on m'offrait cent millions de dollars et la vie éternelle, je refuserais ce privilège.

L'écume blanchâtre tranche dans la nuit. Je regarde ces rouleaux d'eau salée et l'émotion me tord soudain la gorge.

Tout remonte à la surface, les souvenirs s'entrechoquent, teintés d'une douleur tenace.

— Accroche-toi, Boulette !

Je me retourne et entraperçois Tate, juste avant qu'il ne m'attrape par les côtes ; je décolle et me retrouve balancée sur son épaule, la respiration coupée par l'os qui s'enfonce dans mon ventre.

— Lâche-moi !

Il ricane et se met en mouvement, totalement indifférent à mon ordre.

— Tate, repose-moi à terre !

J'ai beau planter mon genou dans son torse, il continue de marcher. La colère fait une percée fulgurante. Non seulement ce type me sort par les yeux, mais en plus il ose m'utiliser comme jouet pour se donner en spectacle.

— Arrête de bouger, tu me fais tanguer !

— Lâche-moi, Tate, ou je te jure que tu vas le regretter !

Le bruit de ses pas se modifie quand le bitume se transforme en sable.

Il m'emmène sur la plage.

Je chasse les pensées néfastes qui affluent à mon esprit pour reporter toute mon attention sur lui et me débattre de plus belle. Son rire me fait monter en pression. C'est l'un des sons les plus insupportables qu'il m'ait été donné d'entendre, et je n'exagère pas.

Les vagues se rapprochent dangereusement. Je me demande s'il a dans l'idée de me jeter à l'eau. Je ne vois pas pour quelle raison il ferait une chose pareille, mais ce type est con comme un bigorneau, alors, tout est possible. Même ça.

Parce qu'il est hors de question que je finisse trempée jusqu'aux os et, surtout, parce que la panique m'envahit graduellement à la pensée de ce foutu océan, j'envoie mon pied dans son entrejambe.

— Putain de merde !

Il me lâche brusquement et nous perdons tous deux l'équilibre. Mon dos n'apprécie pas du tout la rencontre avec le sable dur. Avec une grimace de douleur, j'étouffe un cri tandis que le corps massif de Tate accuse lui aussi le choc.

— T'es vraiment une…

La fin de sa phrase est noyée sous une trombe d'eau. La vague qui nous percute est gelée, puissante, et me propulse vers le rivage. À cet instant, je rêve d'assassiner Tate à mains nues, et je suis d'ailleurs sur le point de le faire quand un second rouleau nous écarte l'un de l'autre ; cette fois, je bois la tasse et retrouve l'air glacé avec la totalité de ma chevelure devant les yeux.

J'ai toutes les peines du monde à me relever, mes vêtements pèsent une tonne et le sable creuse un trou sous mes genoux.

— C'est quoi, ton problème ?!

Le visage déformé par la colère, je pousse Tate par les épaules.

— Et toi ? s'énerve-t-il en tentant de remettre de l'ordre dans ses cheveux trempés. Tu m'as balancé un coup dans les couilles, putain !

— Et je recommencerai autant de fois que j'en aurai l'occasion ! Tu ne veux pas me foutre la paix, une bonne fois pour toutes ? Va t'attaquer à quelqu'un d'autre !

— Détends-toi, Boulette. C'est juste pour rire !

J'écarte les bras, furieuse.

— Tu trouves ça drôle ? Tu te marres bien ?

Il m'observe des pieds à la tête, un sourire au coin des lèvres.

— Un peu, ouais. Faut que tu te calmes, l'humour…

— Tu ne fais pas d'humour ! l'interromps-je, furieuse. Tu te fous de moi.

en espérant que ça te donne plus d'importance, parce que tu manques tellement de confiance en toi que tu as besoin de descendre les autres pour te sentir mieux ! Tu n'es pas un comique, Tate, tu es un faible !

— OK. Là, tu vas redescendre d'un étage, tu commences à m'énerver.

Je vois dans son regard qu'il est sincère. Il ne plaisante plus, mais ça ne m'arrêtera pas sur ma lancée.

— Parce que j'appuie là où ça fait mal ? Je ne suis pas une victime, et encore moins la tienne. Tu te crois puissant parce que tu as le lycée à ta botte ? Parce que tu amuses la galerie avec tes blagues à deux balles ? Tu ne vaux pas mieux que les autres, tu n'es pas meilleur, tu n'es pas plus drôle. Tu en feras quoi, de ta pseudo-popularité, une fois que tu seras à la fac ? Ça va te servir, plus tard, d'avoir « maître du harcèlement », inscrit dans la case hobbys sur ton CV ? Tu crois qu'un employeur t'embauchera en apprenant que tu es le roi du lancer de boulettes ? Tu rêves.

Je n'attends pas de réponse et il ne m'en donne pas. Tremblant à cause du froid, je fais demi-tour pour regagner la maison de Terry.

— Et toi ? Tu crois que ça te sera utile d'avoir « meurtrière » écrit sur ton front ?

Je me statufie.

— Ta copine est morte par ta faute, non ? C'est bien ce qui s'est passé. À choisir, je préfère largement ma situation à la tienne.

Le choc m'empêche de bouger. À son tour d'appuyer là où ça fait mal.

Machinalement, je porte les doigts à mes lèvres et effleure la cicatrice. Ce n'est pas moi qui ai mis un terme aux jours de Harper, mais notre dernière dispute, dont je porte le vestige incrusté sur ma bouche, y a contribué.

En tout cas, j'ai ma part de responsabilité, et, que Tate le pointe, ça me démolit.

— Ne parle pas d'elle.

— J'ai raison, c'est ça ? Je n'arrive même pas à me mettre à ta place, pour être honnête. La culpabilité, c'est un truc que je ne connais pas.

Je pivote.

Lentement, très lentement, je reviens sur mes pas. Il parvient encore à me sourire ; il pense sûrement avoir repris l'ascendant, et c'est malheureusement le cas.

On ne résout rien par la violence, ma mère me l'a assez répété pour que j'en aie fait un de mes principes fondamentaux. Sauf que la condescendance dans son expression annihile toutes mes barrières.

Le cœur en morceaux, je lève le bras et prends le recul nécessaire pour le gratifier de ce que j'espère être la gifle du siècle. Je rêve de voir la forme de mes doigts s'incruster dans sa joue.

Sauf que je suis stoppée dans mon élan.

— Ne perds pas ton temps avec lui.

Chapitre 11

Wade

Je récupère les billets et les enfonce dans ma poche. Le gars me fait un signe de tête et s'en va, comme les précédents. Je devrais avoir une cadence plus élevée, voire rester ici toute la nuit, puisqu'ils sont dans l'ambiance, mais traîner dans cette maison me gonfle.

Jax avait raison, les invités de Terry sont de bons clients. Je dois juste prêcher le faux pour savoir le vrai car je sais que certains d'entre eux mentent sur leur âge. Non qu'ils aient besoin d'être majeurs, mais je refuse de vendre à des ados de seize ans. Je vise uniquement les *seniors*, ceux qui sont en dernière année. Les plus « vieux ». C'est le seul moyen que j'ai trouvé pour ne pas me détester plus que je ne me déteste déjà. Quelque part, je me dis qu'ils sont un peu plus matures, qu'ils savent ce qu'ils font. Je me dédouane. Je ne pensais pas en arriver là. C'est triste.

— Salut.

La fille qui se plante face à moi ressemble à une poupée : joues pleines, regard bleu azur, cheveux lisses et tenue qui en montre le minimum. Son côté innocent lui donne l'air de sortir d'un épisode de *La Petite Maison dans la prairie.*

Elle pourra raquer autant qu'elle veut, jamais je ne la laisserai toucher au contenu de mes poches.

— On m'a dit que c'était toi qu'il fallait voir, chuchote-t-elle avec un sourire timide.

— Je n'ai plus rien.

— Tu viens d'échanger avec un garçon, pourtant.

— C'était la dernière dose, mens-je sans ciller.

Elle semble déçue.

— Vraiment ?

J'acquiesce et fais courir mon regard derrière elle. Il y a moins de monde, à l'étage. Les gens qui montent l'escalier le font dans un but bien précis : trouver une pièce libre pour s'adonner à une partie de jambes en l'air ou venir me voir. Plus on grimpe, plus la débauche est assumée.

— C'est mon allure qui gêne ? demande-t-elle. J'ai dix-sept ans et je ne suis pas une sainte.

Je reviens à elle, impassible.

Tout dans son comportement indique qu'elle est mal à l'aise.

— N'essaie pas de prouver à tes copines que tu es capable de repousser tes limites. C'est une connerie. Tu n'as pas envie de me parler, on le sait tous les deux.

— Je suis venue de moi-même, objecte-t-elle.

— Parce que tu ressens le besoin de montrer que tu sais t'amuser. Ce n'est pas nécessaire. Je n'ai rien à te donner.

Elle se mord les lèvres, incertaine.

— Tu refuses de m'en vendre, c'est ça ?

Je détache mon pied du mur et m'approche de son visage.

— Tu en as peut-être envie sur le moment, mais ça ne t'apportera rien. Pendant quelques heures, tu seras la fille la plus cool du groupe. OK. Et, ensuite, que se passera-t-il ? Tu feras une descente. Tu vas transpirer, avoir des idées noires, te remémorer tous les pires moments de ta vie. Tu seras en pleine phase dépressive. Tu voudras mourir. Tu te sentiras tellement mal que ta seule solution sera de revenir vers moi pour te procurer une autre dose et retrouver ce paradis artificiel. Il sera déjà trop tard pour faire marche arrière. Une fois que tu mets le doigt dans l'engrenage, tu entres en enfer. Mon produit ne te suffira plus. Tu passeras à plus fort. Tu vas t'éloigner de ta famille, de tes études. Tu vas faner. Ta vie sera rythmée par une merde qui causera ta perte, le jour où on te retrouvera dans le chiotte d'un club miteux, étouffée dans ton vomi. C'est l'avenir que tu te réserves ?

Elle me considère avec horreur. Mon discours a fait son effet. Tant mieux. Je parle rarement, alors, quand je le fais, autant que ce soit efficace.

— J'ai compris… Mais pourquoi en vends-tu, si ça te semble si affreux ?

Ça, ce ne sont pas ses affaires. Je me replace contre le mur et attends qu'elle disparaisse. Ça met du temps. Elle finit par faire demi-tour, et je suis soulagé de savoir que ce soir une personne au moins restera clean.

La fille s'éloigne et percute Jax sur son chemin ; aucun des deux ne s'intéresse à l'autre. Ce sont deux mondes qui s'entrechoquent et n'en garderont pas le moindre souvenir.

— Soirée de dingue !

Il arbore un air ravi. En repérant le suçon dans son cou, je comprends d'où vient sa bonne humeur.

Je me décolle des briques du couloir et replace ma casquette sur ma tête.

— Je me tire, j'ai fini ce que j'avais à faire.

— Tu plaisantes ? L'ambiance est à son comble ! Tu devrais voir le salon, c'est du délire grandeur nature !

— Tu me raconteras.

Je pose la main sur son épaule et le dépasse, pressé de quitter l'atmosphère étouffante de la maison pour retrouver la solitude de mon pick-up et les bombes de peinture rangées dans le coffre.

— Ne t'inquiète pas, tu sauras tout. Depuis la pauvre Terry qui se bat pour sauvegarder les meubles de ses parents jusqu'à la présence de Mackenzie.

Je tourne la tête pour me trouver face à son regard amusé.

— Quoi ? dit-il avec un sourire mal dissimulé.

— Kenzie est là ?

— Elle est là, oui. Pourquoi ?

Il savait que j'allais réagir à l'évocation de ce prénom. C'est plus fort que moi.

— On s'est croisés à la supérette et je lui ai proposé de venir, poursuit-il.

Un mauvais pressentiment m'envahit. Je réalise pourquoi en entendant le boucan au rez-de-chaussée.

Cette maison est bondée. Elle ne tiendra pas.

— Tu l'as vue où ?

L'urgence dans ma voix dissipe sa joie.

— Dans le salon, il y a cinq minutes… Qu'est-ce qui se passe ?

— Rien. Envoie-moi un texto si tu la croises.

Je remarque l'incompréhension dans son regard mais préfère m'abstenir de donner des explications qui trahiraient des secrets que Kenzie tient à garder sous clé. Hors de question de parler de ses crises d'angoisse à quiconque, Jax compris.

Les pièces du bas sont surpeuplées. Je ne les inspecte que furtivement puisqu'il me semble logique qu'elle se soit déjà confinée dans un espace plus calme. De fait, je me retrouve à pousser la porte de l'arrière-cuisine, à vérifier la cour à l'avant de la maison… Je me tape à peu près tous les recoins possibles et imaginables.

— Elle est sur la plage.

Terry. Il ne manquait plus que ça.

— Tu cherches Mackenzie, je me trompe ? Elle est en train de s'amuser avec Tate.

Une seconde, j'ai envie de la remercier pour l'info, mais je me ravise ; je ne la sens pas, cette fille. Rien ne peut expliquer ce sentiment. Simplement, elle me paraît fausse. C'est une intuition.

Puis ses mots me reviennent en tête et je comprends que quelque chose ne va pas : jamais Kenzie ne passerait de bon temps avec cet imbécile de nageur. Elle ne l'aime pas.

— Tu l'apprécies, n'est-ce pas ? Tu lui as couru après dans les couloirs et maintenant tu fouilles chez moi pour lui mettre la main dessus. Elle doit avoir un truc spécial…

— On accède comment à la plage ?

Elle serre imperceptiblement la mâchoire mais se reprend tout aussi vite pour m'offrir un sourire.

— La baie vitrée du salon.

J'entame un périple depuis la porte.

Pour le coup, être populaire m'aurait été utile. Au lieu de me bousculer, on se serait écarté pour laisser passer mon ego démesuré.

Je parviens enfin à la terrasse, où les gens assistent, curieux, à la scène qui se déroule plus bas. Je ne cherche pas à comprendre et descends l'escalier en bois.

La tension s'empare de mes muscles.

Je n'aime pas ce que je vois.

De là où je suis, la colère de Kenzie est palpable, et ça se confirme quand elle pousse Tate par les épaules. Terry est une mauvaise observatrice ; ils ne rient pas, ils sont en train de s'engueuler.

Le ton monte, surtout de son côté à elle. Elle se retourne au bout d'un moment, puis s'immobilise presque aussitôt. Je ne suis pas loin, mais sa tête baissée l'empêche de me remarquer.

— J'ai raison, c'est ça ? Je n'arrive même pas à me mettre à ta place, pour être honnête. La culpabilité, c'est un truc que je ne connais pas.

Les paroles de Tate semblent la ranimer. Il ne me manque que quelques mètres pour la rejoindre, quand elle s'avance vers lui.

Mon apathie habituelle est complètement à la ramasse ; quelque chose, dans le comportement de Kenzie, m'indique qu'elle est au plus mal. Bizarrement, ça me prend aux tripes. Et ça décuple l'animosité que Tate m'inspire.

Elle lève le bras lorsque j'arrive à leur niveau. Sans réfléchir, je bloque son poignet fragile entre mes doigts.

— Ne perds pas ton temps avec lui.

Je ramène son bras contre son corps congelé et tremblant. Elle ne m'oppose aucune résistance.

— Toujours à débarquer au mauvais moment, lance Tate en ricanant.

La respiration de Kenzie est haletante. Ne voyant pas son visage, j'ignore si c'est dû à la panique ou à la colère. Dans tous les cas, elle est à fleur de peau, et le responsable se trouve en face de moi.

Je lâche Kenzie et retire ma casquette pour me placer à quelques centimètres de lui, de sorte qu'il soit le seul à m'entendre.

— Ne joue pas à ce jeu-là avec moi.

Il m'adresse un demi-sourire cynique.

— Tu fais quoi, là ? Tu te rebelles pour montrer à Boulette que tu en as dans le calbute ?

Étant donné qu'il parle d'une voix aussi basse que la mienne, j'en déduis que sa provocation n'est destinée qu'à moi. C'est moi qu'il cherche, et moi seul.

Il veut me pousser à bout, ce qui est probablement l'une des pires idées qu'il puisse avoir.

— C'est quoi, ton but, Wade ? La foutre dans ton lit ? La baiser ? Ou la dépuceler, peut-être ? Parce qu'elle n'a pas franchement l'air en avance sur le sujet.

J'étire les lèvres à mon tour.

— Essaye encore. Tu peux faire mieux que me cracher ta frustration à la figure.

— Tu préfères que je passe avant ? Histoire de reconnaître le terrain ? Ça me gêne un peu, mais je peux faire un effort. Elle est pas dégueulasse, après tout.

L'immaturité de ce type est sidérante. Il n'est même pas capable de défier quelqu'un correctement.

— Un conseil, Tate : la prochaine fois que tu me verras, baisse la tête.

Téméraire, il approche son visage du mien.

— Tu crois qu'un petit con dans ton genre me fait peur ?

Non, il n'a pas peur de moi. Il est trop débile pour savoir quand faire profil bas. Ses airs de bourgeois arrogant devraient me laisser de marbre, mais, sans que j'y puisse quoi que ce soit, l'adrénaline se répand dans mes veines. Des fourmillements grimpent le long de mon échine et, d'instinct, j'identifie les points sensibles de son visage, ceux que mes poings pourraient amocher le plus. J'ai plus de mal à me contrôler que je ne le pensais.

— Aucun courage, chuchote-t-il, ravi de mon silence.

Il est sanguin, je suis calculateur. Il aura ce qu'il veut au moment où il s'y attendra le moins. Et, là, ça fera mal. La patience vient à bout de tout.

Pour l'instant, je recule, lui offrant sa victoire et me délectant de son sourire condescendant. *Bientôt, mon ami, ne t'en fais pas.*

Kenzie est déjà loin quand je me retourne. Elle remonte l'escalier et je vois plusieurs personnes l'entourer, la contraignant à rester sur la terrasse. C'est alors qu'elle jette un regard dans ma direction.

Avec discrétion, elle lève la main. Je reconnais le signe que je lui ai appris.

Ça me fait l'effet d'une décharge électrique.

Elle a besoin de moi.

Ce que nous sommes l'un pour l'autre est une énigme. Mais je ne peux pas nier les faits : je m'inquiète pour elle et elle cherche ma présence. Qu'on le veuille ou non, un lien invisible, et de plus en plus puissant, nous unit.

Elle m'attend, les yeux cadenassés aux miens. En arrivant près d'elle, j'entoure de mon bras ses épaules trempées. Elle se cale contre mon flanc, grelottant toujours.

— Je suis désolée, je n'ai plus la force, murmure-t-elle.

— Je suis là.

C'est ensemble qu'on franchit la baie vitrée.

Les regards curieux, les coups involontaires, la musique, l'alcool… je lui sers de soutien, j'en suis conscient. Je forme un rempart contre le reste du monde. Et ça ne me dérange pas, parce que protéger cette fille est exactement ce à quoi j'aspire à cet instant précis.

Ça, et rien d'autre.

— J'ai des vêtements de rechange dans ma voiture.

J'ouvre la porte d'entrée et nous quittons la maison du même pas.

— Ça risque de ne pas franchement être à ma taille, dit-elle avec un petit sourire fatigué.

— Tu dégoulines.

Même ses tennis couinent. Je ne la laisserai pas dans cet état.

Je me décroche d'elle et ouvre mon coffre. J'ai toujours quelques fringues de secours avec moi ; la peinture des bombes est volatile, elle tache les tissus et offre une preuve irréfutable aux flics. Par sécurité, j'ai pris l'habitude de me changer après une session.

Je lui mets mon jogging et mon sweat dans les mains.

— Va te changer à l'arrière.

— C'est bon, Wade…

— Va te changer à l'arrière.

Je tire la portière, sans lui laisser le choix. Qu'est-ce qui, de mon regard intransigeant ou de son hypothermie, finit par la convaincre ? Je ne sais pas. Toujours est-il qu'elle s'engouffre dans mon pick-up, serrant mes vêtements contre son ventre.

Je patiente quelques minutes, le dos contre la carrosserie. J'ai le temps d'assister à une dispute de couple et à la régurgitation d'un mec qui ne tient pas l'alcool, avant que la portière s'entrouvre.

— J'ai déjà mis un coup dans des testicules ce soir et je peux recommencer. Fais attention à ce que tu vas dire.

Je ne peux m'empêcher de sourire.

Mon sweat est deux fois trop grand pour elle, ses mains ne trouvent pas la sortie des manches. Quant au jogging, même si elle est assise sur le siège, il donne l'impression qu'elle porte un pyjama informe acheté quelques dollars au marché du coin.

Elle n'a aucune allure. C'est mignon.

C'est *très* mignon.

Pour parfaire le tableau, j'enfonce ma casquette sur son crâne. Elle ressemble à un mini-moi. Même ainsi, elle m'attire.

— Tu es moche comme il faut.

J'éprouve trop de plaisir, c'est anormal.

Ce truc entre nous commence à prendre de la place. Ses expressions, quelles qu'elles soient, me happent et ne me lâchent plus. Si je pouvais mettre le temps en pause pour continuer à la voir ainsi, je n'hésiterais pas un instant.

— Ce compliment me va droit au cœur.

Je pose mes coudes sur ses genoux et la dévisage, fasciné.

On se sourit. On s'apprivoise dans le silence.

L'envie de l'embrasser devient de plus en plus obsessionnelle.

— Ça te dit, d'aller te défouler ?

Elle fronce les sourcils.

— C'est le nom de code pour « graffer » ?

— En gros, oui.

— Et la soirée ?

Je hausse les épaules.

— Tu en as quelque chose à faire ?

Ses lèvres se relèvent légèrement.

— Pas vraiment, non.

— Alors c'est plié. Va te mettre à l'avant.

Je contiens un rire quand elle saute du pick-up, les mains retenant la taille de mon jogging et resserrant au maximum le lacet. J'envoie un texto rapide à Jax pour le prévenir qu'elle est avec moi et qu'on se tire d'ici.

Sa réponse est immédiate.

Je vous ai vus… ;) Tate t'a pris en grippe. Déconne pas avec lui, son père bosse au SFPD[1].

1. San Francisco Police Department. Police municipale de San Francisco.

Chapitre 12

Mackenzie

Je dois en être à la centième œillade dans sa direction.

Depuis que nous roulons, mon estomac joue au grand huit et mes yeux n'arrêtent pas de chercher son profil.

Je n'avais pas envisagé de quitter la soirée avec lui ni de me retrouver dans ses vêtements, et encore moins d'abandonner ma Ford pour aller taguer. L'imprévu semble être ce qui gouverne ma vie en ce moment.

Dark Times, de The Weeknd, passe à la radio, tandis que j'amorce ma cent unième œillade. Celle-ci, il l'intercepte, et mon cœur en rate un battement.

Je crois que je suis intimidée. Ou fascinée. Ou sous le charme. Sûrement un mélange des trois.

— Où va-t-on ? dis-je pour me donner une contenance.

— Dans un *lay-up*.

— Qui est… ?

— L'endroit où les trains sont parqués pendant le week-end.

— On va s'attaquer à un train ? Comme sur YouTube ?

La stupéfaction dans ma voix semble l'amuser. Avec le temps, j'ai l'impression qu'il se déride. Il ébauche de plus en plus de sourires.

— Tu as regardé des vidéos de graff sur Internet ?

Je confirme alors qu'il actionne le clignotant.

— J'essaie de comprendre ton univers, avoué-je.

— Tu en as retenu quoi ?

— Que le vocabulaire est compliqué. Que c'est illégal. Qu'il existe une tonne de styles de graffitis différents. Jax et toi n'avez pas le même, n'est-ce pas ?

— Jax fait du *bubble*, m'explique-t-il. Les lettrages sont ronds et serrés. Si tu regardes de loin, le résultat donne l'impression d'un bloc compact.

— Et toi ?

— Du *wildstyle*. Les lettres sont plus déformées, plus longues à élaborer. On ne distingue pas le mot si on n'est pas habitué à lire ce genre de pièces.

— Je ne tague pas vraiment, moi, en fait, réalisé-je. Je veux dire : je n'ai fait qu'écrire des termes sur un container. Je n'ai pas de style.

— Il te faudrait surtout un blaze. C'est un pseudo, notre signature. C'est ça qu'on inscrit sur les murs.

Il ralentit, et éteint les phares avant d'accéder à une ruelle.

Je devrais cesser de poser des questions, puisque j'ai conscience que nous parvenons aux abords de ce qu'il appelle le *lay-up*, mais ma curiosité est piquée.

— Quel est le blaze de Jax ?

Il monte sur une bordure et tire le frein à main.

— Tibbar, l'envers de « *rabbit* ».

— Lapin ? m'étonné-je. Le blaze de Jax, c'est un animal poilu aux grandes oreilles ?

Je m'attendais à quelque chose de moins mignon, pour être honnête. Disons que ça le rend plus adorable que viril.

Wade tourne la tête et ses yeux se mettent à pétiller.

— Tu as prêté attention aux couleurs qu'il utilise ? me demande-t-il.

— Principalement du rouge et de l'orange, si mes souvenirs sont bons. Quel est le rapport avec la signification de son blaze ?

— Ce sont des couleurs chaudes.

— Je ne vois pas le lien entre la chaleur et le lapin…

Mes neurones travaillent en même temps que je parle, et la conclusion s'impose d'elle-même. Je ne peux pas m'empêcher de rire

Chaud lapin.

C'est beaucoup moins mignon, d'un coup.

On sort de la voiture et il s'affaire dans le coffre, tandis que j'insiste pour poursuivre la conversation.

— Ton pseudo est du même goût ?

Il passe l'un de ses foulards autour de mon cou et récupère le sac à dos. Je reconnais le tintement des bombes aérosols.

— On en parlera plus tard, mieux vaut être discret, par ici, chuchote-t-il.

J'opine et me terre dans un silence religieux.

Nous marchons une dizaine de minutes jusqu'à parvenir aux abords d'un terrain grillagé. Wade semble connaître les lieux puisqu'il nous dirige droit vers un renfoncement, où les grilles ont été cisaillées.

Le décor que j'entrevois provient d'un autre monde.

D'immenses lampadaires, çà et là, diffusent un halo jaunâtre et permettent de distinguer un enchevêtrement de rails rouillés. Le vent, qui siffle dans mes oreilles, s'immisce entre de vieux wagons, la plupart ayant déjà subi les assauts de graffeurs. Des trains propres, d'autres abîmés, s'amoncellent près d'un bâtiment donnant l'impression de sortir tout droit d'un film d'épouvante.

— Il y a des gardiens et quelques caméras encore en fonction. Mets bien le foulard sur ton visage et reste près de moi.

Je tente de repousser mon angoisse. J'imagine que faire une crise ici et maintenant n'est pas franchement recommandé.

— Si tu entends le moindre bruit, tu ne cherches pas à comprendre et tu cours, poursuit-il, presque inaudible.

— C'est rassurant…

— C'est mon univers. Prête ?

Je place le tissu contre ma bouche et mon nez, avant de lever le pouce en l'air.

En vérité, je suis terrorisée, mais une part de moi déborde d'excitation. Flirter avec l'interdit me galvanise. Je le découvre à l'instant.

Wade dissimule également ses lèvres et, d'un signe de tête, m'indique de le suivre ; je me plie en deux pour passer le trou du grillage et prends soin de marcher dans ses traces.

Tout est rapide. Je n'ai pas le temps de comprendre. On longe un mur, on court vers un autre. Wade vérifie à plusieurs reprises que des caméras n'ont pas été ajoutées sur notre chemin et, au bout de ce qui me semble être cinq secondes, nous atteignons les carcasses de ferraille.

Les graffitis sont impressionnants. J'aimerais m'attarder sur leurs formes, sur les blazes et les styles, mais Wade les contourne pour nous mener vers un train pratiquement vierge.

Alerte, il dégaine une bombe et, comme la première fois, y clipse un embout. Je pensais qu'il ferait de même pour une seconde bombe qu'il me destinerait, mais, au lieu de ça, il me prend la main.

— Qu'est-ce que tu…

Il se colle dans mon dos et manipule mes doigts pour les positionner correctement sur la bombe.

Puis il pose sa main sur la mienne.

— Laisse-toi complètement faire.

L'instant d'après, son index appuie sur le mien, et la peinture commence à noircir le wagon.

Il trace un premier trait, puis un second. Mon bras suit son mouvement, prodigieusement rapide et fluide. Je ne vois absolument pas ce qu'il est en train de créer mais je sais qu'il me fait participer à l'élaboration de sa pièce.

Captivée, je regarde les traces nettes imprégner la tôle. Je suis aux premières loges, et l'adrénaline qui pulse dans mes veines est d'une puissance hors norme. Mon pouls s'accélère encore quand il pose la main sur mon flanc pour me déplacer.

On est synchrones. Plaqués l'un contre l'autre. Malgré la température hivernale, je bous intérieurement ; le mélange du stress et de l'excitation que me provoque son contact fait naître des sensations indescriptibles.

Il s'écarte régulièrement pour changer de bombe, et chaque nouvelle couleur apporte plus de profondeur et de précision à son dessin. Je reconnais même une des lettres qu'il façonne, entre les flèches et les effets de 3D.

— C'est un *a* ?

— Ne parle pas.

Son foulard frôle ma tempe ; j'ai une conscience aiguë de la proximité de sa bouche. Sans le barrage du tissu, ses lèvres seraient sur ma peau.

Le temps se suspend soudain.

Je sens cette brûlure dans mon ventre. Ce nœud dans ma gorge. La dispersion de mon sang dans ma poitrine. Mon corps est devenu hypersensible et je ne parviens plus à réfléchir.

J'oublie tout, jusqu'à l'endroit où nous nous trouvons.

Wade a sur moi un effet spectaculaire. Je donnerais cher pour me retourner et observer son visage. Je me demande s'il verrait dans mon regard mon désir de l'embrasser.

Il se raidit d'un coup. La tension qui émane de lui est teintée d'anxiété.

Bon sang… Ai-je parlé à haute voix ?

Je me fige à mon tour, craignant d'avoir dit tout haut ce que je pense tout bas. C'est alors qu'il se recule.

En une fraction de seconde, il balance la bombe dans son sac posé au sol et jette ses affaires sur son épaule.

— Eh !

Un cri. Des crissements sur les cailloux. Une silhouette.

La vision de l'homme qui déboule dans notre direction fait exploser mon rythme cardiaque.

— Viens !

Wade me tire par le bras et je détale comme si ma vie était en jeu.

Je ne vois pas où nous allons, mais je fonce. J'entends les vociférations du gardien, qui nous ordonne de nous arrêter, ce qui ne fait que m'aiguillonner.

C'est la première fois que je me trouve dans une telle situation, mais mon corps semble comprendre qu'il n'a pas intérêt à faiblir ; je n'ai jamais couru aussi vite, et je pourrais continuer éternellement.

Rails. Bâtiments. Trains. Encore des cailloux.

Le paysage défile sans que je reconnaisse quoi que ce soit. Je perds la main de Wade et agrippe l'élastique du jogging, qui tombe sur mes hanches.

— Le grillage, fonce !

Il me pousse vers les grilles et, sans que je comprenne pourquoi, s'en va dans la direction opposée. Droit sur le gardien. L'espace d'une seconde, mon instinct veut le suivre.

Je n'ai aucune envie de rester seule. Quand Wade n'est pas à mes côtés, mes craintes reprennent le dessus. C'est comme si sa présence me protégeait de toutes les mauvaises ondes.

Mais un autre gardien, qui braque la lumière de sa lampe torche sur mon visage, m'empêche d'obéir à ma pulsion.

Le cœur au bord des lèvres, je m'élance à toute allure et franchis le grillage en sens inverse. Un fil de fer grossièrement coupé me lacère la joue ; je sens à peine la douleur. Je choisis un chemin qui nous éloigne au maximum du pick-up et m'enfonce dans des rues inconnues. Je bifurque encore et encore, pendant ce qui me semble des heures. Peu à peu, la végétation revient dans mon champ de vision et je me sers des arbres du parc pour semer mon poursuivant. Je ne perçois plus le son de ses pas derrière moi, quand une force surhumaine me saisit par la taille.

Mon dos heurte brutalement un tronc.

Sous le choc, je ne sens pas non plus la douleur.

Je me débats comme je peux et réalise dans le même temps que la peur est là, issue du fond de mes entrailles. La *mauvaise* peur. Celle qui étrécit ma vision, qui me fait haleter comme un foutu chien, et qui risque de me paralyser si je lui laisse l'espace pour grandir.

Le corps est écrasé contre le mien. Il me bloque et m'étouffe.

— C'est moi.

Des mains encadrent mon visage et enserrent fermement mes joues.

— Ouvre les yeux. C'est moi, Kenzie.

Ces mots me font l'effet d'une gifle, aussi violente que de l'eau glacée jetée sur de la lave en fusion.

Je relève les paupières d'un coup et pénètre directement dans le regard bicolore de Wade.

— Respire.

Mon torse s'agite frénétiquement contre le sien et je comprends qu'une crise débute.

Il y a trop de facteurs. Trop de danger. Trop de risques. Je ne peux pas encaisser autant d'émotions en si peu de temps.

Il retire son foulard d'un geste vif et je me nourris du moindre détail pour me calmer : ses cheveux en bataille, ses joues rougies par l'effort, sa bouche juste assez entrouverte pour aspirer un filet d'air.

J'ai besoin de ça pour me reconnecter avec le réel.

— J'ai…

— Une crise. Je sais.

Il pose son front contre le mien et place ses pouces sous mes yeux.

— Je suis là, OK ?

— Si les…

— Le premier gardien m'a perdu de vue, et tu as semé le second.

— Mais…

— Je suis là, répète-t-il.

Essoufflé, il s'approche un peu plus et ses lèvres effleurent les miennes.

— Il ne t'arrivera rien, murmure-t-il, tout contre moi.

Ses mots vibrent littéralement sur ma bouche, décuplant le chaos à l'œuvre dans mon corps.

Il ferme brièvement les yeux ; je comprends que, l'espace d'un instant, il perd le contrôle. Sa bouche emprisonne doucement ma lèvre inférieure, produisant une décharge électrique qui me fait défaillir.

— Je suis là, Kenzie, répète-t-il.

Son pouce glisse vers ma commissure, qu'il observe intensément. Et, comme mû par la même pulsion indomptable, il m'embrasse de nouveau, très lentement.

Sa retenue me tue. Parce que je sens qu'il a mille fois plus à me donner mais qu'il se contient jusqu'à sa limite, par respect.

Je cherche son regard, qu'il finit par m'offrir. Et quelque chose passe entre nous. Des paroles muettes. Des non-dits évidents. Des émotions qui me terrassent.

Avec Wade, tout coule inexplicablement de source.

Mes mains trouvent son torse, les siennes s'arriment à l'arrière de mon crâne.

Un regard.

Furtif.

Puis tout décolle.

Nos bouches prennent pleinement possession l'une de l'autre.

Mon ventre part dans une cavalcade. Mes terminaisons nerveuses s'embrasent et mon cœur se serre jusqu'à devenir aussi compact qu'une noix, incapable d'oxygéner mes organes. Ma crise d'angoisse s'envole, au profit de sensations bien plus fortes.

Je perds tous mes repères.

Notre empressement rend le moment plus intense. Je ressens la force que nous déployons, chacun, pour maintenir l'autre près de soi. Il n'y a rien d'autre que ce besoin, ce désir réciproque. Que l'impression de toucher à une connexion qui n'existe nulle part.

Ses lèvres sont assoiffées, insatiables, et instinctivement je réponds à leur avidité.

Wade m'entraîne dans un monde de liberté. De vie, de sensations. C'est exactement le goût qu'a sa bouche. Quand sa langue vient chercher la mienne, je sais que je ne pourrai plus faire marche arrière.

Ses mains coulent dans ma nuque, intensifiant notre connexion. Nos souffles ne deviennent qu'un, et je ne m'entends émettre qu'un seul son.

— Wade…

Le souffle court, il mordille ma lèvre inférieure.

— Ne dis rien.

— Le silence, toujours ?

— Toujours, affirme-t-il.

Je ferme les yeux. Me délecte du moment. Et nos bouches se trouvent à nouveau, plus avides que jamais l'une de l'autre.

Je ne sais pas à quoi ressemble un « vrai » baiser. Mais je peux jurer que, si celui-ci est faux, je suis prête à vivre dans le mensonge jusqu'à la fin de mes jours.

Chapitre 13

Wade

Je claque la porte de mon casier quand Jax débarque, le visage fermé.

— J'ai quelque chose sur moi ?

— Quoi ?

Il se désigne d'un air impatient.

— Tu vois un truc qui cloche ? Un trou ? Une tache ? Quelque chose qui te donnerait une raison de rigoler si je passe devant toi ?

Je fourrage dans mes cheveux en contenant un sourire. Je connais peu de gens aussi préoccupés que Jax de leur apparence : il ne supporte pas de voir un fil pendre de son pull ou qu'une mèche de ses cheveux ne respecte pas le pli imposé par son gel.

— Tu es exactement le même que d'habitude.

— Regarde bien, insiste-t-il. Entre le préau et ici, absolument toutes les filles se sont foutues de moi.

— Elles ont peut-être enfin compris qui tu étais vraiment.

Il soupire et s'attaque au loquet du cadenas du casier voisin du mien. C'est au moment où il pivote pour attraper un livre que je saisis la nature du problème.

— Tu as énervé Dana, dernièrement ?

— Pourquoi ?

— Retire ton blouson et regarde par toi-même.

Il s'exécute avec précipitation. La tête qu'il fait en découvrant l'inscription dans son dos, au marqueur noir, n'a pas de prix.

— Je vais l'atomiser ! Je me suis baladé avec ça dans la moitié du bahut !

— Les gens sont maintenant au courant.

Il m'adresse un regard assassin. Personnellement, je trouve que sa petite sœur est assez douée ; avec un peu d'entraînement, elle pourrait styliser son écriture et faire passer d'autres messages à la façon d'un graff.

Il roule le blouson en boule, le jette dans son casier et baisse la voix.

— Tu as reçu mes infos à propos du père de Tate, au fait ?

Vu le nombre de textos qu'il m'a envoyés, j'aurais difficilement pu passer à côté.

Je comprends qu'il puisse prendre peur, mais ce n'est pas parce que le père de ce con de nageur est flic que ça lui donne tous les droits. D'ailleurs, vérification faite, Richard Nelson s'occupe uniquement de petits larcins, vols à l'étalage ou car-jacking. Il ne touche pas à mon domaine. Je n'ai rien à craindre de lui.

— Ne t'inquiète pas de ça, dis-je en fixant les escaliers.

— Wade, tu n'as pas l'air de t'en rendre compte, mais ce type est haut placé dans la hiérarchie. Je ne sais pas ce que tu as dit à son fils pour le faire autant monter en pression, mais tu risques d'avoir de gros problèmes si tu continues. Tu n'es pas un enfant de chœur, au cas où il faudrait te le rappeler.

— Je lui ai simplement conseillé de ne pas me chercher. Ça n'ira pas plus loin s'il se tient tranquille.

— Et, quand tu dis « se tenir tranquille », tu parles de Mackenzie ?

Son air moqueur me sonde un court instant.

— Tu crois que je n'ai pas saisi pourquoi tu observes les escaliers avec cette tête d'impatient ? dit-il avec un sourire entendu. Je suis prêt à parier un de mes testicules que vous vous êtes emballés samedi soir.

— Laisse tes attributs en dehors de ça.

— Ça signifie que vous vous êtes bien emballés ?

— Ça signifie qu'il est 7 h 50 du matin, que je n'ai rien mangé, que je suis en train de visualiser tes baloches et que ça me donne envie de rendre ma bile.

Il rit alors que je suis sérieux, puis désigne l'autre escalier du menton.

— Tu t'es trompé de côté.

Mes yeux trouvent immédiatement sa silhouette, enfermée dans son éternel pull gris à grosses mailles. J'ai l'impression que l'atmosphère du couloir se modifie, qu'elle devient plus lourde, plus épaisse, tout en sachant que c'est sa présence qui modifie ma perception de l'environnement.

Je ne m'attendais pas à ce qui s'est passé là-bas. À la peur que j'ai ressentie à l'idée qu'elle se fasse choper. Au sprint que j'ai piqué pour attirer les gardiens au moment où j'ai compris que je préférais me retrouver au poste plutôt que les laisser toucher à un millimètre de ses cheveux. Et à ce qu'il s'est produit en moi.

Finalement, j'avais raison. L'embrasser m'a saccagé.

— La vache… elle t'a chamboulé à ce point ? Tu verrais ta tête, tu deviens presque expressif !

Elle éclate de rire à une remarque de Terry, qui monte l'escalier avec elle. C'est la première fois que je les vois traîner ensemble, et je remarque combien, d'un simple sourire, le charme de Kenzie éclipse celui de la si populaire joueuse de softball. Je croise d'abord le regard de celle-ci, qui lève le bras pour me saluer, comme si on était bons amis — cette fille a vraiment une aisance qui confine au culot. Elle vient vers nous, Kenzie à ses côtés.

Je perçois la gêne de cette dernière. Je la comprends.

Après le *lay-up*, je l'ai raccompagnée à Sea Cliff afin qu'elle récupère sa voiture. Nous n'avons pas parlé. Pas un seul mot ; seule la musique résonnait dans l'habitacle, tandis que j'essayais de refouler mon besoin de la toucher.

J'ai passé le trajet à ressentir cette démangeaison au bout de mes doigts.

Lorsqu'elle arrive timidement près de moi, je me sens aussitôt plus vivant. Heureux, presque. Comme si sa présence influait sur mon bonheur.

— Comment va le micropénis qui a une gastro ? lance gaiement Terry à Jax.

Il la foudroie du regard et jette un œil à son casier.

— Premièrement, c'est faux. Deuxièmement, tu es déjà au courant ?

— Les nouvelles vont vite, ici.

Ils continuent de discuter, tandis que je reporte mon attention sur Kenzie. J'intercepte son regard, posé sur ma bouche, et ce que je lis dans son esprit met le feu à mes lèvres.

Je parviens néanmoins à lui sourire discrètement.

— Oui, Jax, soupire Terry, tu es un grand garçon, incroyablement bien monté. C'est bon ? On peut changer de sujet ?

— C'est la faute de ma sœur, elle a tout inventé.

— Tu es conscient qu'en te justifiant tu ne fais que confirmer la rumeur ?

La moue de Jax se transforme subitement, passant de l'exaspération à quelque chose de plus subtil.

— Tu es bien placée pour savoir que cette rumeur est fausse, T.

— Je te serais reconnaissante de ne pas me rappeler mes erreurs passées, dit-elle avec une moue enjôleuse.

Voilà l'une des raisons pour lesquelles je ne cerne pas Terry. Elle entretient clairement un jeu de séduction avec mon pote, tout en allant voir ailleurs et en lui interdisant (plus ou moins) tout espoir.

Le problème, c'est que Jax, aussi volage soit-il, est quelqu'un de sincère. S'il persiste à la draguer, c'est parce qu'il l'apprécie réellement. Je ne suis pas certain que la réciproque soit vraie.

Ce type est mon ami. Il m'a donné sa confiance et je lui ai offert la mienne. Je laisse très peu de gens m'atteindre, et il fait partie de ces *happy few*. Par conséquent, je vois d'un très mauvais œil les personnes qui se jouent de lui.

— Regarde, Mackenzie, tu as devant toi, en chair et en os, l'incarnation de l'ego masculin. Pour ta survie, je te conseille de ne jamais t'intéresser de trop près à ce spécimen.

— Aucune crainte, dit-elle dans un sourire.

La sonnerie les interrompt.

— C'est l'heure de passer au purgatoire ! souffle Terry. J'ai un superbe exposé de littérature anglaise à faire devant la classe, souhaitez-moi bonne chance !

Je suis le seul à ne pas l'encourager. L'hypocrisie ne fait pas partie de mes principes, et, honnêtement, je me fiche à peu près totalement de son programme de la matinée.

Elle disparaît dans le flot d'élèves, suivie de Jax. Kenzie prend un autre chemin, que j'emprunte également, me plaçant derrière elle.

Aujourd'hui, elle a relevé ses cheveux en une queue-de-cheval. C'est rare. Habituellement, elle est plutôt adepte de la coiffure naturelle. Je profite de ma position pour promener mon regard sur sa nuque.

J'éprouve un violent désir de la toucher. Je veux que ça recommence, assouvir la dépendance que je ressens à son égard. Dès lors, pourquoi me retenir ? Je caresse doucement ce carré de peau délicat.

Elle tressaille, mais ne dit rien.

On piétine dans le couloir encombré, ma main gelée posée sur sa peau brûlante. La tension grimpe lentement dans mon ventre ; aller en cours est la dernière de mes préoccupations. Là, tout de suite, je ne pense qu'à elle. Au plaisir que j'ai à la frôler. À ce besoin qui me tiraille de tous les côtés.

La porte-pare-feu de la sortie de secours, à ma droite, m'offre la chance que j'attendais. Dans l'effervescence ambiante, je glisse ma main sur son bras et l'écarte de la foule. Je pousse la porte et l'entraîne avec moi.

La vision des escaliers me rappelle ceux où nous avons trouvé refuge, quelques semaines plus tôt, pour qu'elle vive sa crise d'angoisse à l'abri des regards.

Le battant claque contre l'embrasure. Le brouhaha n'est plus qu'un murmure sourd, maintenant. Elle cale son dos contre le carrelage du mur tandis que je me place face à elle ; mon corps la bloque, depuis les jambes jusqu'aux épaules.

J'aime son regard. La façon muette dont il m'interroge, me sonde et, tout à la fois, me donne son consentement.

Je pose les coudes contre le mur, au-dessus de ses épaules, tandis que nos visages s'effleurent.

— Bonjour à toi aussi, susurre-t-elle, voyant poindre sur mes lèvres une esquisse de sourire.

Rien. Rien ne peut expliquer l'obsession que je lui voue. Chaque parcelle de mon corps se dirige vers le sien. Sans contrôle, je prends possession de sa bouche et je me laisse aller.

Elle répond à mon baiser à sa façon. Unique. À la fois timide et entreprenante. J'appuie un peu plus ma bouche contre la sienne.

C'est bon. C'est vraiment bon. C'est si bon que je réalise à quel point ça m'a manqué, alors que notre dernier contact remonte à trente-six heures à peine.

Je ne suis pas un sentimental, mais, quand la bouche de Kenzie se retrouve sur la mienne, l'électricité qu'elle dégage dépasse l'entendement. Elle réveille des parts de moi que je croyais mortes. Elle lacère mon ventre. Je souffre, et ça me fait un bien fou. Elle me redonne vie.

Cette sensation que j'éprouve, seul le graff me l'avait fait ressentir jusque-là.

— Ça m'a manqué.

Elle effleure ma mâchoire du bout des doigts, et, sous ce contact innocent, j'ai l'impression de m'élever. C'est stupide, mais je me sens meilleur avec elle. Quand je m'observe à travers ses yeux, je vois quelqu'un de bien.

Je souris, en réponse à son aveu.

— Tu m'as manqué.

Elle se mord la lèvre inférieure, et je ne peux m'empêcher de l'embrasser à nouveau avant de me forcer à reculer, à regret.

Elle me sourit puis se retourne, une main posée sur la porte. Je suppose qu'elle va dire quelque chose mais elle reste muette, et, lorsqu'elle tourne une dernière fois la tête avant de disparaître de l'autre côté de la porte, son visage n'exprime qu'un pur bonheur.

Je me frotte machinalement la nuque, dépassé par mes sentiments.

Je n'arrive pas à définir ce qui est en train de se produire. C'est trop fort, au-delà des pensées conscientes. Mais je sais désormais que je n'affronterai plus une seule journée sans ses baisers.

Chapitre 14

Mackenzie

Il paraît qu'à l'approche des fêtes de fin d'année l'atmosphère s'imprègne de magie. Jusque-là, je croyais cette idée réservée à de grands enfants refusant d'entrer dans le monde adulte. Force est de constater, aujourd'hui, que l'amélioration notable de mon quotidien modifie ma vision des choses.

En l'espace de deux semaines, le tableau que représente ma vie a pris de nouvelles couleurs. Elles sont toutes chatoyantes.

Première bonne nouvelle : après plusieurs tentatives nauséeuses, ma mère s'est finalement résolue à faire appel à un traiteur plutôt que de nous empoisonner le soir du réveillon.

Deuxième annonce positive, et pas des moindres : ma psy est en congé.

Jusqu'en janvier, je suis donc libérée de mes obligations. J'en retire un bonheur immodéré, puisque nos séances sont devenues une véritable perte de temps.

Camelia ne parvient plus à faire sortir un seul mot de ma bouche, je suis hermétique à ses tactiques. Ce repli, qu'elle prend pour une rechute, est en réalité un immense pas en avant.

J'ai moins mal quand elle évoque Harper. Je ne me braque pas lorsqu'elle me pousse dans mes retranchements, et je n'ai plus besoin de lui fournir le décompte de mes crises d'angoisse, puisque la dernière remonte à l'épisode du *lay-up*.

Je vais mieux, et je l'exprime dans le silence — ce qui ne me paraît pas si étrange, maintenant que je connais Wade.

— Regarde !

Terry, les yeux exorbités d'effroi, dégaine un pull de son sac à main. Elle m'a envoyé un texto hier, me disant que sa famille avait prévu un thème vestimentaire pour leur photo de réveillon. Je suppose que c'est en rapport avec le chandail en question.

Oui, Terry a mon numéro.

Je ne la considère pas comme une amie, on ne se connaît pas assez pour ça, mais j'apprécie sa compagnie ; c'est une fille simple, qui ne se prend pas la tête et avec qui j'aime échanger.

— Non mais tu y crois ? Regarde, Mack ! répète-t-elle en secouant la laine verte sous mon nez.

Mon rire de gorge est incontrôlable.

— C'est adorable !

— Pardon ? Un chiot, c'est adorable. Un « fais de beaux rêves » de la part de quelqu'un qu'on apprécie, c'est adorable. Un putain de pull avec une saloperie de tête de Rudolph le renne, ce n'est *pas* adorable ! Le nez s'allume quand on appuie dessus, en plus !

Mon rire redouble tandis qu'elle presse l'appendice rouge, qui se met à clignoter. Je ne suis pas certaine qu'elle remporterait un prix d'élégance, mais il faut avouer que c'est un bijou de technologie : ce n'est pas si fréquent de voir un pull se transformer en guirlande.

— C'est dans ces moments-là que je déteste Noël, peste-t-elle.

— C'est juste pour la photo de famille, non ? Tu pourras l'enlever après.

— *L'enlever après ?* Mack, mes parents encadrent nos photos de famille et s'en servent comme déco au restaurant. À côté de nos déguisements de Père Noël de l'an dernier et de la pyramide humaine de l'année d'avant, on me verra vêtue d'un truc dont personne ne voudrait, même pas comme serpillière. Je suis condamnée à porter cette horreur pour l'éternité.

D'après ce que je sais, chez eux, la notion de famille est sacrée. Et elle n'est pas du genre à se vanter, mais, quand elle m'a donné le nom du restaurant de ses parents, j'ai mieux compris à qui j'avais affaire : le Lopez est réputé dans toute la ville. Leur cuisine méditerranéenne, familiale et raffinée, fait un tabac. Tout ça pour dire que des centaines de personnes découvriront bientôt Terry avec son tout nouvel ennemi juré : Rudolph le renne.

— Râle moins fort ! Tu nous casses les oreilles !

C'est Jax, un sourire moqueur aux lèvres. Terry lui jette aussitôt le pull dans les mains.

— La dernière lubie de mes parents, l'informe-t-elle. Soit je hurle, soit je pleure, au choix.

Comme moi, il rit doucement en découvrant le motif, puis part dans un fou rire en voyant ce qui se passe quand on presse le nez de l'animal.

— Tu peux le mettre ? J'ai envie de te voir dedans.

— Bien sûr ! raille-t-elle. Je vais pourrir le dernier jour de cours avant les vacances pour ton bon plaisir.

Ils se charrient, une habitude bien ancrée chez eux. Ce que je ne comprends pas, c'est pourquoi ils ne franchissent pas le cap et s'obstinent à aller voir ailleurs, comme si le célibat leur était insupportable mais qu'ils n'assumaient pas d'être ensemble.

En quatorze jours, j'ai vu Terry avec trois garçons différents. Jax, quant à lui, a dragué une quantité astronomique de filles, principalement des *sophomores*[1].

Ce sont deux séducteurs.

Terry est moins brute que lui, elle joue plus subtilement de ses charmes, qui sont la simplicité et la bonne humeur. Jax y va franco, tel un taureau attiré par le chiffon rouge agité devant ses yeux.

Quoi qu'il en soit, leurs méthodes, bien qu'opposées, fonctionnent incroyablement bien. Ils feraient des étincelles s'ils s'autorisaient à être ensemble, j'en suis convaincue.

Par automatisme, je fais courir mon regard dans le couloir. Il est 7 h 54, il devrait arriver.

Ça ne manque pas.

Une douce chaleur m'envahit quand je reconnais sa démarche nonchalante et son éternelle casquette. L'impatience me provoque une poussée d'adrénaline, mais je n'en laisse rien voir ; Wade et moi, c'est devenu un secret. J'aime ça. Je n'ai pas envie de partager les quelques instants suspendus que nous vivons. Ce sont les nôtres. Je sais qu'il pense la même chose.

Comme toujours, il s'arrête à son casier sans accorder un regard à notre trio.

1. Équivalent de la seconde, dans les lycées américains

Jax sentant la cigarette, je suppose qu'ils ont discuté sous le préau un peu plus tôt. Pour ce qui est de Terry, il l'évite soigneusement ; il ne lui a jamais accordé le moindre mot, j'ignore pourquoi. Même quand elle tente d'engager la conversation avec lui, il joue au sourd-muet. Cette distance m'intrigue, mais je ne lui en parlerai pas. S'il y a une chose que j'ai comprise, c'est que ce garçon ne révèle rien sous la contrainte. Il est inutile d'essayer de lui tirer les vers du nez.

— Mate, frère !

Jax lui balance le pull en rigolant.

— Terry a décidé de faire un pied de nez à la mode !

— Je t'emmerde, grogne-t-elle.

Wade ne prend même pas la peine de regarder le vêtement avant de le rendre à sa propriétaire.

Est-ce qu'il ne l'aime pas ? Lui a-t-elle fait quelque chose ? C'est un véritable mystère. Commençant à apprécier Terry, je me sens gênée par l'indifférence de Wade.

Parce que je sens bien qu'à l'inverse elle tente inlassablement d'attirer son attention.

— Ça t'irait bien, dis-je en désignant le pull du menton, histoire de le faire réagir.

Égal à lui-même, Wade ne se départit pas de son masque d'impassibilité.

Ce n'est qu'en privé que j'ai droit à la version souriante, plus loquace. J'ai conscience de ce privilège, même si j'ignore pourquoi il me revient.

— J'approuve, renchérit Terry. Je te le donne et suis même prête à payer pour ça !

— Garde-le.

— Pas de regret ? Pourtant, je suis sûre que cette chose te donnerait un charme fou !

La sonnerie annonçant le début de la journée éclate à nos oreilles, mettant un terme prématuré à cet incroyable « échange » entre Terry et Wade. On se sépare naturellement, comme s'il n'y avait aucun malaise et que la vie normale reprenait son cours.

— Je pense qu'il me déteste, chuchote-t-elle en m'enlaçant les épaules.

— Il ne comprend pas ton humour.

— Ça doit être ça. Je suis trop bien pour lui.

Je me force à répondre à son clin d'œil par un sourire.

La situation me met mal à l'aise.

Terry est une personne qui mérite qu'on s'intéresse à elle. Pour la première fois depuis Harper, j'arrive à me lier d'amitié avec une autre fille, ce que je pensais impossible jusque-là.

Quand Harper est partie, j'ai cru qu'elle avait emporté avec elle la définition même de l'amitié. Lorsque je voyais deux filles discuter, je nous voyais, nous. Ça me faisait mal, parce que j'étais persuadée que ce sentiment si unique était perdu pour moi à jamais.

Terry m'aide à aller mieux.

Je suis heureuse de me sentir revivre. De sourire à ses remarques, de rire à ses blagues. D'avoir un lien avec elle. Certes, il n'est pas aussi fort que celui que je partageais avec Harper, mais il me prouve que je peux encore donner mon cœur à quelqu'un.

Le monde qui s'agglutine dans le couloir ne me fait pas peur. Mon ochlophobie a des difficultés à poindre, ces derniers temps. Je prends peu à peu confiance en moi, ce qui est la meilleure des thérapies contre mes angoisses.

Sac à l'épaule, je m'enfonce, sereine, dans la masse, et, tout en vérifiant que personne ne me prête attention, je pousse la porte pare-feu. J'entre avec discrétion dans cette veine du lycée, en sachant qu'il va me rejoindre.

C'est notre rituel depuis deux semaines. Quelques minutes en dehors de la réalité, où notre connexion se renforce.

Sitôt que je pénètre dans cette cage d'escalier impersonnelle et décrépie, mes nerfs s'embrasent. Je sens mon sang se réchauffer, mes muscles se bander et mon cœur taper comme un malade contre ma cage thoracique.

J'ignore le sens de tout cela. Je ne sais pas vraiment comment on en est venus à établir ce rendez-vous tacite, ici, chaque matin, auquel ni lui ni moi n'avons dérogé une seule fois. C'est juste indispensable. Ma journée ne serait pas la même si je ne volais pas ces quelques secondes après la sonnerie.

Les gonds de la porte grincent, puis le bois claque en retombant. Ses iris bicolores se plantent dans les miens.

— Bonjour à toi aussi.

Le léger sourire qu'il me renvoie lorsque je prononce ma formule devenue rituelle creuse sa fossette. Il retire sa casquette, dévoilant des cheveux en bataille, et ne s'encombre pas de délicatesse pour empoigner mon cou.

Sa bouche trouve la mienne avec cette fougue qui le caractérise et que j'adore. Mon dos heurte le mur, dont je connais désormais toutes les aspérités, alors que je m'oublie déjà dans son baiser passionné.

C'est le seul moment où Wade abandonne sa carapace. Quand ses lèvres me touchent, ses émotions sont mises à nu. Je ressens son plaisir, son désir. Je sais que ce baiser ne répond pas à un caprice ou une pulsion, qu'il lui est vital, autant qu'à moi. Qu'il exprime tout ce que son silence refuse d'évoquer.

Il me mord la lèvre inférieure et soupire. Ça signifie que c'est le moment de nous séparer. Mais cette fois je ne veux pas le quitter si tôt. Demain, c'est les vacances, et je ne le verrai pas pendant deux semaines. Au-delà de la frustration, la curiosité me taraude.

— J'ai des questions à te poser.

Il fait dévier sa bouche au coin de la mienne, et y prodigue un délicat baiser. Je ferme les yeux tandis qu'il poursuit son exploration de l'autre côté. Il fait ça souvent. Me caresser la peau de ses lèvres, comme s'il devait se nourrir de moi, de toutes les façons possibles. Avec lenteur Langueur. C'est terrassant.

— Combien de questions ?

Il descend dans mon cou.

— Beaucoup, dis-je avec un frisson.

Il revient devant mes yeux et s'arrête à l'orée de ma bouche. Son regard assuré et profond me fait perdre pied.

Personne ne possède l'intensité de Wade. Vraiment.

Je reprends :

— Pourquoi ne supportes-tu pas Terry ? Comment en es-tu venu au tag ? Pour quelle raison as-tu appris à signer ? Pourquoi préfères-tu le silence à la parole ? Pourquoi ne parles-tu jamais ni de tes émotions ni de toi ? Choisis celle qui te convient le mieux.

Il me considère longuement, le bout de son nez touchant le mien à chacune de ses expirations.

— C'est vraiment si important de savoir tout ça ?

Je sens la distance qu'il met entre nous.

— Tu es une énigme, Wade.

Il se détache de moi. Au vu de son air fermé, je ne suis pas près d'en trouver la clé. Je fais donc marche arrière et opte pour une autre tactique.

— Je dors avec des chaussettes.

Son front se plisse légèrement.

— C'est mauvais pour la circulation, je sais, mais j'ai les pieds congelés et je ne supporte pas d'avoir froid.

Je parviens à lui décrocher un petit sourire en coin.

— Un aveu chacun, c'est ça ?

J'acquiesce.

— C'est l'idée, oui.

Il recule et s'adosse au mur, en face de moi, sans me quitter des yeux.

— Je me fie à mon instinct pour jauger les gens, dit-il après un silence. Je ne les juge pas à leurs paroles mais à leur manière d'être. À leurs expressions, leurs regards. À ces détails dont ils n'ont pas conscience mais qui trahissent ce qu'ils sont vraiment.

Il a choisi la première question.

— Tu as l'impression que Terry n'est pas sincère, c'est ça ?

— Je ne lui donnerai pas ma confiance, non.

— L'as-tu déjà donnée à quelqu'un, au moins ?

— Toi, tu l'as.

L'évidence avec laquelle il dit cela me donne le frisson.

— Tu l'as depuis le jour où tu m'as prévenu, pour les flics, à Mission District.

— On ne se connaissait même pas…

Il incline légèrement la tête et me gratifie d'une moue absolument divine ; je ne crois pas l'avoir jamais vu se mordre les lèvres ainsi.

— Je sais que tu le sens aussi, Kenzie. Le truc qui nous lie, que je ne comprends pas plus que toi, et qui a commencé sur ce trottoir. On se fait confiance, même si on ne sait pas tout de l'autre.

Il a raison.

Je suis intimement convaincue qu'il n'évoquera jamais mes crises d'angoisse : c'est un secret qu'il détient, et il ne l'utilisera pas contre moi. Tout comme jamais il ne me viendrait à l'idée de mentionner à quiconque ses activités de graffeur en dehors des heures de cours.

— C'est un bon aveu, dis-je.

— Tu en auras d'autres.

— Vraiment ?
— Vraiment.
Il me tend sa main.
— Viens là, chuchote-t-il.
Tendrement, il effleure ma cicatrice du bout des doigts.
— Tu me parleras de ça, un jour ?
— Quand le passé sera devenu du passé, oui.
— Vraiment ?
Je souris.
— Vraiment.

Chapitre 15

Wade

Je joue avec la molette du briquet, obnubilé par l'étincelle qui apparaît et disparaît à chaque coup. C'est la seule activité que j'ai trouvée pour occuper mon temps.

Je déteste les nuits blanches. Plus encore quand je suis accoudé à un muret, dans une rue de Tenderloin, sans rien d'autre à contempler que la misère humaine.

Les ombres qui défilent sont voûtées, émaciées pour la plupart. De temps en temps, un groupe de jeunes ou un couple me dépasse en discutant gaiement, les bras chargés de sacs remplis de paquets-cadeaux. Ceux-là sont tellement galvanisés par l'esprit de Noël qu'ils sont aveugles à la décadence qui les entoure. Je ne les envie pas, même si je ne suis pas ravi non plus d'être du mauvais côté.

J'attends. Je fais le guet. Mon emmerdement profond est ponctué par le passage de quelques clients, qui viennent à ma rencontre et repartent aussi vite.

Je ne suis pas du genre à ressasser le passé, mais franchement j'aurais préféré que les choses prennent une autre tournure que celle-ci. Puis je me rappelle pourquoi j'en suis arrivé là, et je me dis que d'une certaine façon ça valait le coup. Au moins, j'ai eu ma vengeance. Maintenant, je n'ai plus qu'à aller jusqu'au bout du deal avec Crown, et je pourrai mettre cette partie de ma vie derrière moi.

Ma poche se met à vibrer. Je souris intérieurement en apercevant le nom de l'expéditeur sur l'écran du portable.

Je suis désolée, ma famille est arrivée ce matin et elle prend

BEAUCOUP de temps et d'énergie. Aveu du jour : mon rêve ultime serait de partir vivre à New York et d'avoir un loft tout en verre qui surplombe la ville. Avec une vue sur l'Empire State Building. Et un chien. Un golden retriever. Ou un dalmatien. Mais il faudrait un chien bionique, en tout cas qui ne fait pas ses besoins, parce que le promener six fois par jour, rien que d'y penser, ça me fatigue.

Les SMS de Kenzie sont toujours très longs, à l'inverse des miens.

Pourquoi ne pas prendre un chat ?

Je range mon portable, le temps qu'elle rédige et expédie son prochain pavé.

J'ai récupéré son numéro sur le téléphone de Jax, vendredi dernier, juste après notre discussion dans la cage d'escalier. Je n'imaginais pas couper totalement le contact avec elle pendant deux semaines. Une part de moi n'acceptait pas l'idée. Alors le samedi matin, à 8 heures moins 10, je lui ai envoyé un texto.

Mon premier aveu par écrit, et le deuxième en tout : « Je dors sans chaussettes, je déteste avoir chaud. » Elle m'a reconnu aussitôt et j'ai eu droit au premier roman par SMS de ma vie.

Je ne la savais pas si bavarde, je pense qu'elle dialogue plus facilement à distance.

Toujours est-il qu'elle m'a fait, à son tour et en réponse, un aveu. C'était une explication interminable sur la haine qu'elle voue aux personnes qui portent de la fourrure. Un véritable exposé.

Nos échanges ne se sont pas interrompus depuis. Ça fait maintenant huit jours.

Chaque matin, à 7 heures et 50 minutes précises, je lui envoie quelques mots, des aveux futiles mais que je ne ferais à personne d'autre qu'à elle : le fait que je ne mange jamais le matin, la lassitude que je ressens quand on me parle de mes yeux, la perte de contrôle que je n'apprécie pas quand je fume un joint…

Aujourd'hui, c'était la première fois qu'elle ne répliquait pas dans l'heure. Ça m'a interpellé mais je n'ai pas cherché à la recontacter ; j'ai conscience de nouer des liens avec elle, de la laisser entrer en moi. Je ne sais pas si je fais bien, mais je suis incapable d'agir autrement.

Elle me plaît. Je me sens bien quand je pense à elle.

Les chats sont trop indépendants. Ils viennent vers toi uniquement quand ils veulent à manger ou une caresse, et, la nuit, dans l'ombre, ils planifient ton assassinat : c'est véridique, il y a des trucs à ce sujet sur Internet ! Si tu veux mon avis, ils volent un peu trop la vedette des chiens. Ces animaux-là n'ont pas d'empathie, on leur excuse tout grâce à leur bouille. Je ne suis pas dupe. Je suis pro-chiens !

Je secoue la tête, amusé.

J'ai envie de la voir. Elle me manque. Les contacts virtuels ne me suffisent pas.

T'es libre quand ?

Mon portable vibre une nanoseconde après l'envoi de mon message ; ce n'est pas elle mais Jax, qui est visiblement énervé.

ELLE A REMPLACÉ MON SHAMPOING PAR DE LA CRÈME DÉPILATOIRE !! JE SUIS CHAUVE, FRÈRE ! PUTAIN DE CHAUVE !! LISSE COMME UNE COUILLE NEUVE !!!!

Manifestement, Dana a encore fait des siennes.

Quand on sait à quel point Jax soigne son apparence, il doit être hors de lui. Si j'étais sa petite sœur, je m'attendrais à de sales représailles.

La légèreté de Kenzie et de Jax éveille une sorte de douleur en moi. Ça ressemble à de la nostalgie. Peut-être à de l'envie. À de la jalousie. Leurs préoccupations, ce soir, sont à des kilomètres des miennes.

Je ne vis pas dans le même monde. Je n'ai pas de sœur qui provoque des catastrophes capillaires et ne rêve pas de chien ni de loft de l'autre côté du pays.

Je suis à Tenderloin, un 24 décembre, à côtoyer la lie de l'humanité. Quand je rentrerai, je croiserai une personne qui n'est pas de ma famille, avec qui je n'ai aucun lien, hormis une détestation mutuelle. Je m'endormirai dans un lit qui n'est pas le mien, et je recommencerai à vendre de la merde sur les trottoirs de ce quartier craignos le lendemain.

Je m'allume une cigarette et réfléchis à un spot où je pourrais graffer, pour arrêter de m'apitoyer sur mon sort.

Sauf que même les tags ne me redonnent pas d'énergie. Je n'ai pas envie de ça.

J'ai envie de Kenzie.

Je me retiens une minute, puis rédige le début de ma phrase ; j'ai *vraiment* envie de la voir, et, bizarrement, je ressens le besoin de le lui dire.

— T'as quoi ?

Je relève brusquement la tête et dissimule en même temps mon téléphone dans la poche de mon blouson, laissant le texto en brouillon.

Je ne l'avais même pas vue arriver, je commence à déconner.

Malgré son visage plus cadavérique que jamais, je la reconnais aussitôt. C'est une habituée, je la croise régulièrement quand je prends le poste à l'angle d'Ellis Street. Chaque fois, son corps paraît un peu plus décharné. Il ne lui reste même plus la peau sur les os : juste les os, recouverts d'ecchymoses et de croûtes qu'elle gratte frénétiquement de ses ongles.

Tremblante, elle tangue d'un pied sur l'autre et un tic nerveux la fait rouler les yeux. Elle est en manque.

J'ai beau faire taire mes émotions, je ne peux m'empêcher d'avoir de la peine. Ce genre de personnes, quand tu les vois, tu changes de trottoir. Elles sont imprévisibles, dangereuses et violentes lorsqu'elles n'ont pas de quoi satisfaire leur addiction. Mais on oublie leur détresse.

Cette femme n'a pas toujours été comme ça, et on ne sait pas ce qui l'a amenée à se détruire.

Elle s'est perdue en chemin. J'ai honte, profondément honte d'être l'un des acteurs de sa déchéance.

— Eh ! T'as quoi, je t'ai dit ?!

Elle rapproche son visage du mien, au point que je peux donner la recette du cocktail d'alcool qu'elle a avalé avant de venir me trouver.

— Recule.

Elle plisse les yeux et sa tête dodeline.

— Pourquoi ? Tu vas me frapper ? Frappe ! Je vais frapper ! Tu veux que je te frappe ? Je t'ai demandé ce que t'avais !

Laborieusement, elle sort quelques billets froissés de son minishort et me les enfonce dans la main.

— Vingt dollars ! Sers-moi !

Elle me plante un poing dans l'épaule et tangue de plus belle. Normalement, je devrais m'imposer. L'une des principales règles tacites du « métier » est de ne jamais avoir aucun contact physique avec un client. Elle le sait comme moi. Sauf que je suis clean et qu'elle est à l'ouest.

Je replace les vingt dollars dans la bretelle de son débardeur, au niveau de sa clavicule. C'est d'une cure de désintox qu'elle a besoin, et rien d'autre.

J'ai perdu la plupart de mes principes en acceptant de faire ce que je fais depuis deux ans, mais, dans des moments comme celui-là, le peu de conscience qui me reste me rappelle à l'ordre.

Chaque client que je ne sers pas m'éloigne de ma liberté. Pourtant, j'en sers moins que naguère, parce que désormais la culpabilité me tord les boyaux. Avant, j'étais capable d'enfouir ce sentiment jusqu'à ne plus l'entendre. Mais, depuis mon entrée à la Mercy High School, depuis la soirée de Terry, et depuis ce truc avec Kenzie, toutes les choses que j'enterre reviennent me hanter comme des zombies.

— Une autre fois.

Elle pointe un doigt devant moi.

— Maintenant. Je peux pas attendre. J'attends pas. Donne-moi ce que t'as !

Complètement shootée, elle tente de mettre la main dans les poches de mon jean. Je la repousse en lui maintenant le poignet.

— Je ne te ferai pas de mal, mais n'essaie plus de me toucher.

Elle tord son bras dans une position invraisemblable et se met à hurler.

— Lâche-moi ! Au secours ! Tu me fais mal ! À l'aide, je me fais attaquer !

Malheureusement, je connais trop bien ce genre de réaction. Elle n'a aucune limite, et elle ne reculera devant rien.

À partir d'un moment, la folie prend le pas sur la raison. Et, le pire, c'est qu'elle pense vraiment que je représente un danger. Elle crie parce qu'elle n'a plus aucune notion de la réalité et qu'elle vit dans un monde déformé par les merdes qu'elle inflige à son organisme.

Je la lâche en anticipant le coup qu'elle veut me mettre dans la figure.

— Connard ! À l'aide ! Tu vas voir ce que je vais te faire !

— Il t'emmerde, Ana ?

— Il essaie de me frapper ! Il m'a tordu le poignet !

— T'emmerdes Ana, toi ?

La version masculine de ladite Ana me fonce dessus, les yeux hagards. Il est aussi décharné, aussi ravagé, et probablement au même niveau de destruction qu'elle.

Inutile de me justifier, les personnes qui errent ici se connaissent toutes et se protègent, coûte que coûte. C'est l'une des qualités qu'on ne peut pas leur retirer : ils se soutiennent les uns les autres. Le détail moins sympa, c'est que c'est moi qui vais raquer.

Je ne bouge pas quand il cogne son front contre le mien.

— Ne la touche pas.

— Il veut pas me vendre sa came, intervient-elle. Je lui ai donné le pognon et il veut pas !

— Tu l'as volée ?

— Je ne l'ai pas volée, dis-je calmement, mais le sang qui bout dans mes veines commence à me faire perdre patience.

J'encaisse un deuxième coup sur le front et contracte durement la mâchoire. Il va finir par avoir ce qu'il veut, s'il continue.

— Ici, t'es chez moi ! T'impose pas !

— Vas-y, Shane ! Montre-lui !

Ana, telle une *cheerleader* extatique, l'encourage en tapant le poing dans sa main.

J'ai vraiment une vie de merde.

Les deux junkies montent en pression. Je sens leur excitation grandir à l'idée que tout déraille. Sachant que j'ai plusieurs centaines de dollars dans les poches, qui sont l'objet du deal avec Crown, je ne peux pas me permettre de tomber par terre, parce qu'ils n'hésiteront pas à me dépouiller.

Dans une dernière tentative de pacifier la situation, je me recule. C'est là qu'une douleur fulgurante me prend au ventre.

Par réflexe, je me plie en deux et reçois alors quelque chose sur la nuque. Sûrement un avant-bras. Ou un coude. En tout cas, c'est dur et ça fait mal.

Malgré moi, mon taux d'adrénaline explose.

J'aurais voulu être intelligent. Plus que tout, j'aurais aimé ne jamais me trouver ici. On m'a éduqué, bien élevé. Je m'excuse silencieusement auprès de ma mère, avant de me relever, et de mettre toute ma force dans ce poing qui s'écrase rageusement dans la face de Shane.

Il titube en arrière, un filet de sang s'écoulant de ses narines, mais ça ne l'empêche pas de revenir à la charge, encouragé par sa copine.

J'esquive un coup, en donne un, en prends un autre. Et, comme une danse que je connais trop bien, mon corps retrouve ses réflexes d'attaque et de défense.

Joyeux Noël.

Chapitre 16

Mackenzie

Il est plus de 2 heures du matin quand je retrouve ma chambre. Comme prévu, le repas du traiteur était délicieux, d'où le ballon de baudruche que j'arbore actuellement à la place du ventre.

Je retire mes vêtements pour enfiler un vieux sweat et une paire de chaussettes en laine, avant de récupérer mon téléphone ; par précaution, vu l'âge d'une de mes cousines, j'ai préféré le mettre en sécurité dans ma commode.

Parmi les messages, je trouve un « Joyeux Noël » de Terry et un autre de Jax, écrit en majuscules, sur lesquels je fais l'impasse. J'y répondrai après. Pour l'instant, ce sont ceux de Wade qui m'intéressent.

Mon sourire se fait complètement idiot quand je découvre le premier.

Ça fait huit jours que je ne l'ai pas vu. Mon corps me hurle à chaque heure de la journée qu'il en a assez d'attendre et qu'il serait grand temps de remédier à ce manque.

Je sais que c'est idiot, que ma dépendance à son égard est insensée, mais je ne parviens pas à contrôler mes pulsions. En tout cas, qu'il me demande quand je suis libre me réchauffe le cœur.

Le second SMS, en revanche, fait aussitôt grimper mon ascenseur émotionnel.

Appelle-moi stp.

J'ignore pourquoi un signal d'alarme clignote dans mon esprit. Peut-être parce que j'ai reçu cette demande il y a plus d'une heure. Ou alors parce qu'il a ajouté « s'il te plaît ». Wade ne supplie jamais.

Si ça se trouve, je lui manque tant qu'il veut entendre le son de ma voix...

J'écarte cette hypothèse. Il n'est pas du genre romantique qui a besoin de berceuse pour s'endormir. *Vraiment pas, non.*

Malgré l'heure plus que tardive, j'appuie sur l'icône verte. Les tonalités qui se succèdent me rendent nerveuse.

— Salut.

Je souffle légèrement, soulagée de l'entendre.

— Je suis désolée, je n'ai vu tes messages qu'à l'instant. Est-ce que tout va bien ?

Il perçoit forcément l'inquiétude dans ma voix, mais fait durer le suspense en gardant le silence. Le blanc qui s'éternise transforme ma nervosité en impatience ; contrairement à lui, je ne maîtrise que moyennement mes émotions.

— Wade ?

— Je suis là.

— Pourquoi voulais-tu que je t'appelle ?

De nouveau, il se terre dans le mutisme. J'en conclus qu'il estime avoir fait une erreur en m'envoyant ce SMS, mais je m'en contrefous. Il n'est pas comme d'habitude.

— C'est à toi que j'ai pensé en premier. J'aurais dû prévenir Jax.

— C'est moi que tu as au téléphone, il sera toujours temps de regretter plus tard. Dis-moi ce qui se passe.

Je l'entends soupirer. Une grande première.

— Tu te sens capable de ne pas poser de questions ?

— Tout dépend de ce que tu vas me dire, réponds-je, les sourcils froncés.

— Promets-moi de ne pas chercher à comprendre.

Il ne me laisse pas vraiment le choix.

— Promis. Je t'écoute.

— Où habites-tu ?

— 1366, sur la Vingt-Sixième Avenue.

— Tu pourrais sortir de chez toi dans une vingtaine de minutes ?

J'effectue une analyse rapide de la situation ; les invités sont repartis depuis un moment. Mon père est rond comme une queue de pelle et ma mère a mis ses boules Quies pour ne pas entendre ses ronflements, il sera donc impossible de les réveiller, l'un comme l'autre.

— Oui.

— OK.

Il laisse un énième blanc planer, avant d'ajouter, d'une voix résignée.

— Si tu as une trousse à pharmacie, prends-la avec toi.

Vingt minutes plus tard, j'ai agrémenté ma tenue de leggings et d'une paire de tennis. Je patiente dans le froid, avec ce que j'ai trouvé dans le placard de la salle de bains, c'est-à-dire des cotons, de l'alcool à 90°, de la pommade antiseptique et des pansements pour les pieds — il n'y avait que ça.

L'anxiété me dévaste.

Il n'y a rien de normal à contacter quelqu'un aussi tard, en lui demandant de l'attendre avec une pharmacie artisanale. Je présume qu'il s'est blessé en allant taguer, c'est l'hypothèse la plus crédible. Mais, dans ce cas, il aurait pu rentrer chez lui pour se soigner… Du reste, je trouve aussi plutôt étrange qu'il ait fait une session le soir du réveillon de Noël. Qu'en pense sa famille ?

Un bruit de moteur met soudainement fin à mes cogitations. Son pick-up roule à petite allure et s'arrête au niveau du seul lampadaire de la rue qui ne fonctionne plus.

Je rejoins la voiture d'un pas vif, et le clic d'ouverture retentit à mon approche. Je tire la porte du côté passager, grimpe sur le marchepied…

Puis je me fige.

— Seigneur…

Sous la visière de sa casquette, baissée au maximum, je ne distingue pas ses yeux mais j'ai une vue plongeante sur son nez, d'où le sang, désormais sec, a coulé. La trace se prolonge sur sa lèvre supérieure, nettement enflée. Un côté de sa mâchoire est grossièrement tuméfié, et je pense qu'une de ses pommettes a subi le même sort.

— Que t'est-il arrivé ?

Je m'installe en douceur sur le siège et claque la porte avec toutes les précautions du monde, comme si le moindre son pouvait le blesser physiquement.

— Tu as promis de ne pas poser de questions.

Il est marrant. Qui ne s'interrogerait pas en voyant son état ? Je dois fournir un effort monstre pour ravaler mes mots ; s'il s'est abîmé en graffant, il a dû tomber de l'étage d'un immeuble, et en plein sur la face. Une simple chute ne donne pas ce résultat.

— C'est tout ce que j'ai trouvé, dis-je en lui tendant ma trousse de secours improvisée.

Il fait pivoter son torse avec difficulté pour s'en saisir.

— Ça suffira. Merci.

Il peine à mettre l'alcool sur le coton. Ses mouvements limités trahissent d'autres blessures.

— Laisse-moi faire.

Je lui prends le coton et me penche par-dessus le frein à main pour nettoyer sa peau. Il ne s'y oppose pas et enfonce même son crâne dans l'appui-tête. Il a l'air épuisé.

— Mon Noël était beaucoup moins festif, murmuré-je en usant de toute la délicatesse dont je suis capable pour ne pas lui faire mal.

Sa bouche se retrousse très légèrement. Je regrette de ne pas voir ses yeux ; ce sont eux qui me parlent, en temps normal. Cette casquette me dérange fortement.

Je frotte prudemment sa lèvre et change de coton pour poursuivre le travail.

— Heureusement qu'il y avait mes cousines pour l'animation. La plus petite croit encore au Père Noël, elle s'est étonnée de ne pas le voir ce soir. Sa sœur lui a dit qu'elle n'avait pas été sage et qu'il aurait fait le voyage si elle n'avait pas lu son journal intime. Tout a dégénéré à ce moment-là.

Je passe le coton sur sa lèvre inférieure, puis sa mâchoire, fascinée par le relâchement total de son visage. Je ne l'avais jamais touché de cette manière. J'aurais bien aimé m'en passer, car les blessures qui le déforment sont désagréables à observer, mais la confiance qu'il me témoigne est attendrissante.

Il se laisse manipuler, sans même me regarder. Il s'en remet entièrement à mes soins.

— La petite sœur a découvert un secret dans le journal intime et l'a révélé au grand jour ?

Je souris.

— Il paraîtrait que la grande sœur fume des cigarettes en cachette, acquiescé-je. Les parents n'ont pas aimé.

— J'imagine.

Je passe à sa pommette, dont le gonflement me rappelle celui de son menton, quelques semaines plus tôt, lorsqu'il avait tapé au carreau de ma Ford, sur le parking du lycée. Sur le moment, je n'ai pas spécialement tiqué, mais cette fois c'est plus grave et je me pose des questions.

Wade n'est pas un bagarreur. Pour preuve, il n'a jamais répondu aux piques de Tate, qui mériterait pourtant une correction en bonne et due forme. D'un autre côté, c'est un garçon insondable, peut-être plus imprévisible que je le croyais. Ce soir, l'idée qu'il se soit battu ne me semble pas impossible.

— Ne te pose pas de questions.

Je le regarde, surprise.

— Le coton ne bouge plus, s'explique-t-il. J'en déduis que tu es en train de réfléchir, au point d'en oublier ton boulot d'infirmière.

— Je ne suis pas ton infirmière, Wade.

— Ça y ressemble, pourtant.

Sa main glacée se cale dans le creux de ma taille. Je frémis à son contact mais préfère me concentrer sur mon « boulot d'infirmière » plutôt que de laisser libre cours à mon désir.

Le nouveau coton dessine le cerne bleu, sous l'œil à la tache noisette. Celle qui lui confère ce regard si unique. Il n'est pas blessé à cet endroit-là, mais je ne peux m'empêcher de m'y aventurer.

Ça fait huit jours. Il m'a manqué. Égoïstement, j'ai besoin de profiter un peu de lui.

— Tu joues, dit-il dans un murmure.

— Je te répare, rectifié-je.

Il m'offre un sourire abîmé.

— Mauvaise menteuse.

Doucement, j'agrippe la visière et lui ôte la casquette.

Je n'étais pas préparée à ce spectacle.

Son œil droit est ouvert mais injecté de sang. Si je ne la connaissais pas, je serais incapable de donner la couleur de son iris. Quant à l'œil gauche, il n'existe plus. Sa prunelle disparaît derrière des paupières violacées.

C'est moche. Mais, au-delà de l'aspect esthétique, c'est douloureux à regarder. Ma poitrine se resserre un peu plus. *Qu'est-ce que tu as fait, Wade ?*

— Tu vois encore quelque chose ?

— Tu es floue, admet-il. Et tu viens de me poser une question.

— Je brave les interdits.

Mes doigts caressent sa peau, comme s'ils pouvaient, par leur simple contact, le soigner.

Se rend-il compte à quel point ça me fait mal de le voir ainsi ? Wade n'a pas conscience de ce que j'éprouve pour lui, que je pense à lui des centaines de fois par jour.

— Tu ne peux pas rentrer chez toi dans cet état.

Son pouce effleure ma bouche.

— Ne t'inquiète pas.

— Je n'ai déjà pas le droit de t'interroger, laisse-moi au moins me faire du souci.

— Je vais bien.

Je plisse les yeux, peu convaincue, et glisse ma paume sur le bras qu'il est incapable de lever. J'y applique quelques pressions afin d'évaluer sa réaction. Comme il ne bouge pas, j'en déduis que les blessures se trouvent ailleurs.

Je passe alors à son torse.

Il m'observe attentivement, tandis que je cherche le plus petit signe dans son regard amoché.

Le pectoral gauche, le sternum, l'estomac… Une ride fugace naît au-dessus de son nez lorsque je m'aventure vers son flanc.

— Tu ne vas pas bien, confirmé-je.

— Je vais…

Sa phrase meurt dans un grognement étouffé quand j'appuie plus fermement au niveau de ses côtes.

— Si tu continues à me mentir, je continue à te martyriser. Tu peux aussi cesser de faire le fier. À toi de voir.

Il résiste encore quelques secondes avant d'écarter ma main d'un geste réflexe, qui nous apparaît à tous deux comme une preuve suffisante.

Il lève son œil valide au ciel — l'autre suit le mouvement contre son gré. Si les dégâts sur son corps n'étaient pas préoccupants, je me féliciterais de le voir si démonstratif.

Je récupère les cotons, ainsi que le reste des objets posés sur ses cuisses, et sors de la voiture sans le prévenir. Le temps de contourner le capot, je pense à toutes les étapes qu'il va nous falloir franchir pour l'amener jusqu'à ma chambre.

Faites que mes parents dorment à poings fermés.

Je tire sa portière et lui adresse le même regard assuré que celui qu'il me réserve habituellement.

— Tu dors chez moi. Je n'en démordrai pas et je suis prête à camper devant ton pick-up toute la nuit pour t'empêcher de reprendre la route.

Pour enfoncer le clou, j'ajoute :

— Inversons les rôles, pour une fois. Laisse-moi être ton soutien.

Chapitre 17

Wade

Je déambule en me massant les côtes dans la pièce faiblement éclairée. La lampe de chevet diffuse un halo sur son lit et sur les livres de cours éparpillés par terre.

Sans m'attendre à quoi que ce soit de particulier, j'imaginais tout de même une pièce plus décorée, plus personnelle. Plus gaie et fleurie, comme le reste de la maison.

Les murs sont nus, sans photos ni affiches. Sur le bureau, bordélique au possible, je repère un iPod qui disparaît sous un monceau indistinct d'emballages, de feuilles et post-it. Je le sors de sa cachette et un sourire naît sur mes lèvres lorsque je reconnais ses titres favoris.

Entre ses sacro-saintes Spice Girls et quelques morceaux de Tracy Chapman, je remarque qu'elle a ajouté des chansons plus récentes. Toutes les filles se prennent de passion pour Ed Sheeran : j'aurais dû me douter qu'elle aussi tomberait dans le panneau du romantique à la guitare.

La migraine que je me tape depuis plus de deux heures me force à reposer l'objet. Ma tête me fait un mal de chien, au même titre que mon flanc. Je dois probablement avoir des contusions sur le torse, mais, au moins, je tiens encore debout. Shane ne doit pas pouvoir en dire autant.

La porte grince. Je tourne péniblement la nuque et retrouve Kenzie, les bras chargés de tupperwares de tailles variées.

Elle s'installe avec précaution sur le lit.

— J'ai vandalisé le frigo, dit-elle en déposant une quantité invraisemblable de boîtes sur la couette. Je ne savais pas ce que tu aimais, alors j'ai pris de tout.

Je m'efforce de marcher normalement jusqu'à elle et douille comme un malade en m'asseyant sur le rebord.

— J'ai aussi pensé à l'eau et aux cachets, dit-elle en me présentant le tout avec un petit sourire entendu.

La simple vue de ce comprimé blanc me ramène à la vie. Je l'avale à sec et observe l'éventail de nourriture étalé entre nous.

— Tu peux y aller les yeux fermés, Wade. Ça vient d'un traiteur, tout est consommable.

Je mangerais même si elle me disait que c'est de la pâtée pour chiens ; je n'ai pas touché à une fourchette depuis vingt-quatre heures, et j'évite au maximum de me rassasier avec les merdes de Crown. Ou plutôt avec les merdes que cuisinent les personnes qui bossent pour lui.

J'ingurgite ce qui me tombe sous la main, le regard inquiet de Kenzie scrutant mon visage.

J'ai bien conscience que mon comportement est égoïste. Ses interrogations sont d'autant plus légitimes que c'est moi qui l'ai appelée au secours, mais je ne suis pas prêt à révéler ce pan de ma vie. Pas encore. Pour moi comme pour elle. Pour l'image qu'elle a de moi. Le lien que nous avons créé, qui grandit à chaque moment que nous passons ensemble, est trop important pour que je prenne le risque de le perdre.

Je refuse de voir la déception, le dégoût, ou la haine dans son regard. Et c'est ce qui se passera si elle apprend qui je suis vraiment. Je veux préserver son innocence le plus longtemps possible.

Les odeurs du sang, de la rue et de Shane me parviennent encore par vagues. Pour m'en débarrasser, j'entreprends de retirer mon sweat ; mes côtes me supplient d'arrêter, mais les effluves me répugnent au-delà du tolérable. Faisant taire ma douleur, je tire sur le col pour me libérer. Mon T-shirt remonte avec le vêtement. Je peine franchement, mais finis par m'en sortir.

Le regard de Kenzie est rivé sur mon torse.

Elle est blême.

Je comprends qu'elle a vu la blessure. À en croire son expression, elle doit être assez hideuse.

— Je trouvais tes goûts musicaux plutôt sympas, mais Ed Sheeran te fait descendre dans mon estime.

Mon soudain changement de conversation ne lui échappe pas et elle détourne les yeux vers la surface encombrée de son bureau.

— Tu as fouillé dans mes affaires ?

Elle n'est pas énervée, elle entre juste dans le jeu.

À cet instant, je remercie je ne sais qui pour le fait que j'aie en face de moi une fille à ce point capable de me comprendre.

— Je me suis occupé en t'attendant.

Elle fronce un sourcil dubitatif. C'est craquant. En fait, toutes ses mimiques le sont : son nez qui se retrousse quand elle rit, ses pommettes qui se dessinent quand elle sourit, ou encore sa bouche qui s'élargit plus ou moins, donnant la mesure de son amusement.

Tout devient simple lorsque je la regarde, je suis capable de deviner ses intentions et m'abreuve de ses expressions.

— Je devrais te faire une scène pour avoir osé faire un truc pareil, j'espère que tu savoures le calme dont je fais preuve.

J'acquiesce, captivé par son visage en mouvement.

— Je le savoure.

Mes doigts trouvent son menton et je l'attire à moi.

Tout mon corps me fait mal ; mes yeux, mes paupières, mes muscles, mes nerfs. Je ne suis pas en état de me mouvoir, mais je souffrirais deux fois plus si elle n'était pas contre moi.

— Une bonne douche ne te ferait pas de mal, susurre-t-elle, le visage niché dans le creux de mon cou.

Je souris dans ses cheveux.

— Je sens mauvais, c'est ça que tu essaies de dire ?

— Disons que tu n'aurais que quelques pas à faire pour te rendre à la salle de bains. Elle est juste à côté.

Elle se redresse, la moue moqueuse.

— Il est tard, Kenzie. Tes parents vont se demander pourquoi l'eau coule.

— Ils dorment.

— S'ils se réveillent ?

Elle se mord la lèvre inférieure, perdue dans sa réflexion, puis finit par se mettre debout.

— J'ai une solution.

Je me déshabille avec une lenteur terrifiante. Chaque mouvement semble démettre l'une de mes articulations. Malgré tout, je n'arrive pas à me départir de mon sourire, car Kenzie se tient, elle aussi, dans la salle de bains.

Dos à moi, le nez rivé sur la porte, qu'elle a fermée à clé.

— Tu vas rester dans cette position jusqu'à ce que je sorte de la douche ? Tu sais que dans mon état ça peut durer un petit moment ?

Elle me répond sans se retourner.

— Si tu es trop long, je finirai peut-être par m'asseoir au sol.

Sa solution est merdique : je m'abstiens de lui faire remarquer que, si ses parents débarquent, il lui sera difficile de cacher mon mètre quatre-vingts contusionné.

Dans la cabine, les gouttes brûlantes qui massent mon crâne et mes épaules me délassent efficacement. Je n'ai toutefois pas l'intention de traîner, alors je profite de chaque seconde. Le sang disparaît dans la bonde tandis que je me frictionne avec précaution. Pour le coup, j'ai vraiment l'impression de me nettoyer.

Je me rince quand on tape à la porte.

— Mack ?

Je baisse la pression du pommeau de douche et observe la silhouette tendue de Kenzie à travers la vitre. Sa panique se mêle aux volutes de vapeur qui flottent dans la pièce.

— Mack ? répète une voix féminine.

— Je fais ma toilette !

Même moi, je perçois l'incertitude dans son intonation.

— J'ai cru entendre, oui. Pourquoi as-tu fermé la porte à clé ?

— Parce que je suis sous la douche, maman !

— À 2 h 43 du matin ?

— Il y avait des invités, je n'ai pas pu prendre ma douche du soir.

Un silence pesant s'abat entre elles.

— Mack, ouvre cette porte.

— Je ne peux pas avoir un peu d'intimité ?

— Tu me mens !

— Que veux-tu que je fasse d'autre dans la salle de bains ? dit-elle en soupirant.

— Il y a des toilettes… Mack, j'ai vu toute la nourriture que tu as montée dans ta chambre… Écoute, on peut parler. Tu sais, beaucoup de personnes ont des troubles du comportement alimentaire, tu n'es pas seule. Je suis ta mère, tu n'as pas à avoir honte.

— Je ne me fais pas vomir, si c'est ce que tu insinues. Je te le jure.

— Tu as quand même beaucoup mangé au dîner… Et tous ces plats sur ton lit…

— Maman…

— Ouvre-moi, juste pour me rassurer.

Je la vois rejeter sa tête en arrière et serrer les poings. Puis, en l'espace de quelques secondes, elle retire ses vêtements. Je n'ai pas le temps de comprendre qu'elle trottine déjà jusqu'à la douche.

Entièrement nue.

Elle me prend le pommeau des mains et s'asperge expéditivement les cheveux, ainsi que le corps. Par respect, je concentre mon regard uniquement sur le sien ; elle s'est déshabillée par obligation, je ne prendrai pas le droit de poser mes yeux ailleurs que là où je suis certain qu'elle l'accepte.

Nos regards se croisent brièvement. Elle rougit. Je souris en coin, captivé par les gouttes qui perlent sur ses cils.

En silence, je me saisis du shampoing et appuie sur la bouteille pour en faire couler sur son crâne.

— Ça doit avoir l'air réel, réponds-je à sa question muette.

Elle frotte ses cheveux à toute vitesse, la mousse tombant sur son front, puis me rend le pommeau. Je n'ai jamais vu quelqu'un s'enrouler dans une serviette aussi rapidement.

Elle déverrouille la serrure et entrouvre à peine la porte.

— Voilà. Tu es rassurée ? Je peux me rincer ?

— Tu utilises le shampoing de ton père ? Tu as toujours dit qu'il sentait l'aisselle rance.

— Je n'ai pas fait attention. Maman, est-ce que je peux finir de me doucher ?

— Laisse-moi vérifier les toilettes.

La porte s'écarte et, dans un réflexe inutile, je me plaque contre le carrelage, le pommeau cachant une partie de mon intimité — même si, là, clairement, si sa mère me chope, je finis castrat.

— Maman !

Heureusement, les toilettes sont à l'opposé de moi, et la femme dans son peignoir paraît obnubilée par ce qu'elle craint de trouver dans la cuvette.

Je ne bouge plus, Kenzie non plus. Il est écrit « coupable » sur son front, je le vois d'ici.

Les secondes s'égrènent avant que la version plus âgée de Kenzie prenne la parole. C'est incroyable comme les deux femmes se ressemblent.

— Tu as tiré la chasse ?

— Tu l'aurais entendu.

— C'est vrai.

Elle me tourne le dos et pose les poings sur ses hanches.

— Mack, si tu as des soucis avec ton alimentation, il faut que tu viennes me voir. Je peux tout entendre et tout comprendre, surtout après ce que tu as vécu avec Harper. C'est normal de…

— Mon alimentation se porte comme un charme, l'interrompt-elle brusquement.

— Alors, parles-en avec ta psy.

— Je ne suis pas boulimique !

— D'accord. Mais, si jamais…

— Oui. Je t'en parlerai. Promis, juré, craché.

— Bien.

Elle décroche les poings de son corps et se dirige enfin vers la sortie.

— Tu as raison, ce shampoing a une odeur abominable. Jette-le à la poubelle quand tu auras terminé, je dirai à ton père qu'on nous l'a volé.

Kenzie referme la porte derrière elle et y colle son front pendant une longue minute.

Je rouvre doucement le robinet et pousse la vitre de la cabine.

— Viens.

Elle fait non de la tête.

— Kenzie, tu as du shampoing qui sent l'aisselle rance dans les cheveux. Viens te rincer.

— Je vais attendre que tu aies fini.

— Je ne te regarderai pas, si c'est ce qui t'inquiète.

Elle pivote lentement. Je lui offre mon air le plus engageant.

— Juste ton visage, murmuré-je. Et je ne te poserai pas de questions.

Elle sait à quoi je fais allusion.

J'ignore qui est Harper, mais sa réaction ne m'a pas échappé ; c'est un sujet sensible, tout comme ceux que je cache. Je ne l'embêterai pas avec des secrets qu'elle souhaite conserver.

Elle se redresse et pose les mains sur le nœud de la serviette, au-dessus de sa poitrine.

— Retourne-toi.

— Je ne regarderai rien d'autre que tes yeux. Crois-moi.

Contrairement à elle, je suis totalement à découvert. Si elle baissait le regard, elle pourrait voir tout ce qu'elle veut. Ça ne me dérange pas, je ne suis pas pudique, mais je comprends sa gêne.

Pour la rassurer, je ne cille pas. Je me concentre fermement sur ses prunelles, et rien qu'elles. Alors, maladroitement, elle dénoue sa serviette. Sans dévier le regard, je m'écarte pour la laisser se glisser dans la cabine.

— Je ne me suis jamais retrouvée entièrement nue avec un garçon, chuchote-t-elle.

Elle n'ose pas bouger d'un millimètre. C'est assez étrange, puisqu'on s'est déjà embrassés de nombreuses fois et que nos corps ont souvent été plus proches qu'à cet instant. Mais la sécurité des vêtements semble lui manquer.

— Je n'ai jamais pris de douche à deux, dis-je. Il y a une première fois à tout.

— Je suis gênée.

— Je vois ça. Tu es mal à l'aise à l'idée que je juge ton physique ?

Elle opine timidement.

— Je ne ferais jamais une chose pareille, Kenzie. Je me fous des qualités et des défauts que tu trouves à ton corps.

Elle reste silencieuse, attentive, sans comprendre où je veux en venir.

— Si je t'ai appelée toi, plutôt que Jax, tout à l'heure, ce n'est pas à cause de tes courbes. C'était de toi que j'avais besoin. Ta présence. Ce que tu es. Pas ton image. Pas ton apparence. Pas ta coiffure, ta poitrine ou la forme de ta bouche. Tu peux avoir confiance en moi.

J'ouvre sa paume dans la mienne et y dépose une noisette de savon liquide. Elle semble perdue quand je place sa main entre mes pectoraux.

— J'ai confiance en toi, assuré-je.

Je fais glisser ses doigts sur ma peau, non pas pour satisfaire une pulsion, bien au contraire, mais pour qu'elle perçoive elle aussi ce fil invisible entre nous. Qu'elle sache que, tout ce qui compte, à cet instant précis, c'est d'intensifier notre connexion.

— Tu as le champ libre.

J'ôte ma main de la sienne et la laisse faire.

D'abord, elle ne bouge pas, sa paume restant ancrée sur mon sternum. Quant à moi, comme je lui ai promis, je me contente d'observer ses yeux.

Puis je sens une petite agitation, légère mais très fébrile. Elle m'effleure à peine : ses doigts suivent un chemin, doux et incertain, le long de mon ventre.

Malgré le bouillonnement dans mes veines, je reste stoïque. Mon objectif est qu'elle se détende, rien d'autre. Qu'elle ne se sente plus gênée en ma présence.

Elle dessine un petit cercle sur ma peau. Puis un autre. L'eau de la douche martèle mon dos. La vapeur rend l'atmosphère étouffante, mais elle ne s'arrête pas pour autant.

Son toucher se fait plus confiant. Elle explore mon flanc intact, évite celui qui est abîmé, puis remonte vers mes épaules et caresse mes bras. À un rythme lent, s'attardant sur chaque parcelle de ma peau, ses doigts descendent vers les miens.

Sa deuxième main rejoint bientôt la première.

Je me délecte de sa délicatesse, des passages incroyablement paresseux sur mes pectoraux, puis ma nuque ; plus elle prend de l'assurance, mieux je me sens.

— Tu souris.

Songeant à ma bouche, je me rends compte qu'elle a raison.

— Ça m'arrive, de temps en temps.

— J'aime bien quand tu souris.

Elle fait glisser son doigt sur ma fossette.

— J'ai l'impression d'être la seule à pouvoir la voir…

— Tu es la seule.

Elle sourit à son tour, et je sens quelque chose éclater dans ma poitrine. Comme si une artère explosait et répandait un sang incendiaire dans chaque recoin de mon corps.

Je prends sur moi pour ne pas la toucher. J'en meurs d'envie, mais je ravale mon désir et choisis la frustration ; je préfère souffrir plutôt que de la brusquer.

— Je me sens mieux.

Du bout des ongles, elle trace un sillon le long de ma gorge.

Jamais je ne laisse quiconque avoir l'ascendant sur moi. Il semblerait qu'elle soit en train de retourner mon monde.

Conscientes ou non de ce qu'elles font, ses mains deviennent plus entreprenantes. Elle frôle des parties de mon corps qui m'électrisent. À en croire son air amusé, elle a parfaitement conscience de l'effet qu'elle produit.

— Wade ?

Ses iris chauds retrouvent les miens, tandis qu'elle revient au sillon entre mes abdominaux, qui se couvrent de chair de poule.

— Kenzie ?

— Les muscles de ton visage sont capables de bouger sans te faire mal ?

Il est écrit « embrasse-moi » dans ses yeux.

Mon bras enroule sa taille, et je la fais pivoter. Elle finit sous le jet d'eau. Ses paupières se ferment paisiblement. L'eau qui dégouline sur sa peau la rend encore plus belle.

Elle n'oppose aucune résistance quand je l'entraîne contre le carrelage et ne dit rien lorsque j'empoigne sa nuque. Au moment où ma bouche rencontre la sienne, elle sourit. Mon cœur tape si fort qu'elle doit le sentir.

On ne peut pas aimer embrasser quelqu'un à ce point.

Avec des sentiments tels que ceux que j'éprouve à son égard, si.

Chapitre 18

Mackenzie

Quelque chose a changé.

C'est à la fois subtil et sensationnel.

Nous sommes nus. Sous la douche. Il pourrait en profiter, me toucher là où il le désire. Je le laisserais faire. Mais, malgré sa passion, il me donne le contrôle.

Lui se contente de m'effleurer, non pas comme si j'étais fragile, mais plutôt comme s'il manipulait quelque chose de précieux à ses yeux.

Je me sens chérie.

Sous la cascade, nos bouches refusent de se détacher l'une de l'autre et poursuivent ce dialogue muet jusqu'à ce que nous nous résolvions à sortir de la douche.

Je n'ai pas envie de me sécher ; l'idée de mettre quelques centimètres entre nous m'est insoutenable. Mais son grognement de douleur me force à me refréner.

— Je suis désolée, dis-je en observant son flanc violacé, que j'ai involontairement touché.

Il secoue la tête, reprenant mon visage entre ses mains.

— Embrasse-moi encore.

Son besoin irrationnel de me garder contre lui me touche.

— Tu es blessé.

— Embrasse-moi.

Je me perds de nouveau entre ses lèvres, hésitant à poursuivre en l'entendant émettre des râles. Mais il m'attire à lui et, alors que ses reins rencontrent le rebord du lavabo, je sens, pour la première fois, la manifestation du désir d'un garçon contre mon ventre.

— C'est un truc que je ne peux pas contrôler, dit-il avec un sourire en coin.

— Il n'y a pas une histoire de grand-mère ?

— Pardon ?

— Vous, les garçons, n'êtes pas censés penser à votre mamie, dans ces moments-là ? Ou bien réciter l'alphabet à l'envers ? Vous remémorer des souvenirs gênants ? L'odeur d'un vieux fromage ? Compter les moutons qui sautent au-dessus de la barrière ?

— On compte les moutons pour s'endormir. Ce n'est pas du tout l'idée actuelle.

Il repart à l'assaut de mon cou, et, sans le vouloir, j'aperçois notre image dans le miroir en pied.

Les muscles de son dos se tendent, et je me laisse surprendre par mon sourire. Il est si… naturel. Le miroir me renvoie l'image d'une légèreté dont je ne me savais pas capable. La personne que je vois, les traits lumineux, semble submergée par le plaisir.

Je resserre mes bras autour de sa nuque et descends sur ses omoplates. Involontairement, mes doigts suivent le tracé d'une boursouflure, sans doute une cicatrice ancienne. Elle s'étend sur trois centimètres, tout au plus, sur lesquels je passe et repasse, comme si cet effleurement pouvait me donner les réponses aux questions que je me pose.

— Arrête.

Ses lèvres remontent vers ma bouche et ses yeux s'emparent à nouveau des miens.

— C'est juste une cicatrice, murmure-t-il.

— Elle ressemble à un coup de couteau.

Il garde le silence et attrape une serviette, qu'il déploie sur mes épaules avant de me frictionner.

Quand sera-t-il capable de me parler ? Les gens normaux n'ont pas ce genre de bas-reliefs sur la peau. Ils ne demandent pas qu'on les soigne en pleine nuit. Ils acceptent qu'on leur pose des questions.

— Tu trembles.

— J'ai froid.

Il me sèche avec plus d'attention, puis je l'aide à mon tour car il semble peiner ; la chaleur de la douche ne fait plus son effet et ses muscles refroidis le consument de douleur.

Oubliant mes doutes et mes interrogations, je frotte chaque parcelle de sa peau. Il étouffe quelques soupirs à l'approche de ses côtes.

— Tu devrais consulter un médecin, cette blessure n'est pas belle à voir.

Le bleu est aussi large qu'une main. Le dégradé de pourpre et de violet indique qu'une forte dose de sang s'est répandue hors de ses veines.

— Ça va passer.

— Tu as peut-être une côte cassée. Ou fêlée.

— Ou alors je n'ai rien.

— Tu as vu la taille de cette ecchymose ?

— Non, et, si ça ne me préoccupe pas, ça ne devrait pas non plus t'inquiéter.

Il dépose un baiser sur mon nez et se rhabille, manière tendre de mettre un terme à la discussion. Son sweat étant taché de sang, il ne porte qu'un jogging en coton gris, tandis que j'enfile mes affaires, jetées à la va-vite.

On retrouve ma chambre sur la pointe des pieds.

— Tu veux un autre médicament ? dis-je alors qu'il s'allonge difficilement sur le matelas.

Il refuse et attrape mon cou.

— J'ai juste besoin de toi.

— Je ne suis pas magicienne, Wade. Ni médecin…

Son bras m'empêche de bouger.

— Wade !

— J'ai juste besoin de toi, répète-t-il, un ton plus bas.

Je prends conscience de l'importance que j'ai pour lui. Je ne peux pas soigner ses blessures comme je le voudrais, mais sa respiration, qui se fait de plus en plus régulière, indique que ma présence le détend.

Il est exténué et sombre quelques minutes plus tard.

Je me blottis avec précaution contre lui et lutte contre la fatigue. Je tiens à le surveiller. Malheureusement, les événements d'aujourd'hui ont raison de moi.

La sensation de froid, au niveau de mes pieds, me réveille. En les frottant l'un contre l'autre, je réalise que je n'ai pas de chaussettes.

Je n'oublie *jamais* mes chaussettes.

La lumière du jour filtre à travers la fenêtre, agressant mes yeux entrouverts. Je m'enroule dans la couette en bâillant et tente de me rendormir, mais l'odeur de mon oreiller est comme un électrochoc.

Wade.

Je me lève d'un coup et constate qu'il n'est pas dans ma chambre. Des souvenirs me reviennent par vagues ; ses blessures, ma mère, la douche, les regards dans le miroir de la salle de bains, sa main calée sur ma nuque...

Il a dormi ici.

Il n'est plus là.

Pour m'en assurer, je fonce à la fenêtre. Son pick-up a disparu. Une pointe de déception me gagne, vite remplacée par une tornade de questionnements : quelle heure est-il ? Quand est-il parti ? A-t-il fait craquer les marches de l'escalier ? Mes parents l'ont-ils entendu ? L'ont-ils vu ? Pire, lui ont-ils parlé ? Vais-je me taper le plus gros sermon de l'histoire des sermons ?

J'enfile mes chaussons à la hâte et m'arrête devant mon bureau, où un post-it, collé sur mon iPod, attire mon attention. L'écriture est franche, penchée. Aux antipodes de la mienne.

J'ai laissé quelque chose dans ta table de chevet. Prends ton temps pour déchiffrer. C'est mon aveu du jour.

Perplexe, je contourne mon lit et ouvre le premier tiroir de la petite table. Un grand carnet noir, à la couverture rigide, trône au-dessus du bazar.

La première page est noircie par des tags, en version miniature. Le reste est du même acabit. Je comprends rapidement que c'est une sorte de cahier de brouillon, où il fait des essais de couleurs et de formes. Ce qui m'échappe, en revanche, c'est la raison pour laquelle il l'a laissé ici.

Je fais défiler les pages, fascinée par son trait, d'une précision effarante. Il a un don, c'est indéniable. N'importe quel hipster fortuné débourserait des fortunes pour avoir une de ses pièces dans son salon, ça ne fait aucun doute.

Je reconnais le même graffiti à de nombreuses reprises. Avec un peu de patience, je pense pouvoir déchiffrer l'entièreté du mot, que je suppose être son blaze.

Mon portable vibre à l'instant où je tourne une nouvelle page. Cette fois, c'est un « vrai » dessin. L'esquisse d'un visage. Je repose le carnet pour répondre.

— Je suis officiellement devenue un tonneau !

La voix dépitée de Terry me fait sourire.

— Imagine passer Noël avec une mère cuisinière, et tu auras une idée de l'état de mon corps, explique-t-elle. Je comptais aller courir au Golden Gate Park, je me suis dit que ce serait plus sympa à deux. Ça te tente ?

Sa proposition me surprend un peu : en tant que capitaine de l'équipe de softball, Terry a une douzaine de joueuses à sa disposition, capables d'endosser bien mieux que moi le rôle de la bonne copine sportive.

— Terry, au risque de te décevoir, j'aime autant le sport que toi Rudolph le renne.

— Allez, ça va être fun ! Il fait bien frais, en plus, c'est super bon pour l'élimination des toxines.

Est-ce vraiment un argument censé me motiver ? Je suis très bien avec mes toxines, je n'ai pas envie de m'en séparer.

— On pourra aller boire un thé, après, si tu veux.

Un sentiment étrange m'étreint soudain. Harper ne jurait que par le thé, avec une nette préférence pour celui à la mangue, même s'il lui donnait une mauvaise haleine.

C'est idiot, mais je ressens de la culpabilité à l'idée d'en boire avec Terry. J'aurais l'impression de trahir ma meilleure amie.

— Tu es toujours là ?

Je me frotte le cou, mal à l'aise.

— Je n'aime pas le thé, mens-je maladroitement.

— Un café, alors ? Mackenzie, je suis au bout de ma vie, il faut que je décompresse. Je suis prête à t'offrir une boutique Starbucks entière si ça peut te faire venir.

Sa détresse m'attendrit. J'ignore pour quelle raison ma présence lui importe à ce point, mais son insistance me touche. Il faut simplement que je refoule la boule désagréable qui a élu domicile dans ma gorge.

Personne ne remplacera Harper.

Elle est et restera éternellement dans mon cœur. Aller courir avec une autre fille ne veut pas dire que je l'oublie.

Je déglutis et me persuade que c'est la vérité.

— Je suis là dans une demi-heure.

Chapitre 19

Mackenzie

Terry est un robot.

Non.

Terry est un extraterrestre, à qui on a injecté un produit contre la fatigue et qu'on a envoyé sur Terre pour montrer à ces pauvres feignasses d'humains qu'ils devraient se bouger les fesses de temps en temps.

J'entre dans le café avec une sincère envie de rejoindre le comptoir en rampant. Le plus tragique, pour moi, c'est que les quarante-huit minutes de footing semblent au contraire avoir reboosté Terry.

Elle sourit encore plus que d'habitude et n'arrête pas de sautiller sur ses jambes musclées, comme si elle en redemandait. Face à elle, j'ai l'impression d'avoir quatre-vingt-treize ans.

— Tu me donnes la nausée.

Son sourire s'élargit et je découvre, consternée, qu'elle n'a même pas les joues rouges. Son visage est toujours aussi lisse et joyeux.

Son entrain me désole.

— C'est une habitude à prendre. On remettra ça demain.

— Jamais ! Même sous la torture, on ne me prendra plus jamais à faire un truc pareil !

Elle éclate de rire, pensant sûrement que je blague — ce n'est pas le cas. On commande les boissons, et je soupire d'aise lorsque mon arrière-train trouve enfin le réconfort d'une banquette molletonnée.

— Quand j'étais petite, je n'aimais pas le sport.

Elle dit cela comme si de rien n'était, avant d'ôter le couvercle de son gobelet pour déguster une gorgée de café.

— En fait, j'adorais cuisiner, comme ma mère. Je voulais tout faire comme elle. Dès que je rentrais de l'école, je sortais les livres de cuisine de la bibliothèque et j'essayais de reproduire une recette.

— Tu as arrêté ?

Elle acquiesce.

— Je me suis rendu compte qu'à travers la cuisine j'essayais d'avoir un lien avec elle. Mais c'était inutile : elle n'était jamais là. Et puis j'avais trop d'énergie pour me contenter de la découpe méticuleuse des oignons. Le seul moyen que j'ai trouvé pour me dépenser, ça a été de me mettre à fond dans un truc que je n'aimais pas.

— Le sport.

— Le sport, oui. Les gens croient que j'adore le softball, me voient comme une capitaine-née, mais, en vérité, je me sers de cette activité pour me défouler. Je n'ai aucune envie d'en faire mon métier, et je n'espère pas obtenir de bourse pour entrer dans une équipe universitaire.

Elle hausse les épaules et conclut :

— Je suis malheureusement bonne dans un domaine qui ne m'intéresse pas plus que ça.

J'avale une gorgée de mon cappuccino tout en l'observant, frappée par le contraste entre l'image qu'elle renvoie et ce qu'elle est réellement.

Elle cache bien son jeu.

— Pourquoi ne pas te lancer dans une activité qui te plaît, tout simplement ? Même si tu n'y excelles pas, au moins, tu y prendras du plaisir.

— Impossible, dit-elle en secouant la tête. Je fais partie de la joyeuse caste des perfectionnistes. Je ne supporte pas l'échec, je déteste ne pas obtenir ce que je désire.

— On est tous un peu comme ça.

Elle secoue à nouveau la tête.

— Je suis beaucoup plus obstinée que la plupart des gens, Mackenzie. Je pourrais me tirer une balle si je n'obtenais pas ce que je veux.

La force de ses paroles me choque un peu, mais j'ose une mimique compréhensive.

— Je suis bien placée pour le savoir : tu as réussi à me traîner dans un parc pour me faire cracher mes poumons.

Elle me jette un regard pétillant.

— Je suis monstrueuse !

— J'aurais dit tortionnaire.

J'essaie de chasser le mal-être qui m'assaille chaque fois que nous rions ensemble. Harper n'est jamais bien loin.

Je pense qu'elles se seraient bien entendues. Quelque part, ce n'est pas étonnant que j'apprécie Terry. Elle me fait penser à elle.

Elle repose son gobelet et penche la tête sur le côté, la moue curieuse.

— Je peux te poser une question ?

— Si elle n'est pas en rapport avec un futur footing, je t'écoute.

Elle cale le menton dans sa paume et me gratifie d'une moue énigmatique.

— Il se passe quoi, entre Wade et toi ?

La question est trop soudaine pour que je sache comment réagir.

— J'ai vu comment il te regardait, poursuit-elle. Dès que vous êtes l'un à côté de l'autre, il y a un truc qui circule dans l'air. Vous sortez ensemble ?

Je bloque, en toute sincérité.

Est-ce que nous sommes ensemble ? Je ne sais pas. Nous n'en avons jamais parlé. Je ne suis pas certaine que la notion de couple pourrait nous définir.

Oui, on s'est embrassés plusieurs fois. Oui, je me suis retrouvée nue avec lui. Oui, j'ai dormi avec lui. Mais notre relation me semble différente de celle d'un couple…

Je m'accroche à lui, je ressens le manque ou la dépendance, pourtant, rien ne cadre avec les schémas traditionnels.

Le seul mot qui jaillit dans ma tête quand je pense à lui, c'est « confiance ». C'est tout. Je pourrais mettre ma vie entre ses mains sans douter un instant qu'elle est en sécurité. Quand même, ça ne signifie pas qu'il est mon petit ami. Du moins, je crois.

Je ne sais pas comment expliquer ça à Terry.

— Non, on n'est pas ensemble.

Elle sourcille.

— Vraiment ? Vous n'êtes que des amis ?

Non plus. Enfin, je pense.

Elle me met dans l'embarras. Je suis incapable de définir ce qu'est Wade pour moi.

C'est une personne qui me comprend, parfois au-delà de l'entendement. Il anticipe mes réactions avec une justesse épatante. C'est un peu comme s'il me connaissait déjà, comme s'il portait en lui un morceau de moi. Et ce, avant même notre rencontre.

Je ne crois pas en la destinée, aux âmes sœurs, et aux théories selon lesquelles l'Homme mène une quête pour trouver sa moitié manquante. Mais, quand je pense à nous, il y a une part presque mystique qui me déroute.

— On reprendra cette discussion plus tard, dit-elle en jetant un œil derrière moi.

Elle agite son bras en l'air. Quand je vois à qui elle s'adresse, je dois me retenir de grogner.

Tate. Avec l'un des nageurs de l'équipe.

La journée avait pourtant bien commencé…

Ils prennent place à nos côtés, et mon corps se tend.

— Depuis quand tu traînes ici, Boulette ?

Je lui destine un regard assassin avant d'avaler une longue gorgée de cappuccino.

— La ville t'appartient ? Je dois sélectionner les endroits où je me rends ?

— Tu as l'air de bonne humeur, ça fait plaisir…

Je pivote à moitié pour lui faire face.

— Tu espères que je te fasse la conversation ? Tu veux que je te rappelle la dernière fois qu'on s'est parlé, ou ça ira ?

La soirée de Terry. On n'a pas échangé un mot depuis ma gifle manquée et l'intervention de Wade.

Mes doigts me chatouillent toujours, d'ailleurs. Il n'est pas exclu qu'une petite baffe impromptue termine sur sa joue, juste pour mon bonheur.

Terry et le copain de Tate nous observent l'un et l'autre avec le même étonnement. C'est elle qui intervient en premier.

— Tu es vraiment un emmerdeur, Tate !

Il écarquille les yeux, avec autant d'innocence qu'il peut y mettre — c'est-à-dire pas beaucoup.

— J'ai rien fait ! se défend-il, la bouche en cœur. Tu vois bien, Boulette m'agresse alors que je suis là depuis juste cinq secondes !

— Elle était très calme il y a six secondes, et je te connais, Tate, dit Terry avant de se tourner vers moi. Ne fais pas attention à lui, Mackenzie.

J'aurais bien voulu occulter Tate, mais, durant les quinze minutes qui suivent, il me l'interdit en monopolisant la discussion. Il évoque ses exploits sportifs, les championnats, et me sourit de temps en temps comme si nous étions deux vieux amis et qu'il ne détectait pas mes envies de meurtre à son encontre.

Quand on quitte le café, ma tête est sur le point d'exploser.

— Attends.

Il m'attrape le poignet et m'entraîne à l'écart. Par réflexe, je me dégage d'un mouvement brusque.

— Boulette, il faut que je te dise un truc.

Les autres n'ont rien remarqué ; occupés par leur conversation, ils avancent déjà sur le trottoir. Je prends une profonde inspiration et croise les bras sur le torse.

— Arrête avec ce surnom.

— C'est affectueux.

— Ça le serait si je m'entendais bien avec toi. Ce n'est pas le cas, alors ne m'appelle pas comme ça.

Il passe une main agacée dans ses cheveux. Je l'énerve autant qu'il m'insupporte ; nous avons enfin un point commun.

— Très bien, *Mackenzie*. Est-ce que je peux te parler deux secondes, s'il te plaît ?

— De quoi ? De tes exploits dans les bassins ? Ils ne m'intéressent pas. De ta manie de harceler ceux que tu crois plus faibles que toi ? On a déjà évoqué le sujet. De la haine que j'éprouve à ton égard ? Elle est évidente, alors autant nous épargner, à toi comme à moi, une discussion stérile.

Il soupire.

— Je voulais te présenter mes excuses.

— Tu m'en vois touchée !

Je me mets de nouveau en marche.

— Pardonne-moi pour ce que j'ai dit chez Terry. Je n'aurais pas dû te balancer ça.

Je fais pivoter ma nuque en arborant une expression démesurément glaciale. Bien que surprise par son aveu, je ne lui accorderai pas le moindre pardon.

— Tu as terminé ?

— Tu es braquée…

Je lève le menton sans un mot, effectivement aussi aimable qu'une porte de prison.

— À quoi tu t'attendais ? Ne prends pas les gens pour des imbéciles.

Je ne te crache pas à la figure quand je te vois parce que j'ai un minimum d'éducation. Tu pollues mon air, mais je continue de respirer. Ton comportement me désole, ta présence m'indispose, et tu peux te mettre tes excuses où je pense. Il te faut plus de détails ?

— Non, c'est assez clair.

— Bien.

Je m'élance pour rejoindre Terry, mais, buté, il trottine à mes côtés et reprend la parole.

— Pardon de t'avoir emmenée sur la plage. Si j'avais su, jamais je ne t'aurais embarquée près de l'eau.

Cette fois, il a réussi à capter mon attention.

Je lui fais de nouveau face, sourcils froncés. Comment serait-il au courant de mon rapport problématique à l'océan ? Je n'en ai parlé qu'à Camelia Davis, une seule fois, il y a des mois de ça. À moins que ma psy soit l'un de ses proches et bafoue le secret professionnel pendant les dîners de famille, Tate ne peut pas connaître un tel secret.

— Mon père est policier, explique-t-il. Il était en patrouille quand c'est arrivé. Il fait partie des officiers qui se sont rendus sur les lieux après l'accident…

Sa moue penaude me pétrifie.

— Tu sais ce qui s'est passé ? dis-je dans un filet de voix.

— Pas dans le détail. Mais j'ai appris que ça s'était déroulé pendant une soirée sur la plage, un peu comme chez Terry. Et qu'elle… que ta copine, elle s'est…

— … noyée.

Il n'a pas besoin de le confirmer. Je resserre machinalement les bras contre mon torse et dévie le regard vers la route.

— Que sais-tu d'autre ?

Il ne répond pas.

— Tu m'as traitée d'assassin, Tate. J'en déduis que tu as d'autres informations en ta possession.

— Je suis désolé, sincèrement. Tu m'as énervé, alors j'ai dit ça pour te blesser. C'était con de ma part.

Je plante mes yeux dans les siens.

— Oui, c'était *très* con de ta part. Tu es un con, Tate. Un bon gros con

Il ne relève pas, malgré l'acidité qui perce dans ma voix et la sincérité de mon injure.

— Tu n'es pas responsable de sa mort, Mackenzie.

Je secoue vivement la tête.

— Ma responsabilité ou ma culpabilité, ce sont mes problèmes. Ne t'immisce pas dans une histoire que tu ne connais pas.

Gêné, il rentre les mains dans les poches de son jean.

— Je n'en parlerai plus. Je tenais simplement à ce que tu entendes mes excuses. Je suis honnête, je suis désolé. On fait la paix ?

Je me raidis sur place.

— Tu as piqué ta réplique à un enfant de cinq ans ?

— J'essaie de me montrer sympa… Tu pourrais peut-être faire un effort aussi…

Malgré moi, j'apprécie la main qu'il me tend. Je n'ai pas l'intention de faire table rase du passé, mais au moins il tente d'apaiser les tensions. C'est déjà ça.

— Je ne t'aime pas.

— Je sais, oui. Mais je préfère que tu me détestes pour ce que je suis plutôt que pour ce que je t'ai dit.

C'est alors que je comprends que ses propos ont vraiment dépassé sa pensée. Son repentir est sincère.

J'ignore comment composer avec un Tate presque humain.

— On ne sera jamais amis.

— Ça veut dire que tu m'excuses ? dit-il avec un sourire ravi.

— Ça veut dire que je vais tolérer ta débilité.

— Et donc que tu vas arrêter de me regarder comme si tu allais me coller ton poing dans la figure ?

Il est observateur.

— Aucune promesse, éludé-je.

— Je considère ça comme une grande avancée.

Pourquoi cherche-t-il à se faire pardonner ainsi ? Je n'en ai aucune idée. Entre nous s'élève un mur à triple épaisseur, en titane.

Tate est de ces êtres rares qui réunissent tous les défauts que j'exècre. Même s'il ne m'avait jamais jeté des boulettes de papier à la tête, je le détesterais. Nous n'avons rien en commun. Il gravite dans un monde où les valeurs sont opposées aux miennes. J'aurais beau faire tous les efforts du monde, il est tout simplement impossible qu'on se lie, de quelque façon que ce soit.

On se dirige vers les autres. Vu la manière dont Terry nous observe, j'en conclus qu'elle est curieuse de connaître la teneur de notre conversation.

— Tate ?

Il me regarde avec attention.

— Les infos que tu as, garde-les pour toi. Ne dis rien. À personne.

— Ne t'inquiète pas, assure-t-il avec un sérieux désarmant. Ce n'est pas le genre de sujet qui vient sur le tapis.

Qu'il sache des choses à propos de Harper me dérange. Je ne lui fais pas confiance.

— Vous avez mis la querelle à plat ? dit-elle, souriante.

— On s'est juré une amitié éternelle ! clame-t-il en m'enlaçant les épaules.

J'ôte son bras massif d'un mouvement sec et l'insulte si fort en pensée que tout le monde doit m'entendre. D'ailleurs, tous se mettent à rire.

De retour à la maison, je m'empresse de rejoindre la salle de bains. Les bienfaits de l'eau chaude sur les muscles ankylosés sont fabuleux, mais je passe la durée de ma douche à fixer le carrelage ; des images de Wade et moi remontent puissamment à la surface.

À la télévision, dans les films, la nudité est banale, normale. Mais c'est une tout autre affaire quand il s'agit de notre propre corps.

Dans la douche, j'ai eu peur. Peur qu'il soit déçu. Peur que ma silhouette ne soit pas au niveau de ses attentes. Peur des comparaisons. Peur que mes complexes deviennent réalité.

Mais Wade est Wade.

Ses yeux n'ont jamais dévié des miens alors que j'étais à sa merci. Il m'a souri et, sûr de lui, m'a fait découvrir son propre corps. En m'autorisant à le toucher comme bon me semblait, il m'a fait comprendre que le physique n'avait aucune importance dans notre histoire.

Je pourrais être blonde, brune ou rousse. Androgyne ou pulpeuse. Féminine ou non, grande ou petite, ça ne changerait rien à notre lien. Son cœur m'apprécie au-delà de l'apparence.

Une fois propre, je me rends dans ma chambre et récupère mon téléphone.

Merci pour le carnet, j'essaierai d'y trouver ton aveu à l'intérieur. Tu vas mieux ? Aveu du jour : j'ai eu un bug dans ma douche. Pendant dix minutes.

Il me répond dans la minute.

Le carrelage est sympa à regarder, je comprends.

Je m'empare du cahier, à la page que j'ai délaissée tout à l'heure. Le croquis du visage me happe de nouveau.

La finesse de la mâchoire et la délicatesse des traits ne font aucun doute quant au sexe du modèle. C'est une fille. Une femme, même. Les rides d'expression, au coin de ses yeux, sont incroyablement réalistes. Je me demande ce que cette personne fait parmi les centaines d'esquisses de graffitis. Elle doit avoir de l'importance pour lui, j'imagine…

Elle revient de temps en temps dans les pages suivantes, et ça me trouble au plus haut point.

Il a dessiné cette femme de face, de profil et même de dos. Il a esquissé ses yeux, son sourire. Il la connaît par cœur.

Elle est belle. Pleine de charme. Je ne sais pas si elle est réellement attirante ou si la vision qu'il a d'elle magnifie ses traits. Toujours est-il qu'elle apparaît si régulièrement que j'en nourris un sentiment désagréable.

Combien de temps l'a-t-il regardée pour être capable de la détailler avec une telle précision ?

Dans les jours qui suivent, j'y pense souvent. Mais je ne lui en parle pas. Mes messages se limitent à des aveux aussi banals que l'incapacité chronique de ma mère à cuisiner ou les séances de footing que je subis chaque matin à cause de Terry.

Je passe le reste des vacances avec elle, et, à mon plus grand désarroi, Tate débarque immanquablement au moment du café.

Cela dit, je dois l'admettre, plus on se croise, moins il se montre détestable. Il a remplacé « Boulette » par mon prénom et je vois bien qu'il s'efforce de faire oublier sa bourde de la soirée, si bien que malgré son humour catastrophique je tente, moi aussi, de le tolérer.

Les barrières demeurent présentes. Je grogne à chacune de ses paroles et refuse son contact physique. Mais il se bat, jour après jour, et je finis par estimer que je perds trop d'énergie à le haïr.

Alors je me résigne à l'accepter.

Lentement mais sûrement, ma vie sociale reprend du poil de la bête. Au fond, je crois que ça me fait du bien.

Chapitre 20

Wade

Je suis coincé avec Jax.

Je suis coincée dans le bâtiment A.

— Tu m'écoutes ?

Je relève le nez de mon téléphone et présente à Jax mon regard vide

— Quoi ?

Il écarquille les yeux puis écarte les bras, l'air ahuri.

— Tu n'es pas sérieux, frère… Ma tête ! Regarde ma tête !

Je remarque alors qu'il a retiré le bonnet qu'il portait en arrivant sous le préau.

— Ah… Ouais, quand même.

Sa nouvelle coupe — si on peut la qualifier de la sorte — ne lui va pas. Du tout. Non pas que les crânes rasés soient inesthétiques, mais il a clairement perdu en crédibilité.

J'ai un mal fou à dissimuler mon sourire. Dana s'est surpassée.

— N'exagère pas, ce n'est pas si laid, grommelle-t-il en renfilant le bonnet. Les filles adorent les mecs dans le genre militaire. Ça masculinise, ça flatte le fantasme du gros dur.

— Tu essaies de te convaincre ?

Il me dévisage froidement.

— Évidemment, que j'essaie de me convaincre ! J'ai une tête d'œuf ! Je ne savais même pas que mon crâne formait une pointe pareille ! On a dû m'éjecter aux forceps à la naissance, ce n'est pas possible autrement Ma sœur ne s'en sortira pas indemne.

Je retrouve mon portable en me retenant de demander à Kenzie la raison de sa présence dans le bâtiment A ; d'habitude, à cette heure-ci, on se croise au troisième étage du B. Pourquoi est-elle partie à l'autre bout de l'établissement ?

Tu es où exactement ?

Les cours reprennent ce matin et je ne l'ai pas vue depuis plusieurs jours. Quel que soit l'endroit où elle se trouve, je veux l'avoir près de moi. Même pour une minute. Même pour une seconde.

— J'attends de trouver la vengeance adéquate, souffle Jax, en boucle sur son désastre capillaire. Malheureusement, je dois la laisser en vie, j'ai donc dû éliminer toutes les tortures moyenâgeuses qui pourraient conduire à sa disparition définitive.

— Tu pourrais lui demander d'arrêter, tout simplement.

— On parle de Dana, Wade. Ma petite sœur. Cette teigne minuscule qui a un caractère insupportable. Elle ne lâchera jamais l'affaire.

Je vais sortir. Si tu as fini de fumer, on se croisera peut-être dans la cour. ;)

Je jette le reste de ma cigarette. Un coup d'œil vers celle de Jax m'informe qu'il n'en est qu'à la moitié ; je l'attrape et la balance à son tour dans les airs.

Il plisse les yeux d'un air mauvais.

— Tu as décidé de me pourrir la journée avant même qu'elle débute ?

— C'est ta deuxième clope.

— C'est faux.

— Il y avait du tabac dans ton joint.

— C'est vrai.

D'un pas nonchalant, il se met alors en route vers l'entrée.

— Tu ne veux pas m'aider ? reprend-il.

— À quoi faire ?

— À me venger de Dana !

— C'est ta sœur, pas la mienne.

— Cette personne ne fait plus partie de ma famille, réfute-t-il. Tu pourrais lui flanquer les jetons ?

Un autre sourire point sur mes lèvres.

— Je sens que tu as déjà ton idée.

Il hoche vigoureusement la tête.

— Voilà le plan : je lui colle un sac sur la tête, tu la ligotes, on la jette dans ton pick-up et tu lui fais découvrir les joies de Tenderloin.

Mon sourire s'efface dans la seconde.

— Tu es vraiment en train de plaisanter là-dessus ?

Il comprend vite qu'il dépasse une limite.

— C'était moyen, je le reconnais. Désolé.

— Sois plutôt désolé pour ta sœur. Qu'elle soit casse-pieds, c'est un fait. Mais vous avez le même sang. Ne lui souhaite pas des choses que tu ne pourrais pas assumer.

Discrètement, il dévie vers mon œil presque guéri. Le coquard a eu le temps de dégonfler, mais une nuance verdâtre persiste au niveau de mes paupières.

Je déteste la pitié, parce que je ne suis pas une personne à plaindre ; Jax me connaît assez pour m'épargner ça, mais je sais à quoi il pense. Et ça ressemble bien à cette saloperie de pitié.

— Quand en finiras-tu avec tout ça ?

J'enfonce la casquette sur mon crâne et pousse la porte.

— Bientôt.

— Ça fait deux ans que tu me dis bientôt. Pourquoi tu ne préviens pas les flics ? Tu vis à l'intérieur, tu peux fournir les preuves dont ils ont besoin pour les envoyer à l'ombre. Si tout le monde se retrouve en taule, tu seras tranquille.

— Ça ne marche pas comme ça, Jax. Je suis impliqué, moi aussi. Même si Crown finit derrière les barreaux, il trouvera le moyen de retrouver la balance. Je veux m'en sortir, pas mourir.

Au lieu de grimper les escaliers, je prends le chemin qui mène à la cour extérieure. Jax est tellement perdu dans ses tergiversations qu'il ne remarque pas le changement de trajet.

— Tu prends trop de risques, Wade.

— Ne t'en fais pas pour moi.

— Et elle ? Tu y penses ?

Du menton, il désigne une silhouette dans laquelle je reconnais Kenzie.

Rien ne peut expliquer mon euphorie soudaine.

Elle est exactement la même que d'habitude. Vêtue de la même façon. Son physique n'a pas changé. Moi, si.

J'ai envie de l'attraper, de l'étouffer entre mes bras et de retrouver ce truc incompréhensible qui se passe quand nos bouches ne font plus qu'une.

— Elle n'est au courant de rien.

— Je me doute, oui. Mais comment crois-tu qu'elle réagirait s'il t'arrivait quelque chose ?

Je l'ignore. Je n'avais jamais vu les choses sous cet angle, mais, pour le moment, je laisse cette question de côté car la vision de Terry et de Tate attire mon attention.

J'ai eu vent des footings avec la joueuse de softball ainsi que de la présence du nageur, après leur séance. Ces informations ne m'enchantent pas, mais je me refuse à intervenir. Qui suis-je pour approuver ou critiquer ses fréquentations ? Pour distribuer les bons et les mauvais points ? C'est à elle de choisir ses amis, de prendre ses décisions, sans tenir compte de mes réticences. Alors je me tais, et reste en retrait. Je ne m'en mêlerai que si, de quelque façon que ce soit, Terry trahit la confiance que lui offre Kenzie. Bon, et, pour ce qui est de Tate, c'est plus clair : j'ai simplement envie de lui arracher la tête.

— Je l'aime bien, tu sais.

Je me tourne vers Jax, qui la regarde également, un sourire fraternel vissé sur les lèvres.

— Vous vous ressemblez, ajoute-t-il. Un peu cabossés, chacun à votre manière. Il faut croire que je me prends d'amitié pour les âmes abîmées. Elle n'est pas comme les autres, tu sens qu'elle trimballe un poids avec ou malgré lequel elle s'efforce d'avancer. Comme toi. Tu veux bien admettre qu'elle te plaît ?

— Je n'ai jamais dit le contraire.

— Tu veux bien admettre que vous vous roulez des pelles dans la cage d'escalier du bâtiment B depuis des semaines ?

— Ce ne sont pas tes affaires.

— Ça veut dire oui.

Pendant que Jax continue à extrapoler, je tique sur la désinvolture de Tate. Si j'en crois les nombreuses paroles qu'il échange avec elle, ils se sont rapprochés. J'apprécie moyennement les œillades qu'il lui lance.

— Tu veux bien admettre que tu es jaloux ?

Jax croise les bras sur son torse, mi-amusé, mi-surpris par le spectacle. Je serre la mâchoire et garde le silence.

Je sais très bien qu'elle lui plaît, mais ça ne m'avait jamais autant insupporté qu'aujourd'hui.

À force, Tate finit par sentir ma présence. Je dois être plus expressif que d'ordinaire, à en croire son air d'imbécile heureux. Sa mine réjouie m'est difficilement tolérable.

Je reste stoïque lorsqu'il lui murmure quelque chose à l'oreille, la main plaquée au creux de ses reins, mais je conserve cette image en tête. Elle me servira plus tard, quand j'aurai épuisé ma réserve de patience et qu'une dose de carburant me sera nécessaire pour déclencher ma colère.

— Tu te sens capable de les rejoindre sans provoquer un bain de sang ?

— Je mange toujours le plat quand il est froid.

— C'est bien ce qui m'inquiète.

Sans grande surprise, Tate m'accueille avec un enthousiasme exagéré.

— Wade ! Ça fait plaisir de te voir ! Tu as l'air en forme.

Il m'empoigne l'épaule et la secoue, en prenant soin d'enfoncer ses doigts au niveau de l'articulation. Il arrive à balancer un flux d'adrénaline dans mes veines, ce con.

Je modifie tous mes mécanismes habituels afin de lui offrir l'exact et même sourire. Un peu de camaraderie n'a jamais fait de mal.

La tape amicale que je claque dans son dos laisse chaque membre du groupe pantois.

— Pas autant que toi, réponds-je.

— Les entraînements me donnent de l'énergie.

— Ne le lance pas sur ce terrain-là, intervient Terry, lassée d'avance. Il va te tenir la jambe et t'expliquer de A à Z pourquoi les Black Dolphins iront jusqu'aux championnats d'État.

— Pas besoin de détails : je suis dans l'équipe, c'est une raison suffisante. Il ne me manque pas grand-chose pour être totalement imbattable.

Il me lance un regard lourd de sens que je connais trop bien : c'est celui qu'emploient les sportifs de ce lycée quand ils ont quelque chose à me demander.

— Sinon, tu es OK, Mackenzie ?

Elle lève les yeux au ciel et rajuste l'anse de son sac sur son épaule.

— Pour la deuxième fois, c'est non. Je suis désolée, Tate, mais j'ai décidé d'arrêter la torture. Je n'irai donc pas te voir faire des longueurs dans une salle qui empeste le chlore.

J'en déduis qu'il lui a proposé d'assister à l'un de ses entraînements. Mon flegme commence sérieusement à s'effriter.

— Tant pis, je me contenterai de notre café matinal. D'ailleurs, il faudrait que tu viennes, un de ces quatre, Wade. On passe de bons moments, tous ensemble.

— J'y penserai.

La sonnerie disperse rapidement les élèves. Jax s'éloigne le premier, tandis que Kenzie échange quelques mots avec Terry. Leur attention étant accaparée ailleurs, Tate et moi cessons de jouer la comédie.

Débordant d'assurance, il m'examine froidement, la mâchoire contractée. Je fais de même.

Il émane de lui une colère contenue, comme s'il était constamment à deux doigts de perdre les pédales. Aujourd'hui, j'en suis la cible, mais je suis persuadé que d'autres en ont fait les frais dans le passé.

Il ne mérite pas mon intérêt. Sauf qu'il tourne un peu trop autour de Kenzie.

Terry partie, elle nous rejoint. Elle m'effleure le bras et se met sur la pointe des pieds, son souffle dans le creux de mon oreille.

— Je n'ai pas le temps pour ce que tu sais, ce matin. Mais j'en ai très envie.

Je lâche Tate et plonge dans ses iris chocolat ; son air malicieux me détend instantanément.

— Ne rentre pas dans son jeu, chuchote-t-elle. Ça ne sert à rien de perdre ton temps avec lui, ce n'est même pas mon ami.

— Je ne suis pas certain qu'il soit au courant.

Elle recule légèrement et je peux voir ses lèvres, relevées en un doux sourire.

— Je pensais que je serais la première à être jalouse.

Je ne la contredis pas. D'abord parce qu'elle a raison, je suis jaloux, mais surtout parce que ses doigts maintiennent toujours mon avant-bras, et que je veux profiter de ce simple contact le plus longtemps possible.

Elle se rapproche à nouveau de mon oreille. Son parfum pénètre dans mes narines et j'oublie les ondes négatives, comme si ces effluves sucrés avaient le pouvoir d'améliorer mon humeur. D'ailleurs, c'est un peu le cas.

— Tu ne le feras pas, parce que tu n'es pas comme ça… Mais, si, ici et maintenant, tu m'embrassais, je répondrais à ton baiser.

Sa bouche me frôle, déclenchant brutalement mon désir. Je suis incapable de ne pas sourire. Rien à faire qu'on me voie, qu'on puisse lire sur mon visage ce que je ressens à cet instant précis. Face à elle, mes barrières s'effondrent.

— Qui te dit que je ne suis pas comme ça ?

— Tu me respectes trop pour me considérer comme ta chose. Mais je suis sérieuse. Si, dans un moment d'égarement, tu veux que Tate comprenne que je suis à toi, je ne te repousserai pas. C'est mon aveu du jour.

Sur ce, elle fait un pas en arrière et attend ma réaction.

Elle est perspicace. Jamais je n'agirai comme un animal avec elle. Il n'y a pas de marquage de territoire qui tienne. Je n'ai aucune envie de la forcer à subir l'imbécillité du mâle possessif en manque de confiance en lui.

Alors non, je ne l'embrasserai pas devant Tate. Du moins, pas pour prouver quoi que ce soit. Ces instants d'intimité me tiennent trop à cœur pour les gâcher de cette façon.

— Je rêve d'une cage d'escalier, ici et maintenant.

Elle acquiesce d'un air entendu, comme si elle avait anticipé ma réponse.

— C'est plus concis que mon aveu, mais on est sur la même longueur d'onde. Bonne journée, Noliar.

Elle me dépasse et j'ai un mal fou à rester de marbre ; manifestement, elle s'est penchée sur mon *blackbook*.

J'ai laissé mon carnet chez elle dans un but bien précis. Je souhaitais qu'elle ait accès à mes dessins, à ce que j'exprime autrement qu'avec la parole. Je ne peux pas être plus honnête qu'au travers de ces pages noircies.

Elle y a vraisemblablement découvert mon blaze, mais je me demande si elle a prêté attention au reste.

Dans ce cahier, il y a des bribes de mon histoire. Tout ce que je garde secret. J'y ai tracé des souvenirs, des moments du passé qui n'appartiennent qu'à moi. Je n'ai jamais partagé mes croquis, pas même avec Jax.

— Niveau dépendance, tu en es où ?

Tate me lance un regard narquois, tandis que Kenzie pénètre dans le bâtiment.

— Ne prends pas les choses pour acquises, Wade.

« Les choses ». Ce mec a toute une éducation à revoir.

— Tu es conscient de ce que tu es en train de faire ? demandé-je en sortant une cigarette de mon paquet.

— Avec Mackenzie ? Je noue des liens, j'apprends à la connaître. Au passage, je sais pas mal de trucs à son sujet. Elle est plutôt bavarde, dans l'intimité.

Je souris en coin, tout en plaçant la clope derrière mon oreille. Il aime ça. Je sens l'excitation qui émane de chacun de ses pores.

Il attend le dérapage. Ça me conforte dans ma décision de rester calme.

— Je ne te parle pas d'elle, Tate.

— Tu vas recommencer à me menacer ? Mon pote, tu es incapable de passer à l'action. Tu m'as déjà demandé de ne plus te regarder dans les yeux, et tu vois le résultat.

Il colle quasiment son front contre le mien, la visière de ma casquette formant l'unique barrage entre nous.

— Tu es un morveux, Wade. Juste bon à nous servir quand on te l'ordonne. Tu n'intéresses personne, sauf quand on a besoin de ta marchandise. Mackenzie s'en rendra compte. Je lui ferai ouvrir les yeux, sois-en certain.

— Tu es raide d'elle.

— Je veux me la faire, ouais.

J'incline la tête sur le côté, amusé.

— Non. Tu la veux. Tout court. Je t'insupporte parce que je te bloque le chemin. Le truc que tu n'as pas encore compris, c'est que, même si je n'étais pas là, tu n'aurais aucune chance.

— Ne t'inquiète pas pour moi, je sais très bien ce que je fais.

Il me gratifie d'un clin d'œil et fait un pas en arrière.

— Occupe-toi plutôt de me ramener ce que je veux. Après-demain. Prends-en assez pour que je n'aie plus besoin de me fournir jusqu'à la fin de l'année. C'est la première et dernière fois que je te filerai ma thune. Sers-t'en pour t'acheter de nouvelles fringues, ça ne te fera pas de mal.

Un vif éclat passe dans ses yeux. Ce simple détail en révèle plus que la plus franche des paroles : il vient de m'informer de ses plans.

Il ne sait pas ce qu'il est en train de faire.

Chapitre 21

Mackenzie

Je déteste me réveiller en retard.

Pour ma défense, mon portable n'a *vraiment* pas sonné : j'ai épuisé la batterie en utilisant la lumière pour décortiquer le carnet de Wade.

Je suis persuadée qu'il me l'a laissé pour une bonne raison, mais je n'arrive pas à savoir laquelle. Je n'y ai toujours pas décelé son « aveu ». Les seuls détails qui m'ont interpellée sont ceux en rapport avec la femme mystérieuse…

Elle est extrêmement expressive. Plus que la normale. Ses sourires sont plus francs, ses yeux pétillent avec plus d'intensité… À de nombreuses reprises, Wade a dessiné ses mains, dans différents mouvements qui me paraissent correspondre à des signes. Je suppose qu'elle a un rapport avec l'apprentissage de cette langue, mais je ne peux aller au-delà de cette hypothèse ; il n'y a ni prénom ni indice. Rien qui puisse me guider sur cette piste.

Bref. J'ai passé la nuit à tenter de percer ses secrets. Résultat ? Pas de sonnerie de réveil. Mon horloge interne ne fonctionnant pas, j'ai été tirée du lit par ma mère et je suis arrivée à 8 h 25 au lycée.

Il est actuellement 8 h 26, et l'attroupement qui s'est formé devant les portes m'empêche de me rendre en cours.

J'ai beau me mettre sur la pointe des pieds, je ne vois pas ce qui bloque les élèves.

— C'est une réunion de gens à la bourre ?

La voix de Jax résonne dans mes tympans. Je le retrouve juste derrière moi, les joues décorées de plaques rouges. Il a dû sprinter pour arriver jusqu'ici.

— Il se passe quoi ?

Je hausse les épaules en scrutant la foule.

— Je n'en ai pas la moindre idée, je viens d'arriver. Tu as aussi manqué ton réveil ?

Il grogne et fait non de la tête, tout en frottant le bonnet qui recouvre son crâne. Je remarque alors la différence — notable — avec celui qu'il arbore d'ordinaire.

— Jax…

Je me mords les lèvres pour ne pas exploser de rire.

— Ne dis rien. Je t'adore, Mackenzie, mais je suis parfaitement capable de te pourrir la vie si tu oses émettre une seule critique.

Je lève les mains en signe de paix.

— Je peux quand même savoir pourquoi tu portes un bonnet à l'effigie de la Reine des neiges ?

— À ton avis ?

— Dana ?

Il confirme en grognant de plus belle.

— Cette petite emmerdeuse a caché tous les bonnets et les casquettes de la maison. Il n'y avait que cette chose immonde, posée à côté du lavabo de la salle de bains. J'étais en retard. Je n'ai pas eu le choix. On n'en parle plus. Merci.

J'aimerais vraiment rencontrer sa petite sœur. Elle est dotée d'une imagination qui force l'admiration.

Je souris largement et cogne mon épaule contre son bras.

— Tu pourrais peut-être assumer ta coiffure, non ?

— Personne n'assume d'avoir une tête de gland, Mackenzie.

— Ce n'est pas si moche, arrête !

Je suis honnête. Il m'a montré le « désastre » avant-hier, et ça ne m'a pas choquée. Il est plus avantagé avec ses mèches brunes, c'est vrai, mais le crâne rasé n'enlève rien à son charme naturel.

— Tu me feras des leçons quand tu finiras, toi aussi, avec trois poils sur le caillou. Pourquoi ça n'avance pas ?

Comme moi précédemment, il étire la nuque et cherche la cause de notre arrêt sur place.

— Il paraît que la police est à l'intérieur, lance le garçon devant nous.

Jax fronce les sourcils.

— Qu'est-ce que les flics foutraient à la MHS ?

— J'en sais rien, mec. Je répète ce que les gens disent.

Quand je vois l'air sérieux de Jax, mon envie de rire s'évapore.

Impossible d'oublier la manière dont il occupe son temps libre. L'art urbain est vandale, c'est une activité capable de rameuter la police.

— Tu crois que c'est en rapport avec…

Je ne termine pas ma phrase, je vois qu'il m'a comprise.

— Non. Ils doivent te prendre sur le fait pour avoir une preuve valable. Ça ne peut pas être ça.

Ses mots ne me soulagent qu'à moitié. Il a réellement l'air préoccupé.

— Suis-moi.

Il s'enfonce dans la masse humaine. Je prends alors sur moi pour marcher dans son sillon.

Je vais mieux. De mieux en mieux. Mais la proximité avec tous ces corps reste une épreuve à surmonter. Heureusement, Jax jouit d'une certaine popularité ; les gens le laissent passer en émettant de faibles grognements, quand d'autres prennent le temps de charrier son nouvel accessoire de mode.

J'ai entendu huit blagues sur son bonnet, auxquelles il n'a pas répondu, quand nous parvenons à l'avant du groupe.

Deux policiers forment un barrage près des portes. Le premier effectue une fouille au corps, tandis que le second trie de façon drastique les élèves qui passent devant lui. Curieusement, les filles ne sont pas inquiétées. Elles entrent dans l'enceinte sans être arrêtées, alors que tous les garçons sont mis de côté.

— Putain de merde.

Jax a un mouvement de recul puis enfonce discrètement la main dans la poche de son blouson. Son visage pâlit.

— Donne-le-moi.

Il me jette un coup d'œil sceptique.

— Tu sens la même odeur tous les matins, dis-je dans un chuchotement. Tu es arrivé en retard, j'en déduis que tu n'as pas eu le temps de fumer. Passe-moi ton truc.

— C'est mort. Wade me tuera s'il t'arrive quelque chose par ma faute.

— Jax, grouille.

— Cherche pas, c'est non.

Je me plaque contre son flanc et plonge la main dans son blouson. Mes doigts se battent contre les siens afin de récupérer le joint.

— Mackenzie, bon sang…

— Ils laissent passer les filles, regarde !

De nouveau, une blonde entre paisiblement dans le bâtiment.

— Je m'en fiche. Wade me…

Je tords son index, ce qui le fait taire avec une grimace. J'attrape ensuite son majeur, ou n'importe quel bout de doigt qui passe à ma portée, et serre les dents d'un air sadique.

— Tu t'entendrais bien avec Dana…

— Dépêche-toi.

Il relâche enfin la pression. Je m'empare alors de la cigarette roulée et vérifie qu'on ne me regarde pas pour la sortir de sa poche.

— Pas dans ta veste… Wade va me défoncer…

Il se frotte le menton et soupire, avant de poursuivre.

— Fourre mon truc dans ta culotte. Ou ton shorty. Ou ton string. Bordel, j'espère que tu ne portes pas de string… Enfin, tu fais ce que tu veux… mets-le entre tes jambes, quoi. Ce sont des hommes : si tu leur dis que tu ne veux pas être fouillée, ils ne pourront rien faire.

Son malaise m'amuse beaucoup. Je m'exécute, avec autant de précautions que possible, et manque d'éclater de rire quand je le vois détourner le regard.

Pour quelqu'un qui se fait surnommer Tibbar, il me paraît bien prude.

— Je ne veux plus jamais entendre parler de ce joint, Mackenzie. Si Wade te pose des questions, dis-lui bien que je n'ai jamais voulu le fumer.

Il a au moins le mérite de me détendre.

L'un des policiers lève un doigt pour me demander de le rejoindre. Je me compose un visage aussi serein que possible, tout en étant persuadée d'avoir une magnifique tête de coupable.

Je me sens rougir sous son regard scrutateur. Je n'ai rien fait de mal, mais j'ai un bout de culpabilité coincé dans mon shorty. Ne sachant pas mentir, je crains qu'il ne décèle le pot aux roses.

— Attendez.

Je me force à ne pas déglutir, le cœur déjà prêt à faire une embardée.

— Votre sac.

Je l'ouvre et le lui tends.

C'est avec une lenteur insupportable qu'il fouine, tripote mes cahiers, et s'enfonce dans les recoins, jusqu'à toucher à des objets plutôt personnels, comme des papiers de confiseries ou mes tampons.

Je ne respire plus. Je sens le regard de Jax dans mon dos ; son anxiété est encore plus perceptible que la mienne. C'est dire.

— Allez-y.

Je suis priée de dégager d'un mouvement bref de la main. Je n'ai jamais autant apprécié d'être considérée comme une moins-que-rien.

L'anse de mon sac plaquée contre ma poitrine, j'attends que Jax passe à son tour le portique de sécurité ; contrairement à moi, il subit une palpation. L'homme le tâte depuis la tête jusqu'aux pieds, et ne s'encombre pas de manières pour appuyer au niveau de son entrejambe.

— C'est gênant, souligne-t-il.

Le policier relève la tête sans montrer la moindre émotion.

— Pas autant que votre bonnet.

Seigneur…

— La mode est quelque chose qui s'assume, monsieur l'agent.

— Taisez-vous.

— Vous avez de la chance de porter un uniforme.

— Vous me menacez ?

— Vous êtes susceptible.

— Vous vous moquez ?

Jax laisse rapidement tomber, sentant qu'il n'est pas en position de force. Il me rejoint en poussant un profond soupir.

— Je déteste Dana.

D'un pas synchrone, nous traversons le rez-de-chaussée et nous dirigeons vers le troisième étage. Des bruits sourds nous accompagnent sur le trajet ; les élèves cancanent, parlent à voix basse et émettent diverses hypothèses sur la présence des forces de l'ordre dans notre petit monde.

En atteignant mon couloir, je m'immobilise.

— C'est quoi, ce bordel ?

Jax s'arrête à mon niveau, ahuri.

Un seul casier a été ouvert. On dirait qu'un ouragan est passé, détruisant le cadenas, tordant la porte métallique et envoyant balader tout ce qu'il contenait.

Je reste pantoise face au spectacle des affaires de Wade éparpillées au sol.

C'est après lui qu'en a la police ? Je cherche la réponse dans les yeux de Jax, mais il ne m'offre rien d'autre que son silence.

— Tu as une explication ?

Il ne répond pas.

— Jax ?

— Je suis aussi perdu que toi.

Il ne l'est pas. Son inquiétude ternit les traits perpétuellement joyeux de son visage.

— Ils ont sorti les grands moyens !

Tate, aussi pédant qu'à son habitude, s'arrête à nos côtés. Il observe la scène avec une stupeur non dissimulée.

— C'est le casier de Wade, non ?

— Tu le sais déjà, tu traînes ici tous les jours, dit Jax d'une voix faiblarde.

— Je ne prête pas plus d'attention que ça à l'emplacement du casier de tes amis. J'ai vu des clebs, j'espère que tu as caché ton herbe.

Jax le dévisage une longue seconde, durant laquelle je le vois traverser une foule d'émotions ; perplexité, dégoût, colère…

De mon côté, je commence à me réveiller.

S'ils ont mis des chiens sur le coup, c'est inévitablement dans le but de trouver des produits illicites. Ça m'étonnerait qu'il s'agisse de bombes de peinture.

La police cherche de la drogue.

Dans les affaires de Wade.

— Tu devrais jeter ce que tu as sur toi, me lance Jax.

— Tu as de la came sur toi ? s'étonne Tate. Tu fumes ?

— Laisse-la tranquille.

Comme moi, Tate s'étonne de sa froideur.

— Détends-toi, frère, je lui ai juste posé une question.

— Et tu vas faire quoi après avoir obtenu sa réponse ? La balancer ?

— OK… Tu as mal dormi cette nuit ? C'est la Reine des neiges qui te met sur les nerfs ?

Jax siffle entre ses dents.

— Tu ferais mieux de ne pas la ramener. Je suis beaucoup moins patient que Wade.

— Je ne te suis pas…

— Me cherche pas, Tate.

J'attrape le bras de Jax pour capter son attention.

Ses muscles sont bandés, je ressens leur dureté sous mes doigts.

— Calme-toi, exigé-je.

— Je suis calme.

— Non, tu ne l'es pas. Ça ne sert à rien de t'énerver.

— Crois-moi, j'ai des raisons d'être énervé. Tu as eu des nouvelles de Wade, ce matin ?

Le casier saccagé revient dans mon champ de vision, et j'oublie la tension entre les deux garçons. Je relâche Jax pour extirper le téléphone de mon sac.

Il n'y a pas le moindre message. Wade ne m'a pas envoyé son aveu journalier, à 7 heures et 50 minutes.

Je tente de ne pas faire de plans sur la comète. Peut-être qu'il est en retard. Ou bien il est déjà en cours… s'ils n'ont pas été suspendus. Ou alors il m'a simplement sortie de sa tête. Il peut y avoir mille et une raisons à ce silence.

— Pas de nouvelles, non.

— C'est normal, il est dans le bureau de la directrice, intervient Tate.

— Tu l'as vu ? demandé-je.

Il acquiesce.

— On est arrivés quasiment en même temps. La dirlo était là, à la fouille. Il a été embarqué par elle et deux flics, juste après qu'il a dû vider ses poches.

Je range mon portable à la hâte en le foudroyant du regard.

— Tu ne pouvais pas le dire plus tôt ?!

— Je ne vois pas en quoi l'info est…

Je n'écoute pas la fin de sa phrase car je fonce déjà vers les escaliers.

La dernière fois que je me suis rendue dans le bureau de Mme Johnson, c'était pour ma demande de réinscription tardive. La fois d'avant, pour lui signifier que j'arrêtais temporairement mon année. Autant dire que, dans un cas comme dans l'autre, je n'en garde pas de très bons souvenirs.

— Mackenzie !

Jax me rejoint en trottant.

— Tu vas où, là ?

— Je vais voir la directrice.

— Pour quoi faire ?

— Pour lui dire qu'ils se sont trompés à propos de Wade.

— Tu ne sais même pas de quoi il est accusé…

— La police s'est déplacée avec des chiens, je me doute qu'ils ne font pas ça pour arrêter un ado qui fume occasionnellement du cannabis.

— Wade n'en fume pratiquement jamais.

— Je le sais, raison de plus pour faire comprendre à Johnson qu'il y a une méprise.

J'accélère le pas et bouscule quelques corps au passage, avant d'être interceptée par Jax.

— Là, c'est toi qui devrais te calmer. Ne stresse pas comme ça.

— Je ne suis pas stressée.

Il sourit doucement.

— Ça me touche que tu t'inquiètes autant pour mon pote, mais tu ne peux rien faire.

Je cesse de marcher et constate que mon rythme cardiaque s'est accéléré.

— Wade est toujours là pour moi, Jax. Tout le temps. Je veux qu'il sache que la réciproque est vraie.

— Encore une fois, ça me fait plaisir, mais tu comptes vraiment débouler comme une furie dans le bureau de la directrice pour clamer son innocence ? Il aura l'air plus coupable qu'autre chose si tu fais ça.

Il n'a pas tort. Je m'angoisse trop vite, mais l'idée de le savoir avec la police m'affole.

— Et s'ils lui posent des questions ? Et s'ils découvrent que c'est un graffeur ? Les graffeurs sont arrêtés, non ? Taguer est un acte illégal, ils pourraient très bien l'envoyer au poste pour l'interroger. Vous dessinez sur des trains, sur des bâtiments qui appartiennent à la ville, on peut vous tomber dessus.

Il me prend par les épaules et plante ses yeux verts d'eau dans les miens. Je n'avais jamais remarqué leur couleur, bien en deçà de celle — de *celles* — de Wade, mais qui reste tout de même jolie.

— Les tagueurs finissent rarement en prison, alors respire. Et ton petit ami est quelqu'un de discret. Il protège ses arrières.

— Wade n'est pas mon petit ami.

— Tu réagis comme si c'était le cas.

— Parce que je n'ai pas envie qu'il lui arrive quelque chose !

— Parce que tu as des sentiments pour lui, rectifie-t-il. Votre relation est évidente pour tout le monde. Alors prends une bonne inspiration, oublie cette idée stupide d'insulter Johnson, et on va attendre ton petit ami dans le couloir.

— Wade n'est pas… tu me fais les gros yeux ou je rêve ?

Il rigole et pointe le couloir de l'index.

— Tais-toi et sois patiente. Il ne lui arrivera rien.

J'obtempère malgré moi.

Qu'il l'admette ou non, Jax est inquiet pour son ami. Son manque de flegme le trahit. Ça me fait l'apprécier encore plus, tout en intensifiant ma propre inquiétude.

Chapitre 22

Mackenzie

Pendant un temps interminable, je ne cille plus. Mes yeux sont braqués sur la vieille porte en bois blanchi, dont la surface, couverte de marques de coups et de griffes, abîmée par l'usure du temps, n'a plus de secrets pour moi. Je crois même savoir précisément où je devrais porter un coup de pied pour la faire sortir de ses gonds.

— Ça commence à faire long…

— Mackenzie, la ferme.

Je m'adosse de nouveau contre le mur, sous le énième soupir de Jax.

Mon impatience le fait monter en pression. Son « ne t'inquiète pas, tout va bien se passer » s'est métamorphosé en diverses manières de m'ordonner de la boucler.

Je ronge mon frein et me mords l'intérieur des joues pendant d'autres interminables minutes. J'ai l'impression que la journée entière est passée quand, enfin, je perçois du mouvement.

Jax et moi nous redressons à l'unisson. La porte s'ouvre sur un corps adulte, vêtu d'un costume sombre. La dureté du regard me percute instantanément ; cet homme ressemble aux types qui jouent des agents de la CIA dans les films à gros budget. Avec des lunettes noires, on pourrait presque le confondre avec l'un des Men in Black.

Il ne nous accorde pas une seconde de son temps, mais son aura, pleine de prestance et de puissance, se diffuse désagréablement dans l'atmosphère.

— Ils ont fait appel à des membres de la garde rapprochée du président ou quoi ?

Ma tentative d'humour tombe totalement à plat. Jax observe l'homme avec l'animosité d'un lion enfermé depuis trop longtemps dans une cage

— Il s'appelle Richard Nelson.

— Je suis supposée le connaître ?

L'homme s'éloigne d'un pas martial, comme s'il tenait le monde dans le creux de sa main. Ou les codes nucléaires. Ou le moyen de nous exterminer

— C'est le père de Tate.

J'accuse le choc.

— Quoi ?

— Richard Nelson est le père de Tate.

— J'ai bien compris, Jax.

Je me rappelle les paroles de Tate à son sujet. L'homme qui vient de passer devant moi était donc présent sur la plage, ce soir-là.

Je n'en ai aucun souvenir… En même temps, je n'étais plus en état de réfléchir.

— Cet enculé me le paiera. Putain, Tate me le paiera !

Je m'étonne du soudain accès de haine de Jax à l'égard de Tate, mais l'arrivée d'autres silhouettes m'empêche de lui demander des explications.

La bonhomie de Mme Johnson tranche avec la raideur des deux policiers en uniforme. À côté d'eux, on la prendrait pour une vraie mère poule. Aujourd'hui, cependant, elle affiche un air grave que je ne lui connaissais pas.

— Monsieur Cole ? Mademoiselle Rowe ? Vous devriez être en cours, à l'heure qu'il est.

— Je ne vous avais pas vue depuis longtemps, vous me manquiez.

Elle marque un bref temps d'arrêt face à la désinvolture de Jax.

— Vous êtes bien aimable, mais inutile de me brosser dans le sens du poil. Vous n'obtiendrez pas votre diplôme grâce à des compliments, mais à la sueur de votre front.

— Je peux toujours essayer. Qui ne tente rien n'a rien, comme on dit.

Elle lève une main, l'intimant de se taire.

— Pas aujourd'hui, Jaxton. À moins que vous ayez une raison valable d'envahir ce couloir, faites-moi le plaisir de disparaître de ma vue.

J'aurais voulu lui obéir, mais l'apparition de Wade coupe court à mes velléités de respecter les règles.

Avec un flegme désarmant, il dépasse la directrice et enfonce sa casquette sur son crâne. On dirait qu'il vient d'acheter une canette au distributeur, et pas de subir un interrogatoire de police. Son je-m'en-foutisme me déconcertera toujours.

Son regard bicolore rencontre le mien.

Je suis morte d'inquiétude et soulagée à la fois. Il est là, devant moi. Il va bien. C'est tout ce que je souhaite : que Wade aille bien.

Malgré tout, une pulsion me tiraille les entrailles ; je n'ai qu'une envie, lui sauter au cou. L'embrasser. Sentir sa présence. La fraîcheur de ses doigts contre ma peau.

Mon désir de le retrouver est si intense qu'il en devient indécent.

— Wade.

Il interrompt notre connexion pour se concentrer sur la directrice.

— Même si je n'aime pas ça, en tant que directrice, je me dois de tenir compte des rumeurs colportées dans mon établissement. Je vous laisse partir, mais ça ne signifie pas que vous êtes lavé de tout soupçon. Évitez de faire un pas de travers, ça vaudra mieux pour vous.

Il acquiesce brièvement et attend qu'elle détourne le regard la première. C'est un tic particulièrement tenace chez lui : conserver un contact visuel intransigeant jusqu'à ce que la partie adverse capitule.

J'y ai eu droit, dans le passé, mais je ne pensais pas qu'il agissait de la même façon avec l'autorité.

— Allez-vous-en, maintenant. Tous les trois, précise-t-elle.

On ne se fait pas prier. Jax accapare Wade dès que nous atteignons le bout du couloir.

— Je dois craindre quelque chose ou je peux souffler ?

Il lui jette un de ses rares sourires.

— C'est un matin comme les autres.

— Au minuscule détail près que la police de San Francisco a envahi notre lycée, oui.

Il sort une cigarette et prend les escaliers, la moue pleinement détendue.

— Ce ne sont que des rumeurs. Joli bonnet.

Jax n'apprécie pas le trait d'humour de son ami, mais il ne dit rien.

— Vous faisiez quoi, devant le bureau de la directrice ?

— Moi ? Rien, dit Jax, en s'autodésignant. Je me contrefous de ta vie. J'ai juste accompagné une fille qui était prête à faire une connerie pour tes beaux yeux.

Wade me jette un bref regard.

— Elle avait dans l'idée de péter un câble chez Johnson, déclare Jax en souriant. Mais c'est juste parce qu'elle ne veut pas qu'il t'arrive quelque chose. Ça n'a évidemment rien à voir avec le fait qu'elle t'a dans la peau ou quoi que ce soit de ce genre.

Wade se fige et me fixe avec intensité. Je m'arrête également, incapable d'avancer plus longtemps.

— Alors comme ça tu m'as dans la peau ?

L'air badin, il abandonne sa cigarette pour se concentrer sur mon visage. Je sais qu'il essaie de déchiffrer mon expression, parce qu'il n'a besoin de rien de plus pour lire en moi.

— Jax exagère.

Il effleure mon menton du bout des doigts.

Cette proximité-là, on ne l'a jamais eue ailleurs que dans l'intimité. Cette fois, son ami en est témoin et ça ne semble pas le déranger. Je me noie dans les milliards de mots silencieux qui traversent ses iris.

Il me défie de donner raison à Jax. Jamais il ne me contraindra à l'embrasser devant les autres. C'est à moi de choisir, et il s'en remet à ma décision : si quelqu'un doit faire le premier pas, c'est moi.

Wade est comme ça.

Il domine dans le silence. Il sait ce que j'éprouve pour lui, mais ne s'en servira pas.

Je me rapproche de ses lèvres. Il ne recule pas et n'émet aucune objection quand je les effleure. Ragaillardie, je me laisse aller contre lui, et son sourire finit par rejoindre le mien.

Mon monde tourne à nouveau dans le bon sens lorsque nos bouches se retrouvent. Ses lèvres sont douces, entreprenantes — et miennes. Je ne serai jamais rassasiée de cette sensation.

J'ai conscience que nous devenons indissociables, sans me rappeler comment tout a commencé.

— J'applaudis ou je me racle la gorge pour vous rappeler ma présence ?

Durant une dernière et longue seconde, Wade presse ses lèvres contre les miennes. Puis il se détache. Le bonheur qu'il exprime face à Jax me fait sourire parce que j'y ai ma part.

— Je peux aussi faire une vanne. Une bonne blague bien vaseuse. Ou vous mettre mal à l'aise. C'est à votre convenance.

— Tu serais plus crédible si tu n'avais pas la tête d'Elsa sur ton front, Jax.

— Et toi tu souris comme un imbécile heureux, alors ne la ramène pas.

— J'assume.

Il cale son bras sur mes épaules et dépose un baiser furtif sur mon front. Connaissant Wade, on peut estimer ce geste comme une preuve irréfutable d'amour. Si j'avais pu avoir des doutes sur notre relation, ce n'est plus le cas.

Pour échapper au barrage à l'entrée, nous évitons la porte principale.

— Tu veux venir avec moi ? me dit-il soudain, dans un murmure.

— Où ça ?

— Je ne sais pas encore, je n'ai pas de spot en tête.

— Tu envisages d'aller taguer ? Maintenant ? En pleine journée ?

Il acquiesce.

— Mais… et les cours ? Johnson t'a dit de ne pas faire de pas de travers.

— Je n'en ferai pas si je ne suis pas là.

Ça se tient.

— Je n'ai jamais séché…

Il n'a pas le temps de répliquer.

— Wade ! braille Tate, semblant débarquer de nulle part. De retour dans notre monde ! Ravi de voir que tu es encore vivant. Qu'est-ce que tu as foutu chez la dirlo ?

À nouveau, Jax se raidit. Ses lèvres remuent silencieusement, mais je mettrais ma main au feu qu'elles déversent un flot d'insultes. Wade, lui, conserve son flegme légendaire.

Il me quitte pour allumer sa cigarette et rejoint le nageur sous la tôle transparente.

— J'ai fait la connaissance de ton père.

Tate blêmit.

— Quoi ? Tu déconnes ? Mon père est là ?

Wade acquiesce et inhale une dose de nicotine.

— Manifestement, oui, dit-il en expirant sa fumée au visage de Tate. Nelson, c'est bien ton nom de famille ?

— Ouais, mais… Il te voulait quoi ?

Il reprend une longue bouffée qu'il exhale lentement avant de répondre.

— Une source anonyme lui aurait fourni des infos sur un éventuel trafic à la MHS.

— Sérieux ? Il y a un dealer dans le lycée ?

L'air se charge subitement de particules électriques. La tension qui grésille entre eux m'atteint jusque dans les os.

— Je n'en sais pas plus que toi, Tate.

Ils se regardent dans le blanc des yeux ; la lourdeur de l'ambiance me désoriente. J'ai la sensation d'être exclue d'une conversation dont tous connaissent la teneur sauf moi.

— Quoi qu'il en soit, reprend Tate, il faut croire que la source s'est loupée, puisque tu n'as pas les menottes aux poignets.

Wade retrouve son air impassible, hermétique. Sans le connaître, on croirait qu'il survole la scène avec un complet détachement. Mais je le connais, et je sais que ce n'est pas le cas. Les murs qu'il érige n'ont plus de secrets pour moi, et je perçois nettement la haine qu'il voue à Tate.

— Elle s'est « loupée », c'est le mot exact. Dommage pour elle.

Un blanc. Un moment de gêne. Une hésitation. Puis Wade pose une main sur l'épaule de Jax.

— J'y vais.

Il s'éloigne sans se retourner. J'ignore pourquoi cette vision me serre à ce point la poitrine. Ce n'est pas comme s'il s'en allait pour ne plus jamais revenir.

— Wade !

Il se fige net en entendant ma voix.

Sans réfléchir, je souhaite une bonne journée à Jax et le rejoins en courant.

— Tu ne préférais pas aller en cours ?

— J'ai envie d'être avec toi.

Ses traits s'éclairent, tandis qu'il jette le mégot de sa cigarette et passe un bras autour de mes épaules. Je me love tout contre lui, serrant le pan de son sweat. Le plus agréable, à cet instant, est sans doute le fait qu'il oublie sa retenue : il me garde près de lui et ne boude pas son plaisir.

Ma présence le déverrouille, libère ses gestes, ses expressions. J'aime penser que je suis capable de cela.

— N'oublie pas mon truc dans ton machin ! hurle Jax.

Je ris franchement.

— Wade, souviens-toi qu'on est frères ! C'est elle qui m'a forcé !

Ce dernier m'observe de biais.

— Il y a un truc que je devrais savoir ?

Je me réfugie contre son torse et secoue la tête.

— Je t'expliquerai.

Chapitre 23

Wade

On a tous des réactions différentes à l'adrénaline. Certains perdent les pédales, d'autres ont besoin de se dépenser. Dans la majorité des cas, quand on est sur les nerfs, il faut impérativement trouver une solution pour se calmer, au risque de déraper.

Ma solution, c'est le graff.

Malheureusement, après avoir tourné dans San Francisco pendant plus d'une demi-heure, je dois me résigner à cette douloureuse conclusion : je ne pourrai pas taguer aujourd'hui.

Tous les endroits que je connais sont impraticables de jour. Et, j'ai beau fouiller dans les recoins de quartiers reculés, il y aurait trop de danger à peindre à la vue de tous. Seul, j'aurais sans doute osé, mais le corps frêle assis à mes côtés, sur le siège passager, me dissuade de prendre des risques inutiles.

Me mettre en danger, je m'en fous. La mettre en danger, je le refuse.

Elle n'a rien dit depuis notre départ du lycée. Sa tête dodeline au rythme de la radio et elle observe la route sans chercher à savoir où je l'emmène. Sa confiance en moi est immense, aberrante, même.

— Concentre-toi sur la route.

Sa tête continue de battre la mesure de *Let You Down*, de NF, tandis qu'elle sourit.

— Ce n'est pas en me regardant que tu trouveras ton chemin, ajoute-t-elle, amusée. On est perdus ?

Je ralentis à l'approche du feu rouge.

— Disons que la situation est plus compliquée que prévu.

— Vraiment ? Je n'avais pas remarqué.

Elle plie une jambe sous son corps avec un nouveau sourire, autrement plus moqueur que le précédent.

— Tu ne sais pas du tout où aller, avoue.

— Taguer en plein jour impose beaucoup plus de restrictions que le faire pendant la nuit.

Elle mordille sa lèvre inférieure, perdue dans une réflexion que je ne saisis pas, et je suis heureux que le feu tricolore m'empêche de rouler ; cette expression la rend plus belle que jamais. Je pourrais avoir un accident pour moins que ça.

— Le graff, c'est un peu ton échappatoire, non ?

Je l'observe sans lui répondre.

— Je veux dire : c'est ton truc. Ton univers. C'est l'endroit où tu te réfugies quand tu as besoin d'extérioriser les pensées que tu gardes en toi.

— Où veux-tu en venir ?

Elle ramène le genou à son menton, position difficilement tenable avec la ceinture, mais Kenzie est souple. C'est une découverte inutile, mais, comme tout ce qui la concerne, je sais pertinemment que mon cerveau le retiendra.

— Je n'ai pas de passion comme la tienne, mais il y a un endroit dans cette ville qui me permet de m'évader de la réalité. Je m'y rendais souvent, avant de te rencontrer.

Elle pose la joue sur son genou et me sourit tendrement.

— Ça ne te rendra pas aussi heureux que le graff, mais, puisque tu ne trouves pas de « spot », autant tester le mien. Qui sait ? Mon monde est peut-être capable de te faire du bien, comme le tien le fait pour moi.

Le feu passe au vert, mais je ne redémarre pas.

— Tu as un endroit à me montrer ?

— Peut-être, oui. Mais il faudrait passer chez moi avant, pour prendre des vêtements de rechange. J'espère que tu as toujours les tiens.

Je ne sais pas ce qui, de l'odeur ou du bruit, me dégoûte le plus. Les forts effluves, sur fond d'aboiements incessants, me rendent malade.

— Arrête de faire cette tête !

Kenzie rit franchement en me poussant l'épaule.

Contrairement aux miens, qui doivent exprimer un mélange de répugnance et d'effroi, ses yeux pétillent comme ceux d'une enfant devant ses cadeaux de Noël. Pourtant, nous ne sommes encore que dans le hall du bâtiment, et ce, depuis seulement vingt secondes.

Derrière le comptoir, un homme lève la tête en nous entendant arriver. Il semble à la fois joyeux et surmené. S'il travaille ici, j'espère pour lui qu'il a perdu le sens de l'odorat.

— Mackenzie ! Ça fait un moment qu'on ne t'a pas vue !

— J'ai manqué à mes obligations.

Elle le rejoint avec ce sourire qui ne l'a pas quittée depuis que nous sommes partis de chez elle ; leur accolade est brève mais chaleureuse. On sent qu'ils se sont déjà croisés à de nombreuses reprises.

— Wade, je te présente Paul, le responsable du refuge.

On échange une poignée de main cordiale, et je me force à avoir l'air sociable, sans bien savoir pourquoi je le fais ; ce n'est pas dans mes habitudes d'essayer de mettre les gens à l'aise.

— Paul, voici Wade. Là, il t'offre un demi-sourire. Venant de lui, tu peux considérer ça comme une preuve d'amitié éternelle.

— Ravi de te rencontrer, me dit-il, amusé. C'est une visite de courtoisie, ce qui me ferait déjà très plaisir, ou vous êtes ici en tant que bénévoles, ce qui me ferait encore plus plaisir ?

— J'ai amené Wade pour qu'il découvre un peu le fonctionnement de cet endroit.

— Tu n'es jamais venu à la SPCA[1] ? me demande-t-il.

— Jamais, affirmé-je d'un mouvement de tête.

Honnêtement ? Il ne m'est même jamais venu à l'esprit de le faire. Je ne déteste pas les animaux, mais je ne fais pas partie de ceux qui les aident et les défendent activement. Manifestement, c'est un point que Kenzie et moi n'avons pas en commun — cela dit, vu l'amour qu'elle voue aux chiens, j'aurais dû m'en douter.

Sans attendre, Paul nous invite à le suivre. Les lieux sont assez précaires, des affaires s'entassent dans tous les coins. Je crois sincèrement n'avoir jamais vu autant de sacs de croquettes de toute ma vie.

— On récupère les animaux errants, maltraités, ou mis en fourrière. Je présume que tu connais un peu le système : ils reçoivent des soins si nécessaire, le vétérinaire vient régulièrement pour les vacciner ou les

1. Society for the Prevention of Cruelty to Animals — SPA américaine.

stériliser. On s'occupe également de leur éducation, afin de leur donner toutes les chances d'être accueillis au sein d'une nouvelle famille.

Les aboiements s'intensifient tandis que nous cheminons dans une autre pièce. Kenzie est si impatiente qu'on risque de la perdre d'une seconde à l'autre.

— Nous avons une bonne structure, l'équipe est organisée et les bénévoles nous offrent un soutien certain. On achète la majorité des fournitures grâce aux dons.

— Vous vous en sortez ?

Il pousse une porte en me gratifiant d'une moue sincère.

— On voudrait toujours plus, c'est une évidence. Rien n'est donné, le coût de la nourriture est insensé, mais nous n'avons pas à nous plaindre. Tant que les animaux sont en sécurité et heureux, le reste a peu d'importance.

Il se tourne vers Kenzie. Elle cesse alors de bouger d'un pied sur l'autre.

— J'ai hâte…

— C'est ce que je constate, oui. Missie va être contente de te voir.

Elle se redresse soudain.

— Elle est toujours là ?

— Malheureusement, oui.

— Je peux aller la voir ? Elle n'a pas changé de box ?

Il s'écarte pour la laisser passer.

— Toujours au même endroit. Vas-y.

Elle disparaît instantanément tandis que je la suis, avec moins d'empressement.

Des cages s'alignent de part et d'autre du long couloir. L'odeur est abominable, ce mélange d'antiseptique et de chiens attaque salement ma gorge.

Paul doit pousser la voix pour se faire entendre par-dessus le brouhaha ambiant.

— Tu souhaiterais adopter un chien ?

— Je n'en ai pas les moyens.

— L'adoption est presque gratuite, Wade.

— Pas ces moyens-là. Là où je vis, les animaux ne sont pas les bienvenus.

Il ne cherche pas à en savoir plus, jugeant sûrement que mon excuse ne tient pas la route.

Kenzie est déjà accroupie devant une grille quand nous parvenons au bout du couloir. Sans un mot, Paul sort un trousseau de clés et déverrouille le loquet. L'espèce de husky qui apparaît ressemble à un énorme tonneau pourvu de quatre baguettes en guise de pattes. Il lui manque des poils au niveau du dos, et, au vu de sa démarche, il n'est plus tout jeune.

— Missie doit avoir aux alentours de douze ou treize ans, m'indique Paul.

Kenzie ouvre les bras en faisant des mimiques étranges, sûrement pour mettre en confiance l'animal. Je devrais trouver ça ridicule, mais la scène est plus mignonne qu'autre chose.

— C'est une bonne bête, elle pourrait avoir un foyer, mais les gens préfèrent les bébés encore tout frais et sans soucis de santé.

— Elle est malade ?

— On suppose qu'elle a été battue. Elle a mis des mois à accepter le contact de la main de l'homme. Les cicatrices sur son dos proviennent potentiellement de coups de ceinture, c'est du moins ce qu'avait estimé le véto, à l'époque. Le plus gros problème, avec elle, c'est sa surdité aggravée. On doit la rassurer avec les gestes puisqu'elle n'entend pas. Or les animaux sont très sensibles aux intonations, c'est un moyen efficace de leur faire part de nos émotions. On ne saura jamais ce qu'elle a vécu, mais elle revient de loin.

Missie finit dans les bras de Kenzie, avec la queue qui remue dans tous les sens. J'ignore qui des deux est la plus heureuse, j'assiste à un véritable combat de bonheur.

— Mackenzie s'est prise d'affection pour ce chien dès son premier jour ici, dit Paul. Elle les aime tous, mais elle a un faible pour elle.

— Elle venait souvent ?

— Elle s'est présentée en mai dernier, je crois, et elle nous aidait une ou deux fois par semaine. À vrai dire, elle n'a jamais tissé de liens avec les autres bénévoles, elle ne leur parlait pas. Mais, dès qu'elle se retrouvait avec les animaux, elle devenait plus joyeuse.

Qu'elle reste en retrait de l'équipe ne me surprend pas. Elle n'aime pas la foule, n'est pas à l'aise en société. En revanche, avec les chiens, son comportement est tout autre.

Pour elle, ce refuge est une parfaite échappatoire. Elle s'y sent bien. Elle est dans son élément. Comme moi quand j'ai une bombe aérosol entre les mains.

— On pourrait les sortir dans le jardin, à l'arrière ?

Si Paul ne plie pas sous le regard apitoyé qu'elle lui dédie, alors je ne m'appelle pas Wade.

— La sortie est prévue dans une heure, Mackenzie.

— Les chiens n'ont pas la notion du temps.

— Moi, je l'ai, cette notion. On ne peut pas…

— S'il te plaît, Paul. Je suis là, je me chargerai de les faire gambader

Je lui lance un coup d'œil curieux et le vois soupirer.

— C'est bien parce que c'est toi.

Qu'est-ce que je disais ? Personne ne résiste à Kenzie.

Au prix du bouleversement total du programme prévu, Paul, ainsi que trois femmes, vêtues aux couleurs du refuge, entreprennent d'ouvrir les cages. Ce ne sont pas moins de trente chiens qui se retrouvent à courir comme des dératés dans l'herbe. Seule Missie reste calme, préférant se coller à mes jambes plutôt que de manger la pelouse.

L'ambiance ne me mettant pas à l'aise, je laisse Kenzie s'occuper de la colonie infernale et m'installe à même le sol. Missie en profite pour poser la tête sur mon genou, dans l'attente d'une caresse.

Les traces sur sa colonne vertébrale m'interpellent. Je ne fais pas descendre ma main à cet endroit, puisque j'imagine qu'elle n'aimera pas sentir quelque chose là où on l'a blessée.

Je joue avec le bout de ses oreilles, puis avec le bourrelet qui ressemble à un double menton, sous sa tête. Je la prends immédiatement en affection, j'en suis conscient. Sa surdité me touche.

— Ouais, par contre, évite ça, ma vieille.

Je me décale pour qu'elle cesse de me lécher le visage, mais ça ne fonctionne pas.

— Arrête, sérieux.

Elle me lape la joue comme si j'étais enduit d'une sauce à la viande, et finit par mettre les pattes avant sur mon torse pour me recouvrir de bave

— Dis-le-lui avec les signes.

Entre deux coups de langue, j'aperçois l'air moqueur de Kenzie.

— Ils lui ont appris les ordres avec les signes. Elle ne te laissera pas tranquille tant que tu ne le lui auras pas demandé.

— Je n'ai pas participé à son éducation, Kenzie. Je ne connais pas les mouvements.

— Je pense que si. Essaie.

Peu convaincu, je repousse doucement Missie afin de donner l'ampleur nécessaire à mes mains. Je signe un « stop » qu'elle ne remarque pas, préférant revenir à la charge. Kenzie éclate de rire en me voyant partir en arrière. Le chien grimpe alors sur mon torse, ce qui me confirme qu'elle est en surpoids.

Le dos dans l'herbe, je tente à nouveau de me faire comprendre avec une variation du mot. Ça ne marche toujours pas.

— Tu ne veux pas me venir en aide ?

— Franchement ? Je n'en ai pas envie. C'est la première fois que je te vois en difficulté, permets-moi d'en profiter.

— Elle ne me comprend pas !

— Elle veut juste te montrer qu'elle t'apprécie !

— Je l'apprécie aussi, ce n'est pas pour autant que je lui lèche le museau !

Avec un nouveau rire, elle se rapproche de nous. Elle frotte vigoureusement la tête du chien pour attirer son attention, puis émet un mouvement avec la paume de sa main ; je connais la langue des signes, et ce geste n'en fait pas partie. J'avais donc raison, le refuge a trouvé son propre moyen de communication.

Je me relève et secoue mon sweat boueux.

— L'idée de la SPCA n'était peut-être pas la meilleure…

Elle m'examine avec une grimace d'excuse.

— J'ai des vêtements dans le pick-up, ne t'en fais pas.

— Non, je ne dis pas ça pour ça…

Je fronce les sourcils tandis qu'elle semble chercher ses mots.

— Tu ne t'amuses pas. Je suis désolée, je voulais te faire penser à autre chose qu'à ce qu'il s'est passé tout à l'heure. Ici, j'oublie toujours ce qui me tracasse, je me suis dit…

Je la fais taire en posant la main sur sa bouche.

Elle se méprend totalement.

— Je suis content de découvrir qui tu es.

Elle agrippe mon poignet pour l'éloigner de son visage.

— Tu ne prends pas de plaisir, insiste-t-elle. Quand tu m'as fait taguer à Hunters Point, je me suis sentie revivre. Je me souviendrai toute ma vie de ce moment, parce que tu as fait quelque chose pour moi qui a réellement changé la donne. J'aimerais te rendre la moitié de ce que tu m'offres. Si je pouvais, je me transformerais en mur pour que tu puisses te défouler en graffant. Je voudrais juste…

— Je suis content de découvrir qui tu es, répété-je avec plus d'aplomb.

— Mais tu aimes le graff. C'est ce dont tu avais besoin aujourd'hui, et mon substitut n'est pas à la hauteur.

Je rattrape son menton avant qu'elle ne détourne le visage.

— Eh… Arrête.

Je ne comprends pas son malaise soudain. Je sais que je ne suis pas expressif, mais elle saisit généralement mes pensées sans que je les exprime. Elle devrait savoir que je suis content d'être ici. Me faire labourer la tête par un chien ne fait pas vraiment partie de mes fantasmes, mais je suis heureux d'être avec elle.

— Ils sortent d'où, tous ces doutes ? chuchoté-je.

— Je voulais te faire plaisir.

— C'est le cas.

— Non. Je me suis fait plaisir en t'amenant ici. Il y a une nuance.

La sincérité de son aveu transpire sur son visage. Elle est à côté de la plaque et elle est persuadée d'avoir raison. Pour la première fois, il y a incompréhension entre nous. Mon silence ne lui parle pas. On atteint peut-être une limite…

À un certain point, le mutisme ne suffit plus.

Il faut dire les choses comme elles sont.

Clairement, et à voix haute.

— Je n'aurais pas voulu être ailleurs.

Elle se fait timide. Je la contrains à retrouver mes yeux.

— Tu dis ça pour me rassurer.

— Non. Je te dis ça parce que je le pense. Tu es la seule personne que j'ai dans la tête. Taguer, c'est mon exutoire, ça me sert à retrouver des émotions, à ressentir des choses. J'aime graffer, parce qu'à la seconde où je sens l'odeur de la peinture j'entre dans mon monde. Là où plus rien ne compte. Et quand je te regarde, quand tu es là, ça me fait le même effet.

Je dois émettre une pression sur son menton pour maintenir notre connexion visuelle.

— Kenzie, je ne suis pas fan des chiens, mais j'adore te voir les aimer. Ce qui me plaît, c'est de te voir heureuse. Quand tu prends du plaisir, tu m'en donnes. Ce qui me fait tout oublier, en ce moment, c'est ton sourire. Je n'ai pas besoin du graff si tu es là. Tu arrives à comprendre ça ? Je n'ai besoin de rien d'autre que toi. Alors, emmène-moi dans un refuge, force-moi à faire d'autres activités, fais-moi découvrir des choses auxquelles je suis insensible. Je te dirai toujours oui, parce que, l'unique chose qui compte, c'est d'être avec toi.

Chapitre 24

Mackenzie

La stupéfaction m'empêche de bouger. Il a trop parlé pour que je trouve quoi lui répondre. Composer avec le Wade muet est possible ; faire face à un garçon plus ouvert me désarçonne.

— Je dois vraiment avoir l'air au bout de ma vie pour que tu prononces autant de mots à la suite.

Un sourire, à la fois doux et assuré, naît sur ses lèvres.

— J'ai besoin qu'on soit en phase, quitte à briser quelques-uns de mes codes.

— Comme le silence ? présumé-je.

— Par exemple, oui.

— Ça signifie que tu accepterais de te livrer ?

— Tu me demandes si tu obtiendras les réponses aux questions que tu te poses à mon sujet, c'est ça ?

— Oui.

Malgré les liens qui nous unissent, son jardin secret me semble toujours inaccessible.

Je ne souhaite pas m'imposer au risque de le voir s'échapper. D'un autre côté, il y a tant d'équations, tant d'inconnues qui gravitent autour de lui… Même si je lui fais éperdument confiance, j'aimerais éclaircir les zones d'ombre. Et Wade en possède une belle panoplie.

— Mackenzie !

Paul lève les bras pour attirer mon attention.

— Dois-je te rappeler qui a eu la brillante idée de les faire sortir plus tôt ? dit-il en désignant les chiens qui sautent tour à tour sur ses jambes.

Je me pince les lèvres et acquiesce.

— J'arrive !

Avec une moue d'excuse, je détache mes doigts de ceux de Wade.

— J'ai quelqu'un à secourir, mais la conversation est loin d'être terminée.

— Va sauver Paul, je me charge de Missie.

Il est 11 heures passées quand tous les chiens ont retrouvé leur dortoir respectif ; mes vêtements sont couverts de boue, mon odeur corporelle est très approximative, mes muscles sont courbaturés, mais je ne me suis pas sentie aussi heureuse depuis longtemps. Parfois, en pensant à mon avenir, je me dis que ce serait vraiment une chance de travailler dans le domaine caritatif. Ou avec les animaux.

— On dirait qu'elle a trouvé un nouvel ami.

Du menton, Paul désigne le fond du couloir, où Missie cherche les caresses de Wade.

Il s'en est occupé durant la sortie entière, allant même jusqu'à demander à Paul de lui indiquer les signes nécessaires pour se faire comprendre. Ce dévouement m'attendrit. Il n'est pas si froid qu'il le fait croire, et ce qu'il donne à Missie en est une nouvelle preuve.

— Elle peut lui faire confiance, murmuré-je d'une voix si basse que je suis la seule à l'entendre.

Dès qu'elle est rentrée dans sa cage, il se lève et nous rejoint. Je souris quand il sent ses mains puis fait une grimace de dégoût.

— Il y a des lavabos dans la salle à côté, lui indiqué-je.

— C'est d'une douche que j'aurais besoin.

— Il y en a une chez moi.

Je prends conscience de mon sous-entendu en voyant l'étincelle qui traverse ses iris.

— Je veux dire : on peut passer à la maison avant de retourner en cours. Si tu envisages de retourner en cours.

Il opine très lentement, sans me quitter des yeux. Je vois clairement les pensées qui l'animent ; à vrai dire, même ceux qui ne connaissent pas Wade pourraient saisir ce qui se trame dans son esprit à cet instant précis.

— Avec plaisir.

J'évite le regard scrutateur de Paul, qui semble absorbé par notre échange. Il finit par nous emboîter le pas et nous retrouvons le hall d'accueil. Je lui promets de venir lui rendre visite plus souvent, tandis que Wade sort son porte-monnaie, fourré dans la poche arrière de son jean. Je ne vois pas la somme qu'il dépose dans la main de Paul, mais, à l'air reconnaissant de celui-ci, je devine que ce n'est pas un billet de cinq dollars.

— Revenez quand vous voulez, les jeunes. Bonne journée, et bonne douche.

Le rouge me monte furieusement aux joues.

Je n'ai pas perdu mes couleurs quand je prends place dans le pick-up.

— Chez toi, donc ?

— Sauf si tu as un autre endroit où te laver, oui.

Il démarre, concentré sur la route, comme s'il n'avait pas remarqué mon état. Seule sa lèvre inférieure, qu'il triture en dissimulant un sourire, le trahit.

Je ne vois pas la route passer. Je n'entends pas la musique qui sort des enceintes. Je ne sais même pas comment j'ai fait pour entrer la clé dans la serrure de l'entrée et le mener jusqu'au premier étage.

Appuyé contre l'encadrement de la porte de la salle de bains, ses affaires de rechange sous le bras, il me regarde fouiller dans les tiroirs.

— Tes parents ne sont pas là ?

— Ils travaillent tous les deux, ils rentrent généralement entre 18 et 20 heures, réponds-je en dénichant enfin une serviette.

Je connais leur emplacement, pourtant. *Ressaisis-toi !*

— Je suppose que tu sais comment fonctionne la douche.

Il me dévisage longuement, comme au premier jour. Sauf que quelque chose diffère, aujourd'hui…

Je le sens plus gai. Il y a un changement notable entre le Wade de Mission District et celui qui se tient actuellement à quelques mètres de moi. Son air badin diffuse un fluide brûlant dans mon corps, comme si le voir content me réchauffait.

— J'en ai un souvenir assez précis, confirme-t-il.

Il quitte le seuil pour me rejoindre.

— Je peux donc te laisser te débrouiller tout seul ?

Il dépose ses vêtements près du lavabo en abusant volontairement du manque de place ; son corps effleure le mien, me transmettant une forte dose d'électricité, avant de se reculer.

— Tu peux, oui.

Calmement, il retire sa casquette, puis son sweat. Son T-shirt disparaît dans le mouvement, et je me refrène pour ne pas épier sa silhouette.

Je sais très bien ce qu'il est en train de faire, et je ne le laisserai pas m'avoir aussi facilement ; le visage faussement impassible, je le contourne et saisis la poignée.

— Pour l'eau froide, il faut tourner le robinet vers la droite. N'hésite pas à t'en servir.

Avant de prendre ma propre douche, je retire le joint de Jax de mon shorty et le dépose sur ma table de chevet. Quand je sors de la salle de bains, dix minutes plus tard, et que je le retrouve dans les mains de Wade, je me hais de ne pas avoir pensé à le jeter.

— Depuis quand Jax te roule des joints ?

— Comment sais-tu qu'il appartient à Jax ?

— Je reconnais sa technique, question d'habitude.

Je passe une main dans mes cheveux humides en souriant maladroitement, puis je récupère ma corbeille à papier.

— Tu ferais mieux de le jeter.

Bien évidemment, il ne s'exécute pas. Je m'assieds alors à côté de lui en scrutant le joint, qui a côtoyé mon intimité toute la matinée.

— La police ne fouillait que les garçons, à l'entrée du lycée. Je l'ai pris avec moi pour éviter à Jax d'avoir des problèmes.

— Et ?

Je hausse les épaules, ne voyant pas ce que je pourrais ajouter.

— Tu es mal à l'aise, Kenzie, dit-il, amusé. Raconte-moi l'anecdote jusqu'au bout.

— Et… les policiers étaient des hommes. Je ne suis pas un homme Les fouilles… enfin, tu as compris. Sérieusement, jette-le.

Je lui tends de nouveau la corbeille, en espérant qu'il obtempère. Par miracle, il se montre coopératif, et le cône heurte le fond de la corbeille avec un petit bruit sourd.

— Tu ne devrais pas être gênée, chuchote-t-il.

— De cacher de l'herbe entre mes jambes ?

— De me dire les choses telles qu'elles sont.

— Tu es assez mal placé pour me donner des leçons sur la question. Tu es quand même la personne au monde qui formule le moins ses pensées

Il détourne la tête et pose les coudes sur ses genoux. On a l'air de deux idiots, ainsi, assis côte à côte sur le rebord de mon lit

— Wade, je n'ai aucune envie de te forcer à quoi que ce soit, mais avoue que tu es compliqué à saisir. J'ai la sensation de comprendre ce que tu penses sur l'instant, mais je ne connais rien de toi. Ton histoire, ton passé… ce sont des choses qui me dépassent. Je ne connais même pas ton nom de famille…

— Tu as un feutre ?

Je cligne des paupières, abasourdie. D'où sort cette question ?

— Pardon ?

— Est-ce que tu as un feutre ?

Ne parvenant pas à capter son regard, je n'arrive pas à déterminer s'il me pose une vraie question ou s'il a décidé de me rendre folle. Perplexe, je tire le tiroir de ma table de chevet et en extirpe ma trousse.

Le seul feutre que je possède est violet. Harper s'en servait pour décorer ses feuilles de cours. Elle me l'avait prêté, un jour où je n'avais plus de fluo pour surligner mes leçons. Je ne l'ai utilisé qu'une seule fois, mais je ne peux pas me résoudre à le mettre à la poubelle.

Je le tends à Wade, mais, au lieu de l'attraper, il relève la manche de son sweat, et m'expose son avant-bras.

— Écris ta question.

Le feutre dans la main, j'observe sa peau avec circonspection.

— Je ne vois pas où tu veux en venir…

— Tu veux connaître mon nom de famille ? Alors, écris-le.

Je bugge. Souhaite-t-il vraiment que j'écrive sur sa peau une chose que je viens de lui demander de vive voix ?

Perdue pour perdue, j'empoigne son bras et le cale sur mes cuisses. Avec la pointe, j'inscris un fébrile « nom de famille ? », depuis la naissance de son poignet, jusqu'à la veine saillante qui ressort à l'intérieur de son coude.

— Keller.

Son regard est ancré à l'endroit que je viens de taguer.

— Mon nom de famille, c'est Keller.

Il change la position de son bras pour m'offrir un autre rectangle de peau vierge ; l'invitation est claire, mais je trouve toujours aussi étrange qu'il me fasse poser mes interrogations à même son corps.

— Tu as autre chose à me demander ?

Je suis tellement déboussolée que mon cerveau s'est vidé.

— Tu répondrais à tout ? m'enquiers-je, étonnée.

— Écris, tu verras bien.

La première idée qui me vient en tête est stupide, mais je m'y attelle. Je rédige un vague « couleur favorite ? » au niveau de son radius.

— Blanc, réplique-t-il instantanément. C'est la réunion de toutes les teintes. Elle veut tout et rien dire à la fois.

— Tu vas vraiment répondre à tout, alors ? Même à des questions aussi bateau que celle-ci ?

Il me désigne son bras du menton. Je le prends au mot et noircis sa peau avec une autre interrogation, plus judicieusement choisie. Elle me taraude depuis un moment.

— Je ne peux pas te donner son nom, je n'étais pas dans un lycée avant d'arriver à la Mercy High School. J'ai arrêté les cours il y a deux ans, j'ai suivi un cursus par correspondance.

Il met quelques secondes à réfléchir avant de répondre à mon « pourquoi ? ».

— Pourquoi j'ai arrêté ?

J'acquiesce.

— Parce que les études étaient devenues la dernière de mes préoccupations. J'avais un objectif plus important à atteindre.

Je relève la manche de son sweat afin d'avoir assez d'espace pour lui demander si son objectif a été atteint. Il doit tordre le cou pour me lire, et le sérieux avec lequel il s'applique me fait sourire.

— J'ai eu ce que je voulais, oui.

Son avant-bras étant plein, il ôte son sweat et se retrouve en T-shirt. Il fixe le feutre tandis que j'inscris « et maintenant ? » sur son biceps.

— Maintenant, j'en paie le prix.

Nos yeux s'arriment pendant un long moment. L'éclat de douleur qui perce dans les siens me laisse bouche bée ; c'est la première fois que Wade livre une émotion aussi forte.

Ce garçon s'apparente à un véritable roc, pour moi. J'ai le sentiment que rien ne peut l'ébranler. Cette ouverture soudaine sur la fenêtre de son cœur me touche…

Ce qu'il ressent m'atteint en profondeur. Il est anormal que mes émotions dépendent des siennes à ce point.

— Tu veux arrêter ?

Il fait non de la tête.

— Je te dirai ce que tu as envie de savoir.

Peut-être, mais je le force, et je n'aime pas ça.

Décidée à respecter son sempiternel silence, je me recule et remets le capuchon sur le feutre.

— Je n'ai plus de questions.

— Tu mens vraiment comme un pied, dit-il d'un air moqueur.

— Je suis sérieuse !

— Tu en as encore des tonnes.

— Je t'assure que non !

— Tu essaies de me ménager, Kenzie. C'est inutile, je n'ai pas besoin qu'on me préserve.

— Je ne… De toute façon, même si… dans l'hypothèse où j'aurais, éventuellement, un ou deux trucs que je crève d'envie de te demander, les questions seraient très longues. Tu n'as plus assez de place sur ton bras.

— Aux dernières nouvelles, j'ai deux bras.

— Ça ne suffira pas.

Je me penche pour déposer le feutre dans le tiroir, mais sa main arrête mon mouvement. Il récupère l'objet et le cale entre ses dents. Puis, avec un sourire désinvolte, il agrippe le bas de son T-shirt.

Le vêtement remonte le long de son torse, et passe au-dessus de sa tête dans un geste souple ; de nouveau, il se retrouve à moitié nu devant moi, et je semble en être la seule gênée.

Rivé sur mes yeux, il dégoupille le feutre. Le bouchon, resté dans sa bouche, est ensuite expulsé d'un coup de tête sur ma couette.

— Tu as toute la place qu'il faut.

Il me remet le feutre entre les doigts, avant d'empoigner ma taille ; j'émets un hoquet de surprise en me sentant décoller. Mes jambes finissent pliées de chaque côté des siennes, et je dois me retenir à ses épaules pour me stabiliser.

— Si tu veux que j'écrive sur ton torse, la position va rendre la chose compliquée.

Ses lèvres caressent ma bouche avec délicatesse. Le contraste avec la fermeté de sa prise au niveau de mes hanches est saisissant.

— Tu as donc bien d'autres interrogations à mon sujet.

— Tu le sais depuis le début.

Il m'adresse un sourire complice, et je me repais de la beauté de cette expression. C'est incroyable comme le charme de ceux qu'on apprécie est magnétique ; Wade part avec de sacrés avantages physiques, mais plus je m'éprends de lui, plus je le trouve beau. C'est un peu comme si mes sentiments déposaient un filtre sur son visage, le rendant encore plus parfait qu'il ne l'est.

Les joues chauffées, je place la pointe du feutre sur sa clavicule. Sachant qu'il sera incapable de me lire, j'épelle ma question en même temps que je l'écris.

— Quelle est la signification de « Noliar » ?

Ses doigts remontent le long de mon échine. Ils disparaissent sur ma nuque et effectuent un massage qui me donne la chair de poule.

— Tu y as réfléchi ?

J'opine, troublée par le jeu de ses phalanges.

J'ai passé des jours entiers sur son carnet. À force d'étude et de réflexion, je suis enfin parvenue à déchiffrer son blaze.

— Je présume qu'il faut découper le mot en deux. Dans ce cas, *No Liar* voudrait dire : pas de menteur.

— Il faut aussi découper *Liar* en deux.

— C'est-à-dire ?

— « Li » correspond à la première syllabe de « *limits* ». « ar », c'est la fin du mot « *fear* ».

— *No limits, no fear* ?

— C'est ça.

Si j'ai retenu une chose au sujet des blazes, c'est qu'ils ont tous une symbolique pour leur détenteur. Jax, alias Tibbar, fait référence à son côté chaud lapin. C'est une part de lui qu'il revendique lorsqu'il prend ses bombes et décore les murs de la ville. Je me demande pourquoi Wade a décidé de faire du mantra « pas de limites, pas de peur » son pseudonyme.

Je pose la question sur sa peau.

— Pourquoi…

Il me fait taire en effleurant ma mâchoire du bout des doigts. Il en dessine chaque centimètre, puis s'attarde sur le creux entre mes clavicules.

— Je tague depuis que je suis petit. C'est un truc que les gamins font pour occuper leur temps, chez moi. J'ai eu des dizaines de blazes différents, en fonction de la période. Ils ont évolué avec moi, avec mes pensées du moment. Noliar, je l'ai depuis deux ans, et il ne changera plus.

Je note la coïncidence avec l'arrêt de son parcours scolaire, il y a également deux ans.

— À ce moment-là, on m'a enlevé une chose à laquelle je tenais.

Il plisse le front, perdu dans sa réflexion. Ses caresses se font moins volontaires, plus automatiques ; il dérive dans ses souvenirs.

— J'étais un enfant comme les autres. Ni parfait ni trop désobéissant. J'aurais continué à être banal si on m'en avait laissé l'occasion. J'aurais bien aimé, mais on me l'a prise, et à mon tour j'ai dû prendre des décisions.

Ses mains quittent mon corps. Il les pose de chaque côté de son torse, pour se donner un appui.

— Qui t'a-t-on pris ?

Son visage se cadenasse. Il refuse d'émettre la moindre émotion.

— La personne pour qui j'ai dépassé mes limites et mes peurs. Celle qui a donné naissance à Noliar.

Ses muscles se contractent, comme s'il revivait des souvenirs douloureux.

Je me rapproche de lui avec précaution, mais il ne réagit pas au contact de mes mains sur ses pectoraux.

Son blaze traduit son histoire, j'en suis consciente. Si je m'en tiens à son état actuel, elle n'est pas forcément jolie à entendre.

— Cette personne, dis-je dans un filet de voix, est-ce celle que tu as dessinée dans ton carnet ?

Il me jette un bref regard, si rapide que je ne parviens pas à l'interpréter.

— Oui.

— Elle compte pour toi ?

Sa mâchoire tressaute.

— Elle était tout ce que j'avais.

Son mal-être me perfore. Je tente de descendre de ses cuisses, mais il m'en empêche en agrippant l'arrière de mes genoux.

— Wade…

— Tu as une idée de qui elle est, non ?

Son regard pénètre dans le mien, attendant patiemment que je prenne la parole.

Effectivement, je pense savoir. À vrai dire, j'ai commencé à avoir des doutes en me penchant plus sérieusement sur la forme de son visage.

Sur certains traits, qui m'en rappelaient d'autres. De temps en temps, l'expression de ses prunelles me donnait une impression de déjà-vu.

Il y a de Wade en elle.

— Est-ce ta mère ?

Il confirme, la lèvre inférieure enfermée entre ses dents. Je vois à quel point me faire ces révélations lui coûte. Il s'ouvre à moi dans la douleur.

— Est-ce elle qui t'a appris la langue des signes ? Tu as reproduit ses mains dans des mouvements différents, un peu partout dans ton carnet… Je me suis dit que ça pouvait avoir un rapport avec ça…

— Elle est née sourde, on communiquait uniquement de cette façon.

Voilà l'explication.

Je fournis un effort considérable pour masquer ma peine ; il n'est pas au mieux de sa forme, il n'a pas besoin de ressentir ma tristesse. Je me retiens alors de m'épancher sur elle, préférant bifurquer sur un autre sujet.

— Et ton père ?

— Je ne l'ai jamais connu. Je n'ai plus personne, aujourd'hui.

La pierre qui m'écrase la poitrine pèse plusieurs tonnes.

Si j'ai bien compris, sa mère est décédée il y a deux ans et il vit depuis sans aucune figure adulte. J'aimerais lui demander comment il se débrouille, où il habite, comment se déroulait le quotidien entre eux, ou encore la raison pour laquelle il dit « on me l'a prise » et pas « elle est partie », mais sa dernière phrase place mes interrogations au second plan.

En silence, je pose la pointe du feutre au niveau de son pectoral gauche. Je prends un temps infini pour y inscrire un bout de mon prénom. Les syllabes qu'il utilise pour m'appeler.

— Je suis là.

Mes doigts effleurent le « Kenzie » écrit au-dessus de son cœur.

— Tu m'as, moi.

Je soutiens l'intensité de ses yeux bicolores.

— Jusqu'à quand ? chuchote-t-il.

— Jusqu'à ce que tu ne veuilles plus d'une angoissée de service dans ta vie.

Ses lèvres s'étirent paresseusement tandis qu'il place les mains de chaque côté de mon visage.

— Et si tu te lasses ?

— Ça n'arrivera pas.

— Et si je ne suis pas celui que tu penses ?

— Je te fais confiance.

— Et si je te dis que…

Je pose le pouce sur sa bouche pour qu'il cesse de parler. C'est une grande première.

— Raconte-moi ce que tu veux, je serai quand même là pour toi. J'ai des sentiments, Wade. Il faudra que tu me fasses beaucoup de mal pour les voir disparaître. Alors, à moins que tu décides de me faire souffrir, je resterai.

Chapitre 25

Wade

Elle ne sait pas encore tout.

Si je lui dis que je vends de la drogue, continuera-t-elle de me regarder comme elle le fait en ce moment ? Si je lui explique comment j'en suis venu à traîner dans la rue avec des cachetons, me trouvera-t-elle des excuses ? Si je lui raconte qui est Crown, aura-t-elle peur de moi ? Elle n'a que quelques morceaux de ma vie en sa possession, et pas assez de détails pour les relier entre eux. Elle ne peut pas reconstituer mon puzzle.

Elle ne se doute même pas que Tate a réellement failli me foutre dans la merde. Si ses projets n'avaient pas été si évidents, je me serais ramené avec la marchandise au lycée, en quantité assez conséquente pour subir un interrogatoire plus poussé au poste de police. Au lieu de ça, je me trouve dans la chambre de la fille qui m'obsède depuis le premier jour.

Et elle vient de m'avouer à demi-mot qu'elle m'aime.

— Je ne veux pas te faire souffrir.

Elle acquiesce avec un petit sourire satisfait.

— Alors je reste.

Sa bouche fond sur la mienne, et son poids nous fait basculer en arrière.

Me lasserai-je un jour de ses lèvres ? Je ne pense pas. Elle m'embrasse chaque fois d'une manière différente, parfois timidement, d'autres fois avec plus d'impatience. Tout dépend de ce qu'elle a envie de me transmettre.

Aujourd'hui, elle se montre plus entreprenante, et c'est loin de me déplaire. Mieux encore, elle se charge de panser mes blessures.

Mes doigts s'emmêlent dans ses cheveux tandis que nos sourires se transforment en soupirs. Nos corps roulent sur le côté, et le mien finit au-dessus d'elle. Elle me mordille les lèvres tout en passant ses ongles le long de ma colonne vertébrale, ce qui me procure un pic de plaisir.

— Wade ?

Je rouvre les yeux et plonge directement dans ses prunelles. Je me retiens de sourire en pensant au fait qu'elle n'aime pas le chocolat, alors que ses iris ont justement cette couleur.

— Je peux te faire un aveu ?

Je cale les coudes de part et d'autre de son visage en confirmant d'un mouvement de tête.

— Je t'écoute.

Ses phalanges jouent sur mes pectoraux, puis descendent tranquillement vers mes abdominaux.

— Je ne sais pas comment le dire sans avoir l'air d'une imbécile.

— Expulse juste les mots comme ils viennent.

— Cet aveu est embarrassant.

Je comprends immédiatement le sujet.

Afin de l'empêcher de prendre peur, je recule mon nez du sien, lui laissant ainsi l'espace nécessaire pour qu'elle se sente en sécurité. Ses mains s'arriment à mes triceps, avant qu'elle ne torde sa bouche en une expression aussi amusante qu'adorable.

— Je ne l'ai jamais fait.

— Fait quoi ?

Elle lève les yeux au ciel en soupirant.

— Tu sais très bien de quoi je parle, Wade.

Je souris en caressant ses traits du regard. Ma main effleure son front pour relever une mèche, que je prends tout mon temps pour replacer dans sa chevelure.

— Tu en as envie ?

Son « oui » est mal assuré. Je pense qu'elle est morte de trouille, et, quand on connaît le rapport de Kenzie à l'angoisse, mieux vaut se montrer d'une douceur implacable.

— Tu en es sûre ?

Elle se mord l'intérieur de la joue, tout en me dévisageant.

— Certaine, assure-t-elle. Mais ça me fait peur.

— Tu as peur de moi ?

— Non. J'ai peur de ne pas être à la hauteur.

Je prends appui sur un seul coude pour pouvoir tracer du doigt le contour sa mâchoire.

— Ce n'est pas une compétition, Kenzie. Il n'y a pas de niveau à atteindre.

— Il faut un minimum de connaissances.

— Absolument pas.

Sa perplexité est visible. Je dessine la veine de son cou puis descends vers sa clavicule.

— Ferme les yeux.

J'embrasse le bout de son nez et clos ses paupières avec ma main.

— Fais-moi confiance, murmuré-je au creux de son oreille. Ne réfléchis pas, concentre-toi juste sur les sensations.

Malgré la tension qui fait rage dans son corps, elle acquiesce. Je retire alors la paume de ses yeux et lui vole quelques secondes afin d'imprimer définitivement ce visage dans mon esprit.

Tout chez elle me percute et me perturbe. J'ai conscience de ma chance. En la regardant ainsi, je peux assurer, sans mentir, que cette fille est la plus belle que j'aie jamais vue.

— Tu es toujours là ? demande-t-elle, incertaine.

— Toujours.

Je prends le temps de caresser la peau de son bras. Je remonte jusqu'à la barrière de sa manche, puis redescends pour atteindre son poignet. Ses doigts s'écartent naturellement quand les miens massent sa paume ; j'en suis chaque contour, puis recommence en parcourant le chemin inverse.

Je pourrais passer la journée à la toucher de cette manière.

Ses épaules, ses clavicules, le sillon entre ses seins… je l'effleure en m'adaptant à ses réactions. Les minutes passent, et, sentant qu'elle se détend, j'empoigne son menton et ramène sa bouche à la mienne.

Ma main la découvre pendant le baiser. Elle se cambre légèrement quand j'atteins le bas de son T-shirt, et intensifie notre étreinte à la seconde où mes doigts entrent en contact avec son ventre.

Sa respiration régulière affirme que son stress s'estompe. Ma bouche coule sur sa nuque, et j'en embrasse chaque parcelle, avec le respect dû à celle qui m'offre une confiance que je suis le seul à recevoir.

Elle se donne peu à peu à moi, et j'en suis fier, parce qu'elle me permet de créer une autre connexion entre nous. Quelque chose qui nous appartiendra. Pour toujours.

— Arrête-moi quand tu veux.

— Je n'en ai pas envie.

Je reviens alors sur elle et me cale entre ses jambes.

Sans cesser de l'embrasser, je fais glisser ses leggings le long de son corps. Les mouvements de ses lèvres deviennent plus sensuels. Instinctifs Elle répond au rythme de mes doigts, qui découvrent son intimité.

Ses réactions sont miennes, et mes gestes sont siens. On s'aligne l'un sur l'autre, et c'est probablement ce qui rend l'instant surnaturel.

Je n'ai jamais vécu pareil moment.

— Wade…

— Laisse-toi aller.

Son menton part en arrière, et je jure que cette seconde d'abandon me donne envie de la garder auprès de moi jusqu'à la fin des temps.

Je suis amoureux de cette fille.

C'est en douceur que je me recule, puis récupère le carré de plastique dans ma poche. L'amusement me déride quand je constate qu'elle ne rouvre pas les yeux ; elle est partie dans son monde.

— À quoi tu penses ? chuchoté-je, tout en me délestant de mes vêtements.

— À toi.

Le sourire engageant qu'elle m'accorde, les paupières toujours closes, m'atomise jusque dans les tréfonds de mon âme.

Elle agrippe l'élastique de son shorty et le retire expéditivement.

— Tu reviens ?

L'invitation est claire.

Dès la protection en place, je la retrouve, le cœur battant un peu plus fort. La première fois n'est pas forcément une partie de plaisir. Je me détesterais de lui faire mal, mais je ne suis pas un dieu, et il se pourrait qu'elle n'apprécie pas l'expérience.

— À quoi tu penses ? susurre-t-elle à son tour.

— Tu me voles mes répliques ?

— Je sens que tu es en train de réfléchir.

La décontraction dans sa voix me rassure. Au moins, elle n'est plus nerveuse.

— N'oublie pas : on arrête quand tu veux.

— Je sais, Wade. Je te pincerai les fesses ou te mordrai l'oreille si j'en ai marre.

Rivé sur son visage, je passe un long moment à la familiariser à moi. Je bouge sur elle comme si j'avais le contrôle, mais, en vérité, je m'en remets à ses expressions et réagis en conséquence. Un tsunami me dévaste de l'intérieur, mais je n'en fais pas état. Tout ce qui compte, c'est elle.

Au moment où elle est pleinement relaxée, je prends appui sur mes mains pour me soulever. Et, les nerfs en tension, je descends en douceur.

Je reste immobile, le temps qu'elle s'habitue à une sensation qu'elle n'a jamais connue ; ses paupières se plissent légèrement, me faisant craindre ce que je redoutais.

— Ça va ?

Elle opine.

Je caresse son front et sa joue, l'incitant à me regarder. Elle comprend mon inquiétude et la nécessité de me dire ce qu'elle ressent.

— C'est étrange. Pas vraiment douloureux, mais pas aussi agréable que je l'aurais pensé… J'ai… Je fais quoi, maintenant ?

Elle m'arrache un sourire en coin.

— Rien. Détends-toi. Je m'occupe du reste.

J'attends que ses traits s'apaisent avant de me retirer. J'ai l'impression d'avoir du cristal entre les mains, de manipuler la fragilité à l'état pur. Ses paupières se plissent de nouveau quand je reviens, et je comprends que je suis parti pour un marathon de torture.

Je deviens sensible au moindre de ses mouvements. Sa respiration, la couleur de ses joues, l'étirement de son cou, les dents ancrées dans ses lèvres… Je fais attention à tout, au point d'oublier mon propre corps.

Elle se libère graduellement. C'est à la fois visuel et sensitif ; je m'immisce plus facilement en elle et ses hanches m'accompagnent naturellement.

— C'est mieux. Beaucoup mieux.

— Je le sens, dis-je en souriant contre sa tempe.

Notre rythme devient alors le même.

Ses mains s'arriment à mes côtes, les miennes, à son visage. Elle s'abandonne, tandis que des décharges passent dans mes reins. De plus en plus nombreuses. De plus en plus difficiles à refouler. Ses gémissements ne m'aident pas à me contrôler.

Je finis par enfouir mon visage dans son cou, préférant éviter son regard afin de continuer à me maîtriser. Je ne lui donnerai pas autant de plaisir que je le souhaiterais, c'est certain, mais je tiens quand même à faire au mieux.

— Je ne suis pas en sucre, Wade. Tu peux y aller.

— Crois-moi, c'est une très mauvaise idée.

Ses jambes m'encagent soudain, et ses talons appuient dans le bas de mon dos. L'effet est immédiat ; le désir augmente violemment. Je dois me battre contre mes pulsions pour ne pas accélérer.

Manifestement d'humeur taquine, elle reproduit le geste, son bassin ondulant d'une façon différente. J'étouffe un grognement et serre la mâchoire, mais résiste.

— Kenzie, arrête.

— Vraiment ?

Sa troisième tentative a raison de moi.

Je mords dans son épaule pour décharger mon excitation ailleurs que là où je risquerais de lui faire mal, et je me force à ne me laisser aller qu'à moitié. Ça suffit pourtant à me faire partir.

Je ne sens plus ses mains sur mon corps ni ses jambes contre mes flancs. Je ne suis plus personne. Juste une boule d'adrénaline qui explose en plein vol.

Kenzie et moi, c'est un « nous ». On se conjugue ensemble. On est deux, ou on n'est rien. Je l'ai dans la peau, dans les veines et dans les tripes.

Chapitre 26

Mackenzie

Je souris en l'apercevant, adossé à son pick-up, de l'autre côté de la rue. Ça fait plus d'un mois qu'il me dépose puis vient me chercher après mon rendez-vous hebdomadaire chez Camelia Davis, ce qui améliore nettement la qualité des séances.

Il jette son mégot en me voyant arriver.

— Alors ?

Il m'attire contre lui et m'embrasse le front.

— Elle trouve que je vais mieux, mais je ne suis pas décisionnaire en ce qui concerne l'arrêt des consultations.

J'ai fait part à ma psy de mon souhait de cesser de venir. Ma dernière crise d'angoisse remonte à décembre dernier, et je gère de mieux en mieux mon ochlophobie. Je ne ressens plus le besoin de me forcer à écouter cette femme parler de mes problèmes, puisque je considère que je n'en ai plus.

Malheureusement, comme je ne suis pas majeure, c'est à mes parents de décréter si, oui ou non, je peux enfin être libérée de cette obligation inutile.

— En gros, si tu ne sais pas quoi faire lundi prochain, à la même heure, tu me trouveras ici.

Il relève une commissure et me fait signe de monter dans la voiture.

— Le rendez-vous a déjà été pris.

Ce n'est pas le seul. On passe notre temps ensemble.

On se rend souvent au refuge. J'ignore si Wade apprécie la compagnie des animaux, mais il se montre de plus en plus coopératif, au point d'accepter de s'occuper d'autres chiens que Missie — leur entente est devenue quasiment fusionnelle.

On se voit avant les cours, entre les cours et après les cours. On déjeune ensemble le midi et on discute par SMS le soir. Je l'ai aussi accompagné avec Jax, à trois reprises, dans leurs escapades nocturnes. Le plus déprimant, dans tout ça, c'est qu'il parvient encore à me manquer. Cette dépendance devient aberrante. Je suis insatiable. Même ma mère a remarqué que j'avais changé.

Les moments les plus précieux sont probablement ceux où il débarque à la maison alors que mes parents sont absents. On se retrouve alors dans un cadre plus intime, où le jeu se base sur une confiance réciproque. Je n'éprouve plus aucune gêne à me montrer entièrement nue ; il m'aide à assumer la personne que je suis, jusque dans ces instants-là.

C'est d'ailleurs chez moi qu'il nous conduit.

Il récupère son sac à dos dans le coffre et, comme d'habitude, nous nous rendons à la cuisine, où je sors deux tasses. Il frôle mon dos tandis que la machine se met à chauffer.

— On commence vraiment à ressembler à un couple.

Son murmure dépose un souffle crépitant sur ma nuque, puis il me fait pivoter. Je me noie dans ses iris pétillants, tendres, et dans son sourire.

J'adore quand ses expressions sont franches et lisibles, quand il s'ouvre à moi.

— D'après Jax, on en est un.

— Et on est insupportables, ajoute-t-il.

— Il t'a dit ça ?

— Non. Il m'a dit qu'on était « chiants à crever », qu'il n'y avait plus aucun moyen de voir l'un sans devoir se fader l'autre, et qu'il se demandait si vivre avec Dana n'était pas finalement préférable à ça.

Il penche la tête sur le côté, et je reconnais la lueur qui prend naissance dans son regard ; ses yeux passent à l'orage quand il a envie de m'embrasser.

Je pose les mains à plat sur ses pectoraux pour le repousser, ce qui l'amuse.

— J'ai des cafés à préparer.

— J'ai autre chose à te proposer.

Déjà, il me prend par les côtes pour me déposer sur le plan de travail.

— Pas ici, Wade !

— Ce n'est pas ce genre de proposition.

Il me mord la lèvre inférieure avant de se reculer et de récupérer son sac à dos. Le carnet qu'il en sort ressemble à s'y méprendre à celui qui est caché dans ma table de chevet.

— Tu as repris ton carnet ?

— Ça s'appelle un *blackbook*. Et, non, le mien est toujours dans ta chambre.

Il me le tend et m'incite à l'ouvrir. Je feuillette les pages vierges.

— Tu t'es offert un nouveau carnet ?

— Non plus.

Il place les mains de chaque côté de mon corps, l'air enjoué.

— C'est le tien, m'annonce-t-il.

— Tu m'offres un carnet ?

— Un *blackbook*.

— Tu m'offres un *blackbook* ?

Il acquiesce.

— Pendant les dernières sessions, tu as dit vouloir apprendre les bases du *street art*. Tu auras besoin de ça pour ton enseignement.

J'admets avoir été un peu insistante, dernièrement. Jax m'a d'ailleurs signifié qu'il me mettrait une chaussette dans la bouche si je continuais à poser des questions sur l'art urbain. Je ne pensais cependant pas que Wade m'avait écoutée ; quand il graffe, il redevient muet et impassible. Totalement indifférent à ce qui l'entoure.

Apparemment, je me suis trompée.

— C'est très gentil, mais une feuille de classeur aurait suffi.

— On n'apprend pas sur des feuilles volantes, tu risquerais de les perdre. Il faut garder une trace de ton travail et de l'évolution de ton trait.

Je le dévisage, aussi touchée qu'abasourdie.

— Tu comptes réellement m'apprendre à taguer ?

— Si tu en as envie, oui. Mais, avant, tu vas avoir besoin d'un blaze. Je peux t'entraîner avec le mien, mais comme tu connais mon lettrage tu risques de l'imiter sans le vouloir. Il vaut mieux que tu aies un mot à toi, pour ne pas entraver ton imagination.

Je hoche la tête, soudain un peu gênée.

— J'y ai déjà réfléchi, en fait.

— C'est-à-dire ?

Je pose le *blackbook* près de la cafetière et baisse les yeux.

— Le blaze. J'y pense de temps en temps. Je crois que j'en ai trouvé un.

— Tu ne m'en as jamais parlé.

— Parce que ça suppose que je révèle des choses que je garde pour moi.

Instinctivement, j'enfonce mes dents à l'endroit de ma cicatrice. Il remarque mon geste et son visage devient plus sérieux.

On s'observe quelques secondes, durant lesquelles l'émotion me monte à la gorge.

— Ne te sens pas forcée de me raconter, Kenzie. L'histoire de ton blaze t'appartient. Je n'ai pas besoin de la connaître pour te faire dessiner.

— Je connais l'histoire du tien.

— Ça ne fonctionne pas comme ça. Ce n'est pas donnant-donnant. Tu as le droit d'avoir tes secrets.

— Je voudrais les partager avec toi.

Il opine calmement, puis frôle ma joue de sa main.

— Alors je t'écoute.

Je redescends du plan de travail et me retourne pour m'atteler à la préparation du café. Du moins, c'est l'excuse idéale pour ne pas avoir à le regarder dans les yeux.

Je sors les capsules de leur emballage et en dépose une dans la machine.

— Tu te souviens du passage de ma mère dans la salle de bains ?

— Plutôt bien, oui.

Sa voix est distante, il a dû s'éloigner.

— Elle a évoqué une certaine Harper.

Le ronronnement de la machine accompagne l'écoulement du café.

— Je l'ai rencontrée à l'école, il y a neuf ans. Elle se disputait avec un garçon parce qu'il refusait de la mettre en premier sur la liste des plus jolies filles. Elle a été tellement insistante qu'il a fini par modifier son classement. Je l'ai trouvée détestable, sur le coup. J'ai mis du temps à changer d'avis.

J'observe le liquide brun remplir la tasse tout en laissant les souvenirs remonter à la surface.

— Cette fille était imbuvable. Elle répondait aux professeurs, regardait les gens de haut… Elle ressemblait à ces pimbêches à qui tu souhaites qu'il arrive un vrai problème, pour qu'elles redescendent d'un étage.

J'échange la première tasse contre la seconde et actionne de nouveau la machine.

— On avait deux caractères bien différents ; j'étais plus réservée qu'elle, mais, par un concours de circonstances, on est devenues amies.

— Un « concours de circonstances » ?

Je souris faiblement.

— Le spectacle de fin d'année, oui. On s'est retrouvées ensemble pour un numéro de danse. On était forcées de se voir après l'école pour préparer la chorégraphie. À ce moment-là, j'ai découvert l'autre Harper. Celle qui n'avait aucun filtre et qui me faisait mourir de rire.

« On s'est trouvé des dizaines de points communs, à commencer par la musique pop des années 1990. C'est d'ailleurs sur *Wannabe*, des Spice Girls, que nous avons dansé.

« J'ai appris à l'adorer, elle était complètement barge. Elle volait dans des magasins, a tenté d'acheter de l'alcool avec une fausse carte alors qu'elle avait quatorze ans, et se mesurait à n'importe qui, même s'il était plus grand, plus fort et plus vieux qu'elle. Elle était très populaire, jusqu'à ce qu'on entre au lycée. »

Je sors le lait du frigo et en verse quelques gouttes dans chaque tasse. En me retournant pour tendre la sienne à Wade, je le découvre adossé au comptoir de la cuisine.

Toute son attention m'est destinée. Je dois me faire violence pour poursuivre mon déballage.

Je dépose la tasse à sa droite et m'installe de l'autre côté.

— Elle n'a pas apprécié le changement en arrivant à la Mercy High School. Elle avait toujours été aimée, ou crainte. Il n'y avait pas de demi-mesure, avec Harper. Elle ne connaissait pas l'indifférence. Au lycée, il n'y avait que des nouvelles têtes, des filles qui avaient déjà une réputation. Son caractère ne suffisait plus à attirer l'attention.

— Elle a changé ?

J'acquiesce, avant d'avaler une gorgée.

— La transformation s'est faite sur le long terme, à travers de petits détails : elle imitait les tics de langage, les mimiques, les expressions… Elle portait des tenues plus provocantes. Puis elle a découvert ce qui est devenu son arme favorite… Elle utilisait les réseaux sociaux pour dézinguer les filles qui lui faisaient de l'ombre.

Malgré tout l'amour que je lui porte, j'ai conscience qu'à cette période

Harper avait tout d'une harceleuse. Elle a lancé des rumeurs. Beaucoup de rumeurs.

— Et toi, dans tout ça ?

— Trop faible pour agir.

Le nœud dans ma gorge se renforce.

— On ne m'appelait pas « Mackenzie » mais « la copine de Harper ». Je n'avais pas assez de caractère pour m'imposer. Elle me jurait que chaque rumeur lancée serait la dernière, mais elle y avait pris goût.

— Tu n'as rien fait ?

— J'essayais de la raisonner, mais je ne l'ai jamais dénoncée. C'était mon amie, Wade. Si elle plongeait, je plongeais avec elle. Il était hors de question que je la pointe du doigt, elle se serait fait lapider en place publique. Elle ne s'en serait jamais remise.

— Elle harcelait les gens, Kenzie…

— Je sais bien, on n'arrêtait pas de se disputer à ce sujet… Mais elle était mon amie. Ses défauts, je les acceptais. Elle a fini par arrêter, en plus. Les garçons ont commencé à s'intéresser à elle, ce qui lui a donné une autre occupation.

Et je suis définitivement passée au second plan.

Je ne lui en veux pas. Harper a toujours cherché la lumière. Je le savais en devenant son amie. Finalement, son comportement n'avait pas vraiment changé, il s'était juste intensifié dans le mauvais sens.

— Elle a compris qu'en sortant avec eux elle suscitait la jalousie. Et elle adorait ça. Nos disputes ont redoublé. Je trouvais qu'elle se perdait, et elle pensait que j'étais comme les autres : jalouse.

Je réprime le frisson qui parcourt mon échine en buvant à nouveau.

— L'an dernier, elle a jeté son dévolu sur un garçon qui n'était pas au lycée mais à la fac de San Francisco. Selon elle, c'était « l'homme de sa vie ».

Elle exagérait constamment.

— Elle passait tous les week-ends avec lui et ses amis. Je ne voulais pas participer à leurs soirées, je n'étais pas dans le même délire, mais je voyais bien qu'elle se transformait. Elle se décharnait, mentalement et physiquement. Ça a duré plusieurs semaines avant que j'intervienne.

J'inspire profondément.

— Je voulais voir qui il était et, si possible, sauver les meubles. Alors, quand elle m'a proposé de l'accompagner pour une soirée à la plage, j'ai dit oui.

Des images me percutent brusquement.

Je la revois dans sa minirobe à sequins, excitée comme jamais, parce qu'elle était heureuse que j'accepte de faire partie de son nouveau monde.

Je me rappelle l'alcool qu'elle a apporté dans ma chambre, et qu'elle a bu jusqu'à ne plus marcher droit.

Je me souviens de mon inquiétude, et des quatre fois où je lui ai retiré la bouteille des mains.

Mais, de nouveau, j'ai été faible.

Au lieu de la séquestrer chez moi et de la faire décuver, je l'ai accompagnée là-bas.

— Comme prévu, son copain était un abruti fini. Le stéréotype de l'imbécile qui sait qu'il plaît et n'a aucun scrupule à en jouer. Harper et moi étions les plus jeunes, mais l'ambiance malsaine ne semblait déranger que moi. Elle avait l'air heureuse. Je l'ai perdue de vue à un moment et, dans ce laps de temps, j'ai vu son copain avec une autre fille. Je te laisse imaginer ce qu'ils faisaient.

Je pose ma tasse, incapable de soutenir ce simple poids entre mes mains.

— J'ai voulu le lui dire. Quand je l'ai retrouvée, elle avait une bouteille entre les mains. Elle était complètement à l'ouest. J'ai essayé de lui expliquer les choses, de lui faire comprendre qu'il la prenait pour une idiote, qu'elle méritait mieux, qu'elle tombait amoureuse de la mauvaise personne. Mais elle était bourrée au-delà de ce que j'aurais pu imaginer. Le ton est monté. Encore une fois, elle a cru que j'étais jalouse. Elle n'a rien voulu entendre et notre dispute a vraiment tourné au vinaigre.

Je me mords la lèvre et appuie volontairement sur ma cicatrice. J'ai l'impression de ressentir cette écorchure de nouveau. Elle se rouvre en même temps que mon débit de paroles.

— Elle ne maîtrisait plus ses gestes. Elle a claqué la bouteille contre une table basse, et elle a balancé le tesson dans ma direction. Le verre m'a entaillé un bout de la main, et la lèvre. J'étais tellement choquée par son comportement que je l'ai laissée partir sans rien dire.

— Elle a l'alcool mauvais ?

— Normalement, non. Ce n'était plus elle, Wade, vraiment… On aurait dit une version folle de celle que je connaissais depuis des années. Je suis partie me laver le visage et retirer le bout de verre incrusté dans ma bouche. J'étais en rage contre elle, tellement en rage…

Mon regard trouve le sol de ma cuisine et ne le quitte plus. Le seul sentiment qui ressort, là, tout de suite, c'est la culpabilité.

— J'aurais dû prendre sur moi. J'aurais dû ravaler ma fierté et la retrouver. Elle n'était pas dans son état normal, et je venais de lui dire que son copain la trompait. J'aurais dû la ménager.

Il empoigne ma nuque. La fraîcheur de ses doigts me donne le courage pour poursuivre.

— C'est la dernière fois que nous nous sommes parlé.

— Que s'est-il passé ?

Je renvoie les larmes d'où elles viennent. Je n'ai pas envie de pleurer. Mais la boule qui m'asphyxie rend mon élocution difficile.

— Les pompiers ont débarqué. Sur le moment, j'ai cru qu'un des invités faisait un coma éthylique, ou quelque chose de ce genre. Tout le monde s'est précipité sur la plage en contrebas. J'ai suivi le mouvement de foule, et je l'ai vue. Elle était étalée sur le sable.

Il passe son bras autour de mes épaules pour me rapprocher de lui, sans pour autant m'obliger à affronter son regard. Je lui en suis reconnaissante.

— Elle était trempée. Livide. Tout le monde parlait à voix basse… Quelqu'un a même sorti son téléphone pour prendre une vidéo des secours qui tentaient de la ranimer. Quelque part, elle aurait adoré être à ce point le centre de l'attention. Mais elle n'en a jamais profité.

Je souris, toujours aux prises avec cette douleur.

— Elle s'est noyée. Je suis arrivée trop tard.

— Tu n'es pas responsable.

— Si. Si on ne s'était pas disputées, j'aurais gardé un œil sur elle. Je l'aurais vue partir se baigner et je l'aurais forcée à regagner le rivage.

— Elle ne t'aurait pas écoutée.

— Je l'y aurais obligée. Je n'ai pas réagi comme il le fallait, Wade… J'ai eu ma première crise d'angoisse cette nuit-là. Au lieu de rester près de son corps, j'ai fait une attaque de panique, et les pompiers m'ont embarquée, comme si c'était moi qu'il fallait secourir.

— Tu étais sous le choc.

— Ce n'est pas une excuse. Je n'ai pas d'excuse. Je n'ai pas été là pour la personne que j'aimais. J'ai fini dans le fauteuil d'une psy, à devoir parler de choses que j'aurais préféré oublier. Je n'ai même pas su vivre le deuil convenablement. Tu te rends compte ? Au lieu d'honorer sa mémoire, je me suis retrouvée à parler de ma petite personne dans une sorte de cabinet médical. Harper aurait honte de moi.

— Arrête.

Il attrape mon menton et plante son regard serein dans le mien.

— Ne réduis pas votre histoire à ça.

— On s'est dit adieu sur une dispute, Wade.

— Et alors ? Il y a neuf ans d'amitié derrière.

— Elle est partie sur des insultes.

— Vous étiez amies et vous le resterez, quel que soit l'endroit où vous vous trouvez, toutes les deux.

— J'espère. Et j'espère qu'elle ne m'en voudra pas pour ce que je vais dire.

J'inspire profondément, prête à libérer un autre aveu.

— J'ai passé des mois à me détester. Après ça, j'ai vécu des crises d'angoisse journalières. Je n'en ai parlé à personne, à part ceux qui savent… La plupart des gens ne voient pas l'anxiété comme un problème. Ils ne réalisent pas que les attaques de panique bousillent réellement le quotidien…

« J'ai lu des milliers de choses sur Internet, à ce moment-là. Je voulais comprendre pourquoi j'avais soudain si peur de la foule. J'avais envie de voir si d'autres personnes vivaient ma situation. Je cherchais à être comprise.

« Qu'ai-je lu ? Des récits similaires au mien. D'individus qui ont laissé la panique les dominer et qui ont entendu la litanie des : “Bah alors ? Il n'y a pas de quoi stresser ! Respire !”

« C'est vrai. C'est tellement facile. Quand le stress te gagne, il suffit de souffler pour le dissiper. J'étais de leur avis, jusqu'à ce que je m'aperçoive que respirer n'est pas une solution. Les crises d'angoisse s'infiltrent perfidement dans la tête. Elles font croire que tout est dangereux, que tu es faible, et que jamais tu ne sortiras de cet état.

« La peur amène la peur. La peur te fait avoir peur de tout. L'anxiété est un cercle vicieux que je connais par cœur, et pour cause : il a savamment atomisé ce que j'étais.

« Pendant cette période, j'ai perdu toute confiance en moi. Je n'avais plus envie de rien. Je me haïssais. Je n'ai pas accepté la mort de Harper, elle m'a détruite. Même les mots des professionnels ne m'ont pas aidée à aller mieux. Puis il y a eu toi. »

Il retire la main de mon menton.

— Nine. C'est le blaze que je voudrais porter.

Je sens qu'il ne me comprend pas. Mon discours est si décousu que je ne peux pas lui en vouloir. J'explique :

— Dans la symbolique des chiffres, « neuf » représente l'achèvement, la fin d'un cycle et des épreuves. C'est un peu comme si tu avais atteint un but. Tu as fait le tour des choses, et tu es prêt à repartir de zéro.

Je secoue la tête et reprends.

— On m'a donné les moyens de m'en sortir, mais rien n'a fonctionné, jusqu'à ce que tu débarques. Tu ne te rends pas compte de ce que tu m'apportes. Si mes crises ont disparu, je sais que c'est grâce à toi. Tu es une énigme pour les autres, mais ton silence et ce que tu fais pour moi m'ont soignée. Tu m'aides, à ta façon, à aller de l'avant.

J'esquisse un sourire timide.

— Tu es ma cure, Wade. Tu me permets de m'exprimer sans être obligée de le faire. Tu me permets d'entrevoir celle que je pourrais être sans ces crises. Tu n'as jamais jugé mon comportement irrationnel. Tu n'as pas regardé mes réactions étranges de travers. Tu m'as toujours soutenue, sans même connaître mon histoire. Harper restera ancrée en moi, parce qu'elle fait partie de moi. Mais, grâce à toi, c'en est fini des conséquences de tout ça.

Je croise les jambes, les entortillant presque, pour dissimuler ma gêne. Me livrer à ce point demande une dose de courage que je n'étais pas consciente de détenir.

— Je me sens prête à laisser le passé à sa place. Alors, oui, j'aimerais que Nine soit mon pseudo, parce que j'ai la sensation que la boucle est bouclée.

Le blanc qui suit dure une éternité.

J'ai la bouche sèche d'avoir tant parlé, et le cœur en miettes. Cependant, je ne regrette pas un seul des mots que j'ai prononcés.

Lui aussi a perdu quelqu'un, je sais qu'il partage mes émotions.

Il me prend soudain la main et m'attire à lui. Avec douceur, il effleure ma petite cicatrice. Ce contact m'enveloppe dans un cocon de sécurité. Quand je dis qu'il me soigne, c'est la stricte vérité.

Peut-être est-ce insensé, mais Wade Keller est mon antidote.

Jamais je n'aurais cru pouvoir surmonter la disparition de Harper. Dans ma tête, tout était prévu pour que je sois vouée à déprimer jusqu'à la fin de mes jours. Incapable de voir quel chemin emprunter pour sortir de cette torpeur, j'étais préparée à errer dans un état végétatif.

Puis Wade a débarqué.

Il m'a extirpée de mon cercle vicieux.

Il est mon chiffre neuf.

— Je ne vais pas te lâcher.

Ses pouces caressent mes joues avec tendresse tandis qu'il m'observe attentivement.

— Je vais t'entraîner à taguer comme une pro, et tu vas montrer à San Francisco qui est Nine.

— Tu ne trouves pas mon pseudo débile ?

— Je trouve ta question débile.

Il caresse chaque parcelle de mon visage du bout de ses doigts.

— Merci pour cet aveu.

— C'est plus que ça, Wade…

— Je le sais. Crois-moi.

Sa bouche s'empare de la mienne et je me sens décoller. Instinctivement, mes jambes s'enroulent autour sa taille et je me laisse glisser dans la profondeur de son baiser.

Que je sois secrète ou ouverte, distante ou loquace, Wade est toujours là. Il m'accepte dans tous mes états.

Je mesure quelle est ma chance.

Chapitre 27

Wade

J'entre sans frapper. Deux personnes que je ne connais pas patientent debout, près du bureau de Crown ; je ne leur accorde qu'un bref regard et balance la liasse de billets sur la surface en bois précieux.

— Il faut que je te parle.

Crown s'enfonce dans son siège, un petit sourire dédaigneux aux lèvres. Puis il indique aux hommes de s'éclipser, ce qu'ils font dans la seconde. Leur servilité est pathétique.

La porte claque derrière eux. Sans me quitter des yeux, Crown se lèche le pouce pour compter les billets.

— Installe-toi.

— Pas besoin, ce sera rapide.

Je ne supporte pas cette pièce. Des résidus de je ne sais quelle odeur imprègnent les murs, laissant un parfum âcre se diffuser dans l'air. Les étagères encombrées de papiers et de cartons ne constituent rien d'autre qu'un décor bidon ; tout le monde connaît l'essence de ses activités. Cet endroit lui sert d'alibi, au cas où les flics décideraient de s'y intéresser de trop près.

— Il y a deux mille huit cent trente-cinq dollars. C'est mon dernier paiement.

— Tu crois encore au Père Noël ? Sois raisonnable et expose-moi ton problème, au lieu de jouer les cadors.

— C'est mon dernier paiement, Crown.

Il émet un rire de gorge.

— Le deal était de cent mille, et il me manque encore une partie, si je ne m'abuse. D'ailleurs, tu devrais songer à te mettre un coup de pied au cul : tu as ralenti, dernièrement.

J'ai complètement stoppé la vente au lycée depuis l'histoire avec Tate. Me balader avec la marchandise dans un lieu clos où je suis désormais surveillé n'aurait pas été judicieux. Ça me fait un sacré manque à gagner. D'autant que j'évite autant que possible de vendre à Tenderloin, histoire de m'épargner les questions que Kenzie ne manquerait pas de me poser si elle me voyait à nouveau revenir amoché.

On se parle avec moins de réserve et plus de sérieux. Fini les aveux légers et badins. Entre elle et moi, tout est devenu profond. Parce que maintenant je sais ce qui l'a détruite.

Je refuse catégoriquement de lui mentir, mais je ne veux pas non plus qu'elle apprenne la vérité. Parce que j'ai peur de la perdre. Qu'elle m'éjecte de sa vie.

Le seul moyen d'éviter ça est de modifier le foutu contrat de Crown et de quitter son groupe au plus vite. Je mettrai alors cette partie de ma vie derrière moi et, avec le temps, parviendrai peut-être à laver mon honneur.

Je veux la mériter. Être à sa hauteur.

— Je ne vendrai plus ta marchandise.

Il claque la langue sur son palais, agacé.

— Ça aussi, ça fait partie du deal, Noliar. On était d'accord, tous les deux : mes hommes t'aidaient à te venger et, en échange, tu respectais mes clauses. Et, mes clauses, c'est la revente de mon matos et cent mille dollars sur ma table.

— Propose-moi autre chose.

De nouveau, son rire froid ricoche contre les murs.

— Tu t'es pris pour qui ? Tu penses qu'on négocie comme au marché avec moi ? Tu connais mon blaze, Noliar, tu es assez bien placé pour savoir ce qui arrive à ceux qui tentent de me la faire à l'envers.

Je me doutais qu'il mettrait son veto. On ne touche pas aux règles édictées par le chef. Malheureusement, pour lui ou pour moi, je suis déterminé à me casser d'ici, quitte à vendre mon âme au diable.

— Le danger contre l'argent.

Une ride dubitative creuse son front. Je commence à l'intéresser.

Tendu, je le fixe et expose mon idée.

— Pour le moment, je ne risque pas grand-chose. Je bosse dans une branche assez sécurisée. Si je me fais choper par les flics, je m'en sortirai avec une peine minime. Fais-moi faire quelque chose de plus dangereux, et qui équivaudrait aux dix-neuf mille dollars qu'il manque à la somme finale.

— Tu penses à quoi ?

— À la même chose que toi.

Pour un gars comme moi, l'univers de Crown ne déborde pas de travail. Je n'ai pas les compétences pour concocter les mélanges ni l'ancienneté pour jouer les négociateurs, je refuse de porter une arme et j'ai passé le stade des basses besognes. Il ne reste plus qu'un job à pourvoir, qui ne nécessite qu'une voiture rapide.

Il le sait aussi bien que moi.

Il lève une lèvre condescendante, mais son regard indique que ce que je dis l'interpelle. Ça signifie que je suis potentiellement en train de faire une énorme connerie.

— Tu te sens vraiment de le faire ? dit-il, curieux.

— Si tu considères qu'après ça j'aurai rempli le deal, alors oui.

— Ça ne déconne pas, là, Noliar.

— Comparé à ce que je t'ai demandé de faire il y a deux ans, conduire une bagnole remplie de cachetons à travers le pays me paraît dérisoire.

Il fait calmement non de la tête.

— Mes *go fast* touchent 10 000 par voyage. Tu devras donc en faire deux sans toucher de salaire. Ce ne sont pas des amphétamines que tu transporteras mais de la coke. Si on t'attrape, tu atterriras directement en prison. Ça te tente toujours ?

— Assure-moi que tu me lâcheras définitivement.

La lampe blanchâtre grésille alors qu'il croise les doigts sur le bureau.

Crown n'a pas une carrure impressionnante. Ce qu'il consomme a lentement mais sûrement attaqué sa constitution. Il garde cependant une certaine aura. De celles qui vous font froid dans le dos. Il n'a aucune morale et, dès lors que ces barrières-là disparaissent, tout est possible. Y compris le pire.

— Deux convois à destination de Tijuana. Le premier dans dix jours, l'autre reste encore à organiser. Tu ne toucheras pas l'argent. Je mettrai quelqu'un sur le coup pour te trouver une caisse efficace, et je rencarderai mon ouvreur[1] habituel. Si tu reviens avec le matos, je considérerai que tu es libre.

Un filet d'adrénaline accélère les battements de mon cœur. *Je vais m'en sortir plus vite que prévu, c'est tout ce qui importe.*

D'une simple poignée de main, je scelle un nouvel et ultime accord avec l'un des plus gros trafiquants de la côte Ouest. Et, accessoirement, avec un assassin.

— Vous êtes sûrs de vous ?

Kenzie observe les lieux avec prudence. Je me suis rendu sur ce spot un peu plus tôt, pour m'assurer qu'il n'y a pas de gardien. À ma demande, Jax a fait pareil et validé mon repérage : les lieux ne sont pas surveillés.

Elle ne peut pas être plus en sécurité pour sa première vraie session de graff.

— Tu es beaucoup moins sur tes gardes quand c'est nous qui taguons, fait remarquer Jax.

Elle me jette un regard affolé.

— Parce que en plus je vais graffer toute seule ?

Je souris en coin.

— C'est ton moment, oui.

— Mais je n'ai aucune envie de faire ça en solo ! Tu ne veux pas m'accompagner ?

J'entoure méticuleusement l'écharpe autour de son cou, et protège son nez ainsi que sa bouche. Je ne distingue bientôt plus que ses yeux, qui m'implorent silencieusement de ne pas la laisser.

— Je vais surveiller les alentours, Kenzie. Profite, sans te soucier des bruits parasites. Tu as juste à te focaliser sur ta pièce.

Elle s'est entraînée comme une forcenée, ces derniers jours. Mon portable s'est retrouvé saturé par les innombrables photos qu'elle a prises de son *blackbook* pour me montrer ses progrès.

Comme son écriture, ses lettrages sont assez ronds. Ils se rapprochent

1. Dans un *go fast*, une voiture « ouvreuse » ouvre la voie à la voiture « porteuse », celle qui transporte la drogue. Elle permet d'écarter les conducteurs de la route et d'assurer la sécurité du porteur.

du style de Jax, le *bubble*. Je lui ai montré quelques astuces pour affiner et préciser son trait, et elle a fait tout le reste.

Je crois qu'elle aime le *street art*. Ou bien elle veut juste être à la hauteur de ce pseudo qu'elle s'est choisi et qui représente tant pour elle. Peu importe. Pour moi, toutes ses raisons sont bonnes.

Pour commencer, je lui ai confié mes bombes de peinture les plus basiques : noir, blanc et chrome. Elle connaît chaque étape. Maintenant il n'y a plus qu'à mettre tout ça en pratique.

— Jax, tu ne veux pas qu'on fasse ça ensemble ?

Il me jette un regard amusé en haussant les épaules.

— M. Noliar ici présent veut que tu prennes ton pied sans t'inquiéter, alors je suis de corvée de surveillance, moi aussi. Tu as intérêt à te taper un trip de malade, Nine, c'est le minimum requis pour que je ne t'en veuille pas !

Elle me dévisage méchamment, ce qui, chez elle, est bien plus adorable qu'effrayant.

— J'aurais vraiment aimé que tu sois avec moi..

— Je suis là, Kenzie.

— À mes côtés, je veux dire.

— La prochaine fois.

— Promis ?

— Promis.

Elle opine et prend une profonde inspiration. Son regard dévie vers la façade du bâtiment abandonné.

— OK. J'y vais.

Elle reprend son souffle et serre les poings.

— J'y vais.

Je l'interroge du regard en constatant qu'elle ne bouge pas d'un centimètre.

— J'y vais, répète-t-elle.

— C'est bien de le dire, mais il faudrait le faire.

— Je suis stressée, Wade ! Je me convaincs que je ne vais pas me liquéfier d'angoisse devant ce foutu mur ! Tu as vu comment je dessine ? J'ai le talent d'un enfant de six ans qui croit que les soleils sourient et que les êtres humains ont des baguettes à la place des bras et des jambes Laisse-moi me mettre en condition et tais-toi !

Jax se retient de rire, le temps qu'elle assure qu'elle va « y aller ». Encore quatre fois.

— J'y vais !

La cinquième est la bonne.

Mon sac à dos sur l'épaule, elle sprinte jusqu'aux briques. J'ignore pourquoi ses gestes maladroits m'attendrissent ; je la trouve touchante, à extirper les bombes et à reproduire chacun de mes mouvements, comme un élève ayant appris par cœur sa leçon.

Le sourire aux lèvres, j'allume une cigarette et scrute le paysage ; le risque d'être repéré est minime, mais on ne sait jamais.

— C'est censé être un *n* ? lance Jax, quelques minutes plus tard. Ça ressemble à la culotte froissée de ma grand-mère tout juste sortie du sèche-linge !

— La ferme, Tibbar !

Elle dégaine un doigt d'honneur tout en continuant à esquisser le squelette de sa pièce. L'exploit est remarquable.

— Elle est toujours comme ça quand elle est stressée ?

J'inspire une bouffée et recrache la fumée sur le côté.

— Elle a envie de bien faire.

Il y a de sa vie dans son blaze. Il y a d'elle, de son histoire, de Harper. Et un peu de nous. Kenzie est une fille qui fonctionne aux sentiments. Au cœur. Si elle est sur les nerfs, c'est parce qu'elle ne veut pas se décevoir elle-même.

Je la comprends.

— Je lui ai parlé de ma mère.

Il se fige net.

— Je te demande pardon ?

Mon air amusé le choque doublement.

— Elle sait tout ?

— Non. Simplement que je signe grâce à elle, et qu'elle est morte.

Il pince les lèvres en calant son pied contre le rebord du muret.

— Ce sont deux informations que tu as toujours refusé de donner.

Je me concentre sur les traits qu'elle trace sur la façade. Pour être tout à fait honnête, ce qui s'élabore sous mes yeux est encore incertain. Elle manque d'assurance, on sent qu'elle tremble et dévie par endroits. Mais je vois bien l'ébauche de son « Nine ».

— J'ai envie qu'elle sache qui je suis.

— Je n'en doute pas, frère. Vous ressemblez à ce cliché dégueulasse du téléfilm qui passe à la télé en plein milieu de l'après-midi. Quand je lui parle, je t'entends. Et quand tu en parles j'ai envie de vomir. Vous êtes liés. Il y a trop de connexions entre vous.

— Je sais.

— Ça ne te dérange même pas.

Je reprends une taffe et ne lui réponds pas.

Je serais prêt à tout pour cette fille. C'est démesuré. Violent. Inconsidéré. Mais, après deux ans et demi à errer dans le noir, je me rends compte qu'elle m'apporte un peu de lumière. Kenzie est mon ancre. Elle est la seule qui me fait sourire, l'unique qui transperce ma carapace. Cette protection, je la lui dois.

— Petit con d'inexpressif que tu es. Tu l'aimes, Wade.

— Je t'emmerde.

Il sourit franchement.

— Je prends ça pour un oui.

J'emmerde aussi son clin d'œil.

J'observe son travail : elle est passée au remplissage. Elle presse parfois trop fort la bombe de chrome, manque les coins, mais toutes ses maladresses donnent au résultat une sincérité émouvante.

Ses efforts créent un Nine qui n'appartient qu'à elle. À son image. Je garderai ce dessin en mémoire.

— Tu es au courant pour la soirée, au fait ?

— Quelle soirée ?

— Demain soir, il y a un événement au lycée. Les Black Dolphins se sont qualifiés pour les championnats régionaux et ils ont décidé de fêter ça avec leurs « supporters ».

Je lève un sourcil.

— Tu me demandes sérieusement si je vais me déplacer pour célébrer les exploits de Tate ?

— Je sais que tu n'as aucune intention de t'y rendre, et moi non plus. Mais Terry a insisté pour que Mackenzie vienne, j'étais là pendant son discours de persuasion. Ta copine a accepté.

Imaginer Tate, Terry et Kenzie ensemble génère en moi de mauvaises ondes.

— Je ne sens pas Tate, frère. Il continue de passer du temps avec Mackenzie, alors qu'on a tous capté que vous étiez ensemble. Après le coup avec son père, il devrait faire profil bas. Si tu veux un conseil, tu ferais mieux d'y aller.

Je jette le mégot en secouant négativement la tête.

— Ce sera sans moi.

— Wade… je me fais peut-être de fausses idées, mais je trouve étrange que Tate…

— Il a des sentiments pour elle, le coupé-je, je sais.

Il soupire.

— Je n'ai donc pas rêvé. Ça ne te gêne pas qu'il lui tourne autour ?

— J'ai confiance en elle.

— Au point de la laisser traîner avec le type qui a essayé de te balancer ?

— Mes histoires avec Tate ne la concernent pas. Si elle a envie de lui parler, je n'ai rien à en dire. Elle crée des liens avec les gens qu'elle veut, je n'ai pas à interférer dans ses décisions.

— Si j'étais à ta place, j'aurais pété un plomb depuis longtemps.

— Pas la peine. Tate l'apprécie, ça m'assure qu'il ne lui fera jamais de mal. Et elle sait se défendre.

Il considère mes paroles dans le silence.

— Elle ne sait pas pour Crown et tout le reste, n'est-ce pas ? reprend-il.

J'inspire calmement. Sa pièce est pratiquement terminée, elle va nous rejoindre d'une minute à l'autre.

— Si elle était au courant, ça ferait d'elle une complice. Je refuse de la mêler à cette merde.

— Et si Tate lui en parle ?

— Il ne peut pas connaître Crown.

— Mais il sait que tu deales.

— Il n'a aucune preuve concrète contre moi.

— On a tous des preuves contre toi. Tu as vendu pendant plusieurs mois à la MHS.

— Tu essaies de me mettre en garde contre quoi, au juste ?

Il soupire bruyamment et s'appuie contre le muret.

— Tate. C'est Tate, mon problème. Comparé à ce que tu vis, je suppose qu'un des nageurs de l'équipe d'un petit lycée ne t'impressionne pas, mais il n'est pas net. Fais-moi plaisir, vieux, passe à cette soirée.

Le bruit métallique des bombes attire mon attention ; Kenzie range les affaires dans le sac à dos. Elle doit sentir que je l'observe puisqu'elle relève la tête. Son sourire est resplendissant.

— J'ai autre chose de prévu, Jax.

Demain soir signera mon premier départ pour Tijuana. Crown a réglé les derniers détails, et j'ai discuté avec Mick, l'ouvreur. Même si je le voulais, je ne pourrais pas me désister.

— Tu vas faire passer ce « quelque chose » devant Mackenzie ?

— Je n'ai pas le choix.

Il se tourne vers moi, le regard soudain rempli de questions.

— Bon sang… dans quoi tu t'es embarqué ?

— Rien qui doive t'inquiéter.

Kenzie trottine dans notre direction. Son visage est lumineux, elle déborde d'enthousiasme et d'énergie.

— Va à la soirée, toi, et garde un œil sur elle. S'il te plaît.

Il opine, d'une façon presque solennelle. Il est parvenu à me faire douter, il l'a senti.

— Je m'occuperai d'elle. Tu as ma parole.

— Mon tag est si moche que ça ?

Elle s'arrête et nous dévisage tour à tour.

— Vous avez deux têtes de déterrés.

Jax récupère sa moue désinvolte habituelle. Il adore la charrier, c'est devenu l'une de ses activités favorites.

— Tu vas avoir besoin de pas mal d'entraînement, Nine.

— Je ne fais que ça, m'entraîner !

— Tu as un mauvais professeur, dans ce cas.

— Son professeur était le tien, je te signale, grogné-je.

Ils sourient à l'unisson.

Je récupère mon sac tandis qu'elle retire le foulard, puis je passe un bras autour de ses épaules ; l'adrénaline la fait trembler, mais son air enjoué indique qu'elle vient de vivre un bon moment.

— N'oublie pas que la prochaine fois tu participes, me chuchote-t-elle.

Sa main se resserre autour de mes côtes et elle se blottit contre moi. Elle n'imagine pas la force que me donne sa présence. Je m'en abreuve pour demain.

— Oui, madame.

J'ai beau n'en rien laisser paraître, la perspective de rouler à plus de deux cents kilomètres/heure sur l'autoroute dans un bolide au coffre bourré de drogue me rend anxieux.

Tout ce que j'espère, c'est que j'en réchapperai sans dommage

Chapitre 28

Mackenzie

Tu es arrivée ?

Je soupire en lisant le texto de Jax. C'est le troisième de ce genre qu'il m'envoie.

Je suis en route. Comme il y a 5 min.

OK. Quand tu arrives, dis-le-moi. Je t'attendrai à l'entrée.

Je suis avec Terry, elle sait où se passe la soirée, tu n'as pas besoin de m'attendre.

Quand tu arrives, dis-le-moi.

— Jax continue de te harceler ?

Elle actionne le clignotant en me regardant de biais.

— Je ne sais pas ce qu'il a… avoué-je.

C'est sympa de sa part de se renseigner sur ma position toutes les trois secondes, mais il agit généralement avec plus de flegme. Je ne comprends pas pourquoi il tient tant à me chaperonner.

Terry esquisse un sourire.

— Peut-être qu'il se sent obligé de te coller aux basques parce que Wade n'est pas là. C'est étrange, qu'il n'ait pas voulu venir à la soirée, d'ailleurs, tu ne trouves pas ?

— Il n'est pas passionné par la natation.

Je pense surtout que Wade n'avait aucune envie de passer la soirée au lycée, et surtout pas pour jouer les hypocrites. Il n'apprécie ni Tate ni Terry. J'aurais adoré qu'il soit présent, mais pas question de l'obliger à quoi que ce soit.

À vrai dire, je suis la seule à me forcer.

En insistant longuement, Terry a fini par me convaincre de venir fêter l'entrée des Black Dolphins dans les championnats régionaux. Je ne suis pas leur actualité et je ne fais pas partie de leurs fans, mais, quand Terry me demande quelque chose, j'ai du mal à refuser.

Cela explique son arrivée chez moi, il y a une heure. Puis la session de préparation dans ma chambre. Et, enfin, le trajet que nous faisons ensemble jusqu'à la Mercy High School, dans sa citadine.

— Il se fout surtout des relations humaines ! lance-t-elle en riant C'est le mec le plus fermé que j'aie jamais rencontré ! Je suis désolée, Mackenzie, j'ai vraiment essayé de m'intéresser à lui, mais je crois que je vais abandonner. J'arrive au bout de ma patience, ce garçon est un mur

— Je comprends…

… même si Wade n'est pas si fermé qu'il s'en donne l'air.

Il partage simplement ce qu'il veut, au moment où il le désire Personnellement, je ne l'ai jamais perçu comme un mur. Il m'a toujours parlé, à sa façon.

L'autoradio se met soudain à cracher des notes que je reconnais avec bonheur. Malheureusement, Terry tourne le bouton en râlant.

— Il faut vraiment être à la ramasse pour diffuser les Spice Girls ! Il n'y a plus que les ploucs qui écoutent cette daube !

La plouc en moi est secrètement soulagée de ne pas avoir commencé à gesticuler au rythme de la musique.

Nous parvenons bientôt sur le parking.

— Tu peux ouvrir la boîte à gants, s'il te plaît ? me dit-elle en tirant le frein à main.

Je m'exécute et tombe sur une petite bouteille en plastique. Une alarme résonne aussitôt dans ma tête. Pourtant, le liquide incolore qu'elle contient n'est certainement que de l'eau.

Terry porte la bouteille à sa bouche et ingurgite plusieurs gorgées d'affilée. Cette scène me met mal à l'aise. J'ai une désagréable sensation de déjà-vu.

— Tiens.

— C'est quoi ?

— De la vodka.

Je refuse d'un geste de la main.

— Non, merci.

Elle hausse les épaules et reprend une énorme lampée. Je résiste férocement à l'envie de lui retirer la bouteille des mains.

— Terry, tu devrais ralentir.

Elle grimace quand le liquide descend le long de son œsophage, puis m'offre un sourire éclatant.

— C'est le seul moment où on peut se faire plaisir : l'alcool est interdit, les profs vérifient les sacs à l'entrée. Tu es sûre que tu n'en veux pas un peu ? Tu vas t'ennuyer comme un rat mort si tu te contentes des jus de fruits bas de gamme.

Elle n'attend pas ma réponse pour porter le goulot à sa bouche. Cette fois, je m'empare de la bouteille.

— Les jus de fruits bas de gamme sont délicieux, dis-je en tournant le capuchon. Tu verras, c'est bien meilleur que de la vodka de l'épicier du coin.

Je remets le tout dans la boîte à gants sous son regard surpris.

— Je pensais que tu buvais, dit-elle sur le ton de l'incompréhension. On a partagé une bière, il y a quelque temps.

— Il y a une grande différence entre boire une bière en plein milieu d'une soirée et se démonter la tête avec de l'alcool fort avant la soirée. Le *binge drinking*[1] ne sert à rien.

— D'accord, maman.

Ma réaction l'amuse plus qu'autre chose.

Elle peut se moquer de moi, je m'en fiche, tant que son organisme ne reçoit plus de vodka. Terry n'est certes pas ma meilleure amie, mais je refuse d'être à nouveau spectatrice de ce genre de désastre.

On sort de la voiture et on parcourt à peine quelques mètres avant d'apercevoir la silhouette de Jax. Dans une brève étreinte, il salue Terry, puis il me destine un regard dont la signification m'échappe.

— Quoi ?

1. « Beuverie express », en français. Mode de consommation qui consiste à boire de l'alcool ponctuellement, le plus rapidement possible et en grande quantité.

Un blanc étrange plane entre nous.

— Rien.

— Tu la regardes bizarrement, intervient Terry.

— Je suis content de la voir, c'est tout.

— Tu en as l'air, oui… Tu n'étais pas censé ne pas venir, ce soir, au fait ?

— J'ai changé d'avis, élude-t-il.

— Tate sera heureux de voir que son ami s'est enfin décidé à enterrer la hache de guerre, approuve-t-elle.

— Je n'ai rien enterré du tout.

Terry et moi échangeons un regard gêné.

Depuis le passage de la police au lycée, Jax voue à Tate une haine viscérale, muette, qui se traduit par une tension palpable dès qu'il aperçoit le nageur. S'il avait des crocs, il aurait déjà mordu dans sa jugulaire.

C'est un fait indubitable : Jax déteste Tate. Malheureusement, il est contraint de le côtoyer puisque celui-ci est un proche de Terry, avec qui je passe pas mal de temps. Forcément, nous finissons par nous croiser, à un moment ou un autre, dans la journée.

— Tu sais, tout ça le mine, se désole-t-elle. Vous vous êtes toujours bien entendus, il ne comprend pas pourquoi tu l'as pris en grippe du jour au lendemain.

— Il le sait parfaitement, ne t'en fais pas pour ça.

— Qu'est-ce qui s'est passé ? Il a dit quelque chose qui ne t'a pas plu ?

— Ne fourre pas ton nez là-dedans, Terry.

— Mais je t'aime bien ! Et je l'aime bien, lui aussi. J'aimerais que les gens que j'aime s'apprécient.

La froideur de l'expression qu'elle reçoit pour seule réponse la ratatine sur place.

Le message est passé : sujet tabou.

C'est dans un silence pesant que nous foulons les marches du lycée. Pénétrer dans l'établissement en dehors des heures de cours a une saveur inédite. C'est étrange de découvrir les couloirs sombres, vides. J'ai l'impression de frôler l'interdit.

Nous traversons plusieurs couloirs avant de parvenir aux extensions destinées aux sportifs.

— Où se passe la soirée ? demandé-je, tandis que nous dépassons une porte battante.

— À la piscine.

Jax me lance un petit sourire.

— Ils ont décoré la salle autour du bassin. Si tu n'aimes pas les Black Dolphins, mieux vaut que tu fermes les yeux, parce que tu risques d'avoir la nausée.

Deux autres portes et une vérification de nos affaires plus tard, l'hypothèse de Jax est confirmée.

Le bassin de cinquante mètres est éclairé, diffusant une ambiance presque mystique ; les reflets des vaguelettes se répercutent sur les gradins, le sol et le carrelage mural.

Des banderoles bleu et noir exposent fièrement les couleurs de notre équipe. Le logo des Dolphins est partout, jusque sur les gobelets de plastique que remplissent les chaperons.

Je devrais être fière de ces sportifs si prometteurs, mais cet étalage me donne surtout envie de rire. J'ai l'impression qu'on fête un prix Nobel ou une découverte médicale essentielle pour l'humanité.

En réalité, ce ne sont que des types qui nagent — certes, un peu plus vite que les autres, mais ça ne changera pas la face du monde.

— On est vraiment les meilleurs.

Terry s'extasie devant le drapeau géant, cloué sous l'horloge qui fait face aux plongeoirs. Contrairement à moi, elle a la culture du sport chevillée au corps.

— Tate a explosé le record au cent mètres nage libre. Ça faisait cinq ans qu'il était détenu par un *sophomore*. Il est arrivé et a tout démoli sur son passage. On va finir avec la coupe entre les mains, je vous le dis.

Jax et moi restons muets. De marbre. En fait, il s'en fiche autant que moi.

Je me demande vraiment ce qu'on fabrique ici, tous les deux.

— Vous imaginez un peu ? La MHS, détentrice du titre ?

— J'en ai une gaule du diable.

Terry corrige sévèrement Jax du regard, ce qui ne provoque rien d'autre qu'un rire de la part de ce dernier.

— Je me contrefous des exploits des Black Dolphins, Terry ! Ça ne me rendra pas meilleur de savoir que des gens battent vite des bras.

— Tu es médisant.

— Honnête, rectifie-t-il.

Elle lève les yeux au ciel, avant de se faire happer par une grande brune. Le sourire retrouvé, elle nous abandonne, et nous en profitons pour nous installer dans les gradins.

Nous discutons plus d'une demi-heure, sans interruption. Tous les sujets y passent : Dana, le graff, les cours… J'apprends même que Jax étudie les maths avancées, et qu'il a d'ailleurs de solides connaissances dans ce domaine.

— Tu suis ce module par envie ? m'enquiers-je, curieuse.

Il gesticule sur le siège en plastique en acquiesçant.

— Totalement, oui. Ça a l'air de te surprendre.

— J'ai du mal à voir le Tibbar fumeur de joints résoudre des équations du troisième degré.

Il blêmit brusquement.

— En parlant de joint, tu as…

— Wade l'a vu, oui, dis-je dans un sourire.

De nouveau, il remue les jambes avec un mouvement nerveux.

— C'est bizarre qu'il ne m'en ait pas parlé… J'aurais cru qu'il mettrait un contrat sur ma tête après ça.

— Il a vite oublié.

Sans cesser de gigoter, il m'adresse un clin d'œil équivoque. Je me sens rougir.

— Vous êtes en couple, Mackenzie, il n'y a rien d'étonnant à ce que vous couchiez ensemble !

— Je n'ai jamais dit qu'on…

— Évidemment, que vous couchez ensemble !

— On peut changer de sujet ?

— Ça te gêne ?

— De quoi ? De parler de ça avec le meilleur ami de mon petit ami ? Tu attends vraiment une réponse ? Et puis arrête de gesticuler comme ça, bon sang !

Il pose les mains au niveau de son bas-ventre et fait non de la tête.

— J'ai une envie de pisser à crever.

— Tu sais que ce lycée est doté de ce luxe incroyable qui s'appelle des toilettes ?

— Je ne bougerai pas d'ici. À moins que tu m'accompagnes.

Je recule d'un pas, effarée.

— Jax, je pense que tu es assez grand pour faire pipi tout seul.

— Je ne te laisserai pas seule.

— Que veux-tu qu'il m'arrive ?

— Aucune idée, et je ne tiens pas à le savoir.

Agacée par sa soudaine surprotection, je passe ma main sur la sienne, toujours collée à son ventre, et appuie aussi fort que possible.

Sa réaction est immédiate : il se tord en deux.

— C'est malhonnête, putain !

— Va aux toilettes ! dis-je en riant. Je resterai ici en t'attendant sagement.

Son hésitation me dépasse sincèrement, mais il finit par capituler.

— Tu ne bouges pas, hein ? Vraiment.

— Promis, Jax.

— Je suis sérieux. Si tu n'es pas là quand je reviens, que je dois te chercher et que je te retrouve, tu passeras un sale quart d'heure.

— D'accord. Allez, va-t'en !

J'éclate de rire en le voyant se lever et serpenter entre les gradins en serrant les fesses.

— Salut.

Je me retourne subitement.

Tate. Ma joie s'éteint aussitôt.

Je n'ai rien de spécial à lui reprocher, du moins, pas récemment, mais le fait que Jax et Wade ne le portent pas dans leur cœur n'améliore pas mes sentiments à son égard.

— Tu as attendu que Jax disparaisse pour jaillir de nulle part ? raillé-je.

— Un peu, oui.

Il scrute brièvement les alentours avant de revenir à moi.

— Mackenzie, il faut qu'on discute.

— Je t'écoute.

— Pas ici, non. Tu pourrais me rejoindre dans les vestiaires ?

Je croise les bras sur ma poitrine, perplexe.

— Non, je ne peux pas.

— C'est important. J'ai des choses à te dire.

— Alors, fais-le maintenant.

— Le sujet est délicat, je ne voudrais pas qu'on m'entende.

Je me rembrunis, énervée qu'il parvienne à attirer mon attention.

— C'est à propos de Harper.

La bombe lâchée, il ne me laisse pas le temps d'encaisser le choc, et se redresse.

— Viens dans les vestiaires, c'est la porte à côté de la sortie de secours.

Je le regarde prendre cette direction sans savoir comment réagir.

Il sait pertinemment ce qu'il fait en prononçant ce prénom. Je n'ai aucune envie de parler d'elle, et surtout pas avec lui, mais je ne veux pas que mon obstination me fasse passer à côté des informations qu'il aurait à me donner.

Un coup d'œil vers l'entrée m'indique que Jax n'est pas encore revenu. J'ai quelques minutes devant moi.

Poussée par la curiosité, je me lève à mon tour et prie pour que le mauvais pressentiment qui oppresse ma poitrine se révèle faux.

Chapitre 29

Mackenzie

C'est la première fois que je me rends dans des vestiaires masculins, et ceux-là correspondent en tout point à l'idée que je m'en faisais.

Des casiers, peints en noir, s'étendent par rangées dans la salle. Au mur, des affiches clament des slogans destinés à motiver les athlètes. Après une bonne minute d'errance, je finis par trouver Tate installé sur un banc, près des lavabos, à l'opposé de la porte de sortie.

— Qu'est-ce que tu veux ?

Il me fait signe de m'asseoir à côté de lui : je refuse, préférant conserver une distance de quelques mètres.

— Tate, si c'est une tactique débile pour énerver Jax, dis-le-moi immédiatement. S'il me voit avec toi, il ne va pas…

— Il n'y a aucune tactique. J'ai découvert quelque chose, et j'ai pensé qu'il fallait que tu sois au courant.

Sur ces mots, il ouvre son gilet à capuche et extirpe une espèce de chemise en carton jaunâtre, qu'il gardait contre son torse, rentrée dans son jean.

— Qu'est-ce que c'est ?

Il se mord les lèvres, embarrassé.

— Une photocopie du dossier de Harper

— Je te demande pardon ?

Il se gratte le menton sans oser me regarder dans les yeux. C'est la première fois que sa sempiternelle assurance paraît lui faire défaut.

— Mon père travaille dans la police, tu te souviens ? Je lui ai demandé ce dossier et de m'en faire un double. Je me doutais que, sans preuve concrète, tu ne me croirais pas.

— Te croire à propos de quoi ? Et depuis quand la police divulgue-t-elle ce genre de documents ? Il n'y a pas une sorte de secret professionnel, comme chez les médecins ?

— Tu veux bien t'asseoir ?

— Tu veux bien me répondre ?

Sa main frotte désormais son crâne, tandis qu'il dépose le dossier sur ses genoux. Il émet un grognement insatisfait.

— Il y a ton témoignage dedans. Tu parles de votre dispute, de l'alcool, et du fait que tu te sois sentie responsable de sa disparition.

Mon geste de la main le stoppe dans son élan.

— De quel droit t'es-tu permis de lire ça ? Ce ne sont pas tes problèmes, Tate ! Qu'est-ce qui ne va pas chez toi ?

Sous le coup de la colère, je m'avance et lui arrache le dossier des mains.

— Nous ne sommes pas amis ! Et, quand bien même on le serait, ça ne te donnerait pas le droit de déterrer des histoires qui ne te concernent pas ! C'est quoi, ton but ? Trouver un nouveau moyen de me pourrir la vie ? Après tes petites humiliations ridicules, tu as décidé de passer la vitesse supérieure ?

— Je t'apprécie, Mackenzie.

Un sourire nerveux flotte sur mes lèvres.

— Tu plaisantes ? Les gens que tu apprécies, tu les appelles « Boulette » ? Tu te fous de leur gueule ? Tu vas fouiner dans le passé de leurs amis ?

— J'ai mal agi avec toi, j'en suis conscient. Je me suis déjà excusé, et je recommencerai autant de fois qu'il le faudra. Je suis sincère, je t'aime bien. C'est pour ça que je tiens à ce que tu te déculpabilises définitivement.

Son discours me laisse bouche bée.

Je n'arrive pas à lui faire confiance, mais, d'un autre côté, il m'intrigue. *Satanée curiosité.*

Je prends sur moi pour réussir à lui répondre.

— De quelle culpabilité parles-tu ?

— L'alcool. Tu penses qu'elle est morte à cause de l'alcool, et tu t'en veux parce que tu ne l'as pas empêchée de boire avant la soirée.

Il a bien travaillé son sujet.

Je masque mon malaise en serrant la mâchoire.

— Et alors ?

— Ce n'est pas l'alcool qui l'a tuée, Mackenzie.

— Je sais. Elle s'est noyée. On le sait tous, non ?

— Elle était déjà morte avant de boire la tasse. Ouvre le dossier, tout est là.

Des tremblements parcourent mes membres.

Cette discussion aberrante me déstabilise complètement, et je prends conscience que je tiens entre mes mains une chose à laquelle je n'aurais jamais dû avoir accès.

Je secoue la tête et balance les papiers sur le banc.

— C'est n'importe quoi.

Furieuse et soudain écrasée de tristesse, je fais demi-tour.

— Elle a fait une overdose dans l'eau. Harper est morte d'une overdose, Mackenzie.

Mon cerveau a du mal à intégrer ces mots.

Non.

Il les nie en bloc.

— Harper ne se droguait pas.

— Page 4, troisième paragraphe. Ils ont retrouvé des cachets dans son sac à main. L'autopsie a confirmé la cause de son décès.

Les soubresauts redoublent en puissance. Pourrait-il seulement arrêter d'utiliser les mots « décès » et « mort » ? Je ne supporte pas de l'entendre parler d'elle alors qu'il ne l'a jamais connue.

Je me retourne d'un coup.

— Harper ne se droguait pas ! répété-je d'une voix acerbe.

Ce qui me fait le plus mal, à ce moment-là, c'est la pitié que je lis dans son regard. Il m'observe avec un mélange de tendresse et de commisération, comme s'il souffrait pour moi.

Le monde tourne à l'envers. Tate est un petit con, et certainement pas un être humain doté de compassion.

— Page 4, troisième paragraphe, Mackenzie.

Il m'indique le dossier du menton.

Je n'ai aucune envie de l'ouvrir. Une part de moi refuse toujours de considérer cet échange comme réel.

— Je la connaissais mieux que personne, d'accord ? Harper n'était pas une sainte, mais jamais elle n'aurait touché à des substances illicites, et encore moins au point d'y perdre la vie.

Oui, elle était *borderline*. Cela faisait partie de son caractère. Elle était libre et prête à tout. Mais je ne conçois pas qu'elle soit tombée aussi bas, et surtout pas sans que je m'en rende compte.

Le silence de Tate pèse sur ma poitrine.

Je considère le dossier un long moment, puis refoule cette possibilité de mon esprit.

Ça ne peut pas être vrai.

— C'est important que tu connaisses la vérité, dit-il calmement.

Le cœur au bord des lèvres, et pour qu'il me fiche la paix, je m'avance vers lui et ouvre ce foutu dossier. Un trombone retient la liasse, dont machinalement je tourne les pages pour parvenir à la quatrième, ne tenant pas à connaître le contenu des précédentes.

Troisième paragraphe.

Conditions du décès. Causes de la mort. Je survole les termes techniques, dont un seul me saute aux yeux.

Overdose.

— C'est impossible.

Mon dos rencontre l'acier froid d'une porte de casier. Je lis la suite du document en diagonale, incapable de me concentrer sur une phrase précise.

Harper ne prenait pas de drogues. Je l'aurais vu. Je l'aurais su.

La page suivante n'est autre qu'une photographie exposant le contenu de son sac à main. Et, là, en évidence, je distingue plusieurs cachets, gravés d'une couronne.

— Elle avait un comportement excessif, non ?

Je ne relève pas la tête, laissant la question de Tate en suspens.

— S'énervait-elle, parfois ? Sa force était-elle décuplée ? Tu as remarqué un changement physique, les dernières semaines ? Ce soir-là, tu as vu qu'elle n'était pas dans son état normal ? Plus virulente ?

— Elle avait bu…

— Elle avait pris des drogues, Mackenzie. C'est pour ça qu'elle était plus violente que d'habitude.

Un nœud se forme dans mon ventre.

Notre querelle avait atteint un niveau inédit. Effectivement, la Harper que je connaissais n'aurait jamais claqué une bouteille sur la table, et encore moins balancé le tesson de verre coupant en plein sur mon visage.

— C'est impossible… répété-je, comme une litanie.

Pourtant, tout m'indique que si. C'est possible. C'est réel.

La douleur me retourne l'estomac. Comment ai-je pu me montrer assez aveugle pour ne pas voir ce qui me paraît soudain évident ? Les gens qui se droguent vont mal. Mon amie allait-elle mal ? Je ne l'ai même pas remarqué. Enfin, si. Je voyais que son manque de popularité la minait, mais était-ce si important que ça ? Je ne conçois pas qu'elle ait cherché le plaisir dans un paradis artificiel parce que les gens ne l'appréciaient pas comme elle l'aurait voulu.

Elle était jolie. Ses parents n'étaient pas dans le besoin. De nous deux, j'aurais été la plus à même de sombrer. Je n'avais pas sa force de caractère.

Elle n'a pas pu faire ça.

Qu'est-ce qui lui a pris de faire une chose pareille ? De se bousiller comme ça ? Était-ce la première fois ? Ou bien était-ce la conséquence d'une prise régulière ? D'une intoxication à petit feu ?

Je n'obtiendrai jamais les réponses.

J'ai l'impression d'avoir manqué le plus important. Ma meilleure amie avait un secret. On s'est disputées cent fois, et jamais elle n'a craché le morceau.

Un son étrange explose soudain dans les vestiaires. Je réalise qu'il provient de moi. J'étouffe mon second sanglot en portant la main à ma bouche.

— Viens t'asseoir.

Tate me prend par les épaules et me conduit en douceur jusqu'au banc, où je m'effondre avec le poids d'une nouvelle culpabilité. Celle d'avoir été une amie lamentable.

— Je ne savais pas…

— Ce n'est pas ta faute, Mackenzie. L'alcool et votre dispute ne sont pas responsables de sa mort. C'est la drogue qui te l'a prise. Tu n'as pas à t'en vouloir.

J'aimerais raisonner comme cela, mais il ne saisit pas l'ampleur de ma dévastation.

N'importe qui aurait condamné le comportement de Harper. Elle n'était pas parfaite. Mais je l'adorais, c'était comme ça. J'ai vécu neuf ans avec elle. La moitié de ma vie. C'est avec elle que j'ai découvert ce que signifiait l'amitié.

Mais, la fille dont l'ombre hante les pages de ce dossier, je ne la connais pas.

— Comment aurait-elle pu s'en procurer ?

— Il suffit d'avoir de l'argent, et de chercher là où il faut. Beaucoup de gens y touchent. C'est tabou, mais plus courant qu'on le pense. C'est même très commun.

Je passe une main sur ma gorge, le regard rivé à l'image d'où les cachets semblent me narguer.

Je ne repousse pas le bras qu'il passe autour de ma taille. Ce contact ne me fait ni chaud ni froid. Ni du bien ni du mal. Là, à cet instant, je suis juste contente d'avoir quelqu'un avec moi. Quelle que soit cette personne.

— Tu crois qu'elle se droguait depuis longtemps ?

J'ignore pourquoi je lui pose la question. Que peut-il en savoir ? Mes paroles sortent sans passer par le filtre de la raison.

— Je ne sais pas, murmure-t-il. Mais arrête de t'en vouloir. C'est vers la personne qui lui a vendu ces merdes que tu dois diriger ta colère. C'est elle qui a entraîné sa mort.

Il a raison.

Pour quelques dollars, un salopard lui a fourni le produit qui l'a rayée de la surface de la terre. Il s'est rempli les poches en se foutant royalement des conséquences.

Quelqu'un s'est fait de l'argent sur la mort de Harper. Aujourd'hui, il doit bien profiter de ses revenus… Je suppose que mon amie n'était qu'une cliente parmi tant d'autres. Tandis qu'il poursuit sa vie, Harper, elle, croupit six pieds sous terre.

La colère s'empare de mes veines. Je serais capable de le tuer si je l'avais devant les yeux.

— Ton père l'a retrouvé ? Il l'a mis en prison ?

Ma voix est un mélange d'espoir et de fureur. Je voudrais que ce salopard souffre. Qu'il paie pour son crime.

Tate desserre son étreinte. Il me lance un long, très long regard d'excuse.

— Il aurait bien voulu… J'aurais voulu, moi aussi.

Timidement, presque avec résignation, il porte la main à la poche de son jean. Je ne comprends pas son geste, jusqu'à ce qu'il déploie ses doigts devant mes yeux ; au creux de sa paume trône un cachet blanc. Une seconde m'est nécessaire pour y distinguer une couronne.

Je le dévisage, ahurie.

— C'est le même que…

Il confirme d'un hochement de tête.

— C'est le même, oui.

Ma respiration s'accélère anarchiquement.

— Que fais-tu avec ça, Tate ?

— Ce n'est pas à moi. Je ne me drogue pas. Ce cachet appartient à un des gars de l'équipe. Il allait l'avaler, je l'ai intercepté au dernier moment. J'aurais aussi bien pu intercepter la moitié du lycée. Ils ont presque tous cette merde, flanquée d'une couronne, dans leurs affaires.

J'observe ce minuscule cachet comme s'il renfermait l'essence même de l'enfer. C'est un peu le cas.

— Il faut que tu saches quelque chose…

Il referme les doigts sur la drogue et la replace dans son jean.

— Quand je dis que je t'apprécie, je ne mens pas. Tu as tous les droits de me haïr, je ne t'en voudrai pas. Mais, même si tu me détestes, je ne peux pas me contenter de rester spectateur…

Son ton solennel me met aussitôt sur la défensive. J'ai le sentiment qu'un aveu déplaisant va parvenir à mes oreilles.

— Qu'essaies-tu de me dire ?

Il se racle la gorge tout en intensifiant notre contact visuel. Il veut que je l'écoute attentivement, et, au point où j'en suis, après ce qu'il m'a révélé, j'accepte de l'entendre.

— Tu t'es rapprochée de Wade…

— Qu'est-ce que Wade a à voir dans cette discussion ?

— Laisse-moi finir. On a tous vu que vous étiez devenus proches. Tu tiens à lui, n'est-ce pas ?

Je me braque immédiatement.

— Ce ne sont pas tes affaires.

— Tu tiens à lui, insiste-t-il. Tu le regardes comme s'il était le centre de ton univers. Comme s'il t'apportait le bonheur sur un plateau d'argent. Tu es amoureuse de lui, ça crève les yeux. Mais tu as offert ta confiance à une pourriture, Mackenzie.

J'accuse le choc de ses mots.

Instinctivement, je mets de la distance entre nous et, malgré mon état émotionnel, je parviens à lui adresser un regard meurtrier.

— Ne juge pas ce que tu ne connais pas.

— Tu l'aimes.

À ces mots, mon cœur s'emballe, donnant, malgré moi, une réponse à la question.

C'est avec Wade que je devrais parler de ça. Mes sentiments n'appartiennent qu'à lui, il est le seul à pouvoir entendre cette déclaration sortir de ma bouche.

Sauf que Tate me scrute d'une façon telle que j'ai envie de lui rabattre le caquet.

— Oui.

Pleinement confiante, je hoche la tête.

— Je l'aime, oui. Où est le problème ?

Il tente de sourire, mais son visage respire la souffrance. Perdue, je me demande un instant s'il éprouve quelque chose pour moi ; ça me semble invraisemblable, mais Tate est imprévisible. Il s'exprime mal. Il me dit qu'il m'apprécie tout en m'humiliant. Un coup, il est gentil, et l'instant d'après il pue la condescendance du type populaire à qui tout est dû.

En réalité, je n'ai aucune idée de ce qu'il pense de moi.

— Le problème, c'est que Wade n'est pas celui que tu crois.

Il plonge ses yeux dans les miens et semble me demander pardon pour ce qu'il s'apprête à dire.

— C'est lui qui vend ces cachets dans le lycée.

Je plisse le front. Devant cette absurdité, c'est tout ce que j'arrive à faire.

— Wade est un dealer, Mackenzie. Il vend sa came à la Mercy High School depuis des mois. Toujours la même. Toujours ces cachets avec la couronne. C'est un signe de reconnaissance : chaque gang appose son symbole sur ses drogues, pour que tout le monde sache chez qui on se sert.

Il se mord les lèvres.

— Wade a diffusé son poison dans le lycée. Le même poison que Harper a pris, et qui l'a tuée.

Mes poumons cessent de fonctionner.

— Mackenzie… C'est Wade qui a fourni la drogue à Harper. C'est à cause de lui qu'elle n'est plus là.

Mon cœur fait une violente embardée.

Quelque chose de similaire à de l'adrénaline se déverse à flots dans mes veines, sauf que le liquide me brûle de l'intérieur.

— Non.

Il me prend délicatement la main.

— Je suis désolé, il fallait que je te le dise. Tu es tombée amoureuse de la mauvaise personne.

Je bloque sur ses paroles. *J'ai dit la même chose à Harper, il y a presque un an jour pour jour.*

Il y a tant à encaisser que je n'accepte pas un seul de ces mots.

— Tu mens.

Je me détache vivement de son emprise, saisie d'un besoin vital de l'éloigner de moi.

— J'imagine que ça te fait un choc, poursuit-il. Mais Wade n'est pas le gentil petit ami que tu imagines. C'est un dealer. Un menteur.

Je voudrais l'insulter, le traiter de tous les noms et entendre le claquement de ma main sur sa joue. Il dit n'importe quoi ! Que sait-il de lui ?

— Tu es vraiment un enfoiré !

Je me lève en sentant mes poumons se comprimer. J'ai du mal à respirer. Il me rattrape alors que je vacille sérieusement vers le sol carrelé.

— Ça me fait chier que tu tiennes à lui, Mackenzie, je ne vais pas te mentir. Mais ce n'est pas pour cette raison que je te révèle tout ça. Il n'est pas honnête. Peut-être même sait-il qui était Harper. Tu imagines ? Il le sait, et malgré tout il t'embrasse ? Il te prend ta bouche, tes sentiments, ton cœur…

— Wade ne ferait jamais une chose pareille.

— Que sais-tu de lui ? Tu ne te demandes pas pourquoi il débarque avec la gueule fracassée ? Est-ce qu'il t'a déjà parlé de sa vie ? De l'endroit où il crèche ? Qu'est-ce qu'il fait, en dehors des cours ?

Il tague. C'est son truc. Wade est un tagueur. Rien d'autre. Il a eu un passé difficile et il se retrouve dans les graffitis. C'est un écorché qui s'en sort avec une passion originale. Point.

Je ne peux pas envisager qu'il vende de la drogue, et que cette même drogue m'ait forcée à dire adieu à ma meilleure amie.

— Arrête de te voiler la face, susurre-t-il. Les preuves sont devant tes yeux. Lis et relis le dossier. Elle n'aurait jamais fait d'overdose si elle n'avait pas croisé sa route. Aujourd'hui, si Wade n'existait pas, elle serait encore à tes côtés. Dans cette histoire, c'est lui, le coupable.

Une nausée me monte à la gorge. J'inspire tant bien que mal pour la refouler, mais elle persiste, insiste. Ma tête se met à tourner, et mon estomac recommence à faire des siennes.

— Je ne me sens pas bien.

Il ne réagit pas à mon appel de détresse. Je me lève et cherche n'importe quel trou pouvant accueillir le vomissement qui monte inexorablement. J'avise les lavabos et m'y dirige en courant, pour vider mon estomac. La brûlure de la bile me fait monter les larmes aux yeux. Je refuse de croire que la personne qui tient mon âme entre ses mains est aussi celle qui m'a détruite.

Si Tate dit vrai…

Mon Dieu.

Une main réunit mes cheveux sur ma nuque tandis que je crache, encore et encore, mon dégoût dans le lavabo.

J'ai couché avec lui. Non. J'ai fait l'amour avec lui. Wade a été ma première fois, le genre de moments qu'on se rappelle jusqu'à la fin de ses jours. Il m'a marquée d'une manière impossible à effacer.

— Lâche-la !

Je m'accroche au rebord du lavabo alors que la voix furibonde de Jax éclate dans les vestiaires.

— Elle se sent mal, se défend Tate.

— J'en ai rien à foutre ! Tu ne la touches pas !

Un autre soubresaut me fait de nouveau rendre le peu de nourriture qui me reste dans l'estomac. Je n'entends pas grand-chose de l'échange. Tout ce que je sais, c'est que le ton monte.

— Qu'est-ce que tu as fait pour la mettre dans cet état ?

J'ouvre le robinet et place mes mains en coupe pour recueillir un peu d'eau. J'en asperge ma bouche et mon visage.

— Laisse-le, Jax.

Tate décroche ses doigts de mes cheveux lorsque je me relève. La faiblesse de mes muscles m'empêche de tenir fermement debout, mais je ne m'en inquiète pas ; après avoir toussé, je pivote et rive mes yeux à ceux de Jax.

Il me dévisage avec une inquiétude palpable, puis ses traits se décomposent lorsqu'il voit les larmes rouler sur mes joues.

Je recule quand il fait un pas vers moi.

— Wade est-il un dealer ?

Son regard se fige instantanément. Je retiens mon haut-le-cœur et inspire.

— Je t'ai posé une question. Wade vend-il de la drogue ?

Jax lance une œillade meurtrière à Tate, ce qui décuple ma colère.

— Jaxton !

J'ai la confirmation.

La détresse que je lis dans ses yeux dénoue les liens qui maintenaient encore mon cœur en un seul morceau. J'ai l'impression d'être découpée en deux.

— C'est pour ça qu'il n'est pas là, ce soir ? Parce qu'il est dans la rue, à gagner de l'argent ?

Il fait glisser ses doigts sur ses sourcils avec un douloureux soupir.

— Mackenzie…

— Quand il a été blessé, c'est parce qu'on l'a attaqué à cause de ce qu'il avait sur lui ?

— Écoute, ce n'est pas…

— S'il est si secret, c'est parce qu'il ne veut pas qu'on apprenne qu'il détruit des vies ?

Son air penaud me plante une dague en pleine poitrine. Il ne dira rien ouvertement, parce que, malgré toutes les preuves évidentes, il tient à protéger son ami. C'est noble. Mais inutile.

Ma gorge peine à contenir le sanglot qui y est bloqué. *Wade a contribué à la mort de Harper.*

Tout ce que je peux faire, à cet instant, c'est tenter de conserver les dernières parcelles de dignité qu'il me reste.

— Tate, ça ne te dérange pas de me raccompagner chez moi ? Terry a bu, et j'aimerais partir.

— Pas de problème.

Jax s'avance et se plante devant moi.

— Je m'en charge.

— Tu ne te charges de rien du tout, dis-je en le contournant.

— Je ne veux pas que tu rentres avec lui, Mackenzie. Wade…

— Ne me parle pas de lui ! Et laisse-nous passer !

J'ai conscience d'être injuste envers lui, mais je n'ai pas le courage de me confronter à son regard plus longtemps. Wade et lui sont liés, il me fait trop penser à mon petit ami. Ou, du moins, à la personne qui était jusque-là mon petit ami.

Je quitte les vestiaires, une pierre de la taille d'un dolmen au creux du ventre et le crâne prêt à exploser.

Par chance, Tate comprend que je ne suis plus en mesure de discuter. Il prévient Terry de mon départ, et me conduit à sa voiture en silence.

Je n'arrive pas à saisir l'exacte émotion qui me submerge. Tout ce que je ressens s'apparente à de la douleur.

Je crois que j'ai mal.

Très mal.

Chapitre 30

Wade

Crown poursuit sa conversation téléphonique en me considérant de biais.

— Le dépôt a bien été effectué à San Mateo ? Aucun problème ? Tout est en ordre ?

La fatigue a des répercussions sérieuses sur mon corps. Entre le stress et le voyage, qui aura duré quarante-huit heures en tout, je suis épuisé. Je ne souhaite qu'une chose : dormir. Sauf que, pour profiter d'un lit, je dois d'abord subir cet interrogatoire dans le bureau.

Crown veut s'assurer que le premier convoi s'est bien déroulé.

— Parfait.

Il raccroche sans prendre congé de son interlocuteur. Puis il penche la tête avec un sourire satisfait.

— Paraîtrait que tu es un bon gars, Noliar. En tout cas, Mick était content de toi. Tu n'as jamais pensé à te reconvertir ?

Il rit tout seul à sa propre blague, et sort un sachet du tiroir ; la ligne blanche, étalée devant son ordinateur, est reniflée en moins de dix secondes.

— Tu as fait le job convenablement, dit-il en récupérant les restes de poudre avec son doigt. Je te ferai part des détails pour le second, quand l'organisation aura été mise en place.

J'acquiesce et prends la porte sans chercher à l'écouter plus longtemps. Il considère que j'ai rempli ma part du contrat, c'est tout ce que j'ai besoin de savoir.

Ma chambre est toujours aussi sommaire, mais je suis heureux de la retrouver. Je vis dans le repaire de Crown depuis la mort de ma mère. Tout me dégoûte, depuis les murs décrépis jusqu'à l'odeur tenace des drogues qui transitent par ici. J'ai vu passer pas mal de monde, mais nous sommes tous des fantômes, les uns pour les autres ; je n'accorde mon attention qu'à Crown, et encore. Je n'ai de comptes à rendre à personne d'autre.

Les ressorts du matelas me rentrent dans le dos quand je m'y affale.

Bientôt, je serai libre. N'ayant plus d'effets personnels, je vivrai probablement dans mon pick-up, ce qui me convient. N'importe quel endroit sera préférable à celui-ci.

Les yeux brûlants à cause de la fatigue, je me force à sortir mon portable, dissimulé dans les lattes du sommier. Par sécurité, Crown m'en a fourni un provisoire pour le voyage, que j'ai jeté peu avant de revenir à San Francisco.

À la seconde où je le déverrouille, quatre messages de Jax apparaissent.

Rappelle-moi.

Rappelle.

Putain, Wade, rappelle.

RAPPELLE, WADE.

Il est trois heures et demie du matin, mais Jax répond au bout de la deuxième tentative.

— Putain… t'étais où ?!

Sa voix éraillée trahit un réveil en sursaut.

— Je t'ai demandé de m'appeler il y a plus de vingt-quatre heures ! Ça ne t'arrive jamais d'allumer ton portable ?!

— Je suis là, maintenant. Qu'est-ce qu'il y a ?

Le silence qui s'étend entre nous me met sur mes gardes.

— Jax, tout va bien ?

— Non. C'est la merde.

Je me redresse lentement.

— Qu'est-ce qui se passe ?

— Je t'avais dit de venir à cette putain de soirée. Je te l'avais dit, Wade !

Mes neurones se reconnectent brutalement.

— Kenzie ? Il s'est passé quelque chose avec elle ?

— Je suis désolé, mec. Je te promets que je la collais, je ne l'ai pas lâchée. Mais je devais vraiment pisser, et quand je suis revenu elle n'était plus là. Terry m'a tenu la jambe, et, le temps qu'elle me laisse tranquille, ce connard a fait son affaire.

— De quoi tu parles ?

Je l'entends déglutir.

— Tate lui a tout raconté.

— Raconté quoi ?

— Tout, putain, tu m'écoutes ou pas ?! Il l'a coincée dans les vestiaires, et il lui a dit que tu dealais. Elle sait que c'est toi qui vendais au bahut, pourquoi tu as la tronche amochée… Elle était tellement mal qu'elle a gerbé tout ce qu'elle pouvait.

La dose de stress qui envahit mon corps est si puissante que je sais à peine où je suis.

— Je l'ai appelée toute la journée, mais elle ne m'a pas répondu. Je ne l'avais jamais vue comme ça, frère, et Tate en a bien profité. Ce salaud, je te jure…

Des dizaines d'émotions se bousculent dans ma tête, à commencer par la colère. La rage bourdonne dans mes oreilles et accélère mon rythme cardiaque.

J'arrive au terme du merdier que représente ma vie. J'y suis presque. J'ai arrêté les conneries. Je ne revends plus. J'essaie de m'en sortir. Bordel ! Je me suis tapé un aller-retour au Mexique avec des kilos de cocaïne dans mon coffre !

— Cet enculé va me le payer !

Je me lève et fais les cent pas dans les quelques mètres carrés de ma piaule, incapable de calmer les battements de mon cœur. Je le sens qui tape contre mon thorax, comme s'il cherchait à en sortir.

— Tu t'occuperas de sa mise à mort plus tard. Là, il faut que tu fasses quelque chose avec Mackenzie. Je ne veux pas te faire peur, mais il y avait un truc dans son regard. Je ne peux pas te l'expliquer, elle avait l'air… anéantie.

Tout ce que j'appréhendais.

Dans ma vie, j'ai fait des choses immorales, je suis allé loin. Trop loin Je me fous qu'on me trouve ou non des excuses. On peut me haïr, me juger, l'opinion des autres n'est pas mon problème.

Hormis la sienne.

— Je vais chez elle.

— Non ! s'exclame-t-il avant que je raccroche. Tu as vu l'heure qu'il est ?

— Il faut que je lui parle. Merde, Jax, je dois lui expliquer !

— Tu le feras, mais demain. Elle va forcément venir en cours.

— Je ne peux pas attendre !

Plus les minutes passent, plus elle va cogiter. Rien de bon ne pourra sortir de ce genre de réflexions.

— Tu es obligé. Tu crois qu'elle va faire quoi, si tu te pointes chez elle ? T'ouvrir la porte avec un grand sourire ? Tu vas toquer comme un dépressif pendant des heures, et alors ? Ça ne servira à rien. Demain, elle sera au lycée. Elle n'aura pas d'autre choix que de te croiser.

La frustration se mêle à ma rage. Il a raison…

Ça m'insupporte de l'admettre, mais Jax a raison.

— Sers-toi de ta nuit blanche pour réfléchir à ce que tu vas lui dire. Vous êtes liés, tous les deux. Même si tu es descendu dans son estime, parce que désolé mais je crois que c'est le cas, elle t'aime. Ses sentiments sont sincères, vieux. Fais les choses bien. Ne joue pas au con, tu peux rattraper le coup.

Je raccroche, les nerfs à vif.

Mon corps me hurle de la rejoindre, quitte à faire le pied de grue jusqu'au lever du jour devant chez elle. Je savais que tout ça me retomberait sur le coin de la gueule à un moment ou à un autre. Mais j'espérais que l'échéance serait plus lointaine.

Pas maintenant.

C'est trop tôt.

Les mains tremblantes à cause de la colère, je sors un paquet de feuilles et un reste de cannabis de mon armoire. Si je ne fume pas, je vais prendre la voiture et faire ce que Jax a prédit ; c'est une mauvaise idée.

Je roule un joint bien chargé.

En fumant, je cherche le meilleur moyen d'aborder le sujet avec elle.

Pourra-t-elle comprendre ? Je ne deale pas par plaisir. Je ne vis pas sous la coupe de Crown par envie. Je remplis juste ma part du contrat. Comment expliquer à quelqu'un qui ne vit pas dans ce monde-là, dans mon monde, que j'ai commandité un meurtre et que je dois en assumer les conséquences ?

En arrivant au lycée, je traîne une carcasse à la fois alourdie et vidée par plus de soixante heures sans sommeil. Je tiens le coup grâce aux microsiestes et aux trois joints que j'ai fumés cette nuit. Mais clairement, dans cet état, je ferais pitié même à un camé.

J'ai écouté Jax. J'ai réfléchi, ce qui me prouve que j'ai changé : il y a quelques mois encore, jamais je n'aurais pu me montrer aussi pragmatique.

Mais je crois qu'on touche, cette fois, à l'inévitable.

Il faut qu'elle connaisse la vérité.

Je suis prêt à lui raconter mon histoire, de A à Z. Absolument tout. Si elle me demande des détails, je les lui donnerai. Mon seul souhait est de ne pas la perdre.

Je m'en suis rendu compte, cette nuit. De joint en joint, je me suis laissé aller à ce genre de réflexions sur moi, sur ma vie, que je fuis habituellement comme la peste. J'ai ouvert les vannes. Et j'ai réalisé un truc essentiel : je lui ai donné un bout de mon âme. C'est aussi bête que ça.

Si elle s'en va, elle emportera avec elle une partie de moi. Je garderai l'autre, mais comment vivre avec une seule moitié de soi ? J'ai besoin d'elle, elle m'est nécessaire. *On est deux, ou on n'est rien*. Toutes les explications seraient superflues.

Je grimpe les marches et m'arrête au troisième étage. Comme si rien n'avait changé, je m'adosse à mon casier et patiente. Je suis largement en avance, je veux être certain de la croiser avant que la cloche sonne.

Devant moi, les silhouettes défilent ; des rires et des bribes de discussions me parviennent. J'ai peine à croire que le monde continue de tourner alors que le mien part en vrille. Personne ne pourrait se douter que le connard avec sa clope et sa gueule inexpressive frôle dangereusement le fond du puits.

Les autres, eux, sont là, comme toujours. Égaux à eux-mêmes. Le lycée redevient cette fourmilière bouillonnante, cet univers à la fois trépidant et replié sur lui-même, où l'on se contente de sourire à ceux qui vont bien tout en évitant soigneusement les autres, de crainte que leurs mauvaises ondes ne nous contaminent.

Je reconnais le rire de Terry. Machinalement, ma nuque pivote vers les escaliers.

Elle est là, avec elle.

Ses leggings sont là, son pull à grosses mailles également. Elle est pareille à elle-même, à un détail près, que je suis sans doute le seul à percevoir. Cette expression mensongère, sur son visage. Ce faux sourire qu'elle offre à son amie.

Kenzie a l'esprit ailleurs.

Elles marchent dans ma direction, l'une insouciante, l'autre tourmentée. Je pose sur cette dernière mon regard si insistant qu'elle finit par tourner la tête.

Ses yeux percutent les miens, et je jure que j'y vois du dégoût.

Je la rends malade.

Ça me rend malade.

Elle empoigne l'anse de son sac jaune et la serre contre son épaule, puis elle m'occulte. Comme si je n'existais pas, elle reprend sa conversation avec Terry en avançant jusqu'à son casier.

C'est donc à cela que nous sommes réduits ? Je n'accepterai pas d'être considéré comme un étranger. Un inconnu. On a trop de choses à se dire, trop de secrets à partager. On s'en est déjà trop dit pour s'ignorer ainsi. Je comprends sa réaction, c'est un moyen de défense, mais il est déjà trop tard pour que notre histoire s'arrête comme cela.

Guidé par les résidus de THC, dans mon sang, je me détache du casier et la rejoins. C'est Terry qui m'interpelle la première.

— Wade !

Son sourire engageant ne me fait strictement aucun effet. Je ne veux pas de sa sympathie. La seule personne que j'ai en tête, c'est Kenzie. C'est son attention à elle que je recherche.

— Tu as passé une mauvaise nuit, toi ! Sans vouloir te vexer, il faudrait que tu songes à te reposer plus souvent... Tu es blanc comme un linge.

Le dos obstinément tourné, Kenzie s'acharne sur son cadenas.

— Ma mère est une inconditionnelle des plantes médicinales, poursuit Terry, à qui la situation semble échapper totalement. Elle concocte les meilleures tisanes de la ville. Avec ses potions, tu es assuré de passer une bonne nuit.

— Les remèdes naturels ne fonctionneront pas sur lui.

Kenzie attrape un livre et le fourre rageusement dans son sac.

— Son truc, c'est la chimie, poursuit-elle. Ne lui propose pas de plantes, il est plutôt porté sur la poudre. Ou les cachets.

Elle claque la porte de son casier et s'éloigne sans un regard en arrière. Terry me jette un œil penaud.

— Excuse-la. Elle est un peu à bout de nerfs, ces jours-ci.

Les yeux rivés sur la silhouette de Kenzie, qui disparaît au bout du couloir, je sens la main de Terry se poser sur mon bras.

— Ne le prends pas pour toi, Wade. Mackenzie est à fleur de peau, en ce moment. Je suis désolée, elle ne devrait pas te parler de cette façon.

Elle serre ses doigts sur ma peau, m'offrant un massage compatissant dont je n'ai rien à faire.

— Tu veux en parler ? Je vois bien que tu es blessé. Mackenzie est mon amie, mais, si tu as envie de discuter, je suis là.

Timidement, elle esquisse un léger sourire.

— Dis-moi ce que tu veux, Wade. Ça restera entre nous.

Dans le silence le plus total, je prends sa main et la décroche de mon bras. Comment peut-elle croire que je vais lui dire quoi que ce soit ? Comment est-il possible de connaître quelqu'un aussi mal ?

— Tu sais à qui tu t'adresses ? Tu en as bien conscience ?

Elle plisse les yeux, perplexe.

— Wade Keller ? tente-t-elle avec un petit rire gêné.

— Le mec de Mackenzie. Je suis le mec de ton amie, Terry. Alors arrête ton petit jeu.

— J'essaie simplement d'être gentille…

— Non, tu es simplement fourbe, et on le sait tous les deux.

— Tu te trompes… Je t'apprécie, je veux seulement ton bonheur.

Lassé de ses mensonges, je l'attrape par les épaules. Nos visages ne se trouvent qu'à quelques centimètres l'un de l'autre. Jamais nous n'avons été aussi proches. Et jamais nous ne le serons plus.

Son grain de peau n'est pas celui de Kenzie. Son souffle n'a pas la même odeur. Ses yeux, pas la même couleur. Comparée à Kenzie, elle est d'une fadeur absolue. Pourtant, j'approche encore mon visage du sien, jusqu'à ce qu'elle entrouvre la bouche.

J'entends son cœur qui s'accélère, tandis que son corps se tend vers moi. Contre toutes ses attentes, je la repousse brutalement.

— Tu ne m'auras jamais, intègre-le une fois pour toutes. Il n'y a qu'elle. Même détruit, au fond du trou, je ne poserai jamais ma bouche sur la tienne. Je te tolère parce que Jax t'apprécie et que Mackenzie t'autorise à faire partie de sa vie. Mais tu n'es rien à mes yeux. Entre toi et moi, il n'y a que du vent. Du vide. Dans une seconde, j'aurai oublié ton prénom.

Je me recule. Elle ne bouge pas d'un centimètre et déglutit péniblement, trahissant son malaise. Cette fille est un mensonge humain. Comment mes amis peuvent-ils l'apprécier ?

Sans un regard pour elle, je m'élance dans la direction où Kenzie est partie. Il faut que nous ayons une discussion sérieuse. Malheureusement, il y a toujours autant de monde dans le couloir et je peine à me frayer un chemin. Qui sait où elle a pu disparaître ? Soudain, je l'aperçois qui semble fendre la foule d'un pas décidé, sans crainte. Au moins aurai-je peut-être contribué à cela…

Accélérant le pas, je pousse quelques épaules et l'aperçois qui entre dans une salle de classe.

Ce n'est pas celle où je suis censé avoir cours. Je ne connais pas le professeur ni la tête d'un seul élève, hormis ceux qui sont venus m'acheter ce pour quoi Kenzie refuse aujourd'hui de me voir.

Elle est déjà assise et cherche des affaires dans son sac. Elle se fige quand j'arrive à son niveau.

— Sors d'ici.

— Il faut qu'on discute, Kenzie.

— Je n'ai rien à te dire.

— Moi, si.

Je m'accroupis et me rapproche juste assez pour que les curieux, qui ne perdent pas une miette de la scène, ne puissent pas m'entendre.

— Tu ne connais pas tous les détails. Laisse-moi t'expliquer.

Les muscles de sa mâchoire se crispent, mais ça ne m'empêchera pas de poursuivre. Je n'abandonnerai pas.

— Tu peux ne pas accepter, c'est ton droit. Je veux juste que tu saches comment j'en suis arrivé là.

Enfin, elle relève la tête.

Ses yeux sont aussi noirs qu'un ciel d'orage. À ce niveau-là, ce n'est plus de la colère mais de la haine. J'accuse le coup et reste rivé à ses prunelles.

— Sors d'ici, Wade.

— Un problème, mademoiselle Rowe ?

L'enseignant dépose sa mallette sur le bureau en me jetant un regard mauvais.

— Cet élève ne suit pas ce cours et refuse de s'en aller, dit-elle d'une voix tranchante.

Je me relève en me passant une main sur le menton.

Afin d'éviter une montée en pression inutile, je rebrousse chemin et quitte la salle, une dizaine de paires d'yeux posées dans mon dos. Je sais que les siens n'en font pas partie.

Enculé de Tate.

Dans ma voiture, j'allume une cigarette et branche mon téléphone.

Cheesesteaks, de Vinnie Paz. *It's Us*, de Non Phixion. *Battle Cry*, de Army of the Pharaohs. *Lynguistics*, de Cunninlynguists…

Ma playlist défile tandis que la fumée opacifie l'air. Le cocktail me calme un peu, mais pas assez pour me permettre de me reposer.

Je patiente toute la matinée sur le parking, jusqu'à ce que les élèves sortent par groupes du bâtiment principal.

Dès que j'aperçois Kenzie, je sors de mon pick-up. La colère est mon seul guide. Je me déteste de ne pas lui avoir dit les choses le premier. Je me hais d'avoir gardé pour moi les pièces essentielles du puzzle de ma vie.

Parler a toujours été une épreuve. Le silence est mon milieu naturel depuis l'enfance. J'ai été élevé dans le mutisme et je n'en sors qu'au prix d'un effort qui me paraît parfois insurmontable. Mais cette fois, pour elle, j'aurais dû le faire.

J'accélère le pas, avant de me heurter à la silhouette d'armoire à glace de Tate.

— Elle n'a aucune envie de te voir.

L'air suffisant du nageur fait remonter de la bile dans mon œsophage. Je suis exténué, en plein tourbillon émotionnel, et il met le feu aux poudres.

— Dégage.

Il plisse les yeux en retroussant les lèvres.

— On perd les pédales ? dit-il, railleur. Ça doit être rageant de l'avoir à quelques mètres de toi sans pouvoir l'approcher, non ? Les cartes sont redistribuées, on a inversé les rôles. Et tu sais quoi ? Il va falloir que tu t'y habitues.

Il écrase sa main sur mon épaule et colle son visage au mien.

— Elle ne veut pas que tu l'approches, fais-toi à l'idée.

— Je te conseille de reculer.

— Mon pote, tes conseils, tu sais où je me les mets.

Il se lèche les lèvres en me claquant la main sur la joue.

C'est le déclic.

Aveuglé par la rage, j'empoigne son blouson aux couleurs des Black Dolphins et le balance contre une portière. Le choc déclenche l'alarme de la voiture.

Toute la rage que j'accumule et retiens depuis des semaines explose dans tout mon corps. C'est une déferlante de fureur qui enfonce un poing dans son estomac.

Il se plie en deux, mais ça ne me satisfait pas.

Je veux le voir par terre. La gueule en sang, m'implorant d'arrêter.

Depuis toujours, ma mère m'a appris à ne pas répondre à l'injustice par la violence. En m'élevant dans un quartier difficile, elle se doutait que je serais, un jour ou l'autre, tenté d'y avoir recours. Alors elle m'a inculqué sa morale pacifiste pendant des années, et je l'ai toujours respectée. C'est d'elle que vient mon flegme.

J'ai atteint la limite du supportable.

Qu'on me casse la gueule pour quelques dollars ? OK. Qu'on s'en prenne à moi pour un regard de travers ? OK. Qu'on m'empêche de retrouver Kenzie ? Hors de question.

Mes phalanges s'écrasent dans la face de Tate. Le craquement des os de mes doigts fait écho à celui de son nez. Il m'a cherché. Il n'en sortira pas indemne.

Chancelant, il parvient à se redresser et m'envoie son crâne dans le menton. Je recule, appréciant la douleur qui nourrit ma furie.

Un punching-ball. C'est tout ce que je vois. Je frappe sans m'arrêter. Haut, bas, côtés. Je me suis battu un nombre incalculable de fois et ne manque pas de réflexes. Mais c'est la première fois que je souhaite voir le sang couler.

Tate a beau frapper tout ce qu'il peut, sa hargne ne pourra jamais égaler la mienne. Les gamins des beaux quartiers ne savent pas se battre. Lancer des boulettes de papier et faire le malin dans un bassin, OK, mais, pour frapper au bon endroit, il faut en avoir vraiment bavé. Ce n'est pas son cas.

L'arrière de son crâne heurte la voiture. Ça me plaît de voir cette grimace de douleur déformer ses traits. J'agrippe son pull et enfonce mon genou dans le bas de son ventre. Un coup. Un autre. C'est moi qui impose le rythme ; Tate ne comprend plus rien tandis que sa mâchoire brinquebale de droite à gauche, suivant ma volonté.

J'ai envie de le voir mort.

J'ai juste le temps d'atteindre sa clavicule avant qu'on me tire en arrière.

— Ne fais pas ça !

La voix de Jax résonne dans un brouillard de pensées meurtrières. Il m'encage la taille, serrant si fort que je manque de vomir.

— Mec, ressaisis-toi !

Quelqu'un retient également Tate et l'éloigne de moi. Je me débats en foudroyant l'univers tout entier du regard. Ça suffit, j'ai assez pris sur moi. J'ai même été un modèle de patience. Alors maintenant je m'octroie le droit de lâcher la bride.

— Wade ! hurle Jax.

Nous n'avons pas la même carrure. Je n'avais encore jamais utilisé ma force contre lui, mais il m'entrave, et je ne le supporte pas.

D'un coup d'épaule, je le fais basculer sur le côté. Il se rattrape à mon sweat et tire de toutes ses forces pour me ramener à lui.

— Elle te regarde ! Elle te regarde, putain ! Ne lui donne pas cette image de toi !

Ses mots me font l'effet d'un seau d'eau glacée en pleine figure.

La cage thoracique agitée par une respiration chaotique, je cesse tout mouvement sur-le-champ.

Kenzie a encore la main crispée sur la poignée de sa portière, comme paralysée par le choc.

Je la vois.

Cette douleur qui passe dans ses yeux. Cette pensée silencieuse, que j'entends sans aucun effort. La distance qui s'étire encore et encore entre nous.

Le tagueur qui deale et qui se bat. Voilà l'image que je lui donne.

— Je vais lui fracasser la tronche !

Le visage amoché, Tate continue de me menacer, tandis que Jax relâche avec prudence son étreinte.

Je ne bouge pas.

Je la dévisage un long moment. Elle fait de même. J'ai l'impression d'assister à un moment charnière, à la seconde de trop, à celle qui peut tout faire basculer.

Comme si elle était arrivée à une conclusion, elle ouvre sa portière en grand et s'installe sur son siège. Sa Ford démarre aussitôt, s'éloignant dans la fumée de son pot d'échappement.

— Tu as de quoi faire un joint ?

Je fixe Tate, que deux de ses copains éloignent de la scène. Vu son état, je m'étonne qu'il parvienne encore à brailler comme il le fait. Quelques élèves m'observent du coin de l'œil, attendant manifestement la suite. Jax soupire.

— Frère, c'est une mauvaise idée. Tu n'es pas en état, tu vas faire un *bad trip.*

Mon sang tape encore contre mes tempes. Je suis dévasté, furieux, et toujours en proie à une rage susceptible d'exploser en une seconde.

— Je suis en train de perdre la personne que j'aime. Soit je tue, soit je me défonce.

Il ferme les yeux, résigné.

— Viens.

Chapitre 31

Mackenzie

— Tu as une petite mine.

Je souris à Paul, tout en répartissant les croquettes dans les gamelles.

— On a tous une petite mine à cette période de l'année.

Mars est arrivé. Depuis quinze jours, je passe ma vie au refuge, à m'occuper des chiens et à cajoler Missie comme si elle était à moi. C'est la première fois que Paul fait allusion à mon état lamentable.

Il ouvre un nouveau sac à l'aide d'une paire de ciseaux en me regardant discrètement.

— On a tous l'air fatigué, oui. Mais pas forcément l'air malheureux, en tout cas, pas autant que toi. Tu veux en parler ?

Avec un pincement de lèvres, je fais non de la tête. Lui, au moins, n'insiste pas et ne cherche pas à me tirer les vers du nez. J'ai déjà assez de Terry pour ça.

Wade est devenu son sujet de discussion favori. J'y ai droit à chaque footing, à chaque café, chaque matin et à chaque intercours. Je vois bien qu'elle essaie de me remonter le moral, mais entendre ce prénom à tout bout de champ me met le cœur en pièces.

Selon elle, c'est une bonne chose que je ne sois plus avec lui. Je ne l'ai jamais formulé explicitement, mais, puisque je refuse tout contact avec lui, elle a estimé que techniquement nous étions redevenus des inconnus l'un pour l'autre.

Je n'en sais rien.

Je ne sais plus ce que nous sommes.

J'ai esquivé toutes ses tentatives d'approche — devant mon casier ;

devant le sien ; devant ma voiture ; sous le préau. Il ne m'a plus adressé la parole, mais je sentais son regard, vibrant de remords, posé sur moi.

Je suis perdue. Je suis énervée. Et, depuis trois jours, je me hais.

Cela fait soixante-douze heures qu'il n'est pas venu au lycée. Je devrais m'en réjouir, car son visage blême et ses cernes parviennent tout de même à me toucher. Malgré moi, j'ai de la peine pour lui.

C'est peut-être l'un des aspects de notre connexion si particulière, cette capacité de souffrir lorsque l'autre va mal. Je m'en serais bien passée.

Éprouver la moindre émotion le concernant me rend malade. Je ne me supporte plus. Je ne digère pas ce que Tate m'a appris au sujet de la disparition de Harper. C'est au-dessus de mes forces. Quand je pense à Wade, c'est Harper que je vois.

Ils se sont rencontrés, elle lui a donné de l'argent, il lui a fourni de la drogue, et elle est morte. Ça tourne en boucle, comme une mélodie morbide.

En fait, j'erre dans un entre-deux. Je voudrais le haïr suffisamment pour souhaiter sa mort, mais une part de moi, enfouie mais bien réelle, reste profondément amoureuse de lui.

Je ne sais plus où j'en suis, plus du tout.

— Mackenzie…

La main de Paul sur la mienne me ramène à la réalité.

— Ils vont finir obèses si tu en mets autant.

La gamelle déborde au point de ressembler à un volcan en éruption.

Je soupire, lasse.

— Excuse-moi.

Sous son regard bienveillant, je nettoie le désastre tandis que la cloche de l'entrée retentit.

— Je te laisse te débrouiller, ne transforme pas mes bêtes en tonneaux !

Il pousse la porte battante, laissant entrer une vague glaciale. Dans l'interstice entre le chambranle et le bois, je l'entends accueillir le nouvel arrivant.

— Tiens ! Quel heureux hasard ! Mackenzie est dans l'arrière-salle !

Je me redresse, avec la sensation de m'être pris une décharge électrique.

— On s'apprêtait à nourrir les chiens, tu veux te joindre à nous ?

Mon instinct ne me trompe pas, je sais qu'il est là. *C'est lui.* Mes poumons se compriment jusqu'à l'asphyxie.

Après toutes les tentatives où il s'est fait envoyer sur les roses, j'imagine qu'il va accepter la proposition de Paul et me prépare donc à l'inéluctable.

— Non. Je suis venu pour ça.

Une curiosité malsaine me pousse à m'approcher pour mieux les écouter.

— Wade, c'est…

— Ça me fait plaisir. Bonne journée.

Je l'entends s'en aller, et ça me donne envie de me frapper la tête contre le mur.

Il sait que je suis là et il ne veut pas me voir. Je ne voulais pas le voir non plus, mais ça me fait encore plus mal. *Mes contradictions vont me rendre folle.*

J'attends que la porte claque, mais je n'entends rien. Un espoir idiot, que je refuse de ressentir, me laisse penser qu'il a peut-être changé d'avis.

— Comment va Missie ? demande-t-il finalement.

— Bien, pour son âge. Elle serait heureuse de passer un peu de temps avec toi. Tu es sûr que tu ne veux pas nous aider ?

Il ne répond pas. Quelques secondes s'égrènent, puis la porte d'entrée grince. Mes épaules s'affaissent et j'ai l'impression d'avoir cent ans.

Paul revient à mes côtés dans un silence lourd de sous-entendus. Je fais mine de ne pas comprendre et me concentre sur les gamelles et les doses de croquettes.

Jusqu'à ce que je doive ouvrir la cage de Missie.

Quand on venait tous les deux, Wade et moi, c'était sa préférée, et réciproquement. J'ignore pour quelle raison elle ne me saute pas dessus aujourd'hui. On dirait qu'elle aussi a décidé de déprimer.

À genoux, je la câline un long moment, mais elle ne réagit pas à mes caresses. Même sa gamelle pleine ne lui provoque aucune joie.

— Elle est malade ?

Paul, accoudé au mur, devant la cage, l'observe avec attention.

— C'est un jour sans pour tout le monde, on dirait.

— Je vais bien, Paul.

— C'est faux, mais de toute façon ce n'est pas de toi que je parlais.

Il se redresse et croise les bras sur son torse.

— Vous n'êtes plus ensemble, n'est-ce pas ?

Je me contente de masser le cou de Missie sans dire un mot.

— Il a l'air aussi malheureux que toi, Mackenzie.

— Je n'ai pas envie d'en parler.

— J'ai bien compris, oui. Ce garçon, c'est quelqu'un de bien.

Cette phrase me fait exploser.

— Non, Wade n'est pas quelqu'un de bien. Tu ne le connais pas.

— Effectivement, je ne le connais pas. Tout ce que je sais de lui est ce qu'il a bien voulu me montrer. Un jeune homme renfermé sur lui-même, qui sourit très rarement et pourrait sans doute mordre le premier venu.

Je me concentre sur Missie pour éviter d'entendre son point de vue sur Wade.

J'ai l'impression que, quel que soit l'endroit où je me trouve, et quel que soit mon interlocuteur, Wade finit toujours par revenir sur le tapis.

— Tu sais à qui il me fait penser ?

— Paul, s'il te plaît…

— À toi.

J'avale difficilement ma salive.

— On n'a rien à voir.

— Vous êtes deux électrons. Deux particules qui gravitent n'importe comment. Tu es arrivée au refuge avec une âme morte, Mackenzie. Tu étais presque sauvage. Aucun des bénévoles ne connaît ton prénom, parce que tu refusais de leur parler. Tu restais dans ton coin, et, les seuls instants où j'ai aperçu un semblant de sourire sur ton visage, c'était lorsque tu étais en présence des animaux.

— Il y a une explication.

— Sûrement, oui. Mais tu ne me l'as jamais donnée, et j'ai respecté ton silence. Sais-tu depuis quand tu vas mieux ? Depuis que Wade est entré dans ta vie. Le jour où tu l'as amené ici, tu rayonnais. C'était fascinant de te voir en confiance, comme ça. Eh bien, je crois que pour lui c'est exactement la même chose.

Je quitte la cage à reculons.

J'apprécie sincèrement Paul. C'est un modèle de volonté et de gentillesse, mais il ne sait rien de mon histoire. L'écouter ne me fait aucun bien, au contraire.

— Il est comme toi. Il porte un fardeau qui l'a fait se replier sur lui-même. Comme toi, il ne parle pas. Comme toi, il semble fuir tout contact. Et, comme toi, il souffre.

J'intercepte, à regret, le mince sourire qu'il m'adresse.

— Il s'est fait violence pour ne pas te rejoindre. C'était évident. À l'instant où j'ai prononcé ton prénom, son visage a changé, je peux le jurer. Mais visiblement il s'est passé quelque chose entre vous, et il respecte ton silence. Tu ne veux pas lui parler et il l'accepte.

— Tu ne sais rien, Paul.

— Je sais reconnaître la sincérité quand je la vois. Le parallèle va te paraître absurde, mais, à force de voir des gens entrer ici, je sais qui vient pour de bonnes raisons et qui vient pour de mauvaises. Qui sera un bon adoptant et qui risquera d'abandonner à nouveau cette pauvre bête. Je sais à qui je peux confier mes animaux, qui les rendra heureux, et je ne me trompe jamais.

— Tu compares notre relation à une adoption ?

Il sourit.

— Je t'avais dit que le parallèle te paraîtrait absurde.

Je ne peux pas m'empêcher de secouer la tête.

— Paul, c'est plus compliqué que ça. Il… Wade a fait quelque chose que je ne peux pas accepter.

— Lui as-tu laissé l'occasion de s'expliquer ? Lui as-tu permis de s'exprimer ?

Je me recroqueville encore un peu plus.

Non. Je l'évite depuis deux semaines.

— Donne-lui une chance, dit-il, interprétant correctement mon silence. Quoi qu'il t'ait fait, quelle que soit la douleur qui te ronge en ce moment, choisis l'intelligence. Une âme mauvaise ne se rendrait pas dans un refuge pour prendre des nouvelles d'un chien qu'elle n'a même pas adopté et pour renflouer ses comptes.

Sa dernière phrase me fait tiquer.

— Quel genre de monstre ferait un don à un refuge ? dit-il avec un nouveau sourire. Il est venu pour ça, Mackenzie. Je perçois ton mal-être, mais fais confiance à ton instinct. Quelque part, tu le sens. Tu ne pourras prendre une décision qu'une fois que tu l'auras écouté.

Je quitte le refuge une heure plus tard, campant toujours sur mes positions, même si je dois avouer que le discours de Paul a fait son petit effet.

Wade a cherché à attirer mon attention sans relâche, et, pour quelqu'un qui n'est pas porté sur la communication, ce n'est pas anodin. Mais ça ne change rien. Il m'a pris Harper, et rien ne me la rendra. Pas question d'offrir mon cœur à celui qui a éteint celui de ma meilleure amie.

La semaine suivante, je subis les monologues de Terry, toujours au sujet de Wade. Ils sont tous obsédés ou quoi ? Cependant, contrairement à Paul, elle en dresse un portrait bien peu flatteur, énumérant ses défauts pour mieux me rappeler à quel point je fais bien de m'en tenir éloignée.

— Tu te vois vraiment aimer ce genre de type ?

Elle fait claquer sa langue contre son palais pour appuyer sa déclaration, tandis que j'avale mon café sans vraiment me sentir présente.

— Qu'est-ce que tu ferais avec un mec comme lui ? Regarde-toi ! Bon sang ! Tu n'es plus que l'ombre de toi-même ! Tu crois que c'est ça, l'amour ? Tu devrais avoir des papillons dans le ventre, et pas l'air d'être sur le point de rendre ton déjeuner !

— On peut arrêter de parler de lui ?

— Il te fait du mal, alors non, on n'arrêtera pas tant que tu ne seras pas guérie. Tu dois l'oublier, une bonne fois pour toutes. Ce mec est un dragueur compulsif, il ne te mérite pas !

— Wade n'est pas un dragueur.

Ça, au moins, j'en suis certaine. Depuis que je le connais, Wade n'a jamais regardé une fille. Pas une seule fois. Et, dragué, encore moins. Je peux lui en vouloir pour beaucoup de choses, mais certainement pas pour ça.

— Mackenzie, tu es tellement aveugle…

Elle cale la paille de sa boisson entre ses dents en me scrutant.

— Tu penses sincèrement qu'il est resté sage tout le temps de votre relation ?

— J'en suis certaine.

Elle glousse.

— Tu es mignonne. Non, vraiment, c'est très mignon. Mais réveille-toi… C'est un garçon séduisant. Il y a des filles séduisantes, dans le lycée. L'un dans l'autre, ils finissent par se trouver.

— Wade n'est pas comme ça.

— Wade n'était pas un dealer non plus, jusqu'à ce que tout le monde l'apprenne. Mackenzie, bon sang, ouvre les yeux ! Tu crois vraiment qu'un garçon comme lui se contenterait d'une seule fille ? Je suis désolée de te dire ça, mais moi-même j'ai dû repousser ses avances !

Elle ingurgite sa boisson l'air de rien, comme si elle ne venait pas de planter un couteau dans mon dos.

— Oh ! je l'ai repoussé, ne t'en fais pas ! On est amies, jamais je ne te ferais un coup pareil. Enfin, il n'a pas essayé de m'embrasser, rassure-toi, juste un échange de regards assez appuyés pour ne laisser aucun doute sur ses intentions. Bon, il a bien compris que je n'étais pas intéressée, et j'ai fait passer le mot auprès des autres filles, au cas où il recommencerait. Alors, tu vois, il n'y a pas d'inquiétude à avoir, j'ai veillé à tout. Je prendrais bien un cookie, qu'en dis-tu ?

J'acquiesce comme un robot et la regarde se lever pour faire la queue au comptoir.

Ma tête tourne. Je connais Wade. Il se moque de tout, y compris des filles. Il est bien trop secret pour leur manifester une once d'intérêt. Ce que me dit Terry est tout bonnement impossible. Elle a forcément mal interprété. Ou alors… Dans tous les cas, pourquoi me lance-t-elle cette bombe ?

Je ne sais plus à qui me fier.

Tout va de pis en pis.

Chapitre 32

Wade

— Achevez-moi.

Mon pick-up est un aquarium de fumée. Sur le siège passager, le corps de Jax gît, comme une loque. Si par malheur un surveillant ou un prof a l'idée de passer sur le parking, on est cuits.

Est-ce que ça m'importe ? Non. Est-ce que j'en ai quelque chose à faire ? Absolument pas. Ma seule préoccupation est de me retourner le cerveau. Hors de question de remettre les pieds dans ce lycée autrement que défoncé à mort.

Je baisse légèrement la vitre et me plie en deux pour ouvrir la boîte à gants. Jax écarquille un œil rouge en me voyant empoigner un paquet de feuilles.

— Repose ça tout de suite !

D'un geste mou, il m'ôte l'objet des mains.

— Je suis à deux doigts de voir une licorne danser seins nus sur la plage arrière de ta voiture. Et, le pire, c'est que ça pourrait m'exciter. Je t'en prie, mec, si tu es vraiment un ami, préserve ma dignité.

Mes lèvres s'étirent largement en une parodie de sourire, aussi naturel que celui du Joker singeant Mona Lisa.

— Je le fumerai tout seul.

— Bien sûr ! Pour que tu te prennes un trip sur une maman ours dans un string à paillettes ?

— Pardon ?

— Je vois une maman ours dans un string à paillettes, râle-t-il en désignant le pare-brise du menton.

— Jax, ce n'est pas un ours, c'est Terry, dis-je en suivant son regard.

Il tend le cou et plisse si fort les paupières que je ne distingue plus ses yeux.

— Elle a des poils aux bras…

— C'est un manteau en fourrure…

— Et son string à paillettes ?

— Ton imagination déviante.

Il se renfonce dans le dossier en soupirant bruyamment.

— Je suis décalqué.

Je confirme. Et ça me force à renoncer au projet de rouler un dernier joint.

Avec toutes les peines du monde, nous nous extrayons de la voiture. Je me mets rarement minable, et Jax, même s'il y est plus accoutumé que moi, ne dépasse jamais une certaine limite ; sous ses airs potaches, c'est un garçon sérieux. Surtout dans ses études. Il fait partie des élèves qu'on ne voit pas travailler mais qui récoltent les meilleurs résultats. On pourrait croire que c'est de la chance, mais je sais que c'est faux. Il bosse vraiment mais il ne s'en vante pas.

Quand Terry parvient à notre niveau, elle plisse le nez en sentant les effluves provenant de l'habitacle.

— 7 h 40 du matin et totalement démontés. Toutes mes félicitations !

À en croire son réflexe de se coller à moi, elle a oublié notre dernière discussion.

Je m'écarte et tente de la dépasser, mais elle m'attrape le bras.

— Seigneur ! Tu n'arrives même pas à marcher droit !

Jax éclate de rire.

— Maman ours s'occupe de ses petits marmots !

— Hein ? C'est quoi, « maman ours » ?

Je ne peux pas m'empêcher de sourire. *Saloperie d'herbe.*

Jax se lance dans une imitation pathétique dudit plantigrade, les fesses en arrière et les mains mimant la forme d'un string au niveau de son entrejambe. Les gens qui le remarquent rient ouvertement, ce qui ne fait que le conforter dans son jeu.

— Jax… tu me fais honte, susurre-t-elle, déconfite.

Il continue à se dandiner au beau milieu du parking, et je pars dans un fou rire incontrôlable.

Le premier depuis longtemps. Très, très longtemps.

Les nerfs lâchent, et ça me fait un bien incroyable. Je ne me souvenais même plus du son de mon propre rire. Ce crétin est vraiment un ami en or.

— Arrête, Jax ! JAX !

À l'inverse de nous, Terry semble désespérée.

— Tu imites un éléphant, en plus ! peste-t-elle alors qu'il forme une trompe avec son bras.

Et dire que ce con est entré dans le palmarès des meilleurs élèves… Ça me fait rire de plus belle.

Entre les montagnes russes émotionnelles de ces derniers temps et les effets du cannabis, j'ai du mal à me contrôler. Je détourne le regard de Jax, lancé maintenant dans une imitation de gorille, espérant recouvrer mon calme.

Mon sourire meurt aussitôt, comme si on m'avait brûlé au fer rouge.

Depuis les marches de l'entrée, Kenzie nous observe.

Jax continue ses conneries, poussant des cris rappelant des aboiements plus qu'autre chose, mais ça ne l'amuse pas. Du tout.

Ses yeux sont braqués sur moi. Mais ce n'est pas mon visage qui semble l'intéresser. Je mets un certain temps à comprendre qu'elle a le regard fixé sur mon bras, que Terry a entremêlé avec le sien — ce dont je n'avais pas pris conscience jusque-là.

Maladroitement, je me dégage, mais il est trop tard. Kenzie rebrousse chemin et s'échappe par la porte.

Fait chier, putain !

Je m'élance à sa poursuite.

J'ai recherché son attention, partout et tout le temps, comme un toxico en manque. J'ai essayé de lui faire comprendre de toutes les manières possibles que j'étais là, prêt à discuter quand elle l'aurait décidé. C'est la première fois depuis trois semaines qu'elle me regarde. Et, tout ce que je suis capable de lui montrer, c'est un connard défoncé, mort de rire, au bras d'une fille.

D'un coup d'épaule, je pousse la porte et m'engage dans le couloir. Elle est déjà en train de grimper les escaliers. Je la suis aussi vite que je le peux, et les battements de mon cœur cognent au rythme de mes pas sur le carrelage.

Je lui ai donné mille occasions de venir vers moi. Je ne voulais pas la forcer. J'avais envie qu'elle accepte de me parler d'elle-même. Ce temps est désormais révolu.

— Kenzie !

Elle se retourne et accélère le pas. Au premier étage, je me fais insulter en bousculant tout le monde mais parviens à réduire la distance.

Deuxième étage.

Nouvelles insultes, provenant cette fois d'un groupe de filles furieuses d'avoir été séparées.

Troisième étage.

J'arrive enfin à la rattraper alors qu'elle tente de m'échapper en poussant un garçon massif ; il se retourne d'un air furieux mais, devant son expression, ne dit pas un mot. J'agrippe son bras à la volée et la fais brutalement pivoter, regrettant simultanément mon geste.

— Lâche-moi !

Elle se débat, le poignet coincé entre mes doigts.

— Laisse-moi, Wade !

Elle balance un grand coup dans mes pectoraux, qui me procure une douleur plus morale que physique. Elle a beau se trouver tout contre moi, jamais elle ne m'a paru aussi loin.

Je n'ai pas envie de la laisser partir, alors qu'elle veut s'enfuir aussi loin de moi que possible. Je n'ai pas le choix : j'empoigne sa taille et la balance sur mon épaule.

Elle râle mais je m'en fous. C'en est trop. J'en ai marre. On doit parler.

En marche arrière, je pousse du pied la porte coupe-feu menant à l'escalier de secours. Des souvenirs affluent aussitôt.

C'est là que je l'ai embrassée un million de fois. C'est l'endroit où notre histoire s'est tissée, autrement que par les mots. C'est ici que j'ai compris que je ne pourrais plus me passer d'elle.

Je la dépose au sol et la bloque contre le mur pour l'empêcher de s'échapper. Sans surprise, elle enfonce ses paumes dans ma poitrine et me repousse. Elle souffre autant qu'elle est en colère, je le sens. Je le vois. Quand Kenzie a mal, j'ai mal aussi.

— Laisse-moi partir !

— On doit parler.

Elle tape une nouvelle fois contre mon sweat.

— Bouge !

Je plaque mes avant-bras de chaque côté de sa tête, comme les barreaux d'une prison. Je regrette de devoir en arriver là.

— Pas avant que tu aies parlé.

Elle respire vite et fort. L'espace d'un instant, je crains que l'angoisse ne l'emporte sur la raison. Mais, quand elle m'envoie un nouveau coup dans le ventre, j'en déduis qu'elle est simplement en furie.

— Laisse-moi respirer, je me sens mal !

— Non. Pas de ça avec moi. Je connais tes symptômes, tu ne vas pas avoir d'attaque de panique.

Elle me lance un regard noir, agacée d'être si transparente à mes yeux.

— Je n'ai pas envie…

— De me sentir aussi proche de toi ? murmuré-je, le nez près du sien. Je sais. Je te dégoûte. Crois-moi, je le ressens plus que tu ne le penses.

Elle s'immobilise, comme si mes mots la touchaient soudain. La respiration toujours haletante, elle repose son dos contre la paroi ; c'est une fille épuisée et résignée, qui abdique entre mes bras.

— Il faut qu'on discute.

Elle détourne la tête, fuyant mon regard.

— De quoi ? Est-ce qu'on a quelque chose à se dire ? lâche-t-elle avec toute l'ironie dont elle est capable.

— Regarde-moi dans les yeux.

Les dents serrées, elle refuse d'obtempérer.

— Pour que tu me mentes ?

— Je ne te mentirai jamais.

— Cacher la vérité est un mensonge, dit-elle, au cas où tu ne serais pas au courant. On appelle ça mentir par omission.

Elle m'adresse un sourire sans joie.

— Tu t'entends bien avec Terry, on dirait.

C'était inévitable. Vu la façon dont elle nous observait, tout à l'heure, je m'attendais à une offensive dans ce genre-là.

— Non, et tu le sais très bien. Elle ne représente rien pour moi.

— Mais tu riais avec elle. Tu n'as jamais ri avec moi.

— Je ne riais pas *avec elle*. Je riais parce que j'étais défoncé. Avec toi, je n'ai pas besoin de shit pour ressentir des choses. Si tu acceptais de me regarder, tu verrais que je ne te mens pas. Regarde-moi, Kenzie. Je n'en peux plus.

Elle détourne à nouveau les yeux et se recroqueville contre le mur, s'interdisant le moindre contact avec moi.

— Regarde-moi.

Elle secoue vivement la tête.

— Je ne veux plus te voir. Je ne peux pas te regarder en face.

— Pourquoi ?

Son silence est éloquent.

Sa prétendue jalousie à l'égard de Terry n'est que la partie émergée de l'iceberg. En réalité, elle ne me supporte plus pour d'autres raisons.

— Je suis un dealer…

Je prends ma respiration, prêt à livrer des aveux qui m'arrachent le cœur.

— Tate t'a dit la vérité. Je deale. J'ai dealé. Je fais ça depuis un peu plus de deux ans. Toutes les semaines, je récupère des cachets et je les vends à ceux qui veulent bien me les acheter. Voilà ce que je faisais les nuits où je ne te répondais pas. Des transactions. Je prends l'argent, je donne la drogue. C'était mon quotidien. Le soir où tu as soigné mes blessures, je sortais d'une bagarre avec deux toxicos.

Son immobilité totale m'empêche de savoir ce qu'elle pense. Mais, au point où nous en sommes, l'honnêteté me semble la meilleure solution. La seule, en fait.

— Je n'ai jamais voulu en arriver là. Je traîne dans un monde de merde, avec des gens merdiques. Et je n'ai pas d'excuse, j'ai choisi d'y entrer.

Regarde-moi, je t'en prie…

— Mais j'en sortirai. Le jour où on me rendra ma liberté, je me débrouillerai pour réparer mes fautes. Pour laver mon honneur. J'ai choisi le mauvais chemin, Kenzie, mais, si tu as la moindre confiance en moi, sache que je me repentirai.

Elle contracte les muscles de son visage. Je suppose que c'est un moyen de refouler ses émotions.

Elles sont pourtant visibles.

Elle est démolie.

— Comment pourrais-tu te repentir avec la mort des autres sur la conscience ?

Mon front se plisse d'incompréhension.

— Tu penses sincèrement qu'en te rachetant tu deviendras tout blanc ? Que tes bonnes actions pourront faire oublier le mal que tu as fait ?

Son regard reste rivé au sol.

— Kenzie, je vends de la drogue. Je ne suis pas un tueur.

— Je me fous que tu sois un dealer ! Tes mauvais choix, je les aurais acceptés, parce qu'il y a un truc qui bat pour toi là-dedans, dit-elle en frappant du poing sa poitrine. Et je t'aurais sans doute tout pardonné. Mais, ça, c'est impossible.

Elle empoigne mes bras, brisant les barreaux imaginaires qui la retenaient. Je la laisse faire. Son regard me bouleverse ; j'ai l'impression d'avoir lacéré son âme.

Je me force à battre en retraite, lui laissant un peu plus d'espace.

— Un jour, tu as croisé une fille. Une petite blonde. Pour toi, elle n'était rien d'autre qu'une cliente. Tu lui as fourni ce qu'elle voulait et tu as poursuivi ton chemin.

Ses doigts se détachent avec lenteur de ma peau.

— Tu ne te souviens sûrement pas d'elle. Je suppose qu'on ne se rappelle pas tous les visages.

Elle bat des paupières, et je constate combien elle lutte contre la tentation de s'effondrer.

Jamais je ne l'aurais crue si forte. Kenzie n'est pas définie par ses crises d'angoisse ni par ses peurs. Sous sa carapace, son véritable caractère est beau et grand. Elle a de la poigne, de la repartie. Elle ne pleure pas. La douleur peut l'atteindre de plein fouet, mais elle reste toujours brave face à l'adversité.

— Tu as fait ton job, c'est bien. Cette nuit-là, tu as probablement satisfait bon nombre d'autres clients, et tu t'es couché heureux, de l'argent plein les poches, sans imaginer que, loin de toi, cette blonde était en train de mourir. Par ta faute.

L'émotion l'envahit, mais pas un seul de ses cils ne bouge. Sa ténacité est admirable.

Voilà le problème avec les sentiments, la raison pour laquelle je les fuis comme la peste. Ils amplifient tout. Intensifient tout. Les sourires paraissent plus beaux, les rires, plus vrais, la joie, plus vive. Mais il y a aussi le revers de la médaille, qui se matérialise actuellement devant moi : sa souffrance traverse toutes mes barrières de protection pour s'enfoncer directement en plein dans mon cœur.

Mes mains tentent d'effleurer son visage, mais d'un simple mouvement du menton elle m'interdit de la toucher.

Mon bras retombe le long de mon corps.

— Je ne comprends pas… finis-je par avouer.

Ses prunelles redoublent d'éclat, noyées par les larmes qu'elle refuse de laisser couler. Dans un silence terriblement pesant, elle plonge la main dans son sac et en sort une espèce de chemise en papier kraft, abîmée aux quatre coins.

— Si je ne t'aimais pas, ce qui figure dans ce dossier suffirait pour que je souhaite te voir mort.

Elle me le met entre les mains en prenant soin de ne pas effleurer mes doigts. C'est peine perdue, déjà leur chaleur se diffuse sur toute l'étendue de ma peau.

Elle vient de dire qu'elle m'aimait. Pourtant, sa déclaration n'a rien de beau. Au contraire, j'ai l'impression détestable qu'elle se hait de ressentir quoi que ce soit pour moi.

— Kenzie…

Elle secoue la tête pour me faire taire.

— Lis.

Elle renifle et se faufile pour m'échapper. Avant de sortir, elle me regarde droit dans les yeux, pour la première fois depuis que tout a déconné. Mais son regard est mort.

— Si tu penses que notre histoire a un avenir après ça, toutes mes félicitations. De mon côté, je ne crois pas en être capable.

Quand la porte se referme derrière elle, un silence oppressant m'engloutit. Le vide. Je ne ressens que du vide.

Le dos au mur, littéralement, j'ouvre le dossier et m'arrête dès la première page. Dès les premiers mots.

« Harper Clark ».

Je comprends aussitôt que j'ai entre les mains une copie du dossier de police concernant le décès de sa meilleure amie. Les flics. Tate. C'est évident : cet enfoiré de nageur le lui a procuré, mais pour le moment il est le cadet de mes soucis.

Une page. Deux. Trois. Je lis attentivement, sans parvenir à faire le lien entre cette fille et moi.

Jusqu'à la photo.

Les cachets. Ils me sautent aux yeux.

Ils sont bien trop nombreux. Personne ne peut en ingérer une telle quantité et en sortir indemne. Je suis bien placé pour le savoir, puisque j'en vends, pour le compte de Crown. La couronne, c'est son symbole. Son signe de reconnaissance. Sa petite fierté personnelle.

Les morceaux du puzzle forment un douloureux motif, que parachève la conclusion du dossier : « overdose ».

— Mec, ça va ?

J'entends la voix de Jax. Je ne sais même pas si elle est réelle ou si c'est mon cerveau qui déraille.

Une boule d'une grosseur inouïe me comprime la gorge.

— Je ne m'en souviens pas.

Fébrile, je retourne en arrière, et me concentre sur la photographie de Harper qui ouvre le dossier.

Un nez minuscule, des cheveux dorés, des yeux charbonneux. Je cherche dans les recoins de mon esprit un souvenir d'elle, même le plus flou, mais rien ne me revient. Je ne l'ai jamais vue, j'en suis certain. Et pourtant j'ai la preuve du contraire sous les yeux, écrite noir sur blanc.

— Je ne me rappelle pas.

J'ai vu passer des milliers de visages, dont quelques-uns seulement refont surface. Os saillants et peaux blafardes, corps décharnés, visages émaciés, regards fous… Mais pas elle. Pas cette adolescente en pleine santé, qui regarde l'objectif avec un petit sourire en coin.

— Wade… Eh, mon pote.

Vidé de mes forces, je respire difficilement.

— C'est quoi, ce truc ?

— Les preuves.

— Quelles preuves ? Ça appartient à Mackenzie ? Je l'ai vue sortir d'ici…

Kenzie.

Un flash explose dans mon esprit.

« À moins que tu décides de me faire souffrir, je resterai. »

— J'ai tué sa meilleure amie.

J'ai fait pire que la faire souffrir.

Je l'ai réduite en miettes.

Elle ne restera pas.

Chapitre 33

Mackenzie

— Tu m'étonnes, qu'il ne vienne plus.

Je cherche un classeur dans mon casier, sans parvenir à mettre la main dessus.

— Ça fait quoi, maintenant ? Une semaine ? Le gars n'aura même pas eu le cran d'aller jusqu'à la fin de l'année.

Je ferme les yeux et me concentre de toutes mes forces sur le planning des cours. Quel jour sommes-nous ? Jeudi ? J'ai histoire, le jeudi. Pourquoi mes affaires d'histoire ne sont-elles pas dans mon casier ?

— Tu te rends compte… Il est arrivé ici, il a vendu ses cachets de la mort à tout le monde et puis il disparaît, comme ça. Ce mec n'assume rien, il est encore plus naze que je le pensais.

— On est quel jour ?

Terry me regarde de biais, le dos appuyé contre le casier à côté du mien.

— Mardi. Pourquoi ?

J'en ai perdu la notion du temps.

Je sors mon agenda du vieux sac que j'ai retrouvé à la maison et vérifie mon emploi du temps de la journée : je n'ai pas histoire, le mardi. Voilà pourquoi mon foutu classeur ne se trouve pas dans mon casier.

— On aurait dû lui faire une mauvaise réputation dès le départ, au lieu d'essayer de l'intégrer.

Je serre les poings et inspire, pour ne pas m'énerver.

— C'est quand même incroyable ! Il avait Jaxton comme ami, j'étais prête à l'accepter. J'ai même pris sa défense auprès de Tate, et *monsieur* disparaît de la circulation !

— Tu veux bien changer de disque ?

Elle se redresse subitement, surprise par ma froideur.

— Excuse-moi, Mackenzie. J'oublie tout le temps que vous n'êtes plus ensemble… J'imagine que tu dois souffrir. Je ne devrais pas t'embêter avec mes problèmes.

Tes affaires de cours. Cherche tes affaires de cours.

Je me concentre maintenant sur la recherche de mon cahier de littérature anglaise, qui a visiblement disparu, lui aussi, de la circulation.

— Tu sais, c'est une bonne chose que vous ayez mis fin à votre relation. Il ne te convenait pas. Quelqu'un comme Tate est beaucoup plus approprié. Il est populaire, en plus.

Je claque la porte du casier si sèchement que cela fait trembler le reste de la rangée.

— Tais-toi.

Épuisée et exaspérée, je lui lance un regard glacial.

— Arrête de me parler de lui !

Elle cesse de mâchouiller le capuchon de son stylo pour me sourire d'un air qui se veut compatissant.

— Je fais ça pour toi, aussi… C'est mauvais de tout garder en soi, il faut extérioriser. Si personne ne t'en parle, il va devenir une sorte de mythe à tes yeux et, crois-moi, tu ne t'en sortiras jamais.

Je n'en peux plus. J'arrive à saturation.

J'ai le cœur en morceaux, en charpie. J'essaie d'accepter la situation, de me lever tous les matins pour venir à la MHS. D'oublier.

Et, à chaque fois, je tombe sur elle.

Et, à chaque fois, elle n'a que lui à la bouche.

Pourquoi n'ai-je pas ouvert les yeux plus tôt ?

— Passe à autre chose.

L'acide, dans ma voix, la fait tiquer.

— Je te demande pardon ?

Mes membres se mettent à trembler et un étau m'enserre le crâne. Ces derniers jours, les symptômes de mes crises d'angoisse reviennent vicieusement sur le devant de la scène ; je parviens à les stopper avant que ça ne devienne invivable, mais j'ai conscience que mon anxiété regagne du terrain.

Mon état émotionnel est assez désastreux pour que cette vieille faiblesse réussisse à me tirer, de nouveau, vers le bas.

— Wade. Arrête avec Wade.

Elle écarquille des yeux candides. Une expression de totale incompréhension du plus bel effet. *Elle joue si bien la comédie*…

J'ai été aveugle.

— Comprends-moi, dit-elle en me faisant face. J'ai essayé d'être son amie, j'ai toujours été sympa avec lui et…

— « Et » quoi ? Tu es frustrée parce qu'il n'a jamais voulu de toi ?

Elle penche la tête sur le côté, feignant de protester. Mais je sais que j'ai vu juste.

— Je sais que tu vas mal, mais ne mélange pas tout. Je t'ai déjà expliqué que j'avais repoussé ses avances.

— Il ne t'a jamais fait d'avances ! éructé-je, atteignant peu à peu un point de non-retour.

— Ma chérie, tu ne peux pas le savoir. Ne crois pas ce qu'il t'a dit, c'est un excellent menteur.

Mes poings se crispent soudain, comme s'ils étaient prêts à la frapper. De ma vie, c'est la première fois que j'envisage d'en venir aux mains.

— Je ne crois pas ce qu'il me dit mais ce que je vois.

Qu'est-ce qui m'a pris de faire confiance à cette fille ? Je me suis complètement fourvoyée à son sujet, simplement parce qu'elle me faisait penser à Harper. Comme dirait ma psy, j'ai fait un transfert. Comme je dirais moi, j'ai surtout fait une belle connerie. Une complète erreur de jugement

Car Terry n'est pas Harper.

Terry est juste une connasse.

— Ton obsession pour lui, la manière dont tu cherches constamment à attirer son attention, ton bras posé sur le sien..

Elle part dans un grand éclat de rire.

— Tu parles du parking ? Mon Dieu, Mackenzie ! Il était tellement shooté qu'il ne tenait plus debout, je l'ai simplement aidé à tenir droit ! Ta jalousie est maladive !

— Et Jaxton ?

Elle plisse le front.

— Quoi, « Jaxton » ?

Il ne vient plus non plus au lycée. Je n'en connais pas la raison, même si j'imagine qu'il y a un rapport avec son ami. Toujours est-il qu'il m'a envoyé un texto, la semaine dernière, juste après le moment où j'ai transmis le dossier à Wade.

Je l'ai relu cent fois, sans pour autant lui répondre.

Wade m'a tout raconté. Son nouveau penchant pour la discussion te donne une petite idée de son état. Je suis désolé pour Harper. Il a des circonstances atténuantes. Il refusera de te les dire. Appelle-moi quand tu seras prête à les entendre, parce que, moi, je les connais. Et je suis prêt à parler à sa place, ce qui me vaudra une mise à mort s'il l'apprend. En attendant, méfie-toi des gens qui t'entourent. Tate est un connard et Terry tourne autour de Wade depuis des mois. Elle lui faisait des avances avant que vous soyez ensemble. Ne les laisse pas t'avoir, tu es plus intelligente que ça.

— Tu as toujours apprécié Wade, Terry. Tu l'as jouée plus finement que la plupart des filles, sans jamais lui rentrer dedans, mais ça ne change rien au fait que c'est la vérité.

Je me rapproche de son visage.

— Dois-je te rappeler tes propres mots ou pas ? « Je ne supporte pas l'échec, je déteste ne pas obtenir ce que je désire. »

Le sentiment d'avoir été trahie est si puissant qu'il me donne la force de lui sourire.

— Tu n'auras jamais Wade, Terry. *Jamais*. C'est pour ça que tu es en boucle sur lui. Ton ego en a pris un sacré coup. Donc je me répète : si tu veux conserver un semblant de dignité, arrête de me parler de lui.

Je sais que mes paroles équivalent à un crachat dans son joli visage, mais ça me fait du bien. Je ne suis plus moi-même, j'en ai assez de ravaler ma rage et ma peine. La douleur m'ôte tout remords à enfoncer ceux qui se sont foutus de moi.

Elle doit sentir que je ne plierai pas, puisque son expression change du tout au tout. Elle arbore maintenant son sourire le plus dédaigneux.

Je vois enfin son vrai visage.

— Je ne sais vraiment pas ce qu'il te trouvait. Il a choisi le mauvais numéro.

— Tu ne réussiras pas à me faire du mal, Terry. Tu arrives trop tard pour ça.

Je la dépasse, mais elle me retient par l'épaule.

— Tu n'étais pas de sa trempe. À la limite, Harper aurait pu lui correspondre. D'ailleurs, si ça se trouve, il a couché avec elle.

Elle glousse.

— C'est peut-être même comme ça qu'elle lui a acheté la dose d'amphétamines qui l'a tuée…

— Tais-toi.

— … Payer en nature, ça lui ressemblait bien, non ?

La gifle part toute seule.

Ma main percute si violemment sa joue que son crâne vient heurter les casiers avec un bruit sourd. Aussitôt, les quelques élèves présents cessent de discuter pour s'intéresser à cet événement bien plus croustillant que la dernière série regardée sous leur couette à l'insu de papa-maman.

Elle pose la paume sur sa joue sans se départir de son sourire.

— Dis donc… tu te dévergondes.

— Comment tu sais, pour les cachets ?

— Tu pourrais t'excuser, non ?

Son abjection la rend laide. C'est fou, comme la beauté des gens est liée à l'estime qu'on a pour eux ; avant, je la trouvais mignonne, drôle et accessible. Aujourd'hui, elle ressemble à un serpent. Vicieux et sifflant. Mauvais et calculateur.

— Les cachets, répété-je, inflexible. Comment tu as su ?

— À ton avis, pourquoi Jaxton est arrivé avec deux trains de retard dans les vestiaires, pendant la fête ? Je ne l'ai pas retenu pour le plaisir. Tate m'a montré le dossier de ta copine junkie, et j'ai trouvé que ça valait le coup qu'on t'en parle.

Elle fait un pas dans ma direction.

— Il fallait que tu apprennes la vérité. Wade et toi étiez collés tout le temps, de vraies sangsues. On avait enfin trouvé un moyen de briser votre minable histoire, qui, de toute façon, n'aurait pas duré. D'ailleurs, tu pourrais au moins dire merci.

Je tourne la tête, écœurée, incapable de la regarder plus longtemps. Tate et Terry ? C'est encore pire que je le croyais.

— Tu as utilisé… Tu as utilisé la mort de mon amie pour m'éloigner d'un garçon ? dis-je, oscillant entre l'hébétement et la colère.

— Je te l'ai dit, chérie, je déteste ne pas obtenir ce que je désire. Mais finalement, ajoute-t-elle avec un haussement d'épaules, c'est un mal pour un bien. Je t'ai ouvert les yeux. Comment aurais-tu pu continuer d'embrasser un assassin ? Le laisser te toucher ? J'espère qu'il ne t'a pas pris ta virginité, parce que, là…

Son dos percute l'acier des casiers et, sous le choc, le contenu du mien dégringole à nos pieds. Gouvernée par l'énergie du désespoir, je ne contrôle plus rien.

Ces derniers mois, pendant que je m'efforçais d'aller mieux, on me mentait, on me manipulait. J'avais cru faire mon deuil, pouvoir passer à autre chose. Grandir.

Tout vole en éclats.

Wade, Terry, Tate… J'ai bâti ma reconstruction sur des mensonges.

— Qu'est-ce qui se passe, ici ?!

Terry me repousse par les épaules, et je me retrouve catapultée droit sur la directrice.

— Elle pète un plomb ! Tout le monde est témoin, c'est elle qui a commencé !

Si je n'étais pas en train de m'effondrer, si mes points d'ancrage ne se désintégraient pas un à un, je rirais aux éclats. « Maîtresse, c'est elle qui a commencé… » On se croirait revenues à l'école maternelle.

Je me retourne vers Mme Johnson, qui me fixe de son regard sévère.

— Je viens de frapper l'une de vos élèves.

Elle me regarde comme si je lui parlais chinois, tandis que je poursuis.

— Je suppose que mon comportement est « inacceptable » et que vous ne « tolérez pas la violence » dans votre établissement. Eh bien, vous savez quoi ? Votre règlement à la con, je m'en fous complètement.

Elle cligne plusieurs fois des yeux, avant de se reprendre.

— Dans mon bureau ! Immédiatement !

— Pourquoi ? Pour me faire la morale ? Ça non plus, je n'en ai plus rien à faire.

Ses joues rosissent de colère.

— Mademoiselle Rowe, cessez cela tout de suite. C'est un conseil que je vous donne.

— Un conseil ? Et il se passe quoi, si je ne le suis pas ? Vous me donnez une punition ? Allez-y, je vous en prie, je ne suis plus à une injustice près

Elle m'observe un moment, comme si elle cherchait une explication rationnelle à mon état.

Il n'y en a pas.

Je marche sur un fil, au-dessus du vide. Les limites de ma tolérance ont été atteintes, et, ce qu'on pense de moi, je l'empaquette dans un carton épais et l'envoie directement à destination de la planète « Allez tous vous faire foutre ».

— Mackenzie, dans mon bureau. Vous aussi, Terry.

— Quelle honte !

Mon père répète ces deux mots comme une litanie depuis que nous avons quitté le bureau de la proviseure. Il n'a pas apprécié la confrontation avec les parents de Terry ni les mots que leur fille a prononcés à mon sujet.

— Frapper une camarade de classe… Mack, bon sang ! Ta mère et moi ne t'avons pas éduquée comme ça !

Il n'a pas non plus approuvé mon silence.

Parce que je n'ai rien dit. Je suis restée muette. Terry m'en a mis plein la figure, et j'ai joué le rôle de Wade : le silencieux antipathique. De fait, lorsque l'échange s'est terminé, j'ai été déclarée responsable. D'où ma mise à pied.

Ça ne me touche même pas. Mon cœur a d'autres chats à fouetter.

— Tu veux bien ouvrir la bouche ? s'énerve-t-il, en passant la vitesse. Tu n'as pas honte de me mettre dans une situation pareille ?

— Désolée de t'avoir forcé à quitter ton travail pour rien.

Il s'étrangle à moitié, tandis que mes yeux se perdent dans le paysage. J'aurais préféré que ma mère puisse se libérer ; elle, au moins, aurait essayé de me comprendre. Et, même si ça n'avait pas été le cas, elle aurait sorti une phrase absurde sur le troufignon d'une dinde pour détendre l'atmosphère. Papa est psychorigide.

— « Pour rien » ? répète-t-il, ahuri. Tu as perdu le sens des réalités, ma fille ! Dois-je vraiment te faire une leçon au sujet de la violence ? Cette Terry avait la joue écarlate et sa lèvre saignait ! Qu'est-ce qui t'a pris de lui faire ça ?

— Elle le méritait.

— Personne ne mérite d'être frappé ! Elle est ton amie…

— Elle prétend l'être, rectifié-je.

— Mack, tu n'es pas violente. Tu es ma fille, je te côtoie tous les jours depuis dix-huit ans, et tu n'arrives même pas à prendre une tapette pour écraser une mouche. Il a bien dû se passer quelque chose pour que tu perdes les pédales.

Sans vraiment écouter ce qu'il dit, je contemple les bâtiments, le long de la route, quand mon cœur fait une soudaine embardée.

Les couleurs. La forme. L'assemblage de lettres.

Mon regard reste rivé sur un tag de Wade, qui s'étale sur la façade d'un ancien *barber shop*.

Un tagueur.

Il est tellement plus que ça…

Le jour où je l'ai aidé à ne pas se faire prendre, à Mission District, j'ai agi sur un coup de tête. Je n'ai jamais regretté mon geste : à mes yeux, les graffitis sont une forme d'art, et la police n'a pas à s'en mêler.

Sauf que, ce jour-là, il n'était peut-être pas en train de taguer. Peut-être avait-il les poches pleines de drogue ou d'argent sale ? Si je n'étais pas intervenue, il serait sans doute derrière les barreaux.

Cette probabilité me tord les boyaux.

— Si je te répondais honnêtement, tu doublerais mes séances chez la psy.

— Tu ne vas pas bien ?

C'est triste, mais je n'éprouve aucune rancune. Papa ne connaît rien de moi. Je suis l'inconnue qui vit sous son toit. Quand j'étais petite, nous étions proches. Comme n'importe quel enfant, je passais mon temps sur ses genoux, et je riais innocemment à ses blagues ou à ses jeux. Mais le temps a fait son travail, la vie a semé ses grains, et la distance est devenue la norme.

Il part au travail, il en revient, on dîne ensemble le soir et on parle des sujets les plus superficiels qui soient. Il s'inquiète pour une fille sans avoir idée de ce qu'elle vit.

Pour sa défense, je ne sais pas non plus ce qu'il endure. Le sang est notre seul point commun.

— Je suis parfaitement heureuse.

Le silence perdure jusqu'au retour à la maison.

Je m'enferme dans ma chambre, le casque sur mes oreilles. Mais les morceaux habituels ne m'apportent plus ni plaisir ni réconfort, comme s'ils ne me correspondaient plus.

Je finis par me perdre dans les recherches, et tombe sur *What about Us*, de Pink. Les notes résonnent comme une mélodie nostalgique. Elles me font mal juste comme il faut. Puis, je trouve *I Hate U, I Love U*, de Gnash et Olivia O'Brien. J'imagine aisément le nombre de malheureux qui ont pleuré toutes les larmes de leur corps sur ces paroles.

Je te déteste. Je t'aime.

Je déteste le fait de t'aimer.

Tu manques juste à mes bras.

Les gens qui ne devraient pas me manquer me manquent toujours.

Tous ceux que je traite bien me font du tort.

Je suis un cliché. Un pauvre stéréotype déprimant. Ces mots ne sont pas les miens, mais ils me touchent avec une précision presque chirurgicale. À quel moment suis-je descendue si bas ?

Quelques coups discrets à ma porte me sortent de ma transe.

— Je peux entrer ?

Je me redresse et fais signe à ma mère de me rejoindre. Je retire mon casque tandis qu'elle s'installe au bout de mon lit.

— Papa m'a dit.

Je dodeline lentement de la tête.

— Il n'est pas content, je présume ?

— Il a déjà appelé Camelia pour que tu passes à trois séances par semaine.

Je lève les yeux au ciel. Il n'a vraiment rien compris.

— Mack, ma puce…

Elle m'adresse un doux sourire tout en posant sa main sur mon genou.

— Papa est bête comme ses pieds. Il s'est marié avec une femme qui confond le thym et le laurier, il ne fallait pas s'attendre à grand-chose de sa part.

On sourit toutes les deux.

— Je ne vais pas très bien, maman.

— Je m'en doute, oui. Une seule gifle ? Mack, je t'ai mieux éduquée que ça ! Quitte à frapper, autant aller jusqu'au bout ! D'après ton père, elle n'est même pas tombée dans les pommes !

Je triture le fil du casque, amusée par son absence totale de morale. Ma mère est un peu perchée. C'est ce que j'aime chez elle.

— Ne plaisante pas… j'ai été mise à pied.

— Je sais. D'ailleurs, vu la manière dont ton père hurle, tout le quartier doit être au courant. En fait, je suis là pour te morigéner. Si tu pouvais monter le ton et m'insulter, ton père croirait enfin en mon fabuleux potentiel d'autorité parentale.

Je lâche le casque et la regarde sans trop savoir qu'en penser.

— Ce n'est pas drôle, maman.

— Je me trouve hilarante ! On simule une dispute ? J'ai préparé quelques répliques.

Elle se racle la gorge et étire la nuque en direction de ma porte.

— Tu n'es pas en droit de te défendre !

Elle patiente quelques secondes, puis reprend d'une voix puissante.

— Je suis ta mère, Mackenzie Rowe ! Tant que tu vis sous mon toit, tu te plies à *mes* règles !

Elle me regarde d'un air espiègle et chuchote :

— J'ai toujours voulu la sortir, celle-là.

Elle pose sa main devant sa bouche pour s'empêcher de rire et se racle discrètement la gorge avant de reprendre d'un ton grandiloquent :

— Tu tiens à être privée de dessert ?! Très bien ! Pas de gâteau au chocolat pour toi !

— Je n'aime pas le chocolat…

— Mince ! C'est vrai !

Je souris malgré moi.

— Tu veux qu'on la joue comme ça ? poursuit-elle, prenant visiblement plaisir à ce petit numéro d'improvisation. Je te retire ton argent de poche !

— Tu devrais me punir…

— Quoi ?

— Punis-moi. Tu es censée être là pour ça.

Elle acquiesce et gonfle ses poumons d'air.

— J'en ai assez de ton comportement ! Tu es punie ! Et ne me regarde pas de cette façon, je ne changerai pas d'avis !

Ma mère est folle. Je l'aime.

Je baisse les yeux et soupire légèrement. Elle interrompt alors l'acte I, scène I, de sa pièce pour m'observer.

— Si tu l'aimes, pourquoi ne te bats-tu pas ? demande-t-elle à voix basse.

Je la scrute au travers de mes cils, aussi fascinée que lorsque j'étais enfant ; ma mère est une femme charismatique, elle possède une aura. Avec ses bonnes ondes, les gens lui donneraient le bon Dieu sans confession. Comme tout le monde, je l'adore pour ça, mais j'aime encore plus les regards qu'elle ne destine qu'à moi.

Je suis la seule qu'elle regarde avec amour. Même si j'étais la dernière des pourritures, elle conserverait cette bienveillance à mon égard.

— On parle bien du jeune homme qui a vidé notre ballon d'eau chaude, non ?

Je me fige, ce qui déclenche son rire de gorge.

— Tu penses sincèrement que je ne l'ai pas vu dans la douche ? me dit-elle avec malice. Je suis une mère, Mack, j'ai des yeux derrière la tête. Le pauvre se cachait les parties intimes avec le pommeau de douche.

— Bon sang…

— Et il a eu bien raison ! Je n'aurais pas pu me retenir de rire si j'avais vu plus que je n'aurais dû…

— Maman !

J'enfouis mon visage dans mes mains. Sait-elle seulement combien entendre ça de sa bouche est gênant ?

— Je vais éviter de parler de toutes les fois où je l'ai vu quitter la maison… Sans compter les tasses de café que vous oubliez presque chaque fois de laver. Il y a aussi l'odeur… Ce garçon sent la cigarette ! Tu aurais dû te douter que mes narines d'ancienne fumeuse repéreraient la nicotine.

Je ne sais plus où me mettre, mais, loin de tenir compte de mon malaise, elle continue de m'enfoncer.

— C'est à cause de lui que tu me joues le remake de la dépressive, n'est-ce pas ? Tu es en train de sombrer à cause de ce garçon.

Elle est trop perspicace, et je suis trop épuisée pour maintenir la garde haute. Alors, j'acquiesce.

Parce que, effectivement, je sombre. C'est le mot juste.

Elle ne rit plus, maintenant. Je vois que mon état la perturbe, mais elle se reprend comme seule une mère sait le faire ; elle se rapproche et me prend dans ses bras. Je me blottis contre elle, comme quelqu'un qui a regardé un film d'horreur et a besoin de la présence d'un adulte pour éloigner ses cauchemars.

Parfois, ça fait du bien de redevenir un enfant.

— Comment s'appelle-t-il ?

— Wade.

— Pas facile de trouver un surnom, avec un prénom pareil…

— Je ne lui ai pas donné de surnom.

— Et lui ? Sait-il que « ma puce » est ma propriété ?

— Il m'appelle Kenzie.

Elle se tait, tout en me caressant les cheveux.

— C'est marrant…

Je relève les yeux vers elle, perdue.

— Papa et moi utilisons « Mack » comme diminutif. C'est amusant qu'il ait choisi la deuxième partie de ton prénom. C'est un peu comme s'il avait pris l'autre partie de toi.

Je cale ma tête sur son épaule. Elle ne se rend probablement pas compte de la portée du symbole…

La seule place de mon cœur qui était encore libre, il se l'est appropriée.

— J'ai mal.

Elle resserre ses doigts dans mes cheveux, intensifiant son massage sur mon cuir chevelu.

— Cela fait partie de l'aventure, dit-elle doucement. Les films et les livres t'abreuvent d'amour. Aimer est toujours beau, toujours pur, toujours rose. C'est l'image dorée qu'on s'en fait, le fantasme merveilleux. Sauf que l'amour n'est pas toujours joli, Mack. C'est une émotion qui se colle à ton cœur, comme du mazout.

Elle émet un discret soupir.

— Quand tu aimes, tu ne vois plus qu'une seule personne, qui devient le centre de ton univers. Aimer, c'est te donner entièrement, sans condition. Offrir ton âme. À partir de là, le meilleur peut arriver. Comme le pire.

— Et là je découvre le pire ?

— Tu découvres que la souffrance fait partie du jeu. Tu ne peux pas t'être élevée au plus haut sans prendre le risque de tomber au plus bas. L'un ne va pas sans l'autre.

Elle pose une main sur ma poitrine.

— Quand tu confies ton cœur à quelqu'un, tu acceptes, quelque part, qu'il puisse le détruire. L'amour est le sentiment le plus dangereux qui soit. Il est également le plus beau.

Mes yeux se perdent dans le vide.

— Je ne sais plus si je l'aime.

— Oh si ! Tu l'aimes. Ton état parle à ta place, ma pauvre puce. Tu es simplement perdue, parce que tu n'étais pas préparée à ressentir cette douleur-là.

— Oui, mais… quelque chose s'est brisé. J'ai l'impression qu'une énorme tache d'encre s'est répandue dans mon cœur, et que si je la frotte toutes les belles choses qui s'y trouvaient partiront avec elle.

— Les belles choses ne disparaissent jamais, Mack. Ce que tu subis aujourd'hui ne doit pas salir ce qu'il s'est passé hier.

Chapitre 34

Mackenzie

La brise marine souffle dans mes cheveux, attisant les émotions que cet endroit provoque en moi.

C'est étrange, de revenir ici, de revoir tous ces mots qui s'étalent et semblent appartenir à quelqu'un d'autre. Je ne reconnais pas mon écriture, comme si j'avais évolué jusque dans le dessin de mes lettres.

Quand je les ai tracées, je ne me rendais pas compte du désordre alors à l'œuvre dans mon esprit. Perdue dans une spirale de tristesse, je voyais tout en noir. En fait, je me sentais surtout très seule.

Un corps se poste silencieusement à mes côtés. Je ne tourne pas la tête et je ne dis pas un mot. C'est moi qui lui ai proposé de me rejoindre ici. Il n'a pas répondu à mon texto, mais je savais qu'il viendrait.

Jax est comme ça. Toujours présent. Fidèle au poste.

— On ressasse le passé ?

Je souris légèrement.

— On l'enterre. Tu as ramené ce que je t'ai demandé ?

Une bretelle de sac à dos apparaît devant mes yeux.

— Curieux choix de couleurs, me fait-il remarquer.

Je tire la fermeture Éclair et repère les échantillons de couleurs, sur les bombes. J'aperçois également un foulard, mais je préfère conserver celui que j'ai autour du cou ; Wade ne l'a jamais récupéré. Il sent encore son parfum. Un mélange de bois brut et de peinture. Personne d'autre ne sent ainsi.

Le cœur battant, je me dirige vers le container et pose le matériel au sol. Puis j'ajuste le tissu sur ma bouche. L'odeur de la cigarette me parvient, j'en déduis que Jax a décidé de rester en retrait.

Comme Wade me l'a appris, je place les embouts amovibles sur chaque bombe. Je les teste ensuite sur un coin de la tôle et, lorsque tout me semble en ordre, je prends une profonde inspiration.

Il est temps de lui dire adieu.

Je me suis entraînée dans le *blackbook* tout le temps de ma mise à pied. J'avais une idée précise de la pièce que je voulais créer, et je tenais à ce qu'elle soit la plus parfaite possible.

La structure se bâtit sous mes mains, au son sifflant de l'aérosol. Mes mouvements manquent de souplesse, même s'ils sont plus assurés que la première fois. Peu à peu, je recouvre les mots que j'avais inscrits et qui font désormais partie d'une autre histoire.

Pendant que je travaille, les souvenirs m'assaillent, et je ne tente pas de résister. Au contraire, je les laisse venir, me submerger, me noyer.

Nous étions liées comme les doigts de la main. Complémentaires. Une blonde et une brune. Elle était mon quotidien, la personne avec qui j'avais juré de finir ma vie si je ne trouvais pas de mari. La superficielle, qui pouvait passer plus d'une heure à se maquiller. La hargneuse, qui montait dans les tours si on l'attaquait. La mystérieuse, qui a choisi de me cacher son dernier secret.

Par-dessus tout, Harper était mon amie. Elle était imparfaite, mais parfaite dans son rôle. Elle mérite un hommage à sa hauteur.

Je remplis les tracés avec deux couleurs. Du jaune et du rose. Je me fiche de l'harmonie, l'objectif est que mon tag soit visible. Il faut que tout Hunters Point le remarque.

Je mets un soin tout particulier à apporter les ombres aux quatre lettres ; j'aurais aimé être douée, pour donner à mon message la profondeur adéquate, mais je fais avec ce que j'ai.

Le cœur.

Ça suffira.

Lorsque j'ai fini, je range les affaires et me dirige tranquillement vers Jax, sans me presser. Je prends le temps de me séparer d'elle.

À chaque pas, je me détache d'une relation qui était viscérale, fusionnelle. Le moindre centimètre que je parcours résonne comme un adieu.

Je ne sais pas à quoi ressemble la fin d'un deuil. Je n'avais jamais perdu quelqu'un, avant elle. Je suppose que chacun gère sa tristesse différemment.

Mais, alors que je m'éloigne, j'ai l'intime conviction que je clos le chapitre de la bonne façon. Celle qui me convient. Qui lui convient, à elle aussi

Oui. C'est un joli point final.

— Rose et jaune… on dirait un Malabar géant.

Je lui rends son sac en le remerciant, puis me retourne.

Un sourire empreint de fierté point sur mes lèvres.

Un container. Trois blazes. La mer en arrière-plan.

Tibbar et Noliar entourent mon « Nine ». Un « Nine » excentrique, démesuré, qui tranche avec la rouille, la noirceur omniprésentes. Quiconque s'aventurera au sein de cette base navale ne verra que ce tag.

— Ce truc est aussi voyant qu'un phare en pleine tempête.

— Tant mieux.

Je le regarde pour la première fois depuis son arrivée. Il me sourit à son tour avec douceur et respect. J'ignore s'il mesure toute l'importance que revêt pour moi ce moment, mais il sent qu'il me tient terriblement à cœur, c'est évident.

Je m'assieds au sol. Les cailloux rendent la position inconfortable, mais peu importe. C'est ici que j'ai besoin d'être, et nulle part ailleurs.

Là où tout a commencé, et où tout touche à sa fin.

— Il va bien ?

Jax me rejoint bientôt au sol et allume une autre cigarette. Le bout incandescent grésille dans la nuit froide, et le vent me renvoie la fumée en pleine tête.

Sans même le regarder, j'attrape la cigarette et inspire une longue bouffée.

— Mauvaise idée, dit-il en réponse à mon toussotement.

Il tente de la récupérer, mais je l'en empêche.

— Est-ce qu'il va bien ?

— Probablement mieux que tes poumons… Rends-moi ça, Mackenzie. Je me détesterais d'être responsable de ce genre de dépendance.

— Il va bien ou pas ?

Sa main abandonne la tentative de voler la mienne.

— Non.

Il soupire.

— Non. Il ne va pas bien.

J'accuse le coup. Égoïstement, je me dis qu'au moins nous sommes égaux sur la question.

— C'est pour ça que tu ne viens plus en cours ? demandé-je. Pour garder un œil sur lui ?

Il acquiesce furtivement. Je distingue la peine dans son regard. Elle le fendille, brise ses défenses d'éternel positif.

L'amitié qui les lie est précieuse, fraternelle. Ils sont comme deux aimants. Je suis heureuse que Wade ait un pilier aussi indéfectible que Jax à ses côtés.

— Je suis désolé pour ton amie, Mackenzie. Tu tiens le coup ?

— Tu as la réponse en face de toi.

Il jette un œil sur mon graffiti.

— Le passé est désormais derrière moi, assuré-je.

Il s'empare de la cigarette que je tenais toujours entre mes doigts puis expire la fumée. On en arrive à ce que j'attendais depuis le début

Des révélations.

— J'espère que tu as conscience de l'amitié que je te porte…

J'opine.

— Si tu es venu, et si tu es prêt à me révéler des choses, j'en déduis que tu m'apprécies un minimum.

— Tu m'as sauvé d'une fouille au corps, je peux bien faire un effort.

Nos regards se perdent dans le paysage. Malgré notre familiarité, nous semblons soudain intimidés l'un par l'autre.

— Il a grandi à Tenderloin avec sa mère. Elle s'appelait Elizabeth.

Son murmure trahit sa gêne. Il n'est pas à l'aise à l'idée de raconter l'histoire de son ami, surtout sans son consentement. J'ai conscience qu'il bafoue l'une des règles primordiales entre deux frères : la promesse de garder un secret.

— Il m'a dit qu'il n'avait jamais connu son père…

— Il les a abandonnés quelques semaines après sa naissance, oui. Il ne pouvait pas assumer une petite amie malentendante et un enfant en bas âge. Wade vient d'un endroit où il est monnaie courante qu'un homme disparaisse à la première difficulté. Alors Elizabeth l'a élevé seule, malgré les obstacles.

— C'est-à-dire ?

— Trouver du boulot, tiens. C'est déjà difficile pour n'importe qui, alors imagine la galère pour une mère célibataire, handicapée et qui vient d'un quartier pauvre. Son CV restait en bas de la pile, mais elle a toujours affronté la vie avec courage. C'est comme ça qu'il m'a parlé d'elle : une femme indépendante, une force de la nature. Il l'aimait d'une manière inconditionnelle.

Il secoue la tête quand lui revient un autre souvenir.

— Il était complètement bourré quand il m'a raconté son histoire. Wade déteste les substances qui peuvent lui faire lâcher prise. Il boit peu, il fume peu. Pour lui, parler est une torture. Mais je venais de vivre ma première session de graff, j'ai voulu fêter ça. Alors on a descendu une bouteille d'un whisky dégueulasse. Au moment où il s'est livré, j'ai su qu'il deviendrait comme mon frère.

Ses pieds jouent avec les cailloux et un sourire venu d'ailleurs naît sur son visage. Dans sa bouche, « frère » n'est pas un vain mot. Il le considère réellement comme un membre de sa famille.

— Wade est un gars exceptionnel. On peut penser ce qu'on veut de lui, quand il aime quelqu'un, il est prêt à tout. Le sacrifice ne lui fait pas peur. C'est ce qui a causé sa descente aux enfers.

— Sacrifice ? C'est-à-dire ?

— Il met sa vie au second plan pour celle des autres.

— Et descente aux enfers ?

— Il a fait des choix merdiques.

Je joue avec ma lèvre inférieure en détournant le regard.

— Comme dealer, par exemple…

— Non. Non, Mackenzie. Ça, ce n'était pas un choix de sa part, mais une obligation.

— Personne n'est obligé de vendre des produits illicites.

Il termine sa cigarette en réfléchissant à la manière d'aborder le sujet. Je ne lui mets aucune pression, même si j'aimerais éclairer ces parts d'ombre.

— Il vivait dans un immeuble miteux, reprend-il. Dans un quartier où la drogue circulait à fond. Tu sais ce qu'est une nourrice, dans ce monde-là ?

Je secoue négativement la tête.

— Les dealers obligent certains habitants des immeubles qu'ils contrôlent à garder chez eux des choses qui leur appartiennent et qui pourraient les compromettre : drogue, argent, armes… Les appartements des nourrices leur servent de coffre-fort, si tu veux.

— Est-ce que tu es en train de dire que la mère de Wade était une… nourrice ?

— Non. Mais les types qui ont pris l'immeuble d'assaut, eux, le croyaient.

Je me retiens de dire quelque chose. En fait, j'ai dix mille questions en tête. Je ne parviens pas à me représenter cet environnement qu'il évoque, et dans lequel Wade a grandi.

— Le gang concurrent de celui qui occupait l'immeuble de Wade avait entendu des rumeurs, comme quoi toute la marchandise était répartie dans les étages. Ils n'ont pas cherché plus loin et ont déboulé un soir, armés jusqu'aux dents. Wade n'était pas là, il taguait. Malheureusement, Elizabeth était présente.

Ce que je devine me donne un haut-le-cœur.

Je savais déjà qu'elle était morte, mais je ne connaissais pas les circonstances de son décès.

— C'était il y a deux ans, c'est ça ?

Il confirme du menton.

— Trois mecs ont défoncé la porte de son appartement pour récupérer des paquets de coke, ou n'importe quoi d'autre. Personne ne sait ce qu'ils cherchaient précisément, mais ils étaient déterminés. Sauf qu'il n'y avait rien, et que la mère de Wade est sourde.

— Qu'est-ce que sa surdité a à voir avec ça ?

— Tout.

Il rejette la tête en arrière, semblant chercher un peu d'oxygène frais, loin de cette conversation étouffante.

— Ils avaient beau hurler et la menacer, elle n'a pas compris ce qu'ils attendaient d'elle. Elle n'entendait pas. Elle ne pouvait pas comprendre. Les trois mecs ont dû penser qu'elle se foutait d'eux. Ils lui ont tiré dessus.

Il ne baisse pas la tête, mais il est si abattu qu'on croirait qu'on lui a fait le coup du lapin.

Hunters Point est plongé dans un silence morne. Seuls le vent et les vagues qui tapent contre la digue nous rappellent que nous ne sommes pas dans les limbes.

Comment pourrais-je me représenter cette violence, moi qui vis à mille lieues de cet univers ? Mais le garçon qui a occupé le centre du mien ces derniers mois était en plein dedans. Quoi que je pense de lui aujourd'hui, cette manière qu'il a de ne rien montrer force le respect.

— Quand Wade est rentré de sa session, tard dans la nuit, le quartier grouillait de flics. Son appartement était inaccessible. Tout ce qu'il se rappelle, c'est avoir aperçu une forme sous un drap blanc, taché de sang, sur le sol de son entrée. Ensuite, tout a basculé.

Il marque une pause pour reprendre son souffle. Un éclat de tristesse absolue teinte ses yeux.

— Il l'aimait plus que tout, Mackenzie. Sa mère était son seul pilier. Quand on le voit aujourd'hui, on ne peut pas imaginer à quel point il la vénérait. Je te l'ai dit, quand il aime, il se donne sans réserve. Cette nuit-là, on l'a privé de sa seule raison de vivre. Pour lui, plus rien ne comptait, et surtout pas la morale. Il s'est juré de la venger.

Jax m'explique alors qu'en posant des questions aux voisins il a rapidement découvert qui étaient les assassins et pourquoi ils avaient froidement abattu sa mère.

— Il est allé voir un mec qu'on appelle Crown.

— « Crown » ?

— C'est un blaze. Personne ne connaît son vrai prénom. Mais tout le monde sait qu'il est à la tête d'un trafic de drogue. C'est sa marchandise que le gang a tenté de récupérer. Ce sont ses ennemis qui ont tué Elizabeth.

— Pourquoi est-il allé le voir ?

— Pour qu'il répare les dommages causés, soupire-t-il. Wade a fait un deal avec lui : Crown retrouvait et tuait les trois hommes qui lui avaient enlevé sa mère, et, en échange, Wade ferait tout ce qu'il voudrait.

Mes épaules me semblent soudain peser des tonnes et s'affaissent sous le poids de ces révélations.

— Il aurait dû aller voir la police…

— La police ne leur aurait pas mis une balle dans la tête, Mackenzie. Wade voulait leur mort, pas leur emprisonnement.

Je comprends. C'est insensé, mais je comprends, pour la simple et bonne raison que, à l'instant où Tate m'a appris que Harper était morte d'une overdose, j'ai eu envie de tuer le dealer.

Sauf que je n'aurais pas eu le cran de passer à l'acte.

— Crown a respecté son engagement. Ses hommes ont buté ces fils de putes. Du coup, Wade respecte lui aussi sa part du contrat.

Il plonge ses iris vert d'eau dans les miens.

— Il vend la marchandise de Crown depuis deux ans pour ça. Pour payer sa dette envers lui. Tout l'argent qu'il récolte va droit dans la poche de Crown. Ce n'est pas moral, ce n'est pas légal, c'est un univers de violence qu'il rejette autant que toi et moi. Plus encore, même, puisqu'il lui a pris ce qu'il avait de plus précieux. Son seul but, c'était de la venger. Et il l'a fait.

Je resserre les manches de mon pull autour de mes doigts. La froideur de la nuit me paraît soudain intolérable.

Il est allé loin. Très loin. Sans doute bien trop loin. Mais comment lui en vouloir ? Je ne peux pas haïr quelqu'un qui a agi par amour. Parce que au fond ce n'est rien d'autre que ça.

Je repense à ce que m'a dit ma mère : « L'amour est le sentiment le plus dangereux qui soit. Il est également le plus beau. »

— Il était mort avec elle. Wade se foutait de ce qui pourrait bien lui arriver. Puis tu es entrée dans sa vie, et j'ai vu mon pote se métamorphoser. Devenir un être humain pas tout à fait comme les autres, mais un être humain quand même. Merde ! jure-t-il. Tu connais la valeur de ses sourires, non ? Tu sais qu'il ne les accorde pratiquement à personne. Et le fait de signer ? C'est la langue qu'il partageait avec sa mère.

Je déglutis lourdement.

— C'était leur truc, leur lien… Il t'a donné ce qu'il n'offrira jamais à personne, et sans condition. Je sais qu'il a vendu des cachetons à ton amie. Il a conscience d'être en partie responsable de sa disparition. Crois-moi, fais-moi confiance quand je te dis qu'il se déteste. Personne ne te demande de le pardonner ou de passer outre. Mais sache aussi que l'air dont il a besoin pour vivre, c'est toi qui le lui donnes. Tu es son monde.

Un sanglot remonte dans ma gorge. Cette conversation prend un chemin émotionnellement compliqué à gravir.

— Mackenzie… Kenzie, dit-il en souriant faiblement. Wade t'aime. Il ne supporte pas la situation, il fume des joints comme je bois de l'eau. Tu lui manques à en crever. J'ai beau être là, auprès de lui, et déployer toute ma panoplie de blagues débiles, ce n'est pas de moi qu'il a besoin.

Je baisse les yeux, incapable de le regarder plus longtemps.

— Toi non plus, tu n'as pas besoin de moi. C'est à deux que vous fonctionnez.

Toutes les discussions que j'ai eues récemment se mélangent. Ma mère, Paul, Jax… Ils sont tous convaincus que Wade et moi sommes une entité unique. Le truc inexplicable qui relie deux êtres.

Je les crois, parce que j'en suis persuadée, moi aussi. Mais où dois-je ranger ma culpabilité ? Dans quel compartiment caser la honte d'aimer une personne qui a ôté la vie à ma meilleure amie ?

Il ne l'a jamais souhaité. Harper a été un dommage collatéral dans son histoire, qu'il regrette amèrement. Mais elle est le point d'ancrage de la mienne. Suis-je prête à dépasser ça ? À l'aimer inconditionnellement, malgré tout ?

Je ne le sais toujours pas, lorsqu'on rejoint ma voiture.

— Je t'aime bien, tu sais.

J'intercepte l'expression attendrie de Jax.

— Moi aussi.

— Alors fais-moi plaisir, arrête de faire cette tête, soupire-t-il. Je souffre déjà assez de voir mon frère au fond du gouffre, je ne supporterais pas que ma sœur prenne le même chemin.

Je m'accroche au bord de ma portière entrouverte, prise au dépourvu.

— Tu as déjà une sœur, Jax.

— Rien ne m'empêche d'accueillir un nouveau membre dans ma famille, dit-il en haussant les épaules.

Mon hypersensibilité était déjà mal en point. Mais avec ça je suis bonne pour chouiner toute la nuit.

— Merde ! Non ! Ça me dégoûte de voir les gens pleurer, arrête ça immédiatement !

Je ris entre mes larmes.

— Tu viens de dire que j'étais ta sœur ! J'ai tous les droits.

— Vu ta réaction, je retire… J'en ai déjà une comme ça !

Jax dans toute sa splendeur.

Le genre de personne qui rendrait le moral à un dépressif et ouvrirait les yeux d'un aveugle. Il fait des miracles, parfois grâce à son humour crétin, souvent avec sa franchise. Il n'y en a pas deux comme lui, et je mesure aujourd'hui ma chance d'avoir croisé son chemin.

— J'ai toujours voulu avoir un frère, dis-je en l'étreignant.

Il grogne, puis, comme s'il capitulait, finit par poser une main entre mes omoplates.

— Je voulais une sœur normale. Je me tape une frangine timbrée, et l'autre ultra-émotive. On peut considérer que j'ai raté ma vie.

Je me détache de lui, le cœur un peu plus léger.

— Fais attention à toi.

J'acquiesce et claque la portière. Je ne sais pas pourquoi, mais j'ai l'impression étrange de lui faire mes adieux.

Je baisse la vitre et l'interpelle.

— On se voit lundi ?

— Tu ne seras plus mise à pied ?

— Tu es au courant ?

Il arque un sourcil amusé.

— Quand une fille en frappe une autre, il faut moins de cinq minutes pour que l'information fasse le tour de la terre.

Il croise les bras sur son torse en me gratifiant d'une expression joyeuse.

— J'aurais sincèrement voulu être là !

— Jax… Ce n'était pas un combat en sous-vêtements, et pas dans la boue. Arrête de sourire comme ça !

— Ce n'est pas pour ça que je suis content. Ça me fait sacrément plaisir que tu aies mis une beigne à Terry.

Surprise, je le regarde d'un air dubitatif.

— Vraiment ?

— Vraiment, oui. Cette fille est la reine des hypocrites. Il était temps que quelqu'un s'occupe d'elle.

— Tu ne m'en veux pas ?

— Pourquoi je t'en voudrais ?

— Je ne sais pas… Terry et toi, c'est une histoire un peu ambiguë, non ?

Il se rapproche de mon capot et pose le coude sur le rebord de la fenêtre, amusé.

— Je n'ai jamais tenté de sortir avec elle, la psychopathe.

— Pourtant, il me semblait que…

— Entre elle et moi, c'était de la drague gentillette. On savait tous les deux qu'il ne se passerait plus jamais rien, après notre bêtise.

— Faire l'amour avec elle était une bêtise à tes yeux ?

— Je ne lui ai pas fait l'amour. J'ai couché avec elle. Une fois. C'était vachement agréable, et j'aurais aimé recommencer. Mais ça n'a rien à voir avec des sentiments. Terry et moi, c'était une entente physique.

— Et vos jeux de regards ?

— Du jeu, justement. Rien de plus.

— Tu l'as quand même draguée…

— Parce qu'elle aussi c'est un « Tibbar ». C'est un truc que tu ne peux pas comprendre, parce que la seule personne que tu as séduite est celle que tu aimes. Terry et moi, c'est du vent. Le cœur n'entre pas en jeu. Et, maintenant qu'on m'a remis les yeux en face des trous, je ne permettrai plus à mes hormones de parler à ma place.

J'attrape le volant en l'observant d'un air sceptique.

— Il est temps que j'arrête d'être ami avec tout le monde, poursuit-il. Tate, Terry… ces gens sont toxiques. Règle numéro un : on ne touche pas à ma famille. Alors, après ce qui s'est passé, cette salope part là où elle mérite d'être : aux oubliettes.

Il est dur et sincère. Je ne sais pas quoi dire.

— Jax… Elle ne t'a rien fait, à toi.

— Tu as voulu un frère ? Tu l'as. Assume.

Il m'adresse un clin d'œil puis recule en tapant sur la carrosserie. Dana a de la chance d'avoir comme frangin un gars au cœur aussi immense.

Je démarre et m'éloigne, en regardant sa silhouette dans le rétroviseur, qui me fait de grands signes joyeux.

Elizabeth…

Comment est-ce que je réagirais si une telle chose arrivait à ma propre mère ? Je l'ignore, mais y penser m'aide à mieux comprendre ce que ressent Wade, et les extrémités auxquelles il en est venu pour la venger. D'une certaine façon, son comportement est en adéquation avec les souffrances qu'il a endurées.

Après avoir garé ma Ford dans l'allée de la maison, je sors mon portable de la poche kangourou de mon sweat.

J'ai un appel en absence et un message vocal, qui remontent à plus d'une heure. À la vue du nom de l'émetteur, je fronce les sourcils.

Paul me contacte rarement. À vrai dire, les seules fois où il le fait, c'est pour me signifier qu'un bénévole lui a fait faux bond et qu'il a besoin d'aide. Mais jamais il ne m'a contactée à 23 heures passées.

« Bonsoir, Mackenzie. J'espère que tu vas bien. Écoute, ce n'est pas dans mes habitudes, mais j'ai pensé qu'il fallait te prévenir. Missie n'est pas au mieux de sa forme. Si tu as envie de lui dire un mot, c'est le moment. »

Chapitre 35

Mackenzie

Je pousse la porte et m'agrippe aussitôt au comptoir.

— Paul !

Tout est calme à cette heure-ci. Les animaux sont plongés dans un sommeil paisible. Je me penche par-dessus le bureau et tape furieusement sur la sonnette, près de son ordinateur.

— Paul !

Les warnings de ma voiture libèrent une lumière orangée dans la pièce, qui se répercute sur les fenêtres et finit sur les murs blancs. Je m'acharne sur le bouton en plastique, appuyant encore et encore. Les *ding* et les *dong* me font mal aux oreilles.

— PAUL !

N'y tenant plus, je m'élance vers la porte qui donne sur l'arrière-salle. Elle s'ouvre à la seconde où je pose la main dessus.

Le visage de Paul, bien qu'aussi avenant que d'habitude, exprime une tristesse qui me fend le cœur.

— Où est-elle ?

Il étudie un instant mon expression, ce qui est inutile car le temps presse.

— Ton message. Missie. Où est-elle ?

Il s'écarte pour me céder le passage. Je m'engouffre sans chercher à savoir s'il m'accompagne ou non.

C'est idiot de s'attacher à un animal de la sorte. Je me sens idiote. Je suis idiote.

Missie a toujours été ma préférée. Aucune des familles d'adoption que j'ai croisées pendant mon bénévolat ne s'est intéressée à elle. C'était le chien sourd qui dormait dans la cage du fond. Rien d'autre. Un truc poilu. Un peu trop gros. Un peu trop vieux. Personne n'a pris le temps de venir la voir, les gens pensaient qu'elle n'avait rien à leur apporter. Tous les chiots sont partis alors qu'elle restait là.

Sauf que c'est faux, Missie a au contraire tout à donner. Elle s'est remise des sévices qu'elle a endurés, et, toute l'affection qu'elle avait à offrir dans sa première vie, elle la donne aujourd'hui au centuple.

Je déboule dans la salle où les sacs de croquettes s'entassent, puis fonce vers les cages. La sienne est tout au bout. Je m'arrête net en la découvrant vide.

On voit encore la paille écrasée, presque chaude de sa présence. Il reste un fond de nourriture dans sa gamelle, comme si elle avait mangé il y a peu de temps et qu'elle n'avait pas fini son repas. Tous les signes sont là, mais elle est absente.

Je me tourne vivement vers Paul.

— Elle est dans la salle de soins, m'indique-t-il alors.

Mon cœur fait une embardée.

— Le vétérinaire est avec elle.

Je n'ai pas envie de comprendre ce que cela sous-entend.

Pas aujourd'hui. Pas maintenant. Pas elle.

Je le dépasse en le bousculant et fonce à l'instinct pour trouver la salle en question.

Je pousse brutalement la porte, qui rebondit contre le mur. Un homme d'âge mûr se tourne vers moi sans prononcer le moindre mot. On dirait que tout le monde sait. Chacun interprète la douleur de chacun, et le silence est préférable à la vérité crue.

Ma gorge se serre et mes poumons semblent se réduire aux dimensions d'un poing.

— Où est-elle ?

D'un signe de tête, il désigne le fond de la salle. Et je perds tous mes moyens.

Je m'attendais à la voir allongée. J'étais préparée à la trouver couchée sur le flanc, la cage thoracique agitée, la gueule entrouverte.

Ce n'est pas le cas.

Wade est assis par terre, le dos plaqué contre le mur. Ses jambes sont écartées et il a les genoux repliés. Missie est nichée entre eux. Elle a posé ses pattes sur l'une de ses cuisses, et son museau est caché dans le creux de son aine.

Ses doigts forment un sillon le long de sa colonne vertébrale. Il va d'avant en arrière, à un rythme très lent.

Je ravale la boule qui s'est formée au creux de mon ventre et continue de les observer. Il la cajole, tandis que ses lèvres remuent, comme s'il lui parlait, alors qu'il sait qu'elle ne peut pas entendre.

Son regard rencontre le mien.

Contrairement à moi, dont le cœur n'est plus qu'un vaste champ de bataille, il semble serein. Calme, comme toujours. Ses yeux émettent des ondes paisibles. Cette force tranquille, inébranlable, m'atteint de plein fouet.

À cet instant, j'oublie tout. Les questions, les doutes, son histoire, la nôtre… Je le rejoins et m'agenouille à ses côtés.

— Elle est là.

Il caresse son oreille et baisse la tête pour murmurer :

— On est là. Tu peux te laisser aller.

Son infinie douceur m'aide à tenir le coup. Missie tente de remuer, mais elle semble trop faible pour effectuer le moindre mouvement. Elle enfonce alors son museau plus profondément dans le jean de Wade.

Il sourit légèrement et colle sa paume contre le haut du crâne de la chienne, entre ses oreilles, les doigts de l'autre main poursuivant leur caresse.

— Je suis là, ma vieille. Je ne bougerai pas.

À mon tour, je pose ma main sur son flanc.

Son pelage est dur, rugueux. Il accuse les années. Je la caresse au même rythme que Wade, comme si la lenteur de nos mouvements combinés pouvait ralentir le temps.

Sans le vouloir, mes doigts effleurent les siens. Il ne les retire pas. Je ne le fais pas non plus. Et, dans un silence partagé, nous entremêlons nos mains.

À chaque minute qui passe, Missie semble plus détendue. Sa respiration se fait plus régulière, puis faiblit.

Nous restons ainsi de longues minutes.

Je contourne ses nombreuses cicatrices, où les poils n'ont jamais repoussé. Sa peau s'est tannée, prenant une teinte plus grisâtre. Je m'efforce de ne pas penser à ce qu'elle a vécu pour me concentrer seulement sur le moment présent.

Son corps s'avachit soudain. Wade ne bouge pas, alors qu'elle s'écrase un peu plus contre lui.

— Bonne nuit.

Comme un souhait de conte de fées, il est aussitôt exaucé.

Missie glisse doucement le long de son corps, les yeux ouverts. Il la rattrape, prend dans ses bras son corps inanimé comme pour la protéger. Je sens alors une lente agonie m'envahir, et tout devient flou.

Lui, qui lui dit un dernier mot.

Lui, qui se lève.

Lui, qui la porte à bout de bras et la dépose sur la table d'examen.

Lui, qui discute avec le vétérinaire.

Mes yeux s'emplissent de larmes, et je ne cherche pas à les retenir. Au contraire, je les laisse déferler en cascades silencieuses sur mes joues. J'assiste à distance à la scène, incapable d'y prendre part. Missie gît devant moi, sur l'acier froid, dans une salle anonyme d'un refuge parmi tant d'autres. Jamais elle n'aura connu l'unique chose dont elle avait besoin. Une famille.

J'atteins un point de rupture.

Le nez encombré, reniflant à chaque inspiration, je me lève et m'enfuis. J'arrive à peine à mettre un pied devant l'autre, et je finis par trébucher sur le macadam.

Des spasmes me secouent, tandis que les cailloux s'enfoncent dans mes paumes. Si je me voyais, j'aurais pitié de cette pauvre fille. J'ai honte de m'écrouler ainsi, mais mes dernières forces viennent de me quitter.

Quand je sens qu'on empoigne ma taille, je ne réagis pas. Les mains puissantes me soulèvent, et resserrent leur prise vu que mes genoux refusent de me porter.

Je reconnais son odeur. Sa respiration bat la mesure dans mon oreille, sa cage thoracique vient effleurer mon dos en cadence.

Sa présence me fait autant de bien que de mal. Tout ce que je parviens à faire, c'est lever et baisser le pouce. Comme il me l'a appris dans la cage d'escalier.

Je n'ai pas d'attaque de panique, mais j'ai besoin d'un soutien. Il saisit aussitôt mon appel de détresse.

Il me fait doucement pivoter et, sans s'arrêter sur mon regard, encercle ma nuque de ses bras ; mon nez s'enfonce dans son sweat, et je m'accroche désespérément à sa taille, tandis que mes pleurs redoublent d'intensité

— Ça ne devait pas se passer comme ça… Elle était… Ça ne devrait jamais se passer comme ça ! J'en ai marre. Je n'en peux plus…

— Je sais, chuchote-t-il.

Il resserre son étreinte.

— Je ne sais plus où j'en suis, Wade…

Son menton se pose au sommet de mon crâne, et, comme si ce contact lui était aussi nécessaire qu'à moi, ses bras me plaquent un peu plus contre son torse.

— Je suis désolé, Mackenzie. Je suis tellement désolé.

Il n'évoque pas Missie. Et il m'a appelée par mon prénom.

Je ne veux pas qu'il m'appelle par mon prénom. Je suis Kenzie. Avec lui, j'ai toujours été Kenzie.

Ces trois lettres de plus mettent une distance sidérale entre nous. Malgré nos corps serrés l'un contre l'autre, la faille vient de se transformer en un gouffre insondable.

Je relève le visage, à la recherche de ses yeux, mais il persiste à regarder au loin. Je saisis alors toute l'ampleur de cette tache d'encre qui s'est répandue sur notre histoire.

Nous sommes tous deux profondément blessés.

Depuis le début, il m'aide à remonter la pente, et, si j'en crois ce que m'a dit Jax, l'inverse est aussi vrai. Wade et moi, c'est la rencontre de deux écorchés qui ont pansé leurs blessures ensemble.

Nous nous sommes toujours fait du bien.

Aujourd'hui, nous nous infligeons mutuellement de la souffrance.

— Je te pardonne, dis-je dans un sanglot.

Je parle trop vite. Beaucoup trop vite. Faute d'avoir pu faire le tri dans mon esprit, je ne suis pas sûre d'être capable de tirer si facilement un trait sur le passé. Mais une chose est sûre : si Wade m'échappe, je ne me relèverai pas.

— Wade, je te pardonne tout.

Il se mord la lèvre en levant les yeux au ciel et, résigné, se détache de moi.

Nos regards se confrontent enfin, et je me perds dans l'océan de douleur qui hante ses iris bicolores.

J'y distingue aussi autre chose, qui me laisse sans voix. Une nouvelle barrière, qu'il a mise entre nous et que je vois maintenant clairement. Quelque chose a changé. Il m'a fermé sa porte.

— Tu ne peux pas me pardonner.

— Si. Je peux.

— Tu n'es pas dans ton état normal…

— Harper aurait pu croiser la route de n'importe qui, ce soir-là, mais c'est tombé sur toi, le coupé-je. Ce n'est pas toi qui lui as fait avaler ces cachets, ce n'est pas toi qui lui as fait prendre une dose mortelle. C'est elle qui a décidé de faire ça. Elle seule. Tu ne l'as pas… Tu ne l'as pas tuée.

Il fait un geste de la main comme pour chasser ce qui ne lui plaît pas dans ma démonstration. Et, avec horreur, je constate qu'il se referme encore un peu plus.

— Je t'ai tuée, toi.

— Quoi ? Moi… ? Non… De quoi tu parles ?

Sa mâchoire se contracte brutalement.

— Tu as perdu la personne que tu aimais et ça t'a détruite. Tes crises d'angoisse, ta peur de la foule… Tu peux nier ma responsabilité, mais, ce décès, que j'ai provoqué, il t'a transformée.

— Tu n'as rien à voir avec ça, Wade… Je n'ai pas su gérer, c'est tout…

— Tu n'aurais pas dû avoir à gérer quoi que ce soit. Tout ça, ça n'aurait jamais dû arriver.

— Mais je vais mieux…

— À quel prix ? À ton avis, combien de personnes à qui j'ai fourni de la drogue sont mortes, et combien de meilleures amies, de parents ou de frères et de sœurs j'ai anéantis ?

Il se frotte nerveusement la nuque et le crâne.

— J'ai bousillé des vies, Mackenzie. J'ai envoyé des gens chez des psys, j'en ai rendu d'autres malades de chagrin. Le plus ironique, c'est que je sais que j'ai fait du mal autour de moi, mais je n'ai aucun souvenir des visages. Je ne peux pas m'excuser auprès d'eux, je n'ai aucun moyen de me racheter. Tu ne peux pas m'accorder ton pardon. Les monstres n'y ont pas droit.

Je cligne ridiculement des paupières, comme éblouie par l'intensité de la culpabilité qui le ronge.

Voilà d'où vient la distance qu'il met entre nous.

Il ne s'en veut pas seulement pour Harper mais aussi pour tous les autres. Il s'est senti mourir quand on lui a pris Elizabeth. Aujourd'hui, il a l'impression d'être comme ceux qui lui ont volé sa mère.

— Tu n'es pas un monstre.

Le pas qu'il fait en arrière quand je tente de m'approcher me fait l'effet d'un coup de couteau.

— Tu as des circonstances atténuantes, insisté-je en reprenant les mots de Jax. Tu n'es pas arrivé là par choix. Regarde-toi, tu n'acceptes pas… Un vrai monstre n'aurait aucun remords.

— Je n'ai pas d'excuse.

— Tu as voulu venger ta mère. Tu n'as pas le droit de t'en vouloir pour ça.

Il se raidit. Je lui laisse le temps d'assimiler mes paroles, puis ose un faible sourire. C'est tout ce que je suis capable de fournir.

— Je connais ton histoire, Wade. Du début jusqu'à maintenant. Tu as utilisé les armes qui te semblaient justes sur le moment, sans penser aux conséquences. Quand je t'ai dit que tu ne pourrais pas racheter tes fautes, j'avais tort.

J'inspire longuement.

— Je peux te soigner.

Je pose mes mains de chaque côté de son visage. Mes yeux, encore embués, cherchent un infime point de lumière dans les siens.

— Je peux rester à tes côtés.

Ma bouche effleure ses lèvres fermées. Il reste stoïque, refusant de laisser passer le moindre souffle d'air. Je sais pourtant que nous avons plus que jamais besoin l'un de l'autre.

Il a besoin de moi.

— Je peux t'aimer.

— Je ne te mérite pas, Mackenzie.

— Kenzie.

Du bout des doigts, je continue d'explorer son visage, les joues encore striées de larmes.

— Moi, c'est Kenzie.

Mes mains glissent sur sa nuque, dans ses cheveux.

Je me livre entièrement. Ma confiance, mon cœur, mon âme, mon pardon, je lui donne tout.

— Je ne peux pas…

— Je peux pour deux.

Je peux, pour nous.

La fille d'avant, celle que j'étais il y a quelques jours encore, n'aurait pas pu lui accorder la moindre compassion. Mais j'apprends, et je prends conscience qu'il est une victime, et non un bourreau. Il a été l'acteur d'une tragédie, contre son gré. À moi de me montrer à la hauteur.

— Je t'aime.

Je sens qu'il bataille pour me tenir à distance, mais c'est plus fort que lui. Il m'aime aussi.

Lentement, sa paume s'arrime à l'arrière de mon crâne. Ses lèvres remuent imperceptiblement, m'offrant l'espoir que tout n'est pas terminé. Je profite de cet instant d'abandon pour poser ma bouche sur la sienne.

Et, au fil des secondes, je le sens qui se libère.

Quand sa bouche s'entrouvre, j'inspire son air, les yeux fermés. Quand il m'embrasse, sa souffrance déferle en moi, comme un torrent.

Jamais un baiser n'avait été si éprouvant. Avec énergie, il me maintient contre lui, tandis qu'un tsunami de sentiments me submerge ; je me remets à pleurer, incapable de me dominer.

Quand ses mouvements se font moins doux, plus urgents, plus intenses aussi, je l'accompagne.

Rapidement, nous nous retrouvons à l'arrière de son pick-up. Nos vêtements disparaissent. Nos bouches se dévorent. Nos mains pétrissent la moindre parcelle de chair.

Pas une seule fois il ne me regarde dans les yeux.

Pas une seule fois je ne tente de trouver son regard.

Mon cœur saigne, alors que mon corps s'embrase. Il mord mon cou, puis suce ma peau jusqu'à me faire gémir. Je sais que j'en garderai la marque pendant plusieurs jours. Je le repousse et fais de même ; il grogne lorsque mes dents malmènent à leur tour la peau de son épaule.

La température de l'habitacle augmente exponentiellement. Les vitres s'embuent sous nos souffles anarchiques. Il me dérobe mon âme et j'arrache la sienne. Littéralement.

Je reprends un instant mon souffle lorsqu'il s'écarte de moi. Les larmes dégoulinent dans mon cou, formant un chemin humide sur ma peau brûlante. Quand il s'approche à nouveau, je me jette sur lui et l'enserre puissamment entre mes cuisses, mes bras, tout ce qui me permet de me fondre en lui. Lui me serre si fort que j'ai du mal à respirer.

Il me fait l'amour.

Longtemps.

Les vagues de plaisir se déchaînent, certaines presque insurmontables. Je suis plus qu'un amas de nerfs chauffés à blanc ; mes reins s'acharnent à le ramener à moi dès qu'il m'échappe, et il revient avec plus de force chaque fois. Nos lèvres sont engourdies et gonflées. Rouges et luisantes. Nos peaux sont meurtries par les assauts de doigts et d'ongles.

À l'instant où mon corps ne tient plus, Wade se tend. Je rejette la tête en arrière, mais il attrape mon menton et nous gémissons ensemble, lèvres contre lèvres.

Nous restons ainsi, immobiles, haletants. Comme toujours, nous employons tous les moyens de communication possibles, excepté le langage.

C'est dans le silence que nous nous comprenons le mieux.

J'absorbe chacun de ses râles. Je me nourris de sa présence. Je caresse ses bras alors que ses doigts s'attardent dans mes cheveux. Comme si, à nouveau, il cherchait à arrêter le temps.

On ne se regarde pas dans les yeux.

Toujours pas.

Les ombres de la nuit accentuent sa beauté. Je l'observe, fascinée, me jurant de me souvenir du plus petit détail de son visage.

Cette minuscule ride près de sa bouche, signe de la présence d'une fossette qui se creuse quand il sourit.

Son cerne gauche, plus affirmé et prononcé que le droit.

Le fouillis de ses cheveux foncés, qui encadrent un front sous lequel la tempête fait rage.

Sa mâchoire carrée, trop définie pour un garçon qui n'est pas encore un homme.

Ses pouces ondulent sur mes joues, essuyant avec patience les larmes qui ne se sont pas taries ; dans un énième soupir, il pose ses lèvres sur les miennes.

Je me fais violence pour vivre ce moment pleinement. J'en savoure chaque seconde, pour bien le garder en mémoire. Il a le goût de l'amour, à la fois chaud et cruel. Beau et dangereux.

Je peine à retenir mon hoquet lorsqu'il me quitte. La sensation de vide opère dans mon cœur, qui bat suffisamment pour me maintenir en vie, mais plus assez pour me faire me sentir vivante.

Ses lèvres tracent un chemin de baisers jusqu'à mon nombril, et il s'arrête là, posant sa joue contre mon ventre, encore ébranlé par la douceur amère de notre étreinte.

Comment m'endormir après cela ? C'est dans le sommeil qu'on trouve la paix, et je ne souhaite pas la connaître. Pourtant, je finis par m'assoupir. Nue. Avec Wade entre mes jambes, qui refuse de mettre un terme à ses caresses.

Je ne dirai rien.

Ni quand il trace un mot avec son doigt sur ma peau, et que je le reconnais.

Ni quand il écrit une seconde fois « je t'aime ».

Ni quand je sens une de ses larmes couler le long de mon flanc.

Ni quand, quelques heures plus tard, je me réveille et qu'il n'est plus là.

Je me rhabille et claque sa portière. Je rejoins ma voiture, qui n'a plus de batterie à cause des warnings qui ont fonctionné toute la nuit, et je souris tristement en réalisant que, moi non plus, je ne suis plus en état de marche.

J'aurais pu surmonter toute cette histoire. Avec lui à mes côtés, j'aurais gravi des montagnes. La Mackenzie faible, l'angoissée, la peureuse… Celle-là était prête à faire un doigt d'honneur et à relever fièrement la tête.

Je l'aime comme personne ne le comprendra jamais.

Mon premier, et mon toujours.

Il a abandonné la partie.

Je ne lui en veux pas.

J'ai compris ses adieux.

Chapitre 36

Wade

La chaleur est aussi suffocante que si j'étais assis auprès d'un feu de forêt. La Californie n'est pas en reste lorsqu'il s'agit de canicule, mais ça n'a rien à voir avec les températures de Tijuana.

L'air de la nuit est irrespirable, comme si de la terre pénétrait dans mes narines à chaque inspiration. Malgré la sueur qui trempe mes vêtements, j'ai peur de m'embraser si j'allume une cigarette, alors je me contente de croiser les bras et d'attendre que les Mexicains aient fini de charger ma voiture.

— C'est le dernier convoi.

Mick s'adosse à mes côtés, un sourire nonchalant aux lèvres.

Nous n'échangeons pas tellement. Nos discussions se résument au strict minimum. Mais, même si on ne sait rien l'un de l'autre, j'ai compris, à sa manière d'être, qu'il n'était pas comme Crown. Il dégage quelque chose d'humain. Le trafic ne l'intéresse pas, mais l'argent qu'on peut en tirer fait briller ses yeux. Pour lui, c'est juste une manière rapide de toucher le pactole.

— Six ans, mec. Six ans dans cette fosse septique ! Mais je vois enfin le bout du tunnel. Fini les dettes, mes créanciers vont me lâcher la grappe. Ça va être Noël ! Mon gamin va kiffer !

Je le regarde, surpris.

— Tu as un enfant ?

Il me paraît jeune pour assumer ce genre de responsabilités. Et puis, étant donné les circonstances dans lesquelles on s'est connus, rien d'étonnant à ce que j'aie du mal à l'imaginer père.

Il croise les pieds en acquiesçant, alors que le coffre commence à être encombré de cartons.

— Un petit gars, ouais. Sa salope de mère a pris le large en comprenant qu'on n'aurait jamais une vie dorée. Je veux lui offrir tout ce qu'il mérite, tu saisis ? Ça rend dingue de ramer pour payer la cantine du gamin alors que ses potes se pavanent avec le dernier jouet qui passe à la télé. Je fais tout ça pour lui.

Il n'a pas besoin d'en dire plus. Je ne suis pas père et je n'ai pas de père, mais je sais ce que c'est que de faire des choix douteux et je serais mal placé pour le juger.

On a tous nos raisons.

— Je vais lui offrir une vie de rêve ! dit-il avec fierté. Avec ce dernier salaire, adieu, la galère. On va tout recommencer, et le petit prince va enfin devenir roi.

L'un des hommes l'interpelle en spanglish, mélange d'anglais et d'espagnol, la langue utilisée à la frontière. Comme lors du premier voyage, il est le seul à converser avec eux.

Il élève la voix, apparemment contrarié, puis m'adresse un clin d'œil.

— Et toi, c'est quoi, ton histoire ?

Je ne réponds pas, ce qui semble l'amuser.

— Secret défense ?

— Je n'ai rien à raconter.

— Je vois. J'espère que tu sortiras de là, gamin. T'es trop jeune pour te perdre en enfer.

Il me donne un coup dans l'épaule et va insulter les deux molosses qui bourrent la voiture. Je m'installe au volant bien avant qu'on m'en donne l'ordre ; entre Tijuana et San Mateo, le trajet dure plus de huit heures. J'ai besoin de me mettre en condition avant de prendre la route.

Je relie mon téléphone à la radio et ferme les yeux quand la musique démarre.

Avant, j'aurais eu besoin de mes sons, d'un rythme rapide et de paroles qui ont du sens. Mais, comme la dernière fois, je me concentre sur ses musiques à elle.

Faire vibrer MC Hammer dans l'habitacle, c'est un moyen, peut-être stupide, mais un moyen tout de même, de conserver un reste de connexion.

— On y va ?

L'enthousiasme de Mick envahit l'habitacle de la voiture.

— T'es opé ?

L'ouvreur et le livreur sont liés, nous restons constamment en contact. Il dégage la route et me prévient au moindre problème ; grâce à lui, j'ai évité une bonne vingtaine d'accidents.

J'ai beau convoyer la drogue, c'est lui qui prend le plus de risques.

— Prêt, affirmé-je.

On démarre, sous le regard attentif des hommes armés. Si ma mère m'avait vu... Je préfère ne pas y penser. Elle qui était si droite. Qui se relevait de toutes les galères, le sourire aux lèvres. Elle aurait détesté voir son fils dans une telle situation. Elle m'aurait peut-être même renié.

Je quitte le cul-de-sac délabré et suis le chemin tracé par Mick en direction de la frontière.

À l'approche du contrôle douanier, les embouteillages s'intensifient. Il paraît que cette frontière est l'une des plus empruntées au monde, en voiture ou à pied. J'ai tendance à le croire. Klaxons, conversations animées, ordres hurlés en anglais ou en espagnol, pleurs, odeur de pots d'échappement mêlée à celle de la transpiration et de la fumée, cris des marchands ambulants, qui tentent de vendre des porte-clés faits maison aux automobilistes arrêtés... Tijuana est un enfer pour les sens.

L'attente dure des heures. Mick me parle de son fils, j'écoute de la musique, on vide notre paquet de cigarettes...

Dès mon retour à San Francisco, je me jure d'arrêter de fumer. Ce voyage est ma dernière connerie avant d'entamer une nouvelle vie ; une fois que Crown m'aura libéré de mes chaînes, je repartirai sur de bonnes bases. Me débarrasser de la nicotine en fait partie.

— Je suis passé, m'informe Mick. Prépare l'enveloppe.

Je sors l'enveloppe kraft de la boîte à gants ; elle est tellement remplie que Crown n'a pas réussi à la fermer. Je ne sais pas combien de dizaines de milliers de dollars s'y cachent, mais sûrement assez pour corrompre la police. Du moins, je l'espère.

Une autre demi-heure défile avant qu'un homme, équipé d'un gilet pare-balles, s'arrête à mon niveau. Ce n'est pas le même que l'autre fois, mais, comme lui, il ne dit pas un mot en apercevant les cartons qui débordent de l'arrière de ma voiture.

Calmement, je lui tends mes papiers d'identité, mais il ne vérifie rien

Tout ce qui l'intéresse est l'enveloppe que j'ai glissée avec et qu'il cale dans son pantalon d'uniforme bleu marine.

Il me rend mes papiers et, d'un mouvement de la main, me signifie que je suis autorisé à retrouver le sol américain.

— Je suis passé, dis-je à Mick.

Quelques minutes plus tard, je le rejoins, et, dès lors, nos voitures ne se lâchent plus.

Les paysages défilent et l'insalubrité de Tijuana laisse doucement place à l'opulence de San Diego. Dès que la voie se dégage, j'appuie sur l'accélérateur, montant bientôt à plus de cent cinquante kilomètres/heure. Je me concentre sur mon objectif, frôlant des usagers qui ignorent tout de la cargaison qui vient de les dépasser. Je double par la droite et par la gauche, écoutant attentivement les consignes de Mick.

— Rien devant. J'accélère.

Le compteur atteint les deux cents kilomètres/heure. Les roues réagissent au moindre de mes mouvements. Ce bolide est sensible, il suffit d'un frémissement du volant ou d'un gros caillou sous les roues pour qu'il se déporte.

Je déteste ça. Jamais je ne serai pilote ! De toute façon, l'illégalité, c'est fini pour moi. Demain, j'arrêterai tout ce qui sort du cadre légal, *street art* compris. J'y ai laissé trop de plumes, et même un morceau de mon âme.

Malgré moi, mon cou devient plus sensible ; le suçon de Kenzie forme désormais une tache bleu ciel mêlé de vert. J'aimerais qu'il reste sur ma peau pour toujours, comme une preuve que je lui appartiens.

Depuis que je la connais, je lui ai consacré la moindre seconde de ma vie, et, malgré mon choix de mettre un terme à notre histoire, il n'y aura toujours qu'elle qui comptera.

— Il a l'air d'y avoir un ralentissement, déporte-toi sur la droite.

J'obéis à Mick, relâchant la pédale pour faire retomber l'aiguille du compteur.

Le flot de voitures se fait effectivement plus dense, ce qui n'est pas bon pour nous. Il n'y a rien de pire qu'une route illisible pour l'ouvreur, c'est un terrain semé d'embûches.

Contraint et forcé, je continue à décélérer, revenant à une vitesse autorisée sur un tronçon d'autoroute.

— Il a dû y avoir un accident, suppose Mick.

— On reste sur la route ?

— Je suis à un kilomètre de la sortie. Si ça ne change pas d'ici là, on fera un crochet.

Je reste en alerte, ouvrant moi aussi l'œil pour détecter tout mouvement anormal, alors qu'une part de mon esprit continue à divaguer.

Je lutte pour l'oublier.

Je l'aime comme un dingue. Mais je n'ai pas la force de la regarder dans les yeux : elle me renvoie droit aux erreurs que j'ai commises. Quand je la vois, je pense à ses crises d'angoisse. À sa peur insensée, née d'un traumatisme auquel j'ai contribué.

Elle m'a dit qu'elle me pardonnait. Je suis incapable d'en faire autant.

Elle et moi, c'était unique. Je souris en songeant que le mot que je lui ai appris à signer, en cas d'attaque de panique, et dont elle ne connaîtra jamais la signification, est justement « unique ».

Je le savais depuis le début.

Elle m'a redonné le goût de vivre. Pour ça, je lui serai éternellement reconnaissant.

— Ça ralentit trop.

La voix de Mick me ramène au présent.

— Prends la sortie.

Je repère sa voiture, qui trace sur la bretelle, et je fonce dans la même direction. Nous n'avions pas quitté les axes principaux, la première fois, pour la simple et bonne raison qu'il est impossible de rouler aussi vite sur des routes plus étroites et sinueuses.

— Ne me perds pas de vue, gamin.

— Ce n'est pas dans mes intentions.

Il rigole, comprenant qu'il me sert de GPS, et que, sans lui, je suis bon pour me perdre dans la cambrousse.

— Je gère, pas de problème. Mon gamin m'attend, pas question qu'on se paume.

Anxieux, je constate qu'on s'enfonce de plus en plus vers l'intérieur des terres. Notre convoi arrive bientôt en centre-ville, ralenti par la foule et les feux tricolores.

— Mick, tu fais une connerie, là

— Je maîtrise la situation.

J'en doute de plus en plus. À ma gauche, j'aperçois un commissariat de police. Il est en train de jouer avec le feu. Et accessoirement avec nos vies.

Il ralentit encore à l'approche d'un feu rouge. Je lui colle au train et m'arrête à quelques centimètres de sa fausse plaque d'immatriculation. D'autres voitures nous entourent, et je remarque qu'elles semblent toutes du même modèle.

Quelque chose cloche.

— Mick.

Le feu passe au vert. Il met une seconde de trop à redémarrer. Une seconde durant laquelle nos regards se croisent dans son rétroviseur.

Ma mère n'entendait pas. Avec elle, je parlais en langue des signes, et quand elle était trop fatiguée nous nous contentions d'échanger des regards. Elle m'a appris à saisir l'essence d'une pensée, d'une question ou d'un sentiment à travers ce qu'elle considérait comme le miroir de l'âme.

Toute ma vie, cela m'a permis d'éviter les menteurs. Ou les traîtres.

Putain, Mick… enculé !

D'un coup puissant, j'appuie sur la pédale de l'accélérateur. L'avant de ma voiture emboutit son coffre, le forçant à avancer jusqu'au milieu de l'intersection.

— Eh ! Tu fous quoi, putain ?!

Je fais une marche arrière à l'arrache et, dans un crissement de pneus, je m'engage vers la droite.

— Wade ! Merde !

Je décroche le téléphone, fourni par Crown, de son socle, et le balance par la fenêtre. Les sirènes de police se déclenchent presque toutes en même temps.

Ce connard m'a vendu.

Je fonce comme un dingue en risquant ma vie, celle des piétons et des autres usagers. Je n'ai pas le temps de lire le nom des rues ni de me concentrer sur le code de la route. Je ne sais même pas où je suis ; on a roulé pendant environ deux heures, je dois me trouver à quelques kilomètres de Los Angeles. Peut-être plus loin. Aucune idée.

Des bras sortent des voitures banalisées pour coller le gyrophare sur le capot. Je pousse tant le moteur qu'il gronde sous mes pieds. L'adrénaline floute ma vision et tétanise mes muscles, et j'ai un mal de chien à garder le cap.

Je ne peux pas me faire attraper.

Je refuse de vivre un jour de plus sous la coupe de Crown. Cette putain de drogue doit être acheminée à San Mateo, coûte que coûte. Il y va de ma liberté.

Les roues se prennent des chocs violents quand je grimpe sur les trottoirs puis retombe sur le macadam. Des coups d'œil en arrière m'indiquent que mes poursuivants sont de plus en plus nombreux.

Le premier coup de feu me fait sursauter.

La circulation me force à slalomer. J'esquive les passants comme je peux et cherche désespérément une entrée d'autoroute. Ou n'importe quelle route suffisamment large et rectiligne pour me permettre d'accélérer.

Le deuxième coup de feu me fait agripper le volant comme une planche de salut. Et d'ailleurs c'est bien de cela qu'il s'agit.

Malgré l'étroitesse de la route, je gagne en vitesse. Pas le choix. Je bifurque à l'aveugle, suppliant des dieux auxquels je ne crois pas de m'éviter de tomber dans une impasse. Le manège dure longtemps. Assez pour que l'adrénaline me calcine les veines.

Je brûle les feux rouges. M'engage à fond de train sur des routes plus impraticables les unes que les autres. Toutes vitres ouvertes, je hurle aux conducteurs de dégager de mon chemin, comme s'ils pouvaient m'entendre. Et j'ai de plus en plus peur.

— Putain de… putain de merde !

Les mots sortent tout seuls tandis que je fais une embardée vers la gauche ; je récupère le contrôle du véhicule de justesse, le corps contracté à l'extrême.

Je ne maîtrise plus rien. Ni la voiture ni mes mots. Ni le flot de pensées qui m'embrouillent l'esprit.

Pourquoi je ne le lui ai pas dit mille fois ? Pourquoi je ne l'ai pas répété ? Bordel, je l'aime ! Elle aurait dû l'entendre tous les matins, ça aurait dû être mon aveu de 7 h 50. Il aurait fallu que je sature son portable de déclarations. Qu'elle comprenne. J'aurais dû le taguer sur un mur, le lui dire dans un souffle, le lui révéler par les signes.

Je n'entends pas le troisième coup de feu, mais je sais qu'il a atteint sa cible.

Une explosion de pneus. Une odeur de brûlé. Le volant qui ne répond plus.

Le mur de béton emplit mon champ de vision. Il est près. Beaucoup trop près.

Mes mains tentent de me sauver, mais ma tête est partie ailleurs.

Je la revois, à Mission District. Il y avait du brouillard, je venais de taguer la façade d'une banque. Les banquiers faisaient souvent pleurer ma mère, j'ai toujours pris du plaisir à souiller leurs bâtiments.

Je me rappelle avoir percuté quelque chose durant ma course, puis être revenu sur mes pas. Elle enfouissait ma casquette dans son sac jaune poussin ; j'aurais pu protester, mais il y avait quelque chose chez elle qui déjà me fascinait. Aujourd'hui encore, je ne peux pas l'expliquer. J'ai juste ressenti… un truc.

Je lui ai fait peur en l'interpellant. Ses yeux brillaient et elle respirait trop vite. J'aurais dû récupérer ma casquette et m'en aller, mais j'ai signé. J'ai utilisé mon langage avec elle, alors qu'elle n'était encore qu'une inconnue. Et j'ai gardé en mémoire l'image de sa cicatrice.

Dès la seconde où j'ai fait sa connaissance, Kenzie m'a obsédé. Je l'intimidais, elle me captivait. Elle m'a pris avant même d'en avoir conscience. De nous deux, c'est moi qui suis tombé le premier.

Un bruit assourdissant. La tôle crisse en s'écrasant comme un accordéon sur le béton.

Ma tête tape en premier contre le pare-brise. Je n'ai pas le temps de sentir le sang chaud dégouliner sur mon visage. La douleur n'est rien comparée à celle que subit ma colonne vertébrale.

D'autres mouvements. D'autres bruits. Le craquement d'un os.

Pendant quelques secondes, je ne sens rien, puis la souffrance physique me fait hurler. J'ai l'impression d'être disloqué. Désintégré.

— Dégagez-le !

Mon échine me brûle à en crever. Je sens qu'on me manipule dans tous les sens. Le ciel noir occupe tout mon champ de vision. Des visages déformés apparaissent parfois, et le goût métallique du sang envahit ma bouche.

Je ne veux pas mourir.

— Appelez les secours ! Ce bâtard va clamser !

Quelqu'un effectue des pressions sur ma poitrine. Ma tête vacille de droite à gauche. Une pâte acide remonte dans ma gorge. Je suffoque.

Je ne veux pas mourir. Pas avant d'avoir racheté mes fautes. Je ne quitterai pas ce putain de monde avec la mort d'inconnus sur la conscience.

— Arrête de bouger !

La contraction de mon estomac est si violente que je me plie en deux. Mon dos me fait souffrir le martyre. Je crache une bile noirâtre, la bouche écrasée contre le macadam.

— Cesar…

— Ne parle pas ! Tu ne t'en sortiras pas en crevant ! Ce serait trop simple, mon gars !

Quelqu'un écrase de nouveau ma cage thoracique.

— Crown…

— Arrête, Andrew ! ordonne une voix.

— Mais il a besoin d'aide !

— Il essaie de dire quelque chose, lâche-le !

— Il va mourir si j'arrête ! Cette vermine doit finir en taule, pas se vider de son sang.

Un silence. Une douleur lancinante. Ma tête qui remue.

— Tu viens de dire « Crown », c'est ça ?

Je crache dans ma bouche, m'étouffant un peu plus.

— Tu transportais la marchandise de Crown ? Redis-moi le nom que tu viens de lâcher.

— Cesar…

J'avale mon sang, mon corps est pris de convulsions.

— Le nom, gamin. Donne-moi le nom !

— Cesar Thomas West.

Un pic d'une intensité inouïe me vrille le crâne et me rend la moindre sensation intolérable. La lumière. Le bruit. Moi. Mes oreilles sifflent en continu. Je vois ses lèvres remuer, puis plus rien. La nuit devient plus noire, la souffrance atteint un niveau tel que je ne la sens même plus.

Maintenant, j'ai une bonne raison de crever. Je viens de balancer Crown, et dans ce monde mieux vaut être mort plutôt que balance.

— Une adresse ? Tu as une adresse ? Quelque chose ?

Mes poumons se gorgent de sang quand je fais une fausse route. Je n'arrive plus à respirer. Ma vision grésille comme une vieille télévision, envahie de points blancs et noirs.

— Dis quelque chose !

Des filaments lumineux se réunissent au centre de mon regard. La boule blanchâtre grossit en quelques secondes, et, lorsqu'elle atteint les bords, tout devient sombre.

— Merde ! Andrew !

Une pression démentielle écrase ma poitrine. Je sens le premier coup, j'anticipe le second, je ne me rappelle pas le troisième.

Le silence.

Playlist de Wade

The Message, Nas
Black Helicopters, Non Phixion
Cheesesteaks, Vinnie Paz
It's Us, Non Phixion
Battle Cry, Army of the Pharaohs
Lynguistics, Cunninlynguists

Playlist de Mackenzie

U Can't Touch This, MC Hammer
Two Princes, Spin Doctors
MMMBop, Hanson
Wannabe, Spice Girls
Killing Me Softly, Fugees
Fast Car, Tracy Chapman
Perfect, Ed Sheeran
Let You Down, NF
What about Us, Pink
I Hate U, I Love U, Gnash et Olivia O'Brien

LIVRE 2

Prologue

Mackenzie

Bitter Sweet Symphony, The Verve

Le volume dans mes écouteurs est si élevé que je n'entends ni le bruit de mes pas ni le grésillement des commérages autour de moi.

Tête haute. Respiration régulière. *Tout va bien.*

Je grimpe les escaliers et m'efforce de ne pas penser. Ce lundi est comme les autres. Ce qui s'est passé n'aura pas d'incidence sur mon comportement.

J'évite sciemment *son* casier et respecte le programme prévu : dépôt de mes affaires de maths et marathon jusqu'à la classe d'histoire, avec l'espoir de ne croiser personne. Malheureusement, Terry est immanquable.

Un lent sourire étire ses lèvres lorsqu'elle m'aperçoit. Je pourrais l'éviter, mais il faudrait pour ça que je grimpe sur la rangée de casiers, idée que mon corps refuse de mettre en pratique.

Elle tire le fil d'un de mes écouteurs.

— On ne dit plus bonjour ?

Un reste d'ecchymose orne son visage, vestige de mon accès de colère. Je devrais la narguer, mais la force me manque. Même l'envoyer balader me fatigue.

— Tu as besoin de quelque chose ?

— Je viens prendre de tes nouvelles. J'espère que la mise à pied n'a pas été trop difficile à vivre, badine-t-elle.

— J'ai passé cinq jours merveilleux. Autre chose ?

Elle se lèche la lèvre inférieure, comme si j'étais appétissante, que j'éveillais son instinct de prédatrice.

— Comment va Wade ?

Je m'en doutais. Elle sait que nous ne sommes plus ensemble. Cette question est destinée à me piquer, parce qu'elle voit que je ne suis pas dans mon assiette et qu'elle n'est pas complètement débile ; mon état a évidemment un rapport avec lui.

Terry mériterait d'être balancée dans une bassine remplie du piment le plus fort sur l'échelle de Scoville.

— Tu lui poseras la question.

— Je n'y manquerai pas, chérie.

Consciencieuse, elle enfonce de nouveau mon écouteur à son emplacement. Je me fais violence pour ne pas laisser s'exprimer mes pulsions meurtrières. Finir en conseil de discipline ne me dérange pas, surtout si la cause en est une défiguration en règle de la capitaine de l'équipe de softball. Sauf que, si je ne peux plus entrer dans le lycée, je n'aurai aucun moyen de voir mon seul ami.

Jaxton n'a pas répondu aux textos que je lui ai envoyés ce week-end. Je pense qu'il y a une histoire de loyauté envers Wade là-dessous. Il m'évite parce que je suis l'ex de son meilleur ami ; par principe, il n'est pas de mon côté.

Cela dit, j'aurais bien besoin de sa légèreté. J'aimerais discuter avec quelqu'un en qui je peux avoir confiance. Sa présence m'aiderait à tenir le coup… Non que je sois au fond du trou, mais un petit sourire complice ne me ferait pas de mal.

Je reste positive toute la matinée. À chaque intercours, j'arpente les couloirs en priant pour apercevoir sa tête brune. À midi, je jette un œil au préau et me convaincs que ce n'est pas grave si ni lui ni Wade n'y fument leur cigarette. Ils seront sûrement là demain.

À ce moment-là, je n'ai pas encore conscience que mon espoir est vain.

La semaine défile dans une affreuse routine, ponctuée par les réflexions mielleuses de Terry quand je la croise dans les couloirs. Elle me demande si j'ai bien dormi et s'inquiète de l'ampleur que prennent mes cernes. *Salope, salope, salope.* Je lui offre mon plus parfait sourire hypocrite et fais comme si rien ne m'atteignait. La vérité, c'est que l'absence de Jaxton m'inquiète, et que la disparition de Wade me touche bien plus que je ne voudrais l'admettre.

Officiellement, je ne représente plus rien pour lui, si ce n'est l'ancienne copine qu'il a dépucelée. Mais je ne connais que trop bien son histoire. Wade n'est pas un ado lambda. Il s'est fourré dans des problèmes qui dépassent les préoccupations habituelles des gamins de notre âge. Je n'arrive pas à oublier les révélations que j'ai apprises à son sujet et j'ai peur qu'il lui soit arrivé quelque chose.

Je suis faible. Il m'a plaquée et je me soucie encore de lui.

— Un petit sourire, peut-être ?

Tate m'adresse un clin d'œil moqueur. Je claque la porte de mon casier et file vers la sortie. Il a tellement gagné en popularité, depuis la dernière victoire des Black Dolphins, qu'il lui suffit de lever un seul de ses dix doigts pour que sa horde de groupies lui lèche les pieds.

Je ne fais pas partie de son harem.

— Tu t'es levée du mauvais pied ? dit-il en me suivant.

— Qu'est-ce que tu veux ?

— Savoir si tu tiens le coup. Terry te mène la vie dure, ça m'emmerde qu'elle pollue ta réputation.

— Ne la joue pas sympa avec moi, Tate. Terry est une de tes plus proches amies.

— Et alors ? Je suis capable de le reconnaître quand quelqu'un va trop loin. Elle est jalouse, ne prête pas attention à elle.

Merde. C'est triste que les personnes que je n'apprécie pas viennent à ma rencontre, alors que celles que j'ai dans le cœur brillent par leur absence.

— En quoi mon humeur t'intéresse-t-elle ?

Je ne sais pas trop quoi penser de lui. Tate souffle constamment le chaud et le froid, c'est une contradiction à lui tout seul.

— À quel moment vas-tu comprendre que je ne veux que ton bien ? soupire-t-il.

Je pousse les portes battantes. Le soleil m'éblouit. Le temps que mes yeux s'adaptent au changement de luminosité, Tate me prend par la taille

Je n'étais absolument pas préparée. Ni à ça, ni à sa bouche impatiente qui s'écrase ensuite sur la mienne.

Le choc est total. Son comportement est tellement surréaliste que je m'attends à ce qu'il se reprenne et recule en s'excusant. Il n'en est rien

La barrière de mes lèvres ne freine pas sa langue. Son insistance me sort de ma torpeur ; je le repousse brutalement.

— C'était quoi, ça ? dis-je en m'essuyant la bouche.

— Tu n'es plus avec Wade.

Il hausse les épaules, comme si son explication était acceptable.

— Et alors ? Bon sang, Tate ! Qu'est-ce qui ne va pas chez toi !

J'écarte les bras, sidérée.

— Tu es un grand malade ! Tu crois que je vais sauter sur le premier venu ?

— Tu pourrais. Je suis un mec performant, dit-il en jouant de ses sourcils.

Mon Dieu. À l'aide.

— Va faire ton show auprès d'une autre fille.

— C'est toi que je veux.

Pitié. Il aurait du mal à tomber plus bas dans la bêtise.

— C'est ça, oui.

— Je suis sérieux, Mackenzie.

— Je ne suis pas stupide. Lâche-moi.

Je retourne à ma vieille Ford sans un regard en arrière et rentre à la maison, les nerfs en pelote. Écrire un texto à Jaxton me démange, puis je me rappelle qu'il ne répond même pas à un « je m'inquiète pour toi, donne-moi de tes nouvelles, s'il te plaît ». Il se foutrait royalement d'apprendre que Tate a le cerveau qui déraille.

Mon doigt dérape sur les échanges avec Wade. Des dizaines de confessions sont compilées à l'intérieur de mon téléphone, et je n'ai pas le cœur de les supprimer. Je me force simplement à ne pas les relire.

À ne pas penser à lui.

À ne pas prononcer son prénom.

Je dois le rayer de ma tête, remettre les compteurs à zéro. Le seul problème, c'est que je n'y parviendrai pas tant que je ne connaîtrai pas les raisons de sa disparition subite.

Jaxton refait son apparition le mardi suivant. J'ai l'impression de respirer pour la première fois depuis deux semaines.

Il est sous le préau, entouré de gens dont les prénoms ne me reviennent pas. Comme la cigarette tourne de main en main, j'en déduis qu'il a repris l'habitude du joint matinal.

Je me dirige vers lui, une boule à l'estomac ; j'ignore comment l'aborder sans commencer par lui crier dessus. Son silence m'a réellement heurtée, je me suis fait un foutu sang d'encre. Malgré tout, j'accroche une moue cordiale à mon visage.

Elle y est encore lorsqu'il tourne la tête vers moi. Nos yeux s'accrochent une brève seconde, durant laquelle je perçois un étonnant mal-être. L'instant d'après, il se détourne.

OK. Il a l'intention de m'éviter. Dommage pour lui, parce que je ne compte pas entrer dans ce jeu-là.

Je croise les bras sur ma poitrine et attends qu'il ait fini de tirer sur le joint. Dès qu'il emboîte le pas à ses camarades, j'arrive à son niveau.

— Tu n'as plus de portable ?

Il m'adresse à peine un regard, mais ne me rejette pas pour autant. Tout n'est pas encore perdu.

— Je t'ai envoyé des tonnes de SMS, Jax.

— Je sais.

Il rentre les mains dans ses poches et accélère le pas.

— Et ? insisté-je. Que s'est-il passé ? Tu as été absent pendant deux semaines. Tu ne m'as pas répondu une seule fois.

— J'étais occupé.

— À quoi faire ?

Il grimpe les marches et tire les portes. J'entre dans le lycée avec lui alors qu'un gouffre se creuse entre nous.

— Jaxton, dis-je en lui attrapant le bras.

Je saisis l'exact moment où sa mâchoire se contracte. C'est furtif, et ce signe d'agacement est rapidement remplacé par un petit sourire, mais il est trop tard. Je l'ai remarqué. Je comprends alors que notre amitié partira à vau-l'eau, quoi qu'il s'apprête à dire.

— Je n'ai pas eu le temps de t'écrire, je suis désolé. Je vais bien. J'espère que toi aussi.

— Pourquoi tu me mens ?

— Je suis sincère, réfute-t-il d'un ton neutre. J'ai su pour Tate, au fait. Ne reste pas près de lui, c'est un enfoiré.

Il embrasse fugacement mon front et fait un pas en arrière, avant de s'en aller dans le couloir.

— Est-ce que Wade va bien ?

Ses épaules se contractent.

— Il revient aujourd'hui, lui aussi ? demandé-je, pleine d'espoir.

Tant pis si j'ai l'air accro. J'ai besoin d'être rassurée. Jaxton ne m'avouera certainement pas pourquoi ils ont fait le mort durant une quinzaine de jours, et je m'en fiche. Qu'ils aient leurs secrets si ça leur chante. Je veux uniquement savoir si tout le monde se porte bien.

Il fait quelques pas vers moi, lentement, comme si cela lui demandait un effort surhumain.

— Wade ne reviendra pas à la MHS, dit-il à voix basse. Il a fini ce pour quoi il était venu. Plus rien ne le retient ici.

Direct en plein dans la face.

— Le mieux à faire, c'est de passer à autre chose.

Double tacle dans les jambes.

Je tente de garder bonne figure malgré le poids de ses conseils. La rupture devient plus compliquée à assumer : la masochiste que je suis aurait aimé le voir encore un peu. Même de loin. Je me serais accommodée à notre séparation en douceur.

La coupure est trop brutale.

— Ça ira, Mackenzie.

Ce sont les derniers mots que j'entendrai de Jaxton. À partir de ce jour-là, les ponts sont coupés entre nous.

Petit à petit, j'apprends à ne plus jeter de regards dans sa direction, car il n'y porte aucun intérêt. Il déambule dans le lycée avec d'autres élèves, fume son sacro-saint joint avec de nouvelles têtes, et se rend en classe le sourire aux lèvres.

Je deviens invisible. À ses yeux, et à ceux du reste de la population.

Terry se lasse de moi, je ne l'amuse plus. Elle évolue désormais dans une bande d'amis composée de *cheerleaders* et de nageurs. Les semaines qui suivent, Tate laboure la bouche d'une panoplie de filles, ce qui me confirme qu'il n'avait rien à faire de ma personne.

Mon temps se répartit entre la préparation du diplôme de fin de cycle, les consultations chez la psy et les discussions avec la conseillère d'orientation afin de trouver une voie pour mes études supérieures.

Il paraîtrait que j'ai un penchant pour la solitude, un esprit critique et un besoin incessant de franchise. Ce sont les trois points qui ressortent de mes tests. Selon elle, le métier de journaliste me correspondrait bien.

Alors je me consacre à mettre cette idée en pratique, et ce, jusqu'à la fin de l'année.

J'obtiens mon diplôme.

Mon dossier est accepté à la CUNY Graduate School of Journalism[1].

Mes parents sont fiers de moi. C'est, du moins, ce que mon père ne cesse de répéter. Il a insisté pour fêter ma réussite. Nous avons donc dîné au restaurant, et je traîne désormais dans le jardin de la maison familiale.

— Prête pour la Grosse Pomme ?

Ma mère s'installe à mes côtés, sous la tonnelle de fleurs, et s'allume une cigarette. Elle a repris cette mauvaise habitude il y a peu. La semaine dernière, je l'ai surprise à jeter son mégot dans la cuvette des toilettes.

— Je suis impatiente, opiné-je.

Elle inspire une bouffée de nicotine et acquiesce calmement.

— Ton père ne tarit pas d'éloges sur sa progéniture.

Je souris. Effectivement, je l'ai rarement vu aussi enjoué.

— Il est content pour moi.

— Et toi ?

— Comment ça ?

Elle expire un nouveau nuage de fumée, puis fixe son regard sur un point lointain.

— Es-tu heureuse du chemin que tu prends ?

— J'ai toujours rêvé d'aller vivre à New York.

— Ce n'est pas ce que je t'ai demandé.

J'inspire profondément.

— Oui, je suis heureuse, maman.

— Permets-moi d'en douter.

Elle fait pivoter sa nuque et me regarde en biais.

1. City University of New York Graduate School of Journalism : école de journalisme publique située à New York.

— Les kilomètres n'y changeront rien, Mack. La distance ne te le fera pas oublier.

— Je ne vois pas de quoi tu parles.

— Tu vois parfaitement de *qui* je parle, contre-t-elle. Je ne t'empêcherai jamais d'agir selon tes envies. Si tu souhaites partir parce que tu veux devenir la prochaine journaliste new-yorkaise en vogue, je te pousserai à le faire. Mais, si tu t'en vas pour fuir, nous allons avoir un problème, toutes les deux.

— Je ne fuis pas…

Mon cerveau a retenu la leçon : les gens sont des nuisibles. S'attacher à eux est nocif. Ils finissent toujours par abandonner le navire.

Ici, je laisse mon passé et mon cœur, dans une boîte fermée à double tour. Une fois à New York, je n'aurai besoin ni de l'un ni de l'autre. Ma vie démarrera sur de nouvelles bases, plus saines, et surtout totalement vierges de toute émotion.

— … Je repars de zéro.

— Dois-je te croire ?

— Tu n'as pas vraiment le choix.

Elle relève une commissure puis passe un bras autour de mes épaules. Je m'autorise à accueillir sa chaleur.

Dès demain, je m'attaque à la création de mes barrières. Elles seront inébranlables et infranchissables. Je l'ai décidé : on ne m'atteindra plus jamais.

« Les peines récentes ont pour elles de pouvoir être pleurées et criées ; les anciennes sont, en quelque sorte, d'une impossible digestion, elles ne peuvent ni se répandre ni s'assimiler. »

SULLY PRUDHOMME

Chapitre 1

New York, sept ans plus tard

Les talons de mes escarpins claquent contre le carrelage rutilant, et mon tailleur ajusté suit le mouvement de mes hanches. J'ai encore quelques courbatures, souvenirs de ma dernière séance de yoga, mais j'en savoure la douleur. J'avale une gorgée de mon café à emporter en saluant le jeune à l'accueil.

Il est nouveau. Je ne connais pas son prénom, mais je ne m'en formalise pas, et lui non plus ; comme tous les stagiaires de cette tour, il aura disparu du paysage dans quelques semaines.

— Bonjour.

Je rends son sourire à l'homme en costard qui vient de me saluer et appuie sur le bouton d'appel de l'ascenseur.

Une nouvelle gorgée de café. Les arômes épicés me rendent joyeuse ; le Peppy Coffee est mon lieu de villégiature. J'effectue quotidiennement un détour de quinze minutes pour y acheter ma dose de bonheur.

L'homme observe le logo, avant de revenir à mes yeux.

— On en dit beaucoup de bien. Vous me le conseillez ? Je n'ai jamais testé.

— À vous de prendre le risque.

Après un *ding* délicat, les portes s'écartent. Je m'engouffre dans la cabine et pose l'index sur le chiffre 8, celui de mon étage.

— Vous travaillez à *Accuracy* ? s'enquiert-il, en choisissant l'étage d'au-dessus.

Tout le monde connaît l'équipe qui a investi le huitième étage de ce building. Nous sommes peu nombreux, mais notre réputation nous précède.

— Il semblerait.

Accuracy est l'un des journaux en ligne les plus cinglants de la profession. Nous traînons une image *borderline*.

Personne n'aime voir ses secrets révélés au grand jour. *Accuracy* est là pour faire sortir les dossiers les plus tendancieux, les polémiques détestables et les cachotteries scabreuses. Nous avons à cœur d'exposer au public la noirceur des gens bien sous tous rapports.

On éclabousse. On divulgue la vérité, même quand elle est laide. Qui se frotte à nous peut dire adieu à sa réputation.

— Devrais-je craindre de vous parler ? dit-il avec amusement.

Je n'aime pas discuter. Je n'aime pas les inconnus. Discuter avec un inconnu ne fait donc pas partie de mes passe-temps favoris.

Je fais un effort considérable pour me montrer polie.

— Pas si vous n'avez rien à cacher.

J'intercepte une œillade au niveau de mon chemisier. Elle me fait secrètement soupirer.

— Vous êtes ravissante.

La cabine s'arrête. Je foule la moquette vert sapin en lâchant, pardessus mon épaule :

— Je ne suis pas de votre bord.

Visuellement parlant, mon lieu de travail est d'une laideur à faire peur. Il ressemble au pire stéréotype d'une salle de rédaction.

Des piles de feuilles entassées anarchiquement. Des portes qui grincent. Des sièges dont les roulettes auraient bien besoin d'être huilées… Nous avons beau créer des remous dans le microcosme médiatique, l'argent ne coule pas à flots.

— Mackenzie !

Bettany, ma boss, m'indique la salle de réunion d'un signe de tête impatient. Je ne suis pas en retard, mais elle déteste que nous ne soyons pas en avance.

Elle s'écarte de la porte vitrée afin de me laisser passer, non sans remarquer mon café.

— Vous savez que nous avons une machine à café ? Vous n'avez pas besoin de vous ruiner dans ce genre de boissons pour hipsters.

— Le liquide marron qui sort de cette machine, c'est de la lavasse. Pas du café.

— Vous et vos goûts de bobo…

Ce qu'il me faut, surtout, c'est de la caféine à haute dose, et de bonne qualité. La potion qui permet de survivre aux nuits trop courtes.

Il ne reste plus qu'une chaise libre autour de la table encombrée de dossiers. J'adresse un bref salut à April, Matt et Oren, mes trois collègues, puis m'installe à mon tour.

— On commence !

Bettany claque des doigts et, comme des automates, nous revêtons notre costume de pro.

— Oren, votre dernier article sur l'avocat véreux ne tient pas la route. Angle d'approche médiocre, pas assez étayé. Vous reprenez tout. Je le veux demain matin, première heure, sur mon bureau.

— J'ai mis trois semaines à monter ce papier, Bettany ! Je ne peux pas tout reprendre en vingt-quatre heures !

— Vous tenez à votre job ?

Mon collègue se tasse sur son siège et acquiesce.

— Donnez-moi au moins un délai raisonnable…

— Demain me semble tout à fait raisonnable.

Oren échange un regard avec Matt, mais ne pipe mot. Notre directrice éditoriale est une femme à poigne. Intransigeante. Elle ne laisse jamais rien passer et adore nous malmener.

Ça ne me dérange pas. Elle a raison de nous pousser toujours plus loin, les résultats ne s'obtiennent que si l'on sort de sa zone de confort.

— Matt, April et Mackenzie, vos sujets respectifs sont validés. Ils passent en correction dans la matinée, on les sortira avant la fin de la journée.

April sourit, Matt hoche la tête et je ne réagis pas. Mon esprit attend déjà la suite.

Ce que je préfère, dans mon métier, c'est la conférence de rédaction. Le choix des sujets à venir. Chaque fois, mon cœur bat un peu plus vite. L'excitation grésille dans mes veines. Faire éclater la vérité, voilà ce que j'aime. Les secrets n'ont pas leur place dans mon monde.

Bettany commence avec un certain Austin Morton, un acteur de séries pour ados qui se droguerait à la codéine pendant ses soirées californiennes. Sans grande surprise, April saute sur l'occasion. Ni Matt ni moi ne nous mettons dans la course ; l'univers du strass et des paillettes ne me passionne pas.

S'ensuit un étalage de personnalités plus ou moins connues. Bettany les liste à voix haute, tandis que nous prenons des notes.

— … David Huff, un politicien qui tromperait sa femme avec une strip-teaseuse. Nellie Kern, une…

Matt s'éveille en entendant ce nom.

— Je prends Nellie Kern.

Bettany m'observe du coin de l'œil, attendant que je sorte mes griffes.

Je fais partie des journalistes qui n'ont aucune morale. Je tape là où ça fait mal. Et, quand je veux un sujet, je bataille jusqu'à l'obtenir. Ma ténacité me vaut d'ailleurs une réputation assez merdique parmi mes collègues.

Mon but est de récupérer les affaires les plus délicates et de laver le linge sale en public. Sauf que « Nellie Kern » ne m'évoque rien.

— Je prends le politicien et sa strip-teaseuse, déclaré-je.

— Je pense que vous serez plus à l'aise avec Nellie Kern.

Je fronce les sourcils, prise au dépourvu, avant de me rappeler combien Bettany prend plaisir à nous voir nous écharper comme des hyènes pour une carcasse de gnou. J'ai dû abdiquer trop vite à son goût.

— Matt veut s'en occuper, je le lui laisse.

— Trop aimable.

L'amertume dans la voix de Matt me fait regretter la confiance que Bettany affiche à mon égard et qui, pour mes collègues, ne s'apparente à rien d'autre qu'à du favoritisme.

Je ne suis pas la préférée, loin de là. D'ailleurs, y a-t-il seulement un de ses employés qui trouve grâce à ses yeux ? Simplement, j'ai fait mes preuves, j'ai donné de ma personne pour sortir des articles au vitriol. Je travaille ici depuis deux ans et, quand on tape mon nom sur Internet, on tombe sur mes papiers acérés. Les commentaires des lecteurs qui suivent mes articles se scindent en deux catégories : ceux qui apprécient mon franc-parler et ceux qui ne peuvent pas me voir en peinture.

Pour le moment, ma relation avec Bettany est cordiale, mais tout peut basculer. J'ai conscience d'être sur un siège éjectable, au même titre que les autres.

— Le sujet sur David Huff ne va pas vous correspondre, Mackenzie.

— Pour quelle raison ?

J'ai du mal à saisir la nature de son petit sourire. Pis encore, mes collègues arborent la même expression. Ai-je manqué quelque chose ?

Oren place le bras sur le dossier du siège d'April en me considérant avec amusement.

— Tu vas devoir faire de l'infiltration pour choper David en mauvaise posture.

— Et ?

— Il fait joujou avec une strip-teaseuse, dit-il avec l'intonation d'un père essayant d'apprendre une notion élémentaire à son enfant de quatre ans. Les strip-teaseuses bossent dans des bars à strip-tease.

Sans déconner.

Je me tourne vers Bettany.

— C'est le fait que je sois une femme qui pose problème ?

Je ne suis pas attirée par la gent féminine — bien que ce soit l'excuse que j'utilise pour repousser les hommes —, mais je ne vois pas ce qu'il y aurait de choquant à ce que j'assiste à une *lap dance.*

— Pas vraiment, non.

— Donc où est le problème ? Je remplirai ma mission.

Le gloussement d'April atteint mes oreilles, accompagné du ricanement de Matt. Je suis perdue.

— Mackenzie, reprend ma boss. Votre travail est remarquable, mais jouer le rôle d'une femme à la recherche du plaisir n'entre pas dans vos compétences. Vous ne serez pas crédible, votre couverture sera grillée en moins de cinq minutes.

Je navigue en eaux troubles. Qu'insinue-t-elle ? Que je n'ai pas le profil requis ?

— Tu es froide comme le marbre, lâche soudain April.

— Je dirais plutôt rigide, tempère Bettany.

Personne ne dément. J'essaie de masquer ma stupeur. On dépasse le cadre professionnel, là. Ils jugent mon comportement. Mon caractère. Ce que je suis.

— Contentez-vous de Nellie Kern, Matt adorera passer quelques heures au Lodge.

Je crois halluciner quand ce dernier acquiesce. *Il a grogné il y a moins de trois minutes pour avoir Nellie Kern !* Ils ont fumé ou quoi ?

Parce que je refuse d'exprimer la moindre émotion, je ne secoue pas la tête. Je ne monte pas non plus dans les tours. Je me contente de les fustiger mentalement.

Je ne laisse personne m'approcher. C'était déjà le cas au lycée, ça l'est toujours au journal. Je ne participe pas aux soirées entre collègues, je ne cherche pas à nourrir une conversation et je me contrefiche de l'image que je renvoie.

J'ai conscience d'être un glaçon. Ou une « femme sans cœur », comme April l'a signifié à Oren lors d'une discussion autour de la machine à café — que je n'étais pas censée entendre.

Ce qui n'a pas trait à mon travail, je m'en tamponne. Partant de ce constat, je comprends leur point de vue. Cela dit, ma manière d'être n'interfère en aucune façon dans mes objectifs de carrière.

Ce n'est pas parce que je ne veux ni amis ni amant qu'on doit me priver d'un sujet.

Je recule calmement mon siège de quelques centimètres et prends le temps d'examiner le visage de chacun. Ils me regardent avec un mélange de cynisme et de condescendance.

— Je prends David Huff.

Bettany fait une moue perplexe.

— Vous aurez l'article sur votre bureau dans une semaine, grand maximum. Avec photos à l'appui.

— Ne vous avancez pas trop, Mackenzie.

— Je sais de quoi je suis capable.

En vérité, j'ignore le temps qui me sera nécessaire pour coincer cet homme. Mais mon orgueil est atteint. S'il faut bafouer quelques règles de moralité, je n'hésiterai pas.

Désormais, mon seul objectif est de mettre en lumière cette affaire d'adultère. Et, accessoirement, d'adresser un doigt d'honneur aux idées préconçues de mes collègues. Et de ma boss.

— Sept jours. Pas un de plus, tranche-t-elle.

J'arbore mon premier sourire sincère de la journée. Matt et Oren semblent trouver la situation hilarante, enchantés à l'idée que je me mette en difficulté. Ils attendent mon premier faux pas pour me tomber dessus. À *Accuracy*, le soutien n'existe pas. Je ne suis dans le cœur de personne.

Tant mieux. Personne n'est dans le mien.

J'ai laissé mon palpitant à San Francisco. Celui qui pourra l'atteindre n'est pas encore né.

Chapitre 2

Le Lodge se trouve à un quart d'heure de Greenwich Village. Je pensais pénétrer dans l'antre de la débauche, me faire assommer par de la soupe commerciale, subir une agression visuelle sous les néons acides et croiser des danseuses en talons transparents de vingt-cinq centimètres.

Il n'en est rien.

L'élégance des lieux est perturbante. Sous un éclairage discret, les banquettes en feutrine sombre se fondent avec esthétisme dans le décor minimaliste. Seules les barres de *pole dance*, disposées au centre de la salle et sur quelques tables, indiquent que je me tiens bien dans un club de strip-tease.

Ça et la tenue des femmes qui déambulent.

J'examine l'espace avant de prendre place à l'endroit que je juge le plus stratégique, d'où j'ai une vue plongeante sur le podium, sur quelques spectateurs et surtout sur la porte d'entrée. Mon but est de repérer David Huff et d'interroger les danseuses. Le tout sans me faire griller.

Un premier show débute tandis que je scrute chaque visage. Le politicien est un homme d'une cinquantaine d'années, aux cheveux grisonnants et au physique rondouillard. J'ai étudié tous les clichés disponibles sur Internet afin de mémoriser ses traits. Malheureusement, le faible éclairage ne m'aide pas à satisfaire ma curiosité. D'autant que la plupart des clients correspondent à ce profil. Ils portent des costumes sans un pli, signe extérieur de leur place dans la société. Ils sentent l'opulence. Les dollars. Le pouvoir.

— Souhaitez-vous boire quelque chose ?

Le sourire affable de la serveuse interrompt mon repérage. Sa tenue ne laisse pas tellement de place à l'imagination, mais elle n'a rien d'obscène. Son visage angélique doit peser dans la balance.

J'acquiesce et elle me tend une carte à la couverture de cuir mat.

Seigneur... Je retiens un juron en apercevant les tarifs : le champagne le moins cher est à cent trente dollars. Il va falloir trouver David Huff rapidement.

— Un Dom Pérignon, s'il vous plaît.

— Bouteille standard, magnum, jéroboam ?

Je la dévisage avec effarement. Je suis seule, que pense-t-elle que je ferais avec un jéroboam ? Au risque de la décevoir, mon foie ne peut pas accueillir trois litres de molécules festives.

— Juste une coupe, dis-je avec un petit sourire.

— Nous ne proposons que des bouteilles, mademoiselle. Mais je peux demander au manager s'il accepte de faire une exception.

— Oui, merci.

Dès son départ, je reprends mon étude. Personne ne me remarque puisque tous les regards sont rivés sur la danseuse qui effectue des mouvements sensuels. L'air est chargé d'électricité. Je me demande si elle en ressent les crépitements ; elle est au centre de l'attention, elle doit se douter des pensées qui traversent les esprits et dans lesquelles elle tient le premier rôle.

La serveuse revient avec une moue peinée et une bouteille standard. Mon porte-monnaie crie déjà de douleur.

— Pas de compromis ? supposé-je.

Elle secoue négativement la tête et dépose le champagne sur la table. Je m'étonne de la voir remplir deux coupes.

Je perds carrément toute contenance quand elle s'assied à mes côtés.

— Ça fait partie de mon travail, dit-elle dans un sourire. Vous n'êtes jamais venue dans un endroit de ce genre, n'est-ce pas ?

Elle heurte son verre contre le mien et avale une lampée délicate. Son regard me sonde avec beaucoup de curiosité. J'en déduis que mon comportement me trahit, et c'est mauvais signe. *Très mauvais signe.*

À peine dix minutes dans ce club et on m'épingle déjà.

— Jamais, non.

— Ravie d'être votre première fois.

Elle sourit de plus belle.

— Le flirt fait également partie de mon travail. En théorie, je suis tenue d'engager la conversation avec vous, de rire à vos blagues et de vous inciter à commander le maximum d'alcool.

— Qu'en est-il de la pratique ?

— En pratique, je sais d'avance que mes charmes n'opéreront pas sur vous. Vous n'êtes pas ici pour satisfaire votre libido.

Je viens manifestement de rencontrer Sherlock Holmes en personne, version cheveux longs et soutien-gorge en dentelle.

— Ne vous en faites pas, je suis une personne de confiance, dit-elle, complice. Tant que vous consommez, le staff ne vous embêtera pas. Alors, sur qui avez-vous jeté votre dévolu ?

Elle désigne les hommes avachis dans les fauteuils, de l'autre côté de la scène.

— La majorité de mes collègues ne souhaitent qu'une chose : repartir avec l'un d'entre eux. Certains de nos habitués sont des huiles du commerce et de la politique.

Elle me prend donc pour une croqueuse de diamants.

Elle est loin du compte, mais cette couverture-ci me paraît solide. De fait, je ne nie pas et entre dans le jeu.

— Je ne suis pas très discrète, on dirait.

Elle rit doucement.

— Ici, une cliente ne l'est jamais. Je travaille dans ce club depuis trois ans, et, chaque fois qu'une femme élégante en a passé la porte, c'était pour dénicher son futur mari.

— La méthode est efficace ?

Elle hausse les épaules.

— Plus ou moins. Ce que j'ai retenu, c'est qu'il faut se montrer entreprenante. Ces hommes d'affaires viennent ici pour se rincer l'œil. Ils sont obnubilés par les danseuses et ne remarquent pas ce qui les entoure.

— Certaines de vos collègues ont-elles déjà atteint leur but ?

Je porte la coupe à mes lèvres et les bulles coulent avec lenteur dans mon œsophage. La chance est sur mon chemin ; elle est ouverte au dialogue, ainsi qu'aux petites confessions.

— Nous avons l'interdiction d'avoir une relation avec un client, c'est dans le contrat. En plus, faire du gringue est compliqué, il y a des caméras partout. Nous sommes surveillées.

— Je suppose qu'il y a un « mais ».

Elle a un air malicieux.

— Mais rien n'empêche d'échanger son numéro de portable et de se revoir à l'extérieur.

J'opine avec détachement, comme si la conversation ne m'apportait pas de détails pertinents pour mon article.

— Et vous ? m'enquiers-je.

— Je suis encore ici, la conclusion s'impose donc d'elle-même. Une fois, j'ai eu des accroches avec un trader. Mignon, propre sur lui, respectueux… le parti idéal.

— Que s'est-il passé ?

Elle pointe son menton vers une porte matelassée, à côté du bar, que je n'avais pas remarquée jusqu'alors.

— Concurrence déloyale.

Je présume qu'une fille lui a piqué son « parti idéal ».

— Qu'y a-t-il, là-bas ?

— Les *VIP rooms*. Les loges, d'où le nom du club. Ce sont des salles privées où on danse pour un client unique, pendant une demi-heure minimum. Normalement, les contacts physiques ne sont pas autorisés, le manager est censé y veiller grâce aux caméras, mais il ferme souvent les yeux.

Elle se sert une autre coupe et poursuit.

— Je ne fais que des représentations sur table ou sur le podium. Malheureusement, mon loup de Wall Street a voulu tester une loge… Je n'ai pas fait le poids.

Il y a fort à parier que ce cher David Huff s'est entiché de son amante à l'abri des regards. Cette histoire de *VIP room* concentre mon intérêt.

Elle termine soudain sa coupe d'un trait et la repose sur la table.

— Mon manager me fixe, c'est le moment où je dois commencer une danse ou aller m'occuper d'un autre client, explique-t-elle. Vous voulez un show ou pas ?

— Je…

— La *table dance* vous coûtera cent cinquante dollars, et je me trémousserai seins nus devant votre nez. Pour information, il paraît que ma poitrine vaut le détour.

— Je vais passer mon tour.

— Vous ratez quelque chose !

On échange un sourire de connivence, puis elle se lève.

— Si vous avez besoin de quoi que ce soit, manifestez-vous. Et, si vous dégotez votre homme, ne le lâchez surtout pas !

Elle disparaît et je passe la totalité de la soirée à fixer la porte donnant sur les loges. De nombreuses personnes la franchissent, mais jamais celle que je veux à tout prix. Je quitte le club cinq minutes avant sa fermeture, frustrée par mon échec mais déterminée à revenir le lendemain.

Pour conserver une relation cordiale avec mon conseiller bancaire, j'aimerais croiser ce foutu David Huff rapidement.

Chapitre 3

Cinquième soir. Cinquième bouteille de champagne. Cinquième cri de désespoir intérieur. Une peur panique de mon conseiller bancaire.

— Elles te prennent pour une voyeuse !

Naomi rit en me servant une coupe. Après une petite semaine à se côtoyer, elle se montre plus familière, amicale, presque.

Elle est sympathique, avenante et bavarde. Dans une autre vie, je l'aurais appréciée, mais j'ai perdu la notion précieuse qui permet de se lier aux gens : la confiance.

Même en m'offrant ses plus jolis sourires, en me parlant de ses déboires avec les hommes qui la prennent pour un bout de viande ou en évoquant les tentatives d'approche foireuses de ses clients… Non. Je ne la vois pas autrement qu'un pion sur un échiquier. Mon blocage est profond.

— Les danseuses t'ont remarquée, poursuit-elle, joyeuse. Elles pensent que tu es dans une phase d'homosexualité refoulée, ou quelque chose de ce genre.

J'étire les lèvres et descends ma deuxième coupe. Ou ma troisième. Je ne sais plus. Naomi a la capacité de me faire enchaîner les verres.

D'un autre côté, je n'ai que ça à faire. Boire. David Huff demeure aux abonnés absents.

Bettany attend mon papier et les preuves visuelles qui vont avec. Il me reste moins de quarante-huit heures pour tenir ma promesse, et l'approche de l'échéance commence à m'inquiéter.

— D'autres t'ont en ligne de mire, dit-elle, insensible à mes réflexions intérieures.

J'arque un sourcil interrogateur.

— Tu es une belle femme, Mackenzie. Tu pourrais plaire à beaucoup d'hommes, et ça leur fait peur. Tu appartiens à la concurrence.

— Encore faudrait-il que j'aie une loge sous la main, ce qui n'est pas mon cas.

— Crois-moi, c'est une chance de ne pas connaître ce qui se passe là-bas ! Sache qu'on a une sortie spéciale, pour que les hommes puissent disparaître en toute discrétion.

Je tique. Il est vrai que je n'ai jamais vu de « couple » quitter l'espace privé. Pas mal y entrent, mais ils ne reviennent jamais.

— Elle donne sur un parking inaccessible pour les non-habitués. Certains types n'entrent même pas dans le club : ils déposent leur voiture à cent mille dollars sur ce parking, donnent leur nom au vigile qui garde la porte et attendent que la danseuse de leur choix les rejoigne dans leur salle attitrée.

Elle boit avant de reprendre.

— Mais bon. Là, on parle d'un autre niveau.

— Des personnalités connues viennent ici ?

Elle se renferme soudainement. Mon attention est à son comble. Naomi n'arrive pas à garder ses pensées pour elle, elle me raconte des anecdotes sans réfléchir aux conséquences. Si elle savait que je suis journaliste, elle se frapperait la tête contre un mur.

— Je parle trop.

Elle a conscience d'avoir dépassé une limite, et c'est exactement ce qu'il me fallait pour creuser. C'est à l'endroit où les gens ne souhaitent pas se rendre que l'on découvre la vérité.

— Manager en vue, je te laisse.

Elle abandonne sa coupe et, semblant suivre une habitude bien ancrée, elle se lève et tire sur son short microscopique afin de dissimuler la naissance de son postérieur. C'est un détail qui ne m'a pas échappé ; Naomi gravite dans un monde où les corps dénudés sont monnaie courante. Elle n'aime pourtant pas dévoiler plus que ce qu'elle veut. Elle est pudique, en quelque sorte.

— Il y a du matériel, ce soir. J'ai vu un véritable dieu, tout à l'heure. Il a réussi à m'émoustiller d'un seul regard. Retire un bouton de ton chemisier et mets tes atouts en avant, il ne pourra que succomber.

Je ne sais pas comment prendre le fait qu'elle me juge aussi crédible dans mon rôle de croqueuse de diamants. Quelle image renvoyé-je pour donner cette impression ?

J'y réfléchis pendant une minute. Puis deux. Puis trois. Puis je repense à cette histoire de parking secret. Si David Huff est malin, il trompe sa femme avec discrétion.

Mue par l'excitation, je quitte la banquette et règle mes consommations au bar. La facture salée me donne envie de pleurer. Je retrouve l'extérieur avec un porte-monnaie complètement vide. L'odeur des poubelles et des détritus me prend à la gorge ; les hommes richissimes sont vraiment prêts à tout pour assouvir leurs besoins, quitte à dissimuler leurs vices sous un couvercle pestilentiel.

Les voitures garées me donnent le tournis : Porsche, Mercedes, Cadillac… C'est un véritable étalage de billets verts. Dommage que je ne connaisse pas la marque de celle conduite par Huff.

Je stoppe ma route en apercevant le vigile et me cache derrière le capot d'une Audi. Par professionnalisme, j'extirpe mon téléphone de ma poche et enclenche le mode photo. La probabilité de croiser le politicien est ridicule, mais j'ai foi en ma chance.

J'attends.

Encore.

Et encore.

La porte s'ouvre et se referme plusieurs fois. Des hommes embrassent des femmes. Des femmes touchent des hommes. Ils sont tous portés par le plaisir charnel, par cette impatience à l'œuvre quand le cerveau ne pense plus qu'au sexe. Il est presque indécent d'assister à tant d'intimité.

Le temps passe à une lenteur infernale, si bien qu'une crampe finit par me gagner. La sensation se diffuse sournoisement dans ma jambe, et mon massage sommaire n'y fait rien.

— Merde !

Contrainte de me redresser, je m'adosse contre l'Audi et continue de jurer, la main pressée sur ma cuisse.

— On ne te dérange pas ?

Le ton haineux me fait lever la tête.

Cette blonde peroxydée est un cliché ambulant, rien à voir avec Naomi. Elle hausse deux sourcils dessinés au crayon et pince une bouche dont le gloss sert probablement de colle sur les bandes de papier tue-mouches.

Je délaisse la carrosserie en ravalant ma souffrance, et parviens même à me tenir à peu près droite.

— Ce parking est privé.

Merci pour l'information.

Elle réduit le peu de distance entre nous et, téméraire, me pousse l'épaule. Mon cœur bat la chamade tandis que ma cuisse m'élance de plus belle. J'ignore comment me sortir de ce pétrin.

— Tu n'as rien à faire là.

Ses vêtements se résument à une simili-tenue ; pas de pantalon, juste un short qui cache à peine la forme de ses fesses ; pas de débardeur, juste un tissu qui ne masque à peu près rien de sa poitrine opulente. C'est une des danseuses du Lodge. Reste à savoir pour quelle raison elle se croit si supérieure à moi.

— Ne tente pas les négociations, je ne te laisserai pas le volant de ma R8.

Un homme attrape sa taille par-derrière. J'ai le temps d'apercevoir le bras possessif sur son ventre, puis le sourire qui coule sur sa nuque, avant de me statufier.

« De me démembrer » serait une expression plus adéquate.

Mes neurones se déconnectent. Je perds toute capacité de me mouvoir, ou même de penser. Je ne suis plus certaine d'errer dans la bonne dimension.

Je le regarde. Il me regarde. Ses mains abandonnent ce qu'elles pétrissaient, retombant maladroitement le long de son corps.

Il me reconnaît. Cela signifie-t-il que je le reconnais, moi aussi ? Que je ne me trompe pas ?

Sa peau accuse les marques du temps. Des rides ont élu domicile au coin de ses yeux. Sa mâchoire n'est pas la même, plus carrée, et sa carrure puissante ne correspond pas à mon souvenir. Il a l'air d'un homme. Mature, viril et sur le point de s'envoyer en l'air avec l'incarnation de Barbie.

On se dévisage si longtemps que c'en devient gênant.

— Mackenzie ?

Sorti de sa bouche, avec ces intonations graves, mon prénom sonne comme une aberration.

Des remous violents me donnent la nausée.

Je cligne des paupières, ferme et rouvre les yeux.

À mon grand désarroi, il est toujours là.

Chapitre 4

— Tu la connais ?

Jaxton m'observe comme s'il avait un fantôme devant lui. Il ne répond pas à la femme qui s'accroche jalousement à son avant-bras. De mon côté, trop de pensées me percutent. Je suis paralysée.

En tentant de faire le ménage dans mon esprit pour me reconnecter au présent, je me rappelle une chose. Un « petit » détail qui explique pourquoi la colère circule soudain dans mes veines.

Je recule d'un pas, la mâchoire contractée, puis m'échappe sans un regard en arrière.

— Mackenzie !

Ses pas martèlent le sol en rythme. Il me suit. J'accélère. Il me hèle de nouveau. Je grogne. Il empoigne mon bras. Je distingue une montre de prestige à son poignet ; une Rolex. *Monsieur ne se refuse rien.*

Parce que je ne suis plus une gamine apeurée — et que je me déteste d'agir en tant que telle —, je lui fais face.

Sa mâchoire volontaire est rasée de frais, ses cheveux sont impeccablement coiffés et un éclat d'autorité émane de ses yeux. Incroyable, ce que peut faire le temps sur un visage.

— C'est étonnant de se retrouver dans un tel endroit, dit-il en me lâchant.

Sept ans. Nous ne nous sommes pas parlé depuis *sept foutues années*, et il engage la conversation avec une banalité consternante.

Des relents d'aigreur remontent dans ma gorge. Je ne devrais pas lui en vouloir, il a le droit d'exister. Mais la manière dont notre amitié s'est achevée m'empêche de lui offrir le moindre sourire. Un effort surhumain m'est nécessaire pour prendre la parole.

— Le monde est petit, malheureusement.

Il digère l'acide de ma voix avant d'adoucir son regard

— Tu n'es pas ravie de me revoir, constate-t-il.

— Je fais partie des gens qui ne gardent pas de bons souvenirs de leur passé.

J'aurais sans doute été moins rancunière si, dans ma vie, j'avais eu une foule d'amis. Dommage que la première soit décédée et que le deuxième — et le dernier — m'ait rayée de sa liste sans raison valable.

— Je suis désolé, soupire-t-il.

J'hallucine... Ce n'est ni le lieu ni le moment mais je ne peux m'empêcher de lui cracher mon sarcasme à la figure. Il sommeille en moi depuis trop longtemps.

— De quoi ? De m'avoir considérée comme un pan de tapisserie ? Ce n'est rien. Il y a prescription.

— Je te croirais si tu n'étais pas agressive.

Je croise les bras sur ma poitrine, tremblante ; même si je le cache, cette rencontre surréaliste me rend fébrile.

— Ne me parle pas comme si on se connaissait. Tu as choisi le genre de fin que tu souhaitais. Si tu as des regrets, ils arrivent avec sept ans de retard.

— Je peux t'expliquer.

— Ne te donne pas cette peine.

Je me dirige de nouveau vers la rue. Rentrer chez moi devient vital.

— On devrait discuter. Tu es libre, un de ces quatre ?

La stupéfaction me coupe le souffle.

— Tu plaisantes, j'espère ?

— J'aimerais éclaircir la situation, mais l'environnement ne s'y prête pas franchement.

Il ose me gratifier d'un petit sourire en coin. *Je rêve !* Est-il réellement en train d'avouer qu'il lui tarde de s'envoyer en l'air et qu'il aimerait discuter avec moi une fois qu'il aura les testicules à sec ? Nous n'avons décidément pas donné la même valeur à notre lien d'antan.

— Tout est très clair, Jaxton. Tu voulais que je passe à autre chose, tu te rappelles ? C'est fait depuis un bail. Nous n'avons absolument rien à nous dire.

— Jax ?

La blonde entre dans mon champ de vision. Elle me considère avec dédain et s'agrippe de nouveau à son bras ; je lève les yeux face à son marquage de territoire.

— Je ne suis pas en concurrence avec toi, lui dis-je. Je ne suis pas sa femme, ni sa maîtresse, et encore moins son amie.

Je jette un œil critique à Jaxton.

— À un moment, je faisais partie de sa famille, paraît-il, mais ça n'a duré qu'une soirée. Le lendemain, il m'avait laissée tomber. Ce n'est pas faute d'avoir essayé de garder contact, pourtant.

Les souvenirs remontent douloureusement à la surface. Je ne les autorise à m'envahir qu'une poignée de secondes.

Hunters Point. Le bruit des vagues. L'odeur de la peinture. Les pleurs ridicules lorsqu'il m'a fait comprendre qu'il me considérait comme sa sœur. L'impression d'avoir un ami sincère. La sensation étrange de lui faire mes adieux. Mes millions de textos. L'ascenseur émotionnel…

Je suis restée fière lors de mes derniers mois à la Mercy High School. Mais je n'ai pas oublié.

Jaxton avait ma confiance. Je l'appréciais. J'ai dû faire un travail sur moi-même pour le voir comme lui-même m'estimait : un grain de poussière invisible. Nous nous sommes croisés un nombre incalculable de fois dans les couloirs du lycée, nous nous sommes bousculés pendant la folie des intercours. Je l'ai vu monter sur l'estrade lors de la remise des diplômes. Et jamais plus il ne m'a accordé une seule nanoseconde de son attention.

Il m'a abandonnée. Comme on l'avait fait juste avant lui. C'est pardonnable, mais ça reste gravé dans ma mémoire.

J'efface toutes ces pensées parasites et recrée les remparts qui me protègent. Ce sont eux qui me permettent d'esquisser un sourire.

— Je vous souhaite une bonne fin de soirée.

Il ne me retient pas. Je garde la face jusqu'à ma voiture.

Dès que mes mains se posent sur le volant, des soubresauts involontaires me gagnent ; le contrecoup de l'adrénaline.

Pour être honnête, il n'y a pas que cette histoire d'amitié perdue qui me porte un coup. Jaxton m'a bousillée dans les règles, mais j'ai vécu pire. Il me ramène à des émotions plus compliquées à refouler. Je resserre les doigts et secoue la tête, écartant les images qui m'apparaissent.

Je ne ressens rien.

Je rejette les flashs du passé. Les photographies que mes yeux ont prises, et que mon cerveau a emmagasinées dans une case, normalement interdite d'accès.

C'était une autre vie. Je ne suis plus cette pauvre adolescente qui frémit quand la foule devient dense. L'imbécile incapable de contrôler sa panique. Désormais, je relève les défis. Je tiens tête.

Tu ne ressens rien, Mackenzie.

Je démarre avec la conviction que ces retrouvailles impromptues n'ont jamais existé. Cet homme n'est pas Jaxton Cole. J'ai juste vu un client du Lodge avec une des employées.

Je classe ce dossier dans le compartiment « poubelle » de mon cerveau. Seule une chose compte : mon travail. Demain, je reviendrai, et je mettrai la main sur David Huff.

Je n'ai pas vécu ce moment.

Chapitre 5

Je trépigne dans la file d'attente du Peppy Coffee.

Bettany attend mon papier et je n'ai rien à lui montrer. Nous sommes au sixième jour post-« Mackenzie fait des promesses qu'elle n'est pas certaine de pouvoir tenir », et il ne me reste plus que ce soir pour trouver l'homme politique. Autrement dit, j'ai le couteau sous la gorge.

— Bonjour, que désirez-vous ?

Cette serveuse est toujours d'humeur joyeuse. On dirait que chaque journée est plus belle que la précédente. À côté d'elle, j'ai l'impression de traîner un énorme nuage gris au-dessus de la tête.

— Un grand café noir.

Elle ne se départit pas de son sourire en posant le couvercle sur mon gobelet et pétille en m'annonçant le prix exorbitant de ma boisson. Cette femme gravite sur une autre planète.

Avant que j'aie le temps de sortir mon porte-monnaie, un billet de cinquante dollars est posé sur le comptoir.

— C'est pour moi.

Je reconnais instantanément la voix. Un frisson désagréable me parcourt, tandis que la serveuse hausse un sourcil interrogateur. Seule une nuit s'est écoulée depuis que je l'ai laissé sur le parking : je suis loin d'avoir digéré notre discussion. En fait, je crois même que je le déteste. De plus, j'ignore comment il m'a retrouvée, mais il est hors de question que je lui accorde le moindre regard.

Je l'ignore et extirpe l'argent de mon sac à main. Sans un mot, je lui tends ma carte bancaire.

— On ne la prend pas en dessous de dix dollars, dit-elle avec une moue d'excuse.

Je cherche alors de la monnaie, des pièces, n'importe quoi qui s'apparente à un moyen de transaction. Malheureusement, tout coûte cher à New York. J'ai pris l'habitude de n'utiliser que ma carte. Grave erreur.

Je jette un coup d'œil à la liste des douceurs et relance :

— Je vais ajouter un Cookallie. Deux. Deux Cookallie.

— On est en rupture de stock.

— Un muffin aux trois chocolats, lancé-je au hasard.

Elle regarde derrière moi, semblant chercher une quelconque approbation. Elle enferme ensuite mon gâteau dans un papier kraft et effectue la transaction.

— Le Peppy Coffee vous souhaite une belle journée !

J'attrape mon paquet et contourne l'individu. La cloche de la porte tinte quand je tire la poignée.

— Je sais que tu sais que je suis là.

Je serre le papier entre mes doigts et allonge mes enjambées. *Les remparts, les barrières, les murs. Tu ne ressens rien.*

Ma voiture est garée sur le trottoir d'en face. Seuls quelques mètres m'en séparent, mais un flot constant de véhicules m'empêche d'atteindre mon but.

— Il y a 8,5 millions d'habitants à New York. Rien qu'ici, la probabilité pour qu'on tombe l'un sur l'autre relève du néant.

Une voiture rouge. Une bleue. Une noire. Bon sang ! Pourquoi le trafic est-il si dense ? ! Je fais un pas, et me rebiffe quand un automobiliste manque d'écraser mon pied.

— Sincèrement, je suis surpris.

Et moi donc, imbécile.

J'observe le passage piéton en priant pour que le bonhomme passe au vert. Comment peut-il croire que j'ai envie d'entamer la conversation avec lui ? N'ai-je pas été assez claire ? Les maigres liens que nous avions établis sont enterrés depuis longtemps.

— Qu'est-ce que tu foutais sur le parking d'un club de strip-tease ?

Mes épaules se resserrent. Un « va te faire foutre » veut sortir de ma bouche, mais je me contiens.

— La même chose que toi.

Il émet un rire de gorge.

— Tu as changé de bord ?

Furieuse, je pivote et pénètre froidement dans son regard. Sa virilité nouvelle me déroute énormément. Les gens changent, c'est une évidence. Mais, dans ma tête, Jaxton est resté l'adolescent qui fume des joints. Découvrir qu'il porte des costumes hors de prix et ressemble à ces hommes d'affaires arrogants, ça me bouscule.

Sept années ont passé.

— J'ai trouvé mieux de l'autre côté, éludé-je.

Il me jauge de ses yeux verts, mais ne dit rien. Tout comme lui, je suis différente. Naguère, on pouvait lire en moi comme dans un livre ouvert. Aujourd'hui, je porte assez de masques pour que ma véritable nature se perde.

Il cale les mains dans les poches de son pantalon et dévie son attention vers la route.

— C'est curieux.

Bonhomme vert.

— De poursuivre une femme dans la rue ?

— De réveiller le passé, corrige-t-il.

Je m'engage sur le passage piéton.

— Rien ne se réveille.

— Pas pour moi.

Je m'efforce de poursuivre mon chemin. Je ne veux plus entendre parler de lui. Jaxton est un vieux souvenir, un truc qui s'oublie. Il est hors de question qu'il déboule comme une fleur et ébranle mes piliers.

C'est un inconnu.

Je rejoins ma voiture, son aura sur mes pas.

— Tu veux bien me lâcher ?

Il étire une commissure. Son sourire est teinté d'une foule d'émotions. Je me fige en y distinguant de la tristesse. Ou de la nostalgie ? Il n'est pas net. Il me regarde comme si j'étais fragile. Brisée.

— On devrait parler.

— C'est le bon moment ? raillé-je, malgré moi. J'ai tenté de te parler pendant des semaines, au cas où tu aurais un trou noir.

De nouveau, la rancœur m'embrase. C'est facile de revenir sur la pointe des pieds, une fois que le temps a effacé les ondes négatives.

— Tu as dit que j'étais ta sœur.

Je prends une goulée d'air et poursuis, consciente d'être sur le point de craquer.

— C'était une promesse, Jaxton. Celle d'être toujours là pour moi, quoi qu'il arrive. Tu m'as promis d'être un frère, et tu n'as jamais respecté ta parole.

Je baisse les bras.

— Tu étais le seul en qui j'avais confiance. Tu connaissais une partie de mon histoire et mes rapports compliqués avec les gens. Tu m'as laissée sur le carreau, sans aucune explication.

— C'est faux.

— C'est vrai. « Ça ira, Mackenzie. » Ce sont tes derniers mots, ceux que tu as prononcés avant de me recaler. Tu sais quoi ? C'est triste que je m'en souvienne. Je t'ai donné trop d'importance.

— Je m'en souviens également.

— Tu te rappelles aussi qu'on s'est côtoyés jusqu'en juin ? Que j'existais ?

— Mackenzie…

— Tu trouves que j'exagère ? Tu as une nouvelle fois raison. J'ai été une adolescente stupide. Ne t'inquiète pas, j'ai rattrapé mes erreurs.

— Arrête, soupire-t-il.

— J'ai eu peur qu'il te soit arrivé quelque chose. Merde, Jaxton ! Un message, un « OK », c'est tout ce que je demandais !

Il plante son regard dans le mien.

— Tu as voulu garder contact parce que je suis le lien entre lui et toi, dit-il avec aplomb. Malgré ce qui s'est passé entre vous, tu voulais conserver quelque chose, même infime.

— Tu te trompes.

— Mon cul, ouais. Tu espérais des nouvelles de Wade à travers moi, c'est pour ça que tu es aussi rancunière. Parce que je ne t'en ai pas donné. Ce n'est pas notre amitié détruite qui t'a foutue en l'air, mais le fait que Wade ait disparu et que je ne t'aie pas expliqué le pourquoi du comment.

Il ramène les bras contre son torse.

— J'aurais pu te parler, c'est vrai. Je ne l'ai pas fait, pour ton bien.

Je fronce les sourcils sans comprendre.

— Il n'y a plus rien, Mackenzie.

Il s'adosse à la carrosserie et expire lentement. Une fois. Deux fois. Il se masse la nuque et baisse le regard. Je ressens son combat intérieur.

— Il y a tellement de choses que tu as manquées… J'aurais voulu que tu l'apprennes autrement.

— Que j'apprenne quoi ?

Il met du temps à relever le visage. Beaucoup de temps.

— Il est mort.

Il trouve mes yeux, et je me sens chanceler.

— Wade est mort.

Un rire nerveux jaillit de mes lèvres. C'est quoi, cette connerie ?

— Tu avais plus d'humour à l'époque.

Son sourire ne s'accentue pas. Pire, il se tarit. J'observe la descente de ses lèvres, en me demandant à quoi il joue.

— Jaxton…

Ses traits se cristallisent.

— Jax… ?

Il ment. C'est une blague de mauvais goût.

— Je suis désolé.

Son filet de voix a raison de ma légèreté.

Je le regarde en espérant qu'il plaisante d'un sujet sérieux. Ce n'est pas le cas.

Mon Dieu.

Le choc me glace.

Je prends appui sur ma portière et tente de me ressaisir.

— Quand ? Comment ?

Il glisse une main sur sa mâchoire, puis désigne l'enseigne du Peppy Coffee. Je comprends sa demande silencieuse et, cette fois, je l'accepte.

Effectivement, nous avons des choses à nous dire.

Chapitre 6

L'ambiance est inconfortable. Je n'ai d'yeux que pour mon café, n'osant pas rencontrer les émotions de mon interlocuteur. Nous avons trouvé une place au fond de la salle, à l'abri des conversations.

J'essaie d'intégrer son aveu, sans véritablement y parvenir. Une part de moi s'y oppose.

— Il a eu un accident de voiture, quarante-huit heures après notre session à Hunters Point.

Quelque chose en moi se brise à nouveau, dont j'entends le fracas dans ma poitrine. *Il est décédé il y a sept ans et je ne l'apprends qu'aujourd'hui.*

Mes doigts tremblent. Je prends une inspiration pour me calmer et avale plusieurs gorgées de café.

— Je l'ai vu la veille. Il n'était pas en grande forme.

À son tour, il empoigne l'anse de sa tasse et ingurgite une brève lampée.

— On a pas mal parlé ce soir-là, se remémore-t-il. De toi, principalement.

Je baisse les yeux. Je ne souhaite pas connaître la teneur de leur discussion, sa simple évocation me plonge dans la torpeur.

— Il n'avait que toi à la bouche, en fait.

— Que s'est-il passé ?

Je ne me sens pas capable d'entendre cela. Vraiment pas. Qu'il en vienne aux faits.

— Il a pris la route pendant la nuit. J'étais au courant, mais sa destination m'était inconnue, il a refusé de m'en parler. Mon téléphone a sonné vingt-quatre heures après.

Il frissonne.

— C'était un appel du Good Samaritan, un hôpital de Los Angeles.

— Qu'est-ce qu'il faisait là-bas ?

Il hausse une épaule.

— Je n'en ai pas la moindre idée. On m'a demandé si j'étais bien de sa famille et si je pouvais le rejoindre. J'ai appris plus tard qu'il s'était réveillé à deux reprises et qu'il avait fourni mon numéro de portable en me présentant comme son frère.

Son sourire, teinté d'une profonde tristesse, creuse un autre trou dans ma poitrine. Je me rappelle l'amitié indéfectible qu'ils se vouaient. Jaxton adorait Wade, c'était réciproque.

Pour la première fois depuis notre arrivée au Peppy Coffee, je lâche mon gobelet. J'aimerais lui témoigner mon soutien, mais mes doigts ne m'obéissent pas ; je suis sous le choc.

— Le temps que je fasse la route, il était déjà parti, dit-il dans un murmure. J'ai eu du mal à l'accepter.

Nous avons vécu la même souffrance. Je ne peux pas me sentir indifférente à notre passé commun. Comme moi, il a perdu son meilleur ami.

Alors, doucement, mes barrières cèdent. Cette fois, ma main trouve la sienne.

— D'où ton absence au lycée.

Il observe les doigts qui recouvrent sa peau tannée, avant de se retirer.

— Je n'ai pas répondu à tes messages pour les mêmes raisons. Je ne savais pas comment agir avec toi… Quand tu es venue me trouver, je n'ai pas eu le courage de t'avouer la vérité, et si nous étions restés proches tu m'aurais forcément posé des questions. J'ai coupé les ponts par manque de force, je pense.

— Je comprends.

Et, comme une éponge qui passe sur un tableau, ma rancœur s'efface et laisse place au chagrin. J'ai désormais une explication, et cela m'aide à lui pardonner ses fautes.

Dans mon esprit, Jaxton Cole n'existait plus. Sauf que son silence n'était pas une trahison mais une incapacité totale à faire face à la situation. J'ai également perdu les pédales après le décès de Harper, je serais mal placée pour juger son comportement.

— Il aura au moins connu l'amour.

J'accueille difficilement cette phrase.

— Jaxton, je…

— Tu ne veux pas en parler, c'est ça ?

J'acquiesce, soulagée qu'il saisisse la nature de mon malaise.

C'est une réaction égoïste, j'en suis consciente, mais je ne peux pas me permettre de détruire le travail que j'ai effectué sur moi-même. Mon cœur doit rester à distance. Si mes moments passés avec *lui* venaient à être évoqués, tout ce que j'ai bâti s'écroulerait comme un château de cartes.

— Excuse-moi, Jaxton. Il faut que je digère…

— C'est moi qui m'excuse. J'aurais probablement dû célébrer nos retrouvailles avec un sujet un peu plus joyeux.

S'il m'avait annoncé la nouvelle il y a sept ans, je pense sincèrement que je n'aurais pas tenu le coup. À l'époque, je n'en étais qu'au début de mon façonnement. J'étais encore fragile. Ma muraille était friable, et il aurait suffi d'un seul coup pour qu'elle explose. Aujourd'hui, je peux faire face.

Nous terminons notre café dans le silence le plus complet, chacun dans ses réflexions. C'est la serveuse qui interrompt nos pensées.

— Désirez-vous autre chose ?

Jaxton la détaille avec attention. Je retrouve enfin un peu de légèreté ; entre l'adolescent et l'homme, le physique n'est plus le même. Pour ce qui est de son rapport à la gent féminine, il n'a pas changé.

— Pour moi, c'est bon, merci.

Elle me sourit et se tourne vers Jaxton, dont le visage a pris l'expression d'un mâle en pleine chasse.

— Que me proposez-vous ?

— Nous avons un choix de pâtisseries assez vaste. Je ne suis pas sur le menu.

Il remonte les manches de sa chemise, mettant ainsi son imposante montre en avant. En réponse, elle expose sa main gauche ; une bague, fine et élégante, décore son annulaire. Je pouffe discrètement.

Il retrouve alors une posture moins arrogante et lui indique qu'il ne souhaite pas commander.

— Tu fais souvent ça ? dis-je après qu'elle s'est éloignée.

— « Ça », quoi ?

— Utiliser ton fric dans ta technique d'approche.

Je pointe sa montre du menton. Le bracelet chromé brille de mille feux et le cadran noir renferme quelques petits diamants.

— J'aime les belles choses, assume-t-il.

— Et les belles danseuses.

Ma référence au Lodge ne lui échappe pas. Il croise les bras sur son torse et penche la tête sur le côté avec l'air d'un enquêteur.

— Admets-le : tu n'es pas lesbienne.

— Qui sait ?

— On a été amis. Je te connais.

— Tu me connaissais, rectifié-je.

Il ne relève pas.

— Alors, pourquoi te cachais-tu sur le parking privé du Lodge ?

— Je suis voyeuse.

— Un voyeur aurait été *dans* le club, Mackenzie. L'unique chose qu'on trouve à l'arrière du club, ce sont les poubelles.

— Je collectionne les poubelles à usage public.

Il me regarde, perplexe.

— Dès que je sors du travail, j'arpente les rues de New York à la recherche du plus beau container. J'en ai plus de vingt-cinq chez moi, je les expose dans mon salon. Savais-tu que les poubelles sont majoritairement composées de polyéthylène haute densité ou de polypropylène ? Elles sont mises en forme par un moulage à injection, un procédé passionnant.

Je remercie mes études de m'avoir contrainte à écrire des articles sur des sujets inutiles. J'ai enfin pu placer ces connaissances dans une discussion.

Il me considère, immobile, sans savoir comment réagir.

— C'est une blague, Jaxton.

— Ton humour est toujours aussi flippant.

Ce rappel du passé m'attriste. Nous nous entendions bien, tous les deux. Il aimait me charrier, railler mon sens de l'humour. Même si un événement tragique nous relie aujourd'hui, je ne souhaite pas retomber dans les travers d'une belle amitié. J'ai trop peur d'en souffrir.

— Que fais-tu dans la vie ?

Mon changement brutal de sujet est volontaire. Il s'adosse à la chaise et met quelques secondes à me répondre.

— Je bosse dans la finance.

— C'est vague.

— Je vais t'ennuyer si j'en parle.

— Tente toujours.

— Je suis conseiller en fusions-acquisitions. Je guide les entreprises dans leurs opérations financières, si tu préfères. Je suis là pour mener à bien un projet de rachat de société, pour savoir quelles filiales stratégiques il serait bon de vendre, ce genre de choses.

J'opine consciencieusement, même s'il m'a perdue au cinquième mot.

— Ça a l'air…

— Fascinant ? C'est l'adverbe que tu cherches ?

— J'aurais dit « rasoir ».

Il émet un rire de gorge et pose les coudes sur la table en bois ciré.

— Et toi ?

— Journaliste. J'écris sur l'actualité, je révèle la vérité, ce genre de choses.

— Ça a l'air…

— Plus simple que ta profession ? C'est l'expression que tu cherches ?

— J'aurais dit « surprenant », venant de toi. Je ne t'aurais pas imaginée dans ce domaine, s'explique-t-il. Les journalistes sont des vautours, ça n'est pas dans ton caractère.

Pour la énième fois, il fait appel au passé.

— Les gens changent, Jaxton.

Un blanc interminable s'ensuit.

Il semble chercher quelque chose dans mon regard. Des détails ? Des raisons à mon apathie ? Que sais-je ? Il ne trouvera rien. Entre l'adolescente et la femme, il y a désormais un monde. Que mon choix de carrière ne lui parle pas, je le conçois, mais je refuse d'éclairer sa lanterne.

— Enfin, presque tous, tempéré-je. Passer ton samedi soir dans un club de strip-tease est dans la continuité des choses. Je mettrais ma main au feu que tu es un habitué.

— Et toi ?

— Tu n'en démords pas, soupiré-je.

— J'aimerais te comprendre, admet-il.

— Je ne fais que mon boulot.

— C'est-à-dire ?

Consciente de faire une bêtise en grillant ma couverture, je me laisse tout de même le droit d'être honnête avec lui. Il m'a raconté une vérité enfouie depuis sept ans, je peux bien lui rendre la pareille.

— Je suis sur une histoire d'adultère. L'homme est censé sortir avec une des employées du club.

— C'est tout ? Les trois quarts des clients qui paient leur entrée au Lodge trompent leur petite amie !

— Il est marié.

— Une tromperie est une tromperie, qu'il y ait une bague au doigt ou pas. Comment s'appelle-t-il ?

Je plisse le front, déboussolée par son intérêt soudain.

— Mon cercle de connaissances est assez étendu, ajoute-t-il. Je pourrais éventuellement accélérer tes recherches.

— Ce n'est pas nécessaire.

— J'y tiens. Un jour, je t'ai promis que tu pourrais compter sur moi et j'ai merdé. Si je peux me faire pardonner, je le ferai. Comment s'appelle-t-il ?

Jax est de retour. Pas Jaxton Cole. Mais bien Jax, le garçon de Hunters Point.

Alors, sans savoir si je commets une erreur, je lui explique tout. Depuis le physique de David Huff jusqu'aux informations que j'ai récoltées grâce à Naomi. Il acquiesce mécaniquement à toutes mes paroles, comme si chaque détail était vital.

— Quand dois-tu rendre ton article ? me demande-t-il, cinq minutes plus tard.

— Demain soir, maximum.

— Il te faut des preuves, j'imagine ?

— Une photo où son visage est reconnaissable.

Les pieds de sa chaise grincent lorsqu'il se lève.

— Je ne te garantis rien, mais tu auras de mes nouvelles, quoi qu'il arrive.

Nous échangeons nos numéros de portable, afin qu'il puisse me faire parvenir la photo, et nous quittons le Peppy Coffee d'un pas synchrone.

De nouveau dans la rue, je suis prise de doutes.

Jaxton déboule dans mon quotidien, m'annonce une tragédie et, dans la foulée, devient une aide inespérée. L'afflux d'émotions contradictoires est difficile à maîtriser. Dans quel monde autant de choses improbables deviennent-elles réelles ?

— Tout va bien ?

— La situation est déstabilisante, avoué-je.

— Pour moi aussi, mais je suis content d'avoir pu éclaircir certains points. À bientôt, la psychopathe.

Nous n'osons pas nous prendre dans les bras. Il est encore trop tôt, ou peut-être trop tard. Alors, il se contente de me faire un clin d'œil et retrouve son bolide. Il démarre en trombe, le moteur hybride couvrant les bruits environnants.

Je reste là. Sur le trottoir. Je suis en retard, mais mes pieds refusent de bouger.

J'observe le paysage urbain sans vraiment le voir. Des corps serpentent sur les trottoirs, des voitures défilent sous mes yeux. L'odeur des pots d'échappement pénètre dans mes narines. La chaleur d'un soleil d'été me brûle la peau.

Un fragment de mon cœur s'atrophie. J'arrive à sentir la pourriture qui le gangrène. Tout ce qui voyage dans mon corps s'apparente à une souffrance aiguë.

Parce qu'il est mort.

Wade est mort.

Chapitre 7

Café en main. Ascenseur en route. Huitième étage. Cernes épouvantables. J'avance dans le couloir comme un automate, subissant le contrecoup de ma nuit blanche.

— Tu as manqué le briefing, m'informe April.

— Comme hier, ajoute Oren.

Remuer les muscles de ma bouche me demanderait un effort trop important. De fait, je ne leur réponds pas et me dirige vers le bureau de Bettany.

— Elle est tellement antipathique…

— Elle va se faire virer.

Je jette mon gobelet vide dans la corbeille à papier et poursuis mon chemin, laissant mes collègues spéculer sur mon avenir professionnel.

Bettany est occupée ; la porte vitrée donne sur le dos contracté de Matt et le visage congestionné de ma patronne. Elle n'est pas d'humeur. Heureusement, j'ai l'article finalisé en ma possession.

Jaxton m'a fait parvenir les preuves de l'adultère à plus de 4 heures du matin. J'ai manqué de temps pour écrire le papier, mais je lui suis infiniment reconnaissante. Il m'a sauvé la mise.

Je tente de me faire discrète, mais nos regards se croisent. Si le mien exprime la fatigue, celui de ma boss ressemble à deux mitraillettes.

La journée s'annonce merveilleuse.

— Entrez !

Je plaque un sourire poli sur mes lèvres et pousse la poignée. Matt et moi échangeons un vague relevé de menton, synonyme d'un « bonjour ».

— Vous êtes en retard, Mackenzie !

— Je suis désolée.

— Ça commence à devenir une habitude.

— Ça ne se reproduira plus.

Elle n'en croit pas un traître mot, me le fait savoir, puis s'intéresse à mon collègue.

— Sept jours, Matt, et l'unique information que vous avez en votre possession c'est le chiffre d'affaires de Nellie Kern ?

— Cette femme est un véritable mystère, se défend-il. J'ai bossé sur le sujet jour et nuit, et rien ne ressort. Tout ce qui se rapporte à elle est sous scellés.

— Vous êtes journaliste ! C'est votre rôle de trouver la clé !

— On se confronte à un mur.

— Elle a forcément de l'entourage ! Les gens qui travaillent pour elle doivent avoir des infos !

Il oscille entre la gêne et l'agacement. Ce n'est jamais agréable de se faire remonter les bretelles, surtout en présence d'une tierce personne. J'ignore pourquoi je me sens mal à l'aise pour lui… L'épuisement, sûrement.

Dans un sursaut inédit d'empathie, j'extrais ma clé USB du sac et la dépose sur le bureau. Sortir d'ici au plus vite me semble raisonnable.

— C'est l'article sur David Huff. Il y a trois photos, je vous laisse juge de la qualité. J'ai tu le nom de la strip-teaseuse, mais quelques détails de son activité au Lodge permettent de lui donner une dimension plus humaine.

Elle n'a aucune réaction. J'ignore si c'est positif ou négatif. Matt, en revanche, m'observe comme si j'avais étranglé sa famille et j'ai du mal à savoir pourquoi. Non qu'il me dédie régulièrement sa sympathie mais d'habitude je suis moins détestée que ça.

— Mackenzie, vous récupérez le sujet de Matt. Matt, allez me pondre une bouse sur quelque chose de votre niveau.

Je me fige.

Désormais, le regard de mon collègue m'indique que j'ai exterminé la surface entière de la planète. Il se tourne vers Bettany, la mâchoire striée de muscles contractés.

— Elle n'arrivera à rien de plus que moi.

Je me range de son côté.

— Je ne connais pas Nellie Kern, ajouté-je. Ce n'est pas…

— Personne ne vous pensait capable de boucler l'histoire de David Huff, et vous y êtes parvenue, en respectant le délai imposé, me coupe-t-elle froidement.

— Mais Matt a raison, insisté-je. Il a travaillé sur Nellie Kern, il est plus avancé dans les recherches. Je crois que…

Je me tais en remarquant que sa colère grandit.

— Nellie Kern est à vous, point. Matt, vous lui transmettrez les maigres informations que vous avez récoltées. Sortez de mon bureau, tous les deux !

On s'exécute, abasourdis par le changement de programme. Matt attend que la porte vitrée soit fermée et que nous nous soyons assez éloignés pour prendre la parole.

— Tu ne doutes de rien !

— Pardon ?

— Tu m'as volé mon sujet, putain !

Ah. Voilà d'où provient sa colère.

Le terme n'est pas exact, mais je le comprends. C'est une chose qui ne se fait pas : on ne marche jamais sur les plates-bandes d'un collègue.

Pour la deuxième fois en l'espace de quelques minutes, mon empathie pointe le bout de son nez.

— Je n'avais pas l'intention de le récupérer, Matt. J'irai discuter avec elle quand elle se sera calmée.

Je suis sincère. Il a l'air de tenir à Nellie Kern et il s'est imposé avant moi. Cet article lui revient de droit.

Son rire est cassant.

— Tu n'es pas croyable !

Il se passe une main dans les cheveux et m'examine d'un air mauvais.

— Tu débarques dans le bureau pendant que je me fais démolir, tu entends Bettany me mettre plus bas que terre. Et, gentiment, tu lui donnes ton article, comme une bonne petite élève qui a bien fait ses devoirs ?

Je saisis soudain ma maladresse. Je voulais justement ne pas assister à cette scène. Il a mal interprété mon geste.

— Tu es une foutue manipulatrice !

— Je me fiche de Nellie Kern…

— Bien sûr, ricane-t-il. Toi et tes airs supérieurs, vous commencez sérieusement à nous taper sur les nerfs.

Cette pique ne m'atteint pas puisque j'étais déjà au courant.

— Je dirai à Bettany que je refuse de me charger du sujet.

— Pour que tu l'aies encore plus à ta botte ? Elle ne te favorise déjà pas assez ? Tu voudrais en prime passer pour l'innocente qui s'en veut de la faire à l'envers à ses collègues ?

Il me détaille avec dégoût.

— Rêve pour que je te donne la moindre info sur Nellie Kern. Débrouille-toi seule. Et, un conseil, n'essaie plus de me passer devant. Être une femme ne te protège pas de tout.

Je soutiens son regard. La menace a bien été enregistrée par mon cerveau, mais elle ne me fait pas peur ; Matt a simplement pris un coup à l'ego. Je ne m'engagerai pas dans une guerre stérile avec lui.

Il disparaît en furie et je retrouve mon bureau. Si je respecte d'abord ma parole en occupant mon esprit avec autre chose que Nellie Kern, la curiosité finit par avoir raison de moi ; le sujet semble difficile. En somme, cela me galvanise.

De toutes manières, quoi que je fasse, Matt se méprendra sur mes intentions, alors autant que j'obéisse aux ordres de ma patronne dès à présent.

Le nombre de liens sur Google est étonnamment faible. Les quelques articles disponibles — provenant d'autres journaux — posent tous la même question : qui est cette artiste ?

Elle a récemment ouvert une galerie d'art dans le quartier de SoHo, après avoir exposé son travail à Denver et à Detroit. Le lieu est underground, recouvert de briques noires et d'un sol bétonné.

Je passe des heures à observer les photographies de ses œuvres abstraites. Impossible de reconnaître une forme dans ces agglomérations de taches et de lignes dans des tons neutres. Pourtant, l'éventail d'émotions qui émane de son travail est incontestable.

La vibration de mon portable me sort de ma transe.

Ça l'a fait ? — J.

Oui. Merci, tu m'as rendu un grand service.

Content d'avoir pu aider. Si jamais tu as besoin de moi de nouveau, n'hésite pas.

Je ne lui réponds pas. Il y a toujours ce sempiternel problème du lien : Jaxton me ramène à *lui*, et *lui* déclenche des émotions que je refuse de ressentir. Je suis obligée de garder une certaine distance avec l'analyste financier pour rester concentrée dans mon travail. De fait, j'éteins mon téléphone et retourne à mes recherches.

Il fait nuit quand je décroche enfin de mon écran ; Matt dit vrai, Nellie Kern est une énigme.

Pas de photos de son visage. Aucune explication. À croire que cette femme n'existe pas.

En termes de communication, c'est plutôt futé. Elle se rend inaccessible et nourrit le mystère, ce qui fonctionne à la perfection puisque sa dernière toile lui a rapporté la bagatelle de quatre-vingt-cinq mille dollars. Pour la journaliste que je suis, c'est un casse-tête.

Je masse ma nuque endolorie et me lève pour aller chercher un café imbuvable.

— Vous devriez être chez vous.

Bettany éteint la lumière de son bureau et claque la porte.

— Je préfère travailler ici, dis-je en retenant un bâillement.

— Vous avez du nouveau ?

— Pas encore, mais je planche dessus.

— Bien. J'attends le premier article sur mon bureau lundi matin.

— Le premier ? dis-je, étonnée.

Elle acquiesce.

— Nellie Kern est une poule aux œufs d'or. Les lecteurs adoreront suivre vos péripéties.

— Qu'insinuez-vous ?

— Je ne veux pas d'un papier sans saveur. On doit comprendre à quel point elle est inaccessible. Relatez votre enquête. Écrivez ce que vous vivez dans l'instant, les moyens employés pour l'approcher. Les embûches. Il faut qu'on saisisse le problème. Racontez.

— Vous me demandez de partager mon parcours jusqu'à elle ?

Elle retrousse les lèvres, ravie.

— C'est exactement ça. Je veux une histoire, une vraie, avec des chapitres. Je veux qu'on se pende à vos lèvres, qu'on vous suive dans vos réflexions. *Accuracy* deviendra le sujet immanquable de tout New York.

Elle pointe son doigt en plein sur mon visage.

— Vous n'êtes pas comme les autres, Mackenzie. Vous n'avez pas de limites. Je vous ai engagée pour votre personnalité, froide et sans cœur Ne me décevez pas.

— Vous pouvez compter sur moi.

Motivée par ce discours, je bûche comme une acharnée une bonne partie de la nuit, mais n'obtiens pas le moindre résultat. Il est plus de 3 heures du matin lorsque, déçue et au bout du rouleau. Mes jambes ne me portent plus quand j'arrive dans mon quartier.

L'ambiance lugubre, due au manque de lumière, me fait presser le pas. Depuis que je vis ici, je suis anormalement la règle de base des grandes villes : ne jamais rester seule dans la rue en pleine nuit. Instinctivement, je serre mon sac contre ma poitrine, quand un craquement me fait sursauter. Le pic de stress est immédiat. Je jette un coup d'œil aux alentours, sujette à une bouffée d'adrénaline, mais je ne repère rien de suspect. Un deuxième craquement se fait entendre.

Mon rythme cardiaque s'intensifie. J'ose un regard en arrière, mais encore une fois les lieux sont déserts.

Le trajet se termine à la limite du galop ; j'entre la combinaison de chiffres dans le digicode à la hâte et souffle en retrouvant le hall d'entrée.

Tu es parano, ma pauvre.

Il faut vraiment que je dorme.

Chapitre 8

Sans surprise, la nuit est terriblement courte. Je ne trouve pas le sommeil mais je mets ce temps à profit pour rédiger le tout premier article, une mise en bouche pour le lecteur. Une introduction au monde artistique de Nellie Kern. Bettany l'ayant validé, j'ai pensé qu'une incursion sur le terrain s'imposait pour la suite. C'est ainsi que je pousse les portes de sa galerie avec détermination.

Les lieux sont plus impressionnants en vrai. La baie vitrée, qui donne sur la rue, inonde l'espace de soleil. Je suis immédiatement happée par deux choses : la musique — *Wasting My Young Years*, de London Grammar — et les toiles.

Certaines mesurent deux bons mètres de haut et quelque trois de large. Fascinée, je me dirige vers la plus proche et ressens une étrange connexion. Ses peintures me touchent.

— Elle est douée, n'est-ce pas ?

Une femme rousse — Rebecca Atkins, d'après son badge — se place à mes côtés.

— Nellie Kern possède une belle aptitude à faire parler ses émotions. Que voyez-vous dans cette œuvre ?

Je joue le jeu, consciente d'être une cliente lambda à ses yeux.

La peinture forme des pâtés. Les poils du pinceau sont visibles, ils laissent des traces grossières et enragées. Je pourrais presque voir Nellie s'acharner, son visage grimacer et sa colère exploser tant l'impulsivité de son mouvement est lisible.

— De la noirceur, réponds-je. Et vous ?

Elle esquisse un bref sourire avant de se reporter sur la peinture.

— De l'espoir. Regardez la manière dont est déposée la matière, les formes sont désordonnées et chaotiques, comme si Nellie souhaitait faire disparaître le négatif au plus vite.

— Ça ressemble plus à de la rage qu'à de l'espoir.

Je penche légèrement la tête sur le côté afin d'étudier le dessin.

Je saisis la nature de sa violence. La souffrance intérieure qui hurle, encore et encore, mais que personne ne perçoit. Ce cri qui implore d'être entendu mais qui est certain d'être incompris.

— Elle paraît furieuse, ajouté-je.

— Tout est subjectif. Vous êtes une admiratrice ?

Je la surprends à ausculter ma tenue vestimentaire. Si son œil est suffisamment aguerri, elle constatera que mon tailleur ne provient pas d'une boutique de luxe mais d'une enseigne abordable. Je suppose qu'elle se fie à l'allure des visiteurs pour déterminer le poids de leur porte-monnaie.

— J'ai un goût prononcé pour l'art abstrait, dis-je avec un sourire poli. J'ai découvert Nellie Kern lors de l'ouverture de sa galerie, à Denver.

— Vous venez du Colorado ?

— De Californie. Je ne voulais pas manquer son vernissage, j'ai pris un billet aller-retour pour le week-end. Une des plus belles expériences de ma vie.

— Je comprends. Le vernissage de cette galerie-ci était incroyable.

— Dommage qu'elle refuse de se montrer, cependant.

Ma question insidieuse ne rencontre pas de réponse. Rebecca a été briefée : discrétion et silence.

— Pourrez-vous lui transmettre mes compliments ?

Son léger rire s'accompagne d'un refus de la tête.

— Je ne suis pas en contact avec Mme Kern.

— Vraiment ? Qui achemine les toiles ici, dans ce cas ?

De nouveau, je me heurte à un mur. Je ne dois pas être la seule journaliste à pister sa patronne et, vu les doutes qu'elle m'envoie en pleine figure, je ne la joue pas en finesse.

— On ne se quitte plus ! lance une voix familière.

Voir Jaxton passer la porte d'entrée me sidère. À croire que New York est minuscule, ou que nous fréquentons désormais les mêmes lieux. Je dissimule ma surprise, tandis que Rebecca se recoiffe ; je remarque sa fébrilité. Elle passe subitement de la vendeuse d'art professionnelle à la femme charmée.

Puis plus Jaxton s'approcha d'elle, plus l'atmosphère s'électrise.

Il ne la regarde pas comme il l'a fait avec la serveuse du Peppy Coffee. Il lui offre une autre intensité, plus sauvage.

Elle, il l'a déjà conquise. Il est écrit « baise approuvée » sur leurs fronts respectifs.

— Je vous laisse faire le tour de la galerie, annonce-t-elle.

Elle s'enfuit précipitamment, les joues en feu. Je défie Jaxton du regard.

— Quoi ? s'étonne-t-il.

— Tu as mis combien de New Yorkaises dans ton lit, au juste ?

Il comprend instantanément mon insinuation.

— Très peu. Généralement, c'est moi qui finis dans le leur.

— Celui de Rebecca semble avoir été confortable.

— Ton esprit d'analyse s'est aiguisé, dit-il avec un sourire.

— Tu remercieras mes professeurs. Tu es ici pour elle ou pour les toiles ?

— Les toiles. J'ai lu un article à propos de Nellie Kern, ça m'a donné envie de voir son travail de plus près.

— *Accuracy* ?

— Tu l'as lu aussi ?

— Je l'ai écrit, corrigé-je.

Son expression se fait indéchiffrable. Il perd de sa superbe, si bien que j'ai l'impression de lui annoncer une mauvaise nouvelle.

À nouveau, il m'examine avec une attention accrue, les yeux rivés sur l'immense toile, comme pour changer de sujet. J'ignore quel est le problème, mais mon travail semble le déranger.

— Nellie Kern est aussi secrète que tu le dis ? me demande-t-il.

— Un vrai mystère, acquiescé-je.

— Tu as récolté quelques infos ?

— Très peu. Je pense qu'elle nettoie ses traces. Je suis en repérage, mais Rebecca n'est pas branchée révélations.

Il m'adresse une moue engageante.

— Tu arriveras à tes fins, je n'en doute pas. Ton sujet est sympa, en plus, Nellie a un bon coup de pinceau. Je me paierai peut-être une toile, à l'occasion.

Je me rappelle soudain son passé.

Jaxton taguait. Même si, aujourd'hui, il est difficile de l'imaginer avec une bombe dans les mains, sa sensibilité artistique semble perdurer.

— Tu as arrêté le graff ?

— Je n'ai pas touché à la peinture depuis des années. Désormais, je joue avec les chiffres et les entreprises.

— Tu ne ressens aucun manque ?

— Ce n'est pas le graff qui me manque, Mackenzie, mais les moments que je passais avec lui.

Une fine aiguille s'enfonce dans ma poitrine. J'aurais mieux fait de me taire.

Depuis que j'ai appris pour *lui*, je m'évertue à cadenasser mes pensées. Mes souvenirs ont été si refoulés qu'ils sont devenus flous, mais il suffit d'un rien pour les préciser à nouveau. En témoigne la partie de ma lèvre inférieure que je triture de temps en temps. Ma cicatrice est invisible mais, bizarrement, j'ai l'impression de la sentir à nouveau.

Si je *le* laisse envahir mon esprit, je n'en sortirai pas indemne. La crevasse qui a pris la place de mon cœur est encore capable de me faire mal.

— On devrait essayer de tenir une conversation sans l'y inclure, proposé-je.

Il me jette un œil attristé.

— On devrait, oui. Sauf qu'il est parti avec un morceau de chacun de nous, et que nous retrouver nous rappelle qu'on n'est plus totalement entiers, tous les deux.

— Jaxton…

— J'ai compris, ne t'en fais pas. Si j'apprends quoi que ce soit à propos de Nellie Kern, tu le sauras. À force d'user de mes charmes, je finirai bien par tomber sur elle.

Je le remercie et m'éloigne avant que des pensées indésirables envahissent mon esprit. Discuter avec Jaxton me donne constamment la sensation qu'*il* est là.

Rebecca me fusille du regard lorsque je passe devant elle. Je comprends pourquoi lorsqu'elle réserve la même grimace au dos de Jaxton ; pour la seconde fois, une femme se trompe sur notre relation.

Je reviens sur mes pas, décidée à mettre les choses au clair.

— Je n'ai rien été d'autre qu'une amie. Et ça remonte à loin.

— Il semblerait que le lien ait évolué…

— L'unique chose qui nous relie, aujourd'hui, c'est une perte commune. Je…

Les mots me manquent. Je prends sur moi pour m'exprimer avec autant d'honnêteté que possible.

— Jaxton a été témoin d'une certaine époque de ma vie, il n'en était pas l'acteur principal, et ça n'a pas changé. Vous pouvez me croire sur parole : ce que vous voyez est purement platonique.

Je ne peux pas faire mieux. Entre Jaxton et moi, il n'y a aucune ambiguïté. C'est un ancien ami, porteur de mauvaises nouvelles… Cette pensée ranime la tristesse qui cherche à émerger depuis quelques jours. Cela me force à me rendre à l'évidence : je n'ai jamais vraiment fait le deuil de cette rupture. À présent, il me faut composer avec un deuil tout court. Malgré le temps qui passe, Wade restera à jamais ancré en moi.

— Je repasserai certainement dans les prochains jours, dis-je, chassant mes idées noires.

Elle bataille afin de retrouver son air professionnel.

— Souhaitez-vous mettre une option sur le tableau ?

— Ai-je un risque de le voir me passer sous le nez ?

— Ce n'est pas impossible. Votre ami finira bien par se lancer.

Je tique.

— Vous parlez de Jaxton ?

Elle acquiesce et lui jette un coup d'œil.

— Il n'a pas assisté au vernissage, mais il vient ici tous les jours depuis l'ouverture. Il apprécie le talent de Mme Kern, je suppose donc qu'il finira par acquérir une de ses pièces.

Je croyais que c'était mon article qui lui avait fait découvrir cette galerie… Il ne m'a pas donné la même version.

Je l'observe, occupé à étudier une peinture de taille moyenne, les mains dans les poches de son costume. Pour quelle raison me ment-il ?

Chapitre 9

Je partage l'ascenseur avec mes collègues, de façon physique uniquement ; je n'ai pas de place dans leur discussion, où ils évoquent un déjeuner en terrasse, auquel je ne suis pas conviée.

J'ai occupé ma matinée à passer la vie de Jaxton au crible. Cette histoire de mensonge ne m'a pas quittée ; de réflexion en réflexion, j'en suis venue à émettre une hypothèse folle : et s'il connaissait Nellie ? Après tout, cela expliquerait le fait qu'il se rende régulièrement à la galerie. Je pense qu'il existe une corrélation entre lui et Nellie. Le problème, c'est que leurs parcours ne correspondent pas.

Jaxton est entré à la Holberton School, une école d'ingénieurs franciscaine, il y a six ans. Il a fait ses études en Californie et s'est installé à New York l'année dernière, après avoir été embauché par son groupe — je remercie les sites qui mettent les CV de leurs employés à disposition.

Nellie a ouvert sa galerie à Denver alors que Jaxton était encore étudiant, et son école ne propose pas de stages dans le Colorado. Les chances pour qu'ils se soient rencontrés à cette époque sont infimes.

Quand elle s'est établie à Detroit, la principale ville du Michigan, il arrivait tout juste dans la Grosse Pomme. Il y a là encore une incompatibilité géographique.

L'option logique serait qu'ils aient fait connaissance ici même, à New York. Peut-être l'a-t-il croisée dans un bar, avant qu'elle célèbre l'ouverture de sa galerie ? Ou bien dans un café ? Dans la rue ? Le capital séduction de Jaxton est élevé, ça ne me surprendrait pas qu'elle se soit laissé charmer. Mais, dans ce cas-là, pourquoi lui aurait-elle révélé son identité, elle qui tient tant à sa discrétion ?

Je sors en dernier de la cabine, l'esprit encombré de questionnements.

— Putain de merde !

Matt se met soudain à courir. Je cligne des yeux, stupéfaite, tandis qu'il coupe la route d'un taxi, puis celle d'une Range Rover.

— Eh ! C'est ma caisse, ducon !

La scène me paralyse.

Un quart de seconde durant, je suis de retour dans ma jeunesse. Des frissons gagnent mes mains. Je ressens un coup violent à l'endroit où se trouve normalement le cœur.

Je ne peux pas la sentir d'ici mais je connais son odeur. Si les bruits de la ville ne saturaient pas mes tympans, j'entendrais distinctement le son de la peinture qui sort de la bombe pour se déverser sur la portière de la voiture de Matt.

Ma respiration se bloque. Une capuche grise, un pantalon de jogging. Un mouvement de bras fluide et ample. Le graffeur remarque mon collègue trop tard.

D'un coup d'épaule, il se dégage de son emprise, mais la corpulence de Matt l'empêche de s'enfuir. Mon corps se remet en fonction à cet instant-là.

Je traverse la route, mais mes escarpins me ralentissent. On me klaxonne méchamment alors que je tente d'accélérer le pas. Le souffle court, je rejoins Matt et ce qui s'avère être un adolescent.

L'espoir retombe lourdement ; quelque chose appuie sur ma poitrine… de la déception, je crois.

— Lâche-moi, putain !

Ma gorge se serre.

— Tu sais combien ça coûte, une caisse pareille ?

Matt continue de le malmener pendant que je me désagrège face à ma bêtise. À quoi est-ce que je m'attendais ?

Je déglutis et secoue la tête, mais la douleur me donne envie de hurler. *Il est mort, Mackenzie, qu'espérais-tu ?*

— Lâche-le.

Matt ne m'entend pas. J'arrache alors son bras de celui du gamin ; les deux me dévisagent avec surprise.

— Va-t'en, dis-je au graffeur.

Il a les yeux marron. Le droit et le gauche sont de la même couleur J'accueille mal cette information.

— Tu fous quoi ? s'enrage Matt. Il ne bouge pas, j'appelle les flics !

Le garçon semble hésiter. Je perçois son envie de partir en courant.

mais mon intervention l'a dérouté. Je lui offre alors un regard insistant et murmure un « barre-toi » du bout des lèvres.

Il ne se fait pas prier.

— Putain !

Matt s'élance à sa poursuite et réalise assez vite qu'il n'a pas la même endurance. Il revient alors sur ses pas, furieux. Mes yeux se posent sur la bombe de peinture, restée au sol. Je clos les paupières pour tenter de maîtriser les émotions qui me submergent.

— Tu as un problème psy, ma parole !

Il se plante en face de moi, le visage déformé par la colère.

— Ce connard vient de taguer ma voiture ! À quel moment tu t'es dit que le laisser partir était une bonne idée ?!

Du *bubble*.

Le style du garçon, c'est le *bubble*. Je reconnais la rondeur du lettrage. Cette impression de bloc compact. Il n'a pas eu le temps de finir sa pièce, mais je parviens à lire les trois lettres du début de son blaze.

H, D et Y.

Cette information ne devrait pas être traitée par mon cerveau, elle n'a aucune importance. À cet instant précis, je devrais écouter les paroles acerbes de Matt. Sauf que, tout ce qui m'importe, c'est la signification de ce pseudo.

Reprends-toi.

— Merde, Mackenzie, tu m'écoutes ?!

Je m'arrache à la portière pour l'observer.

— C'est un enfant.

— Pardon ? Parce que tu comptes le défendre, en plus ?! J'ai été un gosse, moi aussi, et je n'ai jamais vandalisé quoi que ce soit ! éructe-t-il.

— Il s'exprime à sa façon.

Il recule, hébété par mes propos. April et Oren nous rejoignent.

— Pourquoi tu l'as laissé partir ? s'étonne ce dernier.

Matt me lance un regard assassin.

— Parce que Miss Balai-dans-le-cul considère que saccager ma bagnole est un moyen d'expression.

Je tente d'inspirer et d'expirer convenablement. J'ai mal. Ils attendent une explication que je ne leur donnerai pas.

— C'est juste une voiture. Passe chez le garagiste et fais refaire la peinture.

— Je rêve… C'est « grosse barjot » qu'il faudrait t'appeler !

Je m'en vais sans un regard en arrière. Le plus difficile, à ce moment-là, c'est de ne pas prendre la bombe aérosol et la fourrer dans mon sac.

Il est 23 heures passées quand je commande du champagne au Lodge. La journée a été difficile. Le seul moyen d'oublier l'épisode du tagueur et, surtout, de ne pas ouvrir le carton caché au fond de l'armoire de mon entrée, c'était de me noyer dans le travail.

Jaxton. Nellie. Le reste n'existe pas.

Après mûre réflexion, j'ai conclu que j'obtiendrais des renseignements ici : c'est dans l'intimité que les langues se délient. Or, Jaxton semble avoir passé du temps avec une des strip-teaseuses. J'ai l'espoir qu'ils aient discuté sur l'oreiller. Avec un peu de chance, il aura tellement pris son pied que des pensées secrètes auront fuité.

C'est elle que je cherche. La blonde peroxydée.

— Une revenante.

Je pose la coupe, que je viens d'avaler cul sec. Naomi prend place sur le tabouret voisin et se sert un verre. Je la regarde ingurgiter la boisson pétillante avec surprise ; elle est plus gaie, d'ordinaire. Du moins, elle me dit bonsoir et me sourit.

— Ça fait un petit moment que je ne t'ai pas vue. Tu es de nouveau décidée à te trouver un mari ?

Je retrouve mon rôle de croqueuse de diamants avec difficulté, je n'ai pas le cœur à mentir, ce soir.

— Je suis en pleine investigation.

— Tu veux la liste des derniers arrivants ?

— En fait, je me demandais sur quels critères se basent tes collègues. J'ai aperçu une blonde, il y a quelque temps. Elle est repartie du club avec un homme aux yeux verts. Il conduit une R8.

Elle acquiesce posément.

— Crystal. Elle plaît beaucoup. Un mélange entre la bimbo écervelée et la femme-enfant. C'est une combinaison qui éveille la libido masculine.

Crystal. Je mémorise ce prénom.

— Tu penses que je pourrais discuter avec elle ? Si ça ne la dérange pas de révéler quelques ficelles, bien entendu.

Elle prend une lampée de champagne et fait tourner le verre entre ses doigts.

— Tu as eu David Huff, maintenant, tu cherches un plus gros poisson ?

Le jet d'acide explose sur mon visage. Je me statufie lorsqu'elle se tourne vers moi avec dédain.

— Pourquoi tu ne m'as pas dit que tu étais journaliste, Mackenzie ?

La question est trop soudaine pour que j'active ma repartie.

— J'ai lu ton article sur le politicard. J'ai vu les photos. Tu es ici sous couverture, n'est-ce pas ? poursuit-elle.

Malgré son calme apparent, je sens qu'un volcan bouillonne à l'intérieur.

— Tu t'es servie de moi pour avoir les infos que tu cherchais, et si tu réapparais aujourd'hui c'est parce que je peux t'apporter ce qu'il te faut pour ton prochain article. Enfin, moi ou Crystal. L'une comme l'autre, c'est la même chose, on n'est que des pions, pas vrai ?

Dire que je me sens mal est un doux euphémisme. Je m'en veux de l'avoir utilisée, parce que Naomi est certainement la personne la plus sympathique que j'ai côtoyée depuis un bon moment.

— J'ai des obligations et des délais, me défends-je, résignée à être franche puisque je suis mise devant le fait accompli.

— Et tu utilises les gens pour parvenir à tes fins ?

Sa critique, honnête et cinglante, m'atteint de plein fouet. Je l'ai blessée, j'en prends conscience.

— Dans mon travail, il faut prêcher le faux pour savoir le vrai. Si je t'avais avoué que j'étais journaliste, tu ne m'aurais rien dit. David Huff trompait sa femme, il fallait que ce soit révélé.

— Pourquoi ?

Ça me paraît pourtant évident.

— Parce qu'il est malhonnête.

— Et alors ? En quoi ça te concerne ?

— C'est mon métier. Je raconte la vérité.

— Non. Non, Mackenzie. Si cet homme trompe sa femme, grand bien lui fasse, c'est sa vie, pas la tienne. Laisse-le commettre des erreurs. De quel droit te permets-tu de le juger ? Peut-être que sa femme lui mène une vie impossible. Peut-être qu'il n'en peut plus, qu'il souffre, qu'il se venge, qu'en sait-on ? Peut-être que le Lodge lui offre un peu de liberté. Tu n'as pas le droit de révéler les secrets. Le respect de l'intimité, tu connais ?

— Les non-dits finissent toujours par faire du mal.

Elle me scrute si longtemps que c'en devient embarrassant.

— Ce n'est pas parce que tu as souffert que les autres doivent en pâtir.

Le coup de poignard est réel. Naomi lit les mots de mon histoire avec une justesse intolérable.

— Je me sers de mon vécu pour faire les choses bien, corrigé-je.

— Tu t'y prends mal.

— C'est ton point de vue.

— C'est le point de vue de la personne que tu as amadouée, avec laquelle tu as rigolé et avec qui tu as tissé un semblant de lien amical. Tu m'as utilisée, Mackenzie. Tu t'es servie de ma confiance, et pour quoi ? Un article dans un journal ? Super ! Tu es une journaliste exceptionnelle ! Mes félicitations ! Moi, tout ce que je retiens, c'est qu'on m'a trahie. Mais bon, je ne suis qu'une strip-teaseuse. Il n'y a pas grand-chose à espérer d'une femme en sous-vêtements, qui exploite son corps pour de l'argent.

Elle se lève et je subis violemment le contrecoup de ses paroles.

Je l'ai vue comme un vivier d'informations, et rien d'autre. Je ne pensais pas que ça l'atteindrait. J'ai oublié de me mettre à sa place avant d'agir.

Mon erreur est regrettable.

— Je suis désolée.

— Ne t'inquiète pas, j'ai l'habitude qu'on me prenne pour pas grand-chose. S'il te reste un peu d'humanité, lève-toi de ce tabouret et sors de ce club. Crystal n'est pas mon amie, mais je n'ai pas envie qu'elle se fasse avoir. Si tu cherches des infos, tu ne les trouveras pas ici.

C'est la honte qui me fait quitter le Lodge, et j'en suis encore couverte quarante minutes plus tard quand je bifurque dans ma rue.

Quel genre de personne suis-je devenue ?

Ce soir, je me déteste. Si Naomi avait été ignoble envers moi, j'aurais moins culpabilisé, mais cette femme est un exemple de bonté. *Quelle imbécile…*

Plongée dans mes pensées, je remarque tardivement une silhouette près de mon immeuble. Elle est immobile et, malgré la distance, je suis convaincue qu'elle regarde dans ma direction.

L'angoisse grimpe à une vitesse exponentielle. Je me rappelle l'autre soir, où j'ai eu l'impression étrange d'être épiée, quasiment au même endroit. La coïncidence est troublante.

La silhouette, d'une corpulence semblable à celle d'un homme, finit par se retourner et disparaître dans la nuit. J'attends qu'elle soit à une bonne distance pour me mettre à sprinter ; ce n'est qu'une fois la porte de mon appartement fermée à double tour que je me sens enfin en sécurité.

Chapitre 10

La publication de mon deuxième article hier matin a attiré une nouvelle vague de curieux.

Pour le moment, je ne souhaite pas établir de lien précipité entre Nellie et Jaxton. Mais, devant l'impératif d'alimenter le site, j'ai dû trouver une parade. M'est donc venue l'idée de mêler les lecteurs à mes recherches.

Mis à part les détails en rapport avec Jaxton, j'ai livré toutes les informations précédemment récoltées, et j'ai demandé à ceux qui le souhaitent de me contacter, s'ils ont la moindre donnée en leur possession. Je ne pensais pas que ma boîte mail déborderait à ce point.

Le point positif, c'est que l'engouement pour l'artiste prend de l'ampleur. Le point négatif, c'est qu'on m'envoie des messages sans queue ni tête. La plupart ne sont pas exploitables. Je reste cependant optimiste. De plus, ce travail d'envergure m'aide à ne pas penser à ce foutu sentiment d'insécurité.

Depuis quelques jours, je vis dans la psychose. Mes poils se dressent dès que j'entre dans mon immeuble ou que j'en sors.

La nuit dernière, je me suis réveillée en sursaut, trempée de sueur. J'ai cru qu'un cambrioleur avait pénétré chez moi. Après une ronde dans mon cinquante mètres carrés, j'en ai déduit que les sons étranges provenaient de mon réfrigérateur.

Ce matin, j'ai bu mon café près de ma fenêtre, les yeux rivés sur la rue en contrebas. La paranoïa me gagne un peu plus chaque jour ; j'observe les piétons avec méfiance, je tourne dix fois la tête sur le trajet jusqu'à *Accuracy*, je tressaille au plus infime contact involontaire avec un inconnu…

Cette peur irrationnelle fait renaître de vieilles sensations. La tête enfermée dans un étau. Les jambes qui semblent flancher. La poitrine qui se compresse…

Je régresse. Mes élans anxieux refont surface. Je me rappelle les mots de mon ancienne psy, lors de notre premier entretien ; selon elle, les crises d'angoisse ne se guérissent pas. On peut trouver les moyens de les contrer et les éviter, mais elles font partie de nous. C'est « un mal incurable ».

Je retire l'ordinateur de sur mes genoux et sors de la chambre avec l'envie de boire un verre de vin — la méthode est discutable, mais l'alcool m'aide à me détendre. J'atteins la fin du couloir quand un bruissement métallique me fige sur place.

Des cliquetis. Un coup discret à ma porte. D'autres cliquetis. Un nouveau coup. La peur prend pleinement possession de mon corps. Je me cramponne au mur puis, instinctivement, je me recule.

Peut-être est-ce un voisin ivre qui s'est trompé d'appartement… *C'est forcément un voisin ivre qui s'est trompé d'appartement.* La serrure continue de se faire malmener, alors que mes neurones me crient de fuir. Je jette un œil affolé vers ma chambre et me rappelle que j'habite au quatrième étage ; sauter par la fenêtre équivaudrait à un massacre.

Une silhouette noire, massive, emplit le petit espace de mon entrée. Je plaque une main sur ma bouche. L'homme referme la porte tout en lenteur, semblant vouloir éviter d'émettre le moindre son.

S'ensuit une longue étude de mon appartement. Table basse, canapé, plan de travail… Il tâte tout ce qu'il peut et je me sens comme violentée. Chacun de ses gestes est une intrusion dans mon intimité. Il touche à mes placards, il regarde ma vaisselle et ma nourriture.

Je ne sais pas comment réagir. Il faudrait que j'annonce ma présence, mais la peur me paralyse.

Dès qu'il termine son inspection dans le séjour, je m'attends à ce qu'il prenne le chemin du couloir, celui où je me trouve. Erreur, il choisit l'entrée… Je devrais être soulagée mais je me raidis brusquement.

Le placard. Il l'ouvre et repousse les manteaux.

Il peut tout me voler, mais pas *ça*. Personne n'a le droit de toucher à ce carton. Un déclic se produit alors en moi.

J'attrape la première chose qui vient — un cadre renfermant une photo de mes parents — et prends mon courage à deux mains.

Un pas. Deux. Trois. L'adrénaline déferle. J'attends qu'il relève la tête, le bras en l'air. Et je frappe.

Le cadre percute violemment son crâne. Il titube sur le côté en lâchant un juron.

— Recule !

Il n'entend pas mon ordre. Je profite alors de son instant de faiblesse pour enfoncer un genou dans son entrejambe.

— Putain ! hurle-t-il, plié en deux.

J'accuse également la douleur de mon côté ; comme je ne porte qu'une paire de chaussettes, plusieurs débris de verre me coupent la plante des pieds. Ça n'est pas suffisant pour dissiper ma colère.

Dans un nouvel élan, je le pousse contre le mur et tente d'assener un coup de poing sur son visage. Il m'intercepte bien avant que ma peau rencontre la sienne.

— Arrête !

Je tire sur mon poignet, qu'il a coincé entre ses mains.

— C'est moi, Mackenzie !

Je m'arrête net en entendant mon prénom.

Il se redresse péniblement pendant que je cherche une explication logique. Depuis quand les cambrioleurs connaissent-ils l'identité de leur victime ?

Le souffle court, je le regarde prendre appui sur le mur. Il lâche mon bras puis déglutit.

Je perds définitivement la raison lorsqu'il retire sa cagoule.

— Où as-tu appris à te défendre ?

Il se tient l'entrejambe en me jetant un œil déconfit. Je reprends mes esprits au bout de quelques secondes.

— Pourquoi tu me cambrioles ?

Cette question est si étrange qu'elle sonne faux à mes oreilles.

Jaxton Cole, analyste financier ayant un penchant pour les costumes hors de prix, vient d'entrer par effraction chez moi. Avec une cagoule sur la tête. Et il me regarde comme si c'était moi la fautive.

— C'est quoi, ce délire ? m'exclamé-je, ahurie.

Je fais un pas en avant, mais un nouvel éclat de verre s'enfonce dans mon pied m'empêchant d'aller plus loin.

— Tu devrais te soigner, me fait-il remarquer.

— Tu devrais me dire ce qui se passe ! Qu'est-ce que tu fous dans mon appartement, et dans cet accoutrement ? débité-je, le pied dans la main et de plus en plus furieuse.

Son silence me rend dingue.

— Je peux espérer une explication ou j'appelle directement la police ? À moins que tu préfères que je t'éclate les testicules une deuxième fois ?

— Je cherchais ton ordinateur.

Je ne sais plus où donner de la tête, ses expressions oscillent entre dépit, résignation et nervosité.

— Je te demande pardon ?

Il semble chercher ses mots, tout en massant la partie de son crâne qui a reçu le visage souriant de mes parents de plein fouet.

— Je ne peux rien te dire, Mackenzie.

— Tu plaisantes ? Tu viens de commettre un délit ! Chez moi ! C'est toi qui me traques depuis des jours ?

Il lève vivement le visage.

— Quelqu'un te traque ?

— C'est toi, oui ou non ?

Il fait non de la tête, le visage grave.

— Non, ce n'est pas moi.

— OK. Maintenant, c'est quoi, cette histoire d'ordinateur ?

— Tu ne comprendrais pas.

— Ça ne risque pas, effectivement. Bon sang, Jaxton ! Qu'est-ce qui t'est passé par la tête ? Tu as pris de la drogue ?

— Non plus.

— Alors, éclaire-moi ! hurlé-je, les bras écartés, furieuse.

Je perçois sa lutte intérieure. Une part de lui aimerait me dire la vérité, j'en suis certaine. Sauf que l'autre, celle qui le terre dans un mutisme insupportable, l'incite à me laisser dans le flou.

— Va nettoyer tes pieds. Je t'attends en bas de l'immeuble, dit-il finalement.

Il se redresse et tente de passer devant moi. Stupéfiée par cette réaction, je le retiens par l'épaule.

— Jaxton, je veux…

Son air inflexible me fait taire. Je retrouve l'homme implacable que j'ai découvert il y a quelques semaines.

— Nettoie tes pieds. Et rejoins-moi en bas de ton immeuble. Tu auras tes putains d'explications.

Chapitre 11

L'intérieur de son Audi R8 est royal. Il y a du cuir partout, des boutons partout, et des choses qui clignotent de tous les côtés. Si je ne gravitais pas dans une dimension singulière où un vieil ami a tenté de me cambrioler, j'apprécierais probablement ce luxe.

Je me réveille lorsqu'il démarre.

— Tu fais quoi ?

— Je roule.

— Je veux des explications, Jaxton, pas un voyage à bord d'une navette spatiale.

La tension entre nous est palpable. Si, de mon côté, je l'estime justifiée, je n'arrive pas à comprendre pourquoi lui m'en veut.

— Arrête-toi, ordonné-je.

Il accélère. J'agrippe la poignée et le regarde d'un œil menaçant.

— Les portières sont verrouillées, m'annonce-t-il calmement.

En testant la résistance de la poignée, je constate qu'il m'a bel et bien emprisonnée dans l'habitacle. La rage me fait souffler.

— En gros, tu me cambrioles et ensuite tu me séquestres. Bravo, Jaxton, c'est ce que j'appelle une belle preuve d'amitié !

— J'aurais préféré me retrouver partout, sauf dans cette situation. Tu n'imagines pas ce qui m'attend.

— Quoi ? On t'a mis un couteau sous la gorge ?

Je comptabilise deux feux verts et l'arrivée à Manhattan, avant qu'il daigne m'offrir une réponse.

— Tu es un danger, Mackenzie.

Je scrute son profil, de nouveau perdue.

— Il me fallait ton ordinateur pour estimer l'étendue des dégâts.

— Parle-moi clairement.

Il actionne le clignotant. Sa conduite se fait plus nerveuse lorsque nous nous engageons sur une ligne droite.

— Tes putains d'articles ! C'est assez clair, là ?

Il me faut un certain temps pour comprendre la nature de sa colère.

Accuracy et mon boulot de journaliste. Jaxton et mes questionnements le concernant. Son mensonge, à propos de ses visites à la galerie… Mon intuition était bonne.

— Nellie Kern, chuchoté-je.

Il me balance un regard glacial puis se focalise de nouveau sur la route.

— Tu commences à nuire à sa discrétion. Le dernier article était une idée merdique, les gens partent à sa recherche, de tous les côtés.

— Tu la connais…

— Oui, je la connais. C'est une personne qui protège son intimité, et tu es en train de lui porter préjudice. Je ne suis pas entré chez toi de gaieté de cœur. Si tu ne mettais pas ton nez dans ce qui ne te regarde pas, si tu ne la plaçais pas dans une situation risquée, jamais je n'aurais agi de la sorte.

— C'est à cause d'elle que tu joues au cambrioleur ?

— Je n'allais pas te cambrioler, réfute-t-il. Il fallait que je voie ce que tu as en ta possession, et que je supprime les infos.

Je compose difficilement avec la nouvelle. Quelque chose m'échappe, mais je n'arrive pas à mettre le doigt dessus.

— Quel est le lien, entre vous ?

— Tu la fous dans la merde, c'est tout ce que tu as besoin de savoir. C'est important que personne ne découvre son identité. Vraiment très important.

— Pourquoi ?

— Parce que.

— Je ne me contenterai pas d'une réponse digne d'un enfant de cinq ans, Jaxton.

Ma réplique apporte une énième vague de tension. Je me sers alors du silence qu'il m'impose pour assimiler les informations que j'ai en ma possession et éclaircir mon esprit encombré de points d'interrogation.

Jaxton et Nellie se connaissent. OK. Reste à savoir pourquoi il est chargé du respect de son anonymat.

Il tire brusquement sur le frein à main. Je réalise alors qu'il a conduit pendant plus de vingt minutes, et je n'ai aucun souvenir du chemin que nous avons emprunté.

— Que représente-t-elle à tes yeux ? Jaxton, tu m'as dit être analyste financier. Tu sembles bien gagner ta vie. Alors pourquoi ?

Ses épaules se crispent. Il détache la ceinture de sécurité et pousse sa portière.

— Suis-moi.

— Je veux comprendre.

— Par pitié, range un peu ton attirail de journaliste ! Cesse de poser des questions !

Il me faut briser une énorme barrière pour le suivre sans dire un mot. Il ne réalise probablement pas qu'à cet instant, je lui offre un peu de ma confiance, et ça n'est pas chose aisée.

Il me conduit à l'arrière d'un vieux bâtiment. La façade en pierre rouge, à la fois industrielle et authentique, me rappelle l'architecture de SoHo.

La cour extérieure est illuminée de minuscules spots. Je sens sa tension grimper à chaque enjambée. Nous montons un petit escalier et tombons directement sur un colosse. Je reste interdite par la stature effrayante de l'homme.

— Elle est avec moi.

Il coule un regard méfiant sur moi et conclut par un hochement de tête négatif.

— À part vous, personne ne rentre.

Jaxton s'avance alors jusqu'à lui et lui glisse quelque chose à l'oreille. Je vois l'expression du vigile se modifier ; d'abord parasite indésirable, je deviens une chose intéressante… Et manifestement déroutante, puisqu'il fronce les sourcils.

Après quelques secondes de négociation, Jaxton me fait un signe du menton.

— Viens.

J'observe un instant l'espèce de gardien, intimidée. Un seul de ses coups d'épaule m'enverrait à l'hôpital, et dans un sale état.

— Mackenzie, insiste Jaxton.

— Où sommes-nous ?

— Là où tu auras les réponses.

— À quelles questions ?

— Et dire que je ne comprenais pas pourquoi tu es devenue journaliste… Casse-couilles.

C'est la crainte de me faire frapper par le gorille qui me pousse à obéir.

Nous foulons le hall du bâtiment. Il pousse une porte qui donne sur un nouvel escalier, dont nous grimpons les marches une à une. Le poids de mon corps fait crisser le métal à chacun de mes pas.

— Jaxton…

Une fois au premier étage, il sort une clé et la tourne dans la serrure de l'unique porte en acier du palier. Quand le clic d'ouverture se fait entendre, il s'immobilise.

— Je suis désolé.

Il baisse la tête.

— Je n'ai pas voulu jouer avec tes émotions. Quoi que tu penses ou interprètes, sache que je me considère comme ton ami.

Il s'écarte et me permet de franchir le seuil, me laissant sur ses excuses déconcertantes. Pleines de remords. J'aimerais lui demander des explications, mais le loft gigantesque qui s'offre à moi remet cette discussion à plus tard.

D'ici, je perçois la plate-forme bétonnée, les lumières au plafond et les quelques meubles qui emplissent l'espace. Je me tourne vers Jaxton, qui évite mon regard.

— Où sommes-nous ?

D'une main dans le dos, il me force à entrer. La lourde porte se referme derrière moi.

Les murs du loft sont envahis de termes illisibles, façonnés grâce à la peinture. Je me perds dans les couleurs, dans la précision des dessins. Il y a parfois des visages ; d'autres fois, des citations. Dans tous les cas, la liberté de l'artiste est bien présente. Comme une confirmation, j'aperçois des toiles au fond de la pièce.

Je comprends aussitôt que nous sommes chez Nellie Kern.

Si l'excitation augmente mon rythme cardiaque, lui semble au contraire complètement amorphe.

— Elle est ici ? m'enquiers-je.

— Elle est toujours ici.

— Je vais la rencontrer ?

Il confirme et je jubile. Ce ne sont plus des suppositions que j'aurai à offrir aux lecteurs d'*Accuracy* mais la vérité. Après des semaines de recherches infructueuses de ma part et des années de discrétion de la sienne, elle va enfin sortir de sa tanière. J'en suis presque à effacer les actes étranges de Jaxton et à le prendre dans mes bras. *Presque.*

Extatique, je l'accompagne à travers le loft, notant mentalement tous les détails visuels : une cuisine en bois brut, un salon où le mobilier est fait de matériaux de récupération. Une table basse où trônent une bouteille de whisky et un paquet de cigarettes. Si seulement je pouvais prendre des photos…

Jaxton me mène vers un long couloir. Nous dépassons plusieurs portes, avant qu'il s'arrête près de la seule qui soit entrouverte.

Il m'observe avec inquiétude et je comprends vite pourquoi. Ma joie retombe à la vitesse de l'éclair.

— Tu vas me demander de taire mon entretien avec elle ? supposé-je.

— Je pense que tu n'auras aucune envie de dévoiler ce que tu vas découvrir.

— Jaxton, je suis journaliste…

— Tu es Mackenzie avant tout.

Sur ce, il me fait signe d'entrer. L'odeur me prend instantanément à la gorge.

Malgré la fenêtre ouverte, les effluves de peinture me donnent la nausée. Cette pièce est ridiculement petite, comparée au reste du lieu. Des tableaux s'entassent contre les murs, sont posés sur des chevalets ou traînent carrément au sol. Le matériel de peinture est omniprésent.

Mais ce qui me choque le plus n'est pas ce joyeux bordel organisé, mais la personne qui nous tourne le dos.

Son pinceau glisse sur la toile avec fluidité. La délicatesse de son trait tranche avec la puissance de son physique.

Complètement désorientée, je m'arrête sur le jean noir, qui tombe bas sur ses hanches. Ses épaules massives, dénudées. Je descends sur le dessin affirmé de ses bras, sur son dos, qui révèle une galaxie de muscles saillants. Je bloque plus particulièrement sur une immense cicatrice qui longe la moitié de sa colonne vertébrale ; quoi que cet homme ait subi, la douleur a dû être difficile à encaisser.

Je pivote vers Jaxton, dont le regard reste rivé sur le brun musculeux

Nellie Kern est un homme ?

Il dégage une force à la fois brute et sauvage. Son aura s'impose dans la pièce, jusqu'à m'en étouffer.

— Tu as rapporté du whisky ?

Les graves de sa voix me pénètrent avec une violence inouïe. Ma poitrine gronde sous ces intonations si masculines et je retiens mon souffle, comme si on s'apprêtait à me porter un coup. Jamais je n'avais réagi à la rugosité d'un son de cette façon.

Tout mon corps semble à vif. Ultrasensible.

— J'ai rapporté autre chose, fait Jaxton, livide.

Nellie jette négligemment le pinceau dans le pot à sa droite, puis glisse une main dans ses cheveux.

— Si c'est encore un gin-martini, tu peux te le garder.

Je suis soudain prise d'un frisson incontrôlable.

La carrure du peintre m'intimide, mais ce n'est pas tout. Quelque chose chez lui me rend fébrile. Vulnérable. Les battements de mon cœur s'accélèrent.

Puis il se retourne.

— Tu sais que je n'aime pas…

La fin de sa phrase meurt dès qu'il m'aperçoit. L'intensité du silence qui suit est assourdissante.

Je ne sais pas ce qui se passe. Je ne comprends pas. J'ignore si je suis victime d'une hallucination ou si je suis morte et qu'on m'a envoyée rencontrer les défunts.

La chaleur qui gagne mon ventre se déverse avec force dans mes veines. J'ai l'impression d'être brûlée à l'acide, d'avoir avalé un flacon d'arsenic, de me faire piétiner par une horde d'éléphants.

Ma rétine tente de s'arrimer à ce visage, mais chaque trait que je distingue la calcine ; je reconnais absolument tout, malgré le travail du temps. Depuis la mâchoire racée jusqu'au regard intense.

Je me perds dans le kaléidoscope de ses yeux.

Vert d'eau. Bleu acier. Brun noisette.

Ce mélange improbable me déchire en deux. En l'espace d'une seconde, mon univers propre et organisé éclate en mille morceaux. Ce que je ressens dans le creux de ma poitrine n'avait jamais atteint un tel niveau. C'est comme si mon cœur y avait brutalement repris place, mais qu'il se trouvait dans un état pitoyable. Encore plus dévasté qu'il y a sept ans.

Jaxton m'a dit qu'il était décédé.
Il a pleuré la disparition de son meilleur ami.
Il m'a menti, les yeux dans les yeux.
Parce qu'*il* est là.
Devant moi.
Il respire.
Il me regarde.
Wade est vivant.

« Les amours non assouvies ne meurent pas. Elles attendent dans l'ombre l'étincelle qui les fera flamber à nouveau. »

Simone Piuze

Chapitre 12

Wade

Le cerveau humain est doté d'une incroyable quantité d'aptitudes, mais, manifestement, il n'est pas encore capable d'accepter l'intrusion du passé dans le présent.

La violence du choc est insensée.

Est-ce bien elle ? Je me pose la question pendant un quart de seconde. Son physique n'est plus le même, et ce qu'elle dégage n'a plus grand-chose à voir avec mes souvenirs.

Ses courbes se sont affirmées. Sa taille paraît plus fine, à moins que ses hanches se soient arrondies. Elle libère une féminité naturelle, des effluves charismatiques et troublants… Si ses yeux ne me parlaient pas, j'aurais hésité plus longtemps à l'assimiler à Mackenzie Rowe.

Des émotions lourdes traversent ses iris chocolatés. J'y vois la même incrédulité que la mienne. La probabilité pour que nos chemins se croisent à nouveau, je l'avais évaluée à zéro. Qu'elle réapparaisse, un soir comme tous les autres, avec ce visage aux joues désormais creuses, me déstabilise.

Putain. C'est Mackenzie.

Mon cœur cherche à jaillir hors de ma poitrine, il bat à tout rompre. Je sens les impulsions sanguines dans mes tempes, tandis qu'elle me dévisage. Il serait bon que je dise quelque chose, mais je viens de perdre l'usage de la parole.

Putain. C'est Kenzie.

Le temps que j'intègre sa présence, elle se ressaisit. Elle exécute un pas fébrile en arrière. Machinalement, j'en fais un en avant.

J'ouvre la bouche pour tenter de sortir un mot, n'importe lequel, mais rien ne me vient. Il y a pourtant tant à dire…

— Excuse-moi.

L'intervention de Jax me déstabilise. Il la regarde, l'air dépité, les épaules affaissées. Pourquoi lui demande-t-il pardon ? Je n'en ai pas la moindre foutue idée.

Mes neurones se reconnectent brusquement.

C'est lui qui l'a amenée ici. Quand a-t-il repris contact avec elle ? Ça non plus, je n'en ai pas une seule putain d'idée.

La colère me gagne. On s'est promis de tout se dire. On fonctionne à l'honnêteté, lui et moi. Du moins, c'est ce qu'il m'a affirmé quand je suis sorti du coma.

Je lui lance un regard meurtrier, qu'il n'intercepte pas puisque Mackenzie fait de même, et qu'elle semble plus intéressante que moi.

— Tu m'as menti.

Mon cœur se prend une décharge électrique. *Sa voix*. Je ne l'avais pas entendue depuis… Je déglutis, me rappelant la dernière fois où nous nous sommes parlé. Les souvenirs remontent douloureusement à la surface, et je me prends une claque de culpabilité en pleine face.

J'assume mon passé, mais, si je pouvais en modifier une partie, je n'hésiterais pas une seconde : je supprimerais la souffrance que je lui ai infligée. J'ai été indirectement responsable de sa descente aux enfers.

Je pensais m'en être remis. Il semblerait pourtant que l'on n'oublie jamais ses fautes.

— La situation est compliquée, se justifie Jax.

Elle demeure impassible. Rien ne transparaît sur son visage, je n'y décèle aucune expression. C'est sûrement pour cette raison que je ne vois pas sa main venir.

Dénuée d'émotion, elle gifle Jax. Le bruit sec est moins impressionnant que le geste lui-même ; Mackenzie n'est pas violente. Jaxton accuse le coup en serrant la mâchoire.

Bordel ! Que s'est-il passé entre eux ?

— Tu as réussi à briser ma confiance une deuxième fois. Maintenant, sois-en certain : je ne te pardonnerai jamais.

Comme si je n'existais pas, que je faisais partie du mobilier, elle tourne les talons. Je démarre au quart de tour ; la voir disparaître n'est pas une option possible. Je dépasse Jax et suis le son des talons qui claquent sur mon parquet.

Je ne parviens pas à hausser la voix.

Je suis à la ramasse, largué. La situation me paraît irréelle, jusqu'à ce que la porte d'entrée heurte violemment le chambranle, et que je me retrouve comme un con, au beau milieu du salon.

— On est venus avec ma voiture, elle mettra plusieurs minutes avant de choper un taxi.

La voix traînante de Jax me fait bouillir. Je plante mes yeux dans les siens, le défiant de s'expliquer.

Se rend-il compte qu'il vient d'ébranler tout mon univers ?

— Depuis quand ?

Il ne bouge pas. Jaxton a gagné en assurance avec les années. C'est un homme bien établi dans la société. Son salaire est mirobolant, et il se plaît à l'exhiber de façon ostentatoire. En témoignent son éternel costard anthracite et ses chaussures cirées.

Sauf que, de nous deux, je reste le plus implacable.

— Quelques semaines, m'avoue-t-il.

Bien que la nouvelle me foute en rogne, je ne cille pas.

— Pourquoi tu ne m'as rien dit ?

— Pour ça.

Il me désigne de bas en haut.

— Pour les conséquences qui vont en découler. Je me doutais que je te mènerais à ta perte si je la faisais revenir dans ta vie, Wade.

Il se passe une main fatiguée sur le visage.

— Je l'ai retrouvée par hasard. Et, par un autre hasard, elle est journaliste. *Accuracy*, ça te dit quelque chose ?

J'acquiesce froidement. Évidemment, que je sais ce qu'est *Accuracy*. Ce torchon en ligne met ma couverture à mal depuis des semaines. Nellie Kern est devenue le sujet du moment, par leur faute.

— L'auteur des articles sur toi est Mackenzie.

Je fronce les sourcils. Il en profite pour poursuivre.

— Elle tente de découvrir l'identité de Nellie Kern, Wade. Et elle le fait avec plus d'intelligence que les autres. Je n'ai pas eu le choix, il fallait que je vous confronte.

— De quoi est-elle au courant, exactement ?

— Si tu veux entendre l'histoire, tu vas avoir besoin d'alcool.

Je garde la tête basse, le whisky tournoyant au rythme de la ronde que mes doigts exécutent. Jax a pris appui contre le mur, face à moi, tandis que j'observe ma boisson ambrée, installé sur le canapé.

Il m'a tout raconté.

Le parking du Lodge. Le Peppy Coffee. L'idée pourrie de me faire passer pour mort auprès de Mackenzie.

— Tu ne dois pas exister aux yeux du monde, frère.

Ma mâchoire ne s'est pas décontractée depuis le début de son discours.

— Comment as-tu pu lui mentir à ce point ?

Je lui en veux.

Parce qu'il m'a caché ses manigances alors qu'on se voit quasiment tous les jours.

Encore plus parce qu'il a joué avec elle, avec ses sentiments. Il ne l'a pas respectée.

— C'était la solution la plus simple. Tu crois que ça me fait plaisir ? J'ai dû inventer ma souffrance. Merde, Wade ! Quand je lui ai dit que tu étais mort, elle m'a pris la main. Elle a essayé de me réconforter.

— Tu l'as ramenée à son passé.

Je presse le verre dans ma main. Me retenir de monter le ton n'est pas facile.

— Elle a perdu une personne qui lui était chère, Jaxton. Tu as menti sur un sujet qui l'a touchée dans le passé.

J'avale une gorgée de whisky, vibrant de colère.

Quand je suis sorti du coma, nous avons pas mal discuté. J'ai appris que Mackenzie s'était rendue à Hunters Point avec lui et qu'elle avait tagué à l'endroit où elle avait précédemment craché sa douleur.

Du rose et du jaune. Elle a graffé son blaze avec les couleurs du sac qui ne la quittait jamais. À ce moment-là, j'ai compris qu'elle faisait le deuil de Harper.

— Elle a cru que tu avais perdu ton meilleur ami. Comme elle avait perdu sa meilleure amie.

Je comprends mieux la gifle qu'elle lui a infligée. Elle s'est sentie trahie. À sa place, j'aurais agi avec plus de virulence encore.

— Tu lui as fait du mal.

Il détourne le regard.

— On en parle, de qui a fait du mal à l'autre ? C'est toi qui l'as quittée, non ?

Celle-là, elle est mesquine. J'engloutis le whisky et plante mes coudes sur mes genoux.

— Tu es parfaitement au courant de mes raisons.

— Effectivement, oui. Tu as abandonné la personne que tu aimais parce que tu n'assumais pas tes actes. Tu as été lâche. Mackenzie était tout pour toi. C'est bien pour elle que tu as pris ce putain de volant, que tu as convoyé de la drogue à travers le pays et que tu as passé trois ans en prison, après une sympathique étape à l'hosto, je me trompe ?

Je ne lâche pas son regard.

Selon lui, j'aurais dû dénoncer Crown à la police dès le départ. Il ne comprend pas pourquoi j'ai attendu d'être pratiquement sur mon lit de mort pour agir. C'est pourtant simple : j'étais persuadé de ne plus jamais revoir la couleur du ciel.

Je pensais que j'allais crever. Alors, j'ai balancé. Rien ne m'indiquait que je sortirais du coma, que j'entrerais en convalescence et que je retrouverais toutes mes facultés.

Résultat, Crown croupit derrière les barreaux. J'ai anéanti son trafic, et tôt ou tard j'en paierai les conséquences.

— Continue, dis-je avec un sourire glacial. Exprime-toi.

— Que veux-tu que je te dise ? Max protège l'entrée de ton immeuble. Tu caches ton identité. On peut te buter à chaque coin de rue, parce que les hommes de Crown veulent ta peau. Ce n'est pas parce que tu voyages d'État en État que ça te sauvera. Tu as vécu à Denver, à Detroit, et maintenant à New York. Tu apparais et disparais. Tu gères, pour le moment, mais Mackenzie entre désormais dans l'équation.

Je vide le fond de la bouteille dans mon verre.

— Tu n'aurais jamais dû l'amener ici.

— Je t'ai écouté il y a sept ans, rétorque-t-il sur le même ton. Tu n'as pas voulu qu'elle sache pour ton accident et je t'ai suivi. J'ai carrément coupé les ponts. À ta demande. Mais aujourd'hui la donne a changé.

— Tu la mets en danger !

— C'est elle qui te fout dans la merde, putain ! Elle est bonne dans son domaine, Wade. Je suis allé jusqu'à entrer chez elle par effraction, le seul moyen de la stopper était de vous mettre l'un en face de l'autre.

Tu désapprouves peut-être ma méthode, mais mon objectif est de te garder en vie. Alors, détends ton string.

— Tu es entré chez elle par effraction ? répété-je, surpris.

— Une idée merdique, acquiesce-t-il. Elle m'a mis un coup dans les burnes.

— Tu déconnes.

— Véridique, frère. Si je ne peux pas avoir de progéniture, tu sauras à qui revient la faute.

Je le scrute par-dessus mon verre, un sourire sadique aux lèvres. Merde, ça me fait un peu trop plaisir.

— Qu'est-ce que tu lui as raconté de mon histoire ?

— Elle sait pour l'accident, c'est l'unique bonne info que je lui ai fournie.

Je pose le verre et le dévisage, stoïque.

— Je devrais t'exploser la gueule, Jax.

Il a parfaitement conscience que je fais référence aux moments qu'il a passés avec elle, et dans mon dos. Il vaut mieux qu'elle se tienne loin de moi, mais j'aurais apprécié qu'il me parle de leurs échanges. Kenzie a été ma petite amie avant d'être son amie.

— Les parents de Mackenzie s'en sont déjà chargés.

Il désigne son crâne et la blessure que je n'avais pas encore aperçue.

— Une histoire de cadre photo, élude-t-il. Cette femme est devenue violente. Regarde ce que je dois subir pour protéger tes arrières, ça mérite bien une trêve.

— Tu as de la chance qu'elle soit passée avant moi.

L'ambiance se détend rapidement. À mon grand désarroi et quoi qu'il fasse, j'ai cet enfoiré dans le cœur.

Jax est resté à mes côtés pendant ma convalescence, il a même payé les frais d'hôpital en s'endettant auprès de son père. Je le considère comme ma famille, même si j'ai envie de lui mettre un poing dans la gueule de temps en temps.

Un *bip* me fait vaguement réagir. Je suis dans un état second, encore chaviré par la tournure imprévue de la soirée. Jax déverrouille son téléphone. Je termine mon verre alors qu'il blêmit à vue d'œil.

— Un problème ?

— J'ai créé une alerte Google pour être informé dès qu'on parle de Nellie Kern.

— Et ?

Il me tend son portable.

— Vos retrouvailles n'ont pas eu l'effet escompté.

À la lecture du titre de l'article, paru il y a moins de deux minutes, je comprends que Mackenzie n'est pas prête à abandonner la partie.

« Et si Nellie Kern était un homme ? »

Chapitre 13

Mackenzie

Je ne sais plus où j'en suis. Du tout. Le choc d'hier soir m'a pulvérisée en plein vol.

En sortant du loft, j'étais furieuse. J'avais envie d'exterminer Jaxton de mes propres mains, et j'y ai pensé si fort que le chauffeur n'a pas dit un seul mot durant le trajet. En rentrant chez moi, j'ai pris conscience de ce qui venait de se passer, et je me suis muée en loque humaine.

Wade est en vie.

Je me suis répété cette phrase un million de fois, entre je ne sais combien de verres de vin et des flots de larmes inextinguibles. Cette transe cataclysmique a pris fin à 2 heures du matin, instant qui coïncide avec ma connerie monumentale.

Jamais je n'aurais dû publier cet article.

Bettany ne l'a pas validé en amont, je n'en ai pas vérifié l'orthographe… Pire, j'ai insinué que Nellie Kern était porteuse d'un pénis.

— Un grand café noir.

La serveuse peine à ne pas grimacer en me voyant. Je ne suis pas à mon avantage, aujourd'hui.

Mes cheveux sont remontés en une queue-de-cheval pleine d'épis, j'ai troqué mon sempiternel tailleur contre un jean et une paire de baskets. Quant à mon visage, il ne retrace ni plus ni moins que la difficulté à surmonter les dernières heures. Pour faire court, je ressemble à un chiffon passé à 90 °C à la machine à laver. Non essoré et non repassé.

Elle dépose le gobelet sur le comptoir avec une moue compatissante.

— Trois dollars cinquante, s'il vous plaît.

Une main apparaît et laisse choir un billet de vingt dollars. Je crois un instant qu'il s'agit de Jaxton — ce traître, blacklisté de mon existence —, mais la présence d'un tatouage minimaliste contredit aussitôt cette impression.

Le dos de la main est encré de trois lignes, dessinant trois points chacune.

— C'est pour moi.

Affolés, mes yeux passent de la main à la serveuse, sans savoir sur quoi s'arrêter. Je hais mon cœur exténué de battre la chamade.

— Désirez-vous un muffin aux trois chocolats ?

J'apprécie fortement qu'elle tente de me venir en aide, mais je suis incapable de répondre. J'en veux à chaque cellule de mon corps de réagir ainsi alors que tout ce que j'aspire à ressentir est de l'indifférence.

— Elle n'aime pas le chocolat.

Je refoule l'impact de cette voix et fais oui de la tête à la serveuse. Je mangerai tout le chocolat de cette foutue planète si cela peut préserver mon périmètre de sécurité.

Je ne suis pas prête à le revoir. Pas si vite. Je n'ai pas encore digéré.

— Finalement, je ne vais rien prendre. Excusez-moi.

Je file à l'extérieur telle une fusée. Son odeur boisée me trouble déjà assez, alors il n'est pas question de me confronter à son regard.

— Ne me fuis pas.

Il marche derrière moi. Mes veines se mettent à crépiter, noyées sous les trombes d'adrénaline qui s'y déversent.

— Kenzie…

J'avais oublié jusqu'à l'existence de ce surnom.

Il est le seul à m'avoir jamais appelée ainsi. Les mots de ma mère percutent mon crâne, des paroles que je trouvais très vraies à l'époque : « Papa et moi utilisons “Mack” comme diminutif. C'est amusant qu'il ait choisi la deuxième partie de ton prénom. C'est un peu comme s'il avait pris l'autre partie de toi. »

Ce temps est révolu. Wade est un morceau enterré de mon passé.

Je pivote et débite ma phrase avant de perdre le contrôle.

— Je ne suis pas Kenzie.

Nos yeux se cadenassent, et je tombe en enfer.

Ses iris bicolores me saisissent, me tiraillent et me démantèlent. Ils n'ont rien perdu de leur intensité, ils ont même gagné l'assurance et la prestance de la maturité. Ce n'en est que plus douloureux.

Le vent chaud souffle sur ma nuque, tandis que le temps se suspend Comme moi, il est incapable de prononcer le moindre mot. Il ne fait que m'observer. Longuement. Chaque seconde qu'il passe sur mon visage y dessine une nouvelle balafre.

Il arrête son regard sur ma lèvre inférieure.

— Tu n'as plus de cicatrice, constate-t-il d'une voix rauque.

— Le temps fait disparaître les blessures.

Le double sens ne lui échappe pas. Il se raidit un court instant avant de se reprendre.

— Jaxton est désolé.

Je me retiens de rire. Après une rupture, sept ans, une fausse mort et une résurrection, il me poursuit dans les rues de New York pour se faire le porte-parole de la conscience de son ami ?

— Il n'aurait pas dû te mentir, surtout sur ce sujet-ci. Il n'a pas pensé à Harper. S'il avait réfléchi, il aurait…

— … trouvé autre chose ? terminé-je, acide.

Je crois rêver en le voyant confirmer d'un hochement de tête.

— C'est tout ce que vous avez retenu du passé ? Les mensonges ? Les cachotteries ?

Il jette un œil vers la rue puis revient à moi, l'air déterminé.

— Il n'avait pas d'autre solution. Il te considère comme sa sœur, ça n'a jamais changé, mais les enjeux sont plus grands, désormais. On doit discuter, tous les deux.

— Pour quoi faire ? Qu'avons-nous à nous dire ?

Le sarcasme est mon seul moyen de défense. Wade n'a pas le droit de revenir sur le devant de la scène aussi simplement. Sait-il seulement les épreuves par lesquelles je suis passée ? Je me suis moulé une coque indestructible pour continuer à vivre. Tout ça à cause de notre histoire. De mon cœur, qu'il a envahi. De mon âme, qu'il a emportée avec lui.

— Il faut que tu comprennes ce qui entoure Nellie Kern.

Un rictus méprisant tord ma bouche.

— C'est donc ça… Les articles. Tu tiens à préserver ton anonymat et mon travail te dérange. Tu as peur que je révèle qui se cache derrière cette artiste. Ne t'en fais pas, je n'évoquerai pas ton passé de dealer. En revanche, il n'est pas exclu que le tag devienne l'un de mes sujets. Je suppose que ta passion est en lien avec ton activité actuelle.

Il n'est pas friand de mon cynisme, ce qui me donne le carburant afin d'enfoncer le clou.

— Notre flirt d'adolescents n'interférera pas dans mon travail, Wade. On m'a demandé de révéler l'identité de Nellie Kern, et je m'y appliquerai. Si tu voulais rester dans l'anonymat, il fallait te trouver un boulot moins exposé.

Je constate avec dépit que ces paroles me blessent, moi, autant qu'elles le touchent, lui. Cependant, je conserve la tête haute ; il aurait pu m'intercepter au café pour des tonnes de raisons. Il a choisi celle qui me fait le plus mal : il n'est là que pour me demander de la boucler.

Mon intrusion dans son sacro-saint secret l'indispose.

— « Un flirt d'adolescents » ? C'est à ça que tu résumes ce que nous avons vécu ?

Il me défie de confirmer mes dires. Grossière erreur.

— Quand tu es jeune, tu mets de la passion partout, même là où il ne devrait pas y en avoir. On a été ensemble pendant quelques mois, rien de plus.

— Combien de couches de titane tu as mises sur ton cœur pour te persuader d'une chose pareille ? dit-il, incrédule.

— Aucune. Je relate la vérité avec prosaïsme.

— Tu te crées ta propre vérité, rectifie-t-il, agacé. Que tu sois désorientée, choquée, perdue, c'est compréhensible. Mais ne crache pas sur notre histoire.

— Quelle histoire ? Celle où je me suis fait larguer par le garçon qui a contribué à la mort de mon amie, après que je lui ai pardonné ses fautes ?

Je regrette instantanément mes propos.

J'ai fait le deuil de Harper il y a longtemps, et Wade n'est pas responsable de sa fin précipitée. C'est ma colère qui parle, et il aurait mieux valu qu'elle la ferme.

Il se redresse lentement, tout en me regardant comme si j'étais une étrangère.

— Tu m'en voudras toujours.

Je n'ose pas lui dire que non. Telle une imbécile sans cœur, je me contente de le toiser, alors que tout me crie d'apaiser la tension.

Subitement, sa stature devient imposante. La barrière qu'il plante entre nous est invisible, mais je la ressens. *Tu aurais dû te taire…*

— Je comprends, acquiesce-t-il d'un ton neutre. Le temps n'efface pas tout. Tu as les armes pour te venger, sers-t'en à bon escient.

Il va m'échapper, et aucun de nous, par ego ou par dépit, ne cherchera à retrouver l'autre. J'ai le besoin contradictoire de grappiller encore quelques secondes de son temps.

Quand il se recule, une pulsion incontrôlable me fait ouvrir la bouche

— Si je révèle l'identité de Nellie Kern, que t'arrivera-t-il ?

Son sourire en coin esquisse une unique fossette.

— Mon souvenir ne te rend pas justice. J'aurais aimé que tu ne sois pas si belle.

Il s'éloigne, les mains dans les poches, laissant ma question en suspens

— Tu n'as plus de quoi mentir ?

Matt pénètre dans mon bureau et s'installe en face de moi dans le fauteuil sans me demander la permission. Je lui jette un œil vide et reprends l'écriture de mon futur papier.

Je sèche, atteinte par le syndrome de la page blanche.

Techniquement, je pourrais décrire Nellie Kern dans ses plus infimes détails. J'ai assez de souvenirs pour évoquer son physique et son histoire. Son blaze. Sa mère, disparue dans des conditions tragiques. Ses yeux vairons. Sa connaissance de la langue des signes. La vente de drogue à la Mercy High School…

Je sais tout d'elle. De *lui*. J'ai de quoi satisfaire ma patronne au-delà de ses espérances. Sauf que je bloque.

— D'où t'est venue l'idée de la faire passer pour un homme ?

Il mâche son cure-dent en souriant. Matt déteste l'intérêt qu'on me porte, dernièrement.

— Une intuition comme une autre.

— OK. Donc tu ne le sais pas toi-même. Tu es consciente que de fausses informations risqueraient de nous porter préjudice ? Autant avouer que tu as tout inventé, ça nous évitera un passage au tribunal.

Un coup d'œil en biais me permet de constater l'étendue de sa jalousie

S'il pouvait me mettre un sac sur la tête et me balancer dans la Hudson River, il n'hésiterait pas une seconde.

— Tu n'as pas du boulot ?

Il ricane.

— Je suis en plein dedans. J'essaie de sauver mon journal.

— *Accuracy* ne t'appartient pas, Matt.

Il délasse ses muscles et pose ses coudes sur ses jambes écartées. Le cure-dent qui tourne dans sa bouche m'agace prodigieusement.

— J'aurai ta peau, Mackenzie. Quel que soit le temps qu'il faudra, je te ferai tomber de ton piédestal.

— On fêtera ta victoire ensemble.

Bettany débarque à son tour dans la pièce. Matt récupère son rôle d'employé modèle avec un talent de comédien indéniable. L'image de Tate se juxtapose soudain à la sienne. Ils se seraient entendus à merveille.

— Vous n'avez pas un sujet à traiter ? lui assène-t-elle.

— J'y vais de ce pas, je demandais des conseils à Mackenzie.

— Entre collègues, on se serre les coudes, dis-je en souriant.

Bettany attend qu'il ait quitté la pièce pour m'apostropher.

— Vous avez enfin rédigé l'article suivant ?

— Je cherche le meilleur axe.

Surtout, je n'ai pas produit un seul mot.

Elle fait claquer sa langue.

— Les lecteurs sont impatients, Mackenzie ! Notre boîte mail croule sous les demandes.

— Je n'ai pas réussi à obtenir de renseignements intéressants.

— Débrouillez-vous avec ce que vous avez.

Elle rejoint le bord de mon bureau et y pose son arrière-train.

— Vous repoussez l'échéance, je le vois. Dans notre monde, les états d'âme n'existent pas. Vous êtes une journaliste, pas une bonne Samaritaine. Votre rôle n'est pas d'avoir de l'empathie pour votre sujet, mais de fournir la vérité, aussi laide soit-elle. Si vous avez la moindre information sur Nellie Kern, il est de votre devoir de la diffuser. Vous êtes payée pour ça. C'est votre travail.

— Je ne ressens aucune empathie pour qui que ce soit.

Sa manière de m'examiner m'indique que je mens très mal.

— Vous savez des choses, insiste-t-elle. Soyez honnête envers vos lecteurs. Ils vous font confiance. Ne les trahissez pas.

La confiance, la vérité et Wade. Une équation à plusieurs inconnues.

Soit je reste dans le droit chemin, soit je protège le secret d'un homme qui est censé ne plus rien représenter à mes yeux.

Chapitre 14

Wade

Mes visites à la galerie se comptent sur les doigts de la main. Je m'y rends uniquement pour déposer une nouvelle toile, les jours de repos de Rebecca.

Malgré l'immensité du lieu, je me sens oppressé. J'ai cette impression depuis ma sortie de prison.

J'ai vécu dans une cellule de huit mètres carrés avec des barreaux aux fenêtres, mais j'y étais plus libre que je le suis aujourd'hui. Désormais, un vigile est posté en permanence devant mon immeuble et je dois garder un œil derrière moi. J'ai complètement perdu mon autonomie. Retrouver Mackenzie au Peppy Coffee est l'une des rares entorses que je me sois accordées. Ça m'a fait du bien de respirer l'air pollué de Manhattan.

J'allume une cigarette et sillonne la galerie, vérifiant la disposition des toiles.

J'apprécie la peinture, même si le graff me manque. Il faisait partie de moi. Ce qui me plaisait n'était pas seulement la possibilité de m'exprimer ; j'aimais l'adrénaline, le danger de me faire courser par un flic, le stress qui calcinait mes tripes. L'interdit.

Tout cela a disparu. J'ai dû modifier ma manière de peindre, afin d'éviter tout lien entre Wade et Nellie. Les bombes aérosols sont proscrites et j'ai dit adieu à mon blaze.

Je suis devenu un « artiste ». Le genre de personne qui vit reclus dans un loft gigantesque et qui s'y fait chier comme un rat mort. Ça paraît dingue quand on connaît mon caractère, mais la solitude me pèse.

Ma cigarette se consume tandis qu'une idée germe de ce constat. Elle est interrompue par un appel.

— Oui, Max.

— Je suis en place.

J'expire la fumée sur le côté.

Jax m'a informé de la possibilité que Mackenzie soit traquée. Je ne devrais pas m'en mêler, mais c'est plus fort que moi ; à la seconde où je l'ai imaginée se faire attraper par un dingue, mon sang n'a fait qu'un tour.

Je ne veux pas qu'on la touche, de quelque façon que ce soit. Si ça ne tenait qu'à moi, j'aurais assuré sa protection avec mon propre corps, mais je n'ai pas la discrétion d'un pro. De plus, ça m'étonnerait qu'elle m'accepte auprès d'elle.

J'ai mis mon vigile sur le coup.

— J'ai vérifié les alentours de son lieu de travail, ainsi que son quartier, mais je n'ai rien constaté de suspect.

— Bien. Restez à distance d'elle.

Je raccroche. Avant de rentrer, je laisse un post-it à l'attention de Rebecca, pour lui faire part de mon projet. Elle est censée savoir se démerder avec l'organisation de soirées.

On ne s'est jamais croisés dans la vie réelle, mais Jax assure qu'elle est douée. J'ignore s'il évoque ses qualités d'assistante ou ses aptitudes au lit ; il a couché avec toutes mes employées. Chaque fois qu'il passait me voir à Denver, il s'envoyait en l'air. Pareil pour Detroit. Depuis qu'il est à New York, il a trouvé son bonheur dans un club de strip-tease, mais ça ne l'empêche pas de se faire plaisir avec d'autres femmes.

De retour au loft, je libère mon excès d'énergie dans le sport. En taule comme ici, c'est l'unique moyen de se défouler. Je repousse mes limites pendant plus d'une heure et relâche la pression dans la douche.

Une pointe d'appréhension me gagne lorsque j'entends la notification Google ; Mackenzie a de nouveau publié un article à mon sujet.

Je sors de la cabine, m'essuie en deux deux, cale la serviette sur mes épaules et tape sur l'écran de mon portable.

Nellie Kern : un, une, ou plusieurs ?

Peut-on approcher cet(te) artiste ? Après une nouvelle semaine de recherches intensives, *Accuracy* ***doute.***

Les informations acquises grâce à vos messages nous permettent d'affirmer que Nellie Kern se conjugue au masculin. Néanmoins,

de nouveaux indices tendent à faire croire qu'elle nous mène en bateau depuis le début.

En effet, si Nellie est désormais résidente new-yorkaise, l'activité de ses deux précédentes galeries ne s'est pas arrêtée pour autant. À un rythme aléatoire, une toile est déposée dans les différents locaux, éparpillés sur le territoire du pays. La productivité de Nellie est largement supérieure à celle d'autres artistes, connus, eux aussi, pour leur talent. Peut-on avoir autant d'inspiration ? Être si rapide ? Une seule personne est-elle capable d'une telle prouesse ? Les admirateurs affirmeront que oui. Le génie est ou n'est pas. Les plus sceptiques, et probablement les plus sensés, diront qu'un être humain a ses limites.

Et si Nellie Kern était à la fois un homme et une femme ? Et si elle se conjuguait finalement au pluriel ?

Une à Denver. Une à Detroit. Une à New York. Un seul prénom et trois personnes.

Les cartes sont redistribuées. Nous repartons de zéro.

Elle a remarqué ce détail. Je brouille effectivement les pistes en continuant d'alimenter Denver et Detroit, c'est une assurance de plus pour ma discrétion. Elle complique une situation dont les bonnes informations sont déjà difficiles à extraire. Surtout — et c'est la raison pour laquelle mon sourire s'étend — elle me protège.

La Mackenzie croisée au Peppy Coffee était différente de celle que j'ai rencontrée. Son manque de sensibilité ne lui ressemblait pas et j'y ai une grande part de responsabilité.

Je suis l'acteur invisible du mur qu'elle a érigé entre elle et le reste du monde.

Je ne suis pas certain qu'elle éprouve encore des sentiments pour moi. Mais une chose est sûre : cet article atteste que je ne suis pas mort à ses yeux.

Elle a choisi de me faire confiance, sans avoir les tenants et les aboutissants de l'histoire. Cette femme-là, c'est Kenzie.

— Une soirée ?

Jax sort une cigarette de son paquet, l'air perplexe. J'avale une gorgée de mon whisky et repose le verre sur la table basse.

— Mackenzie a fait croire que Nellie Kern était en réalité trois personnes, dis-je. Les gens pensaient que j'étais à New York depuis l'ouverture de la dernière galerie. Elle a permis de relancer le jeu des recherches à Detroit et à Denver.

— Et alors ? Quel rapport avec l'idée d'organiser une soirée ?

— Trois soirées, rectifié-je. Une dans chaque galerie. Au même moment. Avec l'assurance que Nellie Kern sera présente dans chacune d'entre elles. Ou peut-être dans une seule. Ou dans deux. Tout dépend de l'interprétation que feront les gens.

Il arque un sourcil.

— Ton idée est sacrément tordue, frère.

Pas plus que le sourire que je lui adresse.

— Il faut qu'on éloigne les curieux.

— Je te suis sur ce point, acquiesce-t-il. Mais pas sur ton délire de soirée

Je m'adosse au canapé et me frotte le menton. Inutile de lui mentir.

— L'article est arrivé à point nommé, mais j'avais déjà prévu de rameuter du monde à SoHo. J'ai soufflé l'idée à Rebecca. J'en ai besoin

— Toi, Wade Keller, tu as envie de côtoyer des congénères ? raille-t-il

— Je deviens dingue à force d'être enfermé.

— C'est pour ta sécurité.

— J'en ai rien à cirer, de ma sécurité.

Un sourire étire ses lèvres.

— OK. Je vois. Dis-moi si je me trompe : parmi les invitations qui vont être lancées, il y en aura une pour une jeune journaliste ?

— Je n'ai pas eu l'occasion de la remercier pour son faux article

Il tire sur sa cigarette et recrache sa fumée, l'air sournois.

— Elle a une boîte pro, à disposition du public. Tu peux lui envoyer un mail.

— Je préfère les discussions directes.

— Tu veux la reconquérir, c'est ça ?

Je laisse le blanc s'étendre, réfléchissant aux mots à mettre sur mes pensées.

— On fonctionne à deux ou pas du tout, dis-je finalement. J'ai cette femme dans la peau depuis plus de sept ans, frère. Si on l'a remise sur mon chemin, c'est forcément pour une bonne raison.

— Comment comptes-tu t'y prendre ? Elle a l'air plus revêche que par le passé.

Je déguste le whisky en rivant mon regard sur le tatouage qui orne le dos de ma main gauche.

— Je fais confiance à notre alchimie.

— Tu n'as aucun plan, donc. Tu crois vraiment qu'il suffit d'espérer pour faire renaître des sentiments ?

— Ils ne sont jamais morts.

— Pour toi, j'en suis certain, tu penses à elle à chaque seconde de chaque journée. Tes toiles, ta peau, tout est Mackenzie. Mais qu'en est-il d'elle ? Elle a refait sa vie. Elle a peut-être un petit ami, un fiancé. Tu as songé au fait qu'elle aime peut-être quelqu'un d'autre ?

— Elle n'a personne.

— Tu ne peux pas le savoir, Wade.

— Je le sens.

Je sais ce qui s'est produit quand nous nous sommes parlé. L'interprétation du langage corporel est une notion que j'ai acquise il y a longtemps, et qui m'est toujours aussi utile.

Sur ce trottoir, elle n'a pas agi comme une femme éprise d'un autre. Ses yeux ne me transmettaient pas d'amour, mais ils bataillaient pour masquer leur trouble. Je la déstabilise, et elle ne peut pas le nier.

La flamme ne s'est pas éteinte, et j'utiliserai tout ce qui est en mon pouvoir pour en raviver la plus petite étincelle.

J'ai fait l'erreur de l'abandonner une fois. Je ne recommencerai pas.

Chapitre 15

Mackenzie

Je suis aussi apprêtée qu'un sapin à l'approche de Noël. Quand je vois l'allure distinguée des invités, je ne regrette pas d'avoir pris le temps de me maquiller et de soigner ma coiffure.

Une flûte de champagne à la main, je gravite parmi les dignes représentants de la bonne société. Qu'ils soient élégants ou simplement snobs, ces gens ont tous un point commun : l'odeur de l'argent.

Ils sentent l'abondance, la fortune. Ils se pavanent dans la galerie comme s'ils avaient le monde à leurs pieds. Ce ne sont pas des artistes ou des audacieux mais des êtres humains persuadés qu'un dieu a placé un peu de sa lumière dans leur corps.

Ce monde est si différent de celui de Wade… Du moins, du Wade que j'ai connu.

Le garçon que j'ai aimé se moquait de sa réputation et des faux-semblants. Ce qui le faisait vibrer, c'était l'adrénaline, l'interdit. Il se foutait de tout, en particulier des gens comme ceux qui louent aujourd'hui son talent. À vrai dire, je trouve ça un peu triste.

— Quel don !

En sirotant son champagne, une dame raffinée étudie la toile devant laquelle je me suis arrêtée.

— Voyez-vous cette détresse ? Nellie exprime la contradiction des sphères de notre monde. Sa puissance est fascinante, elle parvient à mêler les préoccupations des classes populaires à celles des milieux plus… évolués.

J'observe la peinture, concentrée. Moi, tout ce que j'y vois, ce sont des traits noirs et gris formant un ensemble désordonné, sans véritable direction.

— On perçoit nettement le clivage entre le bon et le mauvais. Entre le prolétariat et les tentatives de garder la tête haute. Qu'en pensez-vous ?

Je lui jette un regard rapide. Son chirurgien esthétique devrait déposer le bilan, voilà ce que je pense. J'aurais obtenu le même résultat en collant de l'adhésif sur mes tempes.

— Je ne crois pas que cette toile évoque la société.

Elle me fixe d'une étrange façon. Je réalise au bout de quelques secondes qu'un bout de son sourcil droit s'est levé… C'est donc à ça que ressemble l'air interrogatif sur un visage plastifié.

Je me concentre de nouveau sur la peinture.

— Ce sont des émotions brutes.

J'avale une gorgée de bulles et poursuis.

— Une rage contenue. Des sentiments profonds. Nellie ne parle pas des gens mais d'elle. Elle exprime sa propre souffrance.

— Qu'est-ce qui vous fait penser ça ? demande une autre voix.

Un coup d'œil vers ma gauche et je me désagrège.

A-t-il oublié sa couverture ? Sur l'invitation nominative, portée par un coursier à *Accuracy*, il était dit que Nellie Kern serait présente, mais je m'attendais à un piège destiné à attirer le public. À aucun moment je n'ai cru qu'il se montrerait vraiment.

Tout en nonchalance, Wade porte la coupe à ses lèvres. Il en savoure le goût subtil, les yeux rivés sur la peinture. Sur *sa* peinture.

Je ne peux m'empêcher de détailler son allure. Son costume noir lui confère un charisme indécent. Il porte l'élégance à la perfection. Je me perds dans le tracé de sa silhouette, dans ce bras viril plié pour tenir sa flûte. Dans la chemise blanche qui se cache sous sa veste. Dans la veine saillante de son cou, qui remonte jusqu'à une mâchoire taillée dans la pierre brute.

Il dégage une prestance foudroyante. Son sex-appeal me coupe les jambes.

Je déglutis et cherche une réponse intelligente.

— La maladresse.

Il ne tique pas.

— Elle s'exprime avec maladresse, dis-je, comme si les émotions prenaient le pas sur tout le reste.

— Un manque de contrôle émotionnel ?

J'acquiesce.

— Les coups de pinceau sont anarchiques. Il n'y a pas d'application, de désir de bien faire, juste la volonté d'exprimer la vérité de sentiments refoulés, en se moquant du résultat.

Il porte à nouveau le verre à sa bouche, un sourire au coin des lèvres.

— Quoi d'autre ?

— Je ne sais pas. Je ne suis pas dans sa tête.

La femme botoxée s'éloigne discrètement. Wade en profite pour se placer dans mon dos, envahissant mon espace vital. Je ferme brièvement les yeux et chasse les grésillements intempestifs de mon ventre.

— Tu es magnifique, chuchote-t-il.

Son souffle effleure mon oreille. Je le ressens dans tout mon corps, tandis que mon cerveau se démène pour n'en rien laisser paraître.

À défaut de pouvoir respirer, je me noie dans le champagne.

— Ce n'est pas raisonnable de te montrer ici, murmuré-je.

— Personne ne me connaît.

— Moi, si.

— Le seul danger vient donc de toi.

Impossible de ne pas remarquer la chaleur dans sa voix.

— Merci, ajoute-t-il.

Je jurerais qu'il s'est encore rapproché. Notre promiscuité fait disjoncter mes terminaisons nerveuses, je n'arrive plus à réfléchir convenablement. Il me faut plusieurs secondes pour saisir la cause de son « merci ».

Mon article.

— C'est pour ça que tu as envoyé une invitation à *Accuracy* ? Pour me faire part de tes remerciements ?

— Pas tout à fait. Mais je te suis reconnaissant. J'ai conscience que tu t'es mise dans une position délicate.

C'est peu dire. Si jamais Bettany apprend que son employée se moque ouvertement d'elle en inventant n'importe quel bobard sur le sujet qui lui tient le plus à cœur, elle n'hésitera pas à la mettre dehors. Pire, elle se fera un devoir de me descendre auprès de toutes les rédactions de New York de sorte que je sois blacklistée jusqu'à la fin des temps.

— Pourquoi m'as-tu protégé ?

Il pointe une question à laquelle je n'ai pas de réponse.

J'ai fait mon choix, je ne livrerai pas sa véritable identité en pâture à mes lecteurs. Et j'en suis la première surprise. Moi qui voue un culte à la vérité, je m'embarque dans un mensonge de haute volée.

— L'intuition, je suppose. Je pense que c'était la bonne chose à faire.

Voyant un nouvel invité approcher, il remet une distance raisonnable entre nous. Mes poumons se gorgent instantanément d'air frais.

— Reste jusqu'à la fin, murmure-t-il, avant de revêtir son costume d'amateur d'art faisant mine de s'intéresser à la toile suivante.

Le champagne aidant, je plane pendant ce qui me semble des heures. L'ambiance est étrange, presque ésotérique. Les invités échangent de nombreux regards, mélange de curiosité et de griserie : tout le monde cherche à débusquer Nellie Kern.

Visiblement, je suis sur la liste des suspectes, et je me soumets de bonne grâce à plusieurs interrogatoires en règle sur mon passé et les voyages que j'ai pu faire à travers le pays. C'est amusant, mais le plus drôle reste le comportement de Wade, lui aussi sous le feu des questions d'un public qui manque singulièrement de discrétion. Il se révèle un prodigieux comédien, capable de détourner l'attention des fureteurs avec une facilité désarmante. *Si les gens savaient…*

Il intercepte mon sourire et j'ai le sentiment, comme naguère, que chacun est capable de sentir la présence de l'autre sans même le voir. Pourtant, mes yeux ne cessent de tomber sur lui.

Wade près d'une toile. Wade en pleine discussion. Wade qui se ressert un verre. Wade qui se passe une main dans les cheveux. Wade de face, de profil, de dos… Je suis plus intéressée par Wade que par les peintures.

Or, je ne devrais pas.

Il est en vie, tant mieux, mais ça s'arrête là. J'ai une conscience aiguë de l'attraction qu'il est capable d'exercer sur moi et des conséquences désastreuses que cela pourrait engendrer. Pour lui comme pour moi.

Barricade-toi.

Je pose ma coupe à moitié vide sur le plateau d'un serveur et prends la très sage décision de quitter la soirée.

Sur le trottoir, l'attente me paraît interminable. Aucun taxi en vue. Et toujours, plus que jamais, cette sensation de ne pas faire un pas sans être épiée. Dans mon quartier et même ici, devant cette galerie. Possible que je nage en plein délire, mais j'en ai conçu une telle peur que je ne sors plus sans le spray au poivre dont j'ai fait l'acquisition.

Soudain, je sens une pression sur mon épaule. Mon cœur décolle et je pousse un cri de stupeur, avant de reconnaître le costume de Wade.

Son sourire s'efface lorsqu'il me voit osciller entre terreur et soulagement.

— Ça va ? dit-il en scrutant les alentours, sans que je lui dise quoi que ce soit.

— Tu m'as surprise.

Il ne revient pas immédiatement à moi, préférant scanner une nouvelle fois la rue déserte.

— Qu'est-ce que tu fabriques dehors ? Tu t'es lassé de jouer la comédie ? dis-je, prenant sur moi pour ne pas plonger dans ses iris bicolores.

Il semble se détendre un peu.

— J'avais expressément demandé à l'un des invités de rester jusqu'à la fin de la soirée, mais il ne m'a pas écouté.

— L'invité en question a peut-être fait le tour de la galerie, et, plutôt que de s'ennuyer, il a préféré rentrer chez lui.

— Ou bien il fuit.

— Je ne vois pas pourquoi.

— À toi de me le dire.

Bien sûr qu'il a raison, et c'est passablement agaçant. Je me détourne en priant qu'une voiture jaune déboule pour me sortir de ce guêpier.

— Je te raccompagne.

— Non, merci.

— Ce n'était pas une proposition, Mackenzie.

En effet, son ton catégorique me signifie que c'est un ordre.

— Je vais rentrer en taxi.

— Tu rentres avec moi.

— Pas la peine d'insister, j'ai dit non. Tu ferais mieux de retourner voir tes invités. Bonne soirée.

— Non seulement je n'ai rien à faire de ces gens, mais eux non plus ne savent même pas qui je suis. Tout ce qui m'importe, là et maintenant, c'est que tu arrives chez toi en un seul morceau.

— Les conducteurs de voitures jaunes ne sont pas tous des David Berkowitz[1].

— Être têtue n'est pas un gage de sécurité.

Je croise les bras sur ma poitrine, déterminée à ne pas l'écouter. Il lève les yeux au ciel.

— Tu veux sincèrement jouer à ça ?

— Je passe mon temps à voyager seule, dis-je, moi aussi agacée. Je ne t'ai pas attendu pour prendre le dernier métro ou un taxi à l'aube.

Il me considère un long moment et je me félicite de ne pas plier.

— Bien.

Il se poste à mes côtés et extirpe une cigarette de son paquet. Je fais un bond dans le passé quand il porte le Zippo à ses lèvres. Ses gestes sont identiques, il a la même façon de pencher la nuque, de plisser les yeux et de protéger la cigarette d'une main. Si, au lieu de son costume, il portait un jean troué et une casquette, je serais persuadée d'avoir été catapultée sept années plus tôt.

Il expire une longue bouffée et cale une main dans la poche de son pantalon noir. J'en déduis qu'il ne me lâchera pas.

Les minutes s'étirent. Lentes. Pesantes. Sa cigarette se consume et je me retiens de parler.

L'homme qui se tient à mes côtés est le détenteur de mon âme, cette minuscule partie de moi qui renferme toute mon humanité. Celle que j'ai livrée sans réserve, et qui a créé un immense vide lorsque je l'ai perdue.

— Pourquoi te cacher derrière un pseudonyme ?

Finalement, le silence ne me convient pas.

Il étire les muscles de ses épaules. Il n'a jamais été très loquace, je n'espère pas de détails.

— J'ai fait quelque chose qui a mis ma tête à prix.

— C'est-à-dire ?

Dans un timing parfaitement imparfait, un taxi s'arrête à notre hauteur. Je pourrais m'y engouffrer et retrouver le cocon douillet de mon appartement. Me démaquiller, ôter cette robe trop serrée et m'effondrer dans mon lit, avec une série télé quelconque en guise de bande-son.

1. Tueur en série qui a terrorisé New York dans les années 1970. Il assassinait ses victimes la nuit, les choisissant au hasard, en rôdant dans les rues à bord de sa Ford Galaxy jaune.

Pourtant, je n'en fais rien, trop intriguée par les propos de Wade, et le simple fait qu'il s'adresse à moi de la sorte. Je me rappelle l'adolescent qui usait de la parole avec une telle parcimonie que chaque mot était une pépite. Ce soir, Wade a envie de discuter.

Je regarde le taxi, puis lui. Puis de nouveau le taxi. Il prend la parole avant que j'aie pu me décider.

— Je te dirai tout. Aucun secret, uniquement la vérité.

Je l'observe, perplexe.

— J'ai perdu la confiance que tu avais placée en moi, Mackenzie. C'est justifié. Mais je n'ai plus dix-neuf ans. Tu peux me poser toutes les questions que tu voudras, j'y répondrai. Mon silence a détruit notre histoire, il est hors de question que je le laisse saccager le présent.

Je pèse le pour et le contre.

Après tout, qu'est-ce que je risque ? À part peut-être de me brûler les ailes…

Je fais un signe au conducteur, qui redémarre aussitôt et disparaît dans la nuit.

— Tu me raccompagnes ?

Il ne répond pas et me conduit en silence jusqu'à son SUV.

Chapitre 16

Mackenzie

L'autoradio diffuse *Breathe Me*, de Sia. Je ne l'aurais pas imaginé écouter ce genre de musique ; pourtant, il laisse les paroles, poignantes, flotter dans l'habitacle.

Lorsque nous arrivons devant mon immeuble, il sort une nouvelle cigarette du paquet.

— C'est mauvais pour la santé.

Il me lance un sourire en coin et embrase le cylindre blanc.

— J'ai essayé d'arrêter il y a quelques années.

— Visiblement, ça n'a pas été concluant, dis-je, tandis qu'il souffle la fumée par l'interstice de la fenêtre.

— Jax sentait toujours la clope quand il me rendait visite à l'hôpital, ça a fini par avoir raison de moi.

— Cette partie du mensonge est vraie ?

— Comment ça ?

Je tourne la tête vers le pare-brise pour me soustraire à l'intensité de ses iris.

— Jaxton m'a dit que tu avais eu un accident de voiture, et que tu avais fini dans un hôpital de Los Angeles.

Et que tu étais mort. Cette autre partie du mensonge me rend encore malade.

— J'ai été ramassé par la police sur un tronçon d'autoroute, oui. J'ai fait quelques jours de coma et plusieurs mois de convalescence. Le choc a provoqué plusieurs fractures au niveau de ma colonne vertébrale.

— D'où ta cicatrice…

Il me regarde d'un drôle d'air.

— Tu étais torse nu quand on s'est croisés la première fois. Je l'ai vue ce soir-là.

Heureusement, il rebondit aussitôt, ce qui empêche mon esprit de divaguer sur son physique.

— J'ai subi une opération chirurgicale, j'ai des plaques vissées un peu partout. Il paraît que ça aide à la stabilisation, ou quelque chose du genre. Ça te fait sourire ?

Je tente de faire redescendre la commissure qui s'est involontairement levée. Ce n'est pas sa souffrance qui m'amuse, mais la manière dont il présente les choses ravive le souvenir du Wade que j'ai connu, totalement je-m'en-foutiste. Il évoque son opération comme s'il n'y avait rien de plus banal.

— Excuse-moi, j'avais l'esprit ailleurs. L'expérience a dû être difficile à surmonter.

— Je m'en suis remis. Grâce au soutien de Jax, entre autres.

— Je n'en doute pas.

Il remarque ma soudaine froideur.

— Tu lui en veux encore, n'est-ce pas ?

— Il a prétendu que tu étais mort, Wade. N'importe qui lui en voudrait.

— Il a ses raisons.

— N'essaie pas de redorer son blason, je n'ai aucune envie de lui pardonner.

— Ce n'est pas mon intention, me rassure-t-il. Mais son comportement est lié à mon histoire.

Il fourrage dans ses cheveux, créant un chaos qui ne manque pas de charme mais trahit aussi son malaise.

— J'ai fait de la prison.

— Quoi ?

— J'ai été condamné à six ans d'emprisonnement, mais ma peine a été réduite de moitié.

Je suis paralysée, incapable de dire un mot.

— Quand je suis sorti, je n'avais aucun endroit où aller. Jax m'a proposé d'occuper son studio d'étudiant, le temps de me refaire une santé financière et aussi de lui rembourser mes frais médicaux, mais San Francisco m'étouffait. Il fallait que je m'aère la tête. J'ai quitté la Californie en stop

J'ai traversé le Nevada, l'Utah et je me suis arrêté dans le Colorado. C'est là-bas, à Denver, que j'ai eu l'idée d'utiliser l'art comme source de revenus.

Mon cerveau tente d'assimiler ce flot d'informations aussi vite que possible, mais je suis restée bloquée sur l'épisode de la prison.

— Pourquoi as-tu été incarcéré ?

Sans répondre, il se contente de m'adresser un regard lourd de sens. Je détourne les yeux. La came, je suppose. Je préfère éviter le sujet, trop douloureux.

— C'est donc à Denver que tu es devenu Nellie Kern.

Il écrase le mégot de sa cigarette dans le cendrier et opine.

— Et tu utilises ce pseudonyme parce que tu as fait quelque chose qui a mis ta tête à prix, poursuis-je.

Il confirme de nouveau, la mâchoire contractée.

— Quand j'ai eu mon accident, je pensais réellement que c'était terminé. L'odeur, le bruit, le sang, la douleur… C'était censé être la fin, et j'étais rongé par le remords. Je ne voulais pas partir avant d'avoir racheté mes fautes. Je m'en voulais pour Harper. Je m'en voudrai toujours.

Son abattement est authentique. Des années plus tard, il n'a pas digéré sa culpabilité, et je la prends moi aussi de plein fouet.

Le colosse est fissuré et je réprime mon désir de le réconforter. La simple idée de l'approcher, de créer une proximité avec lui me met mal à l'aise.

Je ne peux pas. Mes barrières doivent à tout prix rester en place.

— Il y avait des flics, continue-t-il. J'ai fait en sorte qu'ils sachent qui était Crown. Je leur ai donné l'info dont ils avaient besoin pour le retrouver et démanteler son réseau.

Crown.

La conversation à Hunters Point, avec Jaxton, me revient. Mes neurones moulinent pour replacer ce nom dans le contexte actuel.

— Crown est le trafiquant avec qui tu avais fait un deal pour…

— … venger ma mère, termine-t-il avec gravité.

— Et tu l'as vendu à la police ?

— C'est ça. Il a été incarcéré quelques semaines après, c'est passé aux infos.

Je fronce les sourcils.

— Je ne comprends pas, Wade… S'il est en prison, qu'est-ce que tu risques ? À moins qu'il en soit sorti ?

— Il y est toujours, et pour un bon bout de temps.

— Alors, pourquoi te caches-tu ?

— Parce que Crown a des hommes partout, et, eux, ils sont en liberté. Je l'ai balancé, Mackenzie. Dans ce milieu, le sort qu'on réserve aux traîtres, c'est la mort. Même derrière les barreaux, Crown tire les ficelles. C'est un chef de gang, et ses hommes ne l'ont pas lâché.

Il est recherché. Tout s'imbrique : le faux nom, le vigile, et même le mensonge de Jaxton… Il m'a menée sur une fausse piste pour protéger la vie de son meilleur ami.

— Mon Dieu…

— Lui, il ne peut pas grand-chose pour moi, dit-il avec un petit sourire.

Je secoue vivement la tête.

— Mais les galeries, toute cette publicité… pourquoi ? Tu te mets en danger ! Les gens se passionnent pour Nellie Kern, ils cherchent à découvrir son identité. Pourquoi choisir une activité aussi exposée ?

Soudain, une seconde vérité me frappe.

Mes articles.

J'ai demandé aux lecteurs de participer à sa traque. J'ai même suggéré qu'elle pourrait être un homme. *Bordel.* Lentement mais sûrement, j'ai contribué à déchirer sa couverture. Si je n'avais pas intentionnellement rédigé un faux papier, Bettany et le reste de New York auraient en leur possession des informations susceptibles de mettre la vie de Wade en danger.

— Je ne pensais pas que mon travail connaîtrait un tel succès, dit-il, tandis qu'un vertige me gagne. Je ne m'y attendais pas, je ne fais que peindre.

J'aurais pu être responsable de sa mort. Et, cette fois, ça n'aurait pas été un faux-semblant.

— Au départ, je vendais très peu. Puis l'un des acquéreurs a mis mon tableau sur sa page Instagram, et tout a basculé. C'est à ce moment-là que je suis parti à Detroit, par mesure de sécurité. Puis j'ai atterri à New York, pour les mêmes raisons, et aussi parce que Jax bosse désormais ici, et que c'est plus simple pour notre organisation qu'on vive au même endroit.

Une vague de stress m'envahit. J'observe les alentours, le cœur battant ; n'importe qui pourrait débouler dans la nuit, foncer sur sa voiture et lui mettre une balle dans la tête.

Il n'est en sécurité nulle part.

— Eh...

Il pose une paume sur mon genou, déclenchant une rafale de décharges électriques. Ce contact semble lui faire le même effet puisqu'il retire sa main.

— Tu frissonnes, chuchote-t-il.

— Tu es en train de me dire que tu es au centre d'une traque dont la finalité est ton assassinat ! Comment veux-tu que je réagisse ?!

Il arque un sourcil amusé.

— Tu t'inquiètes pour moi ?

— Je ne plaisante pas, Wade ! Ce n'est pas un jeu ! Il faut que tu cesses tes activités publiques, tu ne peux pas continuer à t'exposer. Nellie Kern doit disparaître.

Ses lèvres s'étirent avec une lenteur infinie.

— Quoi ? grogné-je.

— Tu t'inquiètes pour moi, affirme-t-il.

— Je ne... C'est humain !

— Si j'étais un inconnu, ça ne t'atteindrait pas.

— Ça ne m'atteint pas ! C'est juste que...

Alerte au terrain glissant. Tous les voyants clignotent en rouge. Panneau « interdit » géant. Mon cerveau balance tous les signaux possibles pour tenter de me faire taire.

Son regard s'ancre dans le mien. Je plonge dans ses couleurs aberrantes et pars un peu plus loin à la dérive tandis que les émotions du passé déferlent par vagues.

J'ai aimé ces yeux avec une telle puissance qu'il m'est impossible de ne rien ressentir.

— « C'est juste que » quoi ? murmure-t-il.

C'est juste que c'est lui.

Il a été mon premier amour. Le seul et l'unique. Serais-je censée réagir autrement en apprenant qu'une telle épée de Damoclès plane au-dessus de sa tête ?

— Fais attention à toi.

Incapable de contrôler le flux émotionnel qui alourdit l'atmosphère, j'agrippe la poignée et m'extirpe de la voiture. Je ne peux pas rester dans un endroit confiné, et surtout pas en sa compagnie.

Wade Keller est un souvenir et il doit le rester. J'ai avancé, pas question de faire marche arrière. Sauf que mon foutu corps n'est pas de cet avis et se met à grésiller dès qu'il est proche du sien.

— Kenzie !

Je fais craquer mes phalanges avant de me retourner.

Il sort à son tour de la voiture et se plante devant moi, occupant tout mon champ de vision.

— Je ne t'ai pas tout dit.

— Parce qu'il y a une autre bonne nouvelle dont tu veux me faire part ?

Mon Dieu. Je connais cette expression, elle n'est pas différente de celle qu'il m'offrait quand il avait envie de me toucher.

— Ma peine de prison.

Je cligne des paupières, un peu perdue.

— J'ai bénéficié d'une réduction de peine parce que j'ai dénoncé Crown.

— Le système judiciaire est donc plus clément que les dealers envers les « balances »…

Il ignore mon sarcasme.

— Même si la balance en question a fait pire que revendre quelques pochons d'amphétamines.

Je lui lance un regard interrogateur.

— J'ai été incarcéré parce que j'ai convoyé de la drogue entre le Mexique et les États-Unis. De la cocaïne.

Il se rapproche.

— Mon accident de voiture, c'est un accident de *go fast*. Je revenais de Tijuana, je roulais en binôme avec un autre type. Il m'a vendu, il savait que je me ferais choper. J'ai essayé de m'échapper, mais j'ai perdu le contrôle.

J'ai l'impression de ne pas contrôler grand-chose, moi non plus.

— Je croyais que tu étais un dealer…

— J'en étais un.

— Alors qu'est-ce que c'est que cette histoire de *go fast* ?

On dirait un film. Je sais ce que ce terme signifie, mais il me paraît trop absurde pour entrer dans ma vie. Et puis, à l'époque, Wade n'était encore qu'un ado.

— Je devais de l'argent à Crown, et je voulais me tirer de ce deal au plus vite. On a trouvé un terrain d'entente avec deux convois de drogue, dans lesquels j'étais le conducteur. Le premier s'est bien passé. Tu connais les conséquences du second.

Je fais un pas en arrière.

— Tu es dingue, dis-je, sous le choc. Pourquoi as-tu fait une chose pareille ?

Les secondes se suspendent. Il finit par rompre le silence en soupirant.

— Il fallait que je sorte de cette merde, j'aurais pointé un flingue sur la tempe d'un innocent si ça avait pu accélérer les choses. Vu de l'extérieur, j'ai fait n'importe quoi. Mais de mon point de vue je ne le regrette pas. Je ne pouvais pas te mériter avec le passif que je me traînais.

Il dégaine son sourire à fossette unique.

— Tu as été mon monde, Mackenzie. J'avais envie d'être quelqu'un de bien. Pour toi. À tes yeux.

Cette révélation me dévaste. Voilà pourquoi il a mis sa vie en danger. Pour moi. Il a failli mourir parce qu'il ne me « méritait » pas.

Ma gorge se noue.

— C'est du passé, Wade.

Les muscles de sa mâchoire tressautent, mais il ne se démonte pas. Dans un silence perturbant, il porte la main à ma bouche ; son pouce suit le tracé de ma lèvre inférieure et s'arrête à l'emplacement de mon ancienne cicatrice.

— Ose me dire que tu n'éprouves rien.

Les larmes de frustration montent en moi. Son odeur boisée m'emprisonne et je me sens perdre pied lorsqu'il efface les centimètres qui nous séparent.

— C'est terminé. Je ne ressens plus rien. Depuis longtemps.

— Je ne t'interdis pas de mentir, Kenzie, mais fais-le en me regardant dans les yeux.

Il me relève doucement le menton. Nos corps se frôlent. Il sait que mon point faible est situé là, dans ce regard. Je suis incapable de ne pas être honnête quand il m'observe de cette façon.

— Ne fais pas ça, s'il te plaît.

— Te faire quoi ? susurre-t-il.

— Me détruire.

Il interrompt net son mouvement et plisse les yeux.

— Il m'a fallu du temps, Wade… Je ne veux pas vivre la même histoire une deuxième fois. Mon existence actuelle me convient parfaitement, le socle est solide.

J'ai l'impression de lui avoir mis un uppercut en pleine figure.

La chaleur de sa main s'éloigne, remplacée par le vent froid de la nuit. Je recule tant qu'il en est encore temps.

— Je suis désolée.

Je m'éloigne sans un regard en arrière. Je ne changerai pas de ligne de conduite. Pas ce soir.

Chapitre 17

Mackenzie

Je sors du bureau, la tête dans un étau.

Bettany n'a que Nellie à la bouche, Matt me regarde constamment de travers, et je manque cruellement de sommeil. Pis encore, le Peppy Coffee est en travaux, je dois donc me contenter de la lavasse de la machine à café.

La tempête, annoncée sur la chaîne météo, commence à faire rage. Les bourrasques sont si fortes qu'elles malmènent mon équilibre. Je resserre les pans de mon manteau et avance, tête baissée, en direction de la bouche de métro.

— Il est hors service.

J'écarte les mèches qui me barrent la vue et crois à un mirage.

— Que fais-tu là ?

Wade me sourit. Tout simplement. Comme s'il avait effacé notre dernier échange, devant mon immeuble, la semaine dernière. Comme si je n'avais pas ressassé chacun de mes mots des jours durant et que je n'assenais pas à chaque instant le mantra « tu as pris la bonne décision » à mon cerveau pour m'obliger à y croire.

— Si je te dis que je passais par hasard, tu me croirais ?

— J'émettrais quelques doutes.

— Tu aurais raison.

Il décroise ses bras et recoiffe ses cheveux, malmenés par le vent.

— En vérité, je t'attendais. Notre conversation s'est terminée un peu précipitamment.

— Wade…

Je secoue doucement la tête. Je ne veux pas repartir là-dedans. Il m'a fallu trop de courage pour lui avouer ce que je pensais… ou que je ne pensais pas. Dans tous les cas, j'ai besoin d'espace.

— Ne t'inquiète pas, j'ai compris ce que tu m'as dit. Toi et moi, c'est du passé.

Le couperet tombe.

Son ton est catégorique. Ni ému ni nostalgique. On dirait qu'en l'espace de sept jours il a fait le deuil de notre histoire. Je ne sais pas si cette réaction me soulage ou me perturbe.

C'est ce que je souhaitais, mais l'entendre de sa bouche est une tout autre affaire. *Je deviens bipolaire.*

— Alors pourquoi m'attendais-tu ?

Le ciel se gorge d'épais nuages noirs. L'ambiance passe subitement à l'orage.

— Pour recommencer à zéro.

Une première goutte de pluie s'écrase sur mon nez. Il incline la tête sur le côté et s'explique.

— J'aimerais faire table rase, Mackenzie.

Ce n'est pas ce que j'ai ressenti l'autre jour, c'est pourquoi, ce soir-là, j'ai préféré fuir.

— J'ai du mal à te suivre, avoué-je.

— Ce que nous avons vécu appartient à un autre univers. Je voudrais te rencontrer pour la première fois. Faire connaissance avec la nouvelle Mackenzie sans que l'ancienne interfère. Créer un lien différent.

J'ouvre et referme la bouche machinalement.

— Tu veux qu'on devienne… amis ?

— Tout dépend du nombre de points que nous avons en commun, mais c'est l'idée, acquiesce-t-il. Nous avons changé tous les deux, il n'est pas dit que je ne supporte pas la journaliste new-yorkaise. Ou que je la supporte, ajoute-t-il en souriant.

Sa légèreté est au-delà de mon entendement. Une nouvelle relation ? Comment peut-il envisager une chose pareille ? Moi, je ne l'imagine même pas. Son corps me fait vibrer, ses regards me font frissonner. Nous ne sommes pas faits pour être amis.

— Je ne pense pas que ce soit une bonne idée.

La pluie s'intensifie graduellement, tandis que je me renferme. Son sourire finit par se tarir.

— Je ne veux plus te faire souffrir, Mackenzie. Mais je refuse également de te savoir près de moi sans pouvoir t'approcher. Alors laisse-moi au moins te redécouvrir.

— Ce n'est pas ça…

— Où est le problème ?

Je resserre le manteau contre mon torse, mal à l'aise.

— Wade, je ne veux plus m'attacher aux gens, de quelque façon que ce soit.

— C'est-à-dire ?

— Même l'amitié… Je ne veux plus de cela dans ma vie. Pour bien avancer, j'ai besoin d'avancer seule. Ce serait une erreur de m'accrocher à quelqu'un.

— Je ne t'ai pas demandé de t'accrocher.

— Tu me demandes d'établir un lien. Ça signifie que, quelque part, je dépendrai de toi.

— Kenzie, je te parle d'un truc simple. Oublie hier, vois aujourd'hui. On peut se côtoyer, tout bêtement. Des millions de gens font ça tous les jours.

Ces millions de gens sont fous. Ou plus forts que moi.

— Tu as peur d'être déçue, conclut-il.

Je soupire.

— Il y a trop de parasites entre nous, Wade. Tu m'en demandes trop, et trop vite.

— Efface tout. Considère-moi comme un inconnu.

— Parce que tu me vois comme une inconnue, toi ?

Ma question a jailli d'elle-même. Elle le déstabilise.

— Pas tout à fait, mais j'en ai envie.

La vache… Il est réellement décidé à tirer un trait.

— Repartons sur de bonnes bases. Créons une nouvelle confiance mutuelle.

— Ne me parle pas de confiance.

— Quand j'étais ton petit ami, j'ai bafoué cette confiance, j'en suis conscient. Mais tu m'as vu à l'œuvre en tant qu'ami. Avec Jaxton. Tu sais que dans ce genre de relation je n'ai qu'une parole.

Je vois où il veut me mener.

La force de l'amitié qui le lie à Jaxton ne fait aucun doute. Ils ne se sont jamais trahis, et je suis convaincue que ça n'arrivera pas. Ce que Wade tente de me faire comprendre, c'est que je n'ai rien à craindre de lui tant que nous empruntons un chemin platonique.

Tant qu'entre nous les enjeux n'existent pas.

— C'est trop tôt, dis-je, un peu moins sûre de moi.

Il s'approche. Mon cœur s'emballe comme il n'est pas censé le faire en présence d'un ami. Voilà pourquoi sa proposition est pour moi sans objet.

À l'inverse de moi, il a l'air détendu.

— Ça fait sept ans, Kenzie. Tu ne crois pas que le moment est venu de faire table rase ? Sois honnête envers toi-même.

Honnête ? Il est pourtant clair que nous nous mentons à nous-mêmes, l'un comme l'autre. Wade et moi, c'est une addition qui fonctionne, mais qui ne doit pas exister.

Sauf que ma volonté n'y peut rien. Les lois qui régissent la relation entre Wade Keller et Mackenzie Rowe sont celles de l'attraction. Inutile de résister à l'horlogerie de l'univers.

Alors je souris. Et j'entre dans son jeu, avec des œillères de la taille du Nevada.

— Donc, si je comprends bien, tu espères que nous deviendrons… frère et sœur ?

Il capte l'ironie et s'en amuse.

— Eh bien, disons que pour le moment je suis tombé sur toi par un pur hasard. Je ne connais pas ton prénom. Tu me fais mal au cœur en essayant de combattre le vent. Je t'aborde, je ne te trouve pas trop insupportable, et, comme je suis une personne incroyablement charitable, je te propose de te raccompagner chez toi. En tout bien tout honneur.

— « Pas trop insupportable » ?

— Tu aurais plutôt dû relever le fait que je te ramène chez toi, non ?

— Il paraît que le métro est hors service. En fait, j'aurais absolument besoin d'un chauffeur.

Il se produit alors une chose que je croyais impossible. Nous échangeons un regard complice. Et virginal.

Je ne peux pas l'aimer, mais il semble bien que l'apprécier soit dans mes cordes. On dirait que je suis capable de faire la part des choses. Moi aussi, sa présence m'importe.

Si je pense à lui en tant qu'ancien petit ami, ça me déchire le cœur.

Mais, en marchant à ses côtés, sous la pluie battante, comme s'il n'était qu'une connaissance, alors je vais mieux.

Peut-être que la solution est là.

Dans la cacophonie de nos sentiments, peut-être vaut-il mieux nous taire. Nous sommes meilleurs dans le silence.

Chapitre 18

Wade

— Je serai de retour dans une quinzaine de jours.

Les yeux fixés sur l'entrée de l'immeuble de Kenzie, j'acquiesce. Puis je me rappelle que Jax ne peut pas me voir.

— Ça fait long pour un séjour à Frisco, réponds-je au travers du kit mains libres.

Il rend souvent visite à sa famille, mais ça ne dure généralement que le temps d'un week-end.

— Dana m'a appelé ce matin. Elle était hystérique, il paraît que les parents divorcent, soupire-t-il.

— Merde. Je suis désolé.

— Non, ça va, je m'y attendais, à vrai dire. Ça fait des mois qu'ils se prennent la tête pour un rien. Dana va avoir plus de mal à gérer. Je sens que je vais devoir payer les pots cassés.

— Donne-moi des nouvelles.

— OK. Toi, essaie de rester en vie. Et arrête ton plan pourri avec Mackenzie.

Il est au courant de notre nouveau « statut ». Quand je lui ai expliqué mon intention de nouer un lien amical avec elle, il a tiré une latte de son joint. Ensuite, il a lâché un juron, et il a éclaté de rire.

— C'est voué à l'échec, frère.

Nos premiers échanges ont été maladroits. Il a d'abord fallu que je la convainque de ne plus prendre le métro et de m'autoriser à lui servir de taxi. Compliqué. Mackenzie sait tenir tête, mais je ne suis pas en reste.

Au fil des jours, elle a commencé à se détendre, et la conversation s'est tissée d'elle-même.

On discute principalement d'*Accuracy* et des mensonges qu'elle offre à Bettany, sa boss. Je sais aussi à peu près tout des relations conflictuelles avec ses collègues, notamment Matt.

J'ignore pourquoi elle reste dans cette boîte. Ce boulot ne lui correspond pas, il demande des dents longues et des griffes acérées, tout l'inverse d'elle. Mais je lui ai promis d'apprendre à la redécouvrir, alors je m'y applique sans émettre de jugement.

— Vous ne pouvez pas être amis, Wade. Tu es raide d'elle, un jour ou l'autre, cette histoire va vriller.

— Je prends ce qu'elle me donne. Je dois regagner sa confiance.

— En lui mentant ? Tu es en train de lui faire croire que tu veux être son pote alors que tu suintes le type accro par tous les pores.

Sur ce point, je ne peux pas lui donner tort.

Je dois me faire salement violence. Mes regards sont trop évidents, je la dévore des yeux à la moindre occasion. Je crève de la frôler, ce qui arrive environ cinquante fois par trajet, toujours « par inadvertance ». Et je suis un parfait enfoiré, parce que je chauffe le SUV à outrance pour qu'elle retire les couches de vêtements en trop.

— Je gère.

Je raccroche quand elle sort de l'immeuble.

Derrière elle, je reconnais Matt, et mon poing me démange. Sa tête de premier de la classe ne me revient pas, sûrement parce qu'il est fourbe et qu'il veut la faire virer. Ce petit con me rappelle Tate.

Elle claque la portière et retire son manteau — enfoiré en action. Son geste libère une dose de parfum fleuri dans l'habitacle. Elle sent terriblement bon.

— Pas de cigarette ? dit-elle, surprise, en reniflant l'air.

— Tu me fais une remarque chaque fois que j'en allume une.

C'est devenu une habitude. J'ai eu droit à des réflexions allant de mes dents qui finiront par pourrir jusqu'à mes poumons qui doivent actuellement ressembler à deux noix débordant de goudron.

Elle étire joyeusement les lèvres.

— Ma lobotomie a fonctionné ? Tu arrêtes de fumer ?

— En ta présence, oui. Ta journée s'est bien passée ? fais-je en démarrant.

— J'ai Bettany sur le dos depuis que mon enquête sur Nellie est en pause.

Dès qu'elle a su pour Crown, elle a arrêté de diffuser des informations à mon sujet, fausses ou non. De mon côté, je ne peins plus. Du moins, ce que je crée n'est pas destiné à finir à la galerie.

— Emmène-la sur une nouvelle piste.

— Trop compliqué. J'ai peur qu'elle finisse par soupçonner quelque chose. Je préfère attendre. Dans quelque temps, je lui dirai qu'on stagne et qu'il ne sert plus à rien de s'acharner.

— Tu penses qu'elle lâchera l'affaire ?

Elle hausse les épaules.

— Elle n'aura pas le choix. Il est hors de question qu'on découvre que tu es Nellie.

On échange un sourire et je me nourris de la beauté de son visage sous cet éclairage. J'ai remarqué qu'elle avait du mal à exprimer des émotions positives ; ses moues sont souvent insondables, comme si elle s'imposait le port d'un masque. Elle s'est forgé une putain de carapace. Je connais bien ça, et j'apprécie qu'elle s'en libère avec moi.

— Wade, ce n'est pas la route pour rentrer chez moi, dit-elle en constatant que je tourne à gauche au lieu de continuer tout droit.

— Matt ne t'a pas emmerdée ?

— Ne change pas de sujet. Que fais-tu ?

Je vais percer un premier trou dans ta carapace.

La ride entre ses sourcils reste visible pendant vingt minutes. Le temps pour mon SUV d'atterrir dans une artère en déshérence du quartier de Manhattan.

— À quel moment j'appelle la police ?

Elle observe les façades lépreuses avec une circonspection qui me rappelle la mienne quand je faisais des recherches sur Internet. Cet endroit ne paie pas de mine, mais je sais que ce qui s'y trouve lui plaira. C'est le but de la manœuvre.

— Je me charge de ta sécurité.

Mon clin d'œil ne la rassure pas. Elle sort de la voiture et me suit jusqu'au-devant d'une maison en piteux état, sans cacher sa nervosité.

— On va entrer là-dedans ?

— Depuis quand tu juges sur les apparences ?

— Depuis que je ne sais plus si mon vaccin contre le tétanos est à jour. Pardonne-moi, mais…

Cette baraque est un taudis, et les sacs-poubelles renversés transforment le paysage en une décharge à ciel ouvert.

J'appuie sur la sonnette ; elle me regarde faire, l'air complètement perdue. Elle m'a mis le doute. Mon vaccin antitétanique est-il à jour ?

— Tu veux bien m'expliquer ?

Je n'en ai pas le temps. D'un geste brusque, le propriétaire ouvre la porte. Il regarde brièvement Mackenzie — qui n'en mène pas large — puis s'intéresse à moi.

— Anderson ?

J'acquiesce. Il nous fait signe d'entrer.

— « Anderson » ? chuchote-t-elle.

— Je ne donne pas mon vrai nom de famille.

Elle bloque sur les pelles, pleines de terre, posées contre le mur décrépi, et a un frisson.

Nous traversons un salon encombré, dont les meubles sont recouverts de vieux objets et d'une épaisse couche de poussière.

— Je veux l'argent maintenant.

L'homme me dévisage d'un œil torve. J'ai bien compris, dans ses messages, qu'il n'avait pas confiance en moi. J'aurais préféré faire la transaction loin de Mackenzie.

Je sors l'enveloppe de la poche arrière de mon jean et la lui tends. Il conserve un soupçon d'éducation en s'abstenant de compter les billets devant nous, préférant reculer vers sa cuisine.

— Et là ? Tu m'expliques ?

— Laisse-toi faire.

— J'adorerais, mais j'ai l'impression de vivre les dernières minutes de ma vie. Est-ce qu'on est chez un dealer ? Tu… C'est l'argent du trafic ?

— Absolument pas.

— Alors, pourquoi tu viens de donner une enveloppe de liquide à un type qui ressemble à un tueur en série à la retraite ?

— Je ne suis pas à la retraite.

Elle sursaute. Son sourire crispé me donne envie d'éclater de rire. L'effort devient presque insurmontable lorsqu'il nous conduit à la porte qui mène à sa cave. Merde ! S'il avait voulu soigner la mise en scène, il n'aurait pas pu faire mieux.

— On va… Il faut descendre ? dit-elle en scrutant l'escalier raide.

— Je vais le chercher, si vous voulez, fait-il en remontant l'arrière de son pantalon.

— Chercher quoi ?

Je fais signe à l'homme de se taire.

— Chercher quoi ? répète-t-elle à mon intention.

— Descends, tu verras bien.

Une discussion silencieuse s'ensuit.

Elle m'implore. Je reste stoïque.

Elle serre la mâchoire. Je souris.

Elle m'insulte par la pensée. Je prends l'escalier et l'incite à me suivre.

Mes chaussures font craquer les marches où ses talons cognent en rythme.

Au contraire du reste de la maison, l'endroit est d'une propreté sans égale. La cave n'en est pas vraiment une, c'est une pièce dont la porte du fond, vitrée, donne sur un jardin arboré.

Ça ne sent rien. Juste le propre. Le nombre de couvertures, de paniers et de jouets me donne mal au crâne. On dirait un parc d'attractions miniature.

— Je rêve…

Elle me dépasse, hermétique à ce qui l'entoure. Son attention est focalisée sur le coin de la pièce. Malgré son tailleur, elle finit à genoux, penchée en avant. Elle a dû oublier qu'elle portait une jupe excessivement cintrée et qu'il y avait deux hommes debout derrière elle. Je me retiens pour ne pas arracher les yeux de mon voisin.

— Wade…

Elle se relève avec entre les bras un minuscule machin poilu. Son sourire est resplendissant, mais il ne m'est pas destiné ; la bestiole lui lèche le cou, ce qui m'agace légèrement. Non pas que je sois jaloux d'un chiot, mais quand même.

— Il s'appelle Boomer, mais il n'a pas encore assimilé son nom, intervient l'homme. Vous pouvez le changer, si vous voulez.

Mackenzie le dévisage, de plus en plus perplexe, puis me regarde avec une totale incompréhension.

— Tu voulais New York, un appartement vitré au dernier étage d'un building et un dalmatien, énuméré-je. Tu vis déjà dans cette ville, et t'offrir un appartement me semblait un peu démesuré. Il ne me restait plus que l'option du chien.

Je la laisse remonter le fil de ses souvenirs jusqu'à ce 24 décembre. Ce SMS qu'elle m'avait envoyé avant de dîner en famille, et qui faisait office d'aveu.

J'ai tant lu et relu ses messages que je pourrais les retranscrire les yeux fermés. Toutes ses confessions n'ont jamais disparu de mon esprit.

— Tu n'as pas fait ça…

— Fait quoi ?

Elle déglutit.

— C'est mon chien ?

Je confirme d'un unique mouvement de tête, et je jure que je pourrai lui offrir tous les animaux de la planète si elle continue de me regarder de cette façon. Cette jeune femme qui se mord la lèvre inférieure pour dissimuler sa gêne est bien Kenzie. Pas une femme qu'elle prétend être, mais bien la nana qui redevient une enfant dès qu'elle aperçoit le meilleur ami de l'homme.

— Tu t'es souvenu.

Je respecte sa volonté de me tenir à distance, mais jamais je n'ai promis que je ne ferais pas tout pour la faire changer d'avis.

— J'ai bonne mémoire.

Son sourire s'attendrit.

Percée de la carapace : OK.

Nous remontons de la cave et réglons tous les détails avant que Boomer et elle retrouvent ma voiture.

— Vous auriez pu l'avoir pour beaucoup moins cher, dit l'homme.

Il fait référence aux cinq mille dollars désormais en sa possession.

Ce chiot était le dernier de sa portée. Il était également le seul dalmatien disponible dans tout New York. Quand je l'ai contacté, le propriétaire m'a expliqué que l'animal avait déjà une option. Les négociations ont penché en ma faveur.

Nellie Kern m'a rendu financièrement indépendant, et même plus. Grâce à la vente de mes toiles, je suis à l'abri pour un paquet de temps. L'argent, j'ai grandi sans et ça ne m'a jamais manqué. Je claquerai tout ce que j'ai si ça peut la rendre heureuse. Je me saignerai pour un seul de ses sourires.

— Votre dame a l'air contente.

Je lui serre la main et secoue la tête.

— Ce n'est pas ma femme.

— Désolé. J'ai cru.

Je retrouve le volant et démarre dans la foulée. Mackenzie ne cesse de me regarder en biais.

— Merci, susurre-t-elle.

— Pas de quoi.

— Reste à savoir comment je vais me débrouiller.

J'actionne le clignotant et lui jette un œil interrogateur.

— C'est un chiot, Wade, dit-elle, comme si je ne l'avais pas remarqué Il va avoir besoin de se dépenser. De courir. Je vis dans un petit appartement. Et je travaille. Je ne serai pas là, la journée. Et ses croquettes ? De quoi a-t-il besoin ? Il va se sentir seul. Je ne pourrai pas le promener pendant la journée. Je n'ai même pas de balcon…

Elle frémit.

— Tu feras comme tous les gens actifs : tu le sortiras le matin et le soir

— Mais je n'ai même pas de balcon ! s'affole-t-elle.

Elle m'apporte la réponse sur un plateau d'argent.

Je change de vitesse, l'air serein.

— Je peux m'en occuper, si tu veux.

Soyons clairs : me taper un clébard vingt-quatre heures sur vingt-quatre ne me tente pas, mais j'avais prévu qu'elle perdrait les pédales à l'idée de ne pas pouvoir subvenir à ses besoins vitaux.

Parce que je connais Kenzie. Et, en bel enfoiré que je suis, j'avais tout prévu.

— Je vis au loft, je suis toujours là. Tu peux me le laisser, le temps que tu t'adaptes.

Un silence s'étire entre nous.

— Tu accepterais de le garder temporairement ?

Je mime l'indifférence en haussant les épaules.

— C'est un truc qu'il faut nourrir et promener, je devrais m'en sortir

Et c'est mon excuse pour la voir quotidiennement.

Je voudrais qu'elle disparaisse de ma tête, mais elle a marqué mon âme au fer rouge. Avec Boomer, je suis assuré qu'elle me rendra visite

— Boomer est un animal, pas un « truc », me reprend-elle.

— Tu as besoin d'un *dog-sitter*, ou pas ?

Elle acquiesce, un peu contre son gré.

— Bien. Je ferai faire un double des clés. Tu passeras quand tu voudras. Et, tant que ce truc vivra sous mon toit, il portera le nom que je lui donne. Fin de la discussion.

Elle se concentre sur la route et je dissimule mon sourire. L'opération reconquête est lancée.

Chapitre 19

Mackenzie

Je salue le vigile tandis qu'il attrape les nombreux sacs qui encombrent mes bras.

— Ne dites rien, Max.

— Jamais.

Au fil de mes visites, j'ai noué un lien atypique avec cet homme. Il refuse les marques de sympathie, mais je sais repérer l'amusement dans le plus infime de ses regards. Il ne me dira jamais que j'achète trop de jouets pour Boomer, cependant, il m'aide à les porter jusqu'au loft et s'en retourne toujours avec l'œil qui frise.

— Vous devriez vous préparer, dit-il.

Je tourne la clé dans la serrure et m'étonne de le voir arborer ce qui ressemble à un sourire.

— Vous me cachez quelque chose ?

— Vous le découvrirez bien assez vite. Bonne soirée, mademoiselle Rowe.

— Vous aussi, Max. Et appelez-moi Mackenzie.

Il opine en me tendant les sachets, puis s'éloigne avant que j'ouvre la porte.

Bordel de merde !

Je lâche la marchandise, sous le choc. Effectivement, j'aurais mieux fait de me préparer.

Le sol est recouvert de boue. Des centaines de morceaux d'essuie-tout s'étendent comme des nuages sur toute la surface. Plus j'avance, plus le carnage s'intensifie ; la gamelle d'eau est renversée, le sac de croquettes, retourné. Je suis en pleine apocalypse.

— Wade ?

Quelques affaires de Boomer traînent au milieu du cataclysme, ainsi que des vêtements, notamment un T-shirt souillé et un bas de jogging. J'arpente les lieux, bouche bée, et suis le chemin chaotique jusqu'à la chambre principale.

Les babines de Boomer frémissent à chacun de ses ronflements. Il dort profondément, logé entre le bras et le torse de Wade.

Lui aussi s'est assoupi et, au vu de sa position, ce n'était pas prévu.

Je lorgne son torse nu, sa masse musculaire phénoménale, ses abdominaux dessinés alors même qu'il est au repos. *Tu te fais du mal, Mackenzie.* Son V, taillé dans l'acier, se termine dans la serviette à moitié dénouée ; elle a dû bouger pendant son sommeil car je vois bien au-delà de la naissance de ses hanches.

— Ne bouge pas, grommelle-t-il.

Je m'immobilise comme une voyeuse prise sur le fait, avant de réaliser qu'il s'adresse au chiot.

— Recouche-toi, Truc.

— Il s'appelle Boomer.

Mon intervention lui fait subitement lever les paupières. Malheureusement, son regard ensommeillé est tout aussi électrisant que le reste de son corps.

— Tu viens me sauver ? dit-il d'une voix pâteuse.

— Rapport au champ de bataille derrière cette porte ?

Il délasse ses muscles en étirant les bras. *Qu'il arrête de faire ça !*

J'apprécie le lien que nous tentons d'établir en ce moment, mais là il ne m'aide pas à me contenter d'une relation amicale. Je peine à feindre l'indifférence.

Boomer en profite pour me rejoindre avec son entrain habituel.

— Ton clebs est un monstre, Kenzie. Et je pèse mes mots.

Retenant sa serviette d'une main, il se lève et traverse la chambre pour ouvrir le tiroir de sa commode, m'offrant une vue panoramique sur ses fesses. J'avais oublié que Wade n'était pas pudique, mais, s'il ne s'habille pas dans les trois secondes, je ne réponds plus de rien.

— Tu veux bien enfiler un caleçon ?

Il me sourit par-dessus son épaule.

— Si la vue ne te plaît pas, tu n'as qu'à arrêter de regarder.

— On ne se balade pas la raie à l'air devant ses amis.

— J'ai dû prendre une douche après Truc, et à cause de Truc. C'est à lui que tu dois adresser tes réclamations.

Par miracle, son postérieur diabolique finit dans un morceau de tissu gris. Il enfile ensuite un T-shirt, puis un jean, et regarde Boomer d'un œil sévère.

— Il mange des essuie-tout, des chaussures, mon canapé, et, sa dernière lubie, c'est la peinture.

— Tu plaisantes ?

— Il chope mes tubes dès que j'ai le dos tourné. J'en ai perdu quatre depuis qu'il est là. Impossible de les retrouver.

Son air pincé me donne une furieuse envie de rire.

— Il essaie d'attirer ton attention.

Alors qu'il s'approche de moi avec sa prestance habituelle, je retiens ma respiration.

J'ai pris cette habitude récemment, j'ai remarqué que le déclin de mes neurones était aussi en rapport avec son odeur corporelle. La seule solution que j'ai trouvée pour conserver un soupçon de dignité, c'est de m'étouffer.

— Je l'ai sorti pendant cinquante foutues minutes tout à l'heure. Il s'est roulé dans la boue, il a perdu son collier et il a mordu le mollet d'une vieille dame. Le plus triste, c'est que c'est moi qui me suis fait engueuler.

— Il est jeune !

— Ce n'est pas moi qui ai filé des bas de contention avec mes dents. J'ai dû m'excuser, le laver, et tu sais quoi ? Il refuse de s'endormir tant qu'il n'est pas sur mon lit. Allez, Truc, maintenant, tu vas voir ta maman.

— Il s'appelle Boomer !

Tandis qu'il sort de la chambre, je pince les lèvres pour ne pas sourire. J'ai enfin trouvé quelqu'un qui est capable d'entamer le flegme légendaire de Wade Keller.

Le nettoyage du loft prend plus de temps que prévu, mais par chance l'humeur massacrante de son propriétaire s'atténue doucement. Après avoir jeté la dernière poubelle, il se lave les mains et sort deux bières du frigo.

— Jaxton n'est pas là ? Ça fait un moment que je ne l'ai pas vu.

Il me regarde avec étonnement.

— Il est à San Francisco.

Il décapsule les bières et m'en tend une. Nous trinquons autour du bar de la cuisine.

— Il y va souvent ? dis-je, après une première gorgée rafraîchissante.

Il acquiesce.

— Ses parents et sa sœur vivent toujours là-bas, il est très famille, tu sais. Pourquoi tu me parles de lui ? Aux dernières nouvelles, tu avais plutôt envie de le tuer.

— J'ai fini par comprendre ses motivations. Tout ce qu'il a fait, c'est essayer de te protéger.

Il arque un sourcil amusé, le goulot aux lèvres.

— Est-ce une façon de dire que tu souhaites renouer avec lui ?

— Peut-être, admets-je. Je mens aussi à ma patronne, et pour les mêmes raisons. Il me paraît déplacé de lui en vouloir alors que je fais la même chose.

On boit de nouveau, les yeux dans les yeux, avant que la conversation bifurque tout naturellement sur d'autres sujets. En présence de Wade, je perds la notion du temps. Il faut juste que j'évite de penser à mon envie de le toucher.

Nous finissons nos bières avant de passer au whisky et au vin ; il remplit mon verre puis prend son paquet de cigarettes.

— Je pensais que tu avais arrêté quand j'étais là.

— On ne se voit pas aussi longtemps, d'ordinaire.

Je hausse les épaules et m'empare d'une Marlboro. Il tique quand j'appuie sur la molette du Zippo.

— Tu fumes ?

Pour seule réponse, j'inhale une dose conséquente de fumée qui se traduit aussitôt par une quinte de toux.

— Tu ne fumes pas, constate-t-il alors que mes yeux s'embuent.

J'attends que l'irritation de ma gorge se dissipe pour reprendre une bouffée. Elle est aussi douloureuse que la précédente. Le goût goudronneux qui envahit ma bouche me donne la nausée.

Wade oscille entre sourire moqueur et moue perplexe.

— Tu te fiches de mes discours, dis-je en toussant à nouveau, alors peut-être que, si je me bousille les poumons, tu réagiras.

Je pensais que la culpabilité le ferait écraser son mégot, mais c'était mal le connaître. Il prend une nouvelle taffe, le regard provocateur. Je fais de même. Il recrache la fumée calmement et je m'étouffe pour la troisième fois.

— Tu te fais du mal, Kenzie.

— Techniquement, *tu* me fais du mal.

Mon chantage prend une proportion que je n'avais pas mesurée. Ses traits s'affaissent et je réalise, trop tard, que j'ai touché à un point sensible.

— C'était une façon de parler, Wade.

— Je sais.

Il jette sa cigarette dans le cendrier.

— Lâche cette merde, ajoute-t-il.

Je ne me fais pas prier. Aussi bien à cause du goût persistant sur ma langue que de son air inflexible.

Je me demande d'où vient cette autorité implacable que dégagent son aura comme le ton de sa voix.

Mon petit jeu a considérablement refroidi l'atmosphère. Le point positif, c'est qu'il ne fume plus. Pour le reste, je regrette amèrement que nous n'ayons plus rien à nous dire.

— Ma mère a recommencé à fumer il y a sept ans.

Il arrête son verre à l'orée de ses lèvres.

— Je ne sais pas pourquoi, poursuis-je. Elle était pourtant sevrée. Toujours est-il que, pendant sa période de cure, elle arrivait à résister à son envie en s'occupant les mains.

Il ingurgite son whisky, les sourcils froncés.

— Quand tu as envie de fumer, occupe-toi les mains, dis-je. Au lieu de te détruire la santé, défoule-toi sur une toile.

— Ce n'est pas aussi facile.

— Peindre, c'est bien ta passion, non ? Il te faut quelque chose qui te prenne aux tripes. Dès que tu veux fumer, prends des tubes et un pinceau.

— Ma passion, ce n'est pas la peinture, Kenzie.

Je me sens complètement idiote.

— Le graff. C'est le graff qui te plaît, murmuré-je, autant pour lui que pour moi.

Son silence me donne raison.

— Ça te manque ?

— On peut dire ça, oui.

Il termine son verre et s'en ressert aussitôt un autre. Si la nostalgie pouvait être de chair et d'os, elle s'appellerait Wade Keller.

— Mais c'est de l'histoire ancienne. Je ne peux plus me le permettre.

— Parce que tu n'es plus un adolescent.

— Entre autres, oui.

— J'imagine que cet « entre autres » fait référence à ta cage dorée ?

— Comment ça ?

Je joue la carte de l'honnêteté.

— J'ai vu des clients se battre pour tes tableaux, Wade. Ces gens achètent tes œuvres à prix d'or sans comprendre ce que tu peins, ni qui tu es. Ils parlent de tes tableaux comme si tu traduisais noir sur blanc leurs problèmes. Ce n'est pas toi. Ils ne saisissent pas l'essence de ton travail.

— Parce que, toi, tu en es capable ?

J'acquiesce, sûre de moi.

— Tes toiles souffrent. Ce que tu exprimes, c'est que tu n'es pas à ta place. Tu n'es pas un peintre, tu es un graffeur.

Je vais peut-être un peu loin, mais je suis certaine qu'il n'est pas satisfait de la situation actuelle. C'est limpide, en fait. Ce n'est pas la gouache ou l'acrylique qui le rend heureux.

Wade est libre. Il n'a rien à voir avec l'image bobo chic de Nellie Kern.

— J'ai encore des bombes.

Je laisse passer quelques secondes avant de réagir

— Tu les utilises ?

— Jamais.

— Pour quelle raison ?

— Peut-être parce que je ne suis plus en accord avec mon ancien moi

J'attrape mon verre de vin et me lève.

— Sors-les.

Il reste stoïque.

— Je ne peux plus taguer, Kenzie. Signer « Noliar » à l'extérieur équivaut à me livrer pieds et poings liés aux enfoirés qui veulent ma peau.

Je jette un regard circulaire sur son loft.

— Il n'est pas forcément nécessaire de sortir dans la rue. Entre ces murs, tu peux être Noliar.

Chapitre 20

Mackenzie

Je sirote mon troisième verre pendant qu'il dépose les bombes sur le plan de travail. Ma tête tourne un peu. Je suis pompette, mais mon excitation n'a rien à voir avec l'alcool ; je trépigne à l'idée de retrouver Wade. Mon Wade. Celui que la perspective de taguer faisait vibrer.

Boomer est affalé sur mes cuisses, fatigué de la bataille qu'il a menée contre une balle en caoutchouc. Je le caresse tout en me nourrissant de la vision fantasmagorique qui me fait face.

Le Wade en costard est séduisant. Le Wade secret est troublant. Mais, le Wade qui s'apprête à retrouver sa passion, celui-là est renversant.

— Il va te falloir une écharpe.

Il m'adresse un coup d'œil à la fois complice et ravageur. Entre sa joie et mes hormones, je ne sais plus où donner de la tête. On peut trouver les gens attirants, mais rien n'égale la beauté d'une personne heureuse.

Il ouvre une fenêtre en grand et s'arrête devant le mur qui sépare la cuisine du salon. Le seul qui est encore vierge. Alors, d'une main déterminée, il balance le premier jet de peinture.

Je revis des milliers de sensations tandis qu'il forme les contours de son blaze. En un instant, il part dans son monde et le reste n'existe plus. Pas même moi. Pourtant, je brûle de le rejoindre dans son univers.

— Tu viens ?

Sa question, lancée par-dessus son épaule, me prend au dépourvu. Ai-je formulé mes pensées à voix haute ?

Je secoue la tête.

— C'est ton moment, Noliar.

Il m'intercepte en train d'avaler une énorme gorgée de vin.

— Mon mur est assez grand pour accueillir un second graff.

— Qui te dit que j'ai envie de taguer ?

— Ta manière de boire. Tu essaies de te donner une contenance.

Sa perspicacité me fait reposer le verre sur le comptoir.

— Je ne peux pas.

Pour confirmer mon assertion, je désigne Boomer, qui s'est assoupi sur mes genoux.

— Mets-le dans ma chambre, de toute façon, les émanations de peinture ne sont pas bonnes pour lui.

— Tu te soucies de sa santé, maintenant ?

— Pas du tout. Il te sert d'excuse pour te défiler, alors je le vire.

— Vous êtes décidément un homme charmant, monsieur Keller.

Je quitte le tabouret avec Boomer dans les bras. Quand je reviens de la chambre, il a un verre à la main et détaille son travail à la façon d'un artiste en pleine réflexion. J'ôte mes chaussures et profite de la sensation de liberté que cela me procure.

Il me taquine du regard.

— Ces talons me font un mal de chien.

— Alors pourquoi tu les portes ?

La réflexion masculine dans toute sa splendeur.

— Parce que c'est esthétique. Ça allonge la silhouette. Ça rend la démarche plus élégante. Tu veux vraiment que je te fasse un cours sur le bien-fondé de porter des escarpins ?

— Tu es belle dans n'importe quel accoutrement, Kenzie. Pas besoin de te faire souffrir.

Ce compliment arrive sur moi comme un boulet de canon. J'ignore comment réagir.

— Les amis ont le droit de se lancer des fleurs, ce n'est pas interdit, dit-il avant de prendre une gorgée de liquide ambré.

Peut-être. Mais ces grésillements dans le bas-ventre me semblent une réaction pas franchement amicale.

— Mon mur est à toi.

J'empoigne la bombe qu'il me propose et, comme mue par un vieil automatisme, je teste le débit de peinture sur un coin vide. La sensation me galvanise aussitôt. Sans attendre, je trace les contours de mon ancien pseudo.

Wade se remet au travail tandis que mon euphorie va croissant.

Depuis mon entrée à la CUNY J-School, pas une seconde je n'ai perdu le contrôle de mon image ou de mes états d'âme. Toujours dans la retenue, je ne laisse rien filtrer. Ce soir, je porte un tailleur ajusté, cette tenue censée clamer mon sérieux à la face du monde… et il ne me va pas.

Je suis trop serrée. Étriquée. Enfermée dans un rôle.

Je m'interromps à plusieurs reprises pour tremper les lèvres dans mon vin et répondre aux sourires de Wade. L'énergie qui circule entre nous me rend vivante. Les battements de mon cœur s'accélèrent. Je respire pleinement. Cette session improvisée est une véritable bouffée d'oxygène.

— Tu débordes.

Je cligne des paupières. Mes jets de peinture dépassent le contour du blaze.

— Merde !

Je tente de rattraper ma bêtise, ce qui transforme le *e* en un *q*.

— Laisse-moi faire, s'amuse-t-il.

Il se penche et s'empare de ma bombe de la main gauche. Celle qui est tatouée. Je recule, un peu titubante, alors qu'il remet mon blaze en état.

— Ce tatouage, il vient d'où ?

— De la prison, répond-il du tac au tac.

— Il y a des tatoueurs en prison ?

— Tout le monde peut être ce qu'il veut, là-bas.

Je recule encore et bute contre un tabouret. J'en profite pour m'y asseoir et prends une nouvelle gorgée de vin.

— Comment c'était ?

— Sans intérêt.

— Je veux savoir.

Il se retourne et jette un œil au verre que je tiens entre mes doigts.

— Repose ça, tu as assez bu.

À nouveau ce ton autoritaire, qui me fait légèrement glousser, m'indiquant au passage qu'il a raison : j'ai assez bu. Sauf que je n'ai pas envie d'arrêter, parce que je me sens bien, et que ça fait longtemps que ça ne m'est pas arrivé.

Il grogne quand je porte le vin à mes lèvres, ce qui me paraît incroyablement sexy. Le son rauque roule dans mon ventre et répand sa chaleur jusqu'à ma poitrine. Tout s'intensifie lorsqu'il quitte le mur pour revenir vers moi.

Ses yeux flamboyants dans les miens, il éloigne le verre de ma bouche et le pose derrière lui.

— Ne me regarde pas comme ça, chuchote-t-il.

— Comment ?

Il garde le silence. J'ai une conscience aiguë du regard que je lui offre ; si je le pouvais, je déchirerais ses vêtements avec les dents, et la petite voix intérieure qui me dit de me reprendre ne fait qu'attiser mon désir.

— Les amis ont le droit de se regarder, ce n'est pas interdit.

Le détournement de ses propres mots le fait à peine sourire. C'est à cet instant que je comprends qu'il lutte, lui aussi.

— Sommes-nous des amis ? demandé-je.

— Oui.

— Alors pourquoi penses-tu à la même chose que moi ?

— Parce que j'ai bu, moi aussi.

— C'est tout ?

Il fronce les sourcils.

— Non, Kenzie, ce n'est pas tout. Mais on en parlera quand tu n'auras plus l'équivalent d'une bouteille de vin dans le sang.

Il me dévisage durant un temps qui me paraît interminable. J'ai un mal fou à ne pas tomber dans le piège de ce beau visage. Mes bras me hurlent de m'accrocher à son cou et ma bouche ne demande qu'à épouser la sienne. C'est maintenant officiel : mon cerveau a déserté mon corps.

Il me faut réunir toutes mes forces pour reprendre le contrôle de la situation.

— Raconte-moi ton séjour en prison, s'il te plaît.

— Tu tentes la politesse pour m'amadouer ?

— Ça fonctionne ?

— Hmm. Pour répondre à ta question, disons que les clichés qu'on s'en fait collent plutôt bien à la réalité. Il y a des bandes, des gangs, tu apprends vite à reconnaître tes ennemis et à te défendre. La loi du plus fort et toutes ces conneries sont vraies.

— D'où ce côté dominateur…

Il me regarde, perplexe.

— Tu ne manifestais aucun signe de supériorité, avant, dis-je. Tu ne donnais pas d'ordres, du moins, pas à moi. Tu t'imposais dans le silence. Tu as changé, là-bas.

— Peut-être, admet-il.

Je divague au gré du tracé de sa mâchoire. Il arbore une barbe de quelques jours. Si j'y posais mes doigts, je dirais sûrement qu'elle est râpeuse. Ressentirais-je des pulsations là où il ne le faudrait pas si je m'y aventurais ?

Oui. Clairement, oui. Puisque, sans que je ne touche rien, elles sont déjà là.

— Kenzie.

Je reviens à ses yeux, où se bousculent reproches, amusement, et un je-ne-sais-quoi… d'envie ? De frustration ?

— Arrête, dit-il.

— Je ne fais rien.

— Tu parles avec les yeux.

— Toi aussi, fais-je remarquer.

Il a un sourire en coin. J'ignore pour quelle raison je ne lui saute pas dessus… Tous les éléments sont pourtant réunis. Peut-être qu'une digue plus résistante que les autres n'a pas cédé. Je ne sais pas si cette retenue me plaît.

Pourquoi *lui* ne me saute pas dessus ?

— Tu as dû te battre ?

J'intercepte une brève œillade sur mes lèvres, avant qu'il confirme.

— C'est le rite de passage. Quelques jours après mon arrivée, des types m'ont coincé dans un couloir. Certains détenus ont des arrangements avec les gardiens, ça leur permet d'asseoir leur pouvoir. J'ai été passé à tabac. Par la suite, j'ai fait en sorte que ça n'arrive plus.

— C'est-à-dire ?

— On peut toujours s'en tirer par l'intimidation. Si ça ne suffit pas, il ne te reste plus que ton corps pour te protéger.

Ou l'art et la manière de me rappeler qu'il a une musculature à se damner.

— Et le tatouage ?

— Tu n'en démords pas.

— Il est… surprenant. J'aurais plutôt vu un ex-taulard se faire tatouer un immense dragon crachant ses flammes sur toute la surface du dos.

Ou des têtes de mort. Un flingue. Une sirène avec les seins nus. Une citation entre les omoplates qui dit que seul Dieu peut te juger. Un truc dans ce genre.

Il rigole.

— Déçue ?

— Intriguée, je dirais. Sur la forme comme sur le fond, pour autant qu'il ait un sens pour toi. Enfin, j'imagine que c'est le cas.

Il observe sa main gauche, ouvrant et fermant ses doigts plusieurs fois.

— J'avais un codétenu dans ma cellule. Il se faisait appeler Dingo, je n'ai jamais connu son vrai prénom.

— Quel rapport avec ton tatouage ?

— Dingo était étrange. Il comptait ses pâtes avant de les manger. Il récitait l'alphabet à l'envers avant de s'endormir. Je l'ai vu uriner dans le gobelet qui nous est fourni avec notre plateau-repas et boire dedans.

— Tu plaisantes ?

Il sourit à pleines dents devant ma grimace de dégoût.

— Pour lui, ça avait la même couleur que l'or. Il était persuadé qu'en buvant sa pisse il deviendrait riche. Il était bien siphonné, mais pas méchant. C'est grâce à lui que j'ai pu me tatouer.

— En fin de compte, je ne suis pas sûre d'avoir envie d'en savoir plus…

— Rien que de très banal, m'assure-t-il. On pouvait se faire un peu d'argent en bossant pour la prison. Dingo était à la plonge, et grâce à son salaire il s'achetait des stylos-bille. Leur encre servait pour les tatouages.

L'information arrive à mon cerveau avec un temps de retard.

— Attends… Tu veux dire que ton tatouage a été fait avec de l'encre de stylo-bille ?

Il acquiesce, comme si tout cela était parfaitement normal.

— Je l'ai fait un soir, après la ronde.

— C'est pour ça que le dessin est aussi simple ?

De fait, son explication invalide mon hypothèse du dragon.

— C'est exactement le symbole que j'avais en tête.

Il se redresse soudainement.

— Tu ne sors pas d'ici, cette nuit. Prends ma chambre, je dormirai sur le canapé.

Il s'éloigne et commence à ramasser les bombes de peinture usagées. Je reste interdite par l'interruption brutale de notre conversation.

— Au cas où tu n'aurais pas compris, j'aimerais connaître la symbolique de ton tatouage.

Il jette les bombes à la poubelle.

— La salle de bains se trouve juste à côté de la chambre. Prends un de mes T-shirts, ils sont rangés dans le deuxième tiroir de la commode.

Je descends du tabouret avec difficulté. L'environnement tangue comme si j'étais sur un paquebot malmené par une tempête. Wade passe un bras autour de ma taille, évitant que je m'étale au sol.

— Tu as mangé, aujourd'hui ?

Je m'accroche péniblement à son torse.

— Le tatouage, insisté-je.

De son autre bras, il me fait basculer, avant de me porter vers la salle de bains. Je présume que je peux toujours me brosser pour obtenir une réponse.

Chapitre 21

Mackenzie

Moins d'une minute plus tard, la salle de bains m'accueille. Je tente de pousser sur mes bras pour m'asseoir sur le meuble, mais bizarrement mes muscles ne semblent pas décidés à m'obéir. Wade fait couler l'eau du robinet en me regardant du coin de l'œil.

— Tu vas te blesser.

N'écoutant que mon courage, je fais une nouvelle tentative.

— Ce meuble est beaucoup trop haut ! Les concepteurs de salles de bains devraient plancher sur la hauteur réglementaire d'une vasque, ou inclure un escabeau dans leurs plans !

Il agrippe ma taille et me dépose à côté du lavabo.

— Ou avoir un Wade sous la main, ajouté-je.

Je vois trop flou pour suivre ses mouvements, mais je sens parfaitement l'étoffe moelleuse et humide qui glisse sur mon front.

— C'est glacé.

Pour appuyer mes protestations, je remue la tête, mais, tout ce que j'obtiens, c'est que l'arrière de mon crâne heurte le miroir. Soit cet endroit est minuscule, soit je suis une empotée.

Une pression sur ma nuque me force à reprendre la position précédente.

— C'est mieux ? dit-il quelques secondes plus tard.

J'opine, les yeux fermés, et me laisse porter par la lenteur des cercles qu'il trace sur ma peau.

— Je crois que je suis bourrée.

Je perçois un léger rire, tandis que les caresses sur mon visage se poursuivent.

— Ce n'est pas une possibilité, Kenzie. Tu es torchée.

Il ramène mes cheveux en arrière et je me détends, savourant les délicates pressions du gant de toilette sur ma peau.

— Le tatouage ?

Il m'abandonne un petit moment puis reprend son massage. L'eau, à température ambiante, m'aide à reprendre pied dans la réalité.

— À ton avis, Kenzie, qu'est-ce qu'il signifie ?

Sa voix est toute proche. Il doit se tenir à moins de trente centimètres de mon oreille.

— Je ne sais pas. Trois lignes de trois points ?

— Ça t'évoque quoi ?

Il passe patiemment le gant sur mes paupières, puis sur mes tempes. Je ne peux pas m'empêcher de sourire. C'est délicieux.

— Le morse. Tu parles en morse.

— Du braille, tu veux dire ?

— Hein ?

— Ce n'est ni du morse ni du braille, murmure-t-il, tout en coulant vers ma mâchoire.

Il exerce une légère pression dans mon cou, et je suis certaine qu'il sent mon pouls battre sous ses doigts.

— Ce sont des points de suspension, m'explique-t-il.

De l'eau revient sur mon front, et toutes les tensions disparaissent. Je me laisse entièrement pétrir et toucher. Le plaisir est si intense que je ne veux pas rouvrir les yeux.

— Pourquoi tu t'es tatoué des points de suspension ?

— Parce que je voulais me persuader que l'histoire n'était pas terminée.

Un gémissement incontrôlable jaillit de ma gorge quand il s'attarde à l'arrière de mes oreilles. Je remercie l'alcool d'avoir anesthésié ma dignité puisque je n'en suis absolument pas gênée.

— Tu te sens mieux ?

— Mmm.

Il masse la peau de cet endroit avec une lenteur délicieuse.

— Ne t'arrête jamais, c'est beaucoup trop bon.

— Je vois ça.

La volupté dans sa voix fait grimper le plaisir de quelques degrés encore. Je pourrais rester ainsi pour l'éternité, laissant à Wade le soin d'assurer mon bien-être.

Il prend le temps de me rafraîchir, encore et encore. Tout en patience. Son contact me fait l'effet d'un voyage dans le temps. Là, tout de suite, j'ai envie de retourner à San Francisco, et d'ouvrir la boîte qui renferme mon cœur. De le lui donner. Ou plutôt le lui rendre.

Parce que, soyons clairs, mon cœur lui appartient.

— Pourquoi dessiner trois fois des points de suspension ?

Il effleure mon nez, ma bouche. Je me tends instinctivement vers lui.

— Compte le nombre de points.

Ses doigts terminent leur chemin sous mon menton.

— Je ne comprends pas.

Je rouvre péniblement les yeux. L'intensité de son regard me fait les refermer un instant, mais ce n'est rien comparé à l'illumination qui me heurte de plein fouet.

Trois lignes de trois points.

Ça fait neuf.

Ça fait Nine.

Ça fait moi.

Il sourit à l'instant où je mesure tout ce que cela signifie.

Pendant que je me constituais une armure de battante inébranlable, il ne pensait qu'à moi.

Alors que j'essayais de l'oublier, il s'efforçait de me garder en lui.

— Pourquoi ?

Il lâche le gant dans l'évier et ferme le robinet.

— Tu me poses vraiment la question ?

Ses mains se placent de chaque côté de mes hanches. Son visage à hauteur du mien, je déglutis. Est-ce le moment où j'ai l'autorisation de découvrir la rugosité de sa barbe ?

— Je te voulais dans ma peau, Kenzie, c'est tout.

— Tu m'aimais encore, à ce moment-là ?

Je suis mortifiée par ma propre franchise. Il faut que j'arrête de boire, ça atomise mes barrières et me rend bien trop directe.

Wade doit s'en apercevoir car il a la délicatesse de m'épargner la réponse.

— Que dirais-tu de manger quelque chose ? propose-t-il.

— Oui. Manger. C'est une bonne idée. Faisons ça.

Il opine et m'aide à redescendre. Ses mains s'attardent une seconde au niveau de ma taille, et je trouve qu'elles sont à la bonne place. Sur moi. Je voudrais qu'elles ne saisissent rien d'autre que moi.

Reprends-toi !

Je m'écarte et navigue au radar jusqu'à sa chambre. Boomer est toujours à l'endroit où je l'ai laissé, endormi, émettant des ronflements remarquablement sonores pour sa petite taille.

— Je vais te préparer une assiette.

À peine a-t-il poussé la porte que je plonge le nez dans son oreiller. Son odeur me tourmente à nouveau. Je m'endors en une seconde, le ventre vide, avec des images de sa bouche férocement plaquée contre la mienne.

Chapitre 22

Mackenzie

Les rayons du soleil agressent mes yeux, mais ce n'est pas grand-chose à côté de ce que le rugissement des klaxons fait subir à mes tympans. Quant aux quelques marches à grimper pour entrer dans le bâtiment, elles vont avoir raison de mes cuisses ankylosées.

Bref, cette gueule de bois est sévère.

Je ne sais toujours pas comment j'ai réussi à me lever et à arriver jusqu'ici sans perdre un morceau de mon corps en chemin. J'ai le cerveau en compote et le cœur rongé par la culpabilité.

J'ai complètement déconné, hier soir. Pourquoi ai-je laissé Wade m'entraîner vers le passé ?

Je pose une main sur mon front brûlant en me remémorant la puissance de mon désir pour lui. *Voilà pourquoi.* Je me demande si le plus affreux est le fait que je m'en souvienne, ou que Wade ait parfaitement compris ce que je ressentais.

— Vous devriez songer à dormir, de temps en temps.

Si j'en avais le courage, je répondrais à Bettany. Non, même pas. Je suis envahie par mes réflexions, par Wade ; le reste ne m'intéresse pas.

Je ne l'ai jamais oublié. Prétendre le contraire serait mentir. Mon dérapage d'hier soir en est la preuve, et la façon dont j'ai fui, tout à l'heure, démontre que je ne sais pas comment faire face à la situation.

Je suis sortie de chez lui en rasant les murs. Il dormait sur le canapé, et je ne l'ai regardé que deux secondes. J'aurais flanché à la troisième.

J'ai subi notre histoire une première fois, et j'en suis ressortie avec des bleus à l'âme. Comment pourrais-je lui faire confiance une deuxième fois ? Non, il n'y a pas d'avenir entre nous.

Le problème, c'est que, dans le présent, il m'est impossible de me le sortir de la tête.

— Mackenzie ?

Retour au réel.

— Que faites-vous ? m'interroge Bettany.

Je viens d'entrer dans le bureau de Matt au lieu du mien. Bon sang, je suis détraquée.

— Je cherche Matt, mens-je sans grande conviction.

— Il enquête pour son prochain sujet. Certaines personnes se bougent, comme vous le voyez.

Elle m'a dans sa ligne de mire, mais, ça, je le savais déjà.

Depuis que le dossier Nellie Kern est en berne, je l'ai sans cesse sur le dos. Elle veut des infos, des scoops, des révélations, des clics sur son site et de la notoriété. Ça me fatigue. Mais elle a beau me pousser à bout, je ne mettrai pas Wade en danger.

Je retrouve mon bureau et zone toute la journée : j'oublie de manger à midi, je planche sur un article insipide pour fournir un minimum de résultats, et j'envoie un texto à Wade, prétextant une surcharge de travail pour qu'il ne vienne pas me chercher.

Je suis sur le point de craquer.

Les jours suivants, je déploie un arsenal de bobards pour ne pas avoir affaire à lui. Il doit se douter que je l'évite, et je m'en veux d'être aussi lâche. En plus, il détient Boomer en otage. Il faut vraiment que je travaille à reconstruire ma forteresse, ça devient primordial.

Les locaux d'*Accuracy* sont étonnamment calmes, ce matin. Bettany est calfeutrée dans son bureau, et je ne la vois émerger qu'à deux reprises, pour discuter des prochains articles avec Oren et April. Me laisserait-on un peu de répit ? J'y crois dur comme fer, jusqu'à l'arrivée en fanfare de Matt, après une semaine d'absence.

— Mackenzie, quel plaisir !

Comme à son habitude, il pénètre sur mon territoire sans autorisation. Il n'est pas encore assis que j'ai déjà envie de lui faire avaler son satané cure-dent.

— Tu dors mal, ces temps-ci, non ? Tu as une tête à faire peur.

— J'ai été ravie de te revoir, tu connais la sortie.

Il s'installe en face de moi et prend ses aises dans le fauteuil qu'occupe habituellement Bettany, les bras sur les accoudoirs. Le retour du collègue insupportable est maintenant officiel.

— Tu ne me demandes pas comment s'est passée ma semaine ?

Je n'ai même pas la force de lui signifier mon indifférence.

— Bien, j'imagine, comme toujours.

— Excellemment bien, renchérit-il. Ce petit voyage m'a donné une pêche d'enfer !

— Génial.

J'ouvre ma boîte mail et supprime un par un les messages des lecteurs d'*Accuracy*. Ils continuent d'émettre leurs hypothèses sur Nellie. Je ne m'inquiète pas de leurs recherches puisque je n'ai jamais lu quoi que ce soit qui puisse mettre Wade dans une position délicate.

— J'ai vu du monde. Beaucoup de monde.

Il est encore là. Je soupire.

— Écoute, Matt, je ne suis vraiment pas d'humeur. Menace-moi tout de suite, qu'on en finisse.

Un lent sourire étire ses lèvres. Il ressemble à une version démaquillée du Joker, c'est assez déplaisant.

Calmement, il avance le buste et s'accoude à mon bureau.

— Ça n'a pas été facile. San Francisco est une ville immense. Il m'a fallu enquêter, mais tu peux me féliciter, j'ai fini par trouver ce que je cherchais.

La façon dont il pose sa voix me dérange. Il est à la fois nonchalant et sûr de lui. Je note également l'insistance sur sa destination. San Francisco. La ville natale de Wade. Mon cœur commence à s'affoler.

— Toutes mes félicitations, dis-je avec toute la neutralité dont je suis capable. Sors de mon bureau.

— Tu n'as pas envie de savoir ce que j'y ai fait ? C'est pourtant une histoire passionnante.

J'essaie de focaliser mon attention sur les mails, sans succès. La curiosité le dispute à l'angoisse qui va croissant.

Je me redresse dans mon fauteuil en rivant mes yeux aux siens.

— Raconte-moi, je suis impatiente.

— Ce périple était… instructif. À vrai dire, j'ai surtout été fasciné par la Mercy High School. Tu connais ? Et surtout par l'étrange population qui y étudie.

OK. Maintenant, ça sent franchement mauvais. Qu'est-ce que ce connard est allé faire dans mon ancien lycée ? La colère me permet au moins de serrer les dents et de ne pas perdre mes moyens. J'esquisse un rictus mauvais.

— Tu t'es rendu dans mon lycée, très bien. Tu montes un papier sur moi, c'est ça ? Tu sais, Matt, l'obsession est problématique, mais ça se soigne. Avec un bon professionnel, je suis certaine que tu t'en sortiras.

— Un psy, tu veux dire ? J'hésite… Camelia Davis ne m'inspire pas franchement confiance.

Je commets l'erreur de me redresser un peu plus contre le dossier de mon fauteuil. C'est furtif, je me reprends dans l'instant, mais ça ne lui échappe pas.

Il jubile.

— Je ne savais pas que tu avais des soucis, s'amuse-t-il. Quand je te vois, j'ai vraiment du mal à me dire que tu faisais des crises d'angoisse.

Je ne ris plus du tout. J'ignore par quels moyens, mais cette raclure a obtenu mon dossier.

— Qu'est-ce que tu cherches ? demandé-je froidement.

— Rien, Mackenzie. Rien du tout. Je ne fais que rapporter des faits. C'est assez drôle de retracer ton passé. Toi qui te montres si insensible, on ne se doute pas un instant que tu as vécu de telles choses. Oh ! et au fait je suis désolé pour ta meilleure amie. Sincèrement.

Matt est une entité de mon présent, il n'a pas de rapport avec mon histoire. Le fait qu'il ressorte de vieux cadavres du placard me perturbe profondément.

— Pourquoi enquêtes-tu sur moi ?

Lentement, il pose un coude sur une table, puis cale son menton au creux de sa paume. L'air satisfait du parfait connard.

— On ne va pas se le cacher, tu m'insupportes. Mais, s'il y a bien une chose que je ne peux pas te reprocher, c'est ton dévouement envers *Accuracy*. Tu es une conquérante. Enfin, tu aurais pu en être une.

Il se lèche la lèvre inférieure, comme s'il goûtait par anticipation la suite de son discours.

— Comme toujours, tu as pris ton dernier sujet très à cœur. On t'a vue bosser dessus, faire des recherches, rester au bureau tard le soir. Du Mackenzie tout craché : intransigeante et professionnelle. Les articles que tu as publiés étaient percutants, je l'avoue. Tu as fait avancer les choses.

— Viens-en au but.

— Nellie Kern commençait à perdre de son mystère, grâce à toi. Et puis, d'un coup, plus rien.

Il cale de nouveau son dos contre le dossier de la chaise.

— Peux-tu m'expliquer pourquoi, du jour au lendemain, tu as cessé d'alimenter les spéculations ?

— Je stagne, je l'ai déjà dit.

Il ricane.

— On sait tous les deux que c'est faux. Quand tu veux la vérité, tu l'obtiens. C'est comme ça que tu fonctionnes. Tu as Bettany à ta merci parce que tu es sans cœur. J'ai trouvé très étrange que tu baisses les armes aussi brusquement. Ça ne te ressemblait pas. Alors, j'ai effectué quelques recherches.

Pas peu fier de sa petite mise en scène, il fait craquer ses doigts et inspire avec délectation.

— Je suis remonté jusqu'à ton adolescence. Je me suis retrouvé à la Mercy High School, où la directrice se souvenait de toi. Plus précisément, elle se rappelait une bagarre. Je n'aurais jamais cru que tu frapperais une fille. Terry, c'est ça ?

Il a vraiment fouillé. Il m'éclabousse de souvenirs désagréables, et je trouve très inquiétant que ça le rende à ce point ivre de joie.

— Inutile de répondre, je *sais* qu'elle s'appelle Terry. Elle est d'ailleurs plutôt bavarde. Tu savais qu'elle avait un enfant ? Une petite fille, aussi mignonne qu'elle.

— Tu as…

— Je l'ai rencontrée, oui, me coupe-t-il. Elle est charmante. Elle ne t'en veut plus pour cette histoire, d'ailleurs, elle m'a demandé de te le dire. Elle a compris ta réaction. Tu étais amoureuse, alors comment te reprocher ce comportement inapproprié ? C'est vrai que, si j'avais été une ado en plein pic hormonal, j'aurais sans doute aussi perdu la tête pour un *bad boy.*

Je me liquéfie. Il exulte.

— Wade avait tout pour exciter les filles sages. Un beau garçon qui résiste à tout le monde, c'est attrayant. Il avait un côté insaisissable, c'est sûrement ce qui t'a plu. Dommage que tu aies dû rompre. Bon, malheureusement, il vendait de la drogue, j'imagine que c'est lié.

Son récit est erroné à quelques endroits, mais ça ne m'empêche pas de sentir le monde se dérober sous mes pieds.

Il connaît l'existence de Wade.

— D'après Terry, il était mystérieux, poursuit-il. Il ne parlait pas, ne se mêlait pas à la foule. Il conservait ses secrets bien au chaud. Ça ne te rappelle pas quelqu'un ?

Il a fait le lien.

— Je ne vois pas de quoi tu parles, dis-je, tentant une défense sans espoir.

— Tu vois très bien.

Son sourire disparaît pour laisser place à une expression impitoyable.

— J'ai tous les détails en ma possession. Wade est Nellie. Tu refuses de faire ton boulot de journaliste parce que tu protèges cet homme. C'est mignon, se moque-t-il. Je me demande à quel point il t'a touchée pour que, sept ans plus tard, tu refuses qu'on mette au jour sa véritable identité…

Il n'a pas tous les détails, c'est certain. Quand bien même, il badine sur mon histoire avec Wade et ça ne me plaît pas du tout.

— Qu'est-ce que tu veux ?

Ma question fait office d'aveu.

Oui, Nellie Kern et Wade Keller sont la même personne. Oui, je l'ai aimé. Oui, je le protège. Et, oui, j'ai conscience que, si Matt vient me voir avant de livrer cet article de choix à Bettany, c'est parce qu'il attend quelque chose de moi.

En temps normal, je déteste me trouver en situation d'infériorité. Mais, si en plus c'est Matt qui a le dessus, ça me rend dingue.

— Putain ! lance-t-il en riant. Je ne pensais pas que ce serait aussi simple ! Tu es encore amoureuse, en fait.

— Dis-moi ce que tu veux.

Il se calme et prend le bâton que je lui tends pour me faire battre.

— Tu vas démissionner. Quitter *Accuracy*. Et le métier de journaliste. Je ne veux plus voir ton nom à la fin d'un papier. Jamais. De n'importe quel canard. Si tu réapparais, même sous un pseudonyme, je le saurai, et ton Wade chéri finira à la une des tabloïds.

Chapitre 23

Mackenzie

J'accuse le coup. Péniblement.

J'ai passé cinq années de ma vie à étudier le journalisme. Je me suis démenée pour obtenir mon diplôme, j'ai démarché des employeurs et subi la ronde des entretiens d'embauche. J'ai bâti ma reconstruction sur le besoin de révéler la vérité. Et il est en train de m'ordonner de dire adieu au terreau sur lequel a poussé celle que je suis devenue.

Sans le journalisme, il ne me reste rien. Je ne suis plus rien.

— Je n'ai pas d'autre qualification que celle-ci, Matt. Le journalisme, c'est tout ce que je sais faire.

— Dommage.

Il s'en fiche complètement. J'aurais dû m'en douter.

À le regarder jubiler, je sais qu'il ne pliera pas. Ai-je envie de mettre un terme à ma vie professionnelle ? Non, car c'est injuste. Ai-je envie que le secret de Nellie Kern éclate au grand jour ? Non plus, car Wade pourrait en mourir.

Je n'ai pas le choix.

Je prends aussi conscience que je suis capable de me sacrifier sans la moindre hésitation. Et c'en est effrayant.

— Comment puis-je être assurée que tu garderas ces infos pour toi ?

Il me sourit, comprenant que j'accepte le marché.

— Il va falloir me faire confiance.

— J'ai besoin de plus.

— Contente-toi de ce que je te donne. Tu remettras ta lettre de démission la semaine prochaine. Lundi, par exemple. Ça te laisse le week-end pour trouver les raisons de ce soudain départ. Ne me remercie pas.

Il recule le siège et se lève, bienheureux. Il se contrecarre de Nellie et de Wade : tout ce qu'il voulait, c'était que je disparaisse du paysage, et il l'a obtenu. Je ne peux m'empêcher de cracher mon venin lorsqu'il pose la main sur la poignée de ma porte.

— Tu viens de me prouver que je représentais une menace pour ta carrière alors que je n'ai jamais cherché à l'être. Ce n'est pas en m'évinçant que tu réussiras. D'autres passeront devant toi.

— Tu es insignifiante, Mackenzie.

— Pas pour toi, manifestement.

Ses yeux m'insultent. Quelque part, il sait que j'ai raison. C'est une maigre consolation, mais pour l'instant je n'ai pas d'autre choix que m'en contenter.

Cette conversation tourne dans ma tête toute la journée. Je suis incapable de me concentrer. Quand vient l'heure de partir, j'ai droit à un « bon week-end » glacial de Bettany et à un clin d'œil de Matt. L'hypocrisie de ce dernier m'achève.

Dans la rue, j'ai le sentiment de perdre tous mes moyens. Les rues fourmillent de monde. Des tremblements me gagnent. Brefs regards. Coups d'épaule involontaires. Badauds qui me collent un peu trop… Ma paranoïa est de retour. Je m'engouffre dans la bouche de métro, le cœur au bord des lèvres.

Du monde. Plein de monde. Trop de monde. Je me sens oppressée. Une boule d'anxiété grossit dans mon ventre. *Tous ces gens…* Ma respiration s'accélère, mon torse se soulève rapidement, et je constate qu'un vieux démon tente de reprendre du service.

Je déglutis et recule. Grimper dans la rame ne m'aidera pas à me calmer. Malheureusement, dans la marée humaine, personne ne me laisse passer.

— Pardon.

Je bouscule un homme.

— Excusez-moi.

J'en pousse un autre. Le chemin vers la sortie est interminable.

Respire, Mackenzie.

Mes poumons se contractent douloureusement.

Quatre secondes d'inspiration. Quatre secondes de retenue. Quatre secondes d'expiration.

J'atteins les escaliers dans un tourbillon émotionnel ; je suis en train de faire une rechute ; je vais perdre mon travail ; Matt sait pour Wade ; les pensées s'entrechoquent et déclenchent un véritable début de panique. C'est alors que quelqu'un empoigne mon bras.

Mon réflexe, porté par la surcharge d'adrénaline, est immédiat. J'extirpe mon spray au poivre en me retournant et appuie sur l'embout, atteignant en plein visage celui qui me retient prisonnière.

Il me lâche et lance une bordée de jurons en portant les mains à ses yeux.

C'est un véritable colosse. Et, sans que je sache pourquoi, il me dit vaguement quelque chose.

— Arrêtez de me suivre ! Je sais que c'est vous !

J'aurais paru moins ridicule si je ne glapissais pas comme un chien. Tout en me tenant la gorge, je l'étudie et… oui. Son physique monstrueux ne m'est pas étranger.

J'ai déjà dû le croiser sans m'en rendre compte. Pendant qu'il m'épiait. Me regardait. Me traçait. Ces hypothèses font remonter un violent frisson dans ma colonne vertébrale.

— Pourquoi faites-vous ça ? Qui êtes-vous ?

Il frotte vigoureusement ses paupières. Visiblement, le spray est efficace.

— Vous allez bien ? finit-il par demander.

J'ai un mouvement de recul. Il va falloir m'expliquer pourquoi mon agresseur se soucie de mon bien-être.

— Vous aviez l'air de… Auriez-vous de l'eau ? Ça brûle un peu.

Il étire la nuque et tente d'ouvrir les yeux. Raté. Ses yeux sont ourlés de rouge et ses paupières sont affreusement gonflées. Le flot de liquide qui s'écoule sur ses joues est impressionnant.

— Vous êtes toujours là ?

Et c'est là que je le reconnais. La surprise est telle qu'elle supplante l'essentiel de mon début de crise d'angoisse.

Max.

— Oui, finis-je par rétorquer, hébétée.

— Mademoiselle Rowe, sans vouloir vous commander, j'aimerais me passer de l'eau sur le visage.

Les gens commençant à nous observer, je l'attrape par le bras et l'aide à monter les marches.

— Je n'ai pas d'eau, mais il y a un distributeur de boissons à l'étage. Mon Dieu, Max, je suis désolée…

— Vous savez vous défendre, c'est une bonne nouvelle.

— Pouvez-vous m'expliquer ce que vous faites ici ?

Il grimace de nombreuses fois, au point que je me sens coupable. J'ai dû lui exploser les rétines.

— J'assure votre protection, même si la situation actuelle n'en donne pas nécessairement l'impression.

— Ma « protection » ?

Notre duo ne passe pas inaperçu. Par bonheur, le stress commence à refluer en moi.

— Il me l'a demandé, acquiesce-t-il. Le distributeur est encore loin ?

Inutile de chercher le prénom caché derrière ce « il ». La colère succède à l'étonnement.

— Encore quelques mètres.

Je jette les pièces dans la machine et récupère la bouteille ; il s'asperge la tête sans se préoccuper de l'eau qui dégouline sur sa tenue de ville.

Ainsi donc Wade me flique ?

Chapitre 24

Wade

J'entame ma quatrième série de tractions quand une clé tourne dans la serrure de ma porte d'entrée. Je lâche la barre, passe une serviette sur mon visage et la balance dans la corbeille.

Jax rentre ce soir de sa virée en Californie. D'après son dernier appel, il a besoin d'un remontant. Le séjour s'est moyennement bien déroulé.

— Wade !

Je m'arrête dans le couloir, les sourcils froncés. Des bruits de pas rapides se font entendre depuis le séjour. Si elle ne faisait pas la morte depuis une semaine, j'aurais pu croire que c'était elle, mais…

— WADE !

… C'est bien elle.

Je rejoins le salon en étirant les épaules et cache ma surprise de la découvrir près du canapé. Elle semble furieuse.

Son air meurtrier monte en puissance lorsqu'elle trouve mon regard Je devrais intervenir, mais les poings qu'elle a serrés sur ses hanches et ses joues rougies par la colère lui confèrent un charme sauvage.

Je ne peux m'empêcher de sourire.

— Jolie entrée en matière après une semaine de silence.

Elle s'avance d'un pas rageur.

— Premièrement, ce ton-là n'est pas le bienvenu. Deuxièmement, cesse de sourire ou tu finiras comme Max. Troisièmement : de quel droit te permets-tu de me fliquer ?!

Je n'ai pas le temps d'intégrer ses paroles qu'elle pointe un doigt furibond dans ma direction.

— Tu as conscience de la trouille que j'ai eue pendant des semaines ?

Tu lui as demandé de me suivre, j'ai cru qu'un malade m'avait choisie pour être sa prochaine victime ! J'ai failli faire une crise dans le métro !

— Une crise d'angoisse ?

Elle lève les yeux au ciel alors que je cesse de sourire.

— Tu en fais toujours ?

— Non, et ce n'est pas la question !

— Tu viens de…

— On s'en fiche, de mes angoisses, Wade ! Bon sang ! Je te parle de Max et du fait que tu lui as demandé d'« assurer ma protection » !

Je contiens l'envie de lui cracher mon agacement à la figure. Comment peut-elle prendre son anxiété aussi à la légère ? J'ai été témoin des dégâts qu'elle a causés chez elle. Ça me contrarie d'apprendre qu'elle n'appartient pas qu'au passé.

Néanmoins, je ne dis rien, me contentant d'essayer de comprendre ce qu'elle a dit.

Elle sait, pour Max. Ce n'était pas censé arriver ; j'ignore ce qui s'est passé pour que mon vigile se soit fait choper. Il parvenait pourtant à maîtriser la situation, malgré les difficultés — depuis qu'elle vient ici pour Truc, il doit arriver avant elle et se poster à l'entrée comme s'il ne l'avait pas suivie toute la journée.

— Jax m'a dit que tu croyais être surveillée.

Elle se fige net. Le doute inonde son visage.

— Quand est-ce qu'il t'a dit ça ?

Je croise les bras sur mon torse.

— Le soir où on s'est retrouvés. J'ai demandé à Max de garder l'œil sur toi juste après.

Elle semble se décomposer.

— Je croyais que… Je n'ai pas réfléchi, je pensais que Max était celui qui… bref.

— « Celui qui » quoi ? Tu penses bien être suivie ?

— C'est juste une impression, il n'y a rien de concret. Et là n'est pas le problème.

— Justement, si, c'est le problème, dis-je, piqué au vif par sa désinvolture. Si on te coince au détour d'une rue, crois-moi, tu auras besoin de Max.

— Tu imagines le pire ! râle-t-elle. Je ne suis pas toi, je n'ai pas vendu un baron de la drogue à la police, on ne me recherche pas pour mettre ma tête sur une pique ! Et, quand bien même ce serait le cas, c'est à moi de décider de la façon dont je veux me protéger. Tu aurais dû me demander mon avis, Wade.

— Pas quand il s'agit de ta sécurité.

— Alors, c'est comme ça que tu fonctionnes ? Tu imposes tes choix aux autres ?

Elle est trop butée pour que je lui fasse entendre raison. Ce n'est pourtant pas compliqué : je veux lui éviter le moindre risque, et je me fous qu'elle soit d'accord ou non.

Je soupire.

— Il peut arriver n'importe quoi quand tu marches dans la rue : un gamin qui te tire ton sac, un pervers qui croit qu'il peut te toucher ou pire encore. J'ai grandi à Tenderloin. J'ai côtoyé la face obscure de l'espèce humaine. Tu pourras me dire ce que tu voudras, je ne te laisserai pas seule. Pas tant que tu estimeras que tu es menacée.

— Je n'ai jamais laissé entendre une chose pareille.

— Tu te sens suivie. C'est une menace.

— C'est une hypothèse ! Si vraiment quelqu'un en avait après moi, il aurait déjà agi. Et je sais me défendre ! Demande à ton vigile, il est en train de poser des compresses sur ses yeux parce que je l'ai rendu temporairement aveugle.

Je lève un sourcil dubitatif.

— J'ai vidé ma bombe de spray au poivre sur lui, s'explique-t-elle, lasse. Si tu ne me crois pas, descends au rez-de-chaussée. Tu constateras que je ne suis pas fragile.

Max mesure un mètre quatre-vingt-quinze et pèse plus de cent kilos — CV à l'appui. Face à lui, Kenzie est aussi dangereuse qu'un moineau.

Il a sûrement été pris par surprise, elle a eu de la chance, voilà tout.

— OK. Tu sais te servir d'un spray au poivre. Qu'en serait-il si tu n'avais que tes mains et tes jambes ?

— J'ai de bons réflexes, affirme-t-elle.

— Prouve-le.

— Pardon ?

Quand j'avale la distance qui nous sépare, elle perd son assurance. Kenzie a beau jouer à la femme forte, je sais pertinemment que notre proximité l'ébranle. Moi aussi, elle me trouble, mais à la différence d'elle je l'assume.

— Qu'est-ce que tu fais ?

Ce n'est pas moi qui l'inquiète, mais l'afflux de plaisir qui coule dans ses veines. Je la connais. Je l'ai eue entre mes bras, sur ma bouche. Elle craint que la situation lui échappe, et c'est ce qui va se passer. Fatalement.

— Si j'étais ton agresseur, comment réagirais-tu ?

Elle me considère avec perplexité.

— Je suis là, devant toi. Tu n'as pas ton spray. Je te domine par la taille et la force. Tu comprends mes intentions. Personne ne peut te venir en aide. Que fais-tu ?

— Je te mets un coup dans les testicules.

— Vas-y.

Elle émet un rire qui tangue entre la gêne et le déni.

— J'ai saisi, Wade. Pas besoin de mettre les mots en pratique.

J'avance encore. Elle doit renverser le visage pour continuer à me regarder dans les yeux. Je crève d'envie de la toucher, mais l'émotion brute qui dilate ses pupilles suffit à m'arrêter.

Avec un sourire machiavélique, elle balance son genou entre mes jambes. Je l'intercepte sans peine et lui rends son sourire.

— Les hommes savent qu'on cherche à toucher leur point sensible en premier. Sois plus imaginative.

Je relâche son genou et attends sa prochaine réaction. Elle met trop de temps à réfléchir, ce qui me prouve que j'ai eu raison de mettre Max sur le coup ; Kenzie a vécu certaines choses, mais pas de celles qui permettent de se protéger, physiquement parlant. De ce point de vue-là, elle est encore trop innocente.

Je perçois le poing qui se serre avant même qu'elle l'envoie sur une quelconque partie de mon corps. Elle le fait partir et je l'attrape au vol aussi vite. Elle visait ma tête.

— Mauvaise décision. Si tu veux frapper, choisis les tissus mous. Cogner dans un os est très douloureux si on n'a pas la force et la technique.

Elle cherche mon ventre, ou mes côtes, de l'autre main. C'est aussi inefficace que ses autres manœuvres.

— Tu anticipes, se justifie-t-elle.

— C'est tout l'intérêt d'une bagarre, Kenzie. Anticiper les réactions de l'adversaire.

— Mais tu sais ce que je pense.

— Surprends-moi.

Elle abandonne la partie. Ses yeux continuent de m'observer alors que ses bras se relâchent. Son attitude ne trahit plus la défense ni l'attaque, simplement la résignation.

— C'est bon, j'ai compris la leçon.

Je vois clair dans son jeu.

— La manipulation psychologique ne te mènera nulle part.

— Je n'essaie pas de te manipuler. La journée a été longue, je n'ai pas l'intention de me lancer dans un cours d'autodéfense.

Son profond soupir annihile ma méfiance : elle a l'air sincère, et, généralement, je ne me trompe pas sur ses émotions.

— Il s'est passé quelque chose, aujourd'hui ?

— On peut dire ça.

Nouveau soupir.

— Matt a tout découvert. Il sait que Nellie et toi ne faites qu'une seule et même personne. Je te passe les détails de son enquête. Toujours est-il qu'il a ton histoire entre les mains. Et pas seulement ça.

Je prends peu à peu conscience de la portée de ses propos. L'incrédulité me gagne.

— Il a été malin, Wade. Il a compris que je te protégerais, à n'importe quel prix. Je préfère démissionner plutôt que de te mettre en danger.

— Tu ne peux pas faire ça.

Les mots sont sortis spontanément.

— Je ne veux pas avoir ta mort sur la conscience, s'explique-t-elle.

Son regard s'adoucit. Jusque-là, seul Boomer avait droit à sa tendresse, c'est la première fois qu'elle en fait preuve envers moi.

— Je trouverai une solution, j'irai voir Matt. Ne quitte pas ton travail, dis-je avec intransigeance.

Elle joue avec sa lèvre inférieure, quand, soudain, une douleur irradie dans ma cuisse gauche. J'étouffe un juron en basculant sur le côté.

Kenzie m'attrape par les épaules ; la surprise lui donne l'avantage, et mon dos se retrouve plaqué contre la surface froide.

— Ça, c'est de la manipulation, chuchote-t-elle, ravie.

Je viens de me faire avoir comme un bleu.

— Bien joué, concédé-je. Tu deviens douée dans l'art du mensonge.

— Ce n'est pas un mensonge, je démissionne vraiment. Et ne va pas parler à Matt. Ne fais rien. Je rebondirai. Je rebondis toujours.

Nous pourrions poursuivre la discussion, mais les sensations qui envahissent mon corps m'empêchent de penser.

Elle me touche. Son chemisier effleure la peau nue de mon torse. Le désir me chauffe à blanc.

Elle se recule avec fébrilité en s'apercevant du courant qui nous relie. Je la retiens par le coude et lui intime silencieusement de ne pas fuir. Il est temps qu'elle assume.

— Wade…

Plus aucune étincelle de supériorité ne l'habite. Je plonge dans son regard incertain avec assurance.

— Dis-moi la vérité.

— Quelle vérité ?

D'une main, j'attrape sa taille et j'inverse nos positions. Elle ne tente pas d'échapper à l'étau où je la retiens, entre le mur et moi.

Je porte ma bouche à son oreille et savoure l'accélération de son pouls, et la chair de poule qui se forme au passage de mes lèvres.

— Dis-moi que tu luttes.

Son corps se tend mais elle reste muette.

— Dis-moi que je ne suis pas ton ami.

Dans le silence, j'entends distinctement les battements précipités de son cœur, qui tape au même rythme que le mien. J'attrape son menton et la contrains à planter ses yeux dans les miens. Je peux y lire l'intensité de la lutte que livre sa résistance à son désir, et la puissance de ce dernier, qui ravage tout sur son passage. Reste pour elle à se l'avouer.

— Dis-le.

Je replace une mèche derrière son oreille.

— Recule.

— Accepte tes sentiments.

— Je ne ressens rien.

Nous savons tous deux que c'est faux et je n'ai plus qu'un objectif en tête : lui faire dire la vérité.

Sans la quitter des yeux, je laisse ma main descendre le long de son flanc. Elle continue à jouer l'indifférence. Je saisis la lisière de son pull ; la pulpe de mes doigts effleure la peau de ses hanches.

Elle est brûlante…

— Tu ne me fais rien, Wade.

… et elle le sait.

— Je ne te fais rien, dis-je dans un murmure.

Mon pouce trace un sillon au milieu de son ventre. Je sens sa peau qui vibre sous la mienne, sa respiration haletante qui soulève irrégulièrement sa poitrine et la trahit, signant ma victoire.

— Tu as les mains froides.

— Ne te justifie pas.

Je plaque mon autre main contre le mur, tout près de son visage, en me délectant de son obstination. Elle s'accroche à du vent et ça m'agace autant que ça me plaît. C'est une tête brûlée, une adversaire à ma mesure.

Elle me dévore des yeux pendant que je dessine les courbes de ses reins, puis celles de ses fesses.

— Tu n'as pas l'autorisation de toucher à cette zone-là, dit-elle, se figeant à nouveau.

Je glisse ma main plus bas et la soulève d'un mouvement rapide. Un hoquet de surprise lui échappe, alors que ses jambes m'encagent naturellement, comme si nos corps connaissaient déjà cette position. *C'est le cas.*

— Qu'est-ce que tu fais ? demande-t-elle en prenant appui sur mes épaules pour maintenir son équilibre.

— Une démonstration par l'absurde.

Je me plaque contre elle, jusqu'à ce que son dos se trouve entièrement bloqué par le mur. Elle masque terriblement mal son désir, et ça ne fait qu'empirer lorsqu'elle perçoit toute l'étendue du mien.

— Tu me prends pour une équation mathématique ?

Elle se mord la lèvre inférieure. Erreur majeure qu'elle répare une seconde plus tard. Une seconde *trop* tard.

— Je ne fais que jouer ton jeu, Kenzie.

Elle cherche une porte de sortie, qu'elle ne trouvera pas, prise au piège de son corps comme de ses émotions. Alors elle change de tactique et passe de la défense à l'attaque.

Je ne cille pas lorsque sa bouche effleure la mienne.

— Je ne veux plus de toi, Wade.

— Au contraire, tu en meurs d'envie.

— Celui qui n'en peut plus, c'est toi.

Ses doigts s'enfoncent dans ma nuque tendue, entamant un massage délibérément lascif sans qu'elle réalise que si elle m'aguiche je l'entraînerai dans ma chute.

Je pousse mon bassin en avant avec un sourire entendu. Elle me répond en s'humectant les lèvres, la pointe de sa langue frôlant les miennes. Encore un coup bas.

— Tu ne gagneras pas, susurre-t-elle.

— Tu es précisément en train de me prouver le contraire.

Ce petit manège est une torture. Nos bouches ne cessent de se toucher et de s'écarter dès que nous prononçons un mot, d'une voix si basse que nous devons être collés l'un à l'autre pour pouvoir nous entendre.

— Je perdrai quand je t'embrasserai, et ça n'est pas près d'arriver.

Elle attend que je fasse le premier pas pour mieux me repousser ensuite. Si je cède à mes pulsions maintenant, elle pourra ajouter un point à son tableau des scores.

Je plonge dans son cou et le mords pour tenter d'évacuer le mélange d'excitation et de frustration qui m'envahit.

À son contact, tout mon sens commun part en fumée.

Je m'occupe de ce carré de peau avec autant d'ardeur que de vigueur, et prends tout ce qu'elle m'offre. Ses gémissements deviennent plus sonores. Une bulle électrique se répand autour de nous, faisant grimper de quelques degrés encore l'intensité du moment.

— J'ai dû manquer un épisode.

Une voix parasite intervient dans mon fantasme.

Le corps de Kenzie se raidit, et quand je lève la tête elle a le teint aussi blême que si elle avait vu un fantôme.

Ou juste un connard du genre Jaxton.

— Ne vous gênez pas pour moi, dit-il en déposant son sac de voyage à côté de la porte. Je passe ma vie dans des boîtes de strip-tease, plus rien ne me choque.

J'ai rarement ressenti une telle envie de frapper mon meilleur ami Toutes ses pensées transparaissent dans le bref regard que nous échangeons. Pas une seule n'est sérieuse. Il a au moins la décence d'éviter de les balancer à voix haute.

— Je vais y aller.

Kenzie se recoiffe en vitesse.

— N'oublie pas pour Max, dit-elle, les pupilles encore dilatées. Plus de filature, je ne reviendrai pas là-dessus.

— J'ai retenu chacun de tes mots.

Et de tes gémissements.

La porte claque derrière elle. Mes muscles sont bandés, l'adrénaline continue sa course folle dans mes veines.

— Je suppose que tu n'es pas ravi de me revoir, s'amuse Jax en contemplant mon entrejambe.

— Je vais prendre une douche.

— Fais donc. Tu ne sauras rien du divorce merdique de mes parents tant que cette arbalète restera pointée dans ma direction.

Je prends le chemin de la salle de bains, le majeur levé.

— Tu sais que je t'aime, frère, mais essaie de ne pas penser à moi pendant ta séance d'astiquage.

Mon second majeur rejoint le premier. Je m'enferme dans la douche avec son rire dans les oreilles et je le maudis sur trois générations.

Chapitre 25

Mackenzie

Depuis mon bureau, je regarde fixement le couloir, taraudée par une sévère appréhension. Comment réagira Bettany lorsque je lui remettrai ma lettre de démission ? En réalité, ce que je crains le plus, c'est de manquer d'arguments et que mon mensonge soit cousu de fil blanc.

Pour l'heure, ma boss n'est pas là et tout le monde commence à s'agiter nerveusement.

— C'est normal ? dit April, appuyée contre le mur, face à mon bureau.

Oren hausse les épaules. Il n'en sait pas plus qu'elle, ni moi, d'ailleurs. Personne ne comprend pourquoi notre patronne est en retard. La ponctualité est l'un de ses principes fondamentaux. J'espère qu'il ne s'agit pas d'un signe lancé par mon karma, ou d'une intervention divine, qui essaie de me dire « rebrousse chemin, Mackenzie, cette lettre est une idée complètement stupide ».

Ne tenant pas en place, je laisse mon enveloppe sur mon bureau et me rends à la machine à café. C'est la dernière fois que je boirai cette lavasse dégoûtante, et, bizarrement, j'en ai un pincement au cœur.

Je glisse les pièces dans la fente, contemple le liquide qui s'écoule, avale une gorgée et rectifie ma pensée précédente : le premier bénéfice de ma démission sera de me préserver à jamais de cette saloperie.

— C'est vrai que le goût est moyen.

Le sourire narquois de Matt salit mon champ de vision. Comment ai-je pu croire qu'il m'épargnerait sa présence avant mon départ ?

— En faisant quelques économies, on pourra sûrement s'offrir de la meilleure qualité, dit-il en glissant à son tour une pièce dans la machine.

— Je suppose que les économies en question reposent sur mon salaire.

Il n'acquiesce pas, mais c'est tout comme. Je me demande si lui claquer la tête contre la machine me créerait des problèmes.

— Tu organises un pot de départ ? poursuit-il, les mains dans les poches.

À la réflexion, je me demande si une torsion de testicules avec brûlure au jus de chaussette ne serait pas préférable.

— Pauvre type.

Il saisit son gobelet fumant avec une petite moue. Au même instant, l'ascenseur émet un *ding*, tandis qu'une vague de stress m'entraîne au large.

— Tu vas faire comment ? murmure-t-il. Lui dire bonjour et lui donner ta lettre ou attendre un peu avant de faire ta grande annonce ?

Il déguste son café comme s'il s'agissait de pop-corn et qu'il attendait le début du film.

Les portes s'écartent et, comme prévu, Bettany sort de la cabine. Ses joues sont fortement colorées. L'expression de son visage me laisse perplexe. En fait, on dirait… Eh bien, on dirait qu'elle vient de prendre son pied.

C'est alors qu'une seconde silhouette s'extirpe du flot de personnes entassées dans la cabine.

Je me fige sur place.

Vêtu d'une simple chemise et d'un jean, Wade éclipse littéralement tout ce qui l'entoure. Sa démarche sereine force à elle seule le respect. J'ai envie de m'enfoncer la tête dans le sable quand il m'aperçoit. Malheureusement, le revêtement de sol d'*Accuracy* ne permet pas ce genre de fantaisies.

Je ne lui ai pas donné de nouvelles, ce week-end, faute d'être remise de notre petit jeu. Je suis déboussolée par la tournure inattendue que prend notre relation. Et, visiblement, ce n'est pas près de s'améliorer.

Il se plante devant Matt et moi, accompagné de Bettany, qui lui lance des regards enamourés.

— Vous ne m'aviez pas dit que vous aviez un ami aussi charmant, me lance-t-elle d'une voix mielleuse que je ne lui ai jamais entendue.

Voilà pourquoi elle semble subir les effets secondaires d'un orgasme : ils se sont parlé. Je m'affole en pensant à ce qu'il a pu lui dire, et ma seule réponse est un haussement d'épaules.

J'ai perdu tout sens de la repartie.

— Notre réunion débute dans dix minutes, annonce-t-elle ensuite. Matt, j'espère que vous avez du nouveau sur votre fameux sujet top secret.

Wade jette un coup d'œil à mon futur ex-collègue, qui semble maintenant sur le qui-vive.

— Mackenzie, il va falloir que nous parlions de Nellie Kern. Vous pataugez, ça ne peut plus continuer ainsi.

Elle se tourne vers Wade et redevient doucereuse.

— Je vous proposerais bien de visiter nos locaux, mais, en tant que patronne, j'ai beaucoup de travail.

— Je comprends, opine-t-il. Une autre fois, peut-être.

— Avec grand plaisir.

Mon Dieu. Elle le drague ou quoi ?

Voir ma boss en plein numéro de séduction avec l'homme qui m'a peloté les fesses il y a deux jours à peine est, disons, déconcertant. J'ai une envie subite de lui demander d'arrêter tout de suite ses œillades inappropriées. Rien à voir avec de la jalousie mal placée. Je suis juste… mal à l'aise ?

Elle s'éloigne en chaloupant. Matt tente également de nous abandonner, mais il est intercepté par Wade ; stupéfaite, je vois ce dernier abattre une main puissante sur son épaule.

— Matt, c'est bien ça ?

— C'est ça, confirme-t-il en se dégageant maladroitement.

Les lèvres de Wade s'étirent jusqu'à former un rictus glaçant.

Heureusement pour mon collègue, je connais son flegme légendaire et je sais qu'il en faut beaucoup pour le faire sortir de ses gonds.

Soigneusement, il retire sa main de l'épaule de Matt et la lui tend.

— Wade Keller. Je pense que nous avons des choses à nous dire.

Le teint de Matt passe au blafard, tandis que l'onde de choc me fait vaciller.

Vient-il réellement de livrer son identité ? À quoi joue-t-il ?

Un silence assourdissant accompagne leur poignée de main.

— Tu as un bureau, je suppose.

Matt met du temps à se reprendre.

— Il est interdit aux visiteurs.

— Tu vas faire une exception pour moi.

La situation est aussi irréelle que jouissive.

— Cinq minutes, capitule Matt. J'ai du travail.

Les cinq minutes se transforment en dix, puis en vingt. Dans le feu de la réunion, je cesse de compter, mais je tends le cou de temps en temps pour tâcher de regarder vers le couloir. Bettany doit se douter que quelque chose se trame, car elle ne me reprend pas. Elle ne s'inquiète d'ailleurs pas non plus de l'absence de Matt.

Je sors de là sans avoir dit un mot sur Nellie. J'en oublie jusqu'à ma lettre de démission et file droit vers la machine à café. Je serre mon gobelet en le voyant arriver. Seul.

— Qu'est-ce que tu lui as dit ? demandé-je, fiévreuse.

— Ce que j'avais à lui dire.

D'un signe de la main, je le presse de s'expliquer.

— Tu quitteras *Accuracy* quand tu l'auras choisi, Kenzie. Personne ne te l'imposera. C'est tout ce que tu as besoin de savoir.

Je suis estomaquée par son aplomb.

— Tu l'as frappé ? Wade, je n'aime pas beaucoup cet homme, mais si tu pouvais éviter d'en venir aux mains…

— Je n'en ai pas eu besoin, dit-il dans un sourire.

— Pourquoi reste-t-il cloîtré derrière la vitre, dans ce cas ?

Matt a le nez sur son ordinateur. Sa souris ne bouge pas. On dirait qu'il a été mis sur pause.

— Parce qu'il a compris que s'il te touchait, de quelque manière que ce soit, il aurait affaire à moi.

Je ravale mon air interdit.

— Tu es en train de me dire que tu as… proféré des menaces à l'encontre de mon collègue ?

— Peut-être.

— Wade, tu n'as pas le droit de faire ça !

— Bien sûr que si.

— Bien sûr que non !

Je baisse d'un ton et reprends :

— Je te l'ai dit, je sais me défendre.

— Le temps où tu étais seule est révolu. Je t'ai laissée te faire avoir par le passé, et ça n'arrivera plus. Tu es débrouillarde, certes, mais ça ne me dispense pas de te donner un coup de pouce quand je le peux. Je défends tes intérêts, point. Plus personne ne jouera avec toi, c'est définitif et non discutable.

Il marque une courte pause et me regarde dans les yeux.

— Cela étant dit, je n'ai pas oublié ton absence de nouvelles, ce week-end.

— J'étais occupée.

Il hausse un sourcil sceptique.

— À quoi faire ?

— À travailler.

— À travailler, répète-t-il avec une lenteur ironique. Dans un journal dont tu pensais démissionner il y a encore une demi-heure ?

Je n'avais pas pris ce facteur en compte. Mon mensonge ne tient pas la route, chose qui ne m'est pas arrivée depuis un sacré bout de temps.

— Prends ta journée, dit-il soudain.

— Pardon ?

Il incline la tête et dessine les contours de mon visage avec langueur. Je déteste quand il fait ça, parce que je savoure la brûlure que ça me provoque.

— J'adore te regarder lutter contre l'envie de m'embrasser. J'aimerais voir combien de temps tu tiens.

Le jeu, de nouveau.

Je croise les bras sur ma poitrine, déterminée à prendre l'ascendant sur lui.

— Maintenant que je ne démissionne plus, j'ai véritablement du travail, Wade.

— Tu te défiles ?

— Je t'offre une solution de repli. Nous savons tous les deux que le plus faible d'entre nous n'est pas celui que tu prétends.

Il se penche vers moi, bafouant le périmètre de sécurité que j'avais pris soin de placer entre nous.

— Tu me dois bien ça, Kenzie. J'ai respecté ton souhait concernant Max, à ton tour de faire un effort.

C'est vrai que son vigile n'est plus sur mon dos.

— Je ne peux pas quitter *Accuracy* sur un coup de tête, Wade.

— Bettany ne dira rien.

— Tu ne la connais pas. Cette femme est un dragon à trois têtes. Je la soupçonne de servir d'exemple pour tous les patrons en herbe qui cherchent à effrayer leurs employés.

— Ce n'est pas l'image qu'elle m'a donnée.

— Tu l'as hypnotisée, ça ne compte pas.

— Ravi de constater que tu t'intéresses au regard que les femmes posent sur moi.

— On parle d'*une* femme en particulier. Et c'est ma patronne. Les autres me passent au-dessus de la tête.

Il relève une commissure amusée. Ma repartie est totalement à la ramasse.

— Laisse-moi me charger d'elle.

Comment tenir tête à quelqu'un dont le timbre est à ce point chargé de sous-entendus et de testostérone ?

Il se redresse et se concentre sur un point derrière moi. Je comprends que ma boss vient, à son tour, chercher sa dose de caféine. C'est d'autant plus étonnant qu'elle ne boit pas de café.

— Vous n'êtes toujours pas parti ? dit-elle en feignant la surprise. Alors vous voulez *vraiment* que je vous fasse la visite ?

Elle glousse à sa propre question. *J'aurai tout vu.* Wade reste courtois, il ne se démonte pas. Plus grave, il pénètre dans le regard de Bettany en abusant de son charme.

— Pour être honnête, je n'ai pas vu Mackenzie depuis une éternité.. Vous est-elle absolument indispensable, aujourd'hui ?

— Non, répond-elle laconiquement.

C'en est presque vexant. Ainsi, je compte pour du beurre à ses yeux Enfin, bon, je doute qu'elle donne son aval, cette femme est un exemple de droiture, pour elle, les règles sont…

— On se voit demain, Mackenzie.

Sérieux ?

Cette journée marche sur la tête.

— Je t'attends dans la voiture, glisse Wade à mon oreille.

Tout ce que je retiens, c'est la main qu'il pose dans le creux de mes reins, avant de s'en aller, et qui me vaut deux réactions : l'embrasement de mes nerfs et un regard assassin de la part de Bettany.

Chapitre 26

Mackenzie

— On joue au roi du silence ?

Je m'extrais de mes pensées. La route défile sous la forme de filaments colorés, la vitesse déformant le paysage avec une étrange beauté.

Wade, une main sur le volant, l'autre occupée à tenir sa cigarette, me jette un regard en biais, dans l'attente de ma réponse.

Je n'ai pas décroché un mot depuis que nous avons quitté le journal. J'ignore où il me conduit et ne cherche pas à le savoir, occupée à m'interroger sur la scène à laquelle j'ai assisté et surtout sur les sentiments qu'elle a suscités en moi. Est-ce de la… jalousie ?

Je fixe le profil de Wade avec insistance. Je le vois d'un nouvel œil, et je ne suis pas certaine que ça m'aille.

— Si tu as une question, pose-la.

Il exhale sa fumée par la fenêtre, conscient que j'erre dans mes tergiversations.

— Bettany t'a dragué.

— Probablement, oui, acquiesce-t-il, concentré sur la route. C'est pour ça que tu as l'air à l'ouest ?

— Non.

Je détourne le regard, gênée.

Je n'ai rien à attendre de lui. Nous sommes sortis ensemble dans le passé. À ce moment-là, il aurait pu avoir des comptes à me rendre. Mais, de ce point de vue-là, il n'a jamais fait un pas de travers.

Pourtant, voir Bettany minauder sous son nez m'a retourné l'estomac.

— Tu as fait quoi, pendant sept ans ?

— C'est-à-dire ?

Il ralentit à l'approche d'un feu rouge. J'aimerais être intelligente et penser avec ma tête, mais il n'y a que mon cœur frustré qui parle.

C'est délirant, injuste et ridicule, mais j'ai besoin de savoir.

— Les femmes… Tu en as eu combien ?

— D'où sort cette question ?

— Aucune idée, admets-je. J'aimerais juste… savoir.

— Dans quel but ?

Je secoue bêtement la tête.

— Laisse tomber.

Je voudrais me consacrer à l'étude du paysage. Malheureusement, mon cerveau gamberge et mon imagination se montre particulièrement fertile ; je passe le trajet à me représenter des scènes désagréables.

Lui, élégant et mystérieux, dans un club de strip-tease, accompagné de Jax. Il pose ses coudes sur le comptoir en scrutant les danseuses au corps de rêve. Puis la caméra le suit dans un bar animé, où il cède aux avances de toutes celles qui l'approchent. Des jeux de regards, des touchers sensuels, des sourires…

C'est cela qui me fait le plus mal, dans ces fantasmes idiots : les sourires.

L'idée que d'autres femmes aient pu bénéficier des rares sourires de Wade me contrarie plus qu'elle ne devrait. C'est égoïste, mais j'aurais aimé qu'ils ne s'adressent qu'à moi. À moi seule.

Le bruit du frein à main me tire de mes pensées. Je reconnais vaguement les façades en briques de Brooklyn.

— Où sommes-nous exactement ?

Il cale le crâne contre l'appui-tête et se tourne légèrement vers moi.

— Je ne peux pas te donner de chiffre exact.

Un silence de plomb s'abat dans l'habitacle. Il a choisi de ne pas m'indiquer notre destination, préférant répondre à une question que je regrette déjà d'avoir posée. J'essaie de le prendre à la légère.

— Moi aussi, je m'emmêle les pinceaux quand il y a trop de zéros.

Ma réflexion se veut badine, mais à la vérité je me sens fébrile. À combien de conquêtes s'élève son palmarès s'il n'est pas capable d'en tenir les comptes ? Mon imagination félonne me pousse maintenant à me figurer que la moitié de Denver, de Detroit et de New York lui est passée dessous. Ça fait beaucoup de monde.

La poignée de la portière me fait de l'œil. Je rêve de me soustraire à cette ambiance pesante, mais, si je m'en vais, cela sonnera comme un aveu.

— Je suis partisane de la vérité, mais je comprendrais que tu sois gêné de me raconter cet aspect de ta vie.

— Ça ne me dérange pas. C'est du passé et je refuse de te cacher quoi que ce soit.

— Très bien. Alors, raconte-moi.

Voici donc le jour où je me découvre un penchant masochiste.

— J'ai principalement déconné à ma sortie de prison. J'accompagnais Jax dans ses soirées étudiantes et on buvait pas mal. On fumait beaucoup aussi. Entre le whisky et les joints, ça finissait souvent par déraper.

— Tu as rattrapé le temps perdu.

— En quelque sorte, acquiesce-t-il. Si je ne peux pas te donner de chiffre, c'est parce qu'à chaque fois qu'il s'est passé quelque chose j'étais à la limite du coma éthylique. Je ne me rappelle aucun visage, aucune bouche, aucun corps. C'est Jax qui me rapportait mes conneries.

Quelle ironie… C'est comme si je m'employais à mettre des images sur son *black-out*. Bien sûr, en théorie, je ne peux pas lui en vouloir, mais dans la réalité la jalousie m'étrangle.

Ce ne sont pas ces filles sans visage que j'envie mais lui. Parce qu'il est parvenu à se laisser aller. Il s'est libéré d'une emprise qui m'a empêchée de vivre comme n'importe quelle personne de mon âge.

J'ai remonté la pente à tous égards, hormis celui-ci. Mes relations avec les hommes n'ont jamais dépassé le stade du troisième rendez-vous. J'en ai bien embrassé quelques-uns, j'ai essayé de séduire, mais un blocage profond a toujours mis un terme précipité à mes tentatives.

— Tu es le seul avec qui j'ai fait l'amour.

Un blanc monumental suit mon aveu, mais je ne regrette pas ma franchise. Autant jouer cartes sur table.

— Ce n'est pas toi… Pas seulement. Je n'arrivais pas à franchir le cap. Les gens ne m'intéressaient pas assez, ou alors j'étais accaparée par mes études… Enfin, j'avais mes raisons, j'imagine.

— Sûrement.

Son timbre lourd me fait tourner la tête. Impossible de lire ses émotions tant le voile qui recouvre ses prunelles est épais. Est-il agacé ? Choqué ? Déconcerté ? Dans l'habitacle, l'air devient difficilement respirable.

— Je me dégourdirais bien les jambes, fais-je en tendant le doigt vers la promenade.

Il accepte sans hésiter. Je me serais étonnée du contraire ; lui aussi a besoin de s'aérer la tête.

Le froid de l'automne me claque au visage, mais je l'accueille avec ravissement tandis que nous marchons sur les planches de bois qui bordent la plage de Coney Island.

Bien que le temps ne soit pas propice à une baignade en mer, quelques personnes se promènent sur le sable. Les bourrasques permettent à des parents de faire découvrir les joies du cerf-volant à des enfants emmitouflés dans d'épais anoraks.

— Tu n'as plus d'appréhension ?

Wade observe les vagues qui s'écrasent à une cinquantaine de mètres de là. Il se rappelle ma vieille aversion pour l'océan.

J'esquisse un petit sourire.

— Je n'ai plus peur de l'eau. Ça fait partie des choses que le temps a réparées.

Je me bats avec plusieurs mèches qui me barrent la vue, tandis qu'il revêt à nouveau son masque insondable. Il semble plus en retrait, maintenant. La conversation dans la voiture a probablement modifié la perception qu'il a de moi. Ou alors c'est moi qui impose une nouvelle barrière. Je ne sais pas. Je suis un peu perdue.

— Quand est-ce que tu as arrêté ?

— Arrêté quoi ? dis-je, perplexe.

— De penser à moi.

S'il avait voulu me déstabiliser, il n'aurait pas pu trouver mieux. Faute de réponse toute faite, je laisse le silence s'instiller entre nous.

— À quel moment as-tu changé ? insiste-t-il.

— Je ne sais pas, Wade… C'est… ça s'est fait naturellement, bredouillé-je.

— Quelque chose en toi est terrifié. Tu te protèges derrière des barrières et des mensonges. Je suis la cause de ton changement, n'est-ce pas ? Cette carapace qui t'empêche d'être pleinement toi, c'est moi qui l'ai créée.

C'est une véritable avalanche qui déferle sur mes épaules.

— Tu as peur de te laisser aller avec moi. Tu n'écoutes pas tes désirs. Tu me racontes des conneries. Et tu t'en racontes aussi.

— Tu ne me crois pas quand je te dis que je n'ai jamais eu de rapports sexuels avec un autre que toi, c'est ça ? C'est pourtant la vérité, Wade.

Il réfute d'un mouvement de tête.

— Je ne te crois pas quand tu me dis que tu ne pensais pas à moi, corrige-t-il.

Son soudain revirement me rend nerveuse. Il est impatient, en colère, et je trouve ça injuste.

— Pourquoi tu t'énerves ?

— Parce que tu n'es pas honnête. Parce que ton regard est franc, mais que tes paroles sont fausses. Parce que je veux faire éclater tes remparts et que tu m'en empêches. Parce que je sais que tu as pensé à moi comme je n'ai pas arrêté de penser à toi. Des raisons, j'en ai des tonnes, mais tu les connais déjà. Bordel, Kenzie, tu ne…

Un objet s'écrase à nos pieds, le faisant taire. Les martèlements d'une course me parviennent aussitôt ; un jeune garçon fonce droit sur nous alors qu'une femme fait de grands gestes avec les bras, au loin.

Cette intervention arrive à point nommé. Les ondes de Wade sont trop puissantes, je préfère m'en extirper. Encore une fois, je fuis. Mais il a mis le doigt sur des vérités sans me prévenir et je n'ai pas de quoi le contrer.

Je ramasse le cerf-volant et affiche un sourire qui se veut sincère.

— Quelle belle journée pour ce genre d'activité !

L'enfant me regarde fixement mais ne me répond pas. Ses joues rosissent, comme s'il avait fait une bêtise, ou bien peut-être est-ce l'effet du vent glacé. Je pose un genou au sol et lui tends son cerf-volant ; je suppose qu'il s'attend à se faire gronder parce qu'il a failli nous éborgner.

— Ne t'inquiète pas, on va très bien.

Au niveau physique, tout du moins. Mon état émotionnel n'est pas en si bonne forme.

— Je n'ai jamais fait de cerf-volant, poursuis-je, intriguée par son mutisme. C'est ta maman qui t'a appris ?

J'ignore quelle faute je viens de commettre, mais je vois des larmes naître dans ses yeux. Bon sang. Je lâche l'objet et m'approche de lui. Il recule d'un pas.

— Eh… tout va bien.

Son visage se tord dans une grimace. *Eh bien, si je fais pleurer les enfants, maintenant…* Démunie, je tente une nouvelle fois de le rassurer, mais il détache ses yeux des miens pour se focaliser sur un point au-dessus de moi.

Son expression effrayée s'estompe pour laisser place à une sorte de… soulagement ? Je me retourne, les sourcils froncés, et mon regard tombe sur les mains de Wade. Leurs mouvements ne laissent aucune place au doute : il est en train de signer.

Le petit garçon réplique alors dans la même langue, et Wade étire les lèvres. Il s'agenouille à mes côtés et reprend son manège. Ma colère a disparu au profit d'une soudaine émotion.

L'adulte et l'enfant échangent des mots silencieux. Ils s'entendent plus vite que la parole peut le permettre. Le garçon esquisse une moue mutine, puis Wade récupère le cerf-volant, et le lui rend.

Mon cœur se gonfle. J'avais oublié ce talent de Wade.

— Je suis désolée !

La mère nous rejoint, à bout de souffle.

— Vous n'avez pas été blessés ?

— Pas le moindre dégât à constater, la rassuré-je.

— Le vent est fort, il a perdu le contrôle… Seigneur, je suis tellement navrée.

— Il n'y a aucun mal, dit Wade en se relevant.

Elle remarque le nouvel échange entre son fils et lui. Comme le mien, son regard s'embue, mais elle ne dit rien. Je suis probablement la personne la plus larguée des quatre, mais ça ne me dérange pas. Bien au contraire.

Le petit garçon repart en courant, son cerf-volant sous le bras, tandis que la mère observe Wade avec attention.

— Il n'a pas l'habitude qu'on le comprenne, explique-t-elle.

— C'est ce qu'il m'a dit, oui. Ah, et par ailleurs il paraîtrait que vous êtes injuste par rapport à la crêpe au sucre.

Elle rit de bon cœur.

— Il joue bien la comédie.

Ils partagent encore quelques phrases légères, avant qu'elle ne s'excuse une nouvelle fois et nous souhaite une bonne journée.

Je n'ai d'yeux que pour Wade.

Comment ai-je pu occulter une part si importante de sa personnalité ?

Il perçoit enfin mon trouble.

— Quoi ?

— J'avais oublié.

Il semble toujours aussi irrité, mais je vois qu'il essaie de s'assouplir.

— Tu ne m'as jamais vraiment parlé d'elle.

La langue des signes est le seul mode de communication qu'il employait avec sa mère. Je sais que ce n'est pas le moment d'en parler, mais je suis si émue que je ne peux m'en empêcher.

Il enfonce les mains dans ses poches, gardant ses distances.

— Il ne me reste plus que de vieilles images. Je ne saurais même pas te décrire précisément son visage.

— Tu ne te souviens plus d'elle ?

— Je dois réfléchir pour me souvenir, rectifie-t-il. Son image n'est plus aussi claire qu'avant, mais c'est comme ça que la mémoire fonctionne. Il me reste quelques bribes, c'est déjà bien assez.

Je ressens sa douleur contenue. Wade adorait sa mère, elle était tout pour lui.

— On devrait rentrer, j'ai des toiles à terminer.

Il ne m'attend pas pour faire demi-tour.

J'ai conscience de l'avoir exaspéré. Ses « parce que » résonnent dans mon esprit. Je le comprends, je perdrais également patience avec une interlocutrice comme moi.

Et puis il a raison. J'ai peut-être pensé à lui. Sûrement.

Je me cache derrière mes murs parce que je refuse d'admettre l'évidence. C'est absurde de croire au traumatisme d'une rupture, mais je l'ai vécu avec lui. La facette raisonnable de ma personnalité ne veut pas se perdre une deuxième fois. Si je m'ouvrais à lui et qu'il m'abandonnait de nouveau, je n'en sortirais pas indemne.

Je remballe mes réflexions et les balance dans un coin de ma tête. Elles ne sont pas les bienvenues, pour le moment.

— Pourrait-on aller chez moi ?

Il se retourne, les sourcils froncés.

— Pour quoi faire ?

— S'il te plaît, Wade.

Il doit fournir un effort surhumain pour m'accorder sa confiance sans plus d'explications.

Et il le fait. Malgré sa colère.

Cet homme est exceptionnel. Il est peut-être temps que cette vérité-là entre aussi dans mon crâne.

Chapitre 27

Wade

L'arrivée imminente d'un orage assombrit la salle de séjour et, bien qu'on soit encore le matin, elle s'empresse d'allumer les lampes.

— Installe-toi.

Elle désigne son canapé avec un sourire gêné. Le trajet jusqu'à son appartement s'est déroulé dans le silence le plus total. Je n'avais pas envie de détendre l'atmosphère, et elle n'a pas cherché à chasser les nuages qui se sont épaissis entre nous.

Je commence sérieusement à saturer, et ce n'est pas faute de me contrôler.

Je sais.

Je vois.

Je sens.

Ma patience est mise à rude épreuve. Ce ne sont pas ses doutes qui me font enrager, elle a tout à fait le droit d'en avoir. Il est même parfaitement normal qu'ils entravent notre rapprochement. En revanche, je ne conçois pas qu'elle me mente.

« Ce n'est pas toi… Pas seulement. Je n'arrivais pas à franchir le cap. » Réalise-t-elle l'absurdité de cette phrase ? Ne voit-elle pas que son blocage est dû à moi, tout comme mes conneries sont liées à elle ?

J'ai joué franc jeu. J'ai couché avec des filles après ma libération. Le schéma est tellement typique qu'il en devient ridicule ; elle m'obsédait. Nos souvenirs communs me torturaient, je me rappelais avec trop de précision le grain de sa peau ou ses expressions les plus banales.

Kenzie était en moi. Tout le temps. Chaque. Foutue. Seconde. De. Chaque. Putain. De. Journée.

Si je sortais avec Jax, c'était parce que j'étais assuré de me mettre une murge, et qu'une fois que je serais assez défoncé son visage deviendrait trop flou pour que je le reconnaisse.

J'ai descendu des verres. J'ai fumé des joints. Ce n'est qu'à l'approche du précipice que je me sentais mieux. C'est aussi sur ce fil que je prenais la décision de la supprimer définitivement de mon esprit.

Alors, j'embrassais des bouches. Je jouais avec des langues. Je caressais des hanches. Pour ma santé mentale, il fallait qu'elle disparaisse.

Et je ne m'en souviens pas. Parce que mon corps était déconnecté de mon cerveau. Ce que j'avais entre les mains n'était rien d'autre qu'un produit de substitution. Je ne pourrais pas décrire les visages que j'ai caressés et les fesses que j'ai malaxées, parce que au moment où j'agissais je ne voyais que Kenzie.

C'est pathétique, quand on y pense. Toutes les femmes que j'ai tenues entre mes bras avaient autant de valeur qu'une poupée gonflable. Je voulais qu'*elle* me revienne. Je voulais croire que c'était *elle* qui me faisait du bien. Personne d'autre.

Pourquoi ne comprend-elle pas qu'elle a vécu l'autre extrême ? Je me suis perdu dans la chair, elle s'est interdit de se donner à quelqu'un d'autre que moi. On a chacun souffert à notre manière. Nos méthodes sont opposées, mais elles convergent vers un objectif commun : nous avons agi sous la coupe de l'autre.

Elle ne peut pas me dire qu'elle ne pensait pas à moi. C'est une aberration. Et j'en ai assez de ces conneries.

— Wade ?

Je m'efforce de me calmer et m'assieds sur le canapé. Je me déteste de lui obéir alors que j'ai mille raisons de lui rentrer dedans.

La mâchoire contractée, je suis ses mouvements. Elle s'échappe dans le couloir de l'entrée. J'entends des bruits de portes et de cartons. J'ignore pourquoi elle a tenu à m'inviter chez elle, ses réactions sont compliquées à anticiper, en ce moment.

Elle revient timidement dans le salon. Les coussins du canapé s'enfoncent quand elle prend place à mes côtés.

— Je n'ai pas pu me résoudre à le jeter, dit-elle en déposant un objet sur mon genou.

La couverture, rigide, d'un noir passé, me porte un coup dans l'abdomen.

— Il aurait dû rester à San Francisco, chuchote-t-elle, plus pour elle que pour moi. Si j'avais respecté mes principes, j'aurais même dû le brûler. Je n'ai pas eu le cœur de l'abandonner.

Mes yeux percutent les siens. Elle est confuse mais confiante. Une superbe contradiction, du Kenzie tout craché.

— Tu l'as dessinée de nombreuses fois, dit-elle, tout bas. Je ne l'ai jamais vue, mais je suis certaine que tu as retranscrit ses traits avec fidélité.

Ma mère.

Je ne possède aucune photo d'elle. Elizabeth perdure dans mon esprit grâce à des souvenirs tannés, je n'ai rien de concret la concernant.

À part ce *blackbook*.

La pluie frappe les fenêtres, son tempo apaisant contribue à détendre l'atmosphère. Je contemple la couverture du carnet en sachant ce qui se trouve à l'intérieur : une preuve d'amour.

Je n'en ai pas honte. J'en suis même fier. Ma mère m'a donné la vie, elle m'a éduqué et m'a inculqué ses valeurs. J'aurais tout fait pour la garder auprès de moi.

Je n'ai pas eu le temps, elle est partie trop tôt. Alors, j'ai fait en sorte de venger sa mémoire, et je ne le regretterai jamais. Quelles qu'en aient été les conséquences.

Les esquisses de tags colorés, projets en cours ou abandonnés, refont surface. « Noliar » est inscrit en gros, en petit, en travers, et je souris face aux innombrables défauts de mon lettrage, à la laideur de mon trait. C'est un miracle qu'on ne m'ait jamais *toyé*[1].

Je tourne la page. Le nouveau dessin me prend à la gorge. En dépit de tout ce que je peux prétendre, jamais je n'oublierai le visage bienveillant de ma mère.

— Elle écoutait de la musique.

L'aveu jaillit malgré moi. Je devrais la boucler ; ma mère et moi, c'est une relation secrète. Personne n'a l'autorisation de s'interposer entre nous.

Kenzie ne dit rien. Elle ne mentionne pas le fait que j'ai dit « écouter », comme si elle comprenait le message.

— Elle a toujours voulu savoir ce que ça faisait d'entendre des chan-

1. Toyer : recouvrir un tag déjà existant avec son propre tag. C'est une forme d'irrespect et de provocation

sons. J'apprenais toutes les paroles que je pouvais, et je les lui signais, en essayant d'intégrer le rythme de la mélodie dans ma gestuelle. Elle en aimait une, plus particulièrement.

— Laquelle ?

— *Killing Me Softly*, des Fugees.

— C'est une de mes chansons préférées.

Je sais.

— Je n'ai pas oublié ta playlist de la honte.

— Je ne te permets pas ! m'avertit-elle.

— Personne n'apprécie les Spice Girls, Kenzie.

— Je suis donc l'unique être humain qui possède un tant soit peu d'oreille musicale.

L'exception qui confirme la règle. *Ma putain d'exception.*

Je laisse la complicité faire son nid entre nous. Au gré de la métamorphose du ciel, je tourne les pages et délie ma langue. Les portraits retracent tous un instant précis de mon passé ; celui où ma mère m'a traité d'imbécile parce que j'avais enfreint le couvre-feu ; son air furieux quand elle a découvert mes bombes de peinture ; la fatigue sur son visage, le jour où elle a été virée d'un de ses innombrables petits boulots…

Kenzie a ramené les jambes sous son corps et son visage change au fil de mon récit. C'est inédit, pour moi, de parler ainsi. Je suis plutôt celui qui observe et qui interprète, pas celui qui raconte, et encore moins des souvenirs si intimes. Mais cette femme a ce pouvoir sur moi, cette emprise sur mes désirs et mes réactions.

— Elle t'aurait appréciée.

Penchée sur son mug de café, elle relève la tête.

— Tu crois ?

— Je pense, oui.

Je pose le *blackbook* sur la table basse et contemple l'expression qui se peint sur son visage. Un embarras teinté de pudeur.

— Elle voulait me sortir de notre quartier et démarrer une nouvelle vie. Le fait que je graffe était problématique à ses yeux, elle craignait que je passe de l'autre côté, que ça me monte à la tête, que j'intègre une bande.

— Ça n'a jamais été le cas.

— Non. Je taguais par passion, pas parce que je voulais faire partie d'un groupe. Mes fréquentations se résumaient à quasiment personne. Mais ça ne l'empêchait pas d'avoir peur pour mon avenir.

— Tu as quand même fini…

— Par dealer ?

— Par transporter de la drogue d'un pays à un autre. Par ma faute.

Je m'apprête à ouvrir la bouche, mais d'un signe de la main elle coupe court à mes protestations.

— C'est ma faute si tu as joué avec ta vie, Wade. Si je n'avais pas été là, tu t'en serais tenu au deal avec Crown, tu n'aurais pas frôlé la mort et fini en prison.

— Tu n'en sais rien.

— C'est la réalité. Notre relation ne t'a pas tiré vers le haut. Ta mère ne m'aurait certainement pas appréciée si elle avait su ça.

Elle quitte le canapé, son mug entre les mains, m'abandonnant à ma surprise.

— Tu as rendu son fils meilleur, Kenzie, comment peux-tu dire une chose pareille ?

Ses épaules se crispent.

— Tu as tout faux.

Je me lève à mon tour. Son petit appartement est si encombré que je dois contourner des meubles en tout genre pour la rejoindre, près de la cuisine ouverte.

— Tu m'as donné envie d'être réglo, de sortir…

— Je t'ai pratiquement tué, me coupe-t-elle.

— Tu rigoles ?

Les larmes qui lui montent aux yeux démentent cette hypothèse.

— Kenzie, mes actions relevaient de *mes* choix, tu ne m'as jamais poussé à faire quoi que ce soit.

— Pas expressément. Mais, si je n'avais pas été là, jamais ce ne serait arrivé.

Je secoue la tête, stupéfié par cet aveu de culpabilité. Elle me regarde avec le plus grand sérieux.

— On est mauvais, Wade. L'un pour l'autre.

Elle pose le mug sur le plan de travail tandis que je réalise la portée de ce qu'elle vient de dire. Cela ravive ma colère

— Tu penses que je ne t'apporte que du négatif. Tu penses que sans moi ta vie serait meilleure. Que notre relation t'a tirée vers le bas.

— J'ai changé.

Mais quand va-t-elle comprendre ? Son obstination envoie valser mon flegme loin, très loin. À un endroit si lointain que je ne suis pas certain de le retrouver un jour.

Elle ne comprend définitivement rien à rien.

— Et alors ?

— Je ne suis plus la même…

— Et alors ? répété-je d'une voix plus forte. Est-ce que je t'ai demandé d'être différente ? De renoncer à ton cœur ?

— Tu as eu ton rôle dans mon histoire, comme j'ai eu le mien dans la tienne.

— Ce n'était pas volontaire. Rien entre nous ne l'était. Je t'ai aimée sans le chercher, je t'ai voulue sans le demander. Je suis tombé raide dingue de toi… Tu crois qu'on m'avait prévenu ? Tu as débarqué dans mon monde et tu l'as retourné dans tous les sens. Est-ce que je dois aussi te blâmer pour ça ?

Je fais un pas rageur dans sa direction.

— Est-ce que je peux t'en vouloir de m'avoir changé ? D'avoir envahi mon crâne ? Du fait que je me sois mis des mines pour t'oublier ? Que j'aie couché avec des femmes dont j'ai oublié le visage parce que c'est toi que je voyais à leur place ?

Mes nerfs refusent de coopérer avec mon cerveau. J'ai perdu ce qui me restait de retenue. Ses œillères me rendent dingue.

— Non, je ne t'en veux pas, parce que ce serait injuste. Parce que tu m'as rendu accro en étant *toi*, et je ne peux pas te détester d'être *toi*. Je ne peux pas te condamner pour être la femme que j'aime, pour qui je serais prêt à tout. Tu comprends ça ?

Cette journée est une foutue montagne russe. Je me suis levé avec la ferme intention de calmer Matt, et je l'ai fait. J'avais envie de passer un moment avec Kenzie, et je l'ai fait aussi. Sauf qu'au lieu de me permettre de profiter de ces quelques heures elle s'est montrée jalouse, elle m'a menti, elle m'a bouleversé avec ma mère, et maintenant elle me rend fou.

— Jamais je ne mettrai mes erreurs sur ton dos, Mackenzie. Je les assume.

— Je ne fais rien de tel…

— Si. Tu es incapable de surmonter ton blocage, alors pour éviter d'assumer tu me rends responsable d'une chose qui m'échappe totalement.

Je me redresse et recule de quelques pas. Elle paraît deux fois plus petite que d'ordinaire. J'ai l'impression d'être le chat qui accule la souris dans le coin de la pièce et qui s'apprête à la dévorer.

Mais ce n'est pas ce dont j'ai envie.

Je voudrais juste qu'elle ait les yeux en face des trous et le cœur à la bonne place. Qu'elle me parle, bordel !

Un nouveau silence s'installe entre nous, comme des points de suspension imaginaires. J'attends d'elle quelque chose qu'elle ne peut me donner. La vérité qu'elle chérit tant chez les autres lui fait totalement défaut.

— Tu m'aimes toujours.

Je souffle bruyamment pour évacuer le trop-plein d'émotions qui m'oppresse la poitrine.

— Je sais que tu m'aimes, affirmé-je. Je suis l'homme qu'il te faut et tu ne me trouveras jamais de substitut, parce que, que tu le veuilles ou non, il y a sept ans, nous avons échangé nos âmes.

Elle se mord l'intérieur de la joue, comme pour se forcer à retenir ses mots. Qu'elle se fasse mal autant qu'elle veut, je sais que je suis dans le vrai.

— Il y a un truc que tu dois saisir, Mackenzie Rowe. Je suis à toi, et tu es à moi. Tu pourras te créer mille murs et te persuader du contraire, l'évidence te reviendra toujours comme un boomerang en plein cœur. On est deux, ou on n'est rien.

Je me tais enfin. J'ai la gorge desséchée et les poumons vidés d'avoir tant parlé. J'attends sa réponse.

Mais elle ne vient pas.

Que puis-je faire de plus ? Lui dire que je l'aime à en crever ? La prendre dans mes bras jusqu'à l'étouffer ? Lui répéter tout ce que je viens de dire avec d'autres mots ? Les remparts qu'elle a édifiés semblent infranchissables.

Les éclairs illuminent les murs à intervalles réguliers. Le chaos extérieur reflète celui qui se déchaîne en moi.

— Merci pour le *blackbook*.

Ma phrase a claqué trop fort. Mais qu'est-ce que j'ai à perdre ? Je prends la porte et retrouve la pluie au-dehors.

Chapitre 28

Mackenzie

Je sursaute quand la porte claque. Mon cerveau reçoit tant d'informations qu'il ne parvient pas à faire le tri.

Wade n'est pas content, ça, je l'ai intégré. Et, comme toujours avec lui, ses regards ont plus d'impact que ses mots. J'aurais préféré qu'il hurle ou qu'il renverse un meuble, plutôt que de voir la rage embraser ses iris.

Il ne peut plus me supporter.

Et il m'aime.

Je demeure immobile, sonnée par les contradictions que je me prends en pleine figure. Et je commence à admettre ce que je m'échine à nier.

Fébrile, je tourne la poignée de la porte de mon appartement, maintenant sombre et silencieux, et je m'engage dans le couloir. Les jambes cotonneuses et les poumons privés d'oxygène, je suis incapable de courir De plus, une infime part de moi-même me supplie de faire demi-tour.

Sept ans de lavage de cerveau, ce n'est pas rien.

L'air glacial s'infiltre jusqu'à mes os lorsque j'atteins enfin le trottoir. L'averse est d'une rare violence ; en quelques instants, mes vêtements trempés me collent à la peau.

J'inspecte la rue avec le maigre espoir qu'il soit encore là. Je dois cracher ce que j'ai sur le cœur. C'est une nécessité vitale. Mais je n'aperçois personne. Pas même son SUV, qu'il avait garé en face.

Le désespoir agit comme un déclic qui me fait sortir de ma léthargie et anime tout mon corps.

Je cours.

Je ne sais pas où je vais, mais je fonce.

Mes pas font jaillir l'eau des flaques, tandis que j'analyse les façades

des bâtiments, les entrées, les rares passants, et tous les véhicules environnants. Pourquoi ne me suis-je pas réveillée plus tôt ?

— Mais qu'est-ce que tu fous ?!

Mes foulées chaotiques s'arrêtent net. Derrière le rideau de pluie, ses yeux brillent, à la fois déconcertés et furibonds.

J'essuie l'eau qui inonde mon visage, me sentant un peu rassurée.

— Wade, je…

— Monte dans la voiture, m'interrompt-il.

Les épaules secouées par mon essoufflement, je refuse.

— Je me suis voilé la face.

— Monte, Kenzie ! Tu es trempée !

— Il faut que je te parle.

— Tu le feras dans la voiture.

Le ciel craque de toutes ses forces. Les grondements sont suivis d'éclairs et la tempête redouble de puissance. Wade est à peu près dans le même état que le ciel ; dans un grognement rageur, il reprend le volant et grimpe à moitié sur le trottoir.

— Tu vas choper une putain de pneumonie !

Il déclenche ses warnings. À peine a-t-il ouvert sa portière que je prends la parole.

— Tu as raison, je suis complètement effrayée, Wade. Ce que tu provoques en moi me terrifie.

La main qu'il avait tendue pour récupérer mon bras s'abaisse. Je profite de l'effet de surprise et poursuis sur ma lancée.

— Tu saccages ma forteresse, tu en laisses sortir la fille qui avait peur de tout, celle qui se laissait mener par ses sentiments sans penser aux conséquences.

— Tu ne veux pas en discuter dans la voiture ?

Son timbre est nettement moins intransigeant. C'est une proposition, pas un ordre. Il se calme, alors que les trombes d'eau s'abattent sur mes épaules.

Je fais non de la tête et m'essuie de nouveau la figure.

— Mon amour pour toi n'avait pas de limites. Quand je t'ai dit que nous avions vécu un flirt d'ados, c'était un mensonge. Ça ne pouvait pas être aussi futile. On ne peut pas s'être donné entièrement à quelqu'un et croire réellement qu'il s'agissait d'une simple amourette.

Des tremblements agitent mes muscles, et je suis certaine que le froid n'en est pas responsable. Je finirai sans doute clouée au lit demain, mais il me semble que le jeu en vaut la chandelle.

— Quand tu m'as quittée, j'ai compris. Je savais pourquoi tu le faisais Je ne t'en ai pas voulu. Mais ça ne signifie pas que je n'ai pas souffert.

— Je suis désolé.

— Ne le sois pas. J'ai mis du temps à construire ce nouveau moi, il fallait que j'oublie celle que j'étais pour avancer. Et tu es revenu. Et tu t'es débrouillé pour ressusciter « Kenzie ».

Il glisse une main dans ses cheveux, puis sur son menton. La température continue de chuter et le ciel, déjà sombre, passe au noir corbeau Quant à moi, dans le même temps, je suis paradoxalement envahie d'une onde de bien-être. J'accepte mes sentiments et ça me fait du bien.

— Je suis effrayée, répété-je. Mais je ne peux pas lutter.

— Qu'essaies-tu de me dire ?

Il le sait, mais il a besoin de l'entendre.

— J'ai peur que si je donne à nouveau ma confiance le schéma se répète. Et, là, je ne m'en relèverai pas.

Ses traits se durcissent.

— Je ne veux plus te perdre, Kenzie. Plus jamais. Ce n'est pas une promesse à la con, juste la vérité.

Son ton catégorique renverse les dernières pierres de l'édifice que j'ai passé tant d'années à bâtir. Tout cela, je l'ai toujours su, mais comment aurais-je pu l'admettre ? Cela aurait précipité ma chute.

Je n'ai fait que repousser l'inévitable.

— Je ne sais pas vers quel précipice je fonce, Wade. Mais, si nous tombons ensemble, alors je prends le risque.

Il ne répond pas, se contentant de me forcer à mettre à nu mes craintes. Son silence traduit tout ce que je souhaite entendre.

C'est sa langue. Notre moyen de communication.

— Monte dans la voiture.

Sous le fracas de la pluie, sa voix, à peine un murmure, est presque inaudible. Cette fois, je me soumets à sa volonté et m'installe sur le siège passager. Il démarre brutalement.

Dans une atmosphère saturée d'électricité, nous échangeons un nombre incalculable de regards

Soudain, il tire le frein à main. Sans nous concerter, nous sortons et courons nous abriter sous l'auvent de mon immeuble. Quelque chose ne va pas…

Tes clés, espèce d'imbécile.

Dans la précipitation, j'ai quitté l'appartement sans mon sac.

— J'ai oublié mes…

Son bras passe au-dessus de mon épaule pour appuyer sur l'interphone. Impossible de savoir sur quel numéro il a tapé, je suis concentrée sur notre proximité. Ou plutôt sur le tsunami qui se propage sous ma peau.

En relevant les yeux vers la porte, j'aperçois notre reflet ; il me fixe, immobile, trempé, quasiment plaqué contre mon dos.

— Oui ? lance une voix métallique.

— Je suis… j'habite ici, j'ai oublié mes clés.

Mon regard continue de le dévisager dans le miroir de la vitre, si bien que je n'entends pas la réponse de l'homme.

— Mackenzie Rowe. Quatrième étage, dit Wade, d'une voix que je ne lui connais pas.

La porte se déverrouille. J'avance comme un automate, lui derrière moi.

Quand j'atteins le premier palier, je m'attends à découvrir une fanfare et des pom-pom girls scandant mon nom pour m'encourager à poursuivre. Mais, tout ce que j'entends, c'est mon souffle saccadé.

Je jette un rapide coup d'œil par-dessus mon épaule. Erreur. C'est fugace, ça ne dure pas plus d'une seconde, mais ça me laisse largement le temps de mesurer la puissance de son désir.

Je me retourne, faussement détachée, et pose le pied sur la marche suivante. Une main puissante s'arrime à ma taille et me contraint à faire volte-face.

Mon dos tape contre la paroi. Notre position est identique à celle que nous adoptions au lycée, dans cette cage d'escalier interdite aux élèves.

— Bonjour à toi aussi, dis-je dans un souffle.

Imperceptiblement, il sourit.

Ses mains descendent sur mes hanches et, sans la moindre hésitation, il colle mon corps au sien. Sa chaleur transperce mes vêtements mouillés. Je n'étais pas préparée à la morsure sous mon oreille.

— Tu ne m'embrasseras pas, hein ?

Ses lèvres remplacent ses dents, remontant lentement vers ma mâchoire. Il sait ce qu'il fait, et déjà je ne mène plus la danse.

Il s'attaque à mon autre oreille et lui prodigue toutes les faveurs possibles et imaginables. Je devrais m'inquiéter du son qui s'échappe de ma bouche, parce qu'il n'est clairement pas approprié sur un palier d'immeuble, mais les sensations me font tout oublier.

Ses mains se font plus entreprenantes, ses caresses, plus fermes. Mes jambes s'accrochent intuitivement à ses hanches, et il détache mon dos du mur. Comme un seul corps, nous reprenons notre progression dans l'escalier, tandis que ses lèvres prennent d'assaut toutes les zones de ma peau qui sont à sa portée.

— Regarde où tu vas, dis-je, sans grande conviction.

Ma colonne vertébrale bute de nouveau contre une surface dure. Deuxième étage ? Peut-être. Sûrement. Je ne sais pas. La lumière automatique ne s'est pas allumée. Son visage, tout près du mien, est entouré de ténèbres.

— Ce que je vois me suffit.

Nos lèvres se frôlent.

— Troisième étage, intimé-je.

Je m'arrime à nouveau à lui et nous répétons notre manège jusqu'au palier suivant. Mes lèvres perdent le contrôle, plongent droit dans son cou, mais je ne l'embrasse pas.

Dans cette bataille, j'ignore qui des deux adversaires a le dessus. Il y a des pertes dans chaque camp.

— Toujours pas ? demande-t-il en approchant sa bouche de la mienne.

Je secoue la tête de gauche à droite, si près de son visage que nos nez se touchent. Du bassin, il appuie alors sur la couture de mon jean, qui appuie sur ma zone sensible. C'est *très* déloyal.

— Je ne t'embrasserai pas, Wade.

— Continue à mentir, fais-toi plaisir.

Comme pour illustrer sa suggestion, il défait le premier bouton de mon jean et se remet en marche. Le deuxième et le troisième bouton subissent le même sort tandis que nous continuons à monter. Quand il arrive à mon étage, je lui indique la porte et pousse sur la poignée

Qui ne bouge pas.

— C'est pas vrai…

Il comprend aussitôt le problème.

— On ne peut pas l'ouvrir depuis l'extérieur ?

— Non.

— On est enfermés dehors.

— Oui, soupiré-je.

Je pourrais le prendre par le col et lui sommer de nous conduire à l'hôtel le plus proche, mais mes hormones ne l'entendent pas de cette oreille ; la simple perspective de redescendre tous ces étages relève de l'impossible.

Je glisse le long de son corps, alors que ses lèvres s'incurvent. Je comprends pourquoi lorsque je sens ses doigts s'aventurer plus loin.

— Pas ici, chuchoté-je en jetant un regard affolé vers la porte de mon voisin.

Sa main se faufile sous mon jean.

— Wade, on est dans un couloir, on ne fait pas ce genre de…

Oh. Merde.

— Wade… le voisin est… Il doit… peut…

— J'en ai rien à foutre, du voisin.

Les mouvements passionnés de ses doigts en sont la meilleure preuve. Mon cerveau tente de protester, mais mon corps est déjà parti loin.

Je ne résiste plus.

Mon abandon doit être perceptible, car il modifie le rythme et le trajet de ses caresses ; d'un mouvement habile, il déplace ma culotte sur le côté.

Ses baisers langoureux, parfois brutaux, se posent sur ma peau, mais jamais là où je les attends. Ma bouche reste désespérément avide.

— Prie pour que ton voisin soit sourd.

J'intercepte son sourire incendiaire avant qu'il s'abaisse, en même temps qu'il fait glisser le tissu le long de mes jambes.

Je vais mourir et j'ignore si la cause de mon décès sera la gêne ou bien l'excitation.

Ma culotte atterrit à mes pieds, et j'opte pour la gêne.

— Wade !

Un courant d'air frôle mon intimité tandis que je reste rivée sur la porte d'en face. Si je suis découverte dans cette situation, j'aurai de quoi rougir jusqu'à la fin de mes jours.

— Remonte !

Mes doigts s'accrochent à ses cheveux, que je m'apprête à tirer pour lui faire retrouver une position décente. Mais tout bascule soudain lorsque sa bouche me recouvre.

Le plaisir s'enroule de toute part, dans mon ventre et sur chaque centimètre carré de ma peau. Je perçois de légers bruits de succion, très lointains, bientôt couverts par ma respiration chaotique.

— Wade…

Les vagues de fourmillements m'envahissent. De plus en plus intenses. De plus en plus lourdes. Bientôt insurmontables.

Et ce ne sont que des préliminaires, bon sang… Dans la brume où je flotte, cette pensée m'arrache un sourire.

Gourmande, la bouche de Wade continue de me prodiguer des baisers lents et délicats, toujours au même endroit. Il n'a pas l'air désireux de remonter, et pour rien au monde je ne l'arrêterais.

Pour presque rien.

Une broutille, comme le cliquetis d'un verrou, par exemple.

Mes yeux s'arrêtent sur la serrure du voisin et l'effroi me saisit. En catastrophe, je me rhabille, balançant au passage un coup de genou dans la tête de Wade.

— Merde ! Pardon !

L'humidité du tissu ralentit mes mouvements. Je sautille sur place avec la grâce d'un éléphant sous ecstasy, mais mes fesses refusent d'entrer dans mon jean. Soit les orgasmes me font gonfler, soit le stress me rend maladroite. Dans tous les cas, les parties intimes de mon corps sont encore exposées quand la porte d'en face s'ouvre.

Wade colle son torse au mien, aussi vite qu'un être humain est capable de le faire.

— Bonjour ?

Je décale la tête sur le côté et souris au jeune homme qui nous observe, troublé.

— J'ai cru entendre du bruit, dit-il, alors que son regard passe de mon visage écarlate au dos imposant de Wade.

Dieu merci, il est assez large pour me cacher.

— J'ai oublié mes clés.

Wade passe sa langue sur mon oreille. Je souris de plus belle, désormais aussi violette que le sweat-shirt de mon voisin.

— Vous allez bien ?

— Elle se porte comme un charme, lâche tranquillement Wade.

Enfoiré.

L'homme fronce les sourcils, visiblement peu convaincu.

J'ai le temps d'être couverte de honte avant qu'il recule et ferme sa porte.

Chapitre 29

Wade

Je la suis du regard, un sourire discret flottant sur mes lèvres. On est revenus au loft, et c'est le cinquième serrurier qu'elle appelle.

— Ça sonne dans le vide ! râle-t-elle.

— Raccroche et tente un autre numéro.

D'un pas agacé, elle retrouve mon ordinateur portable et fait défiler la liste des professionnels avant de taper furieusement une nouvelle combinaison de chiffres sur son portable.

— C'est dingue ! peste-t-elle, le téléphone sur l'oreille. Ils ne sont pas censés travailler vingt-quatre heures sur vingt-quatre et sept jours sur sept ? Je hais les… Oui, allô ?

Elle se bouche l'oreille et fait les cent pas dans mon salon, la moue revêche. La Kenzie râleuse libère des phéromones directement reliées à mon entrejambe. Je pourrais les contrôler, mais, après ce qui s'est passé dans son immeuble, je vais avoir du mal à temporiser.

— Trois jours ? C'est une blague ?! Et si mon bébé était en train d'agoniser ? Non, je n'ai pas d'enfant… Évidemment, que j'aurais appelé les pompiers ! J'essaie de vous faire comprendre que… quatre cent cinquante dollars ?! Vous m'avez prise pour une mamie incontinente qui regarde le télé-achat ou quoi ?

Elle tape du pied en plein centre de la pièce, le poing serré.

— Mais enfin ! Je veux juste que vous détruisiez ma serrure pour que je puisse rentrer chez moi ! Ce n'est quand même pas la mer à boire !

Un blanc. J'allume une cigarette et emplis mes poumons de fumée, amusé par le spectacle.

— Quoi ?! Je ne vous ai pas insulté ! Bon Dieu, si c'était le cas, je vous aurais traité de gros con aux couilles rabougries !

Je souris comme un imbécile. Elle décolle le portable de son oreille et regarde l'écran, hébétée.

— Il m'a raccroché au nez, dit-elle d'un air interdit.

— Tu as insulté ses testicules.

— Il ne voulait pas m'aider, sauf si je le payais une fortune !

— Tu as insulté ses testicules, répété-je.

— J'ai essayé de frapper les tiens et tu ne m'en as pas tenu rigueur.

— Parce que j'ai des projets plus ambitieux que de casser ta serrure.

Elle dépose le téléphone sur la table puis m'offre une moue équivoque. Le message est passé.

— Ça ne te dérange pas si je prends une douche ?

— Fais-toi plaisir.

Elle disparaît tandis que je retrouve la pièce qui me sert d'atelier. J'écrase le mégot dans un pot que je réserve à cet effet et jette ma chemise dans un coin.

Dessiner a toujours été un exutoire, pour moi. Le graff, le *blackbook* ou la peinture m'ont aidé à extérioriser ou à exorciser mes pensées. Mais on dirait que dernièrement j'ai perdu l'inspiration.

Quand je suis devenu Nellie Kern, je parlais de culpabilité et de frustration, mes toiles étaient sombres. Mais désormais je ne ressens plus ce poids sur ma poitrine.

Je trempe le pinceau dans un mélange de couleurs vives, tente un premier essai, mais il ne me satisfait pas. L'eau de la douche coule pendant que je vire la première toile du chevalet et m'attarde sur une deuxième. Le résultat est tout aussi médiocre.

— S'acharner n'est pas toujours la bonne méthode.

Appuyée contre l'encadrement de la porte, Kenzie me dévisage avec intérêt. Mon regard fait une embardée sur ses jambes nues ; le bas de sa chemise est trop long pour que je sache si elle a retiré son sous-vêtement.

— Je venais te demander où sont les serviettes propres, je ne les ai pas trouvées.

— Dans l'armoire de ma chambre, l'informé-je.

Elle pénètre dans la pièce, ses yeux voletant parmi mes toiles inachevées.

— Syndrome de la toile blanche ?

— Je ne suis plus vraiment en phase, concédé-je.

— Avec le fait de peindre ou celui de te faire passer pour une artiste que tu n'es pas ?

Elle s'empare d'un pinceau et en tapote sa bouche, à la recherche de la couleur dont elle pourrait l'imbiber.

— Tu n'as jamais été Nellie Kern, poursuit-elle. Tu t'es caché derrière ce pseudo, comme je me cachais derrière mes tailleurs de mégère sans pitié.

Elle jette son dévolu sur le bleu, le blanc et le vert.

— Sois toi-même, Wade, dit-elle en mélangeant les teintes. Crown ne te retrouvera pas grâce à tes peintures, si ? C'est un trafiquant de drogue, pas un amateur d'art.

— On ne sait jamais ce qui peut se passer avec Crown, je protège mes arrières. Qu'est-ce que tu fais ?

Elle continue d'écraser les poils du pinceau.

— Je cherche à faire du marron.

— Avec du vert et du bleu ?

— J'étais nulle en arts plastiques.

Je me réapproprie les pinceaux. Elle scrute tous mes gestes pendant que mes yeux oscillent entre sa peau nue et la palette. Dès que j'ai terminé, elle prend la toile d'assaut et entame une esquisse qui s'apparente à… Bordel, elle peint comme une tarte !

— C'est censé ressembler à quelque chose ?

— Ce sont tes yeux.

— Je pleure à quel moment ?

— Ce n'est pas si moche ! Je les ai toujours aimés, dit-elle avec sérieux. Leurs couleurs ne sont pas communes.

Elle dessine de lents cercles censés représenter des iris.

— Mais, au-delà de leur particularité, ce qui m'intéresse se trouve à l'intérieur. Tes yeux sont toujours honnêtes. Je peux savoir quand une chose t'attire ou t'écœure, quand tu es heureux ou en colère, rien qu'en te regardant. Tu sais ce que je vois, en ce moment ?

— Un mec qui louche, apparemment.

— Un mec perdu. Sois franc, Wade : quand as-tu pris du plaisir à peindre pour la dernière fois ?

Elle plonge le pinceau dans le gobelet et tourne la tête vers moi.

— Tu n'en as jamais pris, n'est-ce pas ? Être Nellie ne te rend pas heureux.

— Nellie m'aide à extérioriser mes pensées.

— Et Wade, qu'en est-il de lui ? Là, de quoi a-t-il envie ?

Elle marche à reculons, le sourcil joueur, et s'arrête à deux mètres de mon chevalet. Ses jambes menues se croisent sous la blancheur de son chemisier. Elle n'est pas tout à fait à l'aise, mais, dans son désir de mener l'échange, elle prend les rênes.

— Il aurait besoin d'inspiration, dis-je.

J'ôte la toile, où mes yeux bigleux prennent toute la place, pour en déposer une vierge.

— Je peins des choses brutes, Kenzie.

— C'est-à-dire ?

Je prépare le matériel.

— Des émotions pures, de la vérité. Il n'y a pas de faux-semblant, pas de voile. Pas de tissu.

Nos œillades se chevauchent. Je la défie et elle en est pleinement consciente.

Kenzie a toujours été pudique. Je l'ai un peu débauchée dans le couloir de son immeuble, mais nous n'avions pas de programme. Cette fois, c'est différent.

Contrairement à elle, je n'ai jamais eu de problème pour me balader nu.

Elle défait le premier bouton avec lenteur. Ses doigts glissent et poursuivent le travail, jusqu'à ce que le tissu tombe à ses pieds ; son sourire en coin est en soi une atteinte à la décence.

Le regard ancré au mien, elle dégrafe son soutien-gorge. Un simple morceau de dentelle noire. Ce n'est pas la vue imprenable sur sa poitrine qui m'anime mais la confiance qu'elle m'accorde.

Je ne ferai pas que regarder, je vais la peindre. Inévitablement, j'étudierai tous les détails, même et surtout ceux qui sont invisibles au premier abord. Mon respect s'accroît lorsqu'elle coince le pouce entre sa peau et la ficelle de sa culotte.

À la fois fébrile et déterminée, elle enlève le dernier rempart. Il roule le long de ses jambes et s'échoue, en boule, sur mon plancher.

Elle est sublime. Inutile de le lui dire, elle peut le lire dans mes yeux.

— Dessine-moi, Wade.

Les secondes deviennent des heures.

Pour rien au monde je n'interromprais ce moment. Je m'approprie sa silhouette et en trace les contours avec toute la fidélité dont je suis capable. Mes mouvements suivent ses courbes, laissent filer la peinture sur la toile comme si mes doigts la touchaient. Je mesure à quel point la caresser, de près ou de loin, m'est indispensable.

Elle est assise dans l'un des fauteuils que j'ai apportés du salon, et j'ai allumé le chauffage à son premier frisson. Résultat, je meurs de chaud.

Les gouttes de sueur coulent les unes après les autres dans mon dos tandis qu'une énième dose de goudron vient encrasser mes poumons. La pièce est spacieuse et aérée, mais j'étouffe et peine à me concentrer. Je ne pense qu'à embrasser sa bouche, qu'à enserrer sa taille, qu'à glisser ma langue entre ses cuisses.

Je veux lui faire l'amour, putain.

Je suis la ligne de ses abdominaux, qui creusent un sillon parfait au-dessus de son nombril. Je ne cesse d'aller et venir entre elle et la toile, arrondissant mon trait en atteignant ses hanches.

— « Il me semble que vous rougissez, monsieur le grand artiste. »

Elle me regarde avec amusement.

— Tu n'as jamais vu *Titanic* ? ajoute-t-elle en s'appuyant sur les accoudoirs.

— Ne bouge pas.

— C'est une citation de Rose. Tu me fais penser à Jack.

— Arrête de gesticuler.

Elle soupire.

— J'ai l'impression que tu me touches, Wade, c'est un peu compliqué de rester immobile. . .

J'esquisse le haut de ses cuisses sans parvenir à garder pour moi mon sourire.

— Je te touche, crois-moi.

Jamais je n'avais regardé. Jamais je n'avais porté un intérêt si grand à la nudité d'une femme. Jamais je n'avais dessiné croquis si érotique.

— Sérieusement, Wade, tu es trop intense.

Ses pupilles sont légèrement dilatées. Je les dessine dans toutes leurs nuances. Dans l'ombre de ses longs cils, ses iris me donnent du fil à retordre ; j'y distingue nettement ses désirs, et ils n'ont rien à voir avec son activité de modèle.

— Je travaille toujours intensément.

— Tu joues intensément.

— J'aime intensément.

Je jette le pinceau dans le pot et entame un mélange pour approcher la teinte de ses cheveux. Lorsque je reviens à elle, le rouge de ses joues s'est étendu à sa poitrine.

— Moi aussi.

Ses mots planent dans l'air lourd de sous-entendus, qui le sont de moins en moins. Je reprends la peinture, les pensées partout, hormis sur la toile.

— Tu as raison, je ne suis pas Nellie Kern.

Ne comprenant pas la raison de ce brusque changement de sujet, elle fronce les sourcils.

— Toi qui es journaliste, tu n'as jamais fait de recherches sur l'origine de ce nom d'emprunt ? renchéris-je.

— Comment ça ?

— Tu ne trouves pas ce pseudo curieux ?

Elle hausse les épaules, de plus en plus perdue.

— Sans plus. Pourquoi ? J'ai manqué quelque chose ?

— Nellie Kern est une anagramme.

— D'accord… Et si tu remets les lettres dans le bon ordre, qu'est-ce que ça donne ?

— Nine Keller.

Quand je dis que je l'ai toujours eue dans la peau, je suis sans doute en dessous de la réalité.

— Tu es sérieux ?

J'acquiesce. Ce simple mouvement de tête fait basculer l'ambiance.

J'ignore qui de nous deux fait le premier pas, mais en une fraction de seconde nos corps se touchent.

— Je nous ai fait perdre tellement de temps…

Ses paumes se posent sur mon ventre, qui se contracte en réponse. Elle se met sur la pointe des pieds. Son souffle brûlant frôle mes lèvres.

— Embrasse-moi.

Mes deux mains s'enfouissent dans ses cheveux, que je tire en arrière. Et je capture fougueusement sa bouche.

Ce moment rattrape tous ceux que j'ai manqués avec elle depuis San Francisco. Elle reviendra totalement à moi une fois qu'elle s'autorisera à me donner sa bouche, et elle est en train de le faire. Avec ferveur.

D'un bras possessif, je la tire contre moi, pour que plus une seule molécule d'air ne nous sépare.

J'aimerais me contenir, me montrer moins brutal, mais, chaque fois que j'essaie de rectifier le tir, Kenzie, à son tour, redouble d'intensité. Ce n'est pas ma lèvre inférieure, mordue jusqu'au sang, qui dira le contraire.

— Pardon, fait-elle dans un souffle.

— Ne t'excuse jamais. Surtout pas pour ça.

Nous reprenons notre baiser, perdus dans notre propre frénésie.

— Surtout, ne vous dérangez pas pour moi.

Il me faut quelques instants pour identifier la voix railleuse, pendant que Kenzie baragouine quelque chose d'incompréhensible. Jax. Évidemment. Mais qu'est-ce qu'il fout là ? Puis je me rappelle un détail pas franchement anodin : Kenzie est nue. Je l'attrape au vol et la plaque dans mon dos. Elle soupire.

— À ce rythme-là, je vais finir naturiste avant ce soir, dit-elle en posant le front entre mes omoplates.

Je suis tellement furieux contre Jax que je parviens à peine à sourire.

— Qu'est-ce que tu fous là ?

— Ton téléphone est éteint.

— Tu étais obligé d'entrer chez moi sans prévenir ?

— J'ai toqué, mais tu ne répondais pas. J'ai utilisé ma clé.

Derrière moi, Kenzie se racle la gorge.

— Hum… Vous pourriez attendre que j'aie enfilé quelque chose, pour discuter ?

Hilare, Jax semble enchanté de la situation. Il sourit lorsqu'il aperçoit ma lèvre inférieure, mais mon regard noir le calme aussi vite.

— Bouge, Jax !

— Hé, détends-toi !

Il lève les mains en l'air et s'éloigne en direction du salon. Kenzie s'empresse de revêtir sa chemise, et me dépasse pour retrouver la salle de bains, où l'eau coule toujours.

Je l'intercepte par le coude.

— Je suis désolé.

Ses lèvres sont gonflées et gorgées de sang. C'est un crime de devoir les abandonner.

Tendrement, elle passe son pouce près de la morsure et m'adresse un clin d'œil aguicheur.

— Ce n'est que partie remise. Par contre, tu peux rêver pour que je me balade de nouveau dans cette tenue.

C'est bien ce que je craignais. Il faut impérativement que je récupère les clés de Jax.

Chapitre 30

Wade

Il y a un instant de flottement quand je rejoins Jax. J'espère qu'il a effacé les images de Kenzie de sa tête, sans quoi je me ferai un plaisir de m'en charger à sa place.

— C'est reparti pour de bon ? lance-t-il.

— Ça irait plus vite si tu ne passais pas ton temps à nous interrompre.

J'attends la pique sarcastique, mais elle ne vient pas. Son manque d'entrain me fait tiquer.

— Besoin de parler ? supposé-je.

J'ai encore en mémoire notre dernière conversation. Le divorce de ses parents est un virage assez compliqué à négocier pour lui. J'ai grandi sans père et je n'ai plus de mère, alors, la notion de famille, je ne connais pas vraiment. Mais Jaxton est là pour m'apprendre qu'un homme, aussi adulte et assumé soit-il, reste un enfant quand il s'agit du déchirement des siens.

Entre son père qui ne veut rien entendre, sa mère qui négocie déjà avec les avocats pour la répartition des biens et sa petite sœur qui n'en fait qu'à sa tête, il est le seul à même de gérer les problèmes.

— Je vais bien, m'assure-t-il.

Je respecte son mensonge mais je tiens à ce qu'il sache que je serai là quoi qu'il arrive.

— Tu pleures sur mon épaule quand ça te chante, mec.

Son doigt d'honneur est on ne peut plus franc.

— Je te dirais bien de te mettre ce majeur bien profond, mais, vu ce à quoi je viens d'assister, j'ai peur que ça te fasse plus plaisir qu'autre chose.

Je n'ai pas le temps de rétorquer ; Kenzie s'immisce à pas feutrés dans la pièce.

Jax et elle s'observent avec une certaine pudeur.

— Tu as l'air fatigué, commence-t-elle.

Son sourire est épouvantablement triste. Je n'ai jamais vu Jaxton ainsi. Celui que je connais est un exemple de poigne et d'optimisme, il n'y a qu'avec Kenzie qu'il perd sa belle assurance.

Elle le perçoit aussitôt et se plante en face de lui.

— C'est bon, Jax, j'ai compris. Tu as voulu protéger Wade. Tu t'y es pris comme un manche. Il aurait mieux valu me dire la vérité, mais tu as agi dans son intérêt.

— Je t'ai blessée et ça m'emmerde.

— Ce qui est fait est fait.

— Tu m'en veux ?

Elle lève une épaule désinvolte.

— Plus maintenant. Je voudrais juste qu'on redevienne ce qu'on était. Si tu as toujours de la place pour une sœur de substitution, alors je réponds présente.

Efficace. Rapide. La réponse est immédiate : il s'approche d'elle, bras écartés, et elle se blottit contre lui. C'est maladroit, mais quand je vois le soulagement de Jax je garde ma réflexion pour moi.

— J'ai le droit de dire que ta poitrine a gagné en volume ?

— Tu la fermes, interviens-je.

Il descend les mains le long de ses côtes et arque un sourcil connaisseur.

— L'accroche au niveau de la taille est parfaite.

— Ne t'avise pas d'aller plus bas, dis-je d'un ton plus menaçant qu'amusé.

Je deviens possessif ou quoi ? J'imagine que ce sont les effets secondaires de notre éloignement. Sept foutues années. Maintenant qu'elle est revenue, plus rien ni personne ne pourra me la prendre.

— Qu'est-ce que tu as fait à mon pote ? se moque-t-il.

Ils adoptent enfin une distance plus raisonnable et elle m'envoie un petit regard espiègle, par-dessus son épaule.

— Un remake de *Titanic*.

— Le film cucul avec le crétin qui meurt à la fin ? Je ne savais pas que tu étais romantique, me dit-il. À moins que ce soit un message subliminal… Le paquebot qui rentre dans l'iceberg, l'image me paraît plutôt juste.

L'art de la métaphore selon Jaxton Cole. Sauf que Kenzie n'a rien d'un bloc de glace et que mon paquebot n'a pas encore quitté le port.

— Je vous laisse, j'ai un serrurier à trouver

— Tu peux rester.

Elle décline d'un mouvement de tête. Je vais de désillusion en désillusion. J'étais censé me retrouver avec elle — et en elle — pour le restant de la journée, mes oreilles prêtes à écouter la mélodie de ses orgasmes. Finalement, elle claque la porte avec un sourire lumineux, et j'hérite de la présence de Jaxton.

Ainsi que du pochon d'herbe qu'il tire de sa poche de costume.

— Qui roule ?

Kenzie remplacée par un joint, on ne peut pas dire que je gagne au change. Mais, parce que Jax n'est pas dans son assiette, je m'incline face à ce foutu coup du sort.

— Charge-le, dit-il alors que je m'installe sur le canapé, le matos sur la table basse.

Je m'occupe de la préparation, Jax étant incapable de confectionner autre chose qu'une chaussette molle avec une feuille et du tabac. J'allume l'extrémité avec son Zippo, crache la fumée et lui tends le joint.

Son silence dure le temps de la dégustation. Ce n'est qu'une fois qu'il a les yeux rouges qu'il se décide à parler. Comme je l'avais supposé, le divorce l'use bien plus qu'il veut bien l'admettre.

L'origine de la fortune des Cole est un mystère pour moi, mais il est clair qu'ils n'ont pas de problèmes de fin de mois. Le compte en banque des parents de Jaxton doit comporter un nombre de zéros qui défie l'imagination, et qui risque fort d'être au cœur du conflit durant les prochains mois.

— Dana a pris position pour notre père, dit-il en soufflant la fumée.

— Et toi ?

— Je suis entre les deux. Ma mère déconne grave, mais c'est ma famille.

Jouer les entremetteurs. Recoller les morceaux. Arranger les choses. Du Jaxton tout craché. Ce n'est pas pour rien qu'il négocie des rachats de parts d'entreprises ou des fusions de groupes. Il a toujours été un tampon, celui qui nettoie en profondeur pour faire briller la surface.

— Que comptes-tu faire ?

— Sauver le bateau du naufrage, tant que c'est encore possible, soupire-t-il.

— Tu devrais laisser couler, frère. Tes parents sont majeurs et vaccinés, c'est à eux d'agir proprement.

— Je n'abandonne jamais les miens.

Un deuxième joint passe au casse-pipe, et la discussion s'éternise jusqu'au début de la soirée. Je voudrais l'aider mais je n'ai pas les armes pour le faire autant que je le voudrais. Alors, je me contente de l'écouter, de lui prodiguer des conseils sortis de nulle part, et de lui servir mon meilleur whisky.

Il passe à autre chose au bout du troisième verre.

— Il faut que je baise.

Il se lève du fauteuil, qu'il n'a pas quitté de l'après-midi, la tête en vrac.

— Demande à Max de te conduire.

— Pas la peine.

— Tu vas te faire une triplette alcool, fumette et sexe.

— J'ai besoin de me changer les idées, Wade.

— Je sais. C'est pour ça que dans quelques heures tu seras tellement défoncé que tu n'arriveras même pas à savoir si tu couches avec deux nanas, ou une seule que tu vois en double. Dis à Max de te conduire et de te ramener.

— Mackenzie réveille ton instinct protecteur ?

Je ne réponds pas. Il sait que je préférerais perdre un membre plutôt que d'apprendre que le conducteur d'une R8 a perdu la vie en rentrant dans un platane.

— T'es un despote, Keller, dit-il en partant.

Histoire d'assurer sa sécurité, je préviens directement Max par texto, puis j'en envoie un second, à une tout autre destinataire.

Serrure changée ?

J'inhale le reste du joint en attendant sa réponse. Elle me parvient trois taffes plus tard.

Bien arnaquée, oui. Jaxton va bien ?

Il est sorti pour se changer les idées.

Il ne respirait pas le bonheur… Il lui est arrivé quelque chose ?

La vie privée de Jax ne m'appartient pas, je n'ai aucun droit de la divulguer sans le lui dire, même si la personne qui s'inquiète s'appelle Mackenzie Rowe. Lui, en revanche, ne s'est pas gêné pour lui raconter l'histoire de ma mère…

Recoller les morceaux et arranger les choses.

Il l'a fait pour mon bien, je peux lui rendre la pareille.

Contrairement à moi, Kenzie a des parents. Elle trouvera sans doute des paroles plus douces et apaisantes que les miennes pour réconforter Jax.

Conflit familial. Ses parents divorcent.

Mes muscles se détendent sous l'effet de l'herbe. Je m'affale contre le dossier et jette le mégot.

Je ne suis pas dans ce cas de figure, mais je pense que, si ma famille partait à vau-l'eau, je chercherais du réconfort auprès de ceux à qui je tiens. Sois là pour lui.

C'est ce que je fais.

En m'envoyant des SMS alors qu'il est parti ?

Il a besoin de lâcher prise. Je le récupérerai demain, pendant sa descente.

Où est-il ?

Sûrement au club de strip.

Sexe et débauche ?

C'est l'idée.

Je peux faire quelque chose ?

Kenzie n'est pas entourée d'une bande soudée et indéfectible. C'est une solitaire. Mais, quand elle aime, elle se donne à fond. Et je sais qu'elle aime Jax, d'un amour identique à celui que j'éprouve pour lui.

À notre façon, tous les trois, nous formons une famille.

Rien qui ait un lien avec le sexe et la débauche. Cette partie-là m'est réservée.

Depuis quand ?

Depuis que tu as remplacé la parole par des gémissements.

C'étaient des soupirs. Je m'ennuyais.

La séance de sextos n'était pas au programme.

Si ma langue ne te suffit pas, dis-le.

Je me demande si celle d'un autre ferait mieux le job.

Fais un essai.

Tu n'y vois pas d'inconvénient ?

Aucun. Parce que je n'ai pas de concurrent à ma taille et que tu n'en as pas envie.

Bonsoir, monsieur Gros Ego, ravie de faire votre rencontre.

Je replace mon érection pour qu'elle respire un peu mieux dans mon caleçon, le sourire d'un parfait connard plaqué sur mon visage.

Repose-toi, K. La prochaine rencontre sera mouvementée.

La semaine avance au même rythme que la précédente, avec cependant de légères variantes.

Jax part en vrille. Il sort tous les soirs et offre son pénis à la plus offrante. Elles sont nombreuses à se bousculer au portillon, comme en témoigne le défilé de visages qui grimacent de plaisir, au fil des soirs, sur mon canapé.

J'ai beau lui expliquer qu'il ne doit amener personne chez moi, que ça nous met en danger, il ne veut rien entendre. Il fume comme un sapeur, boit comme un trou et esquive sciemment mes tentatives de dialogue.

Il est dans son monde de perversion et de perdition. Comme il refuse de se confier, je m'assure simplement que Max lui colle au train pour lui permettre de s'abandonner en toute quiétude.

Kenzie est devenue mon interlocutrice préférée par messages interposés. Le problème, c'est qu'on dirait qu'elle préfère se donner à *Accuracy* plutôt qu'à moi. Nos retrouvailles tournent au virtuel.

Une semaine qu'elle vit recluse chez elle. Sept jours qu'on se chauffe avec les mots. Nos échanges sont parfois subtils, d'autres fois, insipides. La plupart du temps, ils sont surtout obscènes.

Bouche, langue, sucer, pétrir, enfoncer, mordre, glapir, gémir, blesser. Mon téléphone est saturé d'insanités. Si mon opérateur était de mèche avec la brigade des mœurs, je serais de retour en taule.

— Eh.

Le coup que je mets sur le canapé ne réveille pas Jax. Il porte encore son costume de la veille.

— Jax, lève-toi.

Il grommelle quelque chose. Je ne m'approche pas de la zone de danger : le mélange d'herbe et de whisky est devenu son haleine naturelle.

— Je sors Truc.

Pas de réaction, à part un pouce en l'air. Il se dégrade de jour en jour ; je dois vraiment trouver un moyen de le remettre sur les rails. Et vite.

Comme toujours, la promenade est un grand moment de stress. Je passe une demi-heure à tirer sur la laisse de Truc pour l'empêcher de passer ses nerfs sur des sacs plastique, des pneus ou des mollets. Ce chien est un démon, mais je commence à l'apprécier. Il faut croire que j'aime me faire du mal.

Quand je rentre, Jax est sorti du coma. Il est debout, dans la cuisine, face à la machine à café encore éteinte. Les miracles existent.

Truc assèche sa gamelle d'eau à grands coups de langue tandis que je vérifie mes messages. Kenzie m'envoie généralement un SMS avant d'aller au boulot, et aujourd'hui elle ne déroge pas à la règle.

Coton ou dentelle ?

Ni l'un ni l'autre. Nue sous ton tailleur.

Trop tard, je suis déjà en route.

Et ?

J'ai un jean et une culotte de grand-mère spéciale fuites urinaires.

Tu m'excites.

Gardes-en un peu pour ce soir.

?

Il se pourrait que je passe à l'improviste avec mon sous-vêtement parachute.

La perspective de découvrir mamie Kenzie me met au garde-à-vous. La distance me rend fou mais je savais qu'elle craquerait la première. *Enfin.*

Je prépare le bol pour faire tremper ton dentier sur la table de chevet.

L'attention est charmante, Wade.

Je prends soin de ta bouche, elle peut toujours servir.

Son SMS suivant me parvient en même temps qu'une notification. Nellie Kern.

Ça faisait un moment que l'alerte Google n'avait pas sonné. Le sujet ne passionne plus les foules. Kenzie s'est débrouillée pour étouffer la curiosité de ses lecteurs, et aucun autre journal ne s'est penché sur la mystérieuse étoile montante de l'art contemporain.

De fait, je tombe des nues en découvrant que la notification provient d'*Accuracy*. Au même moment, la sonnerie du portable de Jax retentit de l'autre côté de la pièce. Il décroche d'une voix pâteuse.

— Pourquoi tu m'appelles ?

Je clique sur l'article.

— Attends… dit-il, semblant s'éveiller d'un coup. Explique-moi les choses calmement.

La bile me remonte dans la gorge, tandis que l'adrénaline afflue dans mes veines.

— Quoi ? Tu veux bien répéter ça ?

J'avance dans la lecture, sonné. *C'est quoi, ce bordel ?*

— C'est quoi, ce bordel ?!

Les mots de Jax font écho à mes pensées.

Mon prénom et mon nom ne sont jamais cités, mais il y a toute mon histoire ; mon passage à la MHS, ma relation avec Kenzie, la vente de came. C'est un portrait on ne peut plus fidèle. L'enfoiré qui a rédigé cet article a fouillé dans mon passé, et en a même exhumé des détails que j'avais oubliés.

J'avais pourtant bien fait comprendre à Matt les risques qu'il courait s'il s'avisait de l'ouvrir.

— Rentre chez toi, entends-je Jax ordonner.

Je vais le tuer. Non. Je vais le tabasser, puis j'attraperai ses viscères à mains nues et je les enroulerai autour de son cou jusqu'à ce qu'il s'étouffe dans son propre vomi.

Jax raccroche et m'interpelle.

— Faut qu'on aille à la galerie.

Il a la tête des mauvais jours, le teint cireux et des cernes de la taille de l'Alabama. Mais, au-delà de sa mauvaise mine désormais chronique, je lis une peur panique dans son regard. J'en déduis qu'il a eu l'info.

— Faut qu'on aille à *Accuracy*, rectifié-je. J'ai un enculé de journaliste à buter.

Une ride se forme entre ses sourcils.

— Wade, ce n'est pas…

— Épargne-moi le couplet contre la violence physique. Matt vient de foutre en l'air ma couverture. Il n'y a ni photo ni patronyme, mais les gens qui m'ont côtoyé me reconnaîtront, y compris les hommes de Crown.

Ma colère est bien présente, mais je la contiens. Je me réserve pour Matt. Mes poings cogneront la bonne personne. Ensuite, je réfléchirai à la meilleure façon d'éviter mes ennemis. Une chose à la fois.

— De quoi tu parles ? finit-il par demander.

— De l'article.

— Quel article ?

— Tu le fais exprès ?

— Quel article, putain ?!

Je lui balance mon portable, qu'il attrape à la volée par miracle. S'il lui restait encore des couleurs, il les perd définitivement en parcourant l'article.

— *Accuracy* m'a cloué au pilori.

— C'est impossible…

— Tu vois bien que si.

Agacé, j'enfile ma veste. J'ignore si Kenzie est au courant de la catastrophe en cours, mais, comme je compte faire un carnage dans ses bureaux, elle finira bien par être mise au jus.

— Wade.

J'attrape mes clés et me dirige vers la porte.

— Frère !

Je me retourne à contrecœur, impatient.

— J'ai eu Rebecca au téléphone, m'annonce-t-il, comme si on avait tué un de ses proches.

— C'est censé m'intéresser ?

— Elle était morte de trouille.

— Et alors ? Merde, Jax, j'en ai rien à cirer, de tes groupies ! Tu ne vois pas qu'il y a un problème plus important ?

— Il s'est passé quelque chose à la galerie.

Je plisse le front. Rebecca ignore que Jax est un de mes proches. Pourquoi l'a-t-elle appelé alors qu'il n'a aucun lien officiel avec Nellie Kern ?

Jax devance ma question.

— J'ai couché avec elle, avant-hier. Recouché serait un terme plus exact. Elle a dû croire qu'elle pouvait se confier à moi, je dois être une sorte de petit ami protecteur…

Je fais tinter les clés entre mes mains. Qu'il abrège, j'ai un homme à exterminer.

— Wade, ta galerie a été vandalisée.

***

Le détour par SoHo exige tout mon self-control. J'ai appelé Kenzie en chemin, mais la sonnerie s'est répétée dans le vide. Je ne lui ai pas laissé de message vocal.

Je me gare à l'arrache et entre par la porte de derrière.

Dans la pénombre, le chaos règne.

Chacune de mes toiles, sans exception, a été balafrée. Explosée par des coups de couteau. Je ne fais pas de tour d'horizon, le carnage est assez éloquent vu d'ici. J'imagine la tête de Rebecca quand elle a découvert la scène.

Jax appuie sur l'interrupteur. Les spots s'allument un à un, avec des claquements sourds et réguliers.

Ce qui trône au centre de la pièce me paralyse.

— Dis-moi que c'est la gueule de bois.

Jax déglutit. Sa tenue débraillée s'accorde à merveille avec le chaos ambiant.

Une flaque d'un rouge profond s'étend sur le sol. L'odeur du sang chaud me parvient par vagues.

Je marche lentement. Trop lentement. Mon corps cherche à repousser l'inévitable, car, à la seconde où mes yeux verront ce que j'anticipe déjà, mon cerveau saura que j'ai perdu la partie.

Je m'arrête à cinquante centimètres. L'animal mutilé gît dans ses fluides, ses poils collés par le sang. Il pue. Il est entaillé de partout.

Je n'ai jamais aimé les rats, mais le sort qu'on a réservé à celui-là pourrait me faire changer d'avis.

— C'est dégueulasse, murmure Jax.

Je ne peux détacher les yeux de l'objet posé sur le cadavre, comme s'il me riait au nez.

Une couronne bon marché, en carton. Recouverte d'une pellicule dorée.

— Ils n'ont pas pu aller aussi vite…

Jax nie l'évidence, qui est pourtant bien là, sous nos yeux.

Crown m'a retrouvé.

Chapitre 31

Mackenzie

— De quel droit as-tu osé ?!

Matt me dévisage comme si j'avais un démon sur la tête. J'en ai un. Il s'appelle Rage. Et il s'apprête à lui arracher les yeux.

— Bonjour, Mackenzie.

Je claque la porte de son bureau et fonce sur lui.

— Je suis consciente que tu me détestes, Matt, et moi non plus je ne peux pas te saquer. Mais, putain ! tu n'avais pas un autre moyen de m'atteindre ?

Je suis en furie. Une véritable boule d'hormones prête à exploser. Je n'arrive pas à croire qu'il ait publié cet article.

— Tu veux ma mise à mort, très bien ! Tu veux que je m'en aille d'*Accuracy*, parfait ! Mais, ça, tu n'avais pas le droit de le faire !

Il me regarde sans comprendre.

— Primo, tu vas te calmer.

J'éructe avant le deuzio.

— Tu n'es qu'une sombre merde ! Ton besoin de reconnaissance peut foutre des vies en l'air, tu en as conscience ? Non, tu n'en as rien à foutre. Tout ce que tu veux, c'est finir premier sur le podium. Quitte à ce que d'autres en crèvent.

— Redescends, Mackenzie. Je n'ai rien révélé. Je ne sais même pas de quoi tu parles.

— Ça ne sert à rien de nier, l'article est sorti !

J'ai failli faire une attaque sur la route. Pendant une seconde, le ciel s'est abattu sur ma tête, et, juste après, j'ai vu mes mains autour du cou de Matt.

— Bon, OK, je sais de quoi tu parles. Mais ce n'est pas moi qui l'ai écrit.

Il évite sciemment mon regard. Je constate avec étonnement qu'il est mal à l'aise.

— Ton chien de garde m'a bien fait comprendre les choses, grommelle-t-il, comme si cet aveu lui coûtait.

Une part de moi aimerait toujours savoir ce que Wade lui a dit pour qu'il s'écrase à ce point, mais ça n'est pas le moment.

— Tu es le seul au courant de cette histoire, Matt.

— Je l'étais, oui. Jusqu'à ce que Bettany récupère mes infos.

— Pardon ?

Il soupire.

— Je lui ai expliqué que mon article n'était finalement pas assez abouti pour être publiable. Je te laisse imaginer sa réaction.

S'il pense que je vais m'apitoyer sur son sort, c'est mal me connaître.

— Et donc ?

— Je laisse toujours mes affaires ici. Ce matin, quand je suis arrivé, ma clé USB n'était plus à la même place. Quelques minutes plus tard, son contenu a fuité sur le site.

— Comment peux-tu être certain que c'est elle ?

— Je dois vraiment te faire un dessin ? Tu connais Bettany, non ? Chez *Accuracy*, le maître mot est la vérité, aussi laide soit-elle. C'est elle qui l'a décidé. Nellie est le meilleur scoop qu'elle pouvait espérer.

— Oren ou April pourraient t'avoir devancé.

Il secoue la tête.

— Ils n'étaient pas au courant, et ce sont des amis.

— Les amis peuvent trahir.

— Crois-moi, Mackenzie, c'est Bettany. Va lui parler, tu verras : elle est d'excellente humeur.

Je doute toujours de sa sincérité. Malheureusement, sa théorie se tient.

— Si tu m'as menti, je te castre.

Rien ne passe sur son visage, ni un sourire arrogant ni même l'ombre d'un sarcasme. Wade l'a vraiment maté.

Furieuse, je change de cible et sors de son bureau en trombe.

Quand j'entre dans celui de Bettany, elle lève à peine les yeux de son ordinateur.

— Mackenzie.

— C'est vous ?

— Asseyez-vous.

Son ton nonchalant va bientôt me faire péter les plombs.

— Bettany, avez-vous publié cet article ?

Elle croise les doigts sur son bureau en prenant tout son temps. C'est incroyable, ce que les gens peuvent me rendre dingue quand ils agissent de cette façon.

— Vous me menez en bateau depuis des semaines, Mackenzie.

C'est donc elle. Matt a été honnête, pour une fois.

— Je vous ai fait confiance, je vous ai offert un sujet en or pour propulser votre carrière, et vous avez trahi ma confiance.

Je secoue la tête, agacée. Sa confiance...

— Vous pouvez toujours réécrire l'histoire, Bettany. J'ai récupéré le sujet parce que vous considériez que Matt n'était pas capable de le couvrir. Je n'ai jamais voulu de Nellie Kern. Vous n'avez pas fait ça pour moi mais pour vous. Pour *Accuracy*. Pour faire grimper le nombre de visiteurs et que *vous* soyez sous le feu des projecteurs.

En arrivant ici, j'étais persuadée d'avoir trouvé le meilleur job de la ville, avec une patronne prête à me tirer vers le haut.

Elle est juste égoïste.

— Vous m'avez menti, dit-elle avec obstination. Ce qui s'est passé est un juste retour des choses. Pourquoi aurais-je gardé cette histoire sous le tapis ? Vous connaissez ma devise : la vérité éclate toujours.

J'inspire longuement, afin de conserver un soupçon de flegme.

— J'ai protégé Nellie Kern pour de bonnes raisons.

— « Protégé » ? lance-t-elle en ricanant. Vous avez surtout entravé la publication d'un sujet que vous ne souhaitiez pas voir exposé au public. Mais je vous comprends : sortir avec un dealer de drogue, ce n'est pas très reluisant.

Elle est complètement à la ramasse.

— Je n'ai pas fait ça pour ma réputation, Bettany. Je me fiche de l'opinion des autres. Il fallait que la vérité reste un secret, c'était impératif.

— Pourquoi ?

La flamme dans ses prunelles me donne envie de vomir. Tout ce qui l'intéresse, c'est de balancer des ragots sur le Net. Ça ne m'étonnerait pas qu'elle ait discrètement enclenché un dictaphone.

— Ce ne sont pas vos affaires, tranché-je. Mon passé ne l'était pas non plus. Celui de Nellie Kern, encore moins.

— L'hôpital se moque de la charité, glousse-t-elle. Dois-je vous rappeler quel est votre métier ? Vous avez fait des études pour fouiller dans la vie des gens. Maintenant que ça vous touche personnellement, vous êtes furieuse, mais, sauf erreur de ma part, ça ne vous a jamais gênée de violer l'intimité des autres.

Le triomphe dans sa voix me rend malade. Elle a raison. Pendant ces deux années, j'ai agi d'une manière affreuse. Les mots amers de Naomi me reviennent soudain en tête.

Je ne peux même pas mettre cela sur le compte d'*Accuracy*. C'est moi, et moi seule, qui ai décidé de devenir ainsi. Combien de vies ai-je sabotées en croyant jouer les justicières ? Les révélations de Bettany sont capables de tuer Wade, littéralement… Qui me dit que je n'ai pas mis la vie d'autrui en danger avec mes papiers ?

Tout ça à cause de la rancœur. J'en voulais tellement à Wade de m'avoir caché des choses que j'ai fait payer les autres.

Je me suis trompée sur toute la ligne.

Je n'ai jamais voulu être journaliste.

Ce n'est pas moi.

— Retirez cet article.

— C'est hors de question.

— Les enjeux vous dépassent, Bettany.

— Si vous ne m'aviez pas trahie, j'aurais éventuellement pu faire un effort. L'article restera sur le site tant que je l'aurai décidé. De toute façon, il est déjà partagé sur les réseaux sociaux, vous arrivez trop tard.

Je contrôle ma suée.

— Quelque chose à ajouter ? demande-t-elle en souriant.

— Oui. Je démissionne.

Sa bouche s'étire un peu plus largement.

— Ça risque d'être compliqué, puisque vous êtes déjà virée. J'ai dû oublier de vous informer, je m'en excuse.

Je garde la tête haute. La façon dont je quitte *Accuracy* m'importe peu, tant que je ne revois plus cette femme. Néanmoins, j'espère qu'elle brûlera en enfer.

Je récupère mes quelques effets personnels et m'en vais sans un regard en arrière. Et sans regret.

Une fois dehors, la première chose que je fais est de laisser un message à Wade pour lui dire que j'arrive chez lui. La seconde, c'est de jeter tous mes dossiers d'*Accuracy* dans une poubelle.

— Mauvaise journée ?

L'inconnu me fait sursauter. Il observe mon petit manège avec amusement.

— C'est un peu ça.

Je lui souris et prends le chemin du métro. Quelques pas plus tard, je réalise qu'il marche juste derrière moi ; je me retourne à trois reprises, de plus en plus perplexe.

Une alarme de détresse résonne dans mon crâne.

J'accélère et il fait de même. Quand il attrape mon bras, un flot d'angoisse se déverse dans ma poitrine.

— Ne me touchez pas !

Les quelques passants ne prêtent aucune attention à la scène, préférant garder le nez sur leur smartphone. La solidarité dans les grandes villes m'a toujours émue.

— Baisse d'un ton, Mackenzie.

Un sourire se dessine sur son visage émacié, qui ne le rend que plus inquiétant.

— Où avez-vous entendu mon prénom ?

Du menton, il désigne la petite rue adjacente. Je comprends ce qu'il veut mais je n'obéis pas. Il me reste encore un brin de lucidité.

— Tu ne veux pas me suivre ?

Son sourire se fait plus carnassier. Je tente de reculer, jetant des regards inquiets pour qu'une bonne âme me vienne en aide, mais personne ne daigne croiser mes yeux.

— Ma patience est très limitée, ma belle. On va faire simple : tu me suis et tout se passera bien, ou tu résistes et le premier à en pâtir sera Noliar.

Mes poumons se rétractent violemment. *Il ne peut pas*... Mes neurones turbinent à toute allure, et je tente de me persuader que j'ai tort ; ça ne peut pas être un des sbires de Crown, l'article est sorti il y a moins d'une heure.

— Que me voulez-vous ?

— La ruelle, dit-il sèchement.

— Dites-moi d'abord…

Il fait un pas en arrière avec un hochement de tête.

— Je t'ai laissé une chance.

Et, avec un troisième sourire, plus effrayant que les autres, il passe son pouce en travers de sa gorge. La menace ne m'est pas destinée, mais elle est on ne peut plus claire.

— Attendez !

Je fais une connerie. Une immense connerie. Mais je n'ai pas le choix et je me décide alors à obtempérer.

— Avance.

Il se place dans mon dos, tandis que je réfléchis au meilleur moyen de le neutraliser.

— Qui êtes-vous ?

— Ferme-la.

On se retrouve à l'arrière d'un restaurant. Les poubelles débordent de cageots de légumes et de sacs en tout genre. Je ne savais même pas qu'il y avait un restaurant entre *Accuracy* et le métro. *Pourquoi tu penses à ça ?*

Il n'y a pas un seul bruit, à part celui de la bouche d'aération qui tourne à plein régime. Je suis en train de me fourrer dans une merde noire et mon cerveau hésite toujours quant à la manière d'attaquer l'homme qui me colle au train. Testicules ? Tissus mous ? Visage ?

Sentant que rien ne va plus, je m'arrête.

— Que voulez-vous ?

Je me retourne et plante mon regard faussement assuré dans le sien. Il doit sentir que je joue la comédie : son expression devient tragiquement railleuse.

— Tu as les jetons.

Il ne me considère pas comme une menace. Bien qu'il soit proche de la vérité, cela peut faire tourner la situation à mon avantage.

— C'est vous qui m'attendiez devant mon immeuble ?

— Allez, bouge-toi.

Il pose sa main sur moi pour que je pivote. J'ignore pourquoi je me réveille à cet instant-là. Ce doit être un instinct de survie. Une réaction tardive. Je n'en sais foutre rien.

Toujours est-il que je lui crache à la figure. En plein dans les yeux.

— Salope !

Il plisse les paupières en jurant, et, surprise par mes propres réactions, j'envoie mon genou dans son ventre.

Je détale comme si ma vie en dépendait, et ce n'est pas juste une image. Je dois retrouver la rue passante et implorer l'aide du premier venu.

Sauf que je n'atteins pas la rue.

Un coup brutal m'atteint en plein dans les jambes, par-derrière. Je perds l'équilibre et m'écrase au sol, sans avoir eu le temps de mettre les mains en avant pour protéger mon visage ; mon front percute le macadam. La douleur irradie dans ma tête.

Le paysage tourne à une vitesse folle pendant que des bras me compressent la taille. J'ai beau me débattre, je ne suis pas en état de prendre le dessus.

— À l'aide !

Une main s'écrase sur ma bouche. Le tam-tam incessant dans ma poitrine est aussi douloureux que la pression autour de mes côtes.

— Lâche-la, ordonne une autre voix.

Je suis aussitôt libérée et retombe lourdement au sol, suffocante. Je devrais fuir, mais mon corps est en pleine crise de tétanie, et la panique s'empare de mon esprit.

Tout se mélange. Je distingue à peine la paire de chaussures qui s'arrête devant moi, et je grimace quand on me relève le visage.

— La fameuse Mackenzie.

Deux yeux d'un bleu acier me sourient. Je reconnais sa voix glaciale, c'est l'homme qui a demandé à ce qu'on me lâche, quelques secondes plus tôt. Il tire tant sur mon cou que je suis forcée de me remettre debout.

— Noliar a bien choisi sa pouliche.

Il relève une commissure et étudie chaque centimètre carré de mon visage sans cacher son plaisir.

Je me débats comme je peux, ce qui ne fait que renforcer son emprise ; il écrase ma mâchoire si fort qu'elle menace de se disloquer.

— Calme-toi, ma jolie. On va faire un beau voyage, tous les deux. Passe-moi la seringue.

Le second homme lui tend un objet dont l'extrémité étincelle. La vue de l'aiguille déclenche une nouvelle explosion d'adrénaline. Je geins, faute de pouvoir crier. Je gesticule dans tous les sens, avant qu'on me maintienne par le torse.

— Je la tiens.

L'aiguille s'approche dangereusement de mon cou.

— Tu n'as jamais pris de drogue, n'est-ce pas ?

L'homme aux yeux bleus me gratifie d'un clin d'œil.

— Tout se passera bien. Tu verras, on y prend vite goût. Dégage sa nuque.

On tire brutalement sur ma tête. Je n'ai pas le temps de crier qu'une pointe gelée s'enfonce dans ma jugulaire.

Des flammes se propagent depuis le point de contact, et l'incendie embrase bientôt tout mon corps. Il anesthésie mon cou, mes épaules, puis mes bras, et bientôt le reste de mon organisme. Je deviens incapable de réagir. Les ordres de mon cerveau demeurent lettre morte.

— Le jeu commence enfin. Tu vas voir, on va bien s'amuser, Mackenzie.

Ma vision se rétrécit trop vite. La dernière image que je vois est celle d'un tatouage, dans le creux d'un cou.

Une couronne.

« Le bonheur, c'est un peu comme une plume, ça peut vous tomber dessus tout doucement, et s'envoler avec un petit coup de vent. »

Amy Softpaws

Chapitre 32

Wade

— C'est trop rapide…

Jax fait les cent pas en tirant comme un forcené sur sa cigarette.

— … Crown ne peut pas avoir des hommes de main partout. C'est un trafiquant de la côte Ouest, il faisait la loi à San Francisco, OK, mais il ne peut pas t'avoir retrouvé à l'autre bout du pays en moins d'une journée.

Mon genou s'agite frénétiquement. Mon flegme est sérieusement mis à mal.

— Ça a été trop vite, répète-t-il. On a attaqué ta galerie trop vite. Crown est un salopard puissant, même depuis sa cellule, mais je ne vois pas comment il a pu aller aussi vite.

Il tourne en boucle, avec son histoire de vitesse. Son angoisse m'exaspère, mais je la boucle. Quelque chose me dérange dans la méthode.

Les hommes de Crown me traquent depuis des années. S'ils m'ont repéré, je ne comprends pas pourquoi ils m'ont envoyé un message au lieu de me choper sur-le-champ. Ce n'est pas le genre à perdre du temps. Alors, dans ce cas, pourquoi est-ce que je suis encore là ? Tout ça ne colle pas.

— Tu m'écoutes ?

À cran, Jax expire un fin filet de fumée.

— On a forcément loupé un truc, murmuré-je.

Je jette un regard circulaire à la galerie. Je n'ai touché à rien, le rat est encore étalé dans son sang et mes toiles pendent en lambeaux.

— Oui, c'est ce que je me tue à t'expliquer. Il y a incompatibilité temporelle entre le moment où ce putain d'article est sorti et celui où on a saccagé ta galerie.

J'arpente la pièce et en inspecte chaque recoin.

— Je ne te parle pas de ça, Jax. Je devrais être dans un fourgon, à l'heure qu'il est. Ou même déjà six pieds sous terre.

— Ravi de constater que ça te défrise d'être toujours libre.

— Pourquoi est-ce qu'ils ne m'ont pas chopé ?

— C'est évident, ils veulent te foutre les jetons. Ne me dis pas que tu n'as pas compris ça.

Je secoue négativement la tête.

— Ce n'est pas dans leur intérêt. Techniquement, plus tôt ils m'attrapent, mieux c'est. La consigne habituelle pour les balances, c'est la torture, lente et douloureuse. Pas ce genre de truc glauque, dis-je en désignant le rat.

Il a un raclement de gorge dégoûté.

— Ça me donne envie de gerber.

Il me regarde un instant, avant de pousser un soupir.

— Tu ne veux pas arrêter une seconde ton numéro du gars nonchalant qui se fout de tout ? Wade, tu es en danger de mort, alors réagis normalement, pour une fois. Réveille-toi ! On dirait que tu ne ressens rien.

— Quelque chose m'échappe.

— J'ai bien compris, oui. On devrait bouger d'ici et y réfléchir dans un endroit plus sûr.

— Je ne partirai pas avant d'avoir trouvé un indice.

— Wade…

Je n'écoute pas la fin de sa phrase et entreprends d'inspecter les lieux centimètre carré par centimètre carré. Il ne dit rien, mais j'entends son nouveau soupir, à la fois profond et résigné. Quelques instants plus tard, ses chaussures à cinq cents dollars se mettent à arpenter la pièce.

— Rentre, Jax.

— C'est ça, ouais. Dis-moi ce qu'on cherche, plutôt que de raconter des conneries.

Il ne lâchera pas.

— N'importe quoi. Un mot, un bout de papier, il y a forcément une explication quelque part.

— Quel merdier…

Nous passons la galerie au peigne fin, mais on dirait qu'ils n'ont laissé aucune trace, à part l'animal qui trône au centre de la salle.

L'impatience finit par me gagner après l'inspection — toujours aussi vaine — de l'arrière-salle.

Pour renverser la vapeur, il faut que j'aie un coup d'avance. Or, il me sera impossible de placer les pions convenablement si je n'ai aucune idée du jeu de l'adversaire.

— Sérieusement, il faut qu'on sorte ce truc d'ici, Wade, l'odeur me file des haut-le-cœur.

— C'est juste du sang.

— Cette… bestiole est en train de pourrir !

L'heure n'est pas au ménage. J'ai besoin d'un foutu indice, et pas de nettoyer le parquet.

— Occupe-t'en, tranché-je.

Il grogne et se rend dans la réserve, pendant que je m'attaque à l'ordinateur, toujours intact, sur le comptoir. Je ne pense pas qu'ils aient pris le temps de m'écrire un mot doux, mais je préfère ne rien laisser au hasard.

J'épluche tous les dossiers, cherche dans les mails, m'efforce d'interpréter tout et n'importe quoi. En râlant, Jax débarque, un sac-poubelle à la main.

— Y a pas de gants.

— Retourne le sac et attrape le rat avec.

— C'est dégueulasse.

Commençant vraiment à perdre patience, je m'efforce de garder le silence. Ce n'est vraiment pas le moment de partir dans une dispute stérile.

— Merde ! Putain ! Putain de merde, de merde, de merde…

Un genou au sol, il porte le bras à sa bouche en lâchant une nouvelle bordée de jurons.

— Ils ont tailladé son ventre !

J'inspire profondément.

— Wade, je ne vais pas tenir, il y a plein de morceaux qui sortent, on dirait des machins sans poils, des trucs gluants, des… Hé, en fait, je crois qu'elle était pleine.

— Je n'en ai rien à foutre, Jax ! Ils… quoi ?

Je lâche l'ordinateur des yeux.

— Ça ressemble à une portée. Enfin, j'ai l'impression. Je ne suis pas véto, mais…

Je le rejoins au pas de course. Il a raison. Plusieurs minuscules ratons à la peau translucide constellent la flaque de sang, maintenant presque brune. Mon cœur s'emballe.

Les mains tremblantes, je sors mon téléphone. Elle m'a laissé un SMS il y a plus de trois heures, disant qu'elle arrivait chez moi.

Je claque le portable contre mon oreille.

— Qu'est-ce que tu fais ? me demande-t-il.

Les sonneries s'égrènent, les unes à la suite des autres, puis cessent, pour laisser place à la messagerie. Je raccroche et compose de nouveau le numéro.

— Wade ?

Les secondes défilent sans que personne ne décroche.

Jax se relève et une ride se forme entre ses sourcils. Le stress massacre mes entrailles. Je tente un troisième essai, tout aussi infructueux.

— Elle ne répond pas.

— Qui ?

— Kenzie, putain ! Kenzie ne répond pas !

Je parle plus fort que je l'aurais voulu, et j'ai envie de m'en prendre à lui, sans aucune raison valable.

Si : il n'a pas l'air de comprendre et ça me fout en l'air.

Le téléphone en main, je fonce vers la porte arrière et sors mes clés de voiture.

— Wade !

— C'est une femelle ! dis-je en courant.

— Quoi ? Qui ? Kenzie ? Je ne capte plus rien !

Je tire la poignée d'acier et lui jette un rapide coup d'œil.

— Le rat est une femelle. C'est ça, le vrai message.

Chapitre 33

Wade

Sur le trajet jusqu'à *Accuracy*, je tente de l'appeler au moins trente fois, mais je n'atterris que sur son répondeur. Ma peur grimpe en flèche et ma rage suit le mouvement. Dans l'ascenseur qui mène au huitième étage, je ne suis qu'une boule d'adrénaline. Un homme en costard me dévisage toute la durée de la montée puis se détourne vivement après avoir croisé mes yeux ; je dois libérer de très mauvaises ondes.

Dès que les portes métalliques s'écartent, je cours sans m'arrêter et dégonde pratiquement la porte du bureau de Matt. Il sursaute et se tasse sur son siège à roulettes en me voyant.

— Où est-elle ?

Sans attendre sa réponse, je fais volte-face et vérifie les autres bureaux ; deux d'entre eux sont occupés par un homme et une femme, qui me regardent, ahuris. Le dernier est vide.

Je déboule de nouveau devant Matt.

— Où est-elle ?

Il semble complètement tétanisé.

— Mackenzie, dis-je, furax de devoir le préciser.

Je m'avance au pas de charge et il recule instinctivement, les mains en avant.

— Ce n'est pas moi qui ai sorti l'article, Wade. Je n'y suis pour rien J'ai…

— J'en ai rien à foutre, de ce putain d'article ! Où est Mackenzie ?!

Il balbutie, il a l'air d'hésiter. Je contourne son bureau et agrippe sa chemise par le col. Je ne suis pas du genre violent, mais la colère brouille ma vision autant que mes principes. Je le mettrai à terre s'il faut, j'ai besoin qu'il me dise quelque chose.

— Lâchez-le ou j'appelle la sécurité.

Bettany se tient dans l'embrasure de la porte, suivie des deux personnes qui occupaient les bureaux d'à côté. La peur se lit dans le regard de chacun, excepté celui de la boss, où une pointe de domination me défie d'aller plus loin.

— J'ai congédié Mackenzie il y a quelques heures. Elle n'est pas ici. Sortez de mes locaux.

Quelques heures. Et elle ne répond pas au téléphone.

Je lâche Matt, qui retombe comme une masse sur son siège. Tout le monde s'écarte de la porte et je me dirige droit vers la sortie. Dans un coin de ma tête, des envies de meurtre surviennent. Ces enfoirés sont ses collègues. Du moins, ils l'étaient, à en croire Bettany. Quoi qu'il en soit, pas une de ces personnes qui ont côtoyé Kenzie ces deux dernières années ne me demande ce qui se passe. Pourquoi je suis dans cet état. Ils n'en ont strictement rien à faire et ne font même pas semblant du contraire. Si je le pouvais, je mettrais *Accuracy* à feu et à sang.

Dans un état proche de l'explosion, je massacre le code de la route et me gare n'importe comment, devant le loft. Max comprend aussitôt que quelque chose ne va pas.

— Mackenzie est rentrée ?

Il répond par la négative, les sourcils froncés.

— Il y a un problème ?

L'acide me remonte dans la gorge.

— Je pense, oui.

— Dites-moi ce que je peux faire.

Il se redresse, attendant mes ordres. Mais je n'en ai aucun à donner, mon cerveau est tout près de disjoncter.

— Monsieur.

Je passe une main nerveuse dans mes cheveux. Max n'a rien demandé lorsque je l'ai embauché, et je ne suis pas loquace, il ne sait donc rien de mon passé. Simplement, je l'ai prévenu qu'il devrait surveiller l'entrée de cet immeuble et savoir se servir d'une arme.

— Restez ici, ne bougez pas. Si Mackenzie arrive, prévenez-moi immédiatement.

Il acquiesce, et je tente de me reprendre. J'ai encore des endroits à visiter, à commencer par son appartement. Je repars vers ma voiture, avant de faire volte-face.

— Max.

— Oui ?

— Votre arme est-elle chargée ?

Sa seconde d'hésitation me prouve qu'il saisit le sous-entendu.

— Oui, monsieur.

— Restez sur vos gardes.

Il opine de nouveau et retourne à sa place. Je traverse le parking au pas de course.

Les heures défilent et j'ai l'impression de perdre la raison. J'ai toqué et sonné pendant plus d'un quart d'heure chez elle. Personne ne m'a ouvert. Je me suis ensuite rendu au Peppy Coffee, mais la serveuse m'a indiqué qu'ils n'avaient rouvert que depuis deux jours, et que Mackenzie n'était pas passée. Puis j'ai fait n'importe quoi. J'ai arpenté des dizaines de rues, scruté les trottoirs, réfléchi à ses habitudes et fait un tour au hasard dans le métro… comme si je pouvais la retrouver dans une ville aussi vaste que New York par la seule force de ma volonté.

La nuit est tombée quand je rentre chez moi. Max m'informe que Jax est arrivé, mais toujours pas de Kenzie à l'horizon. Elle doit avoir plus de deux cents appels en absence, et un défilé de SMS sur son portable.

— Alors ?

Truc me saute dessus, tandis que Jax attend ma réponse. Mon silence est éloquent.

— Tu crois vraiment que le sexe de ce rat signifie quelque chose ? Tu as peut-être vu un signe où il n'y en avait pas.

— Elle n'a répondu à aucun de mes appels, et elle était censée venir ici.

Il ne cherche même pas à contre-argumenter.

— J'ai essayé de la contacter toute la journée, reconnaît-il.

Le chien court entre mes jambes. Il est le seul à déborder de joie. Parce que, j'en suis maintenant certain…

— Ils l'ont enlevée, Jax.

Un silence de plomb s'abat entre nous.

Je n'ai pas voulu me l'avouer, préférant m'accrocher au maigre espoir de la retrouver quelque part, n'importe où. Mais je dois me rendre à l'évidence et admettre aussi que c'est précisément pour cette raison que je suis encore en vie.

— Ils ont compris que je tenais à elle.

Jax serre la mâchoire.

— Comment ?

— Je ne sais pas.

Incapable de rester en place, je tourne dans le loft comme un lion en cage.

Il s'est passé plus de huit heures depuis que Bettany l'a virée. J'ai retourné la moitié de New York pour rien. *Où est-elle ?*

— Ça ne sert à rien de te mettre dans cet état, frère.

— S'ils la touchent…

Il pose une main compatissante sur mon épaule. Je plante un regard défaillant dans le sien.

— Il faut la retrouver.

— On va la retrouver, affirme-t-il.

— Non, Jax. Tu ne comprends pas. Il faut *vraiment* qu'on la retrouve. Maintenant.

— Je comprends très bien, crois-moi. Je l'aime aussi, frère.

Il n'a pas conscience de la merde dans laquelle elle se trouve.

— C'est à toi qu'ils en veulent, poursuit-il. Ils n'ont rien à gagner à la faire souffrir. Ce qu'ils attendent, c'est ta mort. Pas la sienne.

Ses mots ne me rassurent pas. Jaxton est mon meilleur ami, il me connaît mieux que personne, mais il n'a aucune idée des horreurs dont Crown est capable.

Il n'a jamais vu de sang couler. Il perd les pédales devant un rat crevé. Il ne connaît pas la vengeance ni la vraie brutalité. Il ne s'est jamais battu contre des camés, il n'a jamais vécu dans la rue. Il n'a pas perdu sa mère pour une histoire de drogue. Il n'a pas fait de prison. Son monde est préservé, enfin, il l'était jusqu'ici.

— Ne t'inquiète pas.

Je me hais du plus profond de mon être. Déjà la culpabilité s'insinue en moi.

Kenzie n'aurait jamais dû croiser ma route.
— Tu vas pénétrer dans un monde dont tu n'as aucun code.
Il plonge son regard dans le mien et opine une seule fois.
— Je te suivrai jusqu'à la mort. Par où on commence ?

Chapitre 34

Mackenzie

Mon cerveau tape d'un côté et de l'autre de mon crâne. J'ai l'impression d'avoir un tambour au-dessus des yeux et que ma cervelle va sortir par mes oreilles.

Mon corps est dans un état lamentable, perclus de courbatures qui m'empêchent de bouger.

— Elle se réveille.

Un voile recouvre mon environnement, dont je ne distingue rien d'autre que des contours tremblants. Des bruits de pas se font entendre, tandis que je bataille pour ajuster ma vue.

Je papillonne des paupières et sens la bile remonter dans mon œsophage.

— Je ne me sens pas bien.

Personne ne me répond. Je suis pourtant sûre qu'on me regarde. Je m'agrippe aux draps pour me relever, prenant alors conscience que je suis alitée.

— Ça ne va pas, dis-je en portant la main à mes lèvres.

Un spasme fait affluer l'acide dans ma bouche.

Comme par magie, un récipient se matérialise sous mes yeux. Je résiste encore une seconde, avant que tout ne sorte ; je crache en gémissant alors que le feu ravage tout sur son passage. Les larmes coulent et je m'accroche au bord du récipient, continuant de lâcher un liquide nauséabond.

Je ne me suis jamais sentie aussi mal.

— Qu'est-ce qui se passe ?

Je salive tellement que ma question est inaudible. La migraine tape comme un marteau sous mon crâne.

— Tu retrouves la réalité. Lève la tête.

J'en suis incapable. Les brûlures d'estomac sont si puissantes qu'elles me plient en deux.

— Je ne répète jamais les choses, Mackenzie.

On attrape ma mâchoire et, l'instant d'après, l'arrière de mon crâne est propulsé contre une surface dure.

— Il m'arrive d'être brutal.

Ma tête est ramenée en avant, comme si je n'étais qu'une vulgaire poupée de chiffon. Je rencontre un regard perçant, bleu et sournois. Il me faut un moment pour remettre la situation en place.

La ruelle. Ma tentative de fuite. L'aiguille enfoncée dans mon cou. Je jette un regard effrayé autour de moi et ne vois que des murs aveugles.

Dans la pénombre de ce réduit, faiblement éclairé par une mauvaise ampoule, je distingue seulement le visage souriant qui me fait face.

Il ricane en attrapant mes joues entre ses mains.

— Pas facile, la descente, hein ?

Il approche sa bouche de la mienne sans se soucier du fait que j'ai encore du vomi sur les lèvres.

— Tu sais ce qui est le plus jouissif ?

Je contiens un nouveau hoquet. J'ignore pourquoi mon corps cherche à se vider avec tant de vigueur.

— Tu réagis mal au produit, j'ai hâte de découvrir ce qu'une autre injection pourrait donner.

Ses doigts s'enfoncent dans ma nuque, serrent jusqu'à atteindre mes tendons. Je suffoque. Puis à nouveau quelque chose se plante dans ma jugulaire.

— La dose est plus faible, tu ne t'endormiras pas, cette fois.

Je me sens ramollir. La raison me crie d'agir, de me lever et de courir, mais j'arrive à peine à lever les yeux vers lui.

— Ça fait des mois que mes hommes se relaient pour te surveiller. J'ai fini par croire que tu ne te déciderais jamais à retourner dans ses bras.

Une brève lumière, orangée, me parvient. Quelques secondes plus tard, une odeur de cannabis envahit la pièce.

— Quelle idée de baiser avec un traître. Tes parents ont raté une partie de ton éducation. C'est dommage, tu es plutôt bonne, tu aurais pu trouver mieux.

La fumée m'arrive en plein visage. Je ne comprends rien à ce qu'il raconte. Dans le silence, je cherche à relier les informations entre elles. Ainsi, il serait le responsable de mes accès de parano ? Et il prétend qu'il savait pour Wade et moi, avant qu'on se remette ensemble ?

— Cet enculé est une tête dure. Plus de mère, pas de père, un calme à toute épreuve. Il a bien un pote, mais ça ne l'aurait pas détruit de le perdre, pas autant que je le voudrais. Il a un seul point faible, et il ne va pas tellement aimer le sort que je lui réserve.

Il écrase son mégot sur mon bras. Je n'arrive même pas à hurler. Mon corps ne répond plus, seuls mes nerfs sont actifs, et ils me font ressentir la souffrance de la brûlure.

J'intercepte son sourire en coin.

— Cette drogue est magique. Tu deviens totalement malléable. Tu as mal, *Kenzie* ?

Il appuie un peu plus et les larmes déferlent sur mes joues. Je finis par pousser un cri désespéré.

— Arrêtez !

Il retire son mégot et rallume son joint, comme s'il avait déjà oublié son geste.

— Tu devrais t'y habituer, ce n'est que l'avant-goût. Noliar n'aurait jamais dû jouer avec moi, et malheureusement tu vas payer à sa place.

Je le regarde avec insistance, derrière la barrière de mes larmes.

Wade m'a dit que Crown était en prison, ça ne peut pas être lui. Mais le tatouage dans son cou et la manière dont il parle me laissent penser le contraire.

La peur me saisit.

— Ne me regarde pas comme ça, chuchote-t-il. Les nanas qui ont la trouille me font bander.

Il se touche l'entrejambe en m'adressant un autre sourire. Salace, celui-là. Les relents acides montent de nouveau dans ma gorge.

La bouche collée à mon oreille, il ajoute :

— J'ai pas baisé depuis un bon bout de temps. La faute à qui tu sais. La prison, ça manque de putes. Mais ne t'inquiète pas, je ne te toucherai pas. Pas maintenant. Je vais attendre qu'il soit là, ce sera plus marrant.

Chapitre 35

Wade

Trois jours.

En tout et pour tout, j'ai dormi deux heures. Peut-être moins. Je ne sais pas et je m'en fous. Je carbure à l'adrénaline. J'ai la gorge asséchée par le tabac, et le cerveau, explosé. Nous n'avons récolté qu'une information fiable, et elle concerne Crown.

Cesar Thomas West a été relaxé il y a environ six mois.

Ce connard est sorti de prison alors qu'il n'en était pas au quart de sa peine. Je ne sais pas comment.

— Tu devrais te reposer.

Jax débarque avec la même gueule de déterré que la mienne. Il a mis son boulot — et ses déviances — en pause pendant quelques jours pour se consacrer aux recherches.

— Je dormirai quand on l'aura retrouvée.

Avec une infinie lassitude, il s'installe sur le tabouret du bar.

— Wade, on cherche une aiguille dans une meule de foin. On ne sait même pas où aller. À part ce putain de rat, on n'a aucun indice.

— On sait que Crown est dans la nature, qu'il en a après moi, et qu'il tient Kenzie.

— Qu'est-ce que tu veux faire de ça ?

— Il va me contacter, Jax. S'il ne l'a pas encore fait, c'est juste pour me rendre dingue. Il sait que je sais que Kenzie est avec lui.

— Tu es certain que ce n'est pas un de ses hommes qui l'a enlevée ?

— Je ne sais pas s'il l'a enlevée en personne, mais je suis sûr qu'elle se trouve avec lui en ce moment.

Mes doigts tremblent de rage. Je ne contrôle plus aucune de mes émotions. J'ai envie de tout casser, d'envoyer mes poings dans la tête de quiconque se mettrait en travers de mon chemin.

— Tu peux rester ici quelque temps ? demandé-je.

— Pas de problème. Pourquoi ?

Je vais dans ma chambre et attrape les premiers T-shirts et pulls qui me tombent sous la main.

— Je pars à San Francisco.

Il me regarde jeter les affaires dans un sac, sans rien dire. Je m'efforce de ne pas penser aux draps encore défaits, ceux dans lesquels elle devrait dormir. Avec moi. J'ai l'impression que nos retrouvailles datent d'une autre vie. Tout a basculé trop vite. *Merde, voilà que je parle comme Jax.*

— J'ai besoin que quelqu'un soit là pour garder Boomer.

— Attends une minute. Tu veux que je garde ton chien ? Pourquoi tu vas là-bas, d'ailleurs ?

— C'est celui de Kenzie. Max restera ici, il est armé, tu n'as rien à craindre.

Je passe à la salle de bains et récupère d'autres affaires.

— Tu n'as pas répondu à la deuxième question, Wade.

Je lève la tête et le fixe, à travers le miroir. L'inquiétude dans ses yeux me force à lui révéler une partie de la vérité.

— Crown tire les ficelles. Je ne peux rien faire tant qu'il ne me balance pas une info. Mais il faut que j'aie une longueur d'avance sur lui, coûte que coûte.

— Cette longueur d'avance se trouve à Frisco ?

— Potentiellement, oui.

Je zippe mon sac et le jette sur mon épaule. J'ai acheté le billet en ligne avant qu'il arrive. Je n'ai pas pris la peine de réserver un aller-retour, ne sachant pas quand je reviendrai. Ni même si je reviendrai.

— Boomer mange trois fois par jour, tu as le doseur dans son sac de croquettes. Promène-le un bon moment, il ne dort que quand il est vraiment épuisé. Ne le laisse pas entrer dans mon atelier, il prend mes tubes de peinture pour des jouets.

Il empoigne mon bras.

— Pourquoi tu ne me dis pas ce que tu vas faire ? On fonctionne à deux, dans cette histoire.

Il claque la langue sur son palais, agacé.

— La dernière fois que tu es parti sans me donner les détails, je t'ai retrouvé dans le coma, me rappelle-t-il.

— Reste ici et prends soin de Boomer. Kenzie sera heureuse de le voir quand elle reviendra.

— Wade, putain, explique-moi !

Nous nous toisons. Je n'agis pas ainsi de gaieté de cœur, j'aimerais sincèrement lui parler de mes plans, mais moins il en sait, mieux il se portera.

— Fais-moi confiance, je sais ce que je fais.

Je lui tape sur l'épaule et le dépasse.

— Et ne laisse pas traîner tes chaussures, il les mange !

Revenir sur la côte Ouest me procure une sensation étrange. C'est à la fois chez moi et ailleurs. Comme retrouver un vieil ami devenu un inconnu. Je ne me sens pas totalement à la maison.

J'ai payé une chambre miteuse dans un motel de Tenderloin. L'homme qui était à l'accueil m'a précisé qu'en tant que touriste je ferais mieux d'éviter certaines rues le soir. C'est dangereux, paraît-il. Ça me ferait presque sourire si j'en étais capable.

Une cigarette à la bouche, j'arpente les rues, bondées à cette heure de la nuit. J'ai récupéré un peu pendant le vol, c'était indispensable car je n'ai pas le droit à l'erreur.

Hyde Street est une artère passante. Malgré la densité des passants, je repère rapidement deux guetteurs, des jeunes d'à peine quatorze ou quinze ans. Je n'ai jamais tenu ce rôle dans le système, je suis passé directement à dealer. Mais, avec l'expérience, je les identifie sans l'ombre d'un doute.

L'un est accoudé à un muret et il scanne la foule, tandis que l'autre joue avec ses écouteurs, les yeux rivés sur l'entrée de la rue. Il me voit bien après que je l'ai remarqué et adresse un coup de coude à son binôme : je ne leur inspire pas confiance.

Je déambule calmement, à la recherche du dealer que ces gamins protègent. S'ils fonctionnent toujours de la même façon, les vendeurs de Hyde Street sont munis d'un objet coupant et facilement transportable. Canif ou couteau suisse. C'est ça qu'on m'avait planté dans le dos, à l'époque.

Je finis par repérer trois types, un peu plus âgés que les guetteurs.

J'attends qu'ils aient fini leur transaction pour les rejoindre. On m'accueille avec des levers de menton méfiants.

— Qu'est-ce que tu veux ?

Je tire une taffe en les observant attentivement. Le plus à gauche doit avoir l'argent sur lui, sa main joue dans la poche de son sweat. Je présume que la came se trouve dans une planque, pas loin d'ici. Les deux autres sont là pour défendre le premier en cas de problème. Ce sont eux qui ont les canifs.

— Discuter avec votre fournisseur.

Aucune réaction. Je souffle la fumée en attendant que quelqu'un dise quelque chose. Je connais ces gars-là, l'un d'eux finira forcément par craquer.

— T'es qui ? Un flic ?

— Ce n'est pas à vous que je veux parler. Amenez-moi à votre fournisseur.

Celui du milieu se redresse. J'intercepte du regard la main qu'il plonge dans son gilet et lui adresse un sourire désinvolte quand il s'approche de moi.

Je suis deux fois plus large que lui, il a au moins le mérite de ne pas avoir froid aux yeux.

— Dégage, mec.

Un bruit sec retentit, puis je sens une pointe effleurer mon bas-ventre. Je fais un pas en avant. La lame passe la barrière de mes vêtements et s'enfonce légèrement dans ma peau.

Stoïque, je lui crache ma fumée dans la figure. Ça ne lui plaît pas vraiment.

— Qu'est-ce que tu veux ? grogne-t-il.

— Je te l'ai dit : ton fournisseur.

— Pourquoi ?

— Ça ne te concerne pas. Tu peux continuer d'enfoncer ton couteau dans mon bide, je ne bougerai pas.

Il cesse alors de remuer la pointe contre moi. Les techniques d'intimidation, je les connais bien. Ce gosse est novice, je n'ai rien à craindre. C'est d'ailleurs lui qui commence à se montrer mal à l'aise.

— T'es du milieu ?

— Je l'étais, oui. Dans le camp adverse.

Il fronce les sourcils.

— On n'a pas de concurrent, ici, réfute-t-il. On est les seuls.

— Ce n'était pas le cas du temps de Crown.

J'attrape son canif d'une main et le referme. D'instinct, il se recule, tandis que les autres approchent.

Je range le couteau dans la poche de mon jean et occulte l'entaille que je me suis faite à la paume.

— Appelez votre fournisseur. Soit il vient à moi, soit j'irai à lui.

— Pourquoi on le ferait ?

— Parce que je m'appelle Noliar.

Comme je l'avais prévu, mon blaze les interpelle. Les vrais prénoms sont rares, on se connaît plutôt via nos pseudonymes. Le mien traîne une sale histoire, et, vu leur tête, elle est arrivée jusqu'à eux.

C'est moi qui ai dû me déplacer. Rien d'étonnant. Je n'ai ni le nom ni la photo du fournisseur, mais, dès que j'arrive au troisième croisement de Jones Street, je sais qu'il est là.

Ce n'est pas lui qui m'intéresse, mais il a un grade plus élevé que les gamins de Hyde Street ; il faut que je parle avec quelqu'un de plus haut placé si je veux qu'on me mène à mon véritable objectif.

Nous n'échangeons pas de poignée de main, à peine un hochement de tête. Un de ses gars se place derrière moi et je sens le canon d'une arme dans mon dos. La politesse aurait voulu que je lève les bras pour montrer patte blanche. Je me contente de fixer mon interlocuteur.

— Alors, comme ça, il paraît que je suis en face de Noliar.

Il descend les marches et me lance un sourire narquois.

— Comment je peux m'assurer que tu dis la vérité ?

— Tu n'as aucun moyen. Je prouverai mon identité à ton chef.

Il ricane.

— On a plein de chefs, *Noliar.* Si tu es bien celui que tu prétends, tu sais comment fonctionne le réseau.

J'étais une exception. À l'époque, je côtoyais Crown alors que mon statut de dealer ne l'autorisait pas. Mon niveau n'était pas assez élevé. C'est notre marché qui m'a permis de vivre dans son immeuble et de lui parler. Ce « privilège », à part les huiles, personne ne l'a.

Je suis convaincu que ce type a les moyens d'interagir avec le grand chef, mais, si c'est le cas, il le fait en baissant les yeux et en pissant dans son jogging.

— Tu sais duquel je parle, dis-je en souriant froidement. Et tu ne vas pas me le refuser : j'ai balancé mon propre chef. Vos frontières se sont agrandies grâce à la disparition de Crown. Tu sais comment ça marche : un prêté pour un rendu. Amène-moi à lui, et tu peux être assuré qu'il saura te remercier.

Il croise les bras.

— Qu'est-ce que tu en sais ?

— J'ai un deal à lui proposer. Il en sortira gagnant. Et, quand on fait plaisir à celui qui est au-dessus de nous, les répercussions sont toujours positives.

Je vois l'envie dans son regard. Il a conscience que je lui offre une promotion sur un plateau d'argent. Même sans connaître son chef, je suis sûr de moi : les gangs sont binaires.

Tu vas dans leur sens, ils t'élèvent. Tu les contres, ils te détruisent.

Malgré la noirceur de leurs actes, ils ont une forme de code d'honneur ; ils respectent les règles. C'est bête et méchant, simple et limpide.

— Je ne sais toujours pas si tu es Noliar. Si tu mens, je suis mort.

— J'en ai rien à foutre. Et toi non plus, parce que tu as déjà pris ta décision.

Sa mâchoire tressaute sous l'effet d'un tic nerveux. Il a les cartes en main ; il pense qu'il domine le jeu et je ne vais pas lui laisser croire le contraire. Je garde mon soupir de soulagement pour moi quand il me fait signe qu'il accepte ma demande.

Chapitre 36

Mackenzie

— Tiens.

Le type fantomatique, celui de la ruelle, me lance un quignon de pain et une petite bouteille d'eau. Je suis trop faible pour les attraper, mais je préfère lui laisser croire que c'est ma dignité qui m'impose de les refuser.

J'ignore depuis combien de temps je suis ici. Les rayons du soleil percent parfois derrière les volets, mais entre les malaises et les phases de sommeil je suis complètement décalée.

Si on me disait que je traîne sur ce lit depuis une semaine, je le croirais.

Si on me disait que ça ne fait que deux heures, je le croirais aussi.

— Tu ferais mieux d'avaler ce qu'on te donne.

Je vomis sa fausse compassion. C'est en partie à cause de lui que je suis coincée ici. Et je n'ai toujours pas la moindre idée d'où peut bien se trouver cet « ici ».

Je sors de la chambre uniquement pour aller aux toilettes, au bout du couloir. Ils n'ont pas de fenêtres, j'ai vérifié. J'ai aperçu un escalier et un lampadaire à l'étage, mais pour le reste je suis bel et bien cloîtrée dans ces quelques mètres carrés.

— Si tu ne manges pas, tu vas tomber dans les pommes.

— Ferme-la.

Il s'arrête près de la porte et pivote lentement. Ma pauvre tentative de rébellion est mal accueillie. Pourtant, je persiste et signe : je veux qu'il ferme sa putain de gueule.

Je veux qu'on arrête de me balancer de la nourriture comme si j'étais un animal. Je veux qu'on cesse de me regarder comme si j'étais actrice d'un projet qui me dépasse. Je veux sortir d'ici. Par-dessus tout, je voudrais qu'on m'oublie.

Je ne suis pas idiote. On me garde au chaud parce que je sers d'appât. C'est Wade qu'ils veulent. Moi, je ne suis rien d'autre que l'asticot fiché sur l'hameçon.

Mais ils ne le toucheront pas, j'en fais la promesse. Et, le seul moyen de la tenir, c'est de m'échapper. Le plus vite possible…

— Tu viens de dire quoi, là ?

… Et, pour ce faire, je vais donner de ma personne.

À part celui que je pense être Crown, personne n'a porté la main sur moi. C'est à peine si cet homme et celui qui garde ma porte osent m'approcher. Cette distance de sécurité, dont j'ignore la justification, va en tout cas m'être très utile.

— Je t'ai dit de la fermer. Je mange si j'en ai envie, je t'emmerde si j'en ai envie. Ce n'est pas toi qui dictes les règles.

Furieux, il serre le poing.

Il n'y a pas d'autre porte que celle des toilettes, à l'étage. Si je le pousse à bout et qu'il réagit comme je l'espère, on devra me faire descendre. Or, pour réaliser mon plan, j'ai besoin de me faire une idée des lieux, et surtout de savoir si nous sommes seuls ou s'il y a d'autres résidents.

— Ça ne te dérange pas d'être un larbin ? Ça fait quoi d'obéir aux ordres ?

Ses iris s'enflamment. Il tombe facilement dans le panneau, par bêtise et par aveuglement. N'importe qui verrait ce que je cherche à faire.

— Je te conseille vraiment de te calmer.

— Pourquoi ? Tu n'as pas le droit de me frapper, alors pourquoi j'aurais peur ?

Un rictus méprisant se dessine sur ses lèvres.

— Je peux faire bien pire, salope. Tu as le sommeil profond. Tellement profond que les coups de boutoir ne te réveillent pas.

Je ne cille pas. Si le type au tatouage interdit les contacts quand je suis réveillée, il n'y a aucune raison qu'il les autorise quand je dors. Et puis je suis censée servir quand Wade se trouvera dans cette pièce, pas avant. D'ici là, je ne crains pas grand-chose.

Comme il ne bouge pas, j'en rajoute une couche.

— Les faibles n'ont pas de couilles.

Il fonce sur moi et plante un poing dans ma face. Avec les saloperies qu'ils ont injectées dans mes veines, je suis incapable de répliquer, mais, même si c'était le cas, je me laisserais rouer de coups sans rien dire.

Un liquide chaud se répand sous mon nez. J'accueille le goût métallique dans ma bouche avant de subir un second coup.

— Qu'est-ce que tu fous ?!

Le costaud qui garde la porte le tire brutalement en arrière.

— Cette salope croit qu'elle a tous les droits !

— T'es con ou quoi ? Crown a dit qu'il fallait pas la toucher !

Je presse mes narines entre mes doigts pour faire cesser l'écoulement. Après ce que je viens d'entendre, la douleur ne me fait strictement aucun effet.

Crown.

Comment a-t-il pu sortir de prison aussi vite ? Une magouille, j'imagine. Le fric peut faire des miracles. Mais peu importe les raisons : Crown est dans la nature, c'est tout ce que j'avais besoin de savoir.

— Elle mérite qu'on la bute !

— Dégage, T.

Ils se défient du regard, puis « T » finit par envoyer un crachat à mes pieds.

— Dis un mot de ce qui s'est passé, un seul, et demain tu ne te réveilles pas.

Le gorille ne fait aucun commentaire. Il attend que l'autre ait disparu, puis sort un paquet de mouchoirs de sa poche et le balance sur mon torse.

— Ça ne suffira pas, dis-je.

Je lui montre mon nez et accentue dramatiquement ma grimace.

— Il faut que je me rince.

— Tu as de l'eau, dit-il en désignant la bouteille du menton.

— Si vous voulez cacher ça à Crown, je vais avoir besoin d'une serviette et d'antiseptique.

Ce sont les gouttes qui s'écoulent sur le drap qui le convainquent. Apparemment, il est impératif que je reste entière.

Avec réticence, il me fait signe de me lever. Ma tête tourne, mais je n'en montre rien. Il tire sur mon bras et m'attire près de lui. Je sens quelque chose de glacé s'enfoncer dans mes côtes.

— Si tu tentes quoi que ce soit, on a l'autorisation de te trouer la peau, c'est compris ?

Je fais oui de la tête et ajoute cette nouvelle info aux autres, en chemin vers la salle de bains.

L'escalier donne sur une petite cuisine. Des dizaines de cendriers et de bouteilles d'alcool jonchent le plan de travail. Il y a une odeur de cannabis résiduelle, comme si les murs en étaient imprégnés. La porte d'entrée se trouve derrière le canapé du salon, et face à lui… À l'endroit où on imaginerait trouver une télé, deux chaînes pendent depuis le plafond.

Dans quel genre de maison décore-t-on le séjour avec des chaînes ?

D'une main, il me pousse dans la salle de bains délabrée. On ressortirait de la douche plus sale qu'avant d'y être entré. Ces gens sont des porcs.

— Dépêche-toi.

Je fais couler l'eau et jette un œil au miroir crasseux. Une éraflure s'étend sur mon front, mes cheveux gras laissent voir des marques rougeâtres sur mon crâne. J'ai les yeux bouffis, la mâchoire abîmée, la peau meurtrie. Quant à mon nez, il continue à saigner.

De l'extérieur, je donne l'impression d'avoir été prise pour un punching-ball. À l'intérieur, je m'étonne d'y être aussi indifférente.

En réalité, je suis gonflée à bloc.

Je me nettoie le visage en prenant soin de mémoriser l'agencement des lieux. Mon geôlier m'observe, méfiant.

— Bouge ton cul.

— Je peux avoir du désinfectant ?

Il regarde la porte entrouverte avec impatience, avant de revenir à moi.

— Tu te rinces, point. Et plus vite que ça.

— J'ai besoin de désinfectant.

Il serre les dents. L'instant d'après, le canon de son arme s'enfonce de nouveau dans mes côtes.

— Au cas où tu n'aurais pas encore saisi, tu es entre nos mains. Tes manies de bourgeoise, tu les oublies.

— Et donc quoi ? Si ça s'infecte, j'explique à Crown que ses hommes m'ont malencontreusement frappée ? Je veux bien jouer la comédie, mais il n'est pas idiot.

De plus en plus furieux, il sort de la pièce et revient avec un fond de vodka.

C'est encore mieux que ce que j'avais en tête.

— Des compresses ?

La veine de son front grossit à vue d'œil.

— Tu commences à me faire chier. Prends la serviette et ferme-la.

Il tend le bras pour l'attraper et tout se passe en un éclair.

La bouteille percute son crâne dans un fracas de verre brisé. Alors qu'il se tient la tête, je m'empare de son arme et m'enfuis en courant.

Je sais que je n'ai que quelques secondes devant moi. Alors je fonce jusqu'à la porte, qui se révèle être fermée à clé. Tout comme la fenêtre, que je secoue sans qu'elle ne bouge d'un pouce.

— Elles sont toutes condamnées.

Je me retourne et, dans un même mouvement, le mets en joue. Je ne sais pas me servir d'une arme, j'ignore même où se trouve le cran de sûreté, mais le simple fait de l'avoir en main me donne l'avantage.

— La porte, ordonné-je.

Des lignes de sang s'étalent sur son visage, tandis qu'il grimace un sourire.

— Tu vas faire quoi ? Me tirer dessus ?

— Recule.

— Tu vises trop à gauche. C'est l'escalier que tu vas toucher.

Et, comme si le karma avait choisi ce jour pour me pourrir l'existence, l'autre type apparaît en haut des marches.

Il dégaine aussitôt son propre flingue.

— C'est quoi, ce bordel ?

Lequel je dois viser ? Celui qui a une arme et regarde la blessure de son compagnon d'un air méprisant, avant de me fixer à nouveau ? Ou l'autre, dont la tête ressemble maintenant à un masque de Halloween ?

Celui-là ne me lâche pas non plus du regard.

— Tu vas me rendre mon arme, et on va te ramener dans ta chambre.

Bien sûr. Je resserre la prise autour de la crosse.

— Laissez-moi partir.

Ils éclatent de rire.

— Allez, on arrête de jouer.

Le blessé fait un pas vers moi. Ma réaction est instantanée, et totalement différente de ce que prévoyait ma tête. Je balance l'arme vers la fenêtre. De toutes mes forces. La vitre se brise dans un vacarme assourdissant.

Je cours, me blesse les mains en m'agrippant aux rebords coupants, saute…

… et je ne parviens pas à me réceptionner correctement.

Mon corps s'écrase sur des cailloux et je me relève péniblement. Je dois prendre le large et appeler quelqu'un au secours. N'importe qui. Je n'ai pas le numéro de Wade en tête ni celui de Jaxton, mais je connais celui d'*Accuracy*. Peu importe mes relations avec eux, ils sont tout ce qui me reste.

Je pousse un hurlement en sentant des bras m'enserrer la taille.

— Crown ne va pas être content.

— Alors, comme ça, tu as tenté de t'enfuir ?

Je soutiens le regard flamboyant de Crown.

Il n'obtiendra rien de moi. Pas même l'attaque de panique dont je sens pourtant monter les signes avant-coureurs.

— Tu as du cran.

Il regarde la fenêtre cassée avec une espèce d'approbation. C'est pire que tout. Je ne veux surtout pas le respect d'un type comme lui.

— Si j'avais été à sa place, je vous aurais balancé aussi.

Pour la première fois de ma vie, j'envisage de tuer quelqu'un. Tate était un con, Terry, un véritable serpent, et Matt est un abruti ; toutes ces personnes ont, à un moment ou à un autre, eu droit à une pensée meurtrière de ma part. Mais jamais je ne serais passée à l'acte.

Avec Crown, c'est différent.

— Vous êtes une pourriture.

— Fais attention, Kenzie. Je ne vais pas te rappeler à qui tu parles, si ?

Voir sa bouche répugnante prononcer ce surnom me donne envie de lui sauter à la gorge. Au lieu de ça, je lâche un petit rire.

— À qui je parle ? À un type qui se prend pour un cador et qui a fini en taule parce qu'un ado de dix-neuf ans l'a balancé, c'est tout ce que je sais

Il demeure impassible.

— Je vous tuerais, si je le pouvais.

Il se lèche les dents tout en faisant un pas en avant, l'air de prendre plaisir à ma rébellion.

— Passe-lui ton arme, T.

— Quoi ?

— Ton flingue. Donne-le-lui, répète-t-il, ses yeux dans les miens.

La seconde d'après, l'objet est revenu dans ma main. Je pourrais entendre les mouches voler.

— Vas-y, colle-moi une balle dans la tête. Puisque tu en rêves, je t'en prie, fais-toi plaisir.

Je me mets à trembler. *Il est sérieux ?*

Oui, j'en ai envie. Mais, maintenant que j'ai l'arme en ma possession, mon désir me semble irréel. Pourtant, j'ose enfoncer le canon dans son poitrail, au niveau du cœur.

L'angoisse prend le pas sur la réalité. Suis-je vraiment sur le point de faire un truc pareil ?

— Allez, ma belle, insiste-t-il. Amuse-toi. Buter quelqu'un est très excitant, tu sais. Il n'y a pas grand-chose de plus jouissif que de voir la vie quitter un regard. Je me suis branlé un nombre incalculable de fois après l'avoir fait. Tu vas prendre ton pied.

Son rire me paralyse. J'ignore s'il dit la vérité ou s'il cherche à me faire peur. Dans tous les cas, il est clair qu'il lui manque une case. Ou même plusieurs.

— Tu as du cran, mais pas assez, Mackenzie. Entre vouloir et faire, il y a un monde. C'est toute la différence entre toi et moi.

Il récupère l'arme aussi simplement que si je la lui avais tendue. Je m'en veux d'avoir laissé passer ma chance mais une part de moi sait qu'il a raison… Je veux qu'il meure, mais je n'ai pas la force d'en porter la responsabilité.

— Accrochez-la.

Le temps que ses mots parviennent à mon cerveau, on me traîne déjà par les bras.

— Je voulais attendre encore un peu avant de pimenter le jeu, mais tu m'obliges à accélérer le rythme.

Le bruit des chaînes qui tombent au sol me glace le sang. Je me sens blêmir, tandis que Crown jubile.

— On ne me défie pas, Mackenzie. Jamais.

Malgré mes mouvements, ses hommes parviennent à harnacher mes poignets. Crown demande à T de prendre son portable et de mettre le mode vidéo en route. L'exaltation grandit dans la pièce.

— Tu as enregistré le numéro avant de balancer son téléphone ?

T acquiesce. Je ne pose aucune question. Je sais d'ores et déjà que la suite va nécessiter que je mobilise tout mon self-control, et même plus.

— J'enregistre.

Crown me rejoint alors et, avec un sourire doucereux, replace une mèche derrière mon oreille.

— Tu peux crier autant que tu veux, chuchote-t-il contre ma tempe

La seconde d'après, mes entrailles font connaissance avec son genou.

Chapitre 37

Wade

Les heures passent avec une lenteur intolérable. Le fournisseur fait remonter l'information parmi ses contacts, auprès de qui je dois chaque fois répéter le même laïus.

Ce réseau compte un nombre insensé de ramifications. Une vraie forêt. Les chefs ont tous des chefs, qui eux-mêmes ont des chefs. Je commence sérieusement à perdre patience quand il me fait signe de prendre son portable. Pour la énième fois.

— Noliar, m'annoncé-je.

Le blanc qui suit me semble interminable. Plus on monte en grade, plus les gens cherchent à créer un climat de crainte, à travers des silences de plus en plus longs. En l'occurrence, ça me donne surtout envie de cogner dans quelque chose.

— Pourquoi tu veux parler à Fall ?

Un blaze. *Enfin*. Ça signifie que mon interlocuteur tient une place plus importante que les autres.

— Tu le sais déjà, dis-je.

— Un ancien de Crown qui cherche à nouer le contact, ce n'est pas normal. Ceux qui nous ont approchés ont tous canné.

— Je l'ai vendu. Je ne suis plus de son côté.

— Tu essaies de monter un nouveau réseau ?

— Je ne traîne plus là-dedans depuis longtemps. La came et le reste, je vous les laisse. Tout ce dont j'ai besoin, c'est une discussion avec Fall.

Le second blanc met mon flegme à plus rude épreuve encore. Je n'arrête pas de penser à Kenzie. J'essaie de ne pas me monter la tête, de ne construire aucune hypothèse, mais mon intuition est en état d'alerte.

Crown peut faire ce qu'il veut d'elle. Et, avec son foutu caractère, Kenzie est capable de le mettre en rogne. Je les connais l'un comme l'autre : si elle lui tient tête, il n'hésitera pas à l'abîmer.

Si seulement je pouvais rembobiner la pellicule. Pourquoi ai-je cédé et dit à Max d'arrêter de la surveiller ? Elle savait qu'elle était suivie, putain ! Je m'en veux de ne pas avoir fait le lien avec Crown plus tôt.

— Pourquoi ?

Je fais craquer ma nuque. Le point de non-retour n'est pas loin.

— Je le dirai à Fall, et à lui seul.

— Tu dois passer par moi avant.

— À ton avis, qu'est-ce que je suis en train de faire ?

Le troisième blanc me fait pratiquement péter les plombs. La vie de Kenzie est en danger et il joue à qui a la plus grosse. Je respire un grand coup.

— Écoute, c'est simple : tu me donnes l'adresse du QG. Votre territoire englobe celui de Crown, et je le connais par cœur. Si tu ne bouges pas ton cul, je retournerai Tenderloin et il vaudrait mieux pour toi que je ne te retrouve pas.

— La violence, c'est pas ton genre, Noliar. Laisse tomber tes menaces bidon.

— Alors, raccroche et tu verras.

Il n'en fait rien. Dans ce monde-là, il vaut mieux tenir compte des plus petites mises en garde, et il le sait.

— Fall n'a pas le temps de te recevoir, finit-il par lâcher. Tu vas devoir patienter.

— Je n'ai pas le temps de patienter.

— C'est ça ou rien.

Cette fois, il raccroche.

Je me tourne vers le dealer en tentant de me calmer. Toutes les fois où j'ai eu envie de frapper quelqu'un, en prison ou ailleurs, remontent à la surface.

Le type le perçoit sans doute, car il n'est plus aussi sûr de lui. Il manque de faire tomber la moitié des têtes de beuh en roulant son joint et n'ose plus me regarder dans les yeux. Si celui qui garde la porte ne pointait pas son flingue dans ma direction, il se serait déjà enfui.

— Tu es en territoire hostile, alors la ramène pas, lance-t-il.

Il lèche la feuille et roule comme un débutant. Celui-là restera en bas de l'échelle, j'en mettrais ma main à couper.

Le salon disparaît dans un nuage de fumée alors que les minutes s'allongent. Les effluves d'herbe ne me font aucun effet, je suis en train de me transformer en bombe à retardement. Quand mon portable sonne, je suis tout près d'exploser.

Le dealer me jette un coup d'œil alors que je déverrouille mon téléphone. Expéditeur inconnu. Je fronce les sourcils à la vue de plusieurs vidéos, de quelques secondes chacune, envoyées les unes à la suite des autres.

— T'as pas l'autorisation de téléphoner.

Je clique sur la première. Mon sang se glace.

Elle est là.

Elle fixe le téléphone, les poignets maintenus par des cordes ou des chaînes ou n'importe quoi qui me fout en rage. Son visage est couvert de coupures et d'ecchymoses.

Quelqu'un dit : « j'enregistre », et elle ne bouge pas. Une autre personne entre dans le champ, de dos.

Je sais que c'est lui.

Mon pouls s'emballe lorsqu'il la touche. Je serre mon portable, presque à le briser ; ce connard touche à ses cheveux. À sa tempe. Sur l'écran de mon portable, je peux lire la peur dans son regard. Mais ce n'est rien en comparaison de ce qui suit.

Le premier coup qu'il lui assène m'atteint en plein dans le ventre. De nouveau, je perçois une voix. Comme un ricanement. L'enculé qui filme prend son pied.

Un voile rouge glisse devant mes yeux. Je tremble si fort que j'ai un mal fou à lancer la deuxième vidéo.

Un nouveau coup. Un autre rire. Son corps qui se tasse sous le choc.

La troisième vidéo ne dure que quatre secondes. L'écran est noir, mais le hurlement de Kenzie me déchire de l'intérieur.

— C'était quoi, ça, putain ? fait le dealer.

Je me lève d'un bond sans lancer la dernière bande. Le dealer n'a pas le temps de comprendre ce qu'il lui arrive qu'il est déjà collé au mur.

— Wow ! Eh ! Calme-toi !

Il lève les bras en l'air, tandis que l'autre homme nous rejoint au pas de charge. Je n'écoute pas ses aboiements, je n'entends absolument rien, si ce n'est le cri strident de Mackenzie, dont l'écho résonne en boucle dans mon crâne.

— Conduis-moi au QG.

Ma voix vient d'outre-tombe, je ne la reconnais pas.

Un objet froid se pose sur ma nuque. C'est à peine si je sens ce putain de canon sur ma peau.

Je resserre ma prise et sors le canif de l'autre main. Le type tressaille en sentant la pointe de la lame sur son entrejambe.

— Dis à ton chien de garde de me lâcher ou je ferai un collier avec le peu de couilles que tu as.

Il me regarde, les yeux rougis par la came et la peur. Je n'ai plus le temps, plus la patience, plus rien. Alors je joins le geste à la parole.

— Recule, Chase ! Putain, recule !

Voyant que l'autre n'obéit pas, et que je suis déterminé à tenir ma promesse, il perd toute dignité et se met à couiner.

— Bouge, Chase, merde ! Barre-toi !

— Tu es sûr ?

Il agite la tête comme un chien en plastique sur la plage arrière d'une caisse de mauvais goût. L'autre lâche ma nuque.

— Je peux pas t'emmener là-bas, j'ai pas le droit d'entrer… C'est pas…

Je continue de jouer avec la pointe du canif. Il plisse les paupières en déglutissant.

— C'est la vérité, je te jure. J'ai pas le grade pour !

— Tu connais l'adresse.

— Ouais, mais…

— On y va.

— On va pas apprécier que je fasse un truc pareil, Noliar. C'est pas dans les habitudes, il faut que tu sois accepté par mes supérieurs avant.

Un rictus titille le coin de mes lèvres. Il suffit de pas grand-chose pour qu'on m'assimile finalement à mon blaze.

— Tu n'as pas le choix.

Je le tire du mur et le pousse en avant. Le coup d'œil assassin du garde glisse sur moi. Kenzie continue de hurler dans ma tête quand on sort enfin.

Je vais faire un massacre.

Franchir les barrages de sécurité jusqu'à Fall est plus facile que le dealer le présageait. En moins d'une demi-heure, et après de nombreuses messes basses, j'atterris dans une demeure bourgeoise de Tenderloin. Une des rares qui soient encore debout.

Je vais crever de rage.

Elle crie encore et encore. Je n'ai que ce son sous mon crâne. Je ne suis plus en pleine possession de mes moyens ; tout ce que je veux, c'est anéantir celui qui a fait ça.

On m'envoie au premier étage de la maison, seul. Je ne m'attarde pas sur l'échange silencieux qui a lieu entre le gars qui m'a laissé passer et le petit dealer ; il va se faire démonter. Ce n'est pas mon problème.

Les basses de la musique font trembler les murs. Personne ne danse. Les filles, des gamines à moitié nues, caressent des types que leurs parents auraient dû leur apprendre à éviter. Je ne vois que des mains baladeuses et des sourires libidineux.

Cette pièce pue la transpiration, la drogue et le sexe.

— Salut, mon chou.

Je ne prête pas attention à la main posée sur mon torse. La rousse se colle à moi tandis que je jette un regard circulaire sur les lieux. Fall est ici, je me fous de tout le reste.

— Tes yeux…

Je fais l'erreur de lui accorder un regard. Elle semble hypnotisée par mon défaut de conception.

— Tu me plais.

Je retire l'index qui glisse sur ma mâchoire.

— Lequel d'entre eux est Fall ? demandé-je.

Les hommes s'intéressent à moi, me dévisagent sans bouger. J'aimerais mettre la main sur le chef, mais aucun d'eux ne paraît dominer le reste du groupe.

— Tu veux boire un verre ? Je suis une excellente barmaid, mes cocktails sont toujours appréciés.

Elle pousse un gémissement tous les trois mots et me colle de trop près. Je comprends vite qu'on lui a donné de quoi booster sa libido.

— Pourquoi tu es là ?

Elle pose ses mains sur mes pectoraux et recule légèrement la tête.

— Et toi ? dit-elle avec un sourire langoureux.

— Tu as choisi d'être ici ?

— Bien sûr, que je l'ai choisi, on est toutes là pour ça.

— Tu ferais mieux de partir avant qu'il ne soit trop tard.

— Ne t'en fais pas pour moi. Tu veux une pilule ?

Je la repousse de nouveau et reprends l'étude des visages. Elle se racle la gorge.

— Tu es sûr que…

— Je ne suis pas là pour m'envoyer en l'air. Je cherche Fall.

— Tu es branché mecs ?

— Je suis branché sauvetage de la femme que j'aime, et je n'ai pas de temps à perdre.

Elle bat des cils quand, soudain, ses yeux s'illuminent.

— Tu es Noliar ?

— Pourquoi ? dis-je, suspicieux.

— Il paraît que tu as passé un tas de coups de téléphone… C'est pour ta nana que tu fais tout ça ?

Mon bref hochement de tête semble la réveiller. Elle donne subitement l'impression d'avoir perdu trois niveaux de dope.

— Fall est assis tout à gauche sur le canapé, près de la fenêtre. C'est celui avec les deux bras tatoués. Il n'est pas armé, mais la plupart des types dans cette pièce ont de quoi te dépecer. Fais gaffe à toi.

Je fronce les sourcils, surpris par son aide inopinée.

— J'aimerais avoir un homme capable de se mettre en danger pour moi, un jour, chuchote-t-elle. J'espère qu'elle mesure la chance qu'elle a.

La « chance »… Si je n'avais pas été si obsédé par Kenzie, Crown n'aurait même pas su qu'elle existait. Vu comme ça, sa chance aurait été de ne jamais m'avoir rencontré.

La fille me sourit timidement avant de s'intéresser à un autre homme. La séance de pelotage démarre dans l'instant, et je rejoins Fall.

Physiquement, il est moins ravagé que Crown, mais je suis certain qu'il est aussi dangereux que les autres. Pour survivre à Tenderloin et étendre un réseau de cette ampleur, il faut avoir une poigne de fer. Ses yeux ont vu la mort de nombreuses fois, et sa bouche a proféré des menaces que ses mains ont mises à exécution.

Sans un mot, je sors mon portable et le balance sur la table basse. Il ne cille pas. Il sait pourtant qui je suis.

Le silence s'éternise.

Il teste ma résistance. Malheureusement, il est mal tombé. Je ne suis pas du genre à baisser le regard ; le temps s'étire tandis que les convives abandonnent leurs activités pour nous observer. C'est au moment où débute un nouveau morceau qu'il réagit.

Le canapé en cuir craque sous son poids.

— Tu es inconscient.

Il attrape sa bière, coincée entre mon portable et des cendriers pleins.

— Dernier message reçu, dis-je. Il y a quatre vidéos.

Il jette un œil indifférent vers mon téléphone.

— Elles viennent de Crown, ajouté-je.

— Crown est en taule.

— Plus maintenant.

Il a beau jouer la nonchalance, ça ne prend pas. Je n'ai qu'à compter les secondes pour qu'il attrape mon téléphone et se mette à fouiller ma boîte de réception.

Il visionne les vidéos une à une, l'air toujours impassible. Je ne m'attendais pas à ce qu'il montre de la compassion. Je me réjouis que la musique soit aussi forte pour m'éviter d'entendre à nouveau le cri de Kenzie.

L'idée, c'est de lui prouver que Crown est en liberté, point barre.

Je m'efforce de ne pas penser aux images. Mon talon d'Achille, c'est elle. Le paradoxe, c'est qu'elle est aussi ma plus grande force. Crown a déclenché le processus de torture avec ces vidéos. Par la même occasion, il a signé son arrêt de mort.

Fall finit par balancer l'objet sur la table.

— Il avait pris la peine max.

— Le fric peut tout arranger.

Il boit au goulot. Notre échange est devenu le centre d'intérêt général.

— Qu'est-ce que tu fous chez moi, Noliar ?

— Tu me dois une faveur.

Il sourit en coin.

— Dis-moi quelque chose que je puisse croire.

J'aimerais faire durer le suspense, sauf que l'heure est au règlement de comptes. On doit retrouver Crown.

— Il y a sept ans, j'ai dénoncé Cesar aux flics, dis-je, utilisant volontairement son véritable prénom. Quelques semaines plus tard, il a été arrêté et inculpé. Ses hommes ont arrêté de vendre ses produits. C'est toi qui as raflé la mise.

Je le regarde dans les yeux.

— Tu tiens le deal sur Tenderloin depuis des années, Fall. Les camés viennent voir tes gars, tu contrôles le territoire, et je suis sûr que ton chiffre d'affaires ferait bander n'importe quel trafiquant.

— Et alors ?

— Tout ça, c'est à moi que tu le dois.

Il ricane.

— Tu crois que je vais te rendre un service parce que tu es une balance ?

— Je ne le crois pas, j'en suis sûr.

J'empoigne mon portable et désigne l'écran.

— Crown est dehors. Toi comme moi, on sait qu'il ne prendra pas sa retraite sur une île à boire des cocktails. Son cerveau est pourri par la drogue, il ne connaît que ça. Quand il l'aura décidé, il reviendra dans ce quartier et il revendiquera ses droits. Vous partirez dans une guerre où chaque camp essuiera des pertes. Tu te crois capable de garder tes frontières intactes avec un taré comme lui en face de toi ?

J'ai raison et il le sait.

— Tu te feras laminer, Fall. Même si tu lui tiens tête, il coulera ton réseau. Le seul moyen d'éviter ça, c'est de m'écouter.

Je ne connais que trop bien Crown. Et avant cela je le connaissais de réputation. Ce n'est pas par hasard que je l'ai choisi, lui, après la mort de ma mère : je savais que, s'il entrait dans la danse, elle serait vengée aussi brutalement qu'elle avait été assassinée.

C'est ce que je voulais. Que le sang coule pour laver celui d'Elizabeth.

Ces types avec qui je suis en train de négocier, les rivaux de Crown, ont froidement assassiné ma mère. J'ignore si Fall le sait, et s'il est conscient que j'ai commandité le meurtre de trois de ses hommes. Il faut croire que non : si je suis là, c'est sans doute que les détails de l'histoire ne se sont pas ébruités.

Pactiser avec eux, c'est la chose la plus difficile qu'il m'ait été donné de faire. Mais, pour protéger Kenzie, je vendrais mon âme au diable.

— Qu'est-ce que tu attends de moi ? dit-il en posant les coudes sur ses genoux.

Maintenant que j'ai son attention, je lui explique mon plan de A à Z. Il me laisse parler sans m'interrompre, imperturbable. Après mon discours, il laisse planer un blanc en tirant sur son blunt, avant de se renfoncer sur le canapé.

— Tu n'as aucune garantie à m'offrir.

— Je t'offre les pleins pouvoirs, ça me paraît suffisant.

— Qui me dit que tu ne me planteras pas un couteau dans le dos ? C'est ta marque de fabrique, après tout.

— La femme sur les vidéos.

Il se tait et j'en profite pour poursuivre, plus déterminé que jamais.

— La garantie de ma loyauté, c'est elle. Si elle fait partie de l'équation, tu as l'assurance que je ne te doublerai pas.

Un étrange sourire lui barre le visage. J'y vois une espèce de compréhension qui me surprend. Nous ne sommes pas censés être sur la même longueur d'onde, du moins, pas là-dessus.

— Ton portable, dit-il en désignant l'appareil. Crown t'attend, on remontera probablement jusqu'à lui grâce à la position de son téléphone.

Et, dans un murmure que je suis le seul à entendre, il ajoute :

— Je suppose que je n'aurai pas le plaisir de le buter de mes propres mains.

— Je me réserve le meilleur morceau. Il a touché à ce qu'il ne fallait pas.

Notre accord se scelle dans le silence.

Chapitre 38

Mackenzie

Délicatement, ses doigts effleurent ma colonne vertébrale et se perdent dans la masse de mes cheveux. Je ne boude pas mon plaisir en sentant le mouvement circulaire du massage.

Entre les draps, mes muscles se relâchent puis nos yeux s'accrochent enfin.

— Qu'est-ce qu'il y a ? dit-il, concerné par mon attention accrue.

Je dessine les contours de son visage, fascinée.

— Vert d'eau, bleu acier, brun noisette. La première chose que j'ai remarquée, à Mission District, ce sont tes yeux. Je n'avais jamais vu un regard pareil avant de te rencontrer. Il m'a percutée.

Il caresse ma joue avec douceur.

— Je t'ai percutée tout court.

— Aussi, concédé-je, amusée. Tu crois qu'on se serait parlé, à la MHS, sans l'épisode de la casquette ?

— Oui.

Ses doigts descendent vers ma mâchoire sans rien perdre de leur délicatesse.

— Tu m'intriguais, Kenzie. Je ressentais constamment le besoin de te regarder… Je ne sais pas. C'est étrange, mais j'ai tout de suite eu l'impression qu'on savait comment communiquer. Réveille-toi.

— J'ai le même sentiment, dis-je, tandis qu'il forme une légère pression sur mon cou.

— Je te faisais peur ?

Son petit sourire réchauffe mon corps. Je me sens bien avec lui, mais j'admets qu'au départ l'intérêt démesuré qu'il me portait me troublait.

— Tu bousculais mes habitudes, je dirais.

Sa main se resserre lentement autour de ma gorge. La température de nos extrémités n'a jamais été la même : ses mains ont toujours été glacées, et c'est une fois encore le cas.

— Wade, ça me serre un peu.

— Réveille-toi.

— Je suis réveillée, rétorqué-je en prenant son poignet.

Ses lèvres s'élargissent jusqu'aux oreilles. Il continue de me sangler le cou, au point que la sensation devient franchement désagréable.

— Wade, arrête, s'il te plaît.

Je tente de me soustraire à son étreinte mais il me serre trop fort. Ses pupilles se dilatent, comme s'il prenait un pied monstre.

— Wade !

Le tournis me gagne. Mon cerveau manque d'oxygène. Dans la pénombre de la pièce, ses traits apparaissent déformés.

— Réveille-toi, salope !

La gifle qui suit m'envoie des étoiles noires et blanches devant les yeux, mais, bizarrement, je ne ressens aucune douleur physique.

À la deuxième gifle, c'est comme si la chambre était devenue un manège tournant à pleine vitesse. C'est la première fois qu'il lève la main sur moi. Je devrais me défendre, sauf que mes bras refusent de m'obéir, comme s'ils étaient bloqués sous un rocher d'une tonne.

Des rais de lumière explosent les uns après des autres. Mon crâne est si compressé que ma cervelle pourrait sortir par mes oreilles.

Puis j'ouvre les yeux.

J'erre entre deux eaux.

Crown me surveille, attentif à mes réactions. Des douleurs sourdes se réveillent au niveau de mon estomac, de mon visage et de mes bras. En quelques instants, mon rêve s'effiloche et je reprends pied dans la réalité.

— Enfin, dit-il en souriant.

Je déguste méchamment. Mes intestins ont l'air d'avoir été sortis de mon ventre, entortillés, puis remis à la mauvaise place, quelque part autour de ma trachée. Ce n'est même pas une envie de vomir, je n'ai rien à larguer, à part un reste de bile, peut-être.

Crown prend place sur le canapé et pose une substance blanche sur la table qui nous sépare. Je prends alors conscience de ma position et des chaînes qui m'entravent.

— Le dernier coup était peut-être un peu fort. Désolé, tu sais à quel point j'aime quand tu hurles.

Il plonge la tête vers la ligne de poudre et aspire le produit bruyamment. Je l'envie presque. Je prendrais n'importe quoi pour soulager mes douleurs.

— Il va arriver, ne t'en fais pas.

Posément, il cale les bras sur le dossier du canapé. Il m'observe à la manière d'un mac qui vient de tabasser une de ses filles.

J'ai sombré dans une dimension parallèle. Qui croirait mon histoire, si je la racontais ? Enfin… Encore faudrait-il que je reste en vie, pour ça, et je commence à émettre de sérieux doutes à ce sujet.

— J'en ai vu passer des plus coriaces que toi, Kenzie.

— Mackenzie.

Il émet un rire gras. À ses yeux, je peux voir qu'il est parti loin, dans un monde bercé de poudre blanche et de délires morbides.

— Tu es fascinante. Un vrai paradoxe. À la fois ridiculement faible et paumée, puis, subitement, tu deviens un monstre d'assurance. Ça doit batailler sévère dans ta tête.

— Sûrement moins que dans la vôtre.

Il explose encore d'un rire dont les éclats ricochent à mes tympans.

— Noliar aurait pu faire une belle carrière avec moi, tu sais. Quel genre de gamin vient trouver un chef de gang pour commanditer des meurtres ? Il a une belle paire de couilles. Toi, il se contente de te baiser, mais il sait faire mieux que ça. Ce connard a un putain d'aplomb et aucune limite.

— Allez vous faire foutre, grogné-je, entre deux gémissements.

— Il dirait la même chose. Mais il le ferait sans un mot, pas vrai ?

Il se lève et titube jusqu'à moi.

— Tu es au courant pour sa mère, non ?

Je détourne la tête sans rien dire.

— Elle s'est pris huit balles. Noliar pense qu'elle est morte sur le coup, mais ils ont d'abord visé ses jambes et ses bras, au cas où elle se déciderait à parler. Sauf qu'elle n'a jamais parlé. Alors ils l'ont terminée en lui faisant sauter la cervelle. Je ne lui ai jamais dit. Pourquoi le faire souffrir ? Tu vois, moi aussi, j'ai de la compassion.

Il saisit ma mâchoire et s'approche à quelques centimètres.

— J'ai Noliar dans le viseur depuis des années. Comme tu vois, mes hommes ont bien bossé.

Je me décroche rageusement de sa poigne.

— Ils l'ont identifié à Denver, dit-il en me caressant la peau du bout des doigts. Le coup de pinceau de Nellie Kern ressemblait un peu trop à ses graffs. Il a suffi qu'un de mes gars tombe sur une photo d'une toile et passe à sa galerie pour ne plus avoir aucun doute.

— Pourquoi vous ne l'avez pas attrapé à ce moment-là ?

Je me déteste d'entrer dans son jeu mais la curiosité est trop forte.

— À ton avis ? La taule. J'en suis sorti il y a quelques mois à peine. Tu crois vraiment que j'aurais délégué le boulot à l'un de ces abrutis qui bossent pour moi ?

— Vous auriez pu vous venger depuis longtemps.

— J'aurais eu mille occasions de lui faire payer, ouais, mais il me manquait un détail. La souffrance. Et tu sais ce qui le ferait *vraiment* souffrir ?

Il claque des doigts en direction de la porte. L'homme qu'il appelle « T » apparaît et dépose une clé dans sa paume ouverte. Le cliquetis de la première chaîne retentit alors qu'un ourlet dangereux se forme sur les lèvres de Crown.

— Tu as une petite idée, j'en suis certain.

Il se fait terriblement doux en rattrapant mon bras inerte.

— Moi, déglutis-je.

— Toi, oui. On a repéré tes articles et encore une fois on a fait le lien. Je ne te remercierai jamais assez de m'avoir offert l'instrument de sa démolition.

Mon deuxième bras retombe le long de mon corps meurtri.

— Vos retrouvailles m'ont fasciné, poursuit-il à voix basse. Cet enculé retournerait l'univers pour toi. Tu vas être ma plus belle vengeance, Kenzie.

Il me pousse sur le canapé. Je dois avoir une côte cassée, ou quelque chose d'enfoncé dans mon flanc gauche.

— Donne-lui de l'eau.

Un gobelet en plastique apparaît sous mon nez. Je suis assoiffée mais me refuse à absorber quoi que ce soit qui vienne d'ici.

— Bois.

— Allez vous faire foutre.

Je crois n'avoir jamais autant dit à quelqu'un d'aller se faire foutre en si peu de temps. Son rire emplit l'espace, puis il tire mes cheveux en arrière.

— Tu ne vas pas t'évanouir maintenant. Il sera là bientôt, alors arrête de jouer à la gamine capricieuse et obéis.

Mes lèvres restent pincées. Si j'ouvrais la bouche, ce serait pour lui cracher à la figure. Mais je n'ai plus une goutte de salive.

— Tu préfères qu'on te fasse boire de force ?

Du menton, il désigne le plan de travail où est exposée toute une panoplie de couteaux de cuisine. Quand ses doigts tracent un sillon imaginaire entre ma commissure et mon oreille, je ne respire plus.

— Les anges ont de beaux sourires, susurre-t-il, ravi de son petit effet

J'agrippe son gobelet et le vide d'une traite, en le fusillant du regard. L'eau est immonde, amère, mais me fait du bien.

— Gardez un œil sur elle.

Il me tapote la cuisse comme si j'étais une brave petite fille, et prend la porte d'entrée. Les deux abrutis qui me servent de geôliers échangent un sourire crypté.

— Je n'ai jamais autant voulu être Crown.

Ma vue se brouille. Je plisse les yeux mais un voile recouvre le salon et un sentiment de profond apaisement me saisit. L'eau..

Chapitre 39

Wade

Grâce aux vidéos, Fall n'a pas eu grand mal à localiser Crown. L'enfoiré s'est barricadé à Edison, une petite ville du New Jersey. Si j'avais pu prendre l'avion, il serait déjà mort. Mais, avec l'arsenal que trimballent Fall et ses hommes, j'ai dû me résoudre à prendre mon mal en patience.

On traverse le pays d'ouest en est dans deux caisses pas franchement discrètes. Quarante-deux heures de route, sans les bouchons et les détours pour éviter les barrages de police. Autant dire une éternité.

Pour éviter les pauses, on échange régulièrement la place du conducteur et celle du passager. Je refuse qu'on s'arrête sur une aire d'autoroute : les minutes sont comptées.

— Ton portable.

Mes doigts se crispent sur le volant. Au lieu de répondre, j'appuie sur l'accélérateur. Fall ne cherche pas à me calmer, il sait maintenant que j'en suis incapable.

— Tu veux voir ou pas ? ajoute-t-il.

Je ne veux pas. Chaque nouvelle photo fait éclater une grenade dans ma tête. Je ne supporte plus ces piqûres de rappel que Crown s'amuse à me balancer depuis presque deux jours.

— Noliar.

Il a arrêté les vidéos et se contente d'immortaliser son œuvre de destruction. Le visage et le corps de Kenzie évoquent un tableau morbide. Je refoule ma gerbe en y repensant et je laisse la fureur gangrener mon esprit. Le pourrir.

Et, quand j'aurai Crown en face, tout explosera.

— Ralentis.

La pointe d'inquiétude dans la voix de Fall me fait lever le pied.

— On y sera dans une demi-heure, Noliar. Faut qu'on reste en vie, si tu veux la sortir de là.

Les manifestations d'empathie de Fall me laissent perplexe. Que mon plan le fasse jouir, je le comprends : il a tout à y gagner. Mais, pour le reste, c'est un mystère.

— La photo, intimé-je.

— Sûr ?

J'acquiesce.

Il me tend le portable. J'y jette un œil rapide, tout en restant concentré sur la route. Je reconnais la silhouette de Kenzie, mais elle est trop éloignée de l'objectif pour que je puisse évaluer l'étendue des dégâts.

— Agrandis-la.

— Si je zoome, tu vas nous envoyer dans le décor.

Il l'a déjà regardée. Mes jointures blanchissent ; ça doit être encore plus moche que ce que je crains.

— C'est ma femme, Fall. Si je te dis d'agrandir, tu le fais. C'est moi qui tiens le volant.

— Regarde la route, putain !

J'évite de justesse une vieille Ford en me déportant sur la gauche. *Une Ford bleue, du même modèle que celle de Kenzie...* Le karma a décidé d'abattre ses cartes les plus sadiques sur mon chemin.

Fall cale un pied sur le tableau de bord et détaille la photographie, que je ne vois toujours pas.

— Elle est assise sur un canapé. Elle a les mêmes fringues que d'habitude. Il y a du sang sur son chemisier. Du sang séché, je crois, précise-t-il.

Dans l'horreur de ces derniers jours, c'est presque une bonne nouvelle.

— Elle ne regarde pas l'objectif. Je ne pense pas qu'il y ait de nouveaux coups. Franchement, elle semble détendue. Pas apeurée. On dirait qu'elle a du cran.

Je hoche la tête en passant une vitesse, soulagé.

Soulagé qu'elle ne soit pas morte... Putain, à quel moment tout a déraillé ?

On se gare à un kilomètre de l'adresse. Plus les minutes passent, moins je tiens en place, mais je m'efforce de me maîtriser. Fall rappelle les ordres à ses hommes, qui boivent ses paroles en chargeant leurs armes.

— Vous n'agissez pas tout de suite. Sa nana doit être sortie avant le premier coup de feu. Balls, tu t'occuperas de la mettre en sécurité.

Je me retourne vivement.

— Hors de question.

— C'était ton idée, me rappelle-t-il.

— J'ai dit que tu devais la prendre avec toi. Je ne la laisse pas entre les mains de tes gars.

— Je réponds personnellement de lui. Il saura la mettre à l'abri.

Au vu des biceps de Balls, je n'en doute pas une seconde, mais je refuse que Kenzie s'enfuie avec un type dont je ne connais même pas le son de la voix.

— Non, c'est toi qui t'en charges en personne.

— Faire confiance à un chef de gang, c'est risqué.

Nous nous toisons quelques secondes.

— Fall, ne me demande pas pourquoi, mais je sais que tu ne me trahiras pas. Mon seul objectif, c'est qu'elle sorte saine et sauve de ce merdier, et je peux te jurer que, si je pouvais l'en tirer moi-même, je le ferais. Alors ce sera toi et personne d'autre. Quand elle est dehors, tu la récupères. Tes hommes font ce qu'ils ont à faire, et vous dégagez d'ici. Tu connais la suite.

J'espère que mon intuition est bonne. Je m'apprête à mettre la vie de Kenzie entre les mains d'un malfrat du même acabit que Crown ; c'est une solution merdique, que j'aurais aimé éviter.

Si je ne m'en sors pas, que le plan foire, elle aura besoin de lui.

Nous échangeons un dernier regard et je m'engage sur le chemin qui mène à la maison. Elle est typique du coin, une sorte de fermette entourée de terre et de végétation. Il y a certainement des guetteurs un peu partout, mais ça ne me concerne pas : Crown me veut en vie, ils ne tireront pas. Pour ce qui est de leur sort, c'est Fall et ses hommes qui s'en chargeront.

Du pied, je pousse la porte d'entrée, qui s'ouvre dans un grincement. Le seul intérêt de la pièce exiguë se résume à l'escalier, au sommet duquel quelqu'un me sourit.

*
* *

La porte se referme dans mon dos et une présence se matérialise à ma droite. Je la dédaigne, portant toute mon attention sur l'enculé qui continue d'arborer son sourire de dégénéré.

— On a déjà fait plus poli pour saluer un vieil ami.

Le revoir après sept ans et demi de silence est déstabilisant. Mes pensées actuelles se mélangent à tous les mauvais souvenirs, au dégoût et à la rage qu'il m'inspire. Je refoule le tout pour me consacrer à la raison de ma présence.

— Où est-elle ?

Est-ce qu'il l'aurait… Non. J'aurais déjà reçu une photo de son corps. Pourtant, je ne la vois pas. Il reste l'option de l'étage, où se découpe la silhouette de Crown.

Alors que j'esquisse un pas, l'enfoiré à ma droite me rattrape.

— Je te conseille d'éviter de tenter quoi que ce soit. Tu risquerais de le regretter.

Je m'arrête à contrecœur. Je ne peux pas agir avant de m'assurer qu'elle va bien. Ou du moins qu'elle est encore en vie.

— C'est moi que tu voulais. Je suis là. Laisse-la partir.

— Tu n'es pas en position de poser tes conditions.

Il descend les marches tandis qu'un canon se pose sur le côté de mon crâne. J'entends distinctement le cran de sûreté qui saute.

— Fais une seule connerie et ta cervelle décorera les murs de cette charmante maison.

Ma bouche dessine un sourire froid.

— Tu me veux depuis trop longtemps, Cesar. Tu ne laisseras pas à une merde comme lui le privilège de me descendre.

Je le vois se crisper quand je prononce son prénom. Mon assaillant se contracte, lui aussi.

— Ton aplomb m'a toujours impressionné, Noliar. Dommage que tu t'en serves à mauvais escient.

Je reconnais ce regard hagard et excité à la fois. Cette démarche faussement maîtrisée. Il a dû se faire une ligne avant mon arrivée. Les vieilles habitudes.

— Ta petite pute respire toujours, elle attend bien sagement mon signal pour faire sa grande entrée. Elle devient très docile, une fois qu'on lui a mis quelques beignes.

Anticipant ma perte de contrôle, l'homme armé réagit en me tirant en arrière, m'empêchant alors de me jeter sur Crown.

Mon dos s'emboîte dans le lambris et la crosse de l'arme s'écrase contre ma tempe.

— Calme-toi, ou c'est elle que je vais atomiser ! hurle Crown, quelques mètres plus loin.

Je m'immobilise comme si on m'avait injecté une substance paralysante.

— Écarte-toi, T.

Celui qui me retenait s'exécute en me jetant un regard torve. Crown, quant à lui, exulte en silence.

— Elle te tient en laisse…

Ses pupilles partent dans tous les sens. De folie ou de joie. Ou des deux.

— Quand est-ce que tu es devenu un clebs ? C'est pas dans ton caractère. Qu'est-ce qu'elle t'a fait ?

Je suis prêt à tout. Il le sait. À force d'être aussi transparent, je vais creuser ma tombe, mais c'est le cadet de mes soucis.

— Allez, ajoute Crown, bon prince, je fais l'impasse sur cette petite rébellion. Tu vois ces chaînes ? Retire ton T-shirt et accroche tes poignets. Un seul mot, un seul geste de travers et elle ne rouvrira plus jamais les yeux. Laisse-toi faire et il ne lui arrivera rien.

Accrochées au plafond, deux chaînes pendent lourdement jusqu'au sol. *On s'éloigne du plan prévu avec Fall…*

— Fais-la d'abord sortir d'ici et je ferai ce que tu veux.

Il désigne les chaînes du menton.

— Tu commences. Comprends que j'aie une confiance assez limitée en toi.

Notre duel met à mal l'oxygène ambiant.

J'ôte mon T-shirt, la rage au ventre. Le tissu s'étale au sol, comme mon amour-propre. Je me dirige vers les chaînes avec la détermination d'un condamné à mort.

Sans un mot, j'enferme mon poignet dans le bracelet, qui se referme avec un claquement sec. Je me retourne et attends qu'on enserre mon second poignet.

Le torse nu, les bras étirés de part et d'autre de mon corps, j'assiste au triomphe de Crown. Il s'installe sur le canapé qui me fait face et jubile.

— Amenez-la.

J'ai l'envie furieuse qu'elle apparaisse, et, en même temps, je voudrais que tout ceci ne soit qu'un mauvais rêve. Pourvu que je me sois fait avoir, que ce bordel ne soit qu'une mise en scène, qu'elle n'ait jamais mis les pieds dans cette maison des horreurs.

Le sourire de Crown anéantit tous mes espoirs. Quand je lève les yeux vers l'escalier, l'enfer se déchaîne en moi.

Elle ne percute pas. Moi, je ne vois qu'elle.

On dirait qu'elle a perdu du poids. Un coup de vent la casserait en deux. Des arcs-en-ciel parsèment sa peau, mais c'est le vide dans son regard qui me foudroie.

Que s'est-il passé ?

— Kenzie !

Elle ne réagit pas. Je l'interpelle une seconde fois en faisant bouger les chaînes. Leur tintement sinistre semble la réveiller.

Elle cligne des paupières à une lenteur infernale, comme si la lumière l'agressait. Ma respiration s'emballe quand je me rends compte qu'elle tient à peine debout.

— Wade ?

Je peux presque voir ses pensées cheminer ; réfléchir lui demande un effort colossal, quand elle semble reprendre soudainement possession d'elle-même.

— Wade !

Maladroitement, elle tente de s'élancer vers moi, mais Crown l'arrête net.

— Lâche-la ! rugis-je.

Ce salopard la tient par les cheveux. Elle ne se débat pas avec sa vivacité habituelle, il n'a aucun mal à la garder contre lui. De toutes mes forces, je tire sur mes poignets, priant pour briser mes chaînes par le seul effet de ma volonté.

— Ne m'oblige pas à me répéter, Noliar.

Je mets un temps infini à saisir ce qu'il insinue.

Si je bouge, c'est elle qui en subira les conséquences.

Une nouvelle fois, je me fige.

— Tu la laisses partir. Maintenant.

Il la balance sur le canapé, où elle est aussitôt coincée par l'autre enfoiré.

Crown avance son visage à quelques centimètres du mien, conservant une distance de sécurité minimale.

— Laisse-la s'en aller, grogné-je pour la énième fois.

— Je t'ai dit qu'elle serait libre, oui, mais pas dans quel état elle quitterait cette baraque.

La flamme qui fait briller ses pupilles dilatées ravive ma fureur. Je me suis fait enfler. J'amorce un coup de tête, qu'il interrompt en pointant son pouce dans son dos.

— Tu réagis, elle douille. N'oublie pas.

Je lutte contre moi-même pour ne pas le mettre à terre, sachant que Fall n'est pas loin, et qu'il donnera bientôt l'assaut. *Qu'il se magne, putain !*

— Qu'est-ce que tu lui as donné ? sifflé-je entre mes dents.

Il recule d'un pas, de manière à ce que je ne puisse plus l'atteindre.

— Pas grand-chose. Juste un peu de Liquid X.

Mon cœur cesse de battre. Elle ne partira pas maintenant, et le sort qu'il lui réserve dépassera tout ce que je peux endurer

Il l'a droguée au GHB.

Crown va la violer. Devant mes yeux.

Chapitre 40

Mackenzie

Dans le fond de mon cerveau, les commandes sont claires : frappe tout ce qui t'approche. Mais mon corps a l'air de vivre la plus grosse cuite de sa vie. Mes sens sont altérés, des bruits se mélangent sans que j'en identifie un seul.

— Kenzie !

Mon surnom perce dans la brume. La pièce tangue et je dois me concentrer pour distinguer une masse épaisse, en plein milieu de l'espace.

Je crois discerner de la peau. Des bras maintenus dans une position étrange. Quelque chose dans cette silhouette ne m'est pas inconnu.

— Wade ?

Personne ne me répond.

Mon champ de vision s'élargit légèrement. Peu à peu, j'y vois mieux, et je m'efforce de détailler les traits du visage…

La réalité me percute frontalement.

— Wade !

Je prends sur moi, portée par le regard bicolore qui me fixe. Je sens un sourire se dessiner sur mon visage, mais tout s'arrête brusquement ; une douleur me saisit à la tête, et je pars en arrière.

— Lâche-la !

Les chaînes s'agitent derrière le hurlement animal de Wade.

Quand une autre main comprime mon cou, je me débats de toutes mes forces. Mais rien ne l'arrête, Crown est déterminé à me faire suffoquer. Je me fatigue à une vitesse anormale tandis que le bruit de l'acier continue de massacrer mes tympans.

— Ne m'oblige pas à me répéter, Noliar.

Soudain, plus rien. Comme si le bruit était connecté à son geste, Crown me relâche. J'inhale une bouffée d'oxygène conséquente.

— Tu la laisses partir. Maintenant.

Chaque mot résonne d'intensité sanguinaire ; Crown ricane et me jette derrière lui. J'atterris sur le canapé puant, où l'un de ses hommes me récupère.

Mon Dieu. Wade est ici.

Il est exposé comme un trophée. Son sang doit être en ébullition tant ses veines sont visibles, pulsant sur ses bras et sa nuque. Il est furieux et inerte à la fois.

Nos regards se trouvent, mais ça ne dure qu'une seconde ; je suis prise de panique quand Crown me bloque la vue. Wade et lui discutent à voix basse, si bien que je n'entends pas le moindre mot.

— Bouge pas, toi.

On me renfonce sur le canapé d'une seule main. J'ai perdu toute faculté de défense et je ne comprends pas pourquoi.

— Comment te sens-tu, ma belle ?

Crown s'assied à mes côtés. Je repousse la main qu'il pose sur mon genou, ce qui le fait éclater de rire.

— T, allume les plaques.

Déconcertée, j'observe T se diriger vers la cuisine. Des flammes bleues crépitent sur la gazinière.

Je fronce les sourcils lorsque T s'empare d'un couteau de cuisine et le place au-dessus de la plaque.

Il ne va pas cuisiner.

— Qu'est-ce que…

Wade ne peut pas voir ce qui se trame dans son dos, mais je pense qu'il sait.

Il est livide, ne cille pas. Je jurerais qu'il veut bouger, mais il persiste à jouer les statues.

Tu ne peux pas laisser faire ça.

Sans réfléchir, je mobilise toutes mes forces et me jette sur Crown, toujours assis. La suite est brouillonne ; une plainte, quelque chose de froid qui appuie sur mon crâne, un cri déchirant, mon corps immobilisé par des bras puissants.

Le hurlement s'éternise, tandis que je me bagarre avec les mains qui me retiennent. Je n'ai pas de plan, mis à part libérer Wade, et qu'on s'enfuie. Qu'on s'éloigne de cet enfer. Mais le cri est si affreux qu'il paralyse jusqu'à mon instinct de survie.

Soudain, Crown m'attrape la mâchoire et me force à tourner le regard vers Wade. Je réalise alors que c'est lui qui hurle : le couteau, chauffé à blanc, est désormais sur lui, la lame plaquée contre sa peau.

— Arrêtez !

Ma gorge nouée ne parvient à émettre qu'un gémissement pitoyable.

— Arrête de bouger.

J'obéis. Quand Crown s'écrase sur moi, je ne fais pas un geste. Médusée, je fixe l'empreinte de la lame gravée sur le torse de Wade. Des cloques se forment déjà, tandis qu'une écœurante odeur de chair brûlée emplit la pièce.

— Wade…

Crown me gifle.

— Tu n'as pas l'autorisation de lui parler.

Je cherche le regard de l'homme que j'aime, ce qui me vaut une nouvelle gifle.

— Chaque fois que tu te rebelleras, c'est lui qui prendra. T, chauffe la lame.

Les râles de Wade sont autant d'aiguillons imbibés d'acide. La menace de Crown est sans ambiguïté, et je sais qu'il n'hésitera pas à me le prouver.

— L'écoute pas.

La voix de Wade me porte un coup au cœur.

— Kenzie, va-t'en.

Plutôt mourir.

Même si je n'ai qu'une chance infime de le sortir de là, je ne la laisserai pas passer.

— Kenzie, putain, dégage !

Crown se relève lentement, me laissant l'espace nécessaire pour déguerpir. Il sait que je ne bougerai pas. Et qu'il pourra me demander n'importe quoi, j'accepterai.

Du coin de l'œil, j'aperçois le couteau et fais non de la tête. Crown lève alors la main et l'arme s'éloigne de Wade.

— Kenzie !

Mon surnom sonne comme une supplication. Je ne pense qu'à Wade, il occupe la totalité de mon esprit, mais je me fais violence pour ne pas l'écouter. C'est ce qui me permet de tenir. De faire abstraction de l'autre enfoiré, qui s'installe confortablement sur les coussins du canapé, les jambes écartées.

— Monte sur moi.

Le hurlement de Wade retentit aussitôt.

— Je t'interdis de faire ça !

Il paraît que le cerveau a un bouton « *mute* ». Quand il considère que la situation le dépasse, il appuie sur ce gadget, et permet à son propriétaire de surmonter l'épreuve.

J'ai confiance en mon cerveau.

J'obtempère et me concentre pour ne pas gerber mes tripes en sentant ses cuisses maigres collées contre les miennes. Je ne bouge pas d'un millimètre quand ses mains s'emparent de mes fesses.

— Bien.

Il les malaxe comme si j'étais une boule de pâte à modeler. Je ne me suis jamais sentie aussi souillée de toute mon existence.

— Approche-toi.

Je fais fi des cris de Wade et du bruit de ses chaînes. Je sais que je fais le bon choix, j'en suis certaine.

— Ne le tuez pas.

Crown lève un sourcil amusé.

— Je ferai tout ce que vous voulez, mais, je vous en supplie, ne le tuez pas.

— Tu entends ça, Noliar ? Elle me supplie.

— Mackenzie…

Quelque chose dans l'intonation de Wade a changé. Ma position m'empêche de voir son visage, mais je sens qu'il est… brisé.

— Tu connais la fin de l'histoire, reprend Crown à mon intention. Les balances meurent, c'est la loi.

Il parle en passant ses doigts sous mon chemisier. Je frissonne de dégoût.

— Mais je peux encore changer d'avis.

La pulpe de son doigt dessine ma colonne vertébrale et s'arrête au niveau de mon soutien-gorge.

— Retire-le.

J'ôte chaque bretelle en prenant soin de masquer le maximum de peau. Crown récupère mon sous-vêtement et l'expose à côté de lui. En évidence. Il colle ensuite sa bouche contre mon oreille.

— Sois bien obéissante. Peut-être que je serai un peu plus clément avec lui. Peut-être.

J'acquiesce.

— Frotte-toi contre ma queue comme si c'était lui que tu baisais. Si je ne bande pas dans la minute, T enfoncera la lame dans son ventre.

Il écarte les bras et les pose sur le dossier du canapé, avec un grand sourire destiné à Wade.

Je n'y arrive pas. Mon bassin refuse de se conformer aux volontés de Crown. Je suis tout près de fondre en larmes et de lui vomir dessus.

— T.

Une seule lettre, et mes poumons s'enflamment.

— Non !

Crown revient doucement à moi.

— Non ? répète-t-il en souriant.

Je prends une profonde inspiration.

Je peux le faire.

Je le fais.

J'ai l'impression de me trahir. Moi, Wade. Nous. Ce n'est pas une question physique mais un sentiment bien plus profond et complexe, une blessure.

— Ça va pas le faire, crache Crown.

Il me repousse sans ménagement. Groggy, je me rattrape de justesse à la table basse et surprends le geste qu'il adresse à T. Le temps que je pivote, la pointe du couteau est déjà enfoncée dans le ventre de Wade.

Un filet de liquide coule jusqu'à son jean, mais il n'exprime rien. Il n'émet pas un son et aucune émotion ne passe sur son visage. Il semble aussi insensible à la douleur que je suis dévastée. Il est aussi fort que je suis faible. À cet instant, je me déteste plus que jamais auparavant.

C'est alors que ça se produit. Ce truc dont parlent les gens et qui vous détache de votre corps. Ce moment où vous abandonnez la bataille pour survivre. Le système de préservation. Le bouton « *mute* ».

Je me plante en face de Crown. Nous faisons la même taille. Je suis plus en chair, ce qui n'est pas difficile vu qu'il a la peau sur les os. Je ne sais pas de quoi j'ai l'air, mais son sourire s'étire désormais jusqu'à ses oreilles.

— C'est bon ? Le message passe, cette fois ?

Je me colle à lui. Cette simple manifestation de soumission suffit à l'exciter.

Ses ongles s'enfoncent dans ma nuque. Il me pousse vers le centre de la pièce. Je me laisse faire sans résistance, même si je sais où il me mène. Même si, quelques secondes plus tard, mon dos bute contre le corps de Wade.

Je sens son souffle brûlant dans mes cheveux. Son odeur est un mélange de sueur et d'animal blessé. Crown le dévisage, sa main toujours sur ma nuque.

— Je vais te buter, Cesar. Je te jure que je vais te buter.

Ses mots vibrent en moi. Je ne peux expliquer pourquoi, mais sa voix me donne la force de tenir tête à Crown.

Notre ennemi a commis sa première véritable erreur. Il vient de nous reconnecter. Wade ne peut me prendre dans ses bras, mais c'est tout comme. On est ensemble, ou on n'est rien.

— Vous vous verriez…

Il ricane.

— … Pathétiquement parfaits.

À tâtons, ma main trouve sa cuisse et s'y cramponne comme à une bouée de sauvetage. Crown me pousse un peu plus contre lui. Il enserre ma mâchoire dans sa main en dévisageant Wade.

— Baise-moi la bouche.

J'obtempère.

Je voudrais oublier ce que je suis en train de faire, mais je sais que ça me hantera pour le restant de mes jours.

— Ça fait mal ?

Il me prend le visage à deux mains, les yeux rivés au-dessus de ma tête. La cuisse de Wade se transforme en acier.

— Réponds, Noliar.

Wade reste muet.

— J'ai son goût sur ma langue, ça ne te fait rien ? Elle n'est plus rien pour toi ?

Des pantins. Nous sommes des putains de pantins.

On est coincés dans une maison perdue au fin fond de nulle part. Un junkie, ex-baron de la drogue, ex-taulard, m'utilise pour détruire celui qui l'a balancé, sous les yeux de ses hommes qui sourient.

Nos chances de nous en sortir dégringolent.

— Bien. Dans ce cas, accélérons les choses.

Et soudain tout dérape.

Crown me balance sur le canapé et m'arrache mon chemisier, sous les injures de Wade. Je me recroqueville instinctivement. *Je ne veux pas que ça arrive.*

— Le couteau, T.

Affolée, je dis à Crown de laisser Wade. Puis je hurle.

Mes cordes vocales se déchirent en même temps que ma peau. Cette fois, la lame était pour moi.

Les bruits alentour deviennent impossibles à distinguer ; des cris, des rires, des pas, le craquement du bois. Des plaintes. Du vent. Des claquements. Des détonations.

Je ne comprends plus rien.

Il n'y a plus de poids sur moi. Je palpe mon ventre et porte les mains devant mon visage. Elles sont recouvertes de vermillon.

— Sortez-la !

La silhouette de Wade est entourée d'autres ombres. La pièce s'emplit de voix tonitruantes et de mouvements désordonnés. Qu'est-ce qui se passe ?

Chapitre 41

Wade

Le plan a foiré.

Ils étaient censés descendre tous les hommes postés à l'extérieur avant d'intervenir. Parmi ceux qui ont envahi la maison, je ne reconnais que deux des hommes de Fall.

Des coups de feu partent, des poings s'abattent et, au milieu de ce chaos où les camps se confondent, elle se vide de son sang.

— Sortez-la !

On ne m'écoute pas. C'est un miracle que personne ne l'ait touchée, alors qu'elle gît sur le canapé, hagarde. On dirait qu'elle ne comprend pas ce qui lui arrive. Elle ne se met pas à couvert. Elle est paralysée. Sonnée.

— Kenzie !

Mes hurlements finissent par attirer l'attention. Un type cavale vers moi et me balance son poing dans la figure. Je ne peux pas l'éviter et encore moins riposter. Ma mâchoire rejoint la longue liste des parties de mon corps qui me font un mal de chien.

J'accuse d'autres coups. À quoi bon les compter ?

Soudain, une détonation retentit, sonnant la fin de notre combat inégal. Le type s'écroule à mes pieds. Mort.

Quand je lève les yeux, Fall brandit encore son arme. Je le remercierai quand il aura sorti Kenzie de ce merdier. Mon regard se pose sur elle. Elle fixe Fall et son flingue pointé sur moi, en pleurs. Je comprends qu'elle se méprend sur ses intentions.

— Fais-lui confiance ! vociféré-je.

Fall contourne le canapé. En voyant sa blessure, il hésite un instant et la prend par le coude, avec une douceur dont je lui suis reconnaissant.

Elle me lance un regard désespéré, auquel je réponds par un sourire qui s'efforce d'être le plus engageant possible. Le temps semble se distendre.

— Elles sont où, les clés, Noliar ?!

Je garde les yeux rivés sur Kenzie, tandis qu'on secoue un de mes poignets. Elle doit s'en aller, et je veux assister à son départ. Ensuite, je m'occuperai de moi. Et de Crown, ce putain de lâche qui a disparu par l'escalier quand Fall et ses hommes ont défoncé la porte.

Va-t'en. Ça va aller. On se retrouvera. Elle reçoit chacune de mes pensées mais elle refuse de bouger, ou peut-être en est-elle incapable… Comprenant que le temps est compté, Fall la presse. Sauf qu'elle ne me lâche pas du regard.

— Les clés ? Putain, qui a les clés de ces trucs ?!

Je crie quelque chose à propos d'un type blond qui les a dans sa poche. Fall s'impatiente. Les hurlements s'intensifient.

— Barre-toi ! Fall, emmène-la !

Horrifié, je la vois qui se relève et fait un pas vers moi en se tenant le ventre.

— Kenzie, tire-toi, putain !

Un cliquetis résonne à ma droite, suivi par les jurons de l'homme qui essaie de me détacher. Kenzie n'en fait qu'à sa tête et continue de se rapprocher. Fall l'agrippe fermement par les épaules, mais elle le repousse. *Elle est totalement inconsciente !* Je me tourne vers mon « libérateur ».

— Grouille-toi, putain !

— Je fais quoi, à ton avis, connard ?!

Dès que mon poignet est libéré, je m'empare des clés et dégage moi-même le second. Je fonce sur elle, et passe un bras sous ses genoux pour la porter.

— Je ne voulais pas l'embrasser, Wade. Je l'ai fait parce que c'était la seule solution pour qu'il ne te fasse pas de mal.

Sans répondre, je cours jusqu'à Fall et la dépose dans ses bras.

— Wade !

Elle s'agrippe à mon épaule en couinant. Bordel, elle saigne beaucoup trop le fluide carmin se répand sur sa peau mise à nu et les restes de tissus déchirés. Son teint est pâle, sa tête dodeline comme si son cou ne la portait plus.

— Fall va te mettre en sécurité, laisse-toi faire.

— Je ne voulais pas ! Il m'a dit que, si je lui obéissais, il ne te ferait plus de mal. Je suis désolée !

J'échange un bref regard avec Fall. Elle est en train de perdre les pédales, il en a autant conscience que moi.

— Tu m'en veux ? Je sais que tu m'en veux. Je m'en veux. Pardonne-moi. Je t'en prie, ne m'abandonne pas.

— Elle est en état de choc, dit Fall.

— S'il te plaît, ne me quitte pas une seconde fois.

Ses sanglots me font plus mal que la lame brûlante sur ma peau.

— Emmène-la.

Fall s'éloigne au pas de course, sous ses cris.

— Non ! Wade ! WADE !

Les blessures physiques que lui a infligées Crown ne sont rien au regard des ravages de ses tortures psychologiques.

Il va me le payer.

Ce n'est pas seulement elle qui passe la porte d'entrée, mais la part d'humanité qu'il me restait.

Autour de moi, ça tire dans tous les sens mais je n'entends rien. Ce n'est pas mon combat. Celui que je vais détruire se trouve en haut des marches.

Je grimpe l'escalier quatre à quatre et ne cherche pas longtemps Crown : l'étage ne comporte que deux portes, et il a préféré la chambre aux toilettes.

En le voyant terminer son rail de coke, j'aurais presque pitié de lui. Pauvre loque qui ne peut pas affronter la réalité sans sa poudre blanche. Cesar Thomas West sait dominer la partie quand il a les cartes en main. Dès que l'avantage passe entre celles de son adversaire, il s'effondre.

Il renifle en se pinçant le nez et quitte le bord du lit où il était assis. Il tient un objet derrière sa cuisse. Une arme. Sûrement chargée.

— Tu t'es allié à nos ennemis.

Il tremble comme un fou. Sa tête tressaille, comme ses paupières ; j'ai vu assez de camés dans ma vie pour savoir qu'il a forcé la dose.

L'enculé a peur.

— Surpris ?

Il ricane.

— Pas tellement. De la part d'une balance, rien ne m'étonne. Surtout pas la trahison. C'est dans ta nature.

Je sors le canif de ma poche arrière et caresse la lame du regard.

— Tu l'as touchée.

— Tu parles de ta pute ? Elle n'est pas si bonne que ça, mais elle embrasse comme une pouliche de luxe. C'est comme ça qu'elle te tient en laisse, j'imagine.

Il se lèche les lèvres et je revois la scène. Je la revis.

— Tu as commis une erreur, Cesar.

— Qui est allé chercher l'autre ? Tu as frappé à ma porte et je t'ai offert la chance de venger ta mère.

— Elle est morte parce que les hommes de Fall pensaient qu'elle cachait *ta* came.

Sans Crown, ma vie n'aurait pas pris ce chemin. Sans lui, ses rivaux ne seraient pas entrés chez nous et n'auraient pas abattu ma mère. Je n'aurais pas acheté sa vengeance. Je n'aurais pas distribué ses saloperies dans la rue. Je n'aurais pas tué Harper. Je n'aurais pas conduit un *go fast*. Je ne l'aurais pas trahi. Je n'aurais pas fait de prison. Je ne me serais pas caché pendant sept ans. Je n'aurais jamais quitté Kenzie.

— Tu as été l'élément déclencheur.

— Donc ? dit-il en me mettant en joue. Tu vas me tuer ?

— Oui.

Il part dans un éclat de rire hystérique.

— Ton couteau fait la taille de mon petit doigt, Noliar. Je n'ai qu'à appuyer sur la détente pour repeindre le mur avec ta cervelle.

— Tire.

Il tire.

La balle rase mon bras, créant une marque à vif, puis termine sa route dans la porte close. La suite n'est que chaos. Un corps à corps sans armes. J'ignore où la sienne est tombée, et mon canif a quitté mes mains après un coup dans le plexus. Je ne vois plus qu'une issue : la mort.

— Elle te détestera pour le restant de tes jours.

Il rit et crache sa morve.

— Quand elle verra ce qui passe dans tes yeux, elle ne voudra plus de toi.

Sa remarque parvient à attirer mon attention et ma seconde d'hésitation est fatale. Son direct me fait vaciller sur le côté et il reprend l'ascendant.

— La violence t'excite, Noliar. Tes pupilles sont aussi dilatées que les miennes. Qu'en pensera-t-elle ? Tu crois que tu lui fais du bien ? Tu n'as fait que la détruire.

Un coup. Un rire. Un poing. Un grognement.

— On la piste depuis des mois. Au début, elle était forte, d'après mes gars. Mais plus tu revenais dans sa vie, plus elle perdait sa flamme. Tu la transformes, et pas dans le bon sens. À tes côtés, elle s'affaiblit.

Je n'arrive pas à croire que Crown me ponde une étude psychologique de mon impact sur Kenzie. La drogue a ravagé ses neurones.

— Et, toi, elle est ta came. Une vraie aubaine pour moi. Mais regarde la réalité en face : elle est mieux sans toi. Quand tu n'étais pas là, elle a pris une arme, pointé un de mes hommes, sauté par la fenêtre et souri en menaçant de me buter. Tu as vu quoi, quand vous vous êtes retrouvés dans la même pièce ? Une loque humaine. Une chialeuse soumise comme une chienne bien dressée.

Son discours meurt sous mes poings.

— Ce que je voulais, c'était te faire douiller avant de te mettre une balle. Mais, avec elle, tu creuses ta propre tombe. La culpabilité te fera crever.

Il cesse tout mouvement, comme s'il plaçait sa vie entre mes mains. Je pourrais l'exterminer sur-le-champ, il n'opposerait aucune résistance.

Parce qu'il est sûr de lui, certain que je l'épargnerai.

Mais il a tort. Je ne suis pas mauvais pour elle. C'est en partie grâce à moi qu'elle n'a plus de crises d'angoisse, et, ça, il ne le sait pas. Il peut me pourrir le cerveau avec ses idées tordues, ça ne prendra pas.

Ça ne prendra pas.

— Tu es néfaste, Wade Keller. Éclate-moi, jouis de ma mort et baise sur ma tombe. Demain, il ne te restera plus rien.

Un éclat lumineux attire vaguement mon attention. L'acier du canon se trouve à deux mètres, à peine. Je lorgne l'arme, par terre, et anticipe ce qui va suivre. Crown l'a repérée aussi et semble suivre le même chemin. L'instant d'après, on se rue sur le flingue.

Je l'attrape. Il le rattrape. Sa détermination confirme ce que je pensais : l'arme est encore chargée.

La détonation est assourdissante. J'ai trop pris l'habitude de la puissance d'un coup de feu, si bien que mes oreilles sifflent, mais je ne ressens aucune douleur.

Je ne ressens rien, en fait. À part cette étrange chaleur, qui s'étend sur mes vêtements. Le tissu devient lourd. Je fixe Crown, en attendant que la vie abandonne son regard. Mais il ne fait que me sourire.

« Laissez battre et brûler deux cœurs si bien ensemble ; leur vie est un fil d'or qu'un nœud secret assemble, il traverse le monde et ce qu'il fait souffrir : ne le déliez pas ! vous les feriez mourir. »

Marceline Desbordes-Valmore

Chapitre 42

Mackenzie

Mon sommeil est tout sauf réparateur. À chaque réveil, je souffre un peu plus. Le *bip* régulier de la machine me sert de fond sonore, et m'aide à me rappeler où je me trouve : dans une chambre impersonnelle qui sent l'antiseptique.

Je cligne des paupières pour m'adapter à la lumière blanchâtre. Prenant appui sur mes mains, je tente de me relever, mais mon ventre proteste.

— Mauvaise idée, Smurfette[1].

Je dévisage la jeune fille avec surprise. Les seules personnes que j'ai croisées appartiennent au corps médical et portent généralement une blouse. En tout cas, pas un jean troué et des barrettes roses. Avachie dans le fauteuil de ma chambre, elle me regarde en souriant.

Je m'empare de l'eau, sur la table de chevet, avant de prendre la parole. Elle en profite pour me rejoindre.

— On ne t'a pas loupée, dit-elle en récupérant la bouteille.

Ses yeux vagabondent entre mon visage et le gobelet, qu'elle remplit d'eau.

— J'en ai vu, des nuances de violet, mais jamais qui oscillent entre le prune et le violet d'évêque. Ça ferait une couleur sympa pour un top en flanelle.

Mes ecchymoses… Je fronce les sourcils — enfin, j'essaie — tandis qu'elle me tend la boisson. Non qu'elle ne m'inspire pas confiance, mais sa façon de me regarder est intrigante. On dirait que je la fascine, or j'ai eu ma dose de psychopathes pour toute une vie.

1. Schtroumpfette, en anglais.

Crown.

Les bips s'emballent. La brunette jette un coup d'œil au monitoring.

— Ça veut dire que je te fiche la trouille, ça, non ?

Je me force à reprendre une respiration plus calme, ce qui n'est pas chose aisée, car elle vient de s'installer à côté de moi, sur le matelas.

Cette fille n'a aucune notion des distances convenables entre les inconnus.

— Je pense que vous vous êtes trompée de chambre, parviens-je à dire, après m'être éclairci la gorge.

— Tu n'es pas Mackenzie ?

Y a-t-il beaucoup de Mackenzie dans cet hôpital ?

— Si, mais je ne vous connais pas.

— Moi non plus. Enfin, je sais que tu ronfles beaucoup trop fort pour le commun des mortels et que tu baves dans ton sommeil, mais personne ne peut t'en vouloir, ta bouche est plus gonflée que celle d'une instagrameuse qui se pique au Botox au petit déjeuner.

Je porte instinctivement les doigts à mes lèvres ; elle a raison, je suis boursouflée.

— Ne t'inquiète pas, c'est tendance. Dis-toi que tu as économisé cinq cents dollars en injections.

D'après son sourire éclatant, m'être fait exploser la figure est une bonne chose.

— Je rigole, ajoute-t-elle devant mon air abasourdi. Tu as vraiment une tête affreuse. J'essaie juste de te détendre un peu avant l'arrivée de la cavalerie.

— Quelle cavalerie ?

— Mon frère, sa tronche de déterré et les huit cafés qu'il a avalés depuis qu'on est arrivés.

— Ton…

Et soudain je percute. Elle a des iris aussi brillants que de l'émeraude, de la même teinte que ceux de…

— Jaxton ? Tu es Dana ?

Ce détail mis à part, ils n'ont absolument rien en commun. Jaxton est plutôt large et massif. Elle est petite, vive, et affiche un énorme mandala qui recouvre entièrement son cou.

— Étonnant, oui, je sais. Mon frangin fait tache à côté de ma perfection, je fais des recherches pour retrouver ses parents biologiques.

— Je n'ai pas été adopté.

Jaxton se tient à la porte. Il est pâle et ses traits sont affaissés. Ses yeux fatigués passent de sa sœur à moi ; quelque chose se blottit dans le creux de mon ventre, je crois que c'est du bonheur. Il doit le sentir, car un léger sourire étire ses lèvres.

— C'est ce que maman te dit pour ne pas faire souffrir ton cœur. Elle nous a soudoyés, papa et moi, pour qu'on la boucle sur tes origines hobbits.

— Les Hobbits sont des semi-hommes, Dana. Niveau taille, c'est toi qui colles aux critères.

— Ça aurait pu, oui. Sauf que « Hobbit » signifie « habitant des trous ». On est tous d'accord pour dire que ces trois mots sont inscrits à côté de « Jaxton Cole » dans le dictionnaire.

Je hausse un sourcil amusé vers Jaxton. Quand on était au lycée, je rêvais de rencontrer cette sœur si… spéciale, et je ne regrette pas ce premier contact… Même s'il a lieu dans un hôpital et que je ne suis pas franchement présentable.

— Lève ton cul de ce lit, Dana, j'ai une sœur à retrouver.

Elle se tourne vers moi.

— Acceptes-tu que cette chose qui a visité tous les vagins malfamés de la ville s'approche de toi ?

— Je suis coincée, je n'ai pas le choix.

— Ton carnet de santé est à jour ? Non, parce qu'il faut savoir qu'il suffit qu'il te touche avec le bout du petit doigt pour que tu attrapes une MST.

— Ferme ta grande bouche ou je te renvoie à Frisco par le premier vol, intervient-il.

— Je la mets en garde. Je me soucie d'elle.

— Je m'en sortirai, dis-je en souriant.

Elle me rend mon sourire et m'embrasse sur le front avant de se relever. Je ne m'y attendais pas, mais le geste est si naturel que je n'y trouve rien à redire.

Elle passe devant son frère en l'informant, très sérieusement, qu'elle part à la recherche d'un distributeur d'*enchiladas*, et disparaît.

— Je ne sais pas quoi dire.

— Elle fait toujours cet effet-là, la première fois. Comment vas-tu ?

Il contourne le lit et pousse le fauteuil jusqu'à la machine reliée aux battements de mon cœur.

— Bien.

Il pose les coudes sur ses genoux écartés et me regarde d'un air inquiet. Le temps se suspend durant son observation, j'ai l'impression qu'il essaie de se réapproprier mes traits, de me remettre dans le présent. Le voir me rend heureuse, mais je ne sais pas s'il a eu vent de toute l'histoire.

— Je suppose que tu as su pour…

— L'enlèvement ?

Le mot me paraît trop fort, mais j'opine.

— Je l'ai appris le jour même, confirme-t-il. Wade m'a raconté en deux mots ce qui s'est passé ensuite.

— Où est-il ?

— Il… réfléchit.

Je me redresse péniblement.

— Comment ça ?

Il se gratte nerveusement la mâchoire, dont la barbe démontre qu'il ne s'est pas rasé depuis plusieurs jours.

— Il est à l'hôpital ? Il lui est arrivé quelque chose ? Il est… Mon Dieu, est-ce qu'il est…

Mort ?

Dans mes derniers souvenirs, il était enchaîné. Je revois son torse blessé et j'entends encore ses hurlements. La machine s'emballe de nouveau ; Jaxton me prend la main et la serre dans la sienne, m'apportant la chaleur nécessaire pour que je retrouve mon calme.

— Il va bien, Kenzie. Il est juste un peu secoué.

— Où est-il ? répété-je, à peine rassurée.

— Il viendra te voir.

— Ce n'est pas ce que je veux savoir !

Il me cache quelque chose, c'est évident.

J'ai pleinement conscience de ce que j'ai vécu. Ma bouche pâteuse a gardé la mémoire de Crown. Dès que je me réveille, et je ne sais pas combien de fois c'est arrivé, je vois son visage. Son sourire sadique. Je sens ses mains posées sur moi.

Ça aurait dû aller plus loin qu'un baiser.

Wade a tout vu. Il m'a vue lui céder… Anticiper, même. Techniquement, ce n'est pas Crown qui m'a forcée à l'embrasser. C'est moi qui l'ai fait.

— Il me déteste.

Les bips se rapprochent, prennent un rythme plus soutenu.

— C'est pour ça qu'il n'est pas là, je le dégoûte.

— Qu'est-ce que tu racontes ?

— J'aurais pu le tuer… Crown m'a mis une arme entre les mains. Je n'avais qu'à tirer, et il serait mort. Je n'ai pas osé. Je le voulais vraiment, je te le promets, mais assassiner quelqu'un, même une ordure… J'ai été faible. Si j'avais…

Il presse ma main.

— Eh, tout va bien. Arrête de stresser, avec tes bips à la con, tu vas rameuter tout l'hôpital dans ta chambre.

— Crown…

— Crown n'est plus là, Mackenzie.

Je me fige.

— Il est mort, dit-il, comme pour que j'imprime la nouvelle. Il ne vous fera plus de mal, ni à toi ni à Wade. Tu n'as plus rien à craindre, tu es en sécurité.

— Comment est-ce arrivé ?

— Peu importe les détails.

— Mais… et Wade ?

— Il va bien.

— Pourquoi il n'est pas là ?

Il réprime un soupir. Je l'ennuie ou je le dérange. Mais qu'importe, il me faut des réponses.

— Parle, Jax.

— De quoi te souviens-tu ?

Je tâte mécaniquement la couverture, au-dessus de mon ventre. Les souvenirs sont violents, ils remontent dans ma gorge à m'en donner la nausée. Je m'efforce de respirer doucement pour ne pas sombrer, et être capable de les relater.

— J'étais sur un canapé. Il y a eu du bruit, beaucoup de bruit. Wade était… Il hurlait. Après, c'est le trou noir. Je n'ai aucune idée de la façon dont je me suis retrouvée ici.

Il entrelace ses doigts aux miens et caresse ma peau du pouce.

— Tu es au Mount Sinai Hospital, à New York. Tu le sais ?

J'acquiesce. Les médecins me l'ont dit quand j'ai refait surface.

— Crown te gardait dans une espèce de ferme, dans les tréfonds du New Jersey. Wade t'a retrouvée grâce à Fall et ses hommes.

— Qui est-ce ?

— Un chef de gang de Tenderloin. Le concurrent de Crown. Wade est entré en contact avec lui et s'est démerdé pour que ses hommes fassent partie de ton sauvetage. C'est Fall qui t'a fait admettre ici.

— Attends… Tu veux dire que j'ai été secourue par un… trafiquant ?

— Dit comme ça, ça paraît étrange, concède-t-il. Wade avait tellement peur pour toi qu'il t'a choisi un vrai dur comme chaperon. Et ça a marché.

— Je suis ici depuis combien de temps, déjà ? Je sais qu'on me l'a dit, mais…

— Cinq jours. On s'est déjà parlé de nombreuses fois, dit-il avec un sourire contrit.

— Quoi ? Non. Je ne me souviens que des infirmières.

— Tu es sous morphine, Kenzie. Tu as de sales blessures. Je passe mon temps dans cette chambre. De temps en temps, tu te réveilles, mais c'est la première fois que j'arrive à avoir une discussion intelligible avec toi.

Je suis sous le choc, et complètement détachée à la fois, comme s'il me racontait l'histoire de quelqu'un d'autre.

— Ta sœur ?

— Elle est arrivée avant-hier. Je ne voulais pas la mêler à tout ça, mais, comme je suis à l'hosto H24, elle n'a pas résisté et s'est pointée. Elle ne connaît que le strict minimum.

— C'est-à-dire ?

— J'ai dû lui expliquer la raison des coups sur ton visage. Elle pense que tu as été tabassée dans la rue.

D'où sa légèreté. Je comprends mieux ses blagues. Enfin… disons qu'une personne normale ne plaisanterait pas à ce sujet, mais concernant Dana Cole, apparemment, tout est possible.

— Et Wade ?

Son regard ne lâche pas le mien mais je perçois son hésitation.

— Il ne te déteste pas, tu peux me croire.

— Alors, pourquoi…

— Il fait ce qu'il peut, me coupe-t-il. Et, vu l'ampleur du bordel à gérer, ça l'occupe à plein temps. Déjà, il y a l'article d'*Accuracy*.

— Comment ça ?

— Ta boss a publié un nouveau papier sur Nellie Kern, sauf que cette fois elle ne s'est pas privée de balancer le nom de Wade.

— C'est une blague ?

Il fait non de la tête.

— Ce n'est pas si dramatique. Maintenant que Crown est hors d'état de nuire, Wade peut être médiatisé, mais les curieux prennent sa galerie d'assaut et les journalistes veulent tous l'interviewer alors que ce n'est pas le moment.

J'encaisse le coup, bien qu'il soit douloureux.

Je ne devrais pas lui en vouloir de régler le carnage qu'est devenue sa vie, mais je suis dans un lit d'hôpital depuis cinq jours et il n'est pas venu me voir. Si les rôles avaient été inversés, j'aurais tout plaqué pour être à son chevet. Pour Wade, je mettrais le monde sur arrêt.

— Je suis un peu fatiguée.

Il me sourit tendrement et retire sa main de mes doigts.

— Je suis heureux que tu ailles bien, dit-il en replaçant mes cheveux en arrière. Ne me fais plus jamais une frayeur pareille.

— J'essaierai.

Je joue la légèreté jusqu'à ce qu'il ferme la porte. Puis je donne à mes émotions le droit de m'envahir, et celle qui domine me fait monter les larmes aux yeux.

S'il n'y a plus d'obstacles entre nous, alors pourquoi est-il absent ?

Chapitre 43

Wade

Bière et herbe. Une gorgée de l'une et une taffe de l'autre. Sur le sol, la tache de sang est toujours bien visible.

Le nettoyage de la galerie ne figurait pas spécialement dans mes priorités, mais c'est tout ce que j'ai trouvé à faire. Cette activité ne demande aucune réflexion, juste des sacs-poubelles et un couteau suisse pour achever mes toiles lacérées.

— Excusez-moi ?

Une femme vient à ma rencontre. Maintenant que Cesar pourrit sous la terre, je ne prête plus aucune attention à ma sécurité. Cela dit, j'aurais sans doute dû prendre la peine de fermer la porte.

Elle dépasse la trace de sang en fronçant les sourcils. Mon joint, calé au coin de ma bouche, ne semble pas la déranger.

— Karen Diaz, journaliste pour *First News.*

J'ignore la main qu'elle me tend.

Depuis mon retour à New York, j'ai eu un aperçu de l'emballement médiatique concernant notre aventure. Plusieurs articles — tous mensongers — sont sortis sur Internet. On exploite mon histoire avec Kenzie comme si nous étions les héros d'un soap opera.

Ces gens ne savent rien. Ils sont allés jusqu'à raconter que c'était elle qui avait saccagé ma galerie, à la suite d'une dispute de couple. Mieux vaut ça plutôt que la vérité, mais je ne supporte pas qu'on la jette en pâture au public.

— Êtes-vous Nellie Kern ? dit-elle en laissant sa main retomber.

— Cassez-vous.

Dans le rôle du méchant ivrogne, je bois au goulot et je la plante pour aller m'occuper des peintures.

— Accepteriez-vous de répondre à quelques questions ? J'aimerais connaître votre ressenti au sujet des dernières informations parues dans la presse.

Elle détaille les lieux d'un air circonspect.

— Mlle Rowe est une personne difficile, on dirait.

— Cassez-vous, répété-je.

— Est-ce de la peinture ou du sang ?

— Quel mot vous échappe, exactement, dans « cassez-vous » ?

Avec un sourire doucereux, elle lève le bras et saisit mon joint entre le pouce et l'index. Elle tire une latte minuscule mais suffisante pour m'agacer.

— Je ne suis pas si impressionnable, Nellie.

Elle souffle la fumée sur mon visage avant de me rendre le cône. Le bout est taché de rouge à lèvres, et je le balance par terre sans prendre la peine de l'écraser.

— Votre passé est passionnant, mais rempli de zones d'ombre. Vous n'avez pas d'entourage, personne qui soit capable d'expliquer votre fascination pour le *street art*… Et vos parents ? On peut en savoir plus sur eux ?

— Sortez de ma galerie.

— Nous pourrions négocier. Je ne demande qu'un seul article, quelques révélations, des détails sur votre histoire d'amour avec une de mes consœurs. On fait le même métier, toutes les deux, ça devrait vous toucher.

— Plus maintenant.

La surprise se lit sur son visage.

— Mackenzie Rowe a démissionné d'*Accuracy* ? À moins qu'elle ait été renvoyée ? Ça me paraîtrait plus logique, étant donné les circonstances. On peut considérer que protéger votre couverture au détriment de la vérité est une faute professionnelle, non ?

J'inspire par les narines et tente d'expirer tout l'agacement qu'elle suscite en moi. Cette teigne correspond à l'image que je me fais des journalistes, c'est-à-dire l'opposé de Kenzie. Ne plus bosser pour ce torchon d'*Accuracy* est l'une des meilleures choses qui lui soient arrivées, j'en suis convaincu.

Je la toise assez longtemps pour qu'elle me lâche la grappe, mais je vois dans ses yeux qu'elle reviendra à la charge. Comme tous les autres. Ils veulent des scoops croustillants, et ma vie est tout ce qu'ils ont sous la main, pour le moment. J'attends impatiemment qu'un acteur de seconde zone ou un mannequin se fasse choper le nez dans la coke, histoire que les fouille-merde me foutent la paix.

— À très bientôt, j'espère, dit-elle en faisant volte-face.

Trois minutes à peine se sont écoulées quand quelqu'un d'autre fait son apparition. Je n'ai même pas eu le temps de fermer la porte. Je me retourne, prêt à envoyer bouler l'intrus. C'est Jax.

Le voir me rappelle que je suis encore en vie. Que mon histoire ne s'est pas mal terminée. On a eu notre séquence émotions quand on s'est retrouvé, après le New Jersey. Je crois que c'est la première fois qu'on s'est pris dans les bras aussi longtemps. Puis, comme une routine bien huilée, on a repris nos habitudes. Il ne persiste qu'une petite gêne, une sorte de mal être dû aux secrets que chacun garde : je ne me suis pas épanchée sur les causes de mon apathie récente et je sais qu'il ne me dit pas tout non plus.

— Qu'est-ce que te voulait Karen ? s'enquiert-il.

Comme elle, il jette un œil sur la tache étendue au sol.

— Une interview. Tu connais ce vautour ?

— On a couché ensemble il y a quelque temps, quand j'étais encore capable d'avoir une vie sexuelle épanouie. Tu sais, à l'époque où mon meilleur pote ne faisait pas copain-copain avec des dealers, où il ne butait pas des trafiquants fraîchement sortis de taule et où ma deuxième sœur ne croupissait pas sur un lit d'hôpital.

L'évocation de Kenzie me fait serrer les dents, mais je ne décroche pas un mot.

— Wade, qu'est-ce que tu fous ?

— À ton avis ? Je nettoie la galerie.

J'entreprends de tailler une toile en pièces.

— Ne joue pas au plus con, tu sais que je parle d'elle. Je sors de l'hosto, elle m'a demandé quarante fois où tu étais.

— Tu as répondu quoi ?

— Que tu allais lui rendre visite, et c'est exactement ce que tu vas faire. Elle a besoin de toi, frère.

Je me réfugie dans la bière pour me donner une contenance. Il me la prend des mains et la balance contre le mur ; je regarde les morceaux de verre brisé sans véritablement les voir, surpris par son accès de colère.

— Tu dérailles complètement !

— Je te retourne le compliment.

— Tu n'es plus toi-même depuis que tu es rentré du New Jersey, poursuit-il sans relever ma remarque. Je veux bien comprendre qu'avoir buté ce mec t'ait retourné la tête, mais tu zones complètement ! Kenzie est couverte de blessures, elle est sous morphine, elle oublie la moitié de nos conversations, et toi tu erres ici sans but, avec mon herbe dans le sang. Putain, réveille-toi !

— Je n'ai jamais été si réveillé.

Manifestement à bout, il me secoue par les épaules. Je me dégage sans grande conviction, bien que ce contact me donne envie de lui coller une baffe.

— Il s'est passé quoi, Wade ?

— Je t'ai tout raconté.

C'est la vérité. Jax est au courant de mes contacts avec les dealers de Frisco, du deal que j'ai passé avec eux, des sévices que Kenzie a subis, du fait que c'est Fall qui l'a amenée au Mount Sinai Hospital, de la balle qui a tué Crown… Je ne lui ai épargné aucun détail. *Presque* aucun.

— Pourquoi tu refuses d'aller la voir ? Tu es libre, maintenant, il n'y a plus d'obstacles entre vous, alors, qu'est-ce que tu attends ?

— Il faut qu'elle se rétablisse.

— Tu ne comprends rien à rien, soupire-t-il. Vous êtes deux ou vous n'êtes rien, c'est ton putain de mantra. Là, en ce moment, elle est toute seule. Elle ira mieux quand tu seras à ses côtés.

— Elle a besoin de médicaments, pas de moi.

— Elle a déjà des médocs.

— Je ne servirais à rien.

Je recommence à découper la toile, sentant son regard vissé dans mon dos.

— Tu ne vas pas lui faire ça. Wade, ne me dis pas que tu vas la quitter une deuxième fois…

— Je n'ai rien insinué de tel.

— Si. Tu agis comme le salopard de faible que tu as été il y a sept ans et demi. Au lieu d'affronter le problème, tu fuis.

Il déboîte pratiquement mon épaule pour me plaquer au mur. Il est furieux, et toute sa colère est dirigée vers mes yeux vides.

— Kenzie t'aime, bordel ! Elle a pratiquement accepté de se faire violer pour que Cesar te laisse en vie, c'est bien ce que tu m'as dit, non ?

— Ne parle pas de ça, grogné-je.

— Elle se serait détruite psychologiquement. Pour toi. Et tu te comportes comme un trou du cul d'égoïste.

— Arrête ça, Jaxton. Tout de suite.

— Ça te fait mal d'entendre la vérité. Tu sais pourquoi ? Parce que tu sais parfaitement que tu as tort. Ressaisis-toi ! Tu as juste à l'aimer, c'est pas compliqué, putain ! Tu me fais chier avec Mackenzie depuis le lycée, et maintenant que tu l'as tu préfères te dérober ? Quel genre de sous-merde tu es ?

Il me pousse délibérément à bout, et ça fonctionne. J'aime Jax, mais mon poing part avec toute la rage que je contiens depuis cinq jours ; son nez émet un craquement sourd et, presque immédiatement, le bas de son visage se couvre de sang.

Je mérite le coup qu'il me rend. Et, bordel ! il tape fort.

Je vacille en arrière et le frappe à nouveau. Comment en sommes-nous arrivés là ? Le plus étrange, c'est que je n'ai pas envie d'arrêter. Quand je cogne, j'ai l'impression d'être vivant.

Crown avait raison. J'aime la violence.

Jax ne me laisse aucun répit. Pour un foutu financier, il a de sacrées réserves. Ne m'étant jamais battu contre lui, je découvre son potentiel, et il m'impressionne. Plus encore lorsque ma lèvre inférieure se fend en deux.

On se balance des pains à travers la galerie. Pommettes. Menton. Mâchoire. Tout y passe. Je finis par le bloquer contre la porte de l'arrière-salle en entravant son cou ; son nez pisse le sang, il coule jusqu'à sa bouche tuméfiée.

Une bouche qui sourit largement.

— Bâtard, dit-il en crachant sur le côté.

Il me repousse des deux bras, me forçant à reculer. Nous soufflons bruyamment, la cage thoracique agitée. Il est salement amoché, et je dois l'être tout autant, mais aucune animosité ne transparaît entre nous. Je pense qu'on est bien partis pour crever l'abcès.

Je le rejoins contre la paroi, sans un mot. Mon paquet de clopes, dans la poche arrière de mon jean, ne ressemble plus à rien. Je sors deux cigarettes écrasées et lui en tends une. Il l'attrape en silence et attend que j'aie tiré ma première bouffée pour allumer la sienne.

— Je suis mauvais pour elle.

J'observe l'épaisse fumée tout en cherchant mes mots. J'ignore comment lui expliquer clairement ce que je ressens.

— Je sais que nous ne faisons qu'un, mais je ne fais que lui nuire.

Sa fumée se mêle à la mienne lorsqu'il expire. Il m'écoute attentivement.

— Quand je suis avec elle, Mackenzie n'est pas elle-même. Elle est plus faible, plus vulnérable. Elle perd sa vigueur.

— Tu es pareil.

Il essuie sa bouche du revers de sa chemise de luxe, puis reprend :

— C'est ça qui ne te va pas ? Que vous soyez tellement unis que vous marchez au même rythme ?

— Non. Kenzie est forte, mais, quand je suis dans les parages, c'est comme si… je ne sais pas. Je suis néfaste.

— Tu as surtout un pète au casque, frère.

Il grimace et se laisse choir au sol. Je l'accompagne, mon corps meurtri ne demandant qu'à s'asseoir.

— Mackenzie a fait le deuil de sa meilleure amie grâce à toi. C'est aussi toi qui lui as appris à contrôler ses attaques de panique… Et, avant que tu me poses la question : oui, évidemment, que j'ai remarqué qu'elle faisait des crises d'angoisse. Tu l'as aidée, Wade.

— C'était il y a longtemps.

— Tu veux la mise à jour ? Elle s'est fait enlever, séquestrer, battre. Ma sœur trouve qu'elle ressemble à la Schtroumpfette, et pour une fois elle a raison. Elle est droguée pour supporter la douleur, et tu sais à quoi elle pense ? À toi. Mackenzie se contrefout d'avoir le corps bousillé. Ça lui passe au-dessus de la tête. La seule chose qui la fait souffrir, c'est ton absence. Elle est faible quand tu es absent, frère. Pas l'inverse. Et, si tu n'y crois pas, tu n'as qu'à te regarder.

Il cale l'arrière de son crâne contre la porte et expulse la fumée vers le plafond.

— Tu es perdu, sans elle. Franchement ? C'est du grand délire. Tu es censé être un solitaire, mec. Quelle blague ! J'ai de quoi me foutre de toi sur dix générations. Tu rêves de la rejoindre, alors fais-le. Tu t'imposes des barrières inutiles.

— Tu ne comprends pas, Jax.

— Parce que je suis un spectateur de ton histoire ?

— Je veux qu'elle soit heureuse. Je veux que sa vie corresponde à ses attentes. J'ai tout foutu en l'air.

C'est peu dire. Un homme normal invite sa compagne au restaurant le samedi soir, il ne l'envoie pas à l'hôpital pour cause de coups et blessures portés par les démons de son passé.

— Tu fais partie de sa vie, Wade. Vous vous êtes rencontrés, et, malgré tous les aléas de l'existence, vous vous êtes retrouvés. Merde, fonce. Aime-la. Laisse-la t'aimer. Soyez heureux. Les choses sont simples, alors arrête de te torturer l'esprit.

Je ricane.

— Tu es le queutard le plus sentimental que je connaisse.

Il sourit à son tour.

— Je me ferai soigner. En attendant, fais ce que tu as à faire. Kenzie mérite le meilleur, et, que tu le veuilles ou non, tu es le seul à pouvoir le lui offrir.

Il grogne.

— Il te reste de mon herbe ? Je crois que tu m'as pété le nez.

— J'ai mis le reste du pochon dans le joint écrasé par terre.

— Vie de merde.

Les membres contusionnés, on échange un nouveau sourire. Résolu à être totalement honnête envers lui, je me résigne à lui faire un dernier aveu.

— Je suis allé à l'hôpital.

— Quand ça ? s'étonne-t-il.

— Tous les jours depuis son admission, mais je suis resté à l'extérieur.

— Tu déshonores ta virilité, putain.

J'inspire une dose de nicotine et l'expire dans un soupir.

— Tu as envie de la rendre heureuse ? dit-il. Donne-lui ce qu'elle veut. Toi.

Ses mots font leur bonhomme de chemin dans mon esprit, le temps de fumer une deuxième cigarette.

Je n'ai pas assuré, j'en suis conscient et il est temps que ça change. Je le regarde en biais.

— Tu as le numéro de Karen ?

Chapitre 44

Mackenzie

Le grincement de la porte me fait sursauter. Dana s'immobilise, la main sur la poignée, confuse. Impossible d'avoir l'air plus coupable.

Tel un scanner ultrasensible, elle observe la perfusion, qui pend près de mon lit au lieu d'être enfoncée dans mon bras. Puis elle constate que le monitoring est débranché. Elle plante les mains sur ses hanches.

— Ce n'est pas ce que tu crois.

— Bien sûr que non, opine-t-elle. Je constate simplement que tu es debout alors que le médecin t'a conseillé de rester allongée.

— Je me dégourdis les jambes.

— Tu fouilles dans l'armoire avec la tête d'une dingue échappée d'un asile.

— Je cherche une couverture, j'ai froid.

— Tu rougis.

— J'ai la peau sensible.

— Tu essaies de t'évader.

Elle ferme la porte et dépose le soda qu'elle est allée chercher au distributeur sur la table de chevet.

Rien ne sert de lui mentir. Elle occupe la plus grande partie de son temps à me rendre visite, et elle me cerne étonnamment bien.

— Ça fait dix jours, Dana.

J'ai noué un lien curieux avec elle. En temps normal, je ne donne pas ma confiance ; il faut la gagner. Mais Dana dégage une fraîcheur appréciable. Elle est un peu perchée, voire carrément frappée, mais sa présence m'aide à voir les choses avec une certaine légèreté.

— Il t'en reste quatre à tirer, tu ne peux pas attendre ? Je te rappelle qu'on t'a confondue avec un steak, dit-elle en mimant un coup de couteau.

— Je vais beaucoup mieux.

— Tu es passée du violet au vert olive. Grande amélioration.

Je soupire.

— J'en ai assez, d'être enfermée. Je vais finir avec des escarres aux fesses !

— Ton postérieur est d'un joli rose bonbon. Et ce n'est pas un compliment lancé en l'air, ta blouse est ouverte à l'arrière.

Elle me fait grâce d'une réflexion concernant la teinte de mes joues, probablement cramoisies.

Déçue et agacée, je me rassois sur le lit.

— Juste par curiosité, comment tu comptais t'y prendre ? me demande-t-elle après un court silence.

— Personne ne m'aurait remarquée avec mes vêtements de ville.

— Mackenzie, tes fringues sont couvertes de sang. Avec ton visage contusionné, on t'aurait prise pour un des zombies de *The Walking Dead*. Au mieux, tu aurais atteint le bout du couloir avant que la sécurité te renvoie dans ta chambre.

Elle a raison. Je retiens une grimace chaque fois que je vois mon reflet dans le miroir de la salle d'eau. Peu à peu, j'apprends tout de même à me retrouver. À me reconnaître. Les contusions et les cauchemars récurrents me ramènent à l'horreur que j'ai vécue, mais je refuse que cela me détruise. Je compte mener ma vie comme je l'entends, n'en déplaise aux monstres du passé. Ils sont désormais enterrés.

— Il faut que je sorte, insisté-je, butée comme une gamine.

— J'ai saisi.

Je m'attends à ce qu'elle ajoute quelque chose, mais elle semble figée dans ses pensées. Ça n'est qu'au bout d'une dizaine de secondes que son regard s'illumine.

— J'ai la solution.

— Tu vas m'aider ? dis-je avec espoir.

Je suis blême.

Impressionnée par son talent, mais foutrement livide.

— C'est du délire, murmuré-je, tandis qu'elle noue mon jean crasseux sur mon torse.

Raconter ce qui s'est déroulé depuis son illumination jusqu'à maintenant me prendrait des heures. Retenons juste ce que Dana Cole m'a dit : « Ne t'inquiète pas, je fais des études de stylisme. »

À l'aide des ciseaux de couture qui traînent dans son sac, elle a découpé ledit jean, de sorte que le résultat est à la hauteur de sa créatrice : déluré. Mais, au moins, les taches de sang ne sont plus visibles et je suis à peu près couverte. On ne peut pas en dire autant de mes jambes, affublées d'une minijupe à carreaux — qui était, il y a encore un quart d'heure, la chemise qu'elle portait sous son pull à mailles lâches.

— C'est nickel !

— Dana… entre les baskets boueuses et les ecchymoses, j'ai l'air de Chucky qui ferait le tapin un samedi soir.

— Ça tombe bien, on est samedi.

Je réunis mes effets personnels en essayant de ne pas abîmer les bandes qui retiennent le pansement sur mon ventre, pendant que Dana pianote sur son portable ; je ne pense pas qu'elle ait bien compris les enjeux de cette escapade. Ou alors elle est étrangère à toute notion de stress.

— Je suis prête.

Elle m'adresse un immense sourire et nous sortons de la chambre.

Notre périple s'apparente à une mission commando. Plusieurs infirmières me regardent d'un drôle d'air tandis que nous filons à travers les couloirs. Tout se déroule sans encombre, jusqu'a ce qu'un médecin finisse par comprendre que je devrais être allongée dans un lit au lieu de m'enfuir comme une voleuse.

— Vous êtes la patiente de la 307 ?

J'échange un regard éclair avec Dana, l'implorant silencieusement de me porter secours.

— Sa sœur jumelle, rétorque-t-elle sans l'ombre d'une hésitation.

Le médecin lève les yeux au ciel. Le mensonge ne semble pas le convaincre.

— Retournez dans votre chambre, mademoiselle, vous n'êtes pas en état de marcher.

Sans nous concerter, nous faisons sagement demi-tour, attendons qu'il prenne l'ascenseur, et filons en direction des escaliers.

J'ai l'impression d'avoir huit ans et de désobéir à mes parents. C'est une véritable bouffée d'air frais, qui me ferait presque oublier ce que je viens de traverser.

— Hé !

L'apparition d'une silhouette familière, en bas des marches, me ramène à la dure réalité.

— C'est l'infirmière qui change mes perfusions, murmuré-je.

— Qu'est-ce que vous fabriquez ? s'indigne-t-elle, tandis que nous nous rapprochons d'elle.

— Je l'ai reconnue, opine Dana. Et, vu sa tête, il va falloir…

— J'appelle la sécurité !

… courir.

Mon organisme n'a pas encore récupéré ; je suis épuisée et ma cicatrice me tiraille. Cette évasion n'est pas l'idée du siècle mais, malgré tout, je ne peux m'empêcher de sourire, alors que nous détalons.

Pour la première fois depuis le jour où j'ai été virée d'*Accuracy* — et accessoirement où j'ai été enlevée —, je me sens libre. Pleinement indépendante. Maître de mon destin. Cela me fait un bien fou.

— Dépêche-toi !

— Je suis blessée, je te rappelle !

— Fallait y penser avant de te la jouer *Prison Break* !

Nous traversons le hall, attirant l'attention de quelques personnes, comme les secrétaires de l'accueil, ainsi que le vigile posté à l'entrée.

— Il va nous bloquer le passage, dis-je en grimaçant sous l'effet de la douleur.

J'aurais dû emmener la pompe à morphine avec moi.

— Je gère, t'en fais pas.

À ce moment-là, je m'attends à ce qu'elle ponde un mensonge aussi mauvais que l'histoire de la sœur jumelle, mais certainement pas à ce qu'elle lève son genou et le plante entre les jambes du pauvre homme.

Dana est folle.

— Bon Dieu, Dana, bordel !

— Cours !

L'air pollué de New York pénètre dans mes poumons suffocants. Je n'ai jamais été aussi heureuse de retrouver les pots d'échappement.

Alors quelque chose vrille en moi.

Je ne sais pas si ça arrive à l'instant, si c'est dû à mon expérience avec Crown ou si cela correspond à l'aboutissement d'un long cheminement. Toujours est-il que je me sens revivre. Exactement comme naguère, quand j'assistais aux sessions de Wade et de Jaxton.

Je ne suis pas faite pour les faux-semblants. C'est ironique, quand on y pense : j'ai fait de la vérité mon credo, et je me suis menti à moi-même durant des années. Je me suis dissimulée derrière des tailleurs et un boulot qui ne me ressemblent pas. Je me suis façonné une identité parfaitement factice.

Il est difficile d'accepter l'objet de notre déni, surtout quand il s'agit de soi. Mais toutes ces épreuves ont changé la donne.

Je suis Mackenzie Rowe. Je déteste le chocolat. J'ai pointé une arme sur un homme. J'ai des balafres sur la peau. Je suis une fanatique inconditionnelle du café vendu au Peppy Coffee. J'ai failli mourir. J'écoute de la musique qui ne plaît à personne. Je suis en train de m'enfuir d'un hôpital. Et j'ai envie de massacrer celui qui m'a rendue forte.

Parce qu'il devrait être là, à ce moment précis où je me retrouve enfin.

— Première étape de cette cavale ? lance-t-elle, à bout de souffle.

Nous nous engouffrons dans la bouche de métro et nous autorisons à ralentir une fois dans le flot incessant de voyageurs.

— SoHo.

Wade ne veut pas venir à moi ? Très bien. J'irai à lui.

— Arrête de crier !

La voix furibonde de Jaxton explose dans le téléphone de Dana.

— Mais puisque je te dis que je ne sais pas où elle est !

Si son frère voyait l'air réjoui qu'elle affiche, il la renierait sur-le-champ.

Nous patientons devant l'immeuble de Wade depuis un bon quart d'heure, mais il n'y a pas âme qui vive. Même Max a disparu des radars. Les seuls bruits qu'on entend sont les braillements de Jax.

— Tu me pompes l'air, frangin. Je te rappelle si j'ai des nouvelles.

Elle raccroche net et range son portable.

— Au cas où tu n'aurais pas entendu, l'hôpital l'a informé. Il est ravi, s'amuse-t-elle.

— Tu veux lui dire où je suis ?

— Tu plaisantes ? Pourrir la vie de mon frère est mon passe-temps préféré. Il a très bien compris que la mystérieuse personne avec qui tu es partie est du même sang que le sien.

— Je suis désolée de t'entraîner là-dedans.

— Excuse-toi plutôt auprès du personnel hospitalier. Quand Jax leur tombera dessus, il y aura des pertes humaines. On est où ?

Je toque une nouvelle fois à la porte mais n'obtiens aucune réponse.

— Chez Wade.

— Keller ? Le tagueur ?

— Tu le connais bien ?

Elle réfute de la tête.

— Il est venu quelquefois à la maison quand j'étais plus jeune, mais on ne s'est jamais vraiment parlé. Je sais juste que Jax et lui ne se sont pas perdus de vue, et qu'il a des yeux à tomber par terre.

Ses yeux. Personne sur cette planète n'a pu y échapper.

Dana me regarde avec curiosité.

— Tu couches avec lui depuis combien de temps ?

Sa question me prend au dépourvu.

— La première chose que tu fais en sortant de l'hôpital, c'est d'aller chez lui. Je suppose que vous êtes ensemble, ajoute-t-elle.

— Je ne suis pas certaine qu'on soit en couple, admets-je.

Je tape encore contre le carreau.

— C'est une histoire à sens unique ? Le genre où la femme court après l'homme, qui, lui, court après les jupons ?

— Pas vraiment.

— Si Wade est du même moule que mon frère, inutile de perdre ton temps, Smurfette.

— Ils sont très différents, à ce niveau-là.

— Alors pourquoi tu t'acharnes sur cette porte vitrée ? Tu es restée dans une chambre hideuse pendant plus d'une semaine, et je ne l'ai pas vu une seule fois. Quel genre d'abruti ne rend pas visite à sa petite amie toute bouffie ?

Je soupire, déconfite. Elle a raison : cette fois, rien ne peut justifier le silence de Wade. Je me sens complètement paumée.

Je tourne les talons et descends les marches dans ma tenue débraillée. Puis j'entends un aboiement lointain, et un filet d'adrénaline s'infiltre dans mon sang.

Boomer.

Si je suis d'abord heureuse à l'idée d'entendre mon chien, ma joie s'efface à la vitesse de l'éclair : d'autres aboiements me font réaliser que Wade l'a enfermé chez lui. Bon sang, quel con ! Je pivote et recommence à frapper frénétiquement. Si je retrouve Boomer desséché et affamé, je jure que j'embrocherai son *dog-sitter.*

Les aboiements se rapprochent, et chaque couinement de l'animal fait grimper d'un cran mon exaspération.

— La vache ! Il a changé, Keller !

Dana s'agrippe à mon bras en désignant le coin de la rue.

Je crois rêver en apercevant la boule de poils bicolores. Boomer halète et tire sur sa laisse, tel un chien enragé. Le soulagement me gagne en constatant que je me suis méprise sur l'endroit où il se trouvait.

— Il porte des lentilles ? s'enquiert-elle, douteuse.

— Ce n'est pas Wade.

Max nous rejoint en marchant bizarrement, comme s'il était courbaturé. Les nombreuses traces de boue sur son pantalon m'arrachent un petit sourire ; ce chien est un démon, il arrive même à mettre un garde du corps à l'amende.

— Mademoiselle Rowe ?

Boomer saute sur mes jambes tandis qu'il m'étudie avec insistance. Mes blessures lui font passer par un tas d'émotions, mais je vois bien que l'inquiétude est celle qui domine.

— Que vous est-il arrivé ?

— Rien de grave.

— Vous êtes salement amochée.

— Je vous remercie, Max.

Mon trait d'humour ne passe pas. Max fait encore plus peur quand ses sourcils sont froncés.

— M. Keller sait que vous êtes blessée ?

— Plutôt deux fois qu'une, dis-je, un peu amère. Sauriez-vous où il est ?

— Il n'est pas venu ici depuis plusieurs jours. La dernière fois que je l'ai aperçu, c'était pour me dire qu'il n'avait plus besoin de mes services.

— Il vous a renvoyé ? m'étonné-je.

— Pas vraiment. Je travaille pour lui jusqu'à ce que je trouve un autre employeur.

— Et vous promenez son chien ? intervient Dana.

— C'est M. Cole qui était chargé de s'occuper de Boomer, mais il est absent dernièrement. Je me suis proposé.

Dana éclate de rire.

— Mon frère s'est occupé d'un animal ? Genre promenades et ramasse-crottes ? Nom de Dieu, j'aurai tout entendu !

Max l'observe avec circonspection avant de revenir à moi.

— Je suis surpris que M. Keller ne m'ait pas informé de votre retour à New York. J'ai compris qu'il y avait un problème, mais j'ignorais qu'il serait aussi… mince. Est-ce que vous allez bien ?

Son masque de garde du corps tombe un peu. Il est inquiet pour moi, et ça me touche sincèrement.

— Très bien, Max, ne vous en faites pas. J'aimerais trouver Wade…

— Vous devriez essayer la galerie. Ou peut-être qu'il vit chez M. Cole, en ce moment. Je suis désolé de ne pas pouvoir mieux vous aider.

— Vous avez déjà fait beaucoup, dis-je en désignant Boomer.

— C'est une bonne bête.

J'arque un sourcil dubitatif, ce qui fait naître sur ses lèvres l'ombre d'un rictus.

— Il est assez… énergique, rectifie-t-il.

Étant de retour en ville, je suis de nouveau capable de m'en occuper. Lorsque j'en informe Max, ses épaules se relâchent de soulagement et son soupir ressemble étrangement à un « merci ».

Chapitre 45

Mackenzie

Les recherches sont infructueuses. Sa galerie est fermée, les fenêtres qui donnent sur la rue ont été condamnées par des planches de bois. C'est en rentrant à l'appartement — grâce au double des clés que j'ai confié à mon voisin après l'histoire de la serrure — que je comprends pourquoi.

On trouve des articles un peu partout sur Internet. Nellie Kern a droit à son moment de gloire. J'apprends même que je suis la responsable de la destruction de sa galerie.

Honnêtement, je me fiche des racontars. Si les gens pensent que je suis une folle furieuse qui saccage des toiles parce qu'elle a été trompée par son petit ami, grand bien leur fasse. Je suis passée par des chemins suffisamment tumultueux pour que ce genre d'imbécillités ne m'atteigne pas.

— Pas de Wade là-bas non plus.

Dana ferme la porte, que j'avais laissée entrouverte, et s'affale sur mon canapé. Pendant que je découvrais les derniers ragots à mon sujet, elle est allée chez son frère.

— Il a peut-être pris une chambre d'hôtel, lance-t-elle.

Boomer grimpe sur ses jambes tandis que je réfléchis à son hypothèse.

— Il a un loft, je ne vois pas quel intérêt il aurait à dormir à l'hôtel.

Elle hausse les épaules.

— Il n'y avait pas d'affaires à lui, chez Jax. Je ne suis pas calée sur sa garde-robe, mais celle de mon frère se compose uniquement de costumes de luxe. À moins que Wade soit lui aussi un fanatique…

Je m'installe à ses côtés, le vague à l'âme.

— Il a dû quitter New York.

— Pour quoi faire ?

— Aucune idée. Mais c'est l'explication la plus plausible.

Après tout, peut-être qu'il n'a pas supporté sa confrontation avec Crown. Il se peut que ça ait réveillé de sales souvenirs. Wade a les épaules larges, mais sans doute pas assez pour supporter autant d'épreuves.

— Tu es blanche comme un linge, Smurfette.

— Je n'ai pas pensé à embarquer mes antalgiques avant de quitter l'hôpital, dis-je avec un sourire penaud.

La douleur de mon ventre n'est pas la seule à s'être réveillée. Après cette journée, je suis exténuée, et tous les coups que j'ai reçus semblent se concerter pour me faire morfler. En prime, une migraine commence à tambouriner dans mes tempes.

— Tu ferais mieux de te reposer, me dit-elle.

— Wade ne veut plus de moi.

C'est sorti tout seul. La fatigue, sans doute.

Dana entreprend de changer de position, ce qui se transforme en épopée à cause de Boomer.

— Je ne comprends rien à votre relation, Mackenzie. Il faudrait que tu m'éclaires un peu, si tu veux que je t'apporte de bons conseils.

— C'est compliqué.

— Aussi compliqué que la raison qui a poussé Jax à me mentir au sujet de tes blessures ? Tu ne t'es pas fait tabasser dans la rue, n'est-ce pas ?

Je confirme sans réfléchir. Je la connais à peine, mais je n'ai pas envie de lui mentir. J'en ai assez des mensonges et des non-dits. De plus, une part de moi souhaite plus que tout se confier à une oreille attentive, j'en ai grandement besoin.

— Tu as du temps ? Parce que l'histoire est longue.

— Vide ton sac.

La lumière orangée des lampadaires me tire du sommeil. Je fais rouler les muscles ankylosés de ma nuque en grommelant, tandis que le reste de mon corps se réveille douloureusement.

— Voilà ce qui arrive quand on préfère le canapé au lit.

Le sourire radieux de Dana m'arrive en pleine face. Je mets un peu de temps à la remettre dans le contexte, et, surtout, à me remémorer les dernières heures passées en sa compagnie. Cette journée m'aura achevée.

— Tu t'es endormie dans le salon.

— Quelle heure est-il ?

— 22 heures passées. Tu es sacrément bavarde, quand tu t'y mets.

Elle me tend une tasse de thé. Je la regarde, surprise.

— Tes placards étaient vides, je suis allée faire les courses. Il y a du café, si tu préfères. J'ai aussi sorti Boomer, mais c'était la première et la dernière fois. Des monstres pareils, ça devrait être interdit.

En jetant un regard à la pièce, je constate qu'elle a aussi fait un peu de ménage.

— Tu as dormi sept heures d'affilée, je m'emmerdais comme un rat mort, se justifie-t-elle.

— Tu es hyperactive ?

— Insomniaque. Je connais tout un tas de trucs pour tuer le temps, et le ménage en fait partie. Tu te sens mieux ?

Parle-t-elle de mon état physique ou mental ? Pour le premier, je dirais qu'il est passable. Pour ce qui est du second, j'hésite.

Elle connaît désormais toute mon histoire. Je lui ai raconté ma vie, depuis ma rencontre fortuite avec Wade sur Mission District jusqu'aux séances de torture de Crown. Quitte à y aller franco, je n'ai pas lésiné sur les détails.

Hormis ma mère, je ne m'étais jamais confiée à personne. Il faut croire que les temps changent.

— J'ai envie d'alcool, dis-je, pensant au bénéfice que je pourrais en tirer, que ce soit au niveau de mes blessures ou de mon esprit contusionné.

— C'est bon signe.

Elle s'assied sur la table basse, face à moi, et penche la tête sur le côté.

— Pendant que tu prouvais à tes voisins que la reine des ronflements était de retour, j'ai réfléchi à tout ce que tu m'as dit.

— Et ?

Je me redresse mollement. À vrai dire, j'ai un peu menti : mon ventre me fait encore souffrir le martyre.

— Wade Keller aime Mackenzie Rowe comme rarement un homme a aimé une femme. Il t'a déclaré sa flamme d'une tonne de façons différentes. Pour moi, il n'a pas quitté New York, et il t'évite parce qu'il a peur d'un truc qui nous échappe.

— Wade n'a peur de rien.

— Je sais, opine-t-elle. C'est toi, la froussarde de service.

— Eh bien, ça valait le coup de te raconter ma vie.

Elle pose la main sur mon genou avec un nouveau sourire, plus moqueur que le précédent.

— Ce que je veux dire, c'est que tu t'exprimais par la peur. Wade, lui, a choisi le silence, c'est pourquoi tu le vois comme un roc inébranlable. Mais même les pierres ont leurs failles.

— La seule faille de Wade, c'est sa mère.

— Faux. Sa faille, c'est l'amour. Regarde jusqu'où il est allé pour elle. Il l'adorait, et il a agi comme peu de gens l'auraient fait. Si mon frère l'aime à ce point, ce n'est pas pour rien, crois-moi. Jaxton et les valeurs familiales, c'est une vraie maladie. Je l'ai toujours entendu parler de Wade comme d'un frère, et dans la bouche de Jax ce n'est pas un vain mot. Et toi ? Il faut vraiment que je te fasse un dessin ? Tu réalises qu'en allant trouver Crown il savait parfaitement que ça pourrait le mener au casse-pipe ? Il était prêt à se sacrifier pour toi, Mackenzie. Et ce n'est pas une image. Il avait *vraiment* fait le choix de mourir pour tes beaux yeux. Alors est-ce que tu crois sincèrement qu'il a quitté New York ? Qu'il a fait une croix sur votre histoire ?

— Ce ne serait pas la première fois.

— Ne sois pas de mauvaise foi.

— Je suis sincère, Dana. Il m'a quittée le premier.

— Parce qu'il n'assumait pas de t'avoir fait du mal, même si c'était involontaire.

— Mais c'est différent, aujourd'hui. Il n'y a plus Harper.

— Tu ne comprends pas ? Wade a peur de te faire souffrir. Tu es son putain de talon d'Achille.

— Tu as regardé trop de films à l'eau de rose.

Elle lève les yeux au ciel face à mon obstination.

— Ce n'est pas ma faute si votre couple est ce machin gluant de romantisme. Ouvre les yeux, Mackenzie, et prépare-toi. Ce soir, on sort.

Je porte la tasse fumante à ma bouche, perplexe, tandis qu'elle s'explique.

— Wade traîne avec Jax, et Jax traîne dans des endroits glauques. Tu l'as retrouvé sur le parking d'un club de strip-tease, alors on va commencer par là.

— Est-ce que tu es bien en train d'insinuer qu'on va se rendre au Lodge ?

Elle l'a insinué. Affirmé. Confirmé. Et une heure plus tard elle me fait franchir de force les portes capitonnées du club.

J'aimerais être partout sauf ici ; d'abord, parce que ma migraine n'est pas totalement dissoute, mais surtout parce que je redoute de découvrir Wade entre ces murs.

Que Jax se rince l'œil, ça ne me dérange pas. Mais Wade... Non seulement il ne vient pas me voir, mais il préfère mater des danseuses nues. Cela me paraît invraisemblable mais, si c'était le cas, je ne le supporterais pas.

Dana se contrefiche de mes préoccupations ; elle me pousse au bar et commande un jéroboam.

— Vous le mettrez sur la note de Jaxton Cole et joindrez le message suivant : « Ta sœur qui t'aime. »

La serveuse acquiesce sans poser de questions. Jaxton doit être un habitué.

— Scanne la foule, Smurfette.

J'obéis, plus par obligation que par envie. Heureusement, je ne reconnais aucune tête et ce, même après une seconde inspection plus minutieuse des alentours. Deux flûtes se matérialisent sous notre nez. Faute de médicaments, j'estime que l'alcool fera un remède convenable contre la douleur qui continue à me tenailler. Je fais donc tinter mon verre contre celui de Dana et le vide d'une traite.

— Tiens, une revenante.

Dana et moi pivotons en même temps. La vision de Naomi me provoque un pincement au cœur.

Je n'ai pas oublié notre dernier échange et, d'après la manière dont elle me regarde, je conclus qu'elle en garde, elle aussi, un parfait souvenir.

Son regard sévère s'adoucit à mesure qu'elle constate l'état de mon visage. Je ne me suis pas maquillée, par manque de courage. Ça devrait me mettre mal à l'aise, mais j'ai autre chose à faire que me soucier de l'avis des autres sur les nuances de mes bleus.

C'est Dana qui brise la glace.

— Tu m'avais caché tes penchants jaxtonesques, raille-t-elle, le sourcil relevé.

Naomi continue à me dévisager, son plateau couvert de verres vides sur la paume.

— J'ai oublié de t'en parler.

Je fixe la jeune femme et hausse les épaules avec un léger sourire. Au point où j'en suis, autant jouer franc jeu jusqu'au bout.

— Dana, je te présente Naomi. Je l'ai utilisée pour obtenir des informations sur un homme politique dont les turpitudes me passionnent aujourd'hui à peu près autant que ce verre vide.

— Ça m'a l'air fascinant, dit Dana en faisant signe au barman de remplir ma flûte.

— Naomi, voici Dana. Le meilleur ami de son frère est potentiellement la personne que j'aime le plus au monde.

Je vide mon verre cul sec. Aussitôt, le serveur en remplit un nouveau.

— Tu peux retirer le « potentiellement », fait Dana.

Naomi dépose le plateau en argent sur le comptoir et ne cesse de me scruter.

— Alors c'est vrai ? Nellie Kern et toi, vous êtes..

Bon sang. C'est l'arroseur arrosé. Décidément, mes confrères journalistes sont de vrais fouille-merde.

— Ce qui est raconté dans les journaux est faux, intervient Dana. Mackenzie n'a pas détruit la galerie.

— Mais Nellie…

— Je suis sortie avec lui dans le passé, la coupé-je. Oui, il a bien été mon premier amour. Oui, il vendait de la drogue, et, oui, c'est un homme. Je l'aime et je ne sais plus pourquoi.

Je sèche une nouvelle fois ma coupe en quelques gorgées.

J'en ai assez. Tout aurait dû être simple. Il aurait suffi que Wade apparaisse, tel le messie, à la porte de ma chambre, et tout serait déjà terminé.

J'aurais voulu un sourire. Un baiser sur un lit d'hôpital. Où sont ses bras protecteurs ? Pourquoi est-ce que je me noie dans le champagne dans un club de strip-tease alors que je n'attends qu'un truc tout bête : lui ?

— Mackenzie ?

Naomi plisse le front. Elle a l'air soucieuse. Je dois vraiment être dans un état minable pour lui inspirer de l'empathie.

Dana m'interroge du regard.

— Je peux ?

Comprenant la nature de son intervention et sentant que je ne pourrai pas en réchapper, je fais oui de la tête.

Pendant la demi-heure qui suit, elle raconte à peu près toute mon histoire à Naomi, tandis que j'enchaîne les verres. Ma tête tourne au rythme de ses paroles. Elle a retenu ce que j'ai dit, saisi l'essence de chaque épisode, et elle retranscrit mes émotions avec une justesse perturbante. Je le confirme quand Naomi, dont je réalise à quel point je ne l'ai pas appréciée à sa juste valeur, me prend par l'épaule.

— Wade n'est jamais venu ici, chuchote-t-elle. Je connais les clients, et pas un seul regard vairon ne s'est arrêté sur une des danseuses.

Je souris faiblement.

— Super.

Elle fait tourner le tabouret, et me regarde droit dans les yeux.

— Ça te dit, de recommencer à zéro ? Au diable le politicien véreux et Miss Glaçon. Que penserais-tu d'apprendre à mieux connaître une femme capable d'exécuter un grand écart facial sans échauffement ?

Dana hoche la tête avec enthousiasme. C'est dingue. Comment est-il possible, en si peu de temps, de se sentir aussi à l'aise avec des gens que l'on connaît à peine ?

— Proposé de cette manière, je ne peux pas refuser.

— Sérieusement, intervient Dana, tu peux faire un écart facial en un claquement de doigts ?

Naomi lui adresse un clin d'œil et échange quelques mots avec un type dissimulé dans l'ombre. Puis elle investit la scène centrale. La danseuse qui l'occupe ne semble pas apprécier, mais Dana comme moi sommes fascinées.

Ses déhanchés accompagnent le tempo sensuel de la musique. Elle n'a rien de vulgaire, ses mouvements se font dans la langueur et la douceur. Obnubilées, nous bougeons la tête à chacun de ses jeux de jambes, et ils sont nombreux. J'ignorais qu'une barre de *pole dance* permettait autant de positions.

Elle effectue un tour, puis, avec un regard pétillant à notre intention, écarte les jambes à l'horizontale.

— Il faut absolument qu'elle m'apprenne à faire ça ! s'exclame Dana.

C'est ce qui se passe, quelque temps plus tard, lorsque le club ne compte plus que les employées. Et deux clientes passablement ivres.

Chapitre 46

Mackenzie

— Tu crois qu'on peut se fouler le vagin ?

Dana me rejoint dans la cuisine en marchant comme un cow-boy et chaque pas lui tire une grimace. Malgré la douleur qui malmène aussi mon corps, je ne peux m'empêcher de rire.

Hier soir, l'alcool aidant, elle s'est prise pour Nadia Comaneci. Elle a bien réalisé un grand écart — un seul —, mais n'a jamais pu se relever.

— Je vais mourir, Kenzie.

Compatissante, je place une capsule dans la cafetière et presse le bouton.

— Ailani ne voulait pas appuyer sur tes épaules pour que tu touches le sol, mais tu as tellement insisté qu'elle a craint pour sa vie.

— Ailani ?

— Naomi.

— Tu viens de dire Ailani, rétorque-t-elle, les yeux plissés.

— Naomi est son nom de scène, elle s'appelle Ailani.

— Vraiment ? Elle aurait pu me le dire !

— Elle l'a fait.

Je dépose la tasse fumante entre ses mains, amusée par son trou noir. Ce n'est pas faute d'avoir discuté de ce prénom, pourtant.

— Tu ne te souviens pas de son explication ? reprends-je. Du fait qu'au club personne n'utilise son véritable prénom ? Que le sien est d'origine hawaïenne ?

— Tout ce que je me rappelle, c'est le bruit effrayant qu'ont fait mes adducteurs. Et ta danse.

— Quelle danse ?

La vapeur se renverse en une seconde, et un sourire machiavélique naît sur ses lèvres. J'en comprends la raison quand elle sort son portable, et que *Haunted*, de Beyoncé, résonne dans la pièce. C'est un des morceaux qui tournent en boucle au Lodge.

— Tu m'as filmée ?!

— Ça valait le détour.

Elle tourne l'écran dans ma direction avec un air diabolique. Je peine à masquer mon désarroi en découvrant l'étendue des dégâts.

Au moins, une chose est claire : je n'ai aucun avenir dans la *pole dance*.

— Pourquoi tu m'as laissée faire ? dis-je, horrifiée.

En fait, deux choses sont claires : plus jamais je ne remettrai les pieds au Lodge.

— Attends, tu vas rater le meilleur moment.

Trois mesures plus tard, mes jambes entament un mouvement bizarre. Je ne sais pas ce que je fais, si je tente de déboulonner la barre ou de m'encastrer dedans. J'entends le rire de Dana lorsque je saute avec la grâce d'un éléphant et me ramasse au beau milieu de la scène. Je n'ai même pas l'air de souffrir, malgré mes blessures.

« Wade, c'est pour toi ! » crie la femme de la vidéo, étalée de tout son long, et que je refuse d'assimiler à moi-même.

— Efface ça, Dana !

— C'est hors de question. J'ai un moyen de pression, maintenant. Je pourrai te faire du chantage quand bon me semblera.

La vidéo est soudain coupée, remplacée par l'arrivée d'un SMS. En quelques secondes, Dana perd son sourire.

— Qui est-ce ?

Elle tape une réponse à la hâte et verrouille son portable.

— Rien. Personne d'important. Une virée entre filles, ça te tente ?

La proposition est assez inattendue pour me déstabiliser. De plus, nous ne sommes pas encore remises d'hier. Mais je tends à croire que Dana essaie de me changer les idées ; m'occuper l'esprit m'aide à ne pas trop penser à Wade. Et à son absence.

— Maintenant ?

— Le temps que tu te débarbouilles et que je dégote des béquilles à vagin.

Elle m'arrache la tasse des mains et la vide dans l'évier. Je présume qu'elle ne m'offre pas d'autre option.

Dana conduit à peu près aussi bien que je danse. Je m'accroche à la boîte à gants, dans l'espoir qu'elle me sauve de l'accident vers lequel nous roulons inexorablement à une vitesse prohibée.

— Je conduis des automatiques, d'habitude, se justifie-t-elle.

— Je peux prendre le volant, si tu veux.

— Je maîtrise.

Sans ralentir, elle fonce sur un dos-d'âne. Mon crâne tamponne le plafond. Elle ne m'a pas expliqué la nature de notre sortie mais je me demande sérieusement si elle ne souhaite pas me renvoyer à l'hôpital.

— Je suis en train de me tâter pour faire mon stage de dernière année à New York.

Elle ferait mieux de reprendre des leçons de conduite, mais je garde ma remarque pour moi.

— Tu ne te plais pas à San Francisco ?

— Si. Mais la Grosse Pomme me fait l'effet d'un bol d'air frais. C'est agréable d'être loin de ses problèmes.

Je fronce les sourcils. Telle que je la connais, Dana est la légèreté et le détachement personnifiés. Il me faut un moment pour me rappeler que ses parents sont en plein divorce. Si Dana est aussi attachée aux valeurs familiales que son frère, je comprends mieux sa remarque.

— Combien de temps durent les stages ?

— Six mois, répond-elle en brûlant un feu rouge. Le souci, c'est que New York est le nec plus ultra pour tous les apprentis stylistes du pays. Les places sont chères. Je ne sais pas si ma candidature sera acceptée.

— Qui ne tente rien n'a rien.

— Trop facile, Smurfette.

— Tu m'as exfiltrée de l'hôpital avec un jean sur la poitrine et une chemise sur les hanches. Il me semble que c'est une assez bonne démonstration de ta créativité.

— C'est mieux, dit-elle en me regardant avec un sourire.

— La route, Dana.

Elle pile net devant une poussette et me lance un regard en coin. Je remarque l'émotion dans ses yeux, comme si elle pensait à un tout autre sujet que ses études et que ça l'atteignait.

— Tu es une fille solide, tu sais, me dit-elle alors.

— Comment ça ?

— La cicatrice sur ton ventre, m'explique-t-elle. Les brûlures sur tes bras, tes bleus… Je ne t'ai pas entendue te plaindre une seule fois. Et puis tout ce que tu m'as raconté… Quand je te vois, j'ai du mal à croire que tu as vécu une expérience aussi traumatisante. Tu n'as pas l'air d'être au fond du gouffre.

Mon regard se perd dans le paysage qui défile.

— Je veux oublier.

— Et ça marche ?

— Je crois, oui.

Je ne peux pas jurer qu'un cauchemar ne me réveillera pas au beau milieu de la nuit ou qu'un souvenir ne viendra pas ruiner mon assurance, mais je ne laisserai pas Crown gagner. Et, avec toutes les carapaces que je me suis forgées tout au long de ma vie, je connais le chemin à emprunter pour mettre le passé derrière moi.

Je saurai faire face.

— Toi aussi, tu es quelqu'un de solide, Dana.

Elle me jette un œil perplexe.

— Tu surmonteras toutes les épreuves. Et si un jour tu broies du noir, pour n'importe quelle raison, tu pourras compter sur moi.

J'espère qu'elle comprend mon sous-entendu.

Elle partagera son histoire si elle le désire, avec ses mots, je ne la forcerai pas. Simplement, je tiens à ce qu'elle sache que suis là pour elle.

— Jax a raison…

Elle actionne le clignotant et s'engage dans une large rue.

— … tu as ta place dans notre famille.

Je ferme un instant les yeux pour assimiler son aveu, sa déclaration d'amitié, et même plus. Cela compte énormément pour moi.

— Alors tu acceptes de supprimer la vidéo ?

Dana éclate de rire.

— Bien essayé, mais tu peux toujours courir.

La voiture émet une sorte de toussotement quand elle freine sans passer les vitesses, avant de manquer d'arracher le pauvre frein à main. Autour de nous, les pavillons s'alignent derrière des gazons manucurés. Nous sommes dans une banlieue résidentielle, mais je ne reconnais rien du décor new yorkais habituel. Des soupçons me gagnent.

— En quoi consiste ta virée entre filles, exactement ?

Elle me sourit de toutes ses dents. C'est incroyable, ce qu'elle ressemble à Jaxton, à cet instant précis… Ils ont le même sourire lumineux lorsqu'ils se foutent de quelqu'un.

— Il n'y a pas de virée entre filles, déduis-je.

Pour toute réponse, elle pointe son menton vers la droite. De l'autre côté du trottoir. Là où une bâtisse abandonnée menace de s'effondrer. C'est d'ailleurs la seule du quartier à se trouver dans un état déplorable.

— Tu m'expliques ?

Elle ne dit rien.

— Ça a un rapport avec le SMS que tu as reçu tout à l'heure ?

— Sors de la voiture.

— Dans quel but ?

— Fais-moi confiance, ça va bien se passer.

Menée par un mélange de curiosité et de gueule de bois, je capitule. Après tout ce que je lui ai raconté et en sachant que c'est une Cole, je suis certaine qu'elle ne me fera jamais de mal. En partant de ce principe, ce coup fourré ne peut que m'être bénéfique. Du moins, je m'en convaincs.

— Regarde dans la boîte aux lettres, me recommande-t-elle, une fois que j'ai posé le pied sur le macadam.

Elle claque ma portière depuis l'intérieur et redémarre. Le pot d'échappement libère un nuage de fumée noirâtre, puis la voiture disparaît. Sans moi. Vient-elle réellement de m'abandonner sur un trottoir ?

Je tourne la tête à gauche et à droite, incapable de savoir où je me trouve. Seul le chiffre rouillé, sur la boîte aux lettres, indique que je me tiens devant la treizième maison de la rue.

Une boîte aux lettres dont la fente est occupée par un journal.

Je le tire et découvre un exemplaire de *First News*, daté d'aujourd'hui. Mon cœur manque un battement lorsque je vois la photo de Wade à la une.

Ses yeux bicolores occupent le quart de la première page, et son expression semble déclarer au monde « je vous emmerde », avec une indifférence assumée.

« Nellie Kern & Wade Keller »

C'est une interview, signée par Karen Diaz. Dès les premières lignes, je tombe des nues.

Chapitre 47

Mackenzie

Les mots défilent, francs, sincères. La vie de Wade est passée au peigne fin, et, hormis l'épisode de Crown, il n'y manque rien, pas même moi. Surtout moi. Il me dépeint comme si j'étais quelqu'un de… bien. Simplement cela. Sans grands sentiments ni superlatifs, mais, dans la bouche d'une personne aussi pudique que Wade, c'est la plus enflammée des déclarations.

— Les gens devaient connaître la vérité, dit une voix derrière moi.

Le journal m'échappe des mains et je le rattrape de justesse.

Poussant calmement la barrière où il ne reste que quelques écailles de peinture, il s'approche calmement de moi, si bien que j'ai le temps de constater que son visage est couvert de blessures. Certaines paraissent très récentes.

Je plie le journal, les doigts tremblants. L'interview me bouscule complètement, et en le voyant je ressens une incroyable euphorie, mais il ne le saura pas. Pas tout de suite.

Ça ne change rien au fait qu'il n'a pas donné signe de vie depuis plus d'une semaine.

— Mes félicitations pour l'évasion de l'hosto.

Il examine à son tour mes contusions une à une, contrarié. Par chance — ou pas —, il ne m'a pas vue à mon arrivée au Sinai.

— Mes félicitations pour ton silence, rétorqué-je. Jaxton m'a dit que tu étais occupé. Je ne savais pas que ça concernait une soudaine notoriété dans les médias.

— Je suis désolé.

— Pourquoi ne pas m'avoir rendu visite ? Ne pas m'avoir appelée ?

Ne pas m'avoir transmis un message, n'importe lequel, pour que je ne te cherche pas dans tout New York ? Ou pour cette interview qui m'empêche de te détester ?

Un silence s'installe entre nous. En plus du fait qu'il n'ait donné aucun signe de vie, il me faut composer avec de nombreux flashs déplaisants : c'est la première fois qu'il se tient face à moi, depuis Crown. J'ai en mémoire ses hurlements, ses râles, sa souffrance et ses blessures. Nos retrouvailles sont teintées de lourdes émotions.

— Je ne comprends pas ta démarche, avoué-je, en mettant toute mon énergie à chasser les larmes qui menacent d'affluer.

— C'est pourtant très simple.

Il attrape le journal d'une main.

— C'est bien la presse qui t'a salie, non ? Il était temps qu'elle se rattrape.

— Je m'en fiche.

— Pas moi…

Il soupire.

— … Pas moi, Kenzie. Ma réputation et les ragots ne m'atteignent pas, mais je ne peux pas supporter qu'on te traîne dans la boue. Je n'ai pas répondu à cette interview pour une histoire de « soudaine notoriété dans les médias ». Je l'ai fait parce qu'il était capital que les connards qui s'amusent à te descendre connaissent la vérité.

— Tu n'avais pas à te donner cette peine.

— Ça ne m'en a donné aucune, crois-moi. Je voulais que tout le monde sache que tu n'as rien d'une ex-journaliste sans cœur, que tu es la femme qui râle quand je fume parce qu'elle se soucie de ma santé. Que tu es celle qui se met à nu pour me faire retrouver le goût de la peinture. Celle qui m'encourage à graffer les murs de mon loft parce qu'elle sait ce qui est bon pour moi. Tu acceptes de prendre des coups, alors que ça n'aurait jamais, *jamais* dû arriver.

Il se sent coupable, je le sais, mais je ne peux m'empêcher d'enfoncer le clou.

— Pourquoi as-tu fait le mort, Wade ?

Il me regarde avec une telle intensité que j'ai le sentiment qu'il scrute mon âme.

— À cause de ce que j'ai fait à Harper, je…

— Non, je ne veux pas entendre ça, dis-je en l'arrêtant d'un geste de la main.

— Il le faut, pourtant, c'est la vérité. Je t'ai entraînée dans une spirale infernale avec la mort de Harper, et, malgré mes efforts pour m'amender, j'ai réussi à faire pire avec Crown. Quand je suis avec toi, c'est toujours pour le pire, alors que je voudrais ne t'apporter que le meilleur.

Un profond malaise m'envahit. Je n'aime pas du tout son sous-entendu.

— Est-ce que tu es en train de me faire comprendre que tu vas fuir encore une fois ? À cause de Crown ?

Il n'a pas intérêt à faire ça. Je ne me suis pas pris tous ces coups, physiques et moraux, pour revenir au point de départ : un Wade Keller qui préfère me laisser sur le carreau plutôt que de se confronter à la réalité.

— Il est mort, Jaxton me l'a dit, poursuis-je d'une voix blanche. N'utilise pas ce monstre comme prétexte pour te défiler une seconde fois.

— Je ne me défilerai pas, Kenzie.

— Alors, quoi ? Tu as peur ? Pour toi ? Pour moi ?

Il secoue posément la tête.

— Cesar voulait m'atteindre à travers toi. Maintenant qu'il n'est plus là, il n'y a plus rien à craindre. J'ai pris mes précautions.

— Tes précautions ? Tu parles de ton petit marché avec Fall ?

L'étonnement se lit sur son visage.

— Jax t'a mise au courant ?

— Je présume que je n'en sais que le minimum, mais il m'a parlé d'un deal entre lui et toi. Wade… dans quoi tu t'es embarqué ?

— Dans rien, me rassure-t-il. La mort de Crown annule de fait le contrat qu'il y avait sur ma tête. Quant au marché avec Fall, il est honnête.

— C'est-à-dire ?

— Je ne pouvais pas te sortir de là tout seul, il me fallait un soutien extérieur. Fall a accepté de m'aider pour des raisons territoriales : sans Cesar, il domine le marché de San Francisco. Quant aux sympathisants de Crown qui auraient voulu reprendre son trafic après l'annonce de sa disparition, ils ne peuvent pas.

— Pourquoi ?

— Parce que la version officielle, c'est que c'est Fall qui l'a tué. Chez les trafiquants, ça impose le respect. La plupart des hommes de Crown finiront dans les rangs de Fall. Les autres iront voir ailleurs ou se casseront les dents. Dans tous les cas, je ne fais plus partie de cette histoire, et toi non plus.

— La « version officielle »… ?

Il lève le menton, assumant totalement ses actes.

— Il t'a droguée, t'a battue. Il a voulu te violer. Je n'avais pas le choix.

Je devrais probablement être bouleversée, mais je ne ressens que de l'apaisement. La justice n'a pas fait son travail, elle a laissé un dangereux malade sortir de prison grâce à une quelconque magouille.

Je sais que ce n'est pas moral de faire justice soi-même, mais, même derrière les barreaux, Crown répandait son venin. Libre, il n'aurait jamais été arrêté.

— Plus personne ne te fera de mal, Kenzie. Plus jamais. J'ai été le pire des enfoirés. Je te demande pardon de ne pas être venu te voir. Je te demande aussi pardon d'être un putain d'égoïste, parce que je vais sûrement t'entraîner dans une nouvelle spirale infernale.

Ses doigts glissent sur ma peau froide. Je ne refoule pas le frisson qui me gagne lorsque nos phalanges s'entremêlent. En silence, il m'invite à le suivre.

Je n'hésite pas. Je flanche. Impossible de faire autrement. *Fichue interview.*

Nous remontons l'allée couverte de mauvaises herbes. Cette maison ressemble à un tas de ruines, mais on ne peut s'empêcher d'y déceler un certain charme. Elle n'est pas laide, elle a simplement été mal entretenue.

Wade sort une grosse clé, qu'il fait tourner dans la serrure. La porte grince, et, quand nous entrons, le vieux plancher craque sous notre poids.

Où sommes-nous ?

Je me perds dans la contemplation du lieu ; la peinture écaillée des boiseries, l'escalier poussiéreux, les taches de lumière sur le sol de l'immense séjour… et la vue.

Au fond de la pièce, les fenêtres donnent sur une étendue d'eau. Je lâche la main de Wade et m'approche des carreaux poussiéreux captivée par la beauté de ce qui se trouve derrière. Un jardin en piteux état sépare la maison de la plage. Malgré le temps capricieux et les nuages gris où perce parfois un rayon de soleil solitaire, le paysage est sublime.

— Lido Beach, murmure Wade dans mon dos.

Un hameau de Nassau, l'un des comtés de l'État de New York. C'est donc l'océan Atlantique qui me fait face.

— Qu'est-ce qu'on fait ici ?

Il saisit délicatement ma taille. J'observe ses mains robustes se refermer sur moi et je les accepte, avant qu'il ne me retourne face à lui. Ce contact prolongé semble faire renaître chaque parcelle de mon corps ; à nouveau, ces sensations folles m'envahissent, depuis mes nerfs qui se consument jusqu'à mon sang qui se réchauffe. Je suis en train de le retrouver.

— J'ai des rêves à t'offrir.

Je le regarde sans comprendre. Il hausse les épaules en souriant.

— Pour te dire la vérité, j'ai commencé par chercher des lofts vitrés en plein centre de Manhattan, mais, au-delà du fait que le temps m'a manqué pour en dénicher un, c'est un peu trop cher pour moi.

J'assimile ses paroles en même temps qu'elles me parviennent.

— Attends…

Il pose son pouce sur mes lèvres, ce qui n'est pas suffisant pour me faire taire.

— … Tu parles du SMS du 24 décembre ?

Seigneur.

Il m'a déjà fait le coup avec Boomer. Ainsi, il n'a pas oublié mes fantasmes d'ado. Mais…

— Wade… tu n'as pas… Tu l'as… achetée ?

— Elle est encore à vendre, dit-il avec un sourire amusé. Je l'ai vue sur un site, je l'ai visitée hier et j'ai demandé à l'agent immobilier de me laisser les clés pour aujourd'hui.

— Pour quoi faire ?

— Pour que tu la visites, toi aussi. Que tu me dises ce que tu en penses.

Son pouce dévie sur ma joue, qu'il caresse avec tendresse. Je me laisse bercer par la douceur de son geste et par la force du regard qu'il plante dans le mien. Sa détermination est sans faille.

— Je veux vivre avec toi, Kenzie. Je veux me réveiller tous les matins dans le même lit que le tien, te regarder prendre ta douche, t'écouter parler et ne rien dire, et me coucher le soir en sachant que j'aurai la chance de te retrouver le lendemain. Je veux même vivre avec ce crétin de Boomer.

Mon cœur ne sait plus à quel rythme pomper pour envoyer un sang à peu près oxygéné à mes organes.

— Cet endroit ne correspond pas à tes attentes, je le sais. Tout est à retaper. Mais, quand je l'ai vu, j'ai senti que ça pourrait le faire. Elle est en vente depuis des mois et personne n'en veut. Je trouve qu'elle mérite une deuxième chance. À toi de me dire si tu es d'accord ou non.

Avec Wade, tout est symbole.

Son blaze. Il l'a choisi à la mort de sa mère et a avancé avec ces trois promesses : pas de mensonges, pas de limites et pas de peur.

Ses toiles. Il a peint ses émotions, les a exprimées avec un pinceau au lieu d'utiliser sa voix.

Son tatouage. Il a imprégné sa peau d'une histoire dont la suite était encore à écrire, au moment où la nôtre n'avait plus d'espoir.

Et, maintenant, cette maison. Elle est blessée mais vit encore, elle attend qu'on lui rende son éclat et ses couleurs. Wade est le seul à avoir perçu son potentiel, parce qu'il est assez aguerri pour savoir quelles batailles valent le coup d'être livrées.

— Tu es fou…

— Je dois le prendre comment ?

Je m'accroche à sa nuque et approche mes lèvres des siennes.

— Bien. Prends-le bien.

Nos sourires s'entremêlent. Il me serre de toutes ses forces et je réalise à quel point j'ai besoin d'étouffer dans ses bras. Quand nos bouches se rejoignent définitivement, je redeviens complète. Entière. Ce moment restera à jamais gravé dans ma mémoire.

— Alors, cette maison ? Tu me la fais découvrir ?

Notre baiser reprend plus intensément. À l'aveuglette, il me dirige à travers la pièce en me tenant par les hanches.

— Salle à manger, dit-il, en fondant à nouveau sur ma bouche.

Je tente d'ouvrir un œil pour avoir un aperçu de l'espace en question, mais j'abandonne aussi vite. Ses mains se posent partout sur moi, m'empêchant d'éprouver le moindre intérêt pour le reste du monde.

Je me sens reculer, puis il saisit mes fesses et me dépose sur une surface dure.

— Cuisine.

Il s'aventure dans mon cou, et nos caresses prennent de nouveaux chemins. Tandis que ses lèvres réchauffent ma peau, sa main presse l'un de mes seins. Il l'effleure d'abord, puis se fait plus entreprenant. Mes doigts s'enfoncent dans son dos pour libérer le plaisir qui monte graduellement.

J'attrape le bas de son pull et le fais rouler sur son torse. Il s'écarte une seconde de moi pour le retirer entièrement ; sa musculature se dessine au gré de la luminosité.

— Très sympa.

Je tâte le plan de travail, sur lequel je suis assise.

— Il a l'air robuste.

— Il a plutôt intérêt.

Il réunit nos lèvres et déboutonne mon chemisier avec habileté. Quand sa peau frôle ma cicatrice, il s'arrête soudain.

— Continue la visite, murmuré-je.

Il ne m'écoute pas, restant stoïque. Seuls nos fronts se touchent comme s'il lui fallait conserver un contact avec moi malgré tout. Je reprends la tâche qu'il a commencée pour lui montrer qu'aucun vestige du passé ne viendra interférer dans ce qu'il nous reste à construire.

Sans lâcher son regard, je fais glisser le tissu puis passe les mains dans mon dos pour dégrafer mon soutien-gorge. Sa respiration devient plus lourde.

— Je vais bien, Wade.

J'embrasse son menton. Son cou. Ses pectoraux.

— Mais j'irai encore mieux quand j'aurai eu un aperçu des autres pièces.

Je glisse sur le rebord puis repose les pieds au sol. En quelques instants, je suis pratiquement nue.

En arrivant à l'escalier, je me retourne et lui adresse une moue provocatrice, déterminée à maîtriser le jeu, à lui montrer le chemin à suivre.

— J'exige au moins deux chambres.

Il m'envoie un regard qui m'embrase aussitôt et s'approche en contournant le comptoir de la cuisine.

— Il y en a trois, m'indique-t-il.

— Salle de bains ? m'enquiers-je, en montant une marche à l'envers.

— Deux.

— Des surprises ?

— Une pièce attenante à la chambre principale. Elle pourrait servir de dressing.

— Je n'ai pas beaucoup de vêtements.

Je grimpe sur une autre marche, puis une troisième. Il attrape mon poignet avant que j'atteigne la quatrième ; la légère pression qu'il exerce me fait vaciller vers l'avant et, sans avoir le temps de comprendre ce qui se passe, je perds l'équilibre. Ses bras me réceptionnent, mais il ne parvient pas à éviter la chute.

Il étouffe un grognement quand son dos rencontre le sol. Je me redresse en prenant appui sur ses pectoraux, l'air effroyablement désolée.

— Ça va ?

— Plutôt bien, ouais, dit-il en agrippant fermement mes hanches. Je te présente le hall d'entrée.

— Ça manque un peu de déco, dis-je en faisant la moue.

— Que suggères-tu ?

— Un tapis très épais. Juste là, précisé-je en désignant ses reins et mes genoux, sur le plancher qui a connu des jours meilleurs.

— J'y penserai.

Quand un rayon de soleil pénètre dans la pièce, des particules de poussière dansent dans sa lumière, mais ni lui ni moi n'y prêtons attention. Nos langues se retrouvent, insatiables. J'ôte son jean en même temps qu'il se réapproprie chacune de mes courbes.

J'ignore combien de temps nous restons ainsi, mais nous avons besoin de nous retrouver. Délicatement, mes doigts partent en reconnaissance de son corps robuste, blessé, de ses aspérités, pour garder en mémoire son dessin.

— Ne pars plus.

Je me penche sur lui, tout près, oubliant pratiquement ma cicatrice, et le bandage de fortune que Dana m'a aidée à faire avant de partir.

— Si je pars, Kenzie, ce sera avec toi.

— On est deux, ou on n'est rien.

— Je t'en fais la promesse.

Les pulsations s'intensifient entre mes jambes quand je sens son désir. Nos corps ne mentent pas.

Et, dans une connexion évidente, il m'offre ce que j'attends de lui.

Ses sourires, ses caresses, son doigté me ramènent à un état où seules comptent les sensations.

— Si quelqu'un débarque à l'improviste, je le tue.

Il sourit contre ma bouche.

— Il n'y a que toi et moi. Tu peux jouir en hurlant mon nom, personne ne t'entendra.

— Ne te vante pas trop, Keller.

Ma remarque déclenche une guerre sans merci, où je rends aussitôt les armes. Tout se mêle ; sa dextérité, ses mots susurrés à mon oreille, les mouvements de ses lèvres sur ma peau, et quelque chose de plus subtil, aussi. Un sentiment qui naît depuis son cœur et qu'il partage sans même s'en rendre compte.

Je me sens partir plus loin, prise dans les rets de notre plaisir.

Sa main délaisse mon intimité et vient se poser sur la mienne.

— J'aime cette maison, murmuré-je. Elle est un peu cabossée, elle a vécu, mais elle a une âme.

Il sourit.

— Tu n'as même pas vu les chambres…

— Je peux les imaginer.

— Tu la veux ?

— Je la prends tout entière.

Sous la couche épaisse de désir brut, je perçois qu'il ressent la même chose que moi, que nous ne faisons qu'un.

Il exerce une lente poussée.

Nous cessons de respirer au même instant. Tout a été dit, nous n'avons plus besoin de mots.

— Regarde-moi, intimé-je.

Ses iris bicolores reviennent à moi, désormais recouverts d'un voile qui fait fondre mes dernières traces de retenue.

Malgré le froid, ma peau est constellée de sueur et des mèches de cheveux collent à mon front. Chaque fois, il revient plus puissamment, sans me laisser une seconde de répit. J'ai l'impression de suffoquer, que ce n'est plus l'oxygène qui me maintient en vie mais lui. Seulement lui.

Je le respire, lui.

Je le veux, lui.

— Wade…

Il empoigne mes cheveux et écrase sa bouche sur la mienne.

Je plaque les mains sur ses pectoraux tandis que le rythme de son bassin s'accélère. Le plaisir éclate par crépitements, puis par torrents. Sous mes paupières, des nuées de points noirs et blancs apparaissent et disparaissent, comme les traces de mon plaisir qui ne décroît pas. Je crois qu'il dit quelque chose, mais mon état de transe m'empêche de le comprendre et le sien le rend inintelligible.

Ses mouvements ralentissent alors qu'un sentiment de plénitude me gagne. Jamais l'épuisement ne m'avait paru aussi agréable.

— L'entrée n'était pas mal, dis-je quelques secondes après.

L'éclat de son regard heureux m'éblouit.

Comme toujours. Sauf qu'aujourd'hui je sais que je pourrai en profiter chaque jour.

D'un mouvement fluide, il passe un bras dans mon dos et inverse délicatement nos positions. Je me retrouve sous lui, totalement amorphe, transpirante et apaisée.

— Ce n'était que l'avant-goût, Kenzie.

Épilogue

Wade

Cinq mois plus tard

— Tu sais ce qui est pire que la canicule new-yorkaise ?

Jax me rejoint, une cigarette à la bouche. Il dépose un énorme sachet débordant de viande crue à côté du barbecue.

— Ta mauvaise humeur ? tenté-je, en remuant les braises.

— Ton clebs.

Il fait rouler la molette de son Zippo et tire une longue taffe. L'odeur me donne envie d'en griller une, mais Kenzie a des narines ultrasoniques ; à peine aurai-je inspiré la première bouffée qu'elle débarquera avec son sourcil haussé et son chantage à deux balles — qui fonctionne à la perfection.

Je trouve abusif qu'on me prive de sexe pour une histoire de clopes. Mais bon. Il paraît que c'est pour mon bien.

— Lequel ?

— L'espèce d'accordéon qui a l'air de s'être pris une porte en pleine tête.

Il connaît le nom de ce carlin, mais il préférerait mourir plutôt que de le prononcer.

Kenzie a trouvé ce truc affreux il y a un mois, lors d'une visite pour vérifier l'avancée des travaux. Il traînait près de la benne, triste comme pas permis… Enfin, selon elle. Après un passage chez le vétérinaire, elle a eu l'excellente idée de l'adopter. Boomer a donc un compagnon, avec lequel il fait plus de conneries qu'il est possible d'en dénombrer.

Depuis qu'il a confondu la Rolex de Jax avec un jouet, ce dernier a décrété qu'il ne prononcerait plus jamais son nom.

— Tibbar t'apprécie, frère, fais un effort avec lui.

J'ai droit à un regard noir, tandis que la viande crépite sur la grille.

— Je ne te pardonnerai jamais d'avoir donné mon blaze à un clébard.

— C'est une idée de Kenzie.

— Et tu as validé.

— Il a essayé d'engrosser toutes les femelles du quartier, je n'y peux rien si vous avez des points communs.

Je replace ma casquette en souriant et me concentre sur la cuisson du déjeuner.

Le jardin est encore en friche et la maison s'apparente à un chantier. On est loin d'un lieu de rêve avec déco pointue et épais tapis dans l'entrée, mais l'eau et l'électricité sont opérationnelles et les pièces principales sont à peu près utilisables. C'est amplement suffisant.

On a passé la matinée à faire des voyages entre mon loft, l'appartement de Kenzie et Lido Beach, pour apporter quelques cartons. Jax, Dana et Ailani nous ont prêté main-forte, mais la chaleur estivale a eu raison de la motivation de départ ; Jax et moi avons fini dans un centre commercial, à chercher le barbecue le plus compétitif du rayon, puis à acheter des merdes aussi utiles que du charbon, des assiettes en carton et des couverts en plastique. Quant aux nanas, elles ne donnent plus aucun signe de vie depuis qu'elles sont parties sur la plage, en contrebas.

— La vue n'est quand même pas dégueulasse.

Je lève les yeux vers l'horizon et approuve.

La proximité de l'océan n'était pas un critère dans mes recherches. J'ai même craint que Kenzie y voie une référence malvenue à Harper. Mais notre discussion à ce sujet m'a rassuré.

À ses yeux, ce paysage est bien un symbole. Elle a l'impression que son amie n'est pas loin, et que, de fait, elles peuvent veiller l'une sur l'autre.

Mackenzie Rowe est une grande malade de symboles. D'après elle, c'est à cause de moi, et je la laisse y croire, bien que je ne comprenne pas vraiment quel peut bien être mon rôle dans tout ça.

La viande en train de griller, je m'installe sur une des chaises autour de la table de jardin flambant neuve. Je récupère ma bière entamée et fais couler le liquide tiède dans ma gorge.

— Tu imaginais ça, il y a huit ans ? reprend Jax.

Il jette sa cigarette dans le cendrier et dépose un paquet de feuilles et un pochon d'herbe devant lui. S'il y a une chose qui ne changera pas, c'est l'amour de Jax pour les joints.

— C'est-à-dire ?

Je récupère le matériel et en roule un pur ; Kenzie râle pour le tabac, alors je n'en mettrai pas.

— Une maison avec trois chambres, deux chiens, moi qui t'aide à déménager, une vie d'adulte à l'autre bout du pays, avec Kenzie, énumère-t-il.

Je fais glisser la feuille entre mes doigts et lèche la bande collante. Jax me tend son Zippo quand le spliff est prêt ; mes poumons s'emplissent de fumée et expirent un nuage opaque.

— Je n'avais prévu aucun futur, Jax, tu le sais.

Il s'empare du joint, qu'il déguste comme un grand cru.

— Tu ne voyais peut-être pas où ta vie te mènerait, mais avoue que tu espérais, dans tout ce flou, qu'il y aurait Mackenzie Rowe. C'est dingue que les épreuves n'aient rien changé à ça. Tu es probablement le mec le plus déterminé sur cette planète.

Il souffle en souriant au ciel.

— Tu te rappelles notre première session de graff à trois ? C'est la première fois de ma vie où je t'ai vu te comporter comme ça avec une fille. À la seconde où tu l'as prise dans tes bras, j'ai su qu'il y avait une couille dans le potage. Elle t'a retourné la tête avant même que tu en prennes conscience.

Il tire de nouveau sur le joint en ricanant. Je le récupère avant qu'il s'embarque dans un récit complet d'une histoire que je connais déjà, puisque j'étais aux premières loges.

— Putain ! Je n'arrive pas à croire que tout ça soit devenu réel. Ma sœur de substitution et mon meilleur pote… Ne va pas trop vite en besogne, frère, je vais avoir besoin d'un temps d'adaptation avant de devenir témoin ou parrain.

Je crache la fumée en secouant la tête. Jax a raison, il finira inévitablement l'un ou l'autre, si ce n'est pas l'un et l'autre. C'est écrit.

Des éclats de rire nous parviennent. Sans un mot, Jax reprend le joint et nous nous relevons.

Je retourne la viande pendant qu'il observe l'escalier qui relie le jardin à la plage. Des trois femmes qui apparaissent, je n'en vois qu'une.

Elle est encore plus heureuse depuis qu'elle passe du temps avec ses amies. Quand Dana n'est pas à Frisco, elle est là, avec nous, ou à New York, où elle cherche un stage de stylisme. Kenzie et elle sont très proches. Elles s'appellent souvent et partagent des moments auxquels je ne suis pas convié.

Ailani est plus énigmatique. Elle est moins directe que Dana, mais Kenzie l'apprécie, j'en déduis qu'elle a des qualités.

— Ça sent jusque chez le voisin.

Dana dérobe le joint des mains de son frère et tire une latte.

— Vous êtes allées chez lui ? s'étonne-t-il.

— On s'est baignées nues devant chez lui. Il a des lunettes télescopiques, ça coûte cher, ces trucs-là, il fallait qu'il en ait pour son argent.

Kenzie m'embrasse le menton en souriant. Comme pour confirmer les dires de Dana, ses cheveux sont mouillés et sa peau est salée.

— Vraiment ? susurré-je.

— On était en sous-vêtements et il a juste des jumelles.

Magnifique. On habite à côté d'un voyeur devant qui une brochette de copines se la jouent *Girls Just Want to Have Fun*. En même temps, de la part d'une petite amie qui danse autour d'une barre de strip-tease quand elle a un coup dans le nez, rien ne devrait me surprendre.

— Pourquoi tu souris ? murmure-t-elle.

Le soleil a fait naître une bande de taches de rousseur sur son nez et ses pommettes qui lui donne un côté mutin.

Je place la casquette sur son crâne et rabats ses cheveux sur une épaule.

— Le Lodge. *Haunted. Pole dance.*

La conclusion met du temps à arriver à son cerveau. Puis elle pivote vers Dana.

— Tu n'as quand même pas osé !

Je dois mimer une danseuse dans le dos de Kenzie pour qu'elle parvienne à comprendre la raison de cette colère soudaine.

— Bien sûr que si, j'ai osé, dit-elle ensuite avec aplomb.

— Jax, ta sœur n'a aucune parole !

Il ne répond pas tout de suite, le regard fixé sur autre chose. Je ne suis pas le seul à le remarquer : il observe Ailani avec une expression que je ne parviens pas à identifier.

— Tu parles de la vidéo ? finit-il par demander.

— Parce que tu l'as vue, toi aussi ?

— Wade me l'a montrée, oui.

La foudre s'abat désormais droit sur ma tête.

— Quoi ? Je partage les exploits de ma petite amie, il n'y a pas de mal à ça !

— On est frangins ou on ne l'est pas, renchérit Jax. Le partage est une valeur fondamentale chez nous.

— Mon Dieu… cette famille est dysfonctionnelle !

Elle n'a pas tort, mais je ne l'échangerais pour rien au monde.

Je l'enlace par-derrière et la force à m'aider pour la cuisson de la viande. Pendant que je couvre sa nuque de baisers en lui susurrant une litanie de paroles salaces, la vie poursuit son cours.

On est tous un peu déglingués, chacun à notre manière, mais, quand nous nous retrouvons, les ondes négatives s'éloignent. C'est une chose qui s'est installée naturellement : on prend plaisir à passer du temps ensemble.

Dana et Jax oublient le divorce chaotique de leurs parents, Ailani ne pense pas à son boulot — qu'elle n'a pas choisi par plaisir mais par besoin, d'après ce que j'ai compris —, et je mets les derniers souvenirs désagréables de côté.

Je ne pourrai jamais effacer Crown et mon passé. Les cicatrices sur mon corps et sur celui de Kenzie me rappelleront toujours le rôle qu'il a tenu dans notre histoire. Mais, lors de journées comme celle-ci, il disparaît entièrement de mon esprit.

On passe à table dans les rires et les discussions sans queue ni tête. Les assiettes se vident et se remplissent, au même rythme que les verres de bière et de whisky.

Il n'y a pas une seconde de silence.

Kenzie se penche vers moi et je place instinctivement ma main sur sa nuque.

— Tu as remarqué comment il la regarde ? chuchote-t-elle en désignant Jax.

J'intercepte de nouveau l'expression indéchiffrable de mon pote. On dirait qu'il a envie de coucher avec Ailani, mais aussi de la voir loin d'ici. Quelque chose cloche.

En revanche, l'expression d'Ailani, elle, est parfaitement déchiffrable.

— Elle n'a pas l'air ravie de l'intérêt qu'il lui porte, réponds-je sur le même ton.

— Jax passe régulièrement au Lodge, il a assisté à plusieurs de ses shows, et ça la rend mal à l'aise. C'est pour ça qu'elle évite de discuter avec lui, m'explique-t-elle.

— Jax n'est pas un connard, il se fiche qu'elle se désape pour de l'argent.

Tout le monde s'en fout, d'ailleurs. Elle fait ce qu'elle veut, tant qu'elle ne se met pas en danger.

— Je me doute, opine-t-elle. Mais son comportement ne lui ressemble pas… Il est plutôt du genre à se rapprocher des femmes, et pas à les garder à distance. Je mènerai mon enquête.

Je hausse un sourcil amusé.

— Une envie subite de reprendre tes activités de journaliste ?

— Surtout pas ! J'ai bien retenu la leçon : ne pas divulguer la vie des gens à leur insu.

Elle fait référence à l'article de Karen Diaz.

J'ai fait attention à ne pas dévoiler les zones sensibles de mon passé, sauf que mon déballage a eu des répercussions sur sa tranquillité ; les semaines qui ont suivi la publication de l'interview, elle a reçu des appels de toute part, pour réagir à ma « déclaration publique ». *Accuracy*, cette bande de chiens galeux, a même tenté de la récupérer. Il aura fallu du temps, du silence et de la patience pour que l'engouement se tasse et qu'on l'oublie enfin.

— Je pense que je vais me reconvertir, professionnellement parlant, m'avoue-t-elle.

Elle me regarde droit dans les yeux. Ses iris chocolat ont pris une teinte plus orangée avec les rayons du soleil.

— J'aimerais ouvrir un refuge.

J'étire les lèvres. C'est tellement elle que la nouvelle ne me surprend pas.

— Laisse-moi deviner : tu vas recueillir tous les chiens qui traînent dans la rue ?

— Je pourrais les amener ici, le jardin est assez grand pour…

— C'est mort, l'interromps-je.

Je suis obligeant, mais il ne faut pas pousser mes limites. Boomer et Tibbar sont deux putains de monstres, il est hors de question de se taper leurs frères et leurs cousins.

— Tu n'auras qu'à faire des travaux d'aménagement à la galerie.

— Je croyais que tu continuais de payer le loyer pour tes toiles, s'étonne-t-elle.

J'ai repris la peinture récemment, mais mon travail n'a rien à voir avec celui de Nellie Kern. Désormais, je signe mes toiles de mon vrai nom. Je bosse également avec des bombes, et mes dessins s'apparentent plus à des graffitis qu'à de l'art abstrait.

J'ai trouvé un compromis entre ma passion et la légalité. Ça se vend bien. Je me sens heureux dans cet entre-deux.

— Le jardin est assez grand, comme tu dis. Je peux très bien construire un atelier dans le fond.

Elle pèse le pour et le contre. Je n'attends pas de réponse immédiate ; on a, au bas mot, la vie entière devant nous.

La couleur du ciel se modifie lentement. La journée dévie vers un début de soirée, ce qui permet à Jax de proclamer l'apéro ouvert et de balancer une de nos anciennes playlists. L'emménagement est dangereusement compromis.

Mes doigts s'emmêlent dans les cheveux de Kenzie et je l'attire à moi.

— Je t'aime, tu le sais ?

Elle acquiesce puis m'embrasse fiévreusement. L'alcool doit avoir son rôle dans son manque de retenue, mais je serai le dernier à m'en plaindre. J'approfondis volontiers le baiser, avant qu'on me la vole.

— Tu peux l'avoir tous les jours, laisses-en un peu pour nous !

Dana me fait un clin d'œil, puis elle tire sur son bras. Kenzie est embarquée dans une danse calamiteuse sur un son qui me surprend un instant, avant que je l'identifie. Je passe une main sur mon visage en souriant.

— Les Spice Girls ?

Jaxton écarquille les yeux.

— Dana, putain, personne n'écoute les Spice Girls !

Dégoûté, il fouille dans ses poches à la recherche du reste de son herbe. Kenzie se déhanche, le visage radieux et les yeux pétillants, entourée de ses amies. L'une d'elles est strip-teaseuse, l'autre est siphonnée. Son frère de cœur est au bout de sa vie.

Et moi je suis heureux.

C'est là que ça me percute.

Bordel, je suis *pleinement* heureux.

Playlist

Bitter Sweet Symphony, The Verve
No More, The Alley
Home, Machine Gun Kelly, X Ambassadors & Bebe Rexha
Too Good at Goodbyes, Sam Smith
Wasting My Young Years, London Grammar
This Town, Kygo, Sasha Sloan
Together We Are Weak, Shirin
Impossible, James Arthur
Broken-Hearted Girl, Beyoncé
Dark Side, Phoebe Ryan
Walls, Ruben
Masters of the Dark Arts, La Coka Nostra
Brooklyn Brawl, Prop Dylan, Talib Kweli
Requiem for a Dream, Scott Benson Band
Survivor, 2WEI
River, Bishop Briggs
All We Do, Oh Wonder
The Scientist, Corinne Bailey Rae
Yellow, Brittin Lane
New Rules (acoustic), Dua Lipa

Vous avez aimé

Méfie-toi de nous ?

Découvrez les derniers romans

de Juliette Bonte

Composé et édité par HarperCollins France.

Achevé d'imprimer en mai 2019.

FIRMIN-DIDOT

à Mesnil-sur-l'Estrée (Eure)

Dépôt légal : juin 2019.

Pour limiter l'empreinte environnementale de ses livres, HarperCollins France s'engage à n'utiliser que du papier fabriqué à partir de bois provenant de forêts gérées durablement et de manière responsable.

Imprimé en France